Die achte Posaune

JOHN S.
MARR

DIE ACHTE POSAUNE

Thriller

Aus dem Amerikanischen
von Axel Merz

Weltbild

Die amerikanische Originalausgabe erschien 2000
unter dem Titel *Wormwood.*
Published by arrangement with the author, c/o BAROR
INTERNATIONAL, INC., Armonk, New York, U.S.A.

Besuchen Sie uns im Internet:
www.weltbild.d

Genehmigte Lizenzausgabe für Verlagsgruppe Weltbild GmbH,
Steinerne Furt, 86167 Augsburg

Übersetzung: Axel Merz
Umschlaggestaltung: Thomas Jarzina, Köln
Umschlagmotiv: © Randy Faris / CORBIS
Gesamtherstellung: TSB, 06721 Schleinitz
ISBN 3-8289-7723-5

2008 2007 2006 2005
Die letzte Jahreszahl gibt die aktuelle Lizenzausgabe an.
Printed in Italy by «La Tipografica Varese S.p.A.»

Der Roman *Die elfte Plage* war ProMED-mail gewidmet. Zahlreiche Leser hielten die Organisation damals für rein fiktiv, doch ProMED-mail war und ist keine romanhafte Erfindung. Die Leser, die sich in Echtzeit über den Ausbruch infektiöser Krankheiten informieren möchten, können dies im Internet unter *http://www.promedmail.org* tun.

Die achte Posaune ist den Tausenden von Menschen gewidmet, die ProMED-mail erst möglich machen. Sollte die Fiktion eines Tages Wirklichkeit werden, ist diese Organisation unsere größte Hoffnung.

Anmerkung des Verfassers Sämtliche Informationen bezüglich infektiöser Krankheiten und Stoffe, die für Erkrankungen verantwortlich sind, wie sie in diesem Roman geschildert werden, entsprechen den Tatsachen. In einer Welt, die sich »ausbrechender Epidemien« zunehmend bewusst ist, sollte die Schilderung neuer, obskurer Erreger oder Toxine, die der breiten Öffentlichkeit unbekannt sind – sogar Mitarbeitern im Gesundheitswesen –, von den Lesern nicht ohne Weiteres als Fiktion oder Fantasie abgetan werden. Diese Erreger und Gifte lauern tatsächlich dort draußen, größtenteils in einer Unterwelt niederer Tiere, die jederzeit den Menschen befallen können, dessen Industrie wahllos chemische Abwässer in die Umwelt entlässt.

Bei vielen der niederen Tiere sind die Erreger normal; auch die toxischen Chemikalien sind hinsichtlich ihrer Schädlichkeit für menschliches und tierisches Leben dokumentiert. Doch angesichts der Eingriffe des Menschen in Ökologie und Umwelt hat sich über dem globalen Dorf ein heimtückisches Füllhorn geöffnet, das unbekannte, früher ausschließlich auf Tiere beschränkte Krankheiten (so genannte Zoonosen) und nicht minder gefährliche Toxine aus der Industrie über menschlichen Wirten ausschüttet – mit potenziell katastrophalen Folgen.

Käme jemand auf den Gedanken, diese natürlichen Ressourcen zielgerichtet »abzubauen«, wäre es keine große Schwierigkeit, sie für abscheuliche Dinge zu missbrauchen. Die meisten Techniken, die dazu erforderlich sind, gibt es in jedem Haushalt, oder im nächsten Geschäft. Die Folgen eines Missbrauchs dieser Ressourcen wären keine düstere Fiktion, kein Roman, sondern ein Tatsachenbericht über eine weitere menschliche Tragödie.

John S. Marr, MD, November 2000

Anmerkung der Redaktion Die Handlung dieses Romans ist frei erfunden. Jede Ähnlichkeit mit lebenden oder verstorbenen Personen ist rein zufällig und vom Autor nicht beabsichtigt. Diese Geschichte wurde geschrieben, bevor die Wirklichkeit der schrecklichen Ereignisse vom 11. September 2001 die Welt in einer Weise erschütterte, wie dies niemand vorhergesehen hat. Wir hoffen, dass die hier geschilderten Formen eines neuen Terrorismus niemals Wirklichkeit werden.

Und ich sah die sieben Engel, die da stehen vor Gott, und ihnen wurden sieben Posaunen gegeben.

Und ein anderer Engel kam und trat an den Altar und hatte ein goldenes Rauchfass.

Und der Engel nahm das Rauchfass und schüttete es auf die Erde. Und da geschahen Stimme und Donner und Blitze und Erdbeben.

Und die sieben Engel mit den sieben Posaunen hatten sich gerüstet zu blasen.

Offenbarung 8,2–6

Alsdann hörten sie eine Stimme, die von irgendwo aus der Höhe der großen Kuppel zu kommen schien, und sie sprach:

»Ich bin Oz, der Große und Schreckliche. Warum sucht ihr mich?«

Sie schauten wieder in jeden Teil des Raumes, und dann, als sie niemanden sahen, fragte Dorothy:

»Wo bist du?«

»Ich bin überall«, antwortete die Stimme, »Doch für die Augen gewöhnlicher Sterblicher bin ich unsichtbar. Ich werde mich nun auf meinen Thron setzen, damit ihr mit mir reden könnt.«

L. Frank Baum, *Der Zauberer von Oz*

Prolog

Dienstag, 15. Mai
New York City

Bis auf die beiden Obdachlosen, die auf Bänken schliefen, war die Notaufnahme des Tishman Pavillon leer. Es war drei Uhr früh, als Shmuel Berger seinen Zimmergenossen Curt Mallon durch die automatischen Schiebetüren führte, die sich zischend öffneten. Curt litt sichtlich unter Schmerzen, ächzte und hielt sich mit der rechten Hand die Seite, während er mit der anderen versuchte, seine Schlafanzughose am Herunterrutschen zu hindern. Zwanzig Minuten zuvor war sein Freund Shmuel in ein T-Shirt, Jeans und Turnschuhe geschlüpft, hatte den barfüßigen Curt vom Sofa hochgezogen, ihn aus dem Studentenwohnheim geschleppt und ein Taxi aufgetrieben. Am Krankenhaus hatte Shmuel dem Fahrer einen Zehner in die Hand gedrückt und dem Wachmann ihre Studentenausweise der New York University vorgezeigt. Nun stand er mit Curt vor der Anmeldung. Eine mürrisch blickende schwarze Nachtschwester hinter einer Plexiglasscheibe überflog die Ausweise, gab Shmuel den seinen zurück und tippte irgendetwas auf ihrer PC-Tastatur. Dann schaute sie zu Shmuel auf.

»Der Arzt kommt gleich. Nehmen Sie da drüben Platz.« Sie wies auf eine gelbe Plastikbank. »Es dauert nicht lange. Passen Sie auf, wo Sie hintreten. Barfuß herumzulaufen ist hier verboten, aber ich nehme an, Sie hatten's eilig.«

Sie setzten sich auf die Bank. Das Plastik war kalt, und in der Sitzschale stand eine kleine Pfütze. Shmuel fragte sich, was für eine Flüssigkeit es sein mochte, blickte zu den beiden Obdachlosen hinüber und schauderte. Er wandte sich Curt zu.

»Keine Bange, du hast sicher nur was Falsches gegessen.

Und ich bleib bei dir. Entspann dich«, sagte er in beruhigendem Tonfall.

Dr. Beeman Safir, Assistenzarzt im praktischen Jahr, ein würdevoll aussehender Inder mit schwarzem Turban, erschien wenige Minuten später im Untersuchungszimmer und stellte Curt Mallon Fragen zu seinen Beschwerden. Shmuel saß derweil neben einer Liege. Ihm war übel, doch er hatte Angst, etwas zu sagen; vielleicht hatte auch er sich angesteckt. Der Arzt entnahm Curt eine Blutprobe und legte einen intravenösen Tropf. Curt, inzwischen kreidebleich, wand sich vor Schmerzen. Sein Mund fühlte sich trocken an wie Wattetupfer.

»Die Schmerzen haben heute Nachmittag angefangen, Doktor«, sagte Shmuel. »Kein Erbrechen oder Durchfall. Ich habe nicht gemessen, ob er Fieber hat, aber er sagt, er hätte ein paar Mal Schüttelfrost gehabt.«

Curt nickte. »Ja …«, presste er mühsam hervor. »Und dann … wurde es schlimmer. Jetzt sitzt es … hier unten.« Er deutete auf seine rechte Seite. Mit drei behandschuhten Fingern drückte Safir behutsam auf die Stelle und ließ unvermittelt los. Mallon stöhnte auf.

»Das kriegen wir hin«, sagte Safir. »Jetzt rufe ich erst mal den Oberarzt. Sie bleiben bitte hier liegen und warten, ja?«

»In Ordnung«, sagte Curt schicksalsergeben.

»Sieht er vielleicht so aus, als wollte er abhauen, Doc?«, sagte Shmuel. »Ich bin angehender Mediziner. Ich glaube, mein Freund hat 'ne Appendizitis.«

»Das wird sich zeigen«, murmelte Safir und wandte sich zum Gehen.

»Warten Sie, Doktor«, sagte Curt. »Könnte wohl jemand … meinen Vater anrufen? Er wohnt in Seattle. Er sollte wissen, dass ich hier bin, sonst … macht er sich Sorgen …«

»Ich rufe ihn an, Curt«, sagte Shmuel, »oder die Nachtschwester. Bleib du nur ganz ruhig liegen.«

Safir verließ die Nische und zog den Vorhang zu. Shmuel

musterte den intravenösen Tropf. Wie ein Fachmann, der alles im Auge behält, zählte er die Tropfen. Curt sah dankbar zu ihm auf; was für ein Glück, jemanden wie Shmuel zum Zimmergenossen zu haben.

Fünf Minuten später kam der Oberarzt, Dr. Heckman. Er bat Shmuel Berger, während der Untersuchung draußen zu warten. Shmuel hörte Curt ein paar Mal stöhnen, und einmal jammerte er laut. Kurz darauf schob Heckman den Wandschirm zur Seite, während er einen Latexhandschuh auszog. Safir reichte ihm einen Streifen Papier; das Ergebnis des Blutbilds.

»Sieht aus wie ein heißer Appy, vielleicht sogar eine Perf. Sehen Sie sich das Diff an.« Der Medizinerjargon war für Shmuel größtenteils unverständlich. »Heißer Appy« bedeutete wahrscheinlich akute Blinddarmentzündung, aber »Perf«? Er hatte keine Ahnung, dass »Perf« eine Perforation des Blinddarms war, eine ernsthafte Komplikation der gewöhnlichen Appendizitis, bei der Darmflüssigkeiten in die Bauchhöhle austreten und zu einer Bauchfellentzündung führen. Doch was Heckman vor Rätsel stellte, war das »Diff«, das Differenzialblutbild. Mallons weiße Blutkörperchen waren erhöht, wie es bei einer akuten Appendizitis der Fall ist. Bei einer Blinddarmentzündung sind 12 000 Einheiten normal. Mehr als 20 000 deuten auf eine Komplikation hin. Curt Mallon hatte 27 500.

Bakterielle Infektionen sind gekennzeichnet durch eine absolute Zunahme der weißen Blutkörperchen, die Polys genannt werden und üblicherweise achtzig bis neunzig Prozent der Gesamtzahl ausmachen. Virusinfektionen verursachen gelegentlich einen erhöhten Wert bei den weißen Blutkörperchen, die meisten davon Lymphozyten. Das Differenzialblutbild jedoch zeigte größtenteils »Eos«, eosinophile Leukozyten, in Mallons Fall 67 Prozent. Doch Eos waren keine Merkmale einer Appendizitis oder Peritonitis, sondern akuter allergischer Reaktionen.

Heckman benachrichtigte Dr. Rubin, den verantwortlichen Chirurgen; dann rief er im OP an und gab Bescheid, alles vorzubereiten. »Slamming Sammy« Rubin würde die Operation vornehmen. Heckman kam zurück, zog den Vorhang beiseite und blickte Curt an.

»Ist keine große Sache, mein Junge, kannst bald wieder in deine Vorlesungen. Du behältst auch keine zehn Zentimeter lange Narbe zurück wie bei den altmodischen Operationen, von denen du dich eine Woche lang erholen müsstest.«

»Laparoskopische Chirurgie?«, fragte Shmuel.

»Ja«, sagte Heckman. »Wir arbeiten mit winzigen Messern, ferngesteuerten Kameras und Faseroptiken.« Zwar waren weder die Zeit noch das Risiko entscheidend geringer, doch der junge Beeman Safir würde eine Gelegenheit zum Üben erhalten.

»Darf ich zuschauen?«, fragte Shmuel und blickte Heckman bittend an.

»Okay«, sagte der Chirurg. »Setz dich oben zu den Studenten, die hier ihr Praktikum machen.«

»Danke, Sir«, sagte Shmuel artig.

Nachdem Heckman gegangen war, wand er sich nervös auf der Bank. Wen konnte er anrufen? Seine Familie in Brooklyn? Seine Mutter würde einen Herzanfall erleiden, wenn er mitten in der Nacht anrief. Na ja, nicht ganz so schlimm, doch wenn er versuchte, ihr die Sache zu erklären, würde ihre Antwort lauten: »Siehst du, ich hab von Anfang an Recht gehabt.« Er hätte niemals aus der Gemeinde fortgehen und nach Manhattan ziehen dürfen: zu viele *Gois*, die nur darauf warteten, ihn zu verderben ... Seine Mutter würde ihm gar nicht erst zuhören, wenn er von Curt Mallon erzählte. Sie würde auf ihn einreden, er solle sich in die Subway setzen, nach Hause fahren und sich nur ja vor den *Schvartzen* in Acht nehmen.

Und falls sein Vater das Gespräch entgegennahm, was durchaus nicht unwahrscheinlich war, kam es noch schlimmer. Der alte Mann würde erfahren, dass sein Sohn einen Nichtjuden zum Zimmergenossen hatte, einen *Goi* – und *sie wohnten zusammen*? Shmuel käme gar nicht erst dazu, seinem Vater zu erklären, was geschehen war. Jammern und Wehklagen würden seine Bitte um Hilfe ersticken. Das Leben an der Uni war nun mal nicht mit dem behüteten Leben in der orthodoxen jüdischen Gemeinde zu vergleichen, in der Shmuel aufgewachsen war, nicht einmal in Manhattan. Doch wen sonst konnte er anrufen? Jack Bryne? Jack war in Albany. Nein, stimmt nicht, erinnerte sich Shmuel. Vicky hatte in ihrer letzten E-Mail geschrieben, dass Jack nach Virginia umziehen würde. Nur – wohin?

Und Vicky? Sie war Reporterin bei ATV, der American Television Company, und hatte eine preisgekrönte Serie darüber gedreht, wie Jack Bryne und andere – einschließlich Shmuel in einer kleinen Nebenrolle – den Psychopathen Theodore »Teddy« Kameron aufgespürt hatten. Obwohl inzwischen mehr als zwei Jahre vergangen waren, hatte Vicky die Verbindung mit Shmuel aufrechterhalten. Sie hatte sogar maßgeblichen Anteil an seiner Bewerbung und Zulassung zur New Yorker Uni gehabt.

Er musste Vicky anrufen!

Aber er hatte ihre Telefonnummer nicht dabei. Ihre E-Mail-Adresse kannte er zwar auswendig, doch eine Mail würde Vicky nicht vor morgen früh lesen. *Oy vehas mir.* Was soll ich nur tun? Zum ersten Mal im Leben erkannte Shmuel Berger, was es heißt, erwachsen zu sein.

Heckman warf einen Blick auf die Uhr: Rubin würde in wenigen Minuten eintreffen, sobald er seine OP-Kleidung trug und in den Eingriff eingewiesen war. Heckman überlegte, ob er den Gastroenterologen hinzuziehen sollte. Das angespannte, blasse Aussehen des Jungen war nicht gerade symptomatisch. Die Eosinophilie beunruhigte ihn ebenfalls. Doch es war noch zu früh, Genaues sagen zu können, und die Vitalfunktionen waren in Ordnung. Außerdem war Rubin der Leitende – Gott sei Dank. Heckman rieb sich den Nacken; dann wandte er sich zum

Fenster und sah im Osten, über Long Island, die Morgendämmerung heraufziehen, durch den Smog über der Stadt hindurch. Er war gespannt darauf, wie Safir mit dem Laparoskop zurechtkam; der junge indische Arzt schien begabt zu sein.

Um sechs Uhr dreißig, als die Sonne hinter den Schornsteinen von Queens aufstieg, machte Safir den kleinen Einschnitt direkt unterhalb des Umbilicus. Der Operationssaal war klein, doch oben auf der Galerie saß Shmuel mit den Studenten und einigen Angehörigen des Krankenhauspersonals, um die Operation zu verfolgen.

»Gut«, sagte Heckman zu Safir. »Und jetzt gehen Sie mit einer Dissektion direkt zur Fascia und machen einen ein Zentimeter langen Schnitt hindurch.« Heckman und der noch ein wenig verschlafene leitende Chirurg Sammy Rubin beobachteten beinahe gelassen, wie Safir sich durch seine erste laparoskopische Appendektomie schwitzte. Er klammerte eine Blutung mit einem Moskito-Hämostaten und streckte die Hand nach dem Hasson-Trokar aus, den er geschickt in den Einschnitt schob.

»Und nun«, sagte Heckman, »werden wir die Bauchhöhle insufflieren. Ich fange mit drei Litern an.« Er befestigte einen kleinen Plastikschlauch an der Seite des Trokars, den Safir für ihn festhielt, während er daran hantierte. Heckman drehte ein kleines Regelventil auf, und komprimiertes Gas zischte in die Bauchhöhle. Die Haut spannte sich langsam, als mehr und mehr Gas in den Bauch strömte, bis der Unterleib des Jungen hart und angeschwollen war wie der einer Hochschwangeren. Der Druck im Innern hielt den Trokar an Ort und Stelle wie einen zitternden Dolch. Winzige, an Drähten befestigte Instrumente zum Schneiden und Nähen sowie Schläuche zum Absaugen wurden durch den Hohlraum eingeführt: alles Geräte, die für die Operation erforderlich waren.

Mallons Leib wölbte sich unter dem Druck des Kohlendioxids wie ein Ballon. Haut, Fettgewebe und Muskulatur strafften sich zu einem überdachten Amphitheater, das den chirurgischen Instrumenten genügend Raum zum Sondieren und Arbeiten gab, nachdem eine weitere kleine Öffnung für die fiberoptische Lampe geschaffen worden war. Am Fußende des Operationstisches zeigte ein hochauflösender Siebzehn-Zoll-Monitor ein rosa Wellenmuster vor schwarzem Hintergrund. Safir hatte bereits eine dritte Inzision oberhalb des rasierten Schambereichs durchgeführt. »So, Safir, ich schiebe die Darmschlingen aus dem Weg, dann sind der Appendix und die Ileozäkalregion zu sehen.« Eine kurze Pause trat ein, als Heckman mit dem Instrument einen Weg zwischen den verschlungenen Därmen hindurch suchte und die beiden anderen Ärzte den Monitor im Auge behielten. Da war er, der dünne rosafarbene Appendix – doch von einer Entzündung keine Spur. Er war gesund wie ein Fisch im Wasser!

»Wie es aussieht, ist der Appendix nicht unser Problem. Ich schätze, wir müssen aufmachen«, sagte Rubin. »Seltsam, die Symptome waren exakt die einer Appendizitis. Wie sieht denn das Ileum aus – vielleicht ist es ja ein Meckel?« Den Blick auf den Monitor gerichtet, übernahm Rubin die Steuerung des Endoskops. Er schob die Kamera tiefer in die Bauchhöhle und fand schließlich eine angeschwollene Darmsektion.

Er drehte an der Scharfeinstellung, doch sie reagierte nicht. Plötzlich füllte der Schirm sich mit undeutlichen, verschwommenen Bewegungen, als wäre die Kamera von irgendetwas geschüttelt worden, das sich in der Bauchhöhle des Jungen befand.

»Was war das, zum Teufel …?«, murmelte Rubin.

Er zoomte die Darmsektion ganz nahe heran. Dort, genau im Zentrum des Schirms, befand sich ein kleines, vollkommen rundes Loch in der äußeren Schleimhaut des großen Intestinums. Aus dem Loch rann eine bräunliche Flüssigkeit, Chylus, Darmsäfte, und das Loch sah aus, als stamme es von einem Eispickel.

»Nun, jetzt besteht jedenfalls kein Zweifel mehr«, sagte Heckman. »Wir müssen aufmachen. Er hat eine Perforation.« Er zögerte sichtlich verärgert; dann warf er einen weiteren Blick durch das Endoskop, und der Ausdruck von Missmut wich Schock. »Was ist *das*, in Gottes Namen?«

Die Ärzte und Schwestern schauten zum großen Fernsehmonitor, auf dem sich ihnen ein beinahe surreales Bild darbot: Einer nach dem anderen tauchten durch weitere Perforationen Dutzende sich windender, korkenzieherförmiger Würmer auf, zwängten sich aus ihren Löchern und strömten in die Bauchhöhle. Wie bösartige weiße Nacktschnecken versuchte das fremdartige Gewürm, dem Licht des faseroptischen Endoskops zu entkommen. Einige Würmer glichen gedrungenen, zigarrenförmigen, pulsierenden Spiralen und waren etwa zwei Zentimeter lang, andere waren dünner und länger. Sie kamen in solchen Mengen aus den Löchern hervor, dass der Schirm binnen Sekunden ausgefüllt war. Eines der Wurmwesen näherte sich dem Objektiv, und vier winzige Zähne wurden sichtbar, zu gegenüberliegenden Paaren angeordnet, die über Kreuz zubissen, wieder und wieder, in einer fließenden, synchronen Schneidbewegung. Die winzigen Wesen, gelblich und durchscheinend im Licht der Faseroptik, schienen keine Augen zu besitzen, wie albinotische Morayaale. Andere, auf der Suche nach neuen Fluchtwegen, schufen weitere Perforationen.

Safir fand als Erster die Stimme wieder. »Das sind keine Maden. Sie sehen aus wie Insektenlarven oder Würmer! Herrgott, stellen Sie das wieder scharf.« Plötzlich sank sein Unterkiefer herab. Als das Licht aus der Bauchhöhle zurückgezogen wurde, waren Massen der Kreaturen zu erkennen, die über die gewundenen intestinalen Schlingen wimmelten. Die Köpfe der Würmer zuckten vor und zurück und schnitten sich unerbittlich durch das Gewebe. Wo immer sie auf die Eingeweide trafen, erzeugten ihre Zähne kleine Fontänen aus Blut und Darminhalt.

»Mein Gott!«, rief Rubin, der sich für gewöhnlich nicht so leicht aus der Ruhe bringen ließ. »Wir müssen ihn sofort öffnen! Beeilung!«, sagte er mit bebender Stimme. »Schaffen Sie die Pathologie her, holen Sie Beard! Er soll einen Gefrierschnitt von einem dieser Mistviecher machen! Und rufen Sie den Burschen für Infektionskrankheiten, diesen Sandler. Er hat Jahre in Afrika verbracht, und diese Biester sehen aus wie irgendeine verdammte Art tropischer Würmer. Jesses, sehen Sie nur auf den Schirm!« Er nickte in Richtung des Monitors, auf dem nun ein Gewimmel andersartiger Würmer zu sehen war, die sich durch die Darmwände fraßen; sie waren länger, dunkler und viel größer als die ersten, einige so lang wie der Finger eines Mannes, und sie schnitten mit der gleichen Leichtigkeit durch das Gewebe wie ein Kartonmesser durch weiche Pappe. Ihre unkontrollierten, animalisch-gefräßigen, zuckenden Bewegungen ließen die winzige Kamera immer wieder erzittern.

»Machen Sie ihn auf! Wir spülen ihn aus, holen diese Biester raus und machen eine Ileokolektomie.« Heckman schnitt mit einem Skalpell in die Haut über dem noch immer angeschwollenen Unterleib. Während das CO_2 entwich, breitete sich der Geruch von Faeces aus, und alle wussten, dass auch der Dickdarm perforiert worden war. Der Gestank erschwerte die Arbeit zusätzlich. Das Kohlendioxid entwich durch den schmalen vibrierenden Schlitz und erzeugte dabei das leise brabbelnde Geräusch einer obszönen Flatulenz. Heckman drückte das Messer tiefer hinein, und die Inzision öffnete sich ein wenig. Glänzendes gelbes Fettgewebe, Muskulatur und die darunter liegende Bindegewebshülle wurden sichtbar. Curt Mallon ächzte.

Unvermittelt löste sich in einem großen Schwall eine einzelne Gasblase, die unter dem Diaphragma gefangen gewesen war, und ein Knäuel der größeren Würmer mit deutlich erkennbaren runden, vierzähnigen Mäulern quoll aus der Wunde. Eine entsetzte OP-Schwester wischte die ersten mit einem Tupfer ab. Safir beugte sich über die Inzision und nahm einen der

Würmer zwischen die Finger. Rubin fiel ihm in den Arm. »Nehmen Sie eine Pinzette, Mann...!« Doch die Warnung kam zu spät. Der Wurm heftete sich mit den Fresswerkzeugen an den Latexhandschuh und wickelte seinen langen Thorax wie ein einarmiger Oktopus um den Finger des Arztes. Winzige Chitinzähne bewegten sich über das Latex wie die Mandibeln eines hungrigen Tausendfüßlers, der seine gezackte Bahn in ein Blatt fraß. Safir wollte die Kreatur mit der linken Hand packen, doch der Wurm rutschte über den ausgestreckten Handteller, durchbohrte das Latex und drückte sich auf der Suche nach Dunkelheit blind in das entstandene Loch. Bevor Safir ihn packen konnte, war er völlig unter dem Handschuh verschwunden. Im Innern schlängelte er sich augenblicklich zur warmen, feuchten Mitte der Hand vor, wo er sich zu einem Ring zusammenkringelte, die Kieferwerkzeuge im Zentrum, den Leib um den Kopf geschlungen. Safir konnte fühlen, wie das Ding sich ringelte, und voll Entsetzen spürte er den ersten stechenden Schmerz, als die Zähne der Kreatur sich in seine Hand fraßen. Dann verwandelte sich das Stechen in ein rasendes, beinahe elektrisches Brennen, und unter dem Handschuh strömte Blut hervor. Verzweifelt riss der Arzt ihn herunter und schleuderte ihn zu Boden. Der Wurm flog aus dem Handschuh und landete am Fuß des OP-Tisches auf den Fliesen, wo eine Instrumentierschwester ihn zertrat. Es gab ein widerlich knackendes, quatschendes Geräusch, als sie den Schuh hin und her drehte.

Safir stöhnte und hielt sich die Hand. Er rief nach Gaze und einem neuen Handschuh. Als er sich wieder zu dem Jungen umwandte, wurde ihm klar, dass außer ihm niemand bemerkt hatte, wie der ehedem kleine Einschnitt sich wie ein Reißverschluss zu weiten begann. Noch während Safir darauf starrte, riss die nächste Schicht Gewebe. Plötzlich schoss eine Fontäne aus Blut und flüssigen Faeces empor, bis hinauf zu den Lampen über dem OP-Tisch. Safir sprang vor, um die Wunde mit den Fingern zusammenzudrücken, doch es war zu spät. Der braune

Chylus riss fast ein Dutzend weißlicher Würmer mit, von denen einige auf den Operationstüchern landeten, andere am Boden. Mallon, fast wieder bei Bewusstsein, stöhnte und wand sich. Rubin deckte geistesgegenwärtig ein chirurgisches Tuch über die Inzision. Ein Wurm fiel von einer Lampe über dem Tisch und rutschte einer Schwester in den Nacken. Ihre Hand schoss hoch, um das Ding wegzuschlagen; sie wirbelte im Kreis, wobei sie kreischte und sich immer wieder panisch auf den Hals schlug. Mit weit aufgerissenen Augen verfolgte der Anästhesist von seinem Platz am Kopfende des OP-Tisches ihren Veitstanz. Dann huschte sein Blick erneut zu seinen Monitoren, und er rief gellend: »Beeilt euch, um Gottes willen! Seine Vitalfunktionen... Ich weiß nicht, wie lange sie noch stabil bleiben! Macht ihn sauber und näht ihn zusammen! O Gott, vielleicht gibt's da noch mehr von diesen Biestern, und sie sehen verdammt hungrig aus!«

Die Nachricht von dem Vorfall verbreitete sich wie ein Lauffeuer. Noch während des Eingriffs hatte sich auf dem Korridor vor dem OP eine kleine Schar von Ärzten, Krankenschwestern und Medizinstudenten gedrängt. Es gab ein wildes Geschubse, als jeder einen Blick auf die Ärzte und den Jungen werfen wollte.

Nun, zwanzig Minuten später, hatte man Curt Mallon auf die Intensivstation gebracht und in einer Isolierkabine an die Lebenserhaltungssysteme angeschlossen.

Shmuel Berger hatte sich eine Maske besorgt und sich unter die Menge gemischt, die sich noch immer auf dem Gang drängte und aufgeregt darüber diskutierte, um welche Parasiten es sich handeln konnte und wie es zum Befall des Patienten gekommen war. Doch nicht nur der Fall als solcher war faszinierend – auch die Tatsache, dass der berühmte Dr. Sam Rubin auf ein Problem gestoßen war, das nicht einmal er mit all seiner Erfahrung hatte lösen können.

Ohne die Blicke und Fragen zu beachten, eilten die drei Chirurgen und das OP-Personal in den ärztlichen Umkleideraum und besprachen sich dort mit dem Pathologen, Dr. Beard. Shmuel hatte einen zur Maske passenden Kittel gefunden und schlüpfte unbemerkt mit in den Raum, um das Gespräch zu belauschen.

Eine der jüngsten Schwestern schluchzte noch immer; selbst die älteren, erfahreneren Mitglieder des OP-Teams waren sichtlich erschüttert. Die Oberschwester war in den OP geeilt, als Rubin endlich weitere Hilfe angefordert hatte; sie war froh, dass sie ihm hatte zur Hand gehen können. Sie hatte schon alles gesehen, was es in einem großen Krankenhaus zu sehen gab. Schusswunden, Verstümmelungen und abgetrennte Gliedmaßen waren schlimm genug, doch zuschauen zu müssen, wie ein junger Mann bei lebendigem Leib von Würmern gefressen wurde, war ein bislang unbekannter Schrecken, den sie sich in ihren schlimmsten Albträumen nicht hätte vorstellen können. Sie hatte gesehen, wie dieses *Ding* der jungen Schwester in den Nacken gefallen war, hatte ihre hysterische Reaktion erlebt, als die Kreatur versuchte, sich in das Fleisch seines Opfers zu bohren, und wie die junge Schwester schreiend aus dem OP geflüchtet war.

Jetzt beugte die ältere Frau sich über die jüngere Kollegin, um sie zu trösten und zu beruhigen, sodass die angeschlagenen Nerven der anderen nicht noch weiter strapaziert wurden. Noch immer weinte die junge Schwester hysterisch, wobei sie sich ständig mit den kontaminierten Handschuhen über die Striemen am Hals rieb. Die Oberschwester zog die Hände der jungen Frau von der Schürfwunde und half ihr aus der Kittelschürze.

»Ich habe schon eine Menge Gefrierschnitte bei Würmern durchgeführt, Sam«, sagte Beard, »aber so ein Ding hab ich noch nie gesehen.« Seine Worte klangen nicht gerade beruhigend. Rubin, der im Lauf der Jahre eine ganze Reihe chirurgischer Albträume erlebt hatte, blickte Beard an und meinte: »Na toll, Henry. Und jetzt verraten Sie uns bitte – was ist das?«

»Jedenfalls handelt es sich nicht um Nematoden.«

»Um was? Reden Sie in einer Sprache, die ich verstehen kann!«, rief Rubin verärgert.

»Ein Annelid ist ein Wurm, Sam«, sagte Beard. »Aber das hier ist keiner. Es ist ein Zwischenstadium von Insekt und Arachnoid ... so was Ähnliches wie eine Made. Sieht aus, als würde es sich im Larvenstadium befinden. Es besitzt kein richtiges Maul, nur zahnähnliche Gebilde zum Zerschneiden von Gewebe. Ich habe nicht die leiseste Ahnung, was aus dem Ding wird, wenn es schlüpft. Könnte eine Spinne sein, eine Motte oder eine Fliege ... ich weiß es nicht.« Er kratzte sich am Kopf. »Ich kann weder aus den Bluttests noch aus den Entzündungsreaktionen rings um die Perforationen schließen, wie lange diese Mistviecher schon in dem Jungen waren, aber ich schätze, nicht allzu lange. Vielleicht hat er sich die Biester erst gestern eingefangen, aber nach ihrer Größe und dem Wachstumsstadium zu urteilen würde ich sagen, ungefähr eine Woche. Sie scheinen ausgewachsen zu sein. Einige besitzen reproduktive Drüsen ... hat den Anschein, als würden sie Eier legen.«

»Wir könnten die Forensiker vom Leichenbeschauer um Hilfe bitten, falls es sich tatsächlich um ein Insekt handelt«, rief Sandler, Chef der Abteilung für Infektionskrankheiten. »Zur Hölle mit den Parasitologen! Vielleicht können die Jungs von der Forensik die Mistviecher identifizieren!«

»Die Studenten, die bei der OP dabei waren, haben über Medline eine Schnellsuche gestartet und herausgefunden, dass es sich um Zungenwürmer handeln könnte«, sagte Heckman, der Safir angewiesen hatte, auf der Intensivstation bei Mallon zu wachen. »Allerdings befallen Zungenwürmer Hunde, nicht Menschen. Aber die Studenten arbeiten noch daran.«

»Zungenwürmer?«, rief jemand. »Was, zur Hölle ...«

»Was ist mit dem Jungen?«, fragte eine Schwester. »Den Unterlagen nach leben seine Eltern in Seattle.« Doch sie wurde gar nicht beachtet.

»Wenn wir wüssten, was es ist, könnten wir es mit einem Antibiotikum erledigen oder ausspülen«, erklärte Heckman. »Aber bis wir nicht alle Würmer aus dem Körper des Jungen herausgeholt haben, muss ich davon ausgehen, dass irgendwo noch welche stecken und nur darauf lauern, den Wirtskörper verlassen zu können. Vielleicht haben diese Biester sich überall im Darm oder in der Leber ausgebreitet. Inzwischen sind sie wahrscheinlich in jedem Organ seines Körpers ... fressen, bohren und suchen nach einem Zuhause. Sie fressen ihn buchstäblich bei lebendigem Leibe, von innen nach außen.«

»Was ist das hier, *Alien V*?«, brüllte Rubin. »Falls es Insekten sind ... verdammt, schaffen Sie endlich den Pathologen her!«

Auf dem Gang ertönten Rufe. Der Deckenlautsprecher meldete einen Notfall auf der Intensivstation. Alle wussten sofort, dass es nur Mallon sein konnte, und so war es auch. Ein paar Minuten später berichtete Dr. Beeman Safir den anderen, dass Curtis Mallon tot war.

Shmuel Berger war wie betäubt. Drei Stunden zuvor hatten Curt und er noch im Wohnheim gesessen und gelacht. Jetzt fragte sich Shmuel, ob er wirklich Arzt werden wollte. Er schlich aus der chirurgischen Abteilung und verließ weinend das Krankenhaus. Sein Zimmergenosse, den er erst seit sechs Monaten gekannt hatte – der erste *Goi*, den er einen Freund genannt hatte –, war tot.

1

Freitag, 23. März
Department of Veterinary Medicine
School of Graduate Sciences
The University of Virginia
Charlottesville, VA

»Also schön, Leute, ich hoffe, die Kaffeepause hat Sie ein wenig erfrischt. Dann wollen wir jetzt weitermachen.« Der nachlässig gekleidete Mann mit dem grau melierten Bart stand auf dem Podium und klopfte mit einem Stift gegen den großen Glasbecher, und das scharfe, klingelnde Geräusch erfüllte den Hörsaal. »Wir haben die Grundlagen durchgesprochen, kommen wir nun zur Theorie.« Alan Tatum, der Parasitologe, der sich mehr und mehr zum Philosophen gewandelt hatte, setzte sich rittlings auf das Pult. Seine Zuhörer, ungefähr sechzig Männer und Frauen, kehrten an ihre Plätze zurück.

Tatum war *die* Attraktion am zweiten Tag des medizinischen Fortbildungskurses für Bezirks-Veterinäre, der in den meisten US-Bundesstaaten inzwischen Bedingung für die Erneuerung der tierärztlichen Zulassung war. Einst war Alan Tatum einer von ihnen gewesen, ein praktizierender Veterinär, der dann aber die Herde verließ, um sich der Forschung zu widmen. Die Seminarteilnehmer wussten, dass Tatum seit Jahren keinem Kalb und keinem Fohlen mehr auf die Welt geholfen hatte, doch seine Theorien über die Viehzucht waren allgemein bekannt und geachtet. Tatum war Leiter des Zentrums für Krankheiten von Wild- und Zootieren für den Nordosten der Vereinigten Staaten.

»Mir ist klar, dass ich zu einer gemischten Gruppe von Hörern spreche. Einige von Ihnen arbeiten für Farmer und

Rancher, andere haben eine Tierheilpraxis, wieder andere arbeiten für zoologische Gärten und Parks.« Er ließ den Blick über seine Zuhörer schweifen. »Einige von Ihnen sind auf Kleintiere spezialisiert, andere auf Pferde, und wieder andere machen in Schweinen, wenn ich mal so sagen darf.« Tatum wartete auf einen Lacher, doch es kam keiner. »In diesem Becher hier habe ich mein experimentelles Objekt.« Er hob das Glasgefäß. »Möchte jemand raten, was es ist?«

»Capillaria!«, rief jemand in den Saal.

»Zu klein.« Tatum schüttelte den Kopf. Die meisten Seminarteilnehmer trugen legere weite Hosen und Polohemden, doch selbst an diesem Standard gemessen wirkte Tatum wie ein Penner: bärtig, in einem kakifarbenen T-Shirt, ausgewaschenen Jeans und Sandalen. Trotz seines Erscheinungsbilds hatten sein Ruf, zahlreiche Vorträge als Gastdozent sowie sein routinierter Gebrauch veterinärmedizinischen Fachjargons die Gruppe anfangs eingeschüchtert. Erst später hatte Tatum dank seines Humors und seiner Exzentrizitäten die Zuhörer für sich gewonnen.

»Hat sonst noch jemand eine Idee?«

»Amphistoma«, meldete sich eine andere Stimme.

»Nahe dran. Aber knapp vorbei ist auch daneben.« Tatum steckte den Bleistift in den Becher und rührte die knotige weiße Masse mit dem Ende des Radiergummis, wodurch sich der am Boden ruhende Klumpen auflöste. Plötzlich waren dünne Schnüre zu sehen, die in der Flüssigkeit umherwirbelten wie gekochte Vermicelli.

»Nun, für viele von Ihnen ist das tägliches Brot. Es handelt sich um *Toxocara*.« Einige der Veterinärmediziner murmelten, sie hätten es ja gleich gewusst, doch keiner hatte sich geäußert.

»Der gewöhnliche Spulwurm von Hund und Katze. In diesem Fall handelt es sich um die volle Ladung eines Welpen. Das Tier wurde gestern entwurmt. Die Würmer sind dank Glukose in einer gewöhnlichen Kochsalzlösung und diesem Kaffeewärmer hier gesund und munter.« Tatum deutete auf einen Labortisch neben dem Pult, wo auf einer Wärmplatte ein Wasserbad mit einem chemischen Standardthermometer stand.

»Siebenunddreißig Komma sechs Grad, die ideale Temperatur für diese Burschen«, bemerkte Tatum mit einem Blick auf den zylindrischen Glasbecher. »Und alles an Nahrung, was sie sich nur wünschen, auch wenn das Licht für die kleinen Viecher vielleicht ein wenig zu hell ist. Sie bevorzugen die Dunkelheit des Darms.« Tatum musterte den Becher; die Verwirbelungen im Glas hatten nachgelassen, und die Würmer sanken langsam wieder zu Boden.

»Wahrscheinlich stört das Licht sie gar nicht; sie haben nämlich keine Augen. Wer braucht schon welche, wenn er sein Zuhause im Dünndarm gefunden hat?« Er schaltete den Diaprojektor ein und verdunkelte die Beleuchtung. Ein roter Laserfinger zuckte zur Leinwand, auf der ein weiteres Dia zu sehen war:

Nematodenbefall bei gewöhnlichen Haustieren

Tier	Parasit	angegriffenes Organ
Katze	*Aelurostrongylos*	Lungenarterie
Hund	*Toxocara*	Gedärme
Pferd	*Onchocerca*	Ligamenta
Schwein	*Metastrongylus*	Bronchien
Schaf	*Amphistosoma*	Rumen
Haushuhn	*Acuaria*	Muskelmagen

»Sie alle kennen diese Materie«, fuhr Tatum fort. »Grundlagen der Parasitologie, Haustierbefall. Ich zeige Ihnen dieses Dia, um Sie daran zu erinnern, dass die gewöhnlichen Spulwürmer nicht nur artenspezifisch sind und zum größten Teil nur eine einzige, bestimmte Spezies befallen – sie sind darüber hinaus auch organspezifisch.« Die Seminarteilnehmer betrachteten das Dia. Tatum drückte auf den Knopf, und ein weiteres Dia erschien. Es zeigte ungefähr ein Dutzend weißer Würmer auf einem blauen Tuch. Die sechs verschiedenen Spezies sahen sich sehr ähnlich: weiß, rund, in der Größe jedoch von wenigen Millimetern bis zu mehr als zwanzig Zentimeter variierend. Alle hatten eigene ökologische Nischen in verschiedenen tierischen Organen gefunden. In den Vereinigten Staaten stellten sie nur unbedeutende Plagen dar, doch die Ärzte wussten, dass diese Würmer in anderen Ländern eine der Hauptursachen für Krankheiten, mangelhaftes Wachstum und Untergewicht bei Haustieren waren. Doch Tatum schien auf etwas anderes hinauszuwollen. Die Seminarteilnehmer beobachteten, wie er den Regler der Wärmplatte ein kleines bisschen höher stellte und die Temperatur des Wasserbads um eine Winzigkeit erhöhte. Die Würmer, die sich auf dem Boden abgesetzt hatten, begannen sich zu bewegen, zu wirbeln, zu kreisen und sich zu kontrahieren, wobei ihre Körper C-, S- und U-Formen bildeten. Einer der größeren Nematoden kroch am Rand des Bechers nach oben.

»Das dominante Männchen, nehme ich an. Ein Alpha«, kommentierte Tatum ohne eine Spur von Sarkasmus. »Ich habe die Temperatur um ein Grad erhöht, von siebenunddreißig Komma irgendwas auf knapp über achtunddreißig, als hätte das Wirtstier schwaches Fieber. Sehen Sie sich das an – unsere Freunde mögen es nicht…« Bald wanden sich auch die restlichen Würmer in der lauwarmen Nährlösung, aktiv geworden durch den Temperaturanstieg. Tatum drehte den Regler wieder zurück und ging zur Mitte des kleinen Podiums.

»Diese Burschen sind nicht nur an eine sehr spezifische Temperatur gewöhnt, sondern auch an eine spezifische Umgebung.« Er wartete, während die Würmer langsam wieder zum Boden des Glasbechers sanken. »Der Wurm eines Hundes beispielsweise, *Toxocara*, fühlt sich im Körper eines Menschen nicht sehr wohl. Der Wurm oder seine Larvenformen – Miniwürmer, zwischen einem und zwanzig Millimeter lang – mögen die um ein halbes Grad geringere Temperatur nicht. Der *Toxocara* verhält sich atypisch und stellt merkwürdige Dinge an. Man kann aber auch die Zusammensetzung der einfachen Chemikalien im Milieu des Wurms verändern.«

Er nahm eine Packung Tums aus der Tasche, zeigte den Seminarteilnehmern eine einzelne Tablette und ließ sie in den Becher fallen. Das Antazidum begann sich aufzulösen. Nichts geschah. Dann setzte der Tanz der Würmer wieder ein. Tatum nahm den Becher und stellte ihn auf ein Regal unter dem Pult, direkt neben einen identischen Glasbecher, der für die Hörer nicht zu sehen war. »Keine Sorge, in den nächsten fünf Minuten geschieht nicht viel, bis das Bikarbonat sich vollständig gelöst hat. An diesen zwei Beispielen möchte ich Ihnen zeigen, dass sowohl Temperatur als auch pH des Wirtstiers im Wesentlichen bestimmen, wie der Wurm auf seinen Wirt reagiert. Setzen Sie den richtigen Wurm in den falschen Wirt, oder den falschen Wurm in den richtigen Wirt, und Sie haben ein abweichendes Verhalten.«

»Wie steht es mit nicht domestizierten Tieren?«, rief eine dunkle Stimme. Tatum spähte in den Hörsaal und bemerkte eine Hand, die rasch gehoben und genauso schnell wieder gesenkt wurde. Der Sprecher saß in der letzten Reihe, in einer Ecke. Der größte Teil der Hörer hatte seinen Platz weiter vorn gewählt, doch dieser Mann, wer immer er war, saß ganz hinten.

»Gute Frage«, antwortete Tatum. »Wir wissen sehr viel weniger über nicht domestizierte Formen, und sie könnten uns bei unseren Forschungen sicherlich hilfreich sein. Das Dumme ist nur, dass wir sie nicht unter Laborbedingungen beobachten können, ganz zu schweigen ihren Parasitenbefall, eben *weil* sie wild oder halb domestiziert sind. Ich habe Tiere studiert, die auf der Straße getötet wurden – Skunks, Eichhörnchen, Beutelratten –, doch große Tiere werden nicht so häufig überfahren. Meine Kollegen in Grainsville verfügen über eine Sammlung sowohl einheimischer als auch fremder Spezies. Eine interessante Frage, Sir. Vielleicht können wir ihr in einem anderen Seminar nachgehen.«

»Elche ...«, sagte ein weiterer Tierarzt.

Tatum wusste, dass er auf die Probe gestellt wurde. »Der Elch ist ein gutes Beispiel für Fehlverhalten unter wilden Tieren. Es gibt einen spezifischen Wurm, der unauffällig in den Eingeweiden des Elchs parasitiert, doch es kommt vor, dass ein Elch mit *P. tenuis* infiziert wird, dem Wurm des Weißschwanzhirschen. Der Wurm mag die ›falsche‹ Umgebung nicht und migriert zum Gehirn des Elchs, daher der Name ›Hirnwurm‹. Die Elche werden blind und taub oder verfallen in Raserei, und viele sterben.«

»Fremde in einer fremden Welt ...«, sagte die Stimme aus der letzten Reihe. Tatum starrte angestrengt in den halbdunklen Saal. Er kannte weder die Stimme noch ihren Besitzer. Andererseits hatten sich in den letzten paar Jahren zahlreiche neue Veterinäre in Virginia niedergelassen; auch Tatum selbst galt als »Neuer«, zugereist aus dem Norden. Er beschloss, den Mann respektvoll zu behandeln; vielleicht war er ein alter Hase mit Verbindungen zur Universität.

»Sicher, und das genau ist der Punkt, den ich herauszustellen versuche. Wir alle müssen uns bewusst sein, dass wir trotz der Weiterentwicklung der Tierzucht und ungeachtet der nahezu vollständigen Eliminierung von Haustierparasiten als signifikanter Ursache für Sterblichkeit der Viehbestände wachsam bleiben müssen ...« Er zögerte. »Ihre Metapher gefällt mir, Sir. Stammt sie zufällig aus diesem Science-Fiction-Roman von Robert A. Heinlein? Ich glaube, ich habe ihn als Kind gelesen ... *Ein Mann in einer fremden Welt*?«, bemühte sich Tatum, zuvorkommend zu sein. Doch er erhielt keine Antwort.

»Nun, in zwei Monaten«, fuhr er fort, »werden wir ein neues Mitglied an unserer Fakultät begrüßen. Ich bin ihm erst einmal begegnet, doch ich bin sicher, er wird unsere Diskussionen bereichern. Ich weiß, dass Sie alle von meinem Sermon über Helminthiasen die Nase voll haben. Es dürfte erfrischend sein, Tierkrankheiten aus der Sicht eines Virologen kennen zu lernen.«

»Frisches Blut?«, rief ein bärbeißiger Mann in der ersten Reihe. »Das wurde aber auch Zeit, Alan.« Die anderen lachten. Zwar hatte Tatum seine Anziehungskraft nicht verloren, doch sein Fachgebiet, parasitäre Infestationen, war allmählich abgegrast. Vielleicht würde ein Virologe tatsächlich neue Perspektiven aufzeigen.

»Wen hat die Universität sich denn diesmal unter den Nagel gerissen, Alan?«, erkundigte sich der Veterinär in der ersten Reihe.

»Eine Berühmtheit. Arbeitete jahrelang für die Weltgesundheitsorganisation. Hat in der Schweiz über Arboviren geforscht, ist dann in die Vereinigten Staaten zurückgekehrt und hat in New York auf dem Gebiet der Zoonosen gearbeitet. Sein Name ist Jack Bryne.«

Einige Hörer nickten; sie hatten von Bryne gehört und seine Veröffentlichungen gelesen. Andere kannten ihn von ProMED, dem Internet-Mailservice, der rund um die Welt über den Ausbruch von Seuchen berichtete. Viele der zwanzigtausend Mitglieder von ProMED waren Tierärzte, und einige von ihnen befanden sich hier im Hörsaal. Erfreutes Gemurmel wurde laut. Jack Bryne, kein Mediziner und kein Tierarzt, sondern ein Dr. phil. und eine Kapazität auf dem Gebiet der Infektionskrankheiten, würde einem Ruf an die Universität Virginia folgen.

»Nun, ich hoffe, Sie heißen ihn willkommen. Bryne wird Phase eins der Impfstofftests gegen das West-Nil-Fieber leiten und die Sicherheit überprüfen; sobald diese Sicherheit gegeben ist, wird er mit Phase zwei beginnen. Ich brauche Ihnen nichts über diese Seuche zu erzählen; sie finden alles in den Zeitungen. Wie es aussieht, sind unsere Breiten als Nächstes an der Reihe. Die Seuche folgt den Zugvögeln. Vier Fälle in Washington im letzten Jahr, und es breitet sich nach Süden aus. Falls der französische Impfstoff in Amerika genauso gut wirkt wie in Israel, stehen uns möglicherweise bald Serienimpfungen bevor.«

»Aber nicht für die Vögel, Alan.«

»Nein, nicht für die Vögel. Doch falls das Serum so gut ist wie das Rift-Tal-Vakzin, können wir wenigstens die Pferde immunisieren. Unglücklicherweise müssen sie noch warten, möglicherweise bis nächstes Jahr. Falls es mir gelingt, Jack Bryne zu überzeugen, dass er seine Perlen hier nicht vor die Säue wirft, legt er vielleicht ein gutes Wort für uns ein, und Virginia kommt oben auf die Liste für die Pferdeimpfung.«

Erneut wurde unter den Hörern Gemurmel laut. Tatum sah eine Frauenhand emporschießen und genauso schnell wieder verschwinden – fast wie ein militärischer Gruß.

»Ja?« Er nickte der Frau zu. »Haben Sie eine Frage?«

»Fremder in einer fremden Welt. Das ist nicht von Heinlein. Es ist eine Bibelstelle«, sagte sie. »Und ich freue mich sehr, dass die Universität Dr. Bryne berufen hat. Er ist eine großartige Ergänzung. Ich habe ihn letztes Jahr in New York kennen gelernt. Ich freue mich. Meinen Glückwunsch.«

Tatum strahlte die Hörer an. Die Möglichkeit, sich mit einem so anerkannten Virologen wie Bryne auszutauschen und mit ihm zusammenzuarbeiten, war eine sehr erfreuliche Perspektive, und die unverlangte Unterstützung seitens der Fremden tat ebenfalls gut. Tatum blickte zu dem Mann im hinteren Teil des Hörsaals, der wieder die Hand gehoben hatte. Tatum war aufgefallen, dass die Haut der Handinnenfläche eine Art Mal trug, eine feuerrote Entzündung wie von Lyme-Borreliose. Er überlegte kurz, ob er den Mann bitten sollte, sein Frage vorzubringen, kehrte dann aber zum Thema zurück.

»*Toxocara* ist keine besonders gefährliche Bedrohung für Hunde oder Katzen, es sei denn, der Befall ist extrem stark. Gleiches gilt für Viehbestände. Wechseln wir jedoch den Wirt, sieht die Sache anders aus. Wenn beispielsweise die befruchteten Eier dieser kleinen Biester hier«, bei diesen Worten nahm er den zweiten Becher unter dem Pult hervor, »aus Versehen von Menschen aufgenommen werden, kann das ernste Folgen haben. Meist trifft es Kinder, die im Sand oder Schmutz spielen. Wenn die Eier im Sand liegen und das Kind die Finger nach dem Spielen in den Mund steckt, gelangen die Eier in den Verdauungstrakt. Das Kind infiziert sich mit einer Krankheit, die normalerweise gar nicht für Menschen gedacht ist, wenn ich es einmal so formulieren darf – nicht unähnlich dem, was Elchen widerfährt, wenn sie von Pflanzen fressen, die mit Exkrementen von Hirschen verschmutzt sind.«

Die Frau mittleren Alters in der ersten Reihe, die vorhin Jack Bryne so sehr gelobt hatte, meldete sich wieder zu Wort. »Viszerale Migration«, sagte sie.

»Korrekt. Oder, genauer, viszerale Larvenmigration, VLM. Die ausgewachsenen Formen treten niemals zutage. Es sind die Larven, die wandern, und in diesem Fall in die Augen des Kindes. Vergleichbares geschieht im Fall von *Ancylostoma caninum*, dem gewöhnlichen Hakenwurm des Hundes, den man sich beispielsweise an einem Strand zuziehen kann, auf dem das Tier seinen Kot abgesetzt hat. Die Larven dringen in die Haut ein und wandern ebenfalls, nur durch die obersten Hautschichten hindurch – aber ich kann Ihnen sagen, das juckt höllisch!«

»Waren Sie nicht der Urheber dieses Gesetzes?«, fragte eine andere Frau.

Tatum blickte verlegen drein. Er hatte in der Tat an einem Gesetz mitgearbeitet, das rücksichtslose Defäkation von Hunden in den Stadtparks von New York unter Strafe stellte und vor über zwanzig Jahren verabschiedet worden war, das so genannte »Köterschaufel-Gesetz«. Tatum hatte die Stadt vor zwanzig Jahren verlassen, auf der Suche nach »grüneren Gefilden«, wie er seinen Freunden erklärt hatte. Doch die Köterschaufel-

Geschichte war an ihm haften geblieben wie Hundekot, der an den Schuhsohlen klebt – eine amüsante Anmerkung in seinem Lebenslauf, eine Randnote, die seinen Ruf begleitete. Nicht gerade der Nobelpreis.

»Ja, vor vielen Jahren in einer fernen Stadt«, gestand Tatum, »und ich möchte darauf hinweisen, dass andere Städte diesem Beispiel gefolgt sind … Aber wie Sie wissen, stellt viszerale Larvenmigration in den Vereinigten Staaten kein größeres Problem dar. Gesunder Menschenverstand, gepaart mit elterlicher Vorsicht bei Kleinkindern und Säuglingen, trägt mehr zur Vermeidung einer Infektion bei als jedes Gesetz. In der Stadt spielten die Leute die Parkpolizei, die selbst keine Hunde besaßen. Und das Gesetz wurde nicht verabschiedet, um die Kinder zu schützen, sondern die teuren Schuhe von wichtigen Typen.«

Er kam schon wieder vom Thema ab. Er warf einen Blick auf die Wanduhr und stellte fest, dass seine Zeit beinahe um war. Bei diesem Gedanken hob er den Glasbecher, als wollte er einen Trinkspruch ausbringen. »Es ist spät geworden. Ich würde sagen, wir machen Schluss für heute. Noch Fragen?«

Sein Blick schweifte über die Gruppe; dann hob er das Glas an den Mund und trank den Inhalt. Weiße Fäden kreisten um seine Lippen, bevor sie eingesaugt wurden. Die meisten Anwesenden im Hörsaal konnten nicht fassen, was sie sahen. Einige öffneten den Mund; andere starrten Tatum aus weit aufgerissenen Augen an. Nur der große Mann in der letzten Reihe schien zu begreifen, was vor sich ging. Er brach in lautes Gelächter aus – ein tiefes, homerisches Lachen. Männer und Frauen starrten zur Bühne, dann zu dem lachenden Mann.

»Das hat er bei Houdini abgeguckt. Er hat die Becher vertauscht. Es waren zwei. *Das da* ist nicht der gleiche Becher wie eben!«, rief jemand. »Es war ein Trick!«

Die Gruppe wandte sich wieder zu Tatum.

»Er hat Recht, Leute.« Tatum zog den richtigen Becher mit den echten Würmern darin unter dem Pult hervor. Sie ruhten noch immer am Boden. »Ich habe ein paar Spaghetti in Chablis getrunken. Gar nicht übel. Hat vielleicht jemand ein Stück Brot dabei, damit ich das Glas auswischen kann?« Tatum tupfte sich den Bart mit einem Taschentuch ab, blickte ins leere Glas, grinste die Gruppe an und verließ das Podium.

Die Seminarteilnehmer packten ihre Sachen zusammen. Einige der älteren Männer lachten erheitert, andere taten ihre Meinung kund, dass Tatums Taschenspielereien diesmal zu weit gegangen seien. Vereinzelt erklangen Rufe und Pfiffe. Die Gruppe löste sich auf, und Tatum machte sich daran, sein Durcheinander an Papieren und Unterlagen aufzuräumen. Wenn Bryne erst an Bord war, konnte der ihm vielleicht ein paar dieser Seminare abnehmen. Es wurde ihm alles ein wenig zu viel.

Montag, 14. Mai
945 Cat Rock Road
Greenwich, Connecticut

Der Senator beobachtete, wie sich das schmale, rechteckige Becken aus dem Überlauf der Mühle füllte. Zwanzig Meter unterhalb der Abflussrinne war der Bach mit einer Reihe von Bohlen eingedämmt, und das Wasser staute sich rasch in den so entstandenen grasgesäumten Swimmingpool zurück. Besser ein Naturteich als eine von diesen Betonmonstrositäten, dachte er. Die Wasserschutzbehörde hatte ebenfalls keine Einwände; sie hatte den Bau genehmigt. Das Wasser war kostenlos, sauber und ein wenig angewärmt, weil es weiter oben im Mühlenteich gestanden hatte. Außerdem entstanden keine Unterhaltskosten; der Pool musste nicht gechlort werden, und es waren keine Chemikalien nötig. Der einzige Nachteil bestand darin, dass der Naturpool ein Stück weit vom Haus entfernt lag und der Senator jedes Mal zuerst die Dielen einsetzen musste. Er hatte überlegt, ob er seinen Naturpool für den Wahlkampf benutzen sollte, als Beispiel für seine Sorge um die Umwelt, hatte sich dann aber dagegen entschieden. Es wäre ein wenig spleenig, und manche Wähler könnten es missverstehen. Also hatte er beschlossen, seinen Pool vor der Öffentlichkeit geheim zu halten, auch wenn das *People Magazine* ihn einmal beim Schwimmen in dem kleinen Becken fotografiert hatte; peinlich, wenn ein Kongressabgeordneter, der für sein entschlossenes Engagement für Ökologie und Umweltschutz bekannt war, auf seiner eigenen, mehr als dreißig Morgen großen Ranch einen Bach umleitete. Schließlich war er der »Öko-Kämpfer« – jedenfalls hatten sie ihn in ihrem Artikel so genannt.

Sein Mobiltelefon klingelte. »Lowen.«

Er kannte die Stimme am anderen Ende. Lowen hielt das Handy in der hohlen Hand ans Ohr und warf einen Blick hinauf zum Haus, um sich zu vergewissern, dass der Wagen seiner Frau nicht in der Einfahrt stand. »Ja, alles in Ordnung, sehr gut.« Er wartete darauf, dass der Anrufer das Gespräch beendete. Erneut lauschte er ungeduldig, während er beobachtete, wie der Bach langsam in den grasgesäumten Pool strömte. Das Wasser bedeckte den Boden wie ein ausgebreitetes Seidentuch. Kleine Frösche am Ufer sprangen in das vielleicht zehn Zentimeter tiefe Wasser. Lowen biss sich auf die Unterlippe. »Selbstverständlich, Susan. Ich komme morgen ins Büro. Ich habe bereits ein Zimmer reserviert, in drei Wochen. Wir werden das ganze Wochenende für uns haben.« Noch während er redete, ging Lowen zum Haus zurück. Er öffnete die große Glastür zum Schlafzimmer und trat ein.

Er lauschte der Stimme am anderen Ende und betrachtete sich im mannshohen Spiegel, während er darauf wartete, dass Susan auflegte. Verdammt, wie schwatzhaft sie war! Der Spiegel ließ Lowen schlanker erscheinen, als er mit seinen neunzig Kilo tatsächlich war. Er besaß noch immer sein volles silbernes Haar, das bei seinen Wählerinnen so gut ankam. Zwischen seinen Brustmuskeln wuchs weißer Flaum, ziemlich attraktiv für einen Burschen, der bald sechzig wurde. Allerdings musste der Schmerbauch im Lauf der nächsten paar Wochen ein wenig wegtrainiert werden. Er, Lowen, musste sich hart anfühlen für Susan – und das an mehr als einer Stelle. Bei diesem Gedanken bekam er eine Erektion. Die Badehose engte ihn ein. Endlich endete ihr Redeschwall.

»Hör mal, Susan, informiere dich genauer über den Ort, ja? Thomas Jefferson hat ihn gegründet. Im Juli werde ich dort eine Rede halten. Anschließend ... nur du und ich. Ich habe ein paar besondere Arrangements getroffen, etwas Ausgefallenes, nur für dich.« Er lauschte; dann lachte er leise in den Hörer. »Nein, keine besondere Kleidung, Liebes, ganz leger. Wir sehen uns dann morgen. Ach ja, Susan, noch was. Kümmere dich bitte um einen Tisch im Agricola. Vielleicht kommt Strawbridge auch. Ich sag dir morgen, wer meine Gäste sind.«

Lowen klappte das Mobiltelefon zu und blickte auf die Uhr; dann zog er seine Badehose zurecht und kehrte zum Pool zurück. Sobald das Wasser gut einen Meter hoch stand, konnte er seine Bahnen schwimmen – fünfzig in weniger als einer halben Stunde. Danach würde er den kleinen Damm öffnen, zum Haus zurückkehren und duschen. Und seinen Arzt anrufen; der Ausschlag war wieder da. Die Dinger juckten – kleine Pusteln, die wie aus dem Nichts auf seinen wohl gebräunten Armen und Schultern aufgetaucht waren. Die ersten hatte er noch an den Knöcheln gehabt, vor mehr als vier Wochen. Später waren ihm weitere Stellen in Gürtelhöhe aufgefallen. Und nun saßen die Mistdinger auf seinem Rücken, der Brust und den Unterarmen. Der verdammte Ausschlag konnte peinlich werden, falls er bis zu seinem Treffen mit Susan nicht ausgeheilt war.

Lowens Hausarzt hatte die Läsionen vor ein paar Wochen untersucht und Insektenstiche diagnostiziert, möglicherweise Moskitos, Stechmücken oder Schwarze Fliegen, doch der Senator erinnerte sich nicht daran, dass ihn ein solches Biest gestochen hätte. Vor drei Wochen, als er erkältet gewesen war, hatte der Arzt ihm eine Einschränkung seines Trainingsprogramms empfohlen und eine Woche lang Antibiotika verordnet. Was immer der Grund gewesen war – der Ausschlag war verschwunden, als Lowen die Anweisungen des Arztes befolgt hatte. Nun aber war das Jucken zurückgekehrt, und der Ausschlag hatte sich über den ganzen Körper ausgebreitet. Vielleicht waren es tatsächlich Stechmücken oder Schwarze Fliegen. Er brauchte jedenfalls irgendetwas gegen den Juckreiz, so viel stand fest.

»Verdammt noch mal!«, fluchte Lowen. Er wollte an diesem Abend nicht von dem ständigen Jucken abgelenkt werden. Er wählte die Nummer des Arztes; ein paar Minuten später hatte der Telefonservice ihn aufgespürt.

»Senator! Schön, dass Sie sich melden.« Die Stimme klang nervös, und Lowen hörte einen unterdrückten Seufzer.

»Ja. Hören Sie, das Jucken hat wieder angefangen. Ich habe Benadryl genommen, aber ich glaube, ich brauche ein neues Antibiotikum. Haben Sie bereits die Ergebnisse der Bluttests?«

»Ja und nein. Ich meine... wir haben das Resultat, aber es ist nicht schlüssig. Einer der Werte deutet darauf hin, dass Sie auf irgendetwas allergisch reagieren, aber wir wissen nicht, was es ist.«

»Na toll«, sagte Lowen. »Aber die Medikamente soll ich weiter nehmen?«

»Kurzfristig kann es wohl nicht schaden; trotzdem würde ich gerne weitere Tests machen, um die Ursache zu ermitteln. Wir nehmen noch ein paar Blutproben und überweisen Sie anschließend zu einem Allergologen.«

Lowen war überrascht; dann stieg Besorgnis in ihm auf. »Noch mehr Blutproben? Mann Gottes. Und noch ein Spezialist? Was ist los, Henry? Sie haben gesagt, es wäre eine Allergie.«

»Kein Grund zur Sorge, Senator. Wie ich schon sagte, die Laborwerte zeigen, dass Sie auf irgendetwas allergisch reagieren. Als Erstes müssen wir eine Nahrungsmittelallergie ausschließen. Das erfordert einen Radioallergosorbenttest sowie Hauttests, und beides macht der Allergologe. Ansonsten besagen Ihre Werte, dass Sie kerngesund sind.«

»*Ich* bin kerngesund, aber meine Haut ist anderer Meinung!« Lowen fuhr sich mit der Hand durch das silbergraue Haar und verabschiedete sich von seinem kostspieligen Freund, um einen Blick auf seinen Terminplan für die kommende Woche zu werfen. Er musste wieder nach Washington, doch es gab nur einen einzigen Höhepunkt: Vicky Wade, die Reporterin von HOT LINE. Sie hatte ihn überredet, sich mit Jack Bryne zu treffen, einem Forscher, der ein System zur Beobachtung von Pflanzenkrankheiten entwickelt hatte. Außerdem würden Lucas Strawbridge oder seine Stellvertreterin Judith Gale an dem Gespräch teilnehmen.

Strawbridge, Direktor von Bowman, Boone and Midland, war einer von Lowens wichtigsten Unterstützern. Seine Firmengruppe, die BBM, war ein Konglomerat, das die amerikanischen Nahrungsmittelketten und Supermärkte belieferte. Das Unternehmen steckte riesige Summen in Werbespots und pries die gesundheitlichen Vorteile des frischen, von BBM gezogenen Gemüses. Strawbridge, ein Veganer, war selbst in einigen Spots aufgetreten, um die Reinheit und die Vorzüge frischer Produkte anzupreisen. BBM hatte mit Reis-Futures angefangen, doch Strawbridge hatte das Geschäftsfeld ausgeweitet. Vor zwanzig Jahren hatte er den gesamten Markt an frischen tropischen Früchten aufgekauft. Als fruchtige Eistees in Mode kamen, waren ihm seine Waren von den Softdrink-Herstellern aus den Händen gerissen worden. Er hatte ausländische Obstgenossenschaften zum Anbau von Kiwis ermuntert, worauf der Börsenwert von BBM in die Höhe schnellte, als Kiwis und andere exotische, tropische Früchte ihren Platz in amerikanischen Fruchtsalaten und Fruchtsäften fanden. Dann war Strawbridge in New Mexico im großen Stil in das stagnierende Geschäft mit

Chili eingestiegen. Als Tex-Mex-Salsa und pikante Dips an Beliebtheit zunahmen, war BBM der Marktführer. Als Nächstes war hydroponisches Gemüse an der Reihe gewesen, insbesondere, nachdem der Ausbruch parasitärer Seuchen auf Pflanzen zurückgeführt werden konnten, die im Erdboden gezogen und mit menschlichen und tierischen Exkrementen kontaminiert worden waren.

Im Jahre 1995 war BBM der wichtigste US-amerikanische Produzent von Getreidepflanzen und tropischen Früchten gewesen. Inzwischen sponserte das Unternehmen sonntagmorgendliche Talkshows im Fernsehen und hatte einen Vertrag mit Fox Channel abgeschlossen, der dem Konzern für sieben Jahre die Werberechte sicherte. Außerdem finanzierte BBM zwei größere Sonntagssendungen, die von liberalen Auguren und Washingtoner Insidern bevölkert wurden. Werbespots in den abendlichen Nachrichtenshows folgten. Das BBM-Markenzeichen, ein goldenes Füllhorn, aus dem sich vielfarbige Früchte und Gemüse ergossen, wurde so bekannt wie der Pfau von NBC.

Lowen vermutete, dass Judith Gale, Strawbridges Stellvertreterin und Beraterin, eine Vogelscheuche war: Sie war Pflanzenpathologin und besaß einen Doktortitel der Harvard University. Vicky Wade hingegen war eine bekannte Größe – selbstbewusst, lebhaft, attraktiv. Sie war es gewesen, die Lowen um das Treffen mit Gale und Jack Byrne gebeten hatte. Hoffentlich waren die verdammten Entzündungen bis dahin verschwunden.

Er nahm noch mehr Cortisoncreme und rieb sich damit ein. Poppy, sein zottiger Labrador, kam ins Zimmer, gefolgt von Janey, Lowens Frau. Er ignorierte beide und schenkte sich einen weiteren Drink ein. Er hasste den Kläffer, er hasste die freie Natur, und er hasste die Ehe mit Janey.

Vielleicht würde Susan eine Entscheidung erzwingen.

2

Montag, 21. Mai
Free Union, Virginia

Jack Bryne packte den Griff über der Beifahrertür und spannte die Muskeln, als der Fahrer von der befestigten Straße auf einen schmalen, holperigen Feldweg abbog. Durch das Blätterdach der Bäume fielen vereinzelte Sonnenstrahlen. Der Weg verengte sich rasch und bot nur noch Platz für einen Wagen. Trotzdem wurde der Fahrer nicht langsamer, was Jack, der den geordneten städtischen Verkehr von Albany gewohnt war, ziemlich entnervte. Er beobachtete, wie Randy Highhouse, ein ortsansässiger Immobilienmakler, den Allradantrieb des Jeeps zuschaltete, was dazu führte, dass die Reifen noch mehr Steine hinter dem Fahrzeug emporschleuderten. Mit seinen braunen, quastenbesetzten Mokassins bearbeitete Randy die Pedale.

Randy Highhouse stammte aus einer alteingesessenen Charlottesviller Familie. Er wies seinen Fahrgast auf verschiedene Sehenswürdigkeiten zu beiden Seiten der Straße hin, während er wild am Lenkrad kurbelte. Ein alter weißer Wohnwagen stand wenige Meter neben dem Weg. Im Innern brannten sämtliche Lichter.

»Das ist Moe Shifflets Trailer. Der alte Moe ist so etwas wie ein Verwalter für die drei Häuser weiter oben. Ihres steht am höchsten. Sie werden Moe früh genug kennen lernen. Die Geschichte seiner Familie reicht hier in Virginia weit zurück. Man findet Shifflets im ganzen Staat, wie Läuse.« Randy sog schnüffelnd die Luft ein und wechselte das Thema. »Als die Leute von CBS vor ein paar Jahren hergekommen sind, um von dem Filmfestival zu berichten, habe ich den Fernsehleuten für zwei Wochen ein hübsches Haus vermietet, besser als jede Hotelsuite in der Stadt. Offensichtlich hat Miss Wade sich an mich erinnert, denn es war ja ihr Büro, das angerufen und mich gebeten hat, Ihnen zu helfen. Sie sind ein Naturbursche, nicht wahr?«

Schon auf dem Parkplatz am Campus hatte Randy den Besucher einzuschätzen versucht. Man konnte aus der Kleidung eine Menge über einen Menschen erfahren; Sandalen mit Socken jedoch waren Randy neu, und der graue Pferdeschwanz, der von einem Gummiband zusammengehalten wurde, war überaus ungewöhnlich. Doch Jack erinnerte an Clint Eastwood oder den jungen Gary Cooper. Er war sehnig, braun gebrannt, mit tiefen Falten auf der Stirn und im Gesicht. Unter dem rechten Ärmel seines Sporthemds deutete eine hässliche Narbe mit zentimeterweit auseinander liegenden Stichen auf Gewalttätigkeiten oder gefahrvolle Abenteuer hin. Jack reiste mit wenig Gepäck: ein kleiner Koffer und ein Notebook. Randy war froh, dass die Universität die Miete für das Haus bezahlte. Der Typ sah aus, als hätte er keine fünf Cents in der Tasche.

»Ja, ich bin gern in der freien Natur, und ich liebe es, das Land zu erkunden. Früher bin ich Hanggleiter geflogen, bin mittlerweile aber ein wenig zu eingerostet dafür. Also gehe ich wandern und erforsche das Land zu Fuß.«

»Sie kennen Miss Wade?«

»Ja, schon eine ganze Weile.«

»Sie hat unser Zusammentreffen arrangiert«, fuhr Randy fort. »Miss Wade hat ihre Beziehungen spielen lassen, damit Sie das Haus bekommen.«

Jack klammerte sich erneut am Haltegriff fest, als ein Forsythienzweig gegen die Windschutzscheibe peitschte. Die dunkle Straße wirkte so bedrohlich und primitiv wie der Weg durch den Regenwald von Sri Lanka, an den Jack sich sehr gut erinnerte und den er fürchtete.

Jack musterte seinerseits Randys Kleidung: verwaschene graue Socken, limonengrüne Hose und ein weißes Polohemd mit einem kleinen blauen Logo. Er roch die Schuhcreme und das Aftershave eines Gentleman. Doch Randy Highhouse war ein Mann, der das raue, weite Land kannte, auch die Waldpfade und Nebenstraßen, einschließlich dieser hier, die zu dem Haus führte, das Jack nun beziehen würde. Randy kannte auch die Geschichte der Gegend; er wies Byrne auf die Kirchtürme kleinerer Orte und verfallende Tabakscheunen hin. Seit sie vom Parkplatz der Fakultät in Richtung Nordwesten fuhren, zeigte Randy sich freundlich und kundig und gewährte Jack die Gastfreundschaft der Südstaatler.

»Das Anwesen erstreckt sich genau westlich der Straße, von der wir eben abgebogen sind, bis fast hinauf zum Gipfel des Berges«, erklärte Randy. »Eine Fläche von fast dreiundvierzig Hektar. Die eine Grenze reicht bis zur asphaltierten Straße, die andere wird von der Spitze des Berges markiert, dem Crooked Mountain. Sie sagten vorhin, Sie sind mal Hanggleiter geflogen. Nun, von dort fliegen manchmal welche los. Am Wochenende können Sie vielleicht ein paar sehen. Sie starten vom Crooked und fliegen über das ganze Tal bis nördlich vom Flughafen.«

»Danke für den Tipp«, antwortete Jack.

Randy kam wieder zum Geschäft. »Das Haus liegt auf halber Höhe. Küche, Esszimmer, zwei Bäder, zwei Schlafzimmer, Veranden – ein schmuckes zweistöckiges Haus. Es war für die einstigen Pächter. Das Haupthaus lag noch weiter oben, ist aber vor mehr als hundert Jahren abgebrannt. Angeblich haben's die Yankees angesteckt.« Er deutete auf die Karte in Jacks Schoß. »Hier, dieser Punkt ist der Gipfel des Crooked Mountain. Wir fahren jetzt nur noch bergauf; Ihr Haus liegt gut dreihundert Meter hoch. Das Haupthaus lag auf fast vierhundertdreißig Meter, auf diesem Kamm hier.« Er deutete auf die Mitte eines konzentrischen Kreises auf der Karte. »Da oben ist es kühler, besonders im Sommer. Der Gipfel ist knapp fünfhundert Meter hoch und grenzt an den Shenandoah National Park.«

Jack spähte durch die Windschutzscheibe. Zu beiden Seiten des Fahrwegs sah er die Schluchten, die von regelmäßig wiederkehrenden Sturzbächen in die Hänge gegraben worden waren, und die kleinen ausgetrockneten Bachläufe, deren Quellen irgendwo in den Hügeln verborgen lagen. Jack wusste, dass die kleinen Rinnsale sich nach einem Gewitter in reißende Ströme verwandeln und selbst die asphaltierten Highways unpassierbar machen konnten. Mit jeder Kurve änderten sich die Farben der Landschaft: von Wind und Regen geformte Sandflächen; Ablagerungen von rotem Ton, die von merkwürdigen blauen Streifen durchzogen waren, als wollte die Natur ihr eigenes Schottenmuster bilden. Und überall ringsum die Grüntöne des späten Frühlings, hellgrüne Flecken aus Stinkkohl, limettenfarbene Gräser, lincolngrüne Tannen und prachtvolle, leuchtend grüne riesige Eichen.

»In den Bergen gibt es jede Menge Erze – Kupfer, Eisen. Sogar Diamanten findet man hier«, bemerkte Randy. »Die blaue Farbe in den Ablagerungen stammt von den Kupferoxiden. Viele halten es für Zinnerz, aber das stimmt nicht. Es ist Kupfer. Das Rot kommt vom Eisenerz, das Blau vom Kupfer. Vor dem Krieg hatten wir ein paar große Minen in der Gegend.«

Jack streckte die langen Glieder im Beifahrersitz. Er überlegte, ob seine Sandalen und Jeans angemessen waren für die neue Umgebung, in der er leben würde. Und er fragte sich, ob derartige Überlegungen für einen Yankee mit englischem Akzent als angemessen betrachtet würden. Randy Highhouse schien den Akzent nicht bemerkt zu haben, als sie sich fünfzehn Minuten zuvor kennen gelernt hatten; er hatte keine der üblichen Bemerkungen über Jacks Sprechweise oder seine offenkundige Herkunft fallen lassen. Jack für seinen Teil hatte ebenfalls beschlossen, nichts zu sagen und auch nicht nachzufragen, wenn er etwas nicht verstand. Deshalb erkundigte er sich auch nicht, welchen »Krieg« Randy Highhouse meinte; es konnten der Freiheitskrieg, der Bürgerkrieg oder einer der

Weltkriege gewesen sein. Als Jack entschieden hatte, die Stelle an einer Universität in den Südstaaten anzutreten, hatten seine Kollegen in Albany ihm geraten, mit Äußerungen über den Bürgerkrieg vorsichtig zu sein.

»Es ist mir stets ein Vergnügen, ein Haus für einen Professor der Universität von Virginia zu suchen. Die Uni verfügt über eine ganze Reihe schöner Häuser, die ihr von Absolventen, Ehemaligen und Freunden für Besucher zur Verfügung gestellt wurden«, fuhr Randy fort. »Das Büro des Dekans hat mich angerufen, Ihnen eine Unterkunft zu suchen, alles vorzubereiten und Sie dorthin zu bringen. Ich hätte Ihnen eine schöne Wohnung besorgt, aber dank Miss Wade haben Sie es mit dem Haus nun viel besser getroffen. Da vorn ist es. Ich hoffe, es gefällt Ihnen.«

Die Straße führte auf eine weitläufige Lichtung, die übersät war mit einzeln stehenden Sassafrasbäumen. Zur Rechten, ein wenig abseits, befand sich ein ovaler Teich, vielleicht fünfhundert Quadratmeter groß, mit einem kleinen Anlegesteg auf der gegenüberliegenden Seite. Voraus stand ein weißes Haus im Kolonialstil, inmitten eines Hains aus Weymouthkiefern. Dahinter zogen die Bäume sich bis zum dunklen Gipfel hinauf. Das Haus wirkte groß und eindrucksvoll im Vergleich zu dem alten Cottage, das Jack und seine verstorbene Frau in der Nähe von Albany gemietet hatten. Es gefiel ihm auf den ersten Blick.

Die beiden Männer stiegen aus dem Jeep, und Jack nahm seinen Koffer und das Notebook. Der Makler schloss die alte Tür auf, und beide betraten das Haus. Es roch nach Zedernholz und dem seifigen Aroma frisch gescheuerter Böden. Randy öffnete ein Fenster, um frische Luft hereinzulassen, und deutete auf die Treppe. »Das Erdgeschoss ist ziemlich schlicht. Dicke Eichenbalken, Steinboden, ein gemauerter Kamin und der alte gusseiserne Ofen dort, der im Winter gute Dienste leistet. Das Mobiliar sieht ein wenig schmucklos aus, ist aber in gutem Zustand.«

Jack öffnete den Kühlschrank; er war makellos sauber. Der

Eisschrank, ein alter General Electric, war ebenfalls abgetaut, leer und gereinigt. Doch als Jack ihn genauer betrachtete, entdeckte er vereinzelte schwarze Pünktchen, die er auf Anhieb als Mäusekot identifizierte.

»Peromyscus«, sagte er leise zu sich selbst.

Randy Highhouse stieg bereits die Treppe hinauf. Jack folgte ihm und blätterte ein paar alte Taschenbücher durch, die auf einem Regal standen, zerlesene *Golden Books*. Die plastikummantelten Einbände hatten sich wie Schlangenhaut abgeschält, die Seiten waren gelb von Säure und Feuchtigkeit. Frisches Holzmehl bedeckte eines der Bücher, als hätte jemand kürzlich ein Loch in die Wand gebohrt.

»Wie ich schon sagte, zwei Schlafzimmer, zwei Bäder, das kombinierte Wohn-Esszimmer unten und ein Arbeitszimmer«, fuhr Randy fort. »Der Strom ist seit gestern wieder eingeschaltet, und die Telefongesellschaft hat den zusätzlichen Anschluss installiert, um den Sie gebeten haben. Außerdem wurde das Wasser den Vorschriften gemäß auf Kolibakterien untersucht. Es ist einwandfrei – kommt aus einer Quelle oben am Crooked Mountain. Kristallklar. Niemand wohnt über Ihnen. Die Quelle speist den Teich. Es ist ungefährlich, darin zu schwimmen ... das heißt, es könnte immer mal sein, dass ein Schnapper sich darin eingerichtet hat.«

»Eine Schnapper-Schildkröte?«

»Ja. In fast jedem Teich hier in der Gegend gibt's eine, und Ihre dürfte ein ziemlich großes Biest sein. Allerdings ist sie im unteren Teich, nicht hier oben. Die Biester schnappen sich die Enten und die kanadischen Gänse, die den ganzen Winter hier verbringen. Angeblich fressen sie sogar kleinere Hunde. Aber dieser Teich hier ist sicher. Wunderbar zum Schwimmen, besonders im Sommer. Kalt und klar, das Richtige für Sie und Ihre ... Familie.« Er geriet ins Stocken; man hatte ihm nicht allzu viel über diesen Jack Bryne erzählt; Randy wusste kaum mehr, als dass Bryne eine Art Virusforscher war und eine Professur an der Uni hatte, und dass seine Frau vor einiger Zeit in New York City ums Leben gekommen war – bei irgendeiner Geschichte, mit der das FBI zu tun gehabt hatte. Eine »Bombendrohung«, hatte die *Washington Post* berichtet. Randy beschloss, das Thema zu wechseln.

»Wenn Sie wilde Tiere mögen, sind Sie hier genau richtig. Das Haus steht so einsam, dass Sie Rotwild, Waschbären, Opossums und vielleicht sogar hin und wieder einen Schwarzbären zu sehen bekommen. In den größeren Teichen gibt's Barsche.« Er runzelte die Stirn. »Ich sag das mit den Bären, um Sie daran zu erinnern, niemals draußen Müll aufzubewahren. Das lockt die Bären an.« Randy blickte auf die Uhr. »Wenn Sie nichts dagegen haben, lass ich Sie jetzt ein paar Stunden allein. Ich komme gegen sechs wieder, dann können wir Ihren Wagen an der Universität abholen. Ich gebe Ihnen eine Karte, damit Sie den Weg hierher zurück finden. Ich nehme an, Sie wollen noch ein paar Lebensmittel besorgen, wenn Sie hier draußen kampieren, bis morgen der Umzugswagen kommt.«

Jack nickte.

»Gut. Dann also gegen sechs.« Jack begleitete den Makler zu seinem Wagen und schaute ihm hinterher, bis er hinter einer Kurve verschwand. Dann ging er ins Haus und öffnete weitere Fenster, um frische Luft hereinzulassen, und überzeugte sich, dass das Telefon funktionierte. Er hob den Hörer ab und hörte das Freizeichen. Also war die zweite Leitung ebenfalls freigeschaltet. Jack öffnete die Notebooktasche, stöpselte die Modemleitung in den Wandstecker und schaltete den kleinen Computer ein. Nach kaum einer Minute war er online und überprüfte seinen Briefkasten auf neue E-Mails.

Jack Bryne war Virologe. Er hatte seinen Abschluss vor fast dreißig Jahren an der University of Virginia gemacht, und jetzt hatte diese Universität ihn zurückgerufen. Charlottesville hatte sich seit damals grundlegend verändert, der Campus jedoch nicht. Jacks Aufgabe bestand darin, Vorlesungen zu halten,

Forschungsprojekte zu beaufsichtigen und mit den Vakzin-Tests beim Kampf gegen das West-Nil-Fieber zu beginnen. Doch die Professur für Virologie gestattete ihm Freiheiten: Mithilfe des Internetanschlusses der Universität konnte er einen Teil seiner Zeit für sein besonderes Projekt abzweigen, ProMED-Mail, wenn auch nur als Gelegenheits-Redakteur – die Vollzeitmoderation musste jemand anders übernehmen. ProMED zog inzwischen weltweites Interesse auf sich und fand Unterstützung in vielen Staaten der Erde. Es war das erste und bisher einzige weltumspannende Überwachungssystem, um neue, potenziell ansteckende Viruserkrankungen zu entdecken, die unablässig und unvorhersehbar in den entferntesten Winkeln der Erde auftraten.

ProMED sammelte die Informationen von Tausenden freiwilliger Mitarbeiter, die an medizinische Einrichtungen in aller Welt weitergeleitet wurden. Die Organisation deckte nicht nur bekannte Seuchen auf, sondern auch neue, rätselhafte Bedrohungen – Seuchen, die noch völlig unbekannt waren. Der Ausbruch des Nipa-Virus 1999 in Indonesien und des West-Nil-Fiebers in den Vereinigten Staaten etwa zählten dazu, und neue infektiöse Krankheiten würden folgen. Es war naiv zu glauben, dass in dieser Hinsicht keine bösen Überraschungen mehr zu erwarten waren.

Jacks Aufgabe bestand darin, Onlinetexte zu bewerten, zu überprüfen und zu redigieren sowie Kollegen und Behörden vor möglichen Problemen zu warnen. Heute war ProMED unabhängig und stand dank Stiftungsgeldern und privaten Spenden auf einer soliden finanziellen Basis. Jack nahm an, dass seine zweiwöchentlichen Abstecher nach Washington kein Problem darstellten. Er würde sich persönlich mit seinen Kollegen vom US-Wissenschaftlerverband treffen, um gemeinsam mit ihnen nach neuen Möglichkeiten zu suchen, das System auszuweiten und zusätzliche finanzielle Unterstützung zu gewinnen. Außerdem hatte Vicky versprochen, öfters von New York nach

Washington zu kommen, was die Vorstellung eines regelmäßigen Zwei-Stunden-Flugs noch erfreulicher machte.

Jacks neues Projekt war ProMED-Plant – kein großartiger Name, aber treffend. Obwohl ProMED ursprünglich gegründet worden war, um Krankheiten zu überwachen, die Tiere und Menschen befielen, waren Pflanzenkrankheiten die große neue Herausforderung. Sie konnten ganze Ernten vernichten und Menschen in entlegenen Gegenden mit ebenso tödlicher Sicherheit das Leben kosten wie jede Seuche. Wurden Nahrungsmittel vernichtet, starben die Menschen an Hunger – das schwarze Pferd der Apokalypse. Jack versuchte, dieses Bild abzuschütteln, doch es hing wie eine dunkle Wolke über ihm, während er sich bemühte, die traumatischen Ereignisse der letzten Jahre zu verdrängen.

Er griff nach der Karte des Grundstücks, die Randy Highhouse ihm dagelassen hatte, umrundete den Teich und folgte einem Pfad durch eine Schlucht den Berg hinauf. Der Teich sah von oben einladend aus, und er fragte sich, ob es Fische darin gab. Zwanzig Minuten später näherte er sich einer Lichtung, die von einem Zaun aus Schwarten gesäumt war. Highhouse hatte ihm erzählt, dass die Universität vor mehr als zwanzig Jahren die gesünderen Bäume gefällt hatte; das Unterholz fasste in dem roten Tonboden nur langsam Fuß. Der Karte war zu entnehmen, dass auf dieser Lichtung einst das Haupthaus gestanden hatte. Es musste ein mächtiges Gebäude gewesen sein. Die Umrisse des Fundaments waren noch immer im Innern eines Rechtecks alter Eichen zu erkennen, die man hatte stehen lassen. Hinter den Ruinen ragte eine Steilwand mehr als dreißig Meter senkrecht auf.

Vorsichtig näherte Jack sich den Ruinen. Falls es einen Keller gab, konnte er leicht irgendwo durchbrechen. Bald erkannte er, dass das Haus gleichsam am Berg geklebt hatte; die Klippe hatte die Rückseite gebildet. Seltsam. Doch vor über hundert Jahren mochte diese Konstruktionsweise durchaus ihren Sinn besessen haben. Vorsichtig einen Fuß vor den anderen setzend, bewegte er sich voran. Er fand die Überreste eines großen Kamins. Einige der alten Steine befanden sich noch an Ort und Stelle; sie waren zu schwer, als dass Farmer oder Siedler sie abtransportieren und als Baumaterial hätten benutzen können. Weiter unten sah er die Schornsteinspitze seines Hauses und den Zufahrtsweg, der im Osten in Richtung der befestigten Straße verschwand. Es war tatsächlich kühler hier oben in der Nähe des Gipfels, vielleicht drei Grad. Auch die Insekten waren weniger lästig; sie wurden von einer stetigen Brise den Hang hinuntergetragen. Natürliche Klimatisierung, dachte Jack. Er nahm sich vor, den Hausverwalter nach der Ruine zu fragen, während er einen Blick auf die Uhr warf. Es wurde Zeit, umzukehren, zu duschen, die Kleidung zu wechseln, beim Umzugsunternehmen anzurufen und vielleicht noch mit Vicky zu telefonieren.

Jack war noch ein paar hundert Meter von seinem neuen Zuhause entfernt, als er einen alten Scout-Kleinlaster erspähte; der Wagen entfernte sich holpernd vom unteren Teich und kam schlitternd zum Stehen. Als sein Fahrer Jack erblickte, der vom oberen Teich herunterkam – demjenigen, den man vom Haus aus sehen konnte –, rief er herüber: »Hey, Professa! Sehn Sie sich das hier an!« Der Mann, mit einem alten blauen Overall bekleidet, stieg aus, ging zur Pritsche des Kleinlasters und zog eine blaue Plastikplane beiseite. »Randy hat erzählt, Sie hätten nach Schnapper-Schildkröten gefragt, und da fiel mir ein, dass ich zum unteren Teich fahren und nachsehen wollte.«

»Mr Shifflet, nehme ich an«, sagte Jack und gab ihm die Hand. Als er über die Heckklappe blickte, traute er seinen Augen nicht. Der Schnapper war dunkel, fast schwarz; grüne Algen hingen in langen Fäden von seinen Hornplatten. Das Tier war gewaltig. Mit ausgestreckten Beinen war es mindestens so groß wie ein Gullydeckel. Der triefnasse Schnapper rührte sich nicht. Blut leckte aus dem Halsstumpf, wo sein Kopf gesessen hatte. Shifflet streckte den Arm über die Bordwand aus und stieß die Kreatur mit einem abgeschnittenen Besenstiel an. Unvermittelt erwachte sie zum Leben, peitschte vor und zurück; der kopflose Hals zuckte umher wie auf der Suche nach einem Opfer für die nicht mehr vorhandenen Kiefer. Der Hals des Tieres war von zwei Seiten eingeschnitten, als hätte jemand eine gewaltige Kerbe hineingeschlagen.

»Was ist mit dem Kopf passiert?«, erkundigte sich Jack.

»Oh, der ist in dem Eimer hier. Wollen Sie mal sehen? Aber bleiben Sie weg...« Shifflet grinste Jack verschwörerisch zu, wobei er seine gelben, von Tabak fleckigen Zähne zeigte, während er einen alten *Sheetrock*-Gipseimer von der Ladefläche nahm. Er zog ein Stück Sackleinen und nasses Papier beiseite, und Jack blickte in den Eimer. Diamantförmig, schwarz wie Kohle, mit pechschwarzen Augen, aus denen eine Aggression sprach, die sich in Millionen Jahren der Evolution entwickelt hatte, ruhte dort der Kopf des Schnappers. Blut troff aus der Stelle, wo der Kopf vom Hals abgetrennt worden war.

»Warum sieht der Kopf verformt aus?«

»Das war ich, Doc. Musste ein Beil benutzen. Hab ihn beim ersten Mal schräg am Hals erwischt. Der Bursche fing an zu schnappen. Da hab ich ihm noch ein Ding verpasst, und der Kopf segelte wild um sich beißend durch die Luft.«

»Hat Highhouse nicht gesagt, es sei ungefährlich? Das Biest hätte mir glatt einen Fuß abbeißen können!«

»Unwahrscheinlich. Und der obere Teich ist sicherer. Ich hab dort noch nie 'nen Schnapper gesehen, solange ich mich erinnern kann, und Barsche auch nicht. Aber wenn Sie schwimmen wollen, nehmen Sie den kleinen Pfad beim Haus. Waten sie nicht am Ufer herum, benutzen Sie den Pfad. Man kann nie wissen.«

Jack warf einen weiteren Blick in den Eimer. Shifflet stieß den Besenstiel leicht gegen das Auge des Schnappers. Mit einer so blitzschnellen Bewegung, dass Jack sie kaum wahrnahm, riss der Schnapperkopf das Maul auf und schloss es um den Besenstiel. Der Biss durchtrennte das harte Holz mit einem Geräusch, das Jack niemals vergessen würde.

»Und? Meinen Sie, er is' tot, Professa?«, fragte Shifflet.

Jack lächelte. »Meine Güte, das Ding ist so gefährlich wie eine geladene Pistole! Was werden Sie damit anfangen?«

»Den Kadaver vergrab ich, und den Kopf geb ich meinem Vetter drüben im Tal. Der is' Tierpräparator und macht Lampen aus den Biestern. Tja, ich muss weiter, das Vieh fängt bald an zu stinken.« Er winkte Jack ein letztes Mal gut gelaunt zu und fuhr los. Wieder allein, betrachtete Jack die glatte Oberfläche des Teichs mit anderen Augen.

Eine Stunde später hielt Randys Jeep auf dem Wendeplatz; eine weitere halbe Stunde später waren sie bei Jacks Wagen auf dem Parkplatz des Campus. Die Dämmerung setzte ein, als sie sich verabschiedeten. Jack beschloss, noch ein paar Kisten mit Akten aus dem Wagen hinauf in sein neues Büro zu tragen. Die restlichen Kartons mussten bereits vor einigen Tagen eingetroffen sein; vielleicht war jemand schon so freundlich gewesen, sie in sein Büro zu bringen.

Man hatte Jack sein neues Büro schon vor Wochen gezeigt. Es gefiel ihm, auch wenn er neue Regale benötigte und eine zweite Telefonleitung für den Internetanschluss. Er schloss die Tür auf und wollte gerade eintreten, als jemand rief: »Bryne? Jack Bryne?«

Er drehte sich um und erblickte zwei Gestalten im Halbdunkel des Korridors. Die eine blieb stehen, während die zweite, größere, sich in seine Richtung in Bewegung setzte. Der massige, merkwürdig gekleidete Fremde sah aus wie ein Einsiedler aus den Bergen – die Burschen, vor denen man Jack gewarnt hatte, sollte er allein durch die Wälder Virginias streifen. Doch der Mann wirkte nicht bedrohlich, und seine Stimme klang freundlich und neugierig.

»Sie müssen Jack Bryne sein!« Der Mann stand nun vor ihm und streckte ihm die Hand entgegen. Trotz seiner verdreckten Stiefel, der Latzhose und des schmutzigen Holzfällerhemds machte er einen liebenswürdigen Eindruck. Er grinste breit, sodass seine regelmäßigen weißen Zähne zu sehen waren. Der Mann war gut eins achtzig, hatte jedoch den Rücken gekrümmt, als wollte er sich jeden Augenblick auf sein Gegenüber stürzen. »Willkommen im Affenhaus, wie Vonnegut es wahrscheinlich genannt hätte. Ich heiße Tatum, Alan Tatum, Ihr neuer Kollege.« Er wandte sich zu dem anderen Mann am Ende des Korridors um. »Hey, Motte! Das ist der Neue, Jack Bryne! Komm, sag Guten Tag!« Tatum nahm Jack die Kiste mit den Akten ab und stieß damit die Tür auf.

»Benötigen Sie Hilfe beim Ausladen?«, fragte der zweite Mann. »Ich bin Richard Brown, der Entomologe. Der gute alte Alan nennt mich Motte – meinetwegen dürfen Sie das auch.« Jack schüttelte ihm die Hand. Der Mann schien nur aus Haut und Knochen zu bestehen. Er war fast so groß wie Jack, wog aber wahrscheinlich kaum mehr als halb so viel. Alles an ihm war knochig, das Kinn, die Wangen, die Ellbogen, selbst die Finger. Er hatte rotblondes Haar und Sommersprossen. Sein Hemd saß locker, die Hosen schlackerten.

»Ich habe gesehen, wie heute Nachmittag eine Menge Kisten in Ihr Büro gebracht wurden«, fuhr Brown fort. »Alan und ich dachten uns schon, dass Sie bald kommen würden.« Die drei Männer betraten Jacks neues Büro, und Tatum stellte die Kiste auf einen Tisch.

Dann wandte er sich Jack zu und deutete auf das Fenster. »Sie haben eine hübsche Aussicht hier, Jack. Besser als von meinem Büro aus. Und mehr Platz haben Sie auch. Was soll's, ich bin schließlich nur Veterinär, ein kleines Licht unter dem großen Scheffel und ganz unten in der Nahrungskette. Schön, Sie bei uns zu haben. Meine Güte, Sie sind der Erste, der auf dem Walter-Reed-Lehrstuhl für Tropenmedizin sitzt. Was ist das für ein Gefühl, einen so ehrwürdigen Posten zu haben? Ich hab gehört, irgendein Colonel aus Kentucky hätte den Lehrstuhl gestiftet, aber irgendwie ergibt das für mich keinen Sinn.«

»Nun, abgesehen von den Geldern ›irgendeines Colonels‹, wie Sie ihn nennen, verfüge ich über eine Reihe von Forschungsetats der CDC, um die West-Nil-Infektionen bei der Vogel- und Moskitopopulation Virginias zu überwachen«, antwortete Jack. »Außerdem könnte ich mir vorstellen, dass der Staat Virginia zusätzliche Mittel bereitstellt. Ich schätze, denen bleibt gar nichts anderes übrig.«

»Also breitet die Krankheit sich aus?«, fragte Motte.

»Unter uns gesagt, Richard – ja. Und zwar bedrohlich.«

»Tatsächlich?«, fragte Tatum. »Ich habe nichts von einer Ausbreitung gehört.«

»Nun, ich bin im Augenblick nicht informiert, was amtliche Mitteilungen angeht, aber aus den Berichten der staatlichen Überwachungsstellen entnehme ich, dass der Erreger sich nicht nur im Nordosten, sondern auch hier ausbreitet, bis hinunter zu den Golfstaaten – vielleicht sogar über den gesamten Kontinent.«

»Wo kommt er her?«

»Das ist eine eigenartige Geschichte. Eine Theorie besagt, dass in den Sechzigern ein Stamm aus dem Sloan Memorial Hospital entkommen ist. Wie es scheint, hat man dort in der Krebsforschung mit dem West-Nil-Virus experimentiert.«

»Im Ernst?«, fragte Tatum.

»Ja. In den Dreißigern wurden Personen mit Syphilis im Endstadium mit Malaria infiziert. Es hat sie geheilt. Später geriet die *Malariakur*, wie man sie nannte, in Vergessenheit, als Penicillin zum bevorzugten Heilmittel gegen Syphilis wurde. Das hohe Fieber, das durch die Malariaerreger hervorgerufen wurde, hat die Erreger der Syphilis abgetötet, sogar in weit fortgeschrittenem Stadium. Deshalb die West-Nil-Versuche und die Krebsexperimente am Sloan. Doch die Theorie war genauso falsch wie die Annahme, dass die Viren aus dem Sloan entwichen sind. Es ist ein ganz anderer Stamm.«

»Ich habe gehört, die bosnischen Flüchtlinge, die wir 1998 aufgenommen haben, hätten die Erreger eingeschleppt.«

»Auch das stimmt nicht, Alan.« Jack verlagerte sein Gewicht auf dem Stuhl. »Der bosnische Stamm passt ebenfalls nicht ins Bild. Nach unserem derzeitigen Wissenstand – der sich natürlich jederzeit ändern kann – ist der amerikanische Stamm eng mit einem Virus verwandt, das wir 1999 im Hals einer israelischen Gans isoliert haben. Sehen Sie sich den Bericht auf der Webseite von ProMED an.«

Tatum lehnte sich im Stuhl zurück. »Das ist ja toll. Der Informationsfluss ist wirklich verdammt schnell. Eine israelische Gans?«

»Wie gesagt, es kann sich jederzeit ändern, wie bei allen uns bekannten Viren. Ich bin nicht nur hier, um vergangene Ereignisse zu analysieren, sondern sie in die Zukunft zu projizieren, falls möglich. Noch sitze ich nicht auf Reeds Lehrstuhl, Alan, doch es wird mir eine Ehre sein. Wie Sie wissen, war Reed der Erste, der ein Insekt, einen Moskito, mit einer Infektionskrankheit in Verbindung brachte, dem Gelbfieber. 1868 hat er an dieser Uni seinen Abschluss gemacht, im Alter von siebzehn Jahren – der jüngste Absolvent in der Geschichte der Universität von Virginia. Zweiunddreißig Jahre später hat er das Gelbfieber auf Kuba ausgerottet. Deshalb fühle ich mich geehrt, dass ich auserwählt wurde, den Lehrstuhl von Walter Reed zu besetzen.« Jack verstummte verlegen und schaute die beiden anderen aus freundlichen blauen Augen an.

Brown betrachtete einen der Kartons. »Das sieht mir nicht nach Büchern aus, Jack«, sagte er mit seinem ausgeprägten Arkansas-Akzent, der sich mit dem singenden Tonfall Virginias vermischt hatte. »Das Paket ist in New York City abgestempelt. Sieht aus, als wäre es zusammen mit den Kisten aus Albany hier abgestellt worden.«

Jack untersuchte das in braunes Packpapier eingeschlagene Paket. Der Absender war ein S. Berger aus Manhattan. »Oh, ich nehme an, es ist ein Willkommensgruß von einem alten Freund. Danke, Richard.« Er nahm das Paket an sich, damit er es nicht vergaß. Was hat Shmuel mir da geschickt, fragte er sich.

Tatum lächelte und blickte Jack an. »Tja, wie gesagt, Richard ist unser Entomologe. Er hält Vorlesungen über Insekten, Pestizide, Ökologie und Forensik. Aber mit Motten kennt er sich am besten aus, das werden Sie schnell genug feststellen. Übrigens, ich heiße zwar Tatum, aber meine Studenten nennen mich *Tati*, wie den französischen Schauspieler.«

»Und dass ich Motte genannt werde«, sagte Brown, »haben Sie ja schon gehört. In spätestens einer Woche haben Sie ebenfalls 'nen Spitznamen, wetten? Jedenfalls, willkommen an Bord. Eine weitere Motte, die ins Feuer geflogen ist … oder eine Fliege, die am Fliegenfänger landete. Haben Sie je darüber nachgedacht, wie eine Fliege sich fühlt, wenn sie an dem Klebzeug hängt?« Es war eine Anspielung auf die Auseinandersetzungen in der Hochschul-Hierarchie, und Tatum achtete auf Jacks Reaktion, konnte aber nichts entdecken. Jack hatte Erfahrung in akademischen Kämpfen, und er würde nicht in den Ring steigen, ohne vorher seinen Widersacher kennen gelernt zu haben.

»Und was lehren Sie, Alan?« Jack war ehrlich interessiert.

»Zoonosen. Krankheiten von Tieren, die auf Menschen übertragbar sind. Virale, bakterielle und parasitäre Infektionen«, erwiderte Tatum. »Motte kann Ihnen helfen, wenn es um Krankheiten geht, die von Insekten hervorgerufen werden, und ich helfe Ihnen gern bei einigen der viralen und parasitären Infektionen wie beispielsweise Arboviren und Würmern. Die anderen in der Abteilung kennen sich mit Nahrungsmittel- und Wasserhygiene und in Umweltfragen aus. Und wir sind ein gutes Basketballteam – wahrscheinlich werden wir noch besser, wenn Sie als Center bei uns mitspielen.«

»Mal sehen«, antwortete Jack.

»Haben Sie heute Abend schon was vor?«, fragte Tatum. »Richard muss wahrscheinlich hier bleiben, aber ich würde gerne mit Ihnen essen gehen, dann können wir uns ein bisschen besser kennen lernen.«

»Geht ihr nur«, sagte Brown. »Ich würde euch ja gern Gesellschaft leisten, aber ich habe noch ein Schwein im Sack, das ich mir ansehen muss.«

»Meine Güte, Motte, noch eins?«

»Ein Schwein im Sack?«, fragte Jack lachend. Erst jetzt spürte er seinen Hunger nach der neunstündigen Fahrt.

»Darüber wollen Sie bestimmt nicht Genaueres wissen, Jack, jedenfalls nicht vor dem Essen. Lassen wir Motte seine Arbeit tun.«

Jack hatte keine Ahnung, wovon die beiden redeten, doch sein Magen knurrte. Er hatte sich unterwegs nicht damit aufgehalten, etwas zu essen, in der Hoffnung, dass er eine Kleinigkeit zu sich nehmen konnte, wenn er erst in Charlottesville eingetroffen war – bislang vergeblich. Beim Gedanken an einen Grill lief ihm das Wasser im Mund zusammen.

Fünf Minuten später waren die beiden Männer umgeben von lärmenden Studenten, Zigarettenqualm und dem Geruch nach brennendem Fett, gegrilltem Fleisch und Schälrippchen, Würstchen, Hähnchenflügeln, Pommes frites, Krautsalat, Zwiebelringen und abgestandenem Bier. Zum zweiten Mal an diesem Tag musste Jack daran denken, wie gut es ihm tat, in seine Vergangenheit und nach Virginia zurückgekehrt zu sein.

»Um auf Ihre Frage von vorhin zurückzukommen, Jack, ich suche nach tieferen Wahrheiten, die uns die Würmer erzählen können – sozusagen«, erklärte Tatum beim dritten Bier. Er pickte ein Pommes frites vom Teller, tauchte es in einen Klecks roter Sauce und schob es sich genüsslich in den Mund. Die scharfe Sauce tropfte in seinen Bart, und er wischte sie nachlässig mit einer Serviette ab. »Insbesondere Spulwürmer.«

»Also sind Sie Parasitologe?«

»Para*skrip*tologe. Sicher, ich kenne mich in Parasitologie aus, von vorn bis hinten. Manche Leute schütteln sich schon beim Gedanken an Parasiten, aber ich verdiene mein Geld damit. Doch mir geht es nicht bloß um Parasiten als solche, sondern auch darum, was sie uns über die Evolution verraten. Und genau darum geht es bei der Paraskriptologie. Sehen Sie«, er deutete mit einem Hühnerbein auf Jack, »Parasiten entwickeln sich nicht weiter, wenn sie in ihrem Wirt glücklich und zufrieden sind. Manters Drittes Gesetz.«

Jack bemühte sich vergeblich, Tatums Akzent zu identifizieren. Es war ein Südstaatendialekt, doch er konnte ihn nicht benennen.

Tatum fuhr fort: »Die Paraskriptologie macht sich die Ähnlichkeiten und Unterschiede zwischen den Spezies zunutze, um größere Zusammenhänge aufzudecken. Beispielsweise gibt es in der Karibik einen Salzwasserfisch, in dessen Eingeweiden ein ganz bestimmter Wurm vorkommt. Eine ganz andere Spezies von Fischen lebt im Pazifik, vor der Küste von Ecuador, und sie beherbergt den gleichen, *genau* den gleichen Wurm.«

»Interessant«, sagte Jack, doch er wusste nicht, worauf Tatum hinauswollte. Fische und Spulwürmer?

Tatum sah den fragenden Ausdruck auf Jacks Gesicht. »Warten Sie ab. Der Punkt ist, dass zwei verschiedene Spezies aus Südamerika, von denen die eine im Pazifik, die andere im Atlantik beheimatet ist und die beide den gleichen Parasiten besitzen, uns etwas Interessantes sagen.«

»Und was?«, fragte Jack.

»Zum einen, dass es vor der Auffaltung der Anden einen riesigen See im heutigen Brasilien gegeben haben muss. Dieser See besaß Abflüsse nach Osten und nach Westen, und unsere beiden Fische gehörten einst der gleichen Spezies an. Als die Anden sich aufgefaltet und den Kontinent zweigeteilt haben, leerte sich der See. Der eine Fisch lebte fortan im Stillen Ozean, der andere in der Karibik. Die Fische entwickelten sich unterschiedlich weiter, doch ihre *Parasiten* nicht, weil es *nicht nötig* war. Sie blieben bis zum heutigen Tag exakt gleich.«

»Und was sagt uns das?«

»Die Theorie erklärt nicht nur die Ähnlichkeit zwischen den beiden Spezies von Fischen, sondern auch ihre Unterschiede. Und sie gibt uns eine Reihe Antworten auf ökologische Fragen, die anders nicht zu beantworten wären. Die Seentheorie ist nicht neu, sie ist mehr als zwanzig Jahre alt, doch die Geologen bestätigen heute ihre Richtigkeit.«

»Sie versuchen also, mithilfe von *Würmern* die Entwicklungsgeschichte zu erhellen, genauso, wie ich es anhand von Viren versuche«, sagte Jack beeindruckt. Tatum schien ein Rufer in der Wüste zu sein, so wie er selbst.

»Viren als entwicklungsgeschichtliche Forschungsobjekte?«, fragte Tatum, nun seinerseits fasziniert. Ihn schienen die Theorien Brynes, die dieser niemals zu Papier gebracht hatte, brennend zu interessieren.

»Das alles ist noch nicht spruchreif, Alan.« Jack war noch nicht so weit, als dass er seinem Kollegen eine schlüssige Theorie hätte darlegen konnte, doch Tatum sollte zumindest erfahren, dass die Hypothesen über virale Evolution ganz ähnlich aussahen. »Aber ich will es in knappen Worten versuchen zu erklären. Wie Sie wissen, sind Viren keine Tiere. Daraus folgt, dass die neodarwinistischen Gesetze, auf die Sie sich berufen, möglicherweise nicht auf Viren anwendbar sind. Ich kenne diesen Manter nicht ...«

»Wahrscheinlich genauso wenig wie Farenholz, aber Sie werden beide kennen lernen, wenn Sie in meiner Nähe bleiben. Beide sind führende Wurmspezialisten.«

»Toll, ich kann Würmer nicht ausstehen. Was Viren angeht – sie sind im Grunde genommen genetischer Müll, weggeworfen von höheren Pflanzen, Pilzen und Tieren. Anstatt in der Ursuppe abzusterben, überleben Viren außerhalb lebender Organismen, und zwar lange genug, um von einer neuen, ähnlichen Lebensform wieder aufgenommen zu werden. Es ist eine unbestrittene Tatsache, dass die Entstehung von Viren ohne lebende Zellen unmöglich war. Viren können nur innerhalb von Zellen existieren. Keine Zellen, keine Viren. Das ist Brynes erstes Gesetz. Ich hab's mir gerade ausgedacht.« Jack nahm einen Schluck Bier. »Brynes zweites Gesetz besagt, dass Viren die ultimativen Parasiten sind. Sie haben sämtliche Funktionen bis auf die Replikation abgeworfen ... keine Augen, kein Mund, kein Verdauungsapparat, überhaupt keine Organe. Viren bestehen entweder aus reiner RNA oder reiner DNA. *Aber*, Alan, und jetzt kommt der Knackpunkt: Sie entwickeln sich weiter, wenn auch langsam. Gesetz Nummer drei lautet, dass die genetische Sequenz eines Virus uns verrät, woher er stammt, beispielsweise aus einem Tier oder einer Pflanze. Wenn man die DNA menschlicher Pockenviren, Variola, sequenziert, findet man Dutzende verschiedener Stämme: Kuhpocken, Kamelpocken, Rentierpocken, Elefantenpocken, Mäusepocken und so weiter ...«

»... und so fort. Okay, Jack, ich erkenne den Zusammenhang«, unterbrach ihn Tatum, während er seine letzten Pommes frites in die scharfe Soße tunkte.

»Gut«, erwiderte Jack. »Worauf ich hinauswill ... Die Pockenviren sind unterschiedlich und spezifisch für eine Tierart, eine Spezies, und trotzdem sind sämtliche Pockenarten verwandt, was sich anhand ihrer DNA-Sequenzen nachweisen lässt.« Jack nahm einen weiteren Schluck. Es wurde spät, doch das Gespräch machte ihm Spaß. »Also reiht man sämtliche Pockenviren auf und entwickelt einen Familienstammbaum.«

»Ein Dendrogramm.« Tatum bezog sich auf eine horizontale Aufstellung ähnlicher Spezies, aus der hervorgeht, wie sie sich entwickelt haben. »Ich benutze das gleiche System.«

»Schön, und wenn man anschließend sämtliche Pockenviren miteinander vergleicht – welches Tier hat dann aller

Wahrscheinlichkeit nach das Pockenvirus als Erstes freigesetzt?«

»Affen, Menschenaffen, könnte ich mir vorstellen. Oder Rinder. Kuhpocken vielleicht?« Tatum konnte nur raten.

»Falsch. Das ist ein weit verbreiteter evolutionstheoretischer Irrtum. Affen und Menschen haben sich vor Jahrmillionen aus einem gemeinsamen Vorfahren entwickelt, doch Pocken sind eine relativ junge Erkrankung, möglicherweise nicht älter als fünfzigtausend Jahre. Trotzdem – Pocken mussten sich aus einer früheren Form entwickeln. Und die *Mäusepocken* sind mit allen anderen Arten am engsten verwandt.«

»Aber sie sind doch nicht …«

»Mäusepocken sind für Menschen nicht ansteckend, wollen Sie sagen? Die genetische Sequenzierung zeigt, dass Variola und Mäusepocken sehr eng miteinander verwandt sind, enger als jede andere Pockenart, die Dutzende verschiedener Tier- oder Pflanzenspezies infiziert. Oder Insekten.«

»Worauf wollen Sie hinaus? Wie lautet das Fazit? Was sagt uns diese Beobachtung?«

»Die frühen Menschen waren Jäger und Sammler. Als sie sesshaft wurden, zu Ackerbauern, und Getreide anbauten – Weizen und Gerste, in der Neuen Welt auch Mais –, wurden Mäuse zu den ersten ungebetenen Gästen. Zum ersten Mal in ihrer Geschichte hatten Menschen engen Kontakt mit den kleinen Nagern, die von der Ernte angelockt wurden. Nagetiere übertrugen den frühen Menschen ihre Viren, beispielsweise Mäusepocken, genau wie ihre Bakterien, nämlich Pest, Leptospirose und Typhus. Worauf ich hinauswill … Die Infektionskrankheiten des Menschen stammen ursprünglich von Tieren, daher verraten uns die ältesten Krankheiten auch die ältesten *Beziehungen* zwischen Menschen und Tieren. In diesem Fall die Beziehung von Mäusen und Menschen, sozusagen.«

»Wir haben etwas gemeinsam, Jack. Wir beide glauben, dass Würmer und Viren uns letzten Endes bezwingen.« Tatum wischte sich das Kinn ab und schaute Jack an. »Und wenn Sie Motte über seine forensische Entomologie reden hören, können Sie die Insekten auch noch auf die Liste setzen.«

»Ganz sicher, Alan. Mehr als die meisten Menschen ahnen. Doch sie vermitteln uns auch tiefere Wahrheiten. Sehen Sie – wir beide haben bereits den See in Südamerika entdeckt und den ersten Begleiter des Menschen, die Maus.« Er nahm einen großen Schluck Bier. »Aber jetzt mal zu etwas anderem. Was macht Motte so spät am Abend im Labor? Was hat er in diesem ›Sack‹? Ehrlich, ich brenne vor Neugier.«

»Also schön, Jack, Sie hatten ja Ihr Abendessen. Der gute alte Richard hat seine Ausbildung in Entomologie an der Cornell erhalten, in Ithaca. Ich weiß nicht, weshalb er sich so sehr für Motten interessiert – vielleicht verrät er's Ihnen eines Tages. Jedenfalls, Motte und eine Gruppe Studenten wollten bei einer Fete mal ein Spanferkel grillen. Leider war das Ferkel mit parasitären Zysten übersät. Es hatte Finnenbefall, also mussten sie das Ferkel loswerden. Aber wo? Sie fanden ein Autowrack bei einer Müllhalde, warfen das Ferkel in den Kofferraum und schlugen den Deckel zu. Ein paar Wochen später fuhr Motte an der Müllkippe vorbei und beschloss nachzusehen, was aus dem Ferkel geworden war.« Tatum nahm den letzten Schluck aus dem hohen Glas. »Natürlich hatte der Verwesungsprozess eingesetzt – es war Sommer –, aber da war noch mehr. Der Kadaver war übersät mit Maden und anderem Getier. Jedenfalls erkannte Motte, dass er möglicherweise etwas Bedeutsames entdeckt hatte. Er kam jede Woche wieder, entnahm vorsichtig die Maden, Larven und anderen Tiere, die von dem Kadaver fraßen, und marschierte damit in sein Labor. Er kaufte ein weiteres Spanferkel, legte es in ein anderes Autowrack und begann sich Notizen zu machen. Er fand heraus, dass verschiedene, aufeinander folgende Wellen von Insekten durch die Ritzen und Spalten in den Kofferraum eindrangen und sich von den Überresten ernährten. In vier Monaten katalogisierte er eine

Prozession von Tausendfüßlern, Fliegen, Ameisen, Käfern und Würmern, die sich langsam durch das Fleisch bis zu den Knochen fraßen. Das Erstaunliche daran: Diese Prozession war reproduzierbar. Jedes Mal die gleiche Abfolge, mit einigen jahreszeitlich bedingten Schwankungen. Motte kam zu dem Schluss, dass der Todeszeitpunkt jedes Tieres – oder Menschen – ziemlich genau festgestellt werden kann, indem man die Insekten identifiziert, die sich zu einem gegebenen Zeitpunkt durch den Kadaver fressen. Er war einer der Ersten, die auf dem neuen wissenschaftlichen Gebiet der forensischen Entomologie geforscht haben.«

»Und was geschah dann?«, fragte Jack.

»Natürlich hat er seine Ergebnisse veröffentlicht. Einen Monat nach Erscheinen des Artikels erhielt er einen Anruf vom FBI. Drei Monate später bekam er ein Stipendium vom Bundesgesundheitsamt, über eine Dreiviertelmillion Dollar. Damit waren die nächsten zehn Jahre für ihn gesichert, und Motte katalogisierte die Insektenprozessionen in New York, Louisiana, Kalifornien und einigen anderen Staaten. In dieser Zeit hat er seinen Doktor in Entomologie gemacht. Tja, heute ist er bei uns und glücklich, wenn er sich mit seinen Lepidoptera, seinen Schmetterlingen und Motten beschäftigen kann – daher sein Spitzname. Einmal im Jahr demonstriert er seinen Studenten sein ›Schwein im Sack‹. Dort ist er heute Abend, um den Kadaver zu inspizieren und seine Maden einzusammeln.«

Jack war tatsächlich erleichtert, dass sie nicht beim Essen darüber gesprochen hatten. Vor allem aber verspürte er Vorfreude: Es würde aufregend und interessant werden, gemeinsam mit Tatum und Brown zu lehren, Gedanken und Ideen auszutauschen und über Sorgen und Ängste zu sprechen. Doch jetzt war er sehr müde von der langen Fahrt. Tatum sah es ihm an.

»Ich kann verstehen, wenn Sie jetzt nach Hause möchten, Jack. Sie sehen geschafft aus.«

Jack nickte. »Bin ich auch. Außerdem wird's bereits dunkel, und ich kenne die Nebenstraßen noch nicht so gut.«

»So ging es mir vor elf Jahren auch, als ich aus New York hierher kam. Ich hab 'ne Ewigkeit gebraucht, mich zurechtzufinden. Fahren Sie nach Hause, Jack, und gönnen Sie sich eine ordentliche Mütze Schlaf. Hier«, Tatum kritzelte seine Telefonnummer auf eine Karte, »ist meine Nummer, privat und im Institut. Und falls Sie nächste Woche Zeit haben – ich halte einen Vortrag an der Veterinär-Akademie. Würde mich freuen, Sie begrüßen zu dürfen. Das Thema ist die Paraskriptologie, und wenn Sie kämen, könnten Sie etwas dazu beitragen. Vielleicht könnten wir mit unserem Gespräch von heute Abend beginnen, mit einer improvisierten Diskussion. Richard ist auch dabei. Wir könnten die Vortragsreihe ja ›Würmer-und-Viren-Einmaleins‹ nennen. Das sollte ausreichend Verwirrung stiften.«

»Großartig. Ich komme gern, Alan. Aber für heute bin ich ziemlich geschafft. Machen wir Feierabend.« Jack bezahlte die Rechnung, und die beiden Männer gingen nach draußen, schüttelten sich zum Abschied die Hände und fuhren in verschiedene Richtungen durch die tiefschwarze Nacht des Virginiasommers davon. Als Jack endlich von der Nebenstraße in den Feldweg einbog, der zu seinem Haus führte, sah er Shifflet im kleinen Vorgarten seines Wohnwagens stehen. Byrne hielt, um guten Abend zu sagen.

»Wie geht's?«, fragte Shifflet. »Haben Sie sich verfahren, Professa?«

Jack stieg aus. »Nein, Mr Shifflet. Ich habe Licht brennen sehen und dachte mir, ich sag kurz Hallo.« Er ging über den Rasen zu Shifflet, der mit ein paar Starterkabeln hantierte.

»Dann kommen Sie doch rein, Professa, aber passen Sie auf. Gehen Sie dort herum.« Er deutete an der Seite eines kleinen Kreises aus dickem Draht vorbei. Jack umrundete den Drahtkreis, um Shifflet zu begrüßen, doch der hob nur die schmutzigen Hände und sagte: »Geht jetzt leider nicht, auch wenn ich

Ihnen gern die Pfote geben würde.« Jack sah, dass der Draht mit einer alten Autobatterie verbunden war und Shifflet einen im Boden steckenden Metallstab in der Mitte des Kreises mithilfe des Starterkabels an die Batterie anschließen wollte. »Passen Sie auf, Professa, das ist eine hübsche Falle. Ich sammle ein paar Köder, wissen Sie?«

Er verband das gezackte Metall der Krokodilklemme mit der Batterie. Ein Funken sprühte. Nichts geschah. Doch als Jack sich den von Draht umschlossenen Kreis genauer anschaute, sah er Würmer aus dem Boden hervorkriechen und durchs Gras gleiten. Shifflet unterbrach die elektrische Verbindung und bückte sich, um die Würmer aufzusammeln.

»Regenwürmer. Ich will morgen zum Angeln und brauch ein paar Dutzend. Auf diese Weise kann man sie ganz leicht fangen, wenn man nicht vergisst, das Kabel wieder abzuklemmen, sonst kriegt man selbst einen verpasst. Die Würmer mögen den Strom nicht, aber Sie würden ihn auch nicht besonders gut vertragen.« Er verstaute die Würmer in einer Kaffeekanne und drückte den gelben Plastikdeckel fest, während er sich erhob. »Angeln Sie?«

»Manchmal. Was fängt man denn in dieser Gegend?«

»Vor allem Barsche. Oben in den Bergen gibt's auch Forellen, aber hier in den Teichen findet man fast nur Barsch, wo's Wasser tief genug ist, auch schon mal Zander, Pfannenfisch, Regenbogenforellen und anderes Kleinzeugs ... alles leckere Sachen. Wenn ich Glück hab, bring ich Ihnen morgen frischen Fisch vorbei.«

»Danke, das ist sehr nett.« Jack verabschiedete sich, kehrte zum Wagen zurück und fuhr die schmale Straße hinauf.

Als er den kleinen Wendeplatz vor seinem Haus erreicht hatte, stand der Mond über dem Teich und den Bäumen dahinter. Die Sterne waren hier viel klarer als in der Vorstadt von Albany; der Orion stand prachtvoll am nördlichen Himmel. Der Teich lag still da, keine Wellen kräuselten die Oberfläche, und ein Ochsenfrosch verkündete mit lautem, gutturalem Quaken seine Anwesenheit. Über dem Teich huschte geisterhaft ein Schwarm Fledermäuse auf der Jagd nach Insekten. Es waren eindeutig keine Silberhaarigen Fledermäuse, genauso wenig die großen Braunen oder Grauen von New England. Jack war beeindruckt. Es musste sich um *Nyciceius* handeln, die Nachtfledermaus des Südens, die verwandt war mit den Arten, die in den Höhlen von San Marco und Carlsberg lebten. Sie fraßen alles an Moskitos, Stech- und Zuckmücken, was über dem Teich schwebte.

Wenige Augenblicke später schwangen sämtliche Fledermäuse wie auf ein geheimes Signal hin nach Westen herum und folgten dem Bachlauf den Berg hinauf, ihren Höhlen entgegen.

Die frische Luft belebte Jack. Er hatte am nächsten Tag keine Verpflichtungen, und sein Ausflug war nach New-Yorker Maßstäben früh zu Ende gegangen. Er beschloss, Vicky anzurufen.

»Vicky? Jack hier. Ich hab's geschafft, bin in Charlottesville, im neuen Haus. Es ist wundervoll hier. Du musst unbedingt herkommen und mir beim Einrichten helfen. Nächstes Wochenende?«

»Ich käme zu gerne, Jack. Vielleicht nach unserem Treffen mit Senator Lowen. Mein Terminplan …«

»Komm schon, Vicky, es wird dir gefallen. Zur Hölle mit New York und Washington. Hier draußen ist es viel schöner. Und ich hab nette Leute kennen gelernt, zwei Kollegen von der Universität. Wir werden zusammen Vorlesungen halten. Und das Haus – ich bin hin und weg.«

»Endlich redest du mal wieder wie der alte Jack Bryne aus der Zeit in Columbia.«

Es war siebzehn Jahre her, dass sie sich in einer schmuddeligen Kleinstadt in Columbia kennen gelernt hatten, in Barranquilla. Vicky war damals freie Korrespondentin für ATV gewesen und Jack auf einer Notfallmission für die WHO, um einen Ausbruch von Dengue-Fieber aufzuhalten. Sie hatten das Beste aus ihrer gemeinsamen Zeit gemacht, über Hoffnungen und Wünsche gesprochen, doch zu mehr hatte es damals nicht gereicht. Jahre später waren sie sich wieder begegnet, und was damals in Barranquilla anfing, hatte sich nahtlos fortgesetzt. Sie hatten sich erneut ineinander verliebt.

Jack wurde ernst. »Ich bin froh, dass mich hier nichts an Columbia erinnert, Vicky. Und es ist verdammt viel besser als der Korridor.« Er hatte verzweifelt mit ansehen müssen, wie der Landstrich zwischen Boston und Washington mit seinen Schnellstraßen, Einkaufszentren, Vorstadtsiedlungen, hektargroßen betonierten Parkplätzen das Ökosystem und die natürlichen Lebensräume von Tieren und Pflanzen gleichermaßen zerstörte und am Straßenrand sterile Landschaften entstanden. Er war froh, den Nordosten endlich hinter sich zu lassen.

»Es gibt viel Neues, Jack. Ich hab dir eine Mail geschickt.«

»Okay. Sag mal, Vicky, hast du von dem Kleinen gehört, von Shmuel? Er hat mir ein Päckchen geschickt. Ich hab's heute Abend im Büro entdeckt. Hat er sich mit dir in Verbindung gesetzt?«

Vicky zögerte einen Augenblick: »Jack... Shmuelly macht eine schlimme Zeit durch. Seine Studienleistungen lassen nach, seine Eltern sind verärgert, weil er sie an den Wochenenden nicht besucht, und sein Rabbi glaubt, er würde sich vom jüdischen Glauben abwenden. Aber was am Schlimmsten ist... sein Zimmergenosse im Studentenwohnheim ist ganz überraschend gestorben. Shmuelly hat letzte Woche bei mir angerufen und sich ausgeweint. Mit den Problemen beim Studium und seiner Familie wäre er ja noch zurechtgekommen, doch der Tod seines Freundes hat ihn fertig gemacht. Zuerst hätte alles nach einem Blinddarmdurchbruch ausgesehen, sagte er, aber dann wären... Würmer aus dem Bauch des Jungen gekrochen. Es hörte sich entsetzlich an. Er wollte dich fragen, was es gewesen sein könnte.«

Jack dachte darüber nach. Shmuel Berger hatte sicher ein traumatisches Erlebnis hinter sich. Einen Freund sterben zu sehen war tragisch genug, doch nach Vickys Worten musste es ein grausiger Anblick gewesen sein. »Wahrscheinlich *Ascaris*, Vicky. Das ist ein verbreiteter Parasit beim Menschen, ein Spulwurm. Wenn sie ausgewachsen sind, leben sie im Dünndarm, doch wenn die Temperaturen zu hoch sind, neigen sie zur Migration. Großer Gott, und der Junge ist daran *gestorben*? Wie kommt es, dass Shmuel dabei zugeschaut hat?«

»Keine Ahnung, Jack. Er hat den Jungen ins Krankenhaus gebracht, und dort ist es geschehen. Ich glaube, Shmuel hat Schuldgefühle, weil er nichts für seinen Freund tun konnte. Ich mag Shmuel sehr, Jack, und diese Geschichte hat ihn verdammt mitgenommen.«

Shmuel Berger war derjenige gewesen, der damals das letzte Rätsel der zehn Plagen gelöst hatte, den zentralen Punkt in dem irrsinnigen Plan von Kameron. Theodore Graham Kameron, ein geistesgestörter Wissenschaftler, hatte mithilfe von Toxinverseuchungen die berühmt-berüchtigten zehn ägyptischen Plagen auf eine ahnungslose Gruppe von Feinden herabbeschworen. Jack Bryne war einer von ihnen gewesen, eine der Schlüsselgestalten in einer Kette von Vergiftungen und Infektionen, die zahlreiche Menschen überall in den Vereinigten Staaten das Leben gekostet hatte. Nachdem Kameron nach dem missglückten letzten Anschlag spurlos verschwunden war, hatte das FBI die Horrorgeschichte seines Rachefeldzugs aufgedeckt. Anfangs hatte Special Agent Scott Hubbard sogar Jack verdächtigt, doch inzwischen waren sie Freunde geworden. Shmuel Bergers Nachforschungen über den möglichen Ursprung der ägyptischen Plagen hatten schließlich zu einem gemeinsamen Artikel über den möglichen Ursprung des jüdischen Sabbatmahls geführt. Vicky Wade hatte den Jungen in den zwei

Jahren, die seither vergangen waren, gefördert und ihm geholfen, vorzeitig an der New-Yorker Uni zugelassen zu werden. Und jetzt das.

»Ich werde mich mit Shmuel in Verbindung setzen. Sag ihm, ich schicke ihm eine Mail oder rufe ihn an.«

»Tu das, es wird ihm helfen«, sagte Vicky. »Er ist am Boden zerstört. Offenbar hält er die Sache für eine Art Vergeltung. Ich glaube, er will seine orthodoxe Gemeinde verlassen, Jack. Er war im Begriff, sich von seinem Elternhaus und seiner Religion zu lösen. Er hat mir erzählt, dass sein Zimmergenosse Nichtjude war. ›Man muss einem *Goi* schließlich eine Chance geben‹, hat er gesagt. Ich verstehe das nicht. Ist das nicht eigenartig? Sie hatten lange Gespräche über Gott, den Talmud, die Bibel, die Philosophie. Als sein Freund starb, hielt Shmuel es für einen Fluch, eine Art Vergeltung, weil er seiner Religion abschwören wollte. Er ist völlig fertig, Jack, aber ich weiß, dass du ihm Auftrieb geben könntest. Lass ihn wissen, dass wir es begrüßen würden, wenn er mit dem Studium weitermacht und wenn sein Interesse an der Medizin wach bleibt.«

Jack nickte stumm. Shmuel Berger hatte ihm wahrscheinlich das Leben gerettet – ein jugendlicher Talmudkundiger aus Brooklyn, der es Jack und dem FBI ermöglicht hatte, den christlichen Fanatiker Kameron daran zu hindern, Tausende von Menschen zu töten.

»Ich rufe ihn an, Vicky«, versprach Jack; dann wechselte er das Thema. »Das Treffen mit Senator Lowen ist noch immer aktuell?«

»Natürlich. Die Einzelheiten stehen in meiner Mail. Und ich hab auch schon mit Lowen geredet. Wir treffen uns am kommenden Mittwoch mit ihm. ProMED hat ihn beeindruckt, und er möchte mit dir über mögliche Zuwendungen reden. Vielleicht bekommst du im Kongress Unterstützung für deine Ideen.«

»In Ordnung, Vicky. Was gibt's über Scott Hubbard zu berichten? Hat das FBI inzwischen Neues über Kameron herausgefunden?«

»Scott hat letzte Woche angerufen. Er kommt dich morgen besuchen. Er macht mit seinem Sohn Urlaub in Gettysburg und weiter im Süden. Du kennst seinen Sohn noch gar nicht, oder?«

Jack hatte bis zu diesem Zeitpunkt nicht einmal gewusst, dass Hubbard einen Sohn hatte; der FBI-Agent war viel zu wortkarg und professionell, um über private Dinge zu sprechen. Wenn Hubbard nach Charlottesville kam, beschloss Jack, würde er ein paar Bierchen mit ihm trinken.

»Scott kommt? Das ist ja großartig! Aber warum macht er gerade in dieser Gegend Urlaub?«

»Sein Großvater war im Bürgerkrieg, bei der First Virginia Cavalry. 1864 hat er in der Schlacht von Standardsville gegen Custer gekämpft, keine zwanzig Meilen von dort entfernt, wo du jetzt wohnst«, sagte Vicky. »Scott meint, wenn sie Zeit fänden, wollten sie ein paar historische Stätten besuchen, das Schlachtfeld von Rio Bridge oder Standardsville. Bei der Gelegenheit könntest du ihn ja fragen, ob es etwas Neues über Kameron zu berichten gibt…« Sie stockte, denn sie fragte sich, ob Kameron, dieser Albtraum, Jack immer noch zu schaffen machte.

»Also keine neuen Spuren, hm?«, sagte Jack enttäuscht. Nichts Neues über Kameron. Er blickte über den Rasen hinunter zu dem ovalen Teich und meinte plötzlich, im Mondlicht ein Kräuseln in der Mitte der stillen Wasserfläche zu bemerken. Die Erinnerung an seinen letzten, erbitterten Kampf mit Kameron auf einer Insel im East River stieg in ihm auf. Er hatte versucht, Kameron mit einer Brechstange zu erschlagen, doch der Verrückte war entkommen. Auch Scott Hubbard hatte Jack damals nicht helfen können. Er war mit einem gebrochenen Knöchel auf der Insel zurückgeblieben. Kameron hatte mitten im Fluss eine gewaltige Explosion ausgelöst, doch ohne ihre todbringende Fracht freizusetzen. Bei der Detonation war er vermutlich ums Leben gekommen, doch sein Leichnam war niemals aufgetaucht, obwohl man den Fluss abgesucht hatte. Die Presse war angewiesen worden, den Fall nicht aufzubauschen. Nationale Sicherheit, hatte man verlauten lassen, was natürlich nicht der Wahrheit entsprach, doch Vicky kannte die wahre Geschichte.

»Keine neuen Spuren«, sagte sie, »und nicht einmal alte. Kamerons Frau hat seit zehn Jahren nichts mehr von ihrem Mann gehört. Seine Nachbarn hatten keinen Kontakt mit ihm, auch seine früheren Kollegen nicht. Wie es scheint, hat er in seinen späteren Jahren äußerst zurückgezogen gelebt, beinahe wie Howard Hughes. Seine Personalakte vom Zentrum für Seuchenkontrolle – du weißt ja, dass er eine Zeit lang bei den CDC gearbeitet hat – kam ins Archiv, doch als Scott sie dort einsehen wollte, war sie verschwunden. Kameron war ein brillanter Forscher, der mit bakteriellen und fungalen Toxinen experimentiert hat, wie wir heute wissen, aber daran ist nichts Außergewöhnliches. Scott ging sogar noch weiter zurück, bis zu den Akten aus Kamerons Zeit auf dem College. Nichts. Seine Familie war nicht sesshaft, kein Zuhause. Sein Vater hat im Mittleren Westen Bibeln und Enzyklopädien verkauft. Seine Mutter hatte ein wenig Geld und ein kleines Anwesen irgendwo im Süden, wie es scheint. Das Einzige, was wir haben, ist ein Foto aus Kamerons Zeit auf der High School, aus einem Jahrbuch. Das FBI ist sich jedenfalls sicher, dass es sich bei dem jungen Burschen auf dem Foto um Kameron handelt. Interessant ist, dass seine Kommilitonen ihn zu dem Studenten aus ihrem Jahrgang gewählt haben, dem sie die besten Chancen auf eine Karriere einräumten. Ach ja, noch etwas – unter dem Bild steht der Name *Cameron*, mit C, nicht mit K. *Theodore Cameron.* Alles Weitere kann Scott dir erzählen, wenn er dich besuchen kommt. Und lies bitte die Mail, die ich dir geschickt habe. Es steht alles drin, was du über das Dinner mit dem Senator wissen musst. Lowen bringt ein paar Freunde mit, einflussreiche Leute.

Sie könnten ProMED helfen.« Vickys Tonfall veränderte sich. »Jack, es ist vorbei. Wir können von vorn anfangen, in Ruhe, ohne Gefahr. Ich melde mich bald wieder.« Sie legte auf.

Jack zog sich aus, ging zu Bett und schaltete das Licht aus. »Es ist vorbei«, hatte Vicky gesagt, doch Bryne wusste es besser. Es war noch längst nicht vorbei. Es würde alles von neuem beginnen...

Er war allein im Haus; durch die Vorhänge drangen nächtliche Laute von Flügelschlagen und das Rauschen des Windes. Dann vernahm er ein anderes Geräusch, viel näher. Es kam aus dem Haus selbst – ein beharrliches Klopfen. Ruckartig setzte Jack sich im Bett auf. »Wer ist da?«, rief er in die Dunkelheit. Das Klopfen kam aus dem Wohnzimmer. Jack schwang sich aus dem Bett, doch als er ins Zimmer kam, war das Geräusch bereits verstummt. Niemand war an den Fenstern oder der Tür. Er war allein im Haus.

Er ging wieder ins Bett. Nach einer Weile hörte er das Klopfen erneut. Dreizehn leise Klopfer gegen das weiche Holz; dann trat für ein paar Minuten Stille ein, bevor es wieder anfing.

Jack zählte neunmal die Aufeinanderfolge der Klopfgeräusche – dann war er eingeschlafen.

3

22. Mai
Virginia

Am nächsten Nachmittag hörte Jack einen Wagen vor dem Haus. Scott Hubbard und sein Junge kamen pünktlich. Jack begrüßte sie im Vorgarten. Jesse Hubbard, so blond wie sein Vater, sah Scott verblüffend ähnlich. Als der Junge zum Haus kam, bemerkte Jack, dass der rechte Ärmel seines T-Shirts leer und schlaff herunterhing.

Jack begrüßte die beiden mit einem übertriebenen Südstaatenakzent, der nur wenig dazu beitrug, seine englische Herkunft zu verleugnen. Hubbard lachte und stellte Jack seinen Sohn Jesse vor. Jack führte die Besucher ins kleine Wohnzimmer.

»Eistee oder Cola?«, fragte Jack und riss eine große Tüte Kartoffelchips auf. Mit plötzlicher Verlegenheit stellte er fest, dass er seinen Gästen nichts zu essen anbieten konnte. Er nahm das Päckchen, das Shmuel Berger ihm geschickt hatte, und öffnete es. Es waren tatsächlich Lebensmittel darin: eine geräucherte Wurst, eine Büchse geräucherter Weißfisch, eine große Dose Walnüsse und ein Glas »gefillte Fish« aus einem Laden in der jüdischen Gemeinde in Brooklyn. Vielleicht hatte Shmuel, bevor sein Freund krank wurde, als Letztes diese Lebensmittel gekauft und mir das Paket geschickt, dachte Jack betroffen.

Er schnitt die Räucherwurst in dünne Scheiben und öffnete die Dose mit den Nüssen und die Büchse Räucherfisch. Zu dritt setzten sie sich an den alten Tisch.

»Die Fahrt von Gettysburg über den Skyline Drive hierher war beeindruckend, Jack«, erzählte Hubbard. »Fantastische Aussichten, über die Bergrücken hinweg bis zu den Luray Caverns. Wir haben im Park zu Mittag gegessen, und Jesse hat sich ein wenig auf den alten Wegen umgeschaut und die alten Hütten und verfallenden Behausungen erkundet. Morgen werden wir ein paar historische Spuren im Tal verfolgen, stimmt's, Jesse?«

Der Junge hatte bisher schweigend zugehört und wurde erst munter, als das Gespräch auf den Park gekommen war. »Dad sagt, dass es in der Gegend immer wieder Entführungen gegeben hat, Camper und Anhalter, die spurlos verschwunden sind. Die alten Häuser sehen verlassen aus, aber ich weiß nicht, ob sie's wirklich sind. Es war richtig unheimlich.« Er ließ den Blick nervös durch das kleine Zimmer schweifen.

»Interessierst du dich für die Geschichte des Bürgerkriegs, so wie dein Vater?«, erkundigte sich Jack.

»Nicht besonders«, erwiderte Jesse, »aber für die Geschichte an sich, besonders für neuere Geschichte und für Genealogie. Ich hab mich mit diesem Theodore Kameron befasst, den Sie und Dad vor zwei Jahren erledigt haben.«

Jack blickte erst den Jungen, dann Hubbard fragend an. »Irgendetwas Neues über Kameron?«, fragte er.

Scott Hubbard und sein Sohn wechselten einen raschen Blick.

»Nichts Offizielles, Jack«, erwiderte Scott schließlich. »Soweit es das FBI betrifft, hat die Spur sich verloren. Aber Jesse hat mir wieder auf die Fährte geholfen. Das FBI hat über Kamerons Zeit an der High School hinaus nichts mehr gefunden. Alles endet irgendwo in der Nähe von Front Royal. Die Nachforschungen an dem öffentlichen College, das Kameron besucht hat, waren ebenfalls eine Sackgasse – bis auf eine Geschichte, der zufolge er im Institut für Biologie Papierfetzen die Treppe hinuntergeworfen haben soll. Ein Student erinnert sich, dass es ausgesehen hat wie Schnee, winzige Papierschnipsel, auf die Kameron ›Tod‹, ›Rache‹, ›Erlösung‹ und Ähnliches geschrieben hatte. Er sagte auch, dass Kameron immer sehr eigenartig gewesen ist, wenn er über seine Familie sprach, besonders über seine Mutter. Aber er ist stets für sich geblieben. Er hat nicht auf dem Campus gewohnt, nehme ich an. Keine engeren Freunde, keine Mädchen, keine Clique. Auf dem High-School-Foto steht sein Name mit einem ›C‹, nicht mit einem ›K‹, wie auf sämtlichen Dokumenten aus späterer Zeit. Ach ja, und sein Spitzname auf der High School war ›Shrimp‹. Er steht unter seinem Namen. Jesse meint, das käme daher, weil es ein spanisches Wort gibt, das in der Übersetzung fast genauso klingt.«

»Shrimp bedeutet Krabbe, wie das spanische c*amarone*«, unterbrach ihn Jesse. »Vielleicht ist das der Grund, dass er seinen Namen geändert hat. Ich meine, wer will schon Shrimp genannt werden?«

Hubbard lächelte. »Erzähl weiter, Jesse. Jack findet deine Geschichte bestimmt sehr interessant.«

Jesse richtete sich auf. Jack bemerkte, dass er so groß war wie sein Vater und die gleiche straffe Haltung besaß, die gleiche ruhige, gelassene Art. Sein Haar, das er hinter die Ohren geschoben trug, war glatt und lang. Er besaß die Augen seines Vaters – stahlblaue, durchdringende Augen, die einem bis auf den Grund der Seele blicken konnten. Sein Sweatshirt war gebügelt, und der leere Ärmel war sauber nach innen gekrempelt. Die weiten Hosen standen auf den weißen Joggingschuhen auf. Seine Stimme klang ernst und zurückhaltend. Wie sein Vater wog auch Jesse seine Worte sorgfältig ab.

»Alles fing an, als Dad erwähnte, das FBI hätte die Fährte Kamerons verloren. Nun, wir hatten im Geschichtsunterricht über Familienstammbäume gesprochen und darüber, wie man seine Ahnenreihe zurückverfolgen kann. Ich hab im Internet nachgeforscht und bin unserem Stammbaum bis zum siebzehnten Jahrhundert nachgegangen, fast dreihundert Jahre.« Jesse blickte seinen Vater verlegen an. »Mutters Familie reicht sogar noch viel weiter zurück.«

»Erzähl weiter, Jesse«, forderte Scott den Jungen auf.

»Der Lehrer wusste, dass Dad beim FBI ist. Er wusste auch über Kameron Bescheid. Es stand ja alles in den Zeitungen. Wir haben die Suche nach den Camerons anfangs im Rahmen des Unterrichts gestartet. Wir wussten, dass Kamerons früherer Name Cameron lautete, mit ›C‹. Ich fand ihn auf der Internetseite der ›Kirche Jesu Christi Heiligen der letzten Tage‹, zusammen mit genealogischen Verweisen. Die Mormonen verfolgen jeden Namen bis zu den zehn Stämmen Israels zurück.« Jesse schaute zu Jack auf und stellte fest, dass der ihm offensichtlich nicht mehr folgen konnte. »Ja, echt. Die Mormonen haben die besten Aufzeichnungen über jede Familie, jeden Stammbaum auf der ganzen Welt. Cameron ist ein berühmter Name, und seine Geschichte reicht weit in die Vergangenheit. Als ich herausgefunden hatte, dass der Name mit Schottland zu tun hat, hab ich mich in die Bibliothek der St. Andrews Society in New York eingeloggt. Dort gibt's die weltweit umfangreichste Sammlung über schottische Geschichte. Ich fand heraus, dass die Camerons nach dem Massaker der Engländer bei Culloden nach Amerika und Australien geflüchtet sind. Im Freiheitskrieg haben Camerons auf beiden Seiten gekämpft. Robert Cameron, ein schottischer Offizier, wurde 1777 in Philadelphia gefangen genommen, kam aber wieder frei, als wir den Krieg gewonnen hatten. Ein paar Jahre später tauchten weitere Camerons auf. Lincolns Kriegsminister war ein gewisser Simon Cameron, dessen Bruder 1861 in der Schlacht von Bull Run gefallen ist. Nach dem Krieg wurde Simon Politiker in Pennsylvania. Ein anderer Cameron war um die Jahrhundertwende Gouverneur von Virginia.«

»Als Jesse mit diesen Neuigkeiten nach Hause kam, hätte ich nicht im Traum daran gedacht, unseren Kameron mit diesen Leuten in Verbindung zu bringen«, meldete Scott sich zu Wort. »Schließlich haben diese Camerons nicht das Geringste mit unserem Mann zu tun. Doch Jesse hat mir aufgezeigt, dass es eine Reihe von Lücken gibt. Wir hätten längst versuchen müssen, diese Lücken zu füllen, historische Verbindungen zwischen Kameron und den Hunderten von Camerons herzustellen, die aus Schottland fliehen mussten und sich in New York, Maryland und Georgia niedergelassen haben. Vielleicht sollten wir dort anfangen – schließlich sind es kaum mehr als zweihundert Jahre.«

»Cameron bedeutet auf gälisch ›Krumme Nase‹«, fuhr Jesse fort. »Wie Dad schon sagte… viele Camerons flohen in die Kolonien und erhielten Land als Lohn dafür, dass sie im Revolutionskrieg mitgekämpft hatten. Ein Cameron hat in Schottland sogar eine neue Kirche gegründet, die sich ›The Societies‹ nennt.«

Jack hörte aufmerksam zu; es war interessant, was der Junge alles herausgefunden hatte. Die Camerons waren also Kämpfer, Rebellen und religiöse Fanatiker. Hatte Kameron etwas von ihnen geerbt? War Jesse mit seinen Recherchen tatsächlich auf einen Anknüpfungspunkt gestoßen? Jack suchte in den Augen des Jungen nach einer Antwort, doch Jesses Blick blieb unergründlich. Er wandte sich an Scott.

»Und du interessierst dich für den Bürgerkrieg und bist deshalb hergekommen, hm?« In Jack stiegen Zweifel auf. Klapperte Scott tatsächlich nur alte Schlachtfelder ab, oder schnüffelten er und Jesse auf eigene Faust Kamerons Geschichte hinterher?

In der Küche klingelte das Telefon. Bevor Hubbard antworten konnte, entschuldigte sich Jack und verließ das Zimmer, um den Anruf entgegenzunehmen.

Hubbard strich seinem Sohn durchs Haar. »Ich hab dir doch gesagt, es wird ein aufregender Urlaub. Aber Jack hat eine Menge durchgemacht. Wir sollten ihn nicht unnötig aufregen, okay?«

Jesse wirkte enttäuscht. »Du meinst die andere Sache? Wir sollen ihm nichts von unserer anderen Suche erzählen? Was ist mit Cameron Mountain, Cameron Run oder den Kirchen, die ich in Virginia gefunden habe und die alle nach Camerons benannt sind? Was ist mit der Stadt keine zwanzig Meilen von hier? Dr. Bryne wäre sicher beeindruckt.«

»Ich weiß, dass er beeindruckt wäre, Jesse. Aber vergiss nicht, Kameron hat Jacks Frau ermordet und Dutzende andere Leute, und er hat versucht, auch Jack zu töten. Falls Jack zu der Überzeugung gelangt, dass Kameron noch am Leben ist und seine Wurzeln irgendwo hier in Virginia liegen, könnte ihn das aus der Fassung bringen. Lassen wir die Sache erst einmal auf sich beruhen, bis wir mehr an Fakten ausgegraben haben. Morgen fahren wir nach Port Republic. Wir können dort in der Bibliothek nach Hinweisen auf einen Cameron in Virginia suchen. Vielleicht finden wir sogar eine Spur, woher Teddy ursprünglich kommt.«

Jack kam ins Zimmer zurück. »Es war Vicky. Ich treffe sie in ein paar Tagen in Washington wegen einer ProMED-Sache. Ich soll euch herzlich von ihr grüßen.« Jack bemerkte, dass Jesse aus dem Fenster auf den Teich blickte.

»Hör mal, Jesse, hättest du Lust, ein wenig das Land zu erkunden? Ich bin erst seit gestern hier und hab noch längst nicht alles gesehen. Du könntest dir den Teich anschauen und das alte Haupthaus weiter oben auf dem Kamm. Jemand hat mir erzählt, die Yankees hätten es niedergebrannt. Aber sei vorsichtig.«

Jesses Augen ruhten auf dem Teich. Er wusste, dass sein Vater allein mit Jack reden wollte. »Okay«, sagte er, ging zur Tür und schlenderte hinunter zum Teich.

»Ich hab dir nie von Jesse erzählt, nicht wahr?«, sagte Scott. »Und von seinem Unfall, stimmt's? Es geschah ein paar Jahre bevor wir uns kennen lernten. Ich dachte mir, ich lass dich mit meinen familiären Problemen in Ruhe – du hattest genug eigene Sorgen.«

Jack schaute dem Jungen hinterher. »Wie ist es passiert?«

»Wie ich schon sagte, es war ein Unfall.« Hubbard zögerte einen Augenblick, während er nach den richtigen Worten suchte. »Jesse hat gerne Baseball gespielt. Er war Werfer. Außerdem war er Kapitän seiner Schwimmmannschaft. Er schwimmt auch heute noch, doch er gewinnt natürlich keinen Blumentopf mehr.«

»Was ist passiert?«, fragte Jack.

»Er ist auf einem vereisten Bahnsteig ausgerutscht. Vor fünf Jahren. Dabei hat er den rechten Arm verloren, den Wurfarm. Er war gerade erst zwölf.«

»Das tut mir Leid, Scott.«

»Ach, weißt du, Jack, er hat sich daran gewöhnt, nachdem er das erste Jahr überstanden hatte. Er wollte keine Prothese, es macht ihm nichts mehr aus. Jesse ist inzwischen ein Ass am PC, selbst mit nur einer Hand. Und er hat an Zubehör, was man sich nur denken kann. Wahrscheinlich ist er besser ausgestattet als das FBI. Sieh dir nur an, was er über Kameron herausgefunden hat, über meine Familie und die amerikanische Geschichte im Allgemeinen, insbesondere den Bürgerkrieg. Gott weiß, was im Kopf des Jungen vorgeht, aber ich kann's ihm nicht versagen.«

»Ist doch kein Problem, Scott, im Gegenteil. Dein Junge ist großartig. Viele wären bitter und verschlossen geworden, wäre ihnen so was Schlimmes zugestoßen. Außerdem hätte ich zu gerne Jesses Computerverstand. Mein Notebook zeigt allmählich Alterserscheinungen. Wenn Jesse so gut ist, wie du sagst, könnte ich vielleicht seinen Rat gebrauchen. Wer weiß, vielleicht kann er mir helfen.«

Jack blickte aus dem Fenster und war für einen Moment mit den Gedanken in weiter Ferne: Er dachte an einen anderen Jungen, der als Kind gelitten hatte. Ein schlaksiger Bursche, John Drake Bryne, der vor vielen Jahren aus einem japanischen Kriegsgefangenenlager befreit wurde und sich später Jack genannt hatte. Seine Freunde – diejenigen, die man nicht umgebracht hatte – waren ausnahmslos Chinesen gewesen.

»Manchmal wird ein Mensch erst durch seine Geschichte zu einer reifen Persönlichkeit«, murmelte Jack. »Und manchmal zerbricht er daran.« Die letzten Worte waren so leise, dass Scott Hubbard sie nicht gehört hatte.

Mittwoch, 23. Mai
RD # 234
Smoke Hole, West Virginia

Die beiden neuen, überbreiten Wohnwagen waren drei Jahre zuvor auf ein passendes Betonfundament gestellt und zu einer Wohneinheit zusammenfügt worden; sie hatten einen rostigen Winnebago ersetzt, der seit den Siebzigern auf dem Grundstück stand. Durch die offene Scheibe des verrosteten Caravans schlängelten sich Weinranken. Brüchige Reifen auf rostigen Felgen lagen rings um das Wrack verstreut, und durch die Löcher sprossen Gras und Unkraut. Der neue Besitzer, wer immer es war, kümmerte sich offensichtlich nicht um das Stück Land. Die Einheimischen aus dem Tal vermuteten, dass seine Behausung – die zwei Wohnwagen – im Winter 1998 hierher geschleppt worden war. Jedenfalls waren sie im Februar des folgenden Jahres einigen Jägern zum ersten Mal aufgefallen. Sie hatten im General Store von ihrer Entdeckung berichtet. Niemand hatte gewusst, wer der neue Besitzer war, doch er musste mit jemandem aus dem Tal verwandt sein. Also ließen sie die Wohnwagen und deren Besitzer in Ruhe, um nicht den County Sheriff auf den Plan zu rufen. Vielleicht wurden die Wohnwagen ja für etwas Illegales benutzt, Schwarzbrennerei vielleicht – ein Grund mehr, nicht zur Polizei zu gehen, denn das würde unweigerlich die Steuerfahndung auf den Plan rufen.

Die große Wohneinheit war nach dem Bericht der Jäger ziemlich komfortabel. Es gab ausreichend Platz für vier getrennte Zimmer, je nachdem, wie der Besitzer das Innere der

Wagen aufgeteilt hatte. Die Dächer waren verändert worden und besaßen nun eine zweite Lage aus rostfreiem Stahlblech, das den Schnee im Winter rasch abgleiten ließ und im Sommer die Hitze reflektierte. Außerdem waren oberirdische Telefonleitungen installiert worden, woraus zu schließen war, dass der Bewohner des Wohnwagens in der abgeschiedenen Enklave zu bleiben gedachte, die ihm irgendein vergessener Verwandter übertragen hatte.

Der große Mann erwachte und hörte das Zwitschern eines Blauvogels. Wunderbar, dachte er, ein herrlicher Sonntagmorgen. Die Sonne schien durch das kleine Schlafzimmerfenster des Wohnwagens. Draußen lagen dünne Nebelschwaden über dem Tal, und die Bäume waren noch immer nass von einem leichten Nieselregen in der vergangenen Nacht. Der Mann hörte den Waschbären über das Linoleum des Küchenbodens tappen und kratzte sich die Handflächen. Er würde sie wohl wieder rasieren müssen; der Flaum war mehr als zwei Zentimeter lang, und es würde schwierig, die Latexhandschuhe überzustreifen. Er schlug das Bettlaken zurück und erhob sich geschmeidig. Sein gebräunter, durchtrainierter Körper war gut eins achtzig groß, und alles wirkte irgendwie zu lang – die Adlernase, das spitze Kinn, der dünne Hals, die Oberarme, die fein gezeichneten Oberschenkel und Waden, sogar der Penis –, als wäre er direkt aus einem Prokrustesbett gestiegen. Und doch war er auf eine außergewöhnliche Weise attraktiv, trotz des ungekämmten silbernen Haars und des unrasierten Kinns. Er sah aus wie ein Mann, der viel Zeit im Freien verbrachte, als Farmer oder, wahrscheinlicher noch, als Nudist, denn seine Bräune war nahtlos.

Er sprang aus dem Bett und schaltete unverzüglich den kleinen Fernseher ein, denn er wollte den ersten der sechs morgendlichen Prediger nicht versäumen. Der Schlimmste dieser Trottel war bereits im Morgengrauen auf Sendung, Nummer drei oder vier kamen etwa um die Zeit, zu der gottesfürchtige Menschen in der Kirche saßen. Die Erfolgreichsten erschienen gegen elf auf der Mattscheibe, wenn die Kirchgänger nach dem Gottesdienst auf der Suche nach weiterer Inspiration und Führung zuschalteten. Teddy Kameron war fasziniert und wütend zugleich über den scheinheiligen Sermon, den diese Burschen von sich gaben, über die Art und Weise, wie sie die Zurückgebliebenen, die Krüppel, die Unzufriedenen, die Mutlosen und Alten mit heuchlerischen Plattitüden und hinterlistigen Bitten um Geld umschmeichelten, angeblich um die Sache Gottes voranzutreiben.

Das sind die modernen Sadduzäer, Pharisäer, Hohe Priester und Geldwechsler, genau die Sorte Menschen, die Jesus aus dem Tempel vertrieben hat, dachte der hagere Mann. Sie wagen es, Gottes Namen für ihren eigenen selbstsüchtigen Vorteil zu missbrauchen. Es waren so viele – und jetzt war eine weitere Horde auf dem Bildschirm materialisiert. Jemand muss mal Klartext mit ihnen reden, dachte er, sie zurechtweisen oder bestrafen. Ja, vielleicht sollte man einem von ihnen eine Nachricht schicken, am besten eine Botschaft, die inspiriert ist von genau dem gleichen Sermon, mit dem er seine verstandlosen Schafe beschwatzt. Teddy Kameron lauschte aufmerksam wie stets – er wusste, dass er rechtzeitig erfahren würde, was zu tun war. Die Stimme würde es ihm sagen. Er wusste, dass es hin und wieder jemanden gab, der die Wahren Worte verkündete. Vielleicht war es dieser hier.

Der große Gentleman erschien auf dem Schirm. Es war Reverend G. Pangborn Devine, gekleidet in eine prachtvolle blaue Seidensoutane. Er trat mit einem übertriebenen Bühnenlächeln zum Podium, dann runzelte er genauso übertrieben die Stirn. Er wirkte wütend, rechtschaffen verärgert, wie er so dastand und wartete, bis der Chor Platz genommen hatte. Die Besucher verstummten. Es war das Hochamt, und es wurde aus dem Tabernakel vom Wort Gottes in Las Vegas übertragen. Devine verkündete den Hunderten von Gläubigen, die sich zur Messe eingefunden hatten, mit volltönender Stimme, dass er von Gott beauftragt worden sei, über die Engel zu predigen, die guten wie die bösen. »Auch Satan war einst ein Engel«, begann er in seinem tiefen Bariton, »doch nach Satan kam Abezi-Thibod, der Vater der Hoffnungslosen, auch bekannt unter dem Namen Uzza, der Teufel, der Moses in Ägypten bekämpfte und das Herz des Pharao versteinert hat. Abezi-Thibod, der Sohn des Beelzebub, ertrank im Roten Meer, doch er lebt noch immer, ein böser Engel mitten unter uns.«

Kameron bemerkte, dass Devine zumindest seine Hausaufgaben erledigt hatte; der Fernsehprediger hatte den richtigen Namen genannt und den Erzengel, der kurz nach Satan gefallen war, in der richtigen Reihenfolge aufgeführt. Kameron würde sich die Sendung von Reverend Devine auch in Zukunft weiter anschauen, allein um seiner eigenen göttlichen Führung willen. Der Mann war erstaunlich gut.

Aus der Küche drang ein Geräusch. Als Kameron merkte, was los war, hatte der alte Waschbär sich bereits über den Holztisch geschlichen, ohne die halb aufgegessene Schüssel mit Frühstücksflocken zu beachten, und war auf das Sideboard mit den Aquarien gesprungen. Sie bedeuteten eine wundervolle neue Ablenkung für das Tier. Vor vielen Jahren hatte es bei einer Auseinandersetzung das linke Auge verloren. Sein braunes Fell hatte beim Kampf mit einem Jagdhund stark gelitten und zeigte nun auf dem Rücken einen vorzeitig ergrauten Fleck. Inzwischen genoss das halb zahme Tier von Menschen produzierte Attraktionen wie beispielsweise den Hahn, aus dem kaltes Wasser tropfte, das Blubbern der Luftblasen in den Aquarien und das leise Surren der kleinen elektrischen Pumpen. In den Becken schwankten grüne Blattwedel träge in der Strömung, die von dem stetigen, gleich bleibenden Blasenstrom erzeugt wurde. Der Waschbär suchte nach einer Bewegung, einem Fisch oder einer Kaulquappe, doch er fand keine neue Nahrungsquelle. Die drei Achtzig-Liter-Becken waren bis auf das Abdeckband auf der vorderen Scheibe identisch. Auf dem Band standen in sauberer Handschrift die Buchstaben *A*, *B* und *O*. Ansonsten sahen alle Becken genau gleich und leblos aus, bis auf die schwankenden Blattwedel. Der Waschbär erhob sich auf die Hinterbeine und wollte gerade die Pfote ins Wasser tauchen, als der Mann die Küche betrat.

»Runter, Dathan!«, warnte Kameron das Tier. »Da drin ist nichts für dich. Nur Ärger.« Dathan beäugte seinen Meister, gab seine Erkundungstour auf und brummte enttäuscht. Der Mann ging zu dem Tier, packte es im Genick und setzte es zu Boden. Der Waschbär gab ein krächzendes Bellen von sich und wandte kurz den Kopf in Richtung Schlafzimmer. Die Stimme von Reverend Devine war nicht zu überhören. Kameron ging in eine Ecke seiner kleinen Küche.

»Immer schön eins nach dem anderen«, sagte er zu dem Tier. »Das Geschäft einer ganzen Woche, mein kleines Scheißerchen. Du warst ein braver Junge. Ich brauchte vier Anläufe, um dich einzufangen, aber als ich dich sah, wusste ich gleich, dass du der Richtige bist. Du bist ein gesunder Bursche. Oder trägst du die Tollwut in dir? Nein, nicht wahr? Du machst immer artig dein Geschäft, mein guter Junge, und vielleicht bekommst du morgen schon einen richtig hübschen Leckerbissen.«

Er nahm das Katzenklo und trat die Fliegentür auf, und der Waschbär folgte ihm nach draußen. Vor dem wackligen Zaun war ein Stück Rasen umgegraben, als sollten dort Blumen eingepflanzt werden. Eine Reihe hölzerner medizinischer Druckspatel steckte wie winzige Grabsteine in Abständen von dreißig Zentimetern im Boden. Kameron ging zu dem am weitesten rechts, stellte das Katzenklo neben sich und streifte mit einiger Mühe ein Paar Latexhandschuhe über. Er scharrte eine Hand voll Erde beiseite, dann noch eine, bis das Loch etwa so tief war, dass eine Melone hineingepasst hätte. Dann schüttete er den weißlichen Tierkot hinein und begutachtete ihn eingehend, insbesondere den frischen Waschbärenköttel, der zuoberst lag. »Schön fest, Kleiner, und glatt abgekniffen. Ich bin ganz stolz auf dein Geschäft!« Er bedeckte den Kot mit lockerer Erde und klopfte sie fest, bis der Hügel nahezu flach war. Dann zog er einen Kugelschreiber sowie einen Depressor aus der Tasche und schrieb »23.05.« auf das Holz, bevor er ihn neben der frischen Erde in den Boden steckte, in einer Reihe mit den anderen Druckspateln.

»So, und nun sehen wir uns eine ältere Probe an. Die Temperaturen sind seit ein paar Wochen ständig über sechs Grad gewesen, und es hat häufig geregnet. Ich denke, wir können zur Ernte schreiten.« Kameron ging die Reihe entlang und entnahm bei einem bestimmten Spatel mit den behandschuhten Fingern ein wenig Erde. Dann ging er in den Wohnwagen zurück; der Waschbär folgte ihm dicht auf den Fersen. Im Innern des Wagens ließ Kameron die Erde in ein Reagenzröhrchen aus Plastik gleiten, nahm einen Becher mit der Aufschrift »$ZnSO_4$ aq., D 1.024« und füllte das Röhrchen damit auf. Die Zinksulfatlösung mit einer genau abgestimmten Dichte von 1,024 – ein klein wenig über der von Wasser – würde die Eier nach oben schwimmen lassen. Er zog die Latexhandschuhe aus und legte sie neben sich auf einen Tisch. Dann öffnete er mit den Zähnen eine kleine Plastikverpackung.

»Sie machen diese Dinger nicht mehr wie früher, Dathan«, murmelte Kameron, während er das frische Kondom entrollte. »Die alten *Four X* waren die besten, aber heutzutage sind alle aus Latex.« Er platzierte das Reagenzröhrchen im Reservoir des Kondoms; dann verknotete er das Latex direkt über der Öffnung und ein weiteres Mal am oberen Ende. »Zeit für den Frühsport, mein Freund.« Er begann, das Kondom immer schneller im Kreis zu schwingen und zählte dabei mit: »Eins, zwei, drei, vier ...« Als er bei fünfhundert angekommen war, verlangsamte er die Geschwindigkeit wieder, bis das weiße Röhrchen nur noch wie ein Pendel hin und her baumelte.

»Bettler dürfen nicht wählerisch sein, mein Freund. Das hier ist meine Antwort auf Hightech, meine persönliche Zentrifuge. Ich habe keinen Zugang mehr zu teuren Laborgeräten, also muss ich mit einfachen, natürlichen Dingen vorlieb nehmen. Aber wer sagt, dass wir damit nicht genauso gut zum Ziel kommen, wenn wir wollen? Schließlich sind die Wege, die uns die Natur zeigt, immer noch die besten.« Mit den Zähnen riss Kameron ein Loch in das verknotete Kondom und entnahm vorsichtig das Röhrchen, um die Sedimentierung zu begutachten. Den verbrauchten Gummi und die Handschuhe warf er in einen Eimer. Der Waschbär hatte ihm bei seinem Tun fasziniert zugeschaut und rannte nun zum Eimer, um das Kondom herauszufischen.

»Nein, nein, mein Freund, es würde dich umbringen.« Hastig nahm Kameron das Gummi aus dem Eimer und steckte es in die Hosentasche. »Gummi tötet Fische, Enten und Schildkröten, die dumm genug sind, es für Würmer oder anderes Fressen zu halten. Mach nicht den gleichen Fehler, Dathan.« Er war enttäuscht, dass der Waschbär tatsächlich so einfältig war, das Kondom fressen zu wollen. Das Tier schien es ihm nicht übel zu nehmen; es war lediglich fasziniert von dem surrenden Geräusch, das sein Herrchen mit diesem eigenartigen Ding gemacht hatte. Es wandte sich um und tappte in Richtung der drei Aquarien. »Guter Junge«, sagte Kameron freundlich.

Er nahm eine Pipette, brachte das Reagenzglas dicht vors Gesicht und entnahm vorsichtig ein wenig von dem Schaum, der an der Oberfläche schwamm. Dann ging er mit der Pipette zu einem alten Messingmikroskop auf einer Arbeitsplatte, brachte einen Tropfen des Schaums auf einen Objektträger und bedeckte ihn mit einem hauchdünnen Glasplättchen. Der Tropfen verflachte sich zu einem Film. Bei geringer Vergrößerung stellte er das Mikroskop scharf und untersuchte den Träger. Wenige Sekunden später stellte er eine höhere Vergrößerung ein und rief: »Wunderbar, ausgezeichnet … sie sind wieder da! Zugegeben, die Konzentration ist wegen der improvisierten Zentrifuge alles andere als perfekt, aber wir haben sie, Dathan, wir haben unsere kleinen Freunde! Sie warten nur darauf, zu schlüpfen! Aber noch nicht, es ist noch ein wenig zu früh ...« Er entfernte den Objektträger, warf ihn in einen Abfalleimer und ging zum Kühlschrank. Dort bewahrte er Dutzende kleiner Fläschchen auf, drei Tupperwarebehälter und eine große Braunglasflasche mit der Aufschrift »Hirnnahrung«. Er nahm das Reagenzröhrchen und goss vorsichtig die überstehende klare Lösung in die Flasche, ohne den Bodensatz aufzuwirbeln. Dann verschloss er die Flasche wieder, stellte sie zurück, riss drei Blätter von einem kleinen verwelkten Kopfsalat, warf sie auf den Tisch und schloss die Kühlschranktür.

»Und nun zu Nummer zwei!« Er wühlte in dem Stapel Zeitungen auf dem Tisch, bis er das Bild eines Mannes mit seiner Beute fand, gleich auf der Titelseite unter dem Aufmacher in einem Lokalblatt. Er zog das Telefonbuch aus dem Regal und schlug den Namen nach; dann wählte er die Nummer. Nach einer ganzen Weile nahm jemand am anderen Ende ab.

»Guten Tag«, sagte Kameron, wobei er beobachtete, wie der Waschbär sich erneut dem Katzenklo näherte. »Ich würde gerne mit Mr Floyd Jubb sprechen«, fuhr er in einem vertraulichen Tonfall fort, in der Hoffnung, dass es überzeugend klang. Am anderen Ende der Leitung trat ein kurzes Zögern ein, dann gab Jubb sich zu erkennen.

»Oh, sehr gut, Mr Jubb ...«, begann Kameron. »Ich hab gerade Ihr Bild in der Zeitung von gestern gesehen, und ich wollte Ihnen gratulieren ... ja, Sir. Das war ein toller Bär, den Sie da erlegt haben. Hat er tatsächlich Ihren Wagen angegriffen?«

Kameron lauschte den nervösen Erklärungen auf der anderen Seite. Er wusste, dass das Jagen von Bären um diese Jahreszeit verboten war und dass niemand auf die Tiere schoss, es sei denn, sie wurden beim Stehlen erwischt. Schließlich war Jubb mit seinem Bericht fertig.

»Was für ein Abenteuer, Sir!«, sagte Kameron. »In der Zeitung stand, hundertzehn Kilo, aber wenn Sie mich fragen, er sieht viel größer aus! Ein altes Schlitzohr, so viel ist sicher.«

Schweigend lauschte Kameron den genauen Zahlen und weiteren Einzelheiten über die Trophäe, die Jubb am Vortag erbeutet hatte.

»Meine Güte, was für ein Brocken!«, rief Kameron, bemüht, den einheimischen Akzent zu imitieren. »Das klingt nach einer aus-ge-wachsenen Bestie, wenn Sie mich fragen, und Sie haben ihn mit einem Schuss erledigt! Beeindruckend... darf ich fragen, ob Sie das Fell behalten werden? Es ist nämlich so, dass ich gerne einen Teil des Fleisches kaufen möchte, das Sie normalerweise wahrscheinlich wegwerfen würden...«

Kameron lauschte den Ausführungen des anderen. Jubb war offensichtlich erleichtert – Kameron klang nicht wie einer von diesen Typen von der Forstbehörde. Einen Bären außerhalb der Jagdsaison zu erlegen war ein ernster Verstoß – doch wenn ein solches Tier einen Wagen angriff, hatte der Besitzer das Recht zu schießen, so unwahrscheinlich das klingen mochte. Jubb hatte vorgeblich sein Eigentum verteidigt.

»Also, ich brauche eigentlich nur ein bisschen Fett, braunes Fettgewebe, und ein wenig Muskelfleisch. Ich arbeite an der Universität in Wheeling, wissen Sie? Ich erforsche den Winterschlaf der Bären... wie sie im Winter ihr Fett verbrennen. Die Bären zehren von ihrem braunen Fettgewebe, wissen Sie. Ich habe eine Theorie entwickelt, wie es ihnen das Überleben während des Winterschlafs ermöglicht. Aber was langweile ich Sie damit... Das Dumme ist, ich muss immer darauf warten, dass jemand wie Sie eines der großen Tiere erlegt, bevor ich an das Fett komme. Selbstverständlich zahle ich dafür.«

Jubb überlegte fieberhaft, welchen Preis er verlangen konnte. Wahrscheinlich unterhielt er sich, die Hand auf der Sprechmuschel, mit seiner Frau über den Preis. Kameron fragte sich, ob der Bursche vielleicht in einem Trailer lebte. Schließlich nannte Jubb sein Forderung: fünfundzwanzig Dollar. Seine Stimme klang angespannt und bebte; es war nicht zu überhören. Fünfundzwanzig Dollar für fünf Pfund Hinterbacken.

»Das scheint mir ein vernünftiges Angebot zu sein, Sir. Ich könnte morgen vorbeikommen und es abholen«, sagte Kameron. »Ich wohne auf der anderen Seite des Tals, es dauert höchstens zwanzig Minuten. Wie komme ich zu Ihnen?«

Er wartete, während Jubb ihm den Weg beschrieb.

»Sehr gut. Dann bis morgen früh. Sagen wir, zehn Uhr? Gut. Selbstverständlich gebe ich Ihnen – oder Ihrer Frau – das Geld bar auf die Hand. Ach so ...«, Kameron wechselte den Tonfall, und seine Stimme drückte Besorgnis aus, »... das Fleisch wurde doch im Kühlschrank aufbewahrt, oder? Nicht, dass ich es essen will, aber ... Sie wissen schon, der Geruch ...«

Jubb hatte den gehäuteten Bären offensichtlich einfach an einem Seil in der Garage hängen lassen.

»... und die Innereien?« Kameron hatte eigentlich gehofft, dass die Eingeweide ebenfalls noch vorhanden waren und zum Verkauf standen, doch nun stellte er enttäuscht fest, dass es keinen Bonus gab, kein *B. transfuga*, um damit ein paar zusätzliche Experimente durchzuführen.

»Na gut!«, sagte er schließlich. »Dann werde ich also morgen früh vorbeikommen und es abholen.« Er legte auf und wandte sich den drei Aquarien zu. »Zwei Dinge erledigt – hoffe ich wenigstens. Und nun zu Nummer drei.« Er trat zu den drei Becken. Obwohl keine speziellen Lampen das Innere erhellten, reichte die Fluoreszenzröhre an der Küchendecke aus, um hineinschauen zu können. Dathan saß wieder auf dem Tisch und beobachtete interessiert, wie Kameron die Nase an das Glas drückte. Er summte leise vor sich hin, während er eine Pflanze im ersten Becken betrachtete. Auf ihren Blättern saßen Reihen winziger brauner Kugeln. Die Reihen bewegten sich langsam an den Blättern entlang nach oben, in Richtung der Deckenbeleuchtung. Kameron beobachtete die frisch geschlüpften Tierchen. Schnecken waren Hermaphroditen wie der Bandwurm, sein einstiger Freund; diesmal war es unnötig, sich wegen Männchen und Weibchen Gedanken zu machen. Falls nötig, konnten die Tiere sich selbst begatten. Er nahm die Salatblätter und warf eins davon in jedes der drei Becken.

»Nachtisch, meine Freunde ... meine Kinderchen. Wachset und mehret euch. Wir sind fast so weit. Den Sanftmütigen wird die Erde gehören.«

Im Fernsehen kam Reverend Devine zum Ende seiner Andacht. »... und wir werden unser eigenes Gipfeltreffen im Zentrum der Lasterhaftigkeit veranstalten, in Las Vegas, dem neuen Sodom, wo wir unsere Mission begonnen haben! Unsere mächtigsten Engel, die Seraphim, werden sich dort versammeln und für die beten, deren Fleisch schwach ist. Ich bitte Sie im Namen Gottes, unseres Herrn – kommen Sie zahlreich! Sollten Sie nicht persönlich erscheinen können, schicken Sie uns Ihre Spenden, damit andere an Ihrer Stelle diese verderbte Stadt belagern können. Unsere großzügigen Spender, unsere Cherubim, sind selbstverständlich eingeladen, uns dabei zu helfen, der Welt eine Botschaft zu senden. Notieren Sie bitte unsere Bankverbindung, die jetzt eingeblendet wird, wir brauchen jeden Cent. Eine Spende von fünfhundert Dollar garantiert Ihnen eine Einladung nach Vegas!«

Kameron dachte kurz über diese Einladung nach und beschloss dann, die fünfhundert Dollar zu überweisen und die Einladung anzunehmen. Devine hatte sich der Hybris schuldig gemacht, doch sein Angebot stellte möglicherweise eine Gelegenheit dar. Außerdem verdankte er Devine eine weitere Inspiration, und Kameron würde ihm dafür einen Taumel der Begeisterung bescheren, würde ihn mit Verzückung belohnen und ihn direkt ins Reich Gottes schicken. Wenn es nur endlich regnen würde, damit er seine eigenen Engel jagen konnte!

Am Donnerstag, kurz vor Mittag, kam er mit einer weißen Plastiktüte von seiner Tour zurück. Die Dinge waren nicht so gut gelaufen, wie er gehofft hatte. Er war mit seinem alten Ford Pick-up zum bescheidenen Heim der Jubbs gefahren, ein wenig abseits der Landstraße. Er war angezogen wie ein Farmer und trug einen Overall mit einem alten Flanellhemd darunter, dazu schwere Stiefel. Mrs Jubb war mit einem großen Jagdhund aus dem Haus gekommen. Kameron hatte noch hastig versucht, das Fenster hochzukurbeln, doch es war zu spät gewesen. Der Hund war losgerannt, und Dathan war aus dem Fenster gesprungen, um sich auf einem Baum in Sicherheit zu bringen. Der Köter war hinterhergejagt, hatte den Waschbären am Rücken erwischt und ihm ein Stück Pelz ausgerissen.

Dathan hatte geknurrt wie ein in die Enge getriebener Wolf, hatte sich am Boden zusammengekrümmt, Beine und Schwanz schützend unter den Leib gezogen, und reglos dagelegen.

Der Hund griff erneut an. Die Frau entschuldigte sich mit hilflosen Blicken bei Kameron; es war sinnlos, einzugreifen. Der Hund machte einen Scheinangriff nach dem anderen, wobei er wütend bellte und knurrte und um den Waschbären herumsprang. Kameron beobachtete den Kampf. Er wusste, dass der Waschbär entweder blitzartig die Flucht ergreifen oder sich stellen und bis zum Ende kämpfen würde. Kameron hatte Angst, dass Dathan, sein Freund, auf dem Rasen vor dem Haus irgendeines weißen Abschaums enden könnte.

Der Hund umkreiste den Waschbären, duckte sich und griff erneut an. Diesmal hatte er es auf Dathans Kopf abgesehen. Dathan wartete den günstigsten Augenblick ab; dann schoss sein Maul vor wie das einer Schnapper-Schildkröte, und er verbiss sich in eine Vorderpfote des Hundes. Dathan warf sich herum, wand sich auf den Rücken, wälzte sich noch weiter herum. Es gab ein knackendes Geräusch, als der Vorderlauf des Hundes brach, und das Tier jaulte auf, winselte und wich geschlagen und humpelnd zurück.

Kameron entschuldigte sich wortreich, doch die Frau schien ihn gar nicht zu hören; sie interessierte sich nur für den Handel mit dem Bärenfleisch.

»Sie haben das Geld?« Sie hatte gehört, wie ihr Mann fünfundzwanzig Dollar vereinbart hatte. Kameron griff nach seiner Geldbörse, und die Frau ging die weiße Plastiktüte holen. Kameron zog eine einzelne Banknote aus seiner Geldbörse und gab ihr einen Benjamin Franklin, einen Fünfzig-Dollar-Schein.

»Das ist fürs Fleisch. Behalten Sie den Rest für einen Tierarzt, wegen dem Hund.« Er fuhr davon, bevor die Frau sich von dem freudigen Schreck erholen konnte. Sie hatte nicht ein einziges Mal auf sein Nummernschild geschaut, sondern unablässig auf die steife neue Banknote gestarrt, als fürchtete sie, er hätte ihr eine Fälschung angedreht, oder als überlegte sie, wie sie den Schein wechseln konnte, bevor ihr Mann nach Hause kam. Der verletzte Hund war vergessen. Die zusätzlichen fünfundzwanzig Dollar schienen die Frau viel mehr zu interessieren. Wenn ihr Mann wegen dem Kläffer fragt, sagte sich Kameron, wird sie ihm wahrscheinlich irgendeine Geschichte von einem Waschbären oder einem Skunk auftischen, den der Hund verfolgt hatte, wobei er gestolpert war.

Zu Hause angekommen, trug Kameron die schwere Tüte mit dem Fleisch direkt in die Küche. Er nahm den blutigen Brocken heraus und legte ihn in den Spülstein. Dathan roch die Beute und kam herbeigeflitzt. Kameron drehte den Wasserhahn auf, schob beide Hände in die Tüte und zog etwas hervor, das aussah wie ein Klumpen gelber Schleim. Er legte die Masse unters Wasser und wusch das Fett gründlich ab, bis es frei war von Blut. Dann drehte er sich um, sah Dathan zu seinen Füßen und warf ihm den Fettbrocken hin. Der Waschbär stürzte sich darauf, biss hinein und zerrte den Fettklumpen über den Küchenboden und hinaus auf den Hof.

»Da steckt jede Menge frische Energie drin, Dathan. Nach

deinem Abenteuer hast du's dir verdient. Aber die Proteine behalte ich für mich, falls du nichts dagegen hast.«

Kameron öffnete einen Schrank und nahm einen altmodischen Fleischwolf heraus. Binnen weniger Minuten hatte er die zweieinhalb Kilo Fleisch durch den Wolf gedreht. Er legte das Hackfleisch in eine große Keramikschüssel und wusch sich die Hände. Dann nahm er eine Haushaltspackung Zartmacher und mischte das Pulver unters Fleisch. Nachdem beides gleichmäßig vermengt war, öffnete er den Kühlschrank und stellte die Schüssel hinein.

Er ging zu Dathan und hob das Tier hoch. Der Waschbär fauchte, als sein Herrchen ihm direkt in die Augen sah. Kameron lächelte beschwörend, voller Energie. Der Kampf würde bald beginnen, und die Taktik stand fest. »Sollen die Enzyme ihre Arbeit machen«, sagte er. »Es geht wieder los!«

Er ging in das kleine Schlafzimmer und setzte sich an den Schreibtisch. Das Notebook war aufgeklappt. Alles bereit, online zu gehen. Kameron wartete, bis der LCD-Monitor aktiviert und das Programm geladen war; dann klickte er auf das Icon von SOL und hackte sich in Vicky Wades Internetanschluss ein; es war kein Problem gewesen, den Zugangscode zu knacken. Eine freundliche Baritonstimme verkündete: »Sie haben neue Mail.«

Kameron las Vickys Brief an Jack Bryne – ein höchst aufschlussreiches Schreiben:

Jack,
ich schreibe dir wegen unseres Treffens mit Senator Lowen im Agricola in Georgetown. Lowen hat sich mit Lucas Strawbridge in Verbindung gesetzt, dem Direktor von BBM. Strawbridge hat Interesse, ProMED zu unterstützen. Er wird dich möglicherweise bitten, ihn zu Hause in Jackson zu besuchen, denn er ist als zurückgezogen bekannt. Deshalb kommt er auch nicht selbst ins Agricola, sondern schickt einen Vertreter.

Noch etwas Erfreuliches, Jack. Es besteht die Möglichkeit, dass Mat Tingley, der Computerguru, ebenfalls interessiert ist, ProMED zu unterstützen. Ich habe ihn vor ein paar Tagen auf einer Party in der Stadt kennen gelernt. Er wird sich bei dir oder mir melden.
Ich bin immer noch erschüttert wegen Shmuels Freund. Shmuellys Familie hat mich kühl empfangen, als ich ihm helfen wollte. Sie meinen, er hätte seinen Glauben verloren, als er sich an der New York University eingeschrieben hat. Shmuel und ich halten regen Kontakt über SOL; ich glaube, er kommt allmählich über seinen Kummer hinweg.
Vielleicht können wir heute Abend telefonieren, Jack. Ich werde in Washington für einen Hintergrundbericht über historische Parallelen zwischen den Präsidentschaftswahlen der Jahre 2000 und 1900 recherchieren.
Hättest du Zeit und Interesse, an einem anderen Projekt mitzuarbeiten? Es geht um religiöse Fanatiker, die Katastrophen ausgelöst haben, z. B. James Jones, David Koresh und Kameron. Ich weiß, dass die Kameron-Geschichte dir noch sehr zu schaffen macht, aber wir könnten ja beim Abendessen darüber reden, oder später. Bei nächster Gelegenheit komme ich zu dir, und dann verbringen wir ein paar Tage in deiner neuen Zuflucht. Wir telefonieren.
In Liebe,
Vicky :-)

Der Wurm rührte sich in seinem Schritt, begann zu wachsen und drückte gegen seine Hose. Er rutschte unruhig auf dem Stuhl, doch die Erektion nahm weiter zu. Wieder bewegte er sich nervös, und der Wurm Ouroboros, das Böse Ding, die Schlange aus dem Paradies, reckte sich zu voller Länge, erregt und fordernd. Wer war diese Nutte, dass sie es wagte, ihn mit einem opportunistischen Drogenfreak zu vergleichen, oder mit diesem anderen irregeleiteten Emporkömmling, der sich selbst in einer Scheune als Brandopfer dargebracht hatte? Und Shmuel Berger, dieser kleine jüdische Schnüffler, war immer noch am Leben!

Rasch ging Kameron die Namen und Daten ein zweites Mal durch. Bryne würde für ein paar Tage in Washington sein; anschließend folgte er vielleicht einer Einladung dieses Strawbridge nach Wyoming. Die Zeit reichte nicht für Washington, doch ein Abstecher nach Westen, wo Strawbrigde sein Anwesen hatte, wäre auch nicht übel. Er würde Mr Strawbridge einen Besuch abstatten, und er hatte eine sehr freudige Überraschung für ihn.

Die Schlange entspannte sich wieder. Ihr Gift musste für einen späteren Zeitpunkt aufgespart werden.

Kameron klickte auf die Schaltfläche »Neu«, und die Empfangsbestätigung vor Vicky Wades Mail verschwand. Soweit es Bryne betraf, war die Botschaft jungfräuliche, ungelesene Korrespondenz.

Es war an der Zeit, die Ernte einzuholen.

Er ging zum Regal. Dort standen ein altes Fanny-Farmer-Kochbuch, ein Almanach und eine Reihe Bücher über Entomologie, Tierpathologie, Veterinärmedizin und Fungi. Er zog eine Plastikschachtel heraus, die groß genug war, um Dokumente darin zu verwahren, nahm den Deckel ab und holte die Umschläge aus Manilapapier hervor. Jeder war mit einem Namen beschriftet: Berger, Bryne, Catrini, Hubbard, Lyman, MacDonald, Wade, Wyatt.

Kameron musste weitere Namen hinzufügen – Devine, Strawbridge und Lowen –, also nahm er drei leere Umschläge und beschriftete den ersten mit »Lowen, Mark«. Dann schrieb er den Namen des Senators auf ein leeres Formular. Um die Felder auszufüllen, waren weitere Nachforschungen mithilfe von Lexus-Nexus notwendig. Es würden noch mehr Namen hinzukommen, das wusste er, als er das Formular überflog und sich fragte, ob er die wichtigsten Punkte aufgeführt hatte. Unter dem Namen stand in fetter Schrift »Lebenslauf«, gefolgt von Feldern für Geburtsdatum, Geburtsort, derzeitiger Beruf, Geschäftsadresse, Geschäftstelefon, Fax, E-Mail, die privaten Nummern, Ehepartner, andere wichtige Kontakte und Dutzende weiterer Daten über die jeweilige Person. Es war jene Art von Informationen, die auch Geldeintreiber sammelten, um einen säumigen Schuldner aufzuspüren. Kameron machte sich daran, die bislang bekannten Fakten über Lowen, Strawbridge und Devine einzutragen.

»Also schön!«, rief er ins leere Zimmer, als er fertig war. »Mögen die Spiele beginnen!«

4

Freitag, 25. Mai
Restaurant Agricola
Georgetown, District of Columbia

Das Agricola lag in einer kopfsteingepflasterten Seitenstraße; malerische Gaslaternen beleuchteten das unauffällige Schild. Die Gäste waren hauptsächlich junge, gut gekleidete Männer und Frauen, die ihren Washingtoner Büros auf der Suche nach abendlicher Romantik und Vergnügen den Rücken gekehrt hatten.

Jack Bryne wandte sich an den Maître, der den neuen Gast mit dem Pferdeschwanz und den Sandalen misstrauisch beäugte, und erkundigte sich nach dem Tisch von Senator Lowen.

Die Erwähnung dieses Namens bewirkte eine augenblickliche Veränderung des Maître. Bryne war der vierte Gast in der Nische im hinteren Teil des exklusiven Restaurants. Der Senator sei fünfzehn Minuten zuvor eingetroffen, erklärte der Maître vertraulich, zusammen mit zwei äußerst attraktiven Damen. Er führte Jack an voll besetzten Tischen vorbei, an denen die Gäste sich gegenseitig lautstark mit ihren neuen Bekanntschaften auf dem Capitol Hill zu beeindrucken versuchten.

Als sie sich der Nische näherten, fiel Jacks Blick zuerst auf Judith Gale. Sie war größer als Vicky, zumindest im Sitzen. Ihr Gesicht war oval, die Haut schimmerte oliv, und sie trug die langen schwarzen Haare in der Mitte gescheitelt. Sie zählte an den Fingern ab – erstens, zweitens, drittens –, wobei sie Vicky anschaute.

Der kleine, grauhaarige Mann am Tisch war Mark Lowen, der Senator aus Connecticut, Jacks Verbündeter in Sachen Umwelt – der so genannten Öko-Kämpfer des Kongresses. Als Jack zum Tisch trat, erhob sich Lowen und stellte sich vor.

»Vicky hat mir alles über Sie erzählt, Dr. Bryne«, sagte der Senator enthusiastisch. »Sogar, dass Sie einen Pferdeschwanz tragen. Sie haben eine neue Stelle in Charlottesville angetreten, nicht wahr? In ein paar Wochen bin ich ganz in Ihrer Nähe, in dem alten Badeort, den Jefferson gegründet hat. Vielleicht findet sich die Gelegenheit zu einem Treffen.«

»Es wäre mir eine Freude.« Jack lächelte und setzte sich. Unter der Tischdecke nahm Vicky seine Hand und drückte sie.

Lowen nickte der anderen Frau zu und fuhr fort: »Das ist Judith Gale von BBM. Dr. Gale ist Pflanzenpathologin.« Sichtlich erfreut machte der Senator seine Besucher miteinander bekannt, denn es brachte Vorteile für die wissenschaftliche Welt, die Umweltbewegung und natürlich für die Agrarindustrie. Und auf lange Sicht war es bestimmt auch kein Nachteil für ihn.

»Mark, Dr. Gale – Jack braucht Unterstützung«, begann Vicky. »Sie waren so freundlich, uns zusammenzubringen, Mark. Es wäre großartig, wenn wir einen so bedeutenden Konzern wie BBM dazu bewegen könnten, über eine Spende an ProMED nachzudenken.«

»Wahrscheinlich hat Miss Wade Ihnen bereits erzählt, was ProMED geleistet hat«, wandte Jack sich an Judith Gale und den Senator. »Vielleicht wissen Sie auch schon, welche Pläne wir für die Zukunft haben – die Ausweitung der globalen Überwachung von Pflanzenseuchen, um landwirtschaftlichen Problemen frühzeitig begegnen zu können. Unser Ziel ist, der Ausbreitung von Epidemien und der Entstehung von Hungersnöten vorzubeugen, die selbst in den Industrieländern heutzutage noch auftreten können, sei es durch eine Trockenzeit, durch Kriege, die Ernten zerstören, durch einen wirtschaftlichen Zusammenbruch oder durch schlechte Planung. Das Beispiel der alten Ägypter zeigt, wie schnell so etwas gehen kann – Kriege, der Nil, Sandstürme, Heuschrecken und Hagel führten dazu, dass diese Menschen nichts so sehr fürchteten wie Nahrungsmittelmangel und Hungersnöte.«

»Nicht umsonst war der Hüter der Kornspeicher der zweitwichtigste Mann im alten Ägypten«, fügte Judith hinzu und strich das lange schwarze Haar mit einer eleganten Bewegung nach hinten. Jack war beeindruckt, mit welcher Mühelosigkeit sie seine Geschichte nicht nur weiterführte, sondern zugleich ihr Interesse am Thema bekundete. Ihr Haar fiel glatt über die Schultern bis weit in den Rücken. Das rot-schwarze Kostüm stand ihr ausgezeichnet, insbesondere mit dem farblich abgestimmten Lippenstift. Bryne fand die Frau sehr attraktiv und fragte sich, wie alt sie sein mochte. Vierzig?

»Die meisten Hungersnöte wurden durch Pflanzenseuchen verursacht«, fuhr sie fort. »Pilze können ganze Ernten zerstören. Pflanzenkrankheiten, Läuse, Brände und Wurzelfäule werden von Menschen im Gefolge von Eroberungen, Handel und Expansion in die Welt getragen. Deshalb sind wir hier, und aus diesem Grunde wurde ich von BBM geschickt. Mr Strawbridge ist sehr an Ihren Vorschlägen interessiert, Dr. Bryne. Wenn ProMED die Ausbreitung von Seuchen verhindern oder eindämmen kann, bei Mensch, Tier und Pflanzen, ist eine Investition ohne Zweifel lohnenswert. BBM ist einer der weltweit größten Agrarkonzerne, und wenn die Erträge steigen, erwirtschaftet das Unternehmen unter dem Strich einen höheren Gewinn – vom ethischen Aspekt natürlich ganz abgesehen.«

»Denken Sie zum Beispiel an die Hungersnot in Irland in den Vierzigerjahren des 19. Jahrhunderts, die durch die Kartoffelfäule entstand«, warf jetzt der Senator ein. »Viele Familien sind deswegen nach Amerika ausgewandert. In Europa sind mehr Menschen daran gestorben als durch Napoleons Kriege. Es gab eine Million Tote, und zwei Millionen Iren wanderten aus, die meisten nach Amerika. Irland war ein Agrarland. Die Hälfte der Bevölkerung war unmittelbar betroffen. Auch mein

Urgroßvater ist damals in die Staaten ausgewandert. Er war Torfstecher und musste Irland 1846 verlassen.«

»Die Kartoffelfäule begann, indem sich braune Flecken auf den Blättern der Pflanzen bildeten«, erklärte Judith. »Binnen weniger Tage waren ganze Felder, Hunderte von Morgen, mit einem weißlichen, samtigen Überzug bedeckt. Die Kartoffelknollen entwickelten braun-schwarze Flecken und verfaulten.«

»Was war mit anderem Gemüse?«, erkundigte sich Vicky.

»Das haben die Engländer den Iren genommen«, sagte Lowen. »Es wurde als Pacht beansprucht und nach England verschifft. Die Iren lebten fast ausschließlich von Kartoffeln. Als die Felder verfaulten, magerten Männer, Frauen und Kinder zu Gerippen ab, und das große Sterben begann. Die Engländer unternahmen nichts. Nur die Kräftigsten schafften es nach Amerika oder Australien.«

»Wie kam es, dass die Iren so abhängig von nur einer Nahrungsquelle werden konnten?«, fragte Vicky.

»Dafür gibt es verschiedene Gründe«, erklärte Judith Gale. »Die Spanier hatten die Kartoffel ein paar Jahrhunderte zuvor aus der Neuen Welt eingeführt. Sie nannten sie *papas* und haben sie auf dem gesamten Kontinent verbreitet, doch das irische Klima war dem des Ursprungslands Bolivien besonders ähnlich. Die Kartoffeln konnten mit geringem Aufwand angebaut werden. Hinzu kamen der hohe Nährwert und die Tatsache, dass die Früchte unter der Erde reiften, wo sie vor marodierenden Heeren und Tieren sicher waren. Die übrigen Erzeugnisse, Getreide und Früchte, wurden nach England geschickt. Als die Fäule kam, zerstörte sie neunzig Prozent der gesamten irischen Kartoffelernte. Der damalige englische Premierminister Peel verweigerte den Bauern jegliche Hilfe, und die Hungersnot dauerte an. England hat sich erst hundertfünfzig Jahre später für dieses Verbrechen an den Iren entschuldigt. Es war der erste Fall einer Pflanzenseuche, die eine Monokultur traf. Im Jahre 1852 wies der deutsche Forscher Anton de Bary nach, dass ein so genannter ›Keim‹ Pflanzen vernichten konnte, in diesem Fall ein Pilz. Nun, der gleiche Pilz wütet auch heute wieder. Zurzeit erlebt die amerikanische Kartoffelindustrie die wohl schlimmste Krise ihrer Geschichte, wie Sie wissen. Der Brand hat sich von Florida bis nach Maine ausgebreitet. Der neue Stamm vom Kreuzungstyp A2 ist gegen sämtliche Fungizide resistent. Wir stehen dem gleichen Problem gegenüber wie damals.«

»In den USA wird es allerdings keine Hungersnot geben«, sagte der Senator. »Bei uns mögen sich die Kartoffelpreise erhöhen, die wirklich Leidtragenden jedoch werden unsere Freunde im Süden sein. Falls diese Seuche sich über Mexiko nach Südamerika ausbreitet, vielleicht sogar bis auf den afrikanischen Kontinent, könnte es dort zu einer Hungersnot kommen.«

Judith nickte. »Es ist ein anschauliches Beispiel dafür, was auch heutzutage noch passieren kann. Und das gilt nicht nur für Kartoffeln, sondern auch für andere Nahrungsquellen wie Mais, Reis, Hirse und Weizen.«

»Also könnte es als Nächstes den Weizen treffen?«, fragte Jack.

»Es könnte so gut wie alles treffen«, erwiderte Judith.

»Umso wichtiger ist die Frage, wann Ihr Konzern die Entscheidung darüber trifft, ProMED in seinen Bemühungen zu unterstützen, ein Frühwarnsystem für Pflanzenkrankheiten zu errichten«, sagte Lowen.

»Nun, das entscheidet Mr Strawbridge in Absprache mit dem Vorstand.« Judith schaute Jack Bryne an. »Aber ich würde ProMED gern einmal live und in Aktion sehen, sozusagen. Dann könnte ich Mr Strawbridge Näheres darüber berichten.«

Jack griff unter den Tisch und zog seinen PDA hervor. Er war wesentlich besser für eine improvisierte Präsentation geeignet als sein Laptop. Binnen Sekunden hatte er das ProMED-Logo auf dem Display. »Ich kann Ihnen heute Abend zwar nicht sämtliche E-Mail-Korrespondenz zeigen, aber sehen Sie selbst.«

Er tippte auf ein Symbol, und ein Fenster öffnete sich. Es enthielt eine Liste von Kontakten überall auf der Welt. »Wir haben mehr als zwanzigtausend Abonnenten. Diese hier, mit der Markierung, sind unsere primären Kontakte in einer Region oder einem Land. Das *V*, *B*, *P* und *F* nach dem Namen steht für Virus, Bakterien, Parasiten und Fungi. *I* steht für Insekten und Arachnoiden, *A* für andere. Die Liste lässt sich leicht sortieren, sodass wir binnen Sekunden den richtigen Ansprechpartner in einem Land finden können.«

»Wirklich beeindruckend«, sagte Judith. »Und das Gleiche könnten Sie für unsere Agronomen in Wichita organisieren? BBM verfügt über ein ähnliches System wie Sie, um Pflanzenkrankheiten zu katalogisieren. Wir könnten zusammenarbeiten.«

»Ja, sicher. Ich möchte mithilfe von Internet und ProMED Experten aus der ganzen Welt gewinnen, um den Ausbruch von Pflanzenseuchen zu überwachen. Neue Bedrohungen, neue Krankheiten. Ein Frühwarnsystem, um zu verhindern ...«

»... dass sich so etwas wie die große Hungersnot von Irland wiederholt«, warf Lowen ein.

»Ganz recht«, erklärte Jack. »Wir könnten eine Ausbreitung entweder kontrollieren oder ganz verhindern.«

»Nun«, sagte Judith, »wenn es Ihnen nichts ausmacht, Dr. Bryne, würde ich mir ProMED gerne so bald wie möglich aus der Nähe ansehen. Ich muss morgen zurück nach Wichita, um Strawbridge zu berichten. Er wird Sie möglicherweise bitten, ihn in Wichita oder in Wyoming zu besuchen. Wir könnten in den nächsten Tagen einen Termin vereinbaren.«

»Sehr gern«, sagte Jack. »Wir können uns treffen, wo und wann immer Sie wollen.«

Judith zog ihren Palm Pilot hervor, überprüfte ihren Terminplan und nickte. »Ich rufe Sie Anfang der Woche an.«

Der Ober kam, und sie bestellten eine weitere Runde Getränke und das Essen. Jack bemerkte, dass der Senator sich verstohlen am Handgelenk kratzte.

»Insektenstiche«, murmelte Lowen, der Jacks Blick bemerkt hatte. »Oder Giftefeu. Mein Hausarzt hält es für eine Allergie.«

»Lassen Sie mal sehen«, sagte Bryne.

Ein wenig verlegen schob Lowen den Jackenärmel hoch, öffnete eine goldene Manschette und krempelte den Hemdsärmel auf. An seinem Unterarm waren ein halbes Dutzend runder dicker Schwellungen zu sehen, mit einem kleinen schorfigen Punkt in der Mitte.

»Möglich, dass es sich um Giftefeu handelt«, sagte Judith. »Aber das heißt noch nicht…«

»Verzeihung, aber das ist weder Giftefeu, noch sind es Insektenstiche«, unterbrach Jack. »Mückenstiche sehen anders aus. Die Schwellungen haben einen schwarzen Punkt in der Mitte, doch diese hier sind rot. Sandfliegen kommen ebenfalls nicht infrage. Deren Stiche besitzen ein großes rotes Halo.« Jack blickte Lowen fragend an. »Haben Sie diese Schwellungen auch an anderen Körperstellen?«

»Ja, auf Brust und Rücken«, antwortete Lowen sichtlich verlegen. »Aber an den Knöcheln und Unterarmen ist es am schlimmsten. Sie kommen und gehen, und das seit einem Monat. Es fing im Mai an. Sobald ich mein Anwesen verlasse, verschwinden sie. Kehre ich nach Greenwich zurück, kommen sie wieder.«

»Wenn Sie mich fragen«, sagte Bryne, »sieht es nach einer Badedermatitis aus. Es ist ein kleiner Parasit, den sich Leute zum Beispiel beim Muschelsuchen einfangen, wenn sie am Strand im flachen Wasser umherwaten.«

»Ich war seit Monaten nicht am Strand, das letzte Mal in Puerto Rico.«

»Was ist mit Seen und Teichen? Waren Sie angeln oben in New England? Diese Läsionen könnten auch eine Zerkariendermatitis sein. Zerkarien sind die Larven von Leberegeln; sie werden von Süßwasserschnecken ausgeschieden. Es sind die gleichen Parasiten wie bei Muscheln, nur dass sie in Süßwasser vorkommen.«

»Jetzt, wo Sie es sagen«, erwiderte Lowen. »Es tritt jedes Mal auf, wenn ich im Wasser gewesen bin. Ein paar Stunden später. Und es verschwindet wieder, wenn ich im Pool schwimme. Was ist im Wasser? Was ist der Grund für die Entzündung?«

»Haben Sie Enten auf Ihrem Grundstück?«, fragte Jack.

»Ja. Stockenten und Kanadagänse. Sie kommen jedes Jahr bei mir durch.«

»Das dürfte die Erklärung sein«, sagte Jack. »Die Enten verbreiten einen Parasiten. Wenn man sich damit infiziert, bekommt man einen schrecklichen Juckreiz. Der Parasit ist ein winziger, mikroskopischer Organismus, der im Wasser schwimmt, sich in die Haut bohrt und stirbt. Das Jucken ist eine allergische Reaktion auf die toten Parasiten. Am besten wirkt eine Zinksalbe oder eine lokale Behandlung mit Steroiden.«

»Dann verschwindet es also wieder?«, fragte der Senator erleichtert.

»Selbstverständlich. Schwimmen Sie im Pool, nicht mehr im Teich, bis die Enten nach Norden gezogen sind.«

»Sie wissen gar nicht, wie sehr mich das erleichtert«, sagte Lowen dankbar.

Vicky schaute auf die Uhr. Es wurde spät. Sie beschloss, wieder auf das ursprüngliche Thema zu sprechen zu kommen. »Jack, du sagtest mir, dass Gelder für ProMED nicht das einzige Problem darstellen, sondern dass ihr noch ein weiteres Anliegen habt.«

»Richtig.« Jack nahm einen Schluck Wein. »Über das Netzwerk verfügen wir bereits, und wir stehen mit mehr als hundertfünfzig Ländern in ständigem Kontakt. Was uns fehlt, sind Ausbildung und Equipment in den Entwicklungsländern. Was taugt das System, wenn wir die Wächter nicht erreichen können? Wir verfügen weder über die Computer, über die Ausbildung noch über die Leute, die uns berichten könnten. Wir brauchen jemanden, der uns hilft, batteriebetriebene Rechner in Dorfkliniken, Missionskrankenhäusern und ländlichen Stationen aufzustellen. Wenn man von dort aus ins Internet und E-Mails verschicken kann, wenn wir von dort Berichte erhalten, erst dann haben wir ein echtes Frühwarnsystem. Sechzig Prozent der ProMED-Abonnenten kommen aus den Vereinigten Staaten. Wir brauchen Kollegen aus den abgelegenen Teilen der Welt, insbesondere aus seuchengefährdeten Gegenden.«

»Ich glaube, Lucas Strawbridge kann Ihnen weiterhelfen«, sagte Lowen. »Es liegt im eigenen Interesse von BBM. Nicht wahr, Dr. Gale?«

Judith Gale nickte.

»Was die Versorgung mit Hard- und Software angeht«, fuhr der Senator fort, »haben Vicky und ich mit Matthew Tingley gesprochen. Vicky, haben Sie bereits eine Antwort vom Computerkönig?«

»Ich habe gestern mit ihm telefoniert, außerdem stehen wir über SOL in Kontakt. Tingley sagt, er wird sich nächste Woche mit Ihnen in Verbindung setzen.«

»Sehr gut«, sagte Lowen. »Ich werde ihm das Gleiche sagen, das ich auch Strawbridge gesagt habe. Tingley hat bestimmt Hunderte ausgemusterter Pentiums. Oder er hat eine Idee, wie er die Dritte Welt mit seinen Basismodellen versorgen kann. Apple hat in den Achtzigern das Gleiche getan und Computer in den Schulen aufgestellt. Auf diese Weise haben sie dem Macintosh zu einem großen Markterfolg verholfen. Ich werde Matt die Idee unterbreiten, dann sehen wir weiter.«

Nach dem Essen schüttelten sie sich vor dem Restaurant die Hände. Judith Gale nahm dankend die Mitfahrgelegenheit zum Hotel an, die der Senator ihr anbot. Jack nahm Vicky bei der Hand, und sie spazierten zum inzwischen fast leeren Parkplatz, wo sie ihre Wagen abgestellt hatten. Noch bevor sie dort waren, hörten sie laute Rufe und Gelächter. Dann Jaulen und Winseln – ein Hundekampf. Sie näherten sich einer kleinen Gruppe zwielichtiger Typen mitten auf dem Parkplatz, vor der sich zwei Hunde auf dem schwarzen Beton ineinander verbissen hatten. Jack sah, dass der größere der beiden ein Pitbull war. Der andere, viel kleiner, lag am Boden und winselte. Unvermittelt schleuderte der Pitbull das kleine Tier in die Höhe. Es landete vor Vickys Füßen und jaulte vor Schmerz. Offensichtlich hatte das Tier aufgegeben; nun lag es hechelnd am Boden. Der große Hund kam heran, um ihm den Rest zu geben, doch Jack versetzte ihm einen wuchtigen Tritt gegen den Brustkorb. Ein Mann mit spanischem Akzent schrie wütend auf. Jack wandte sich ihm zu.

»No me hoda, chico!«, zischte er. Es war eine Herausforderung. Jack starrte in die Augen des anderen; sie waren ein wenig glasig, als hätte der Mann getrunken. Er hielt eine Leine und ein nietenbeschlagenes Lederhalsband und schien der Besitzer des Pitbull zu sein. Mit einem Fluch legte er dem Tier, das sich nur langsam von den Folgen des Tritts erholte, schließlich Halsband und Leine an. Die anderen in der Gruppe lachten, schlugen dem Besitzer auf den Rücken und hielten ihm eine Flasche hin. Nach ein paar Pfiffen und Beleidigungen in Jacks Richtung zerstreute sich die Gruppe und ließ Vicky und Jack mit dem kleinen Hund zurück. Vicky hob das winselnde Tier hoch. Es wog kaum mehr als fünf Kilo.

»Kannst du ihm helfen, Jack? Bitte! Bring ihn zu einem Tierarzt. Ich muss heute Nacht in die Stadt zurück. Ich bezahle die Rechnungen, und falls er eingeschläfert werden muss …«

Jack verdrehte die Augen. Er musste nach Charlottesville, kannte sich in Washington nicht aus und verspürte nicht die geringste Lust, auf der Suche nach einem Tierarzt, der Notdienst hatte, durch die verlassenen Straßen zu irren. Aber er konnte in weniger als zwei Stunden wieder zu Hause sein, und dort war Tatum. »Okay, Vicky«, sagte er. »Ich nehme ihn mit. Aber du musst für mich einen Arzt in Charlottesville anrufen, Alan Tatum. Sag ihm, was passiert ist. Bitte ihn, zu meinem Haus zu fahren und alles mitzubringen, was er für erforderlich hält.« Er schrieb Tatums Telefonnummer auf einen Zettel und reichte ihn Vicky.

Sie umarmte ihn. »Danke, Jack. Ich rufe ihn an, ich versprech's.« Sie wartete, bis er die Tür aufgeschlossen hatte, dann legte sie das verletzte Tier behutsam auf den Beifahrersitz.

Sie küssten sich zum Abschied, und Jack beobachtete, wie Vicky in ihren Wagen stieg, zurücksetzte und sich in den spärlichen spätabendlichen Verkehr einfädelte. Dann blickte er auf den Beifahrersitz. Das kleine braune Bündel hatte sich zusammengerollt, rührte sich nicht und gab kein Geräusch von sich. Jack betastete das Fell. Er spürte, wie sich der Brustkorb bewegte. Das Tier atmete also noch. Doch er spürte auch warmes klebriges Blut. Hoffentlich wusste Tatum, was zu tun war.

5

Dienstag, 12. Juni
Snake River Grill
Jackson, Wyoming

»Guten Abend, Mr Baum. Den üblichen Tisch?« Der Ober führte den Gast an ein paar exquisit gedeckten Tischen vorbei in den hinteren Teil des Restaurants. Kameron folgte ihm und bewunderte nicht zum ersten Mal den großen Elchkopf an der Wand. Es war ein hübsches Restaurant mit offenen Kaminen und hohen hellen Decken. Kameron trug ein elegantes Cowboyhemd mit Opalknöpfen, dazu Designerjeans. Im Agricola wäre er in diesem Aufzug hinausgeworfen worden, aber hier war der Wilde Westen. Es war ein wenig kühl an diesem Abend, und in den Kaminen knisterten anheimelnde Feuer. Im Hintergrund lief leise Musik, eine New-Age-Interpretation von »Rocky Mountain High«. Das Restaurant war spärlich besucht; es war noch ziemlich früh. In ein, zwei Stunden jedoch würde jeder Tisch mit einer eigenartigen Mischung aus West- und Oststaatlern besetzt sein, die auf ein langes Wochenende oder einen Kurzurlaub hierher gekommen waren. Jackson hatte als Stadt der Trophäenjäger Berühmtheit erlangt, auch wenn die Einwohnerzahl relativ gering geblieben war.

Der Snake River Grill war das beste Restaurant der Stadt, auch wenn der Name es nicht vermuten ließ. Früher ein Bistro, das seiner einheimischen Kundschaft »Surf 'n' Turf« serviert hatte, Steak mit Meeresfrüchten, fanden sich inzwischen Delikatessen von beiden Küsten der Vereinigten Staaten auf der Speisekarte: Lachs, Krabben, Hummer, die besseren Weine aus dem kalifornischen Napa Valley und aus Frankreich.

Rich, der Ober, führte ihn zu dem kleinen, blumengeschmückten Tisch, der mit Silberbesteck und Porzellangeschirr gedeckt war. Ein kleiner Kerzenständer enthielt eine rosafarbene Duftkerze; daneben stand ein Set mit Salz- und Pfefferstreuer sowie einem Essig- und einem Ölfläschchen.

»Wieder allein, Mr Baum?«, erkundigte sich der Ober.

»Ich fürchte ja, Rich. Mein Makler hat es wieder nicht geschafft. Es ist sehr schwierig, Verabredungen einzuhalten, wenn man den ganzen Tag unterwegs ist und Häuser besichtigt. Ich hoffe nur, dass ich Zeit finde, ein paar meiner neuen Nachbarn kennen zu lernen, sobald ich etwas Passendes gefunden habe.«

»Ganz bestimmt, Sir. Die Einheimischen treffen Sie bei uns an der Bar. Nehmen Sie dort ein paar Drinks, bevor Sie sich zum Essen an einen Tisch setzen, wenn ich mir diesen Vorschlag erlauben darf.«

Kameron nahm Platz und zog sich die Speisekarte heran. »Ein guter Tipp, Rich. Ich bin seit fast zwei Wochen in dieser Gegend und hatte das Glück, das Snake River auf Anhieb zu entdecken. Seither bin ich jeden Abend hier gewesen, wie Sie wissen, aber noch nicht an der Bar. Ich denke, ich werde Ihren Rat beherzigen.«

»Das würde mich sehr freuen, Sir«, sagte Rich.

Die beiden anderen Feinschmeckerrestaurants in Jackson wurden von Österreichern geführt. Zwar boten die Restaurants einen fantastischen Ausblick auf die Teton Mountains, doch Richs neuer Gast bevorzugte gutes Essen, nicht gute Ausblicke. Offensichtlich war er sehr gebildet, und er war großzügig, was das Trinkgeld anging. Rich wusste nicht, welchem Beruf der Mann nachging oder womit er sein Geld verdiente. Baum hatte nie über seine Geschäfte gesprochen, und Rich hatte nicht danach gefragt. Seinem Akzent nach stammte Baum jedenfalls von der Ostküste.

Doch ein seltsamer Vogel war er schon. Trug fast ständig Latexhandschuhe, als hätte er Angst, sich mit irgendetwas anzustecken. Außerdem war bei Baums erstem Besuch im Restaurant eine kleine Flasche mit kalt gepresstem Olivenöl von seinem Tisch verschwunden. Der Essig war noch da gewesen, auch das kleine silberne Tablett. Rich war überzeugt, dass Baum das Öl hatte mitgehen lassen.

»Einen Cocktail vor dem Essen?«, fragte Rich.

»Den üblichen. Einen trockenen Martini. Und zum Essen die Büffellenden.« Kameron überflog die Tageskarte, ein einzelnes Blatt. »Die sautierten Morcheln, kommen sie von hier?«

»Selbstverständlich. Sie wurden gestern erst gepflückt. Wir hätten außerdem einen Salat aus roter Perella und Mehrkohl, ganz frisch und delikat.«

»Gut, ich nehme den Salat dazu.«

Der Ober nickte. »Sehr wohl, Mr Baum.«

Kameron lehnte sich zurück und warf einen Blick in die Nische zu seiner Rechten. Sie war leer. Die anderen füllten sich allmählich mit Paaren, einer dreiköpfigen Gruppe und einem Gentleman-Cowboy mit schicken, perlmuttbesetzten Stiefeln und einer jungen Blondine als Begleitung.

Die Nischen waren für bedeutende Persönlichkeiten reserviert, hatte Rich ihm erklärt. Einer der Gäste war ein Mr Dresdale aus Hollywood, ein anderer Mr Stevens von Stevens Oil. Andere waren Einheimische, die im aufblühenden Jackson zu Geld gekommen waren. Lucas Strawbridge gehörte ebenfalls zu den Stammkunden. Er hatte sich im Snake River Grill fotografieren lassen; das Bild war in *Fortune* erschienen. Eine Kopie, gerahmt und signiert, hing zusammen mit den Bildern Dutzender anderer Berühmtheiten wie Bush, Taylor, Dupont, Carlsen, Tingley, Rupert Murdoch, Bob Dole, George W. und David Koch draußen in der Halle.

Kameron wurde allmählich ungeduldig. Angeblich hielt Strawbridge sich zurzeit in Jackson auf, doch bislang hatte er noch keine Spur von dem Mann gesehen. Jack musste ebenfalls hier sein. Vielleicht trafen sie sich in einem anderen Restaurant.

Kameron schaute zum Empfangstresen hinüber – und dort

stand Strawbridge. Er war allein; keine Frau, kein Geschäftspartner, kein Jack Bryne war in seiner Begleitung. Ein Kellner trat zu ihm und führte ihn in den mit Teppichen ausgelegten Speiseraum. Strawbridge wusste offensichtlich genau, wo sein Platz war. Seine Nische befand sich in der Ecke. Auf dem Tisch stand ein kleines Schild mit der Aufschrift »Reserviert«. Der Kellner nahm es weg und entfernte das zweite Gedeck. Also würde Strawbridge alleine essen. Jack Bryne kam nicht.

Ohne dem Kellner zu danken, nahm Strawbridge Platz. Ein paar Minuten später brachte ein anderer Ober eine Flasche Mineralwasser und ein Glas mit Eiswürfeln und einer Zitrone an seinen Tisch.

Kameron beobachtete, wie Strawbridge einen Schluck trank. Wahrscheinlich würde er wie üblich einen großen Salat bestellen, denn er war Vegetarier, wie Kameron wusste. Doch von Rich hatte er erfahren, dass unter dem Berg grüner und roter Blätter Sardellen versteckt waren. Strawbridge aß heimlich Fisch. Doch wie Rich so schön gesagt hatte: »Wir alle haben unsere kleinen Geheimnisse.«

Der Salat für Strawbridge wurde fast gleichzeitig mit Kamerons Salat und dem Martini serviert. Rich hielt die Pfeffermühle in der Hand. »Drei Umdrehungen, Mr Baum?«

»Ja, bitte«, antwortete Kameron und beobachtete, wie die schwarzen Krümel auf seinen kleinen Teller fielen. Dann verschwand Rich in der Küche, ebenso der Ober, der Strawbridge bediente. Die Gelegenheit war perfekt. Rasch nahm Kameron die Ölflasche aus dem silbernen Halter und versteckte sie auf dem Boden neben dem Tischbein, dann stand er auf und trat zu Strawbridge an den Tisch. Der kaute gerade auf einem Stück Brot und blickte verlegen drein, als wäre er bei etwas Verbotenem ertappt worden, als Kameron ihn ansprach: »Verzeihung, Sir, dürfte ich vielleicht das Öl ausleihen?« Er deutete auf das Set mit Essig und Öl auf Strawbridges Tisch. »Meines fehlt leider.«

Lucas Strawbridge sah zu Kameron auf; dann schaute er zu dessen Tisch hinüber. Das Ölfläschchen fehlte tatsächlich. »Bedienen Sie sich, mein Freund, aber bringen Sie es zurück, ja?«

Strawbridge war freundlich, doch er machte keinen Hehl daraus, dass er sich von dem Clown im bunten Cowboyhemd gestört fühlte. Nicht zum ersten Mal fragte sich Strawbridge, ob es klug war, dass sein Bild gerahmt an der Wand in der Eingangshalle hing, zwischen den Fotos anderer Berühmtheiten. Doch der Cowboy schien ihn nicht zu kennen; er hatte weder um ein Autogramm gebeten noch um eine Karte.

Kameron nahm die kleine Ölflasche und ging damit an seinen Tisch. Er setzte sich und goss Öl und Essig über seinen Salat. Er beugte sich vor, als wolle er seinen Schuh binden. Aus der Innentasche seiner Jacke zog er unbemerkt ein weiteres Ölfläschchen. Rich, der Idiot, hatte wohl nicht bemerkt, dass er es neulich mitgenommen hatte. Dieses Wunderfläschchen würde Strawbridge bekommen. Er erhob sich wieder und brachte das Öl zu Strawbridge zurück.

»Danke sehr, *mein Freund*«, sagte er, wandte sich um und ging wieder zu seinem Tisch, setzte sich und stellte das übrig gebliebene Ölfläschchen hinter den kleinen Kerzenständer, wo Strawbridge es nicht sehen konnte. Rich würde nichts auffallen, und falls Strawbridge zu ihm herüberschaute, würde er auf dem kleinen Tablett nur die Essigflasche sehen.

Perfekt.

Fast gleichzeitig kamen Rich und der zweite Kellner mit den Gerichten aus der Küche. Der Teller mit den Büffellenden wurde serviert. Strawbridge schaute zu Kameron hinüber, offenbar aus Neugierde, was der Cowboy aß; dann wandte er sich wieder seinem Teller mit Grünfutter zu.

Kameron beobachtete, wie Strawbridge den Essig nahm und über den Salat tröpfelte; dann gab er reichlich Öl darauf, machte sich hungrig über den Salat her und aß sich bis zu dem versteckten Fisch durch. Ausgezeichnet, dachte Kameron. Schön alles aufessen, sonst gibt's keinen Nachtisch!

Strawbridge leerte den Teller und wischte die Reste von Gewürzen, Kräutern, Öl und Essig mit Brot auf.

»Du hast dir deinen Nachtisch verdient«, flüsterte Kameron. Er wartete, bis Strawbridge den Ober gerufen und die Rechnung beglichen hatte. Es war offensichtlich, dass der Mann wichtigere Dinge im Sinn hatte als Essen.

Rich kam zu Kameron an den Tisch. »War alles zu Ihrer Zufriedenheit, Mr Baum? Wünschen Sie einen Nachtisch?«

»Kaffee bitte«, antwortete Kameron, bemüht, sein Interesse an dem Mann zu verbergen, der gerade aufstand, um das Lokal zu verlassen.

»Sehr wohl, Sir.« Rich räumte das Geschirr ab und verschwand damit in der Küche. Wieder nutzte Kameron die Gelegenheit. Rasch stand er auf, ging zu Strawbridges verlassenem Tisch und nahm das Ölfläschchen an sich. Strawbridge hatte es zur Hälfte geleert. Kameron tauschte es gegen das andere Fläschchen, das auf seinem Tisch gestanden hatte, und kehrte in dem Augenblick zu seinem Platz zurück, als Rich die Tür zur Küche von innen öffnete, um den Kaffee zu bringen.

Sekundenschnell überschlug Kameron die Menge an Larven, die Strawbridge aufgenommen hatte: zwanzig- bis dreißigtausend. Dreißig wären mehr als genug gewesen; dreißigtausend würden in wenigen Tagen für einen einzigartigen Anblick sorgen.

Kameron gab die entrahmte Milch und einen Teelöffel Zucker in den Kaffee, lehnte sich zurück und genoss die Atmosphäre des Lokals, das sich allmählich füllte. Gäste wanderten zwischen den Tischen umher, und der Lärm nahm zu. Kameron dachte an sein stilles kleines Heim und an Dathan. Das Futter sollte für wenigstens zwei Wochen reichen, und die Hundeklappe stand offen. Kameron hatte die ruhigen Nächte genossen, nachdem der Waschbär endlich gezähmt war. Der Kühlschrank fiel ihm ein – er hätte ihn wohl besser abgesperrt, doch es gab kein Schloss. Hätte er eine Kette herumschlingen sollen? Zu riskant. Falls jemand auf den Gedanken kam, in das unverschlossene Haus einzudringen, würde die Kette ihn anlocken. Der Dieb würde etwas Wertvolles im Kühlschrank vermuten und das Schloss aufbrechen. Doch er würde nichts darin finden bis auf ein paar kleine Ampullen und eine Schüssel mit Hackfleisch. Inzwischen musste das Fleisch sich zu einer dicken Suppe zersetzt haben, wie halbflüssige Marmelade.

Der Waschbär bereitete Kameron Sorgen. Konnte Dathan die Mahlzeit hinter der dicken weißen Tür riechen, oder würde er sich mit seinem Trockenfutter zufrieden geben?

Waschbären waren zu erstaunlichen kleinen Kunststücken fähig. Sie begriffen schnell, wie man eine Türklinke betätigen musste oder einen Riegel zurückschob. Die Aquarien waren draußen und in Sicherheit, doch die Wanne mit den Schnecken – was, wenn Dathan die Schnecken fand, die Weinbergschnecken? Und wenn schon, dachte Kameron, sie sind noch nicht geimpft. Außerdem war die Wanne gut gesichert, und selbst ein Waschbär würde die Gefahr spüren, die über den Moosklumpen lauerte.

Trotzdem – vielleicht war es besser, wenn Kameron seinen kleinen Freund tötete. Er brauchte ihn nicht mehr. Andererseits mochte er den kleinen Bastard. Er war ihm irgendwie ähnlich: einsam, schlau, missverstanden und gefährlich.

Rich kam mit der Rechnung, die auf einem winzigen Tablett lag.

Kameron legte drei steife Banknoten darauf und lächelte. Rich erkannte, dass wieder ein großzügiges Trinkgeld für ihn herausgesprungen war und erwiderte das Lächeln, wobei er Mr Baum dankte und sich wie ein Page rückwärts vom Tisch entfernte.

»Pech für deinen Mr Strawbridge, dass er heimlich Fisch isst, Rich«, murmelte Kameron leise zu sich selbst, »in drei Tagen kannst du ihn von der Gästeliste des Snake River Grill streichen, mein Freund. Auch vegetarische Kost kann gesundheitsschädlich sein, besonders, wenn sich mehr dahinter verbirgt.« Er wischte sich den Mund mit der Serviette. Nun musste er nur noch schnell Ordnung machen und die volle Flasche, die am Boden stand, aufs Tablett zurückstellen. Er erhob sich. »Mr Kartoffelkopf ist erledigt, Dathan«, murmelte er vor sich hin. »Dafür sorgen die kleinen Larven. Bleiben nur noch zwei.«

Mittwoch, 13. Juni
Jenny Lake, Wyoming

Lucas Strawbridge genoss den majestätischen Anblick des Teton-Gebirgszugs. Seine Festung aus dicken Baumstämmen und schweren Steinblöcken befand sich in günstiger Lage, an einem Westhang, der Sonne zugewandt, die soeben zwischen den Gipfeln schneebedeckter Berge versank. Weiden und Wiesen voller Bergblumen zogen sich bis hinunter zum Fluss. Ein Biberdamm aus Zweigen und Ästen wuchs jeden Tag ein kleines Stück; Strawbridge fragte sich, ob die Biber vielleicht einen der älteren Bäume gefällt hatten. Er hatte ursprünglich gehofft, dass seine Frau diese Einsamkeit mit ihm teilen würde, dass auch sie die Elche und Wapitis beobachtete und das kleine Rudel Wölfe, das sich im Morgengrauen auf dem südlichen Teil des Anwesens herumtrieb. Mit einem Teleobjektiv hatte Strawbridge die Tiere fotografiert, als sie am Ufer nach Nahrung suchten. Er liebte die freie Natur und die Tierbeobachtungen, doch er machte sich Sorgen um den Wapiti, den er beobachtet hatte. Was die Elche betraf, waren solche Befürchtungen überflüssig. Wölfe wagten es nicht, Elche anzugreifen.

Strawbridge hatte keine Lust, nach Kansas zurückzukehren, doch die Konzernzentrale von BBM lag nun mal in Wichita, im »Herzland«, und er würde das Unternehmen niemals zu einer

Verlegung bewegen können. In Kansas gab es lediglich Präriehunde, Kojoten, Wiesel und jede Menge überfahrener Tiere; das *Wall Street Journal* hatte Kansas in einem Artikel charakterisiert, indem man durchreisenden Autofahrern zwei Fragen gestellt hatte. Die erste: Was mögen Sie am meisten an Kansas? Die zweite: Was mögen Sie am wenigsten? Die Antworten waren höchst aufschlussreich gewesen. Antwort eins: *Nichts*. Antwort zwei: *Die toten Tiere auf den Straßen*.

Strawbridge seufzte. Er schaute hinauf zum nächtlichen Himmel und genoss die Stille, die Abgeschiedenheit und den großen hellen Mond. Dann wandte er sich vom Fenster ab und ging zu Bett. Noch drei Tage voller Ruhe und Frieden. Gott, wie sehr er seine Frau herbeisehnte.

Er schlief ein, noch bevor er die Decke unters Kinn ziehen konnte.

Es war der schlimmste Albtraum, der Strawbridge je heimgesucht hatte. Ein Rudel von vierzig Wölfen und ein Schwarm Krähen griffen ihn an, rissen ihm das Fleisch von den Knochen, hackten ihm die Augen aus. Dann kamen Bienen wie aus dem Nichts und stürzten sich auf seinen zuckenden Leib. Der Albtraum löste sich in einen Wirbel schmelzender Farben auf, die sich unablässig zu neuen pigmentierten Wellen anordneten, bis ein anderes Bild entstand: ein Mohnfeld voll Rot und Blau, mit einer grünen Aura, ein Nebel, in dem irgendetwas am Horizont zu sehen war. Er konnte die Blumen förmlich riechen – süß, berauschend, betörend –, so intensiv war der Traum. Doch Strawbridge stand wie angewurzelt mit ein paar namenlosen Freunden auf einer Brücke. Und nun sah er, was im dunstigen grünen Nebel in der Ferne aufragte: das Weiße Haus, sein Amtssitz als Präsident der Vereinigten Staaten. Im Vordergrund wogten Weizenfelder, und üppige Maisfelder erstreckten sich zu seiner Rechten. Unvermittelt kehrten die Krähen zurück. Ganze Scharen zogen über ihm vorbei, doch nur vierzig dieser verdammten Vögel machten sich über seine Felder her. Jeder von ihnen pickte an den frischen Ähren, fraß ein saftiges Korn nach dem anderen, und jede zwinkerte ihm wissend zu...

Strawbridge erwachte mit rasenden Kopfschmerzen. Er hatte das Gefühl, als müssten ihm die Augen aus dem Schädel springen; der Schmerz pochte im Gleichtakt mit seinem Herzschlag. Er drehte den Kopf nach rechts in der Hoffnung, dass es dadurch besser wurde. Tatsächlich ließ der Schmerz nach, wenigstens auf der linken Seite seines Schädels, doch hinter dem rechten Auge wurde er dafür umso schlimmer. Als Strawbridge versuchte, die Augen aufzuschlagen, gehorchten seine Lider ihm nur zögerlich, und das Licht, das durch die Fenster fiel, bohrte sich wie Nadeln in die geweiteten Pupillen und traf mit brennender Intensität auf die Netzhäute. Der Schmerz wurde noch unerträglicher. Es war schlimmer, viel schlimmer als die Schmerzen, die er vor Jahren bei seinem Bandscheibenvorfall erlebt hatte. Lucas schloss die Augen wieder, und es wurde ein klein wenig erträglicher.

Mein Gott, dachte er, der eine Brandy gestern Abend kann unmöglich dafür verantwortlich sein. Er erinnerte sich, dass er schon kurz nach dem Essen ein merkwürdiges Gefühl von Abgespanntheit gespürt hatte. Er hatte sich wohl eine Grippe eingefangen, ein Virus von der Sorte, das einen heimtückisch, dafür umso heftiger überfällt. Als er sich im Bett aufsetzen wollte, wich der Kopfschmerz einer Steifheit im Hals, als hätte er ein Brett verschluckt. Dann, ohne jede Vorwarnung, roch er das süße Aroma von Geißblatt. Der Geruch veränderte sich nach und nach, wurde ranzig, dann kotig, wie von Verwesung. Unvermittelt verschwand der Gestank, wich dem Aroma von Vanille, doch auch dieser Duft verflog. Plötzlich trat Strawbridges Großvater ans Bett, der neun Jahre zuvor gestorben war...

Strawbridge erkannte, dass er halluzinierte, obwohl er wach war. Er sah und roch und spürte Dinge, die es nicht gab. Er wusste, dass er krank war und dass es etwas Ernsteres sein musste als eine gewöhnliche Grippe. Als er versuchte, aus dem Bett zu steigen, wurde sein Blick unscharf; das Schlafzimmer drehte sich vor seinen Augen, und die Kopfschmerzen kehrten mit aller Macht zurück. Lucas streckte die Hand nach dem Summer aus, um Chester zu rufen, den Vormann, doch er verfehlte den Knopf. Plötzlich verkrampfte sich seine gesamte linke Seite. Noch im Fallen drückte er mit letzter Kraft den Summer.

Donnerstag, 14. Juni
Smoke Hole, West Virginia

Die Rückreise war ereignislos verlaufen. Kameron war in Salt Lake umgestiegen und nach Dulles weitergeflogen. Nun war er wohlbehalten zu Hause.

Reverend G. Pangborn Devine predigte wieder auf dem Bildschirm. Kameron lauschte dem Mann, der in seinen Augen ein billiger Schwätzer war, nur mit halbem Ohr.

»... und die Offenbarung gestattet uns einen flüchtigen Blick auf ihre apokalyptische Botschaft. Dort heißt es: ›... und ich sah: Sieben Engel standen vor Gott, und ihnen wurden sieben Posaunen gegeben.‹« Devine blickte direkt in die Kamera. »Doch wer, so frage ich euch, waren diese sieben Engel, wie lauteten ihre Namen?« Unter den Zuschauern im Studio herrschte angespannte Stille, als die Kamera über die vorwiegend weiße Versammlung in ihrem Sonntagsstaat schwenkte. Devine strich die graue Mähne zurück, während die Gemeinde seiner Antwort harrte. »Michael, werdet ihr sagen«, begann er und hielt inne, um die Spannung zu steigern. »Und Gabriel! Und Raphael!« Der Prediger blinzelte, als erinnerte er sich in diesem Augenblick an etwas Wichtiges. »Raphael hat sich sogar selbst als einer der sieben vorgestellt, die vor Gott gestanden und seine Herrlichkeit geschaut haben. Doch die anderen vier? Wer waren die anderen vier?«

»Uriel, Raguel, Saraquel und Remiel, du dämlicher Hund!«, zischte Kameron. Er hatte die schmerzhaften Lektionen seines Vaters nicht vergessen.

»Anael, Tsadkiel, Orifiel und Uzziel!«, verkündete Devine triumphierend.

»Nein, nein!«, rief Kameron wütend. »Die sind aus den Apokryphen, extrakanonisch, aus dem Buch Henoch! Die zählen nicht, du Schwachkopf!«

»Und wenn ich euch nun sage, dass böse Engel unter uns sind?«, fuhr Devine fort. »Verschlagene Engel? Epheser sechs, und Erster Brief an die Kolosser, zwo, siebzehn. ›Vertrau nicht seinen Dienern, seinen Engeln, die voll Torheit sind!‹«

Kameron schaltete den Fernseher aus. Der Prediger ging ihm auf die Nerven, doch er wusste, dass irgendwo dort draußen eine Nachricht auf ihn wartete – wenn er nur lange genug all die Scheinheiligkeit und Häresie ertrug. Bis zum Treffen in Las Vegas waren es noch drei Wochen. Devine und sein spezielles Konsortium aus »Engeln« würden sich dort treffen. Kameron war offiziell zum »Cherubim« ernannt worden; er hatte eine Einladung zu einem Essen mit Devine erhalten, das im MGM Grand Hotel Las Vegas stattfinden würde. Ein Anwalt namens Pusser würde ebenfalls dort sein und den Interessenten mit seinem fachmännischen Rat in finanziellen Angelegenheiten zur Verfügung stehen. Devine hatte sogar ein handschriftliches »Danke« auf die Einladung gekritzelt.

Was kann ich zu dem Treffen beitragen, fragte sich Kameron. Anwalt Pussers Anwesenheit bei dem Treffen würde es ihm ermöglichen, eine alte Rechnung zu begleichen. Er freute sich, dass sich diese Gelegenheit nun doch noch ergab. Pusser, dachte Kameron, irgendwann müssen wir alle dem Herrn gegenübertreten.

Kameron setzte sich und öffnete vorsichtig den sperrigen

Umschlag. Da waren sie, drei kleine Reagenzröhrchen aus Kunststoff, gefüllt mit einer dunklen Substanz, und das Videoband, das er bestellt hatte.

»Wir haben einen Hattrick, Dathan!«, rief er dem Waschbären zu seinen Füßen zu. »Und ein Video als Belohnung obendrein!«

Kameron nahm das Band und die Röhrchen zusammen mit einem gefalteten Begleitschreiben aus dem DHL-Umschlag, den er achtlos zu Boden fallen ließ. Der Waschbär machte sich sofort darüber her und begann den Schlitz zu erkunden. Er streckte die winzigen Pfoten in die Öffnung und riss das steife Papier auseinander. Kameron entfaltete das Schreiben und las.

Vier Stunden nachdem Chester seinen Chef bewusstlos auf dem Fußboden des Schlafzimmers gefunden hatte, hatte Lucas Strawbridge auf der Intensivstation des Jackson General gelegen. Die einleitenden Untersuchungen, einschließlich einer Lumbalpunktion, hatten bestätigt, dass Strawbridge an einer Meningitis oder Hepatitis erkrankt war, doch die ebenfalls vorgenommene Kernspintomographie legte die Vermutung nahe, dass mit seinem Gehirn noch etwas anderes nicht stimmte.

»Lassen Sie Lucas ins Massachusetts General oder ins Johns Hopkins bringen, meinetwegen auch in die Mayo, aber schaffen Sie ihn um Himmels willen aus Wyoming raus«, hatte Jeb Phillips, der medizinische Direktor von BBM, zu Mrs Strawbridge gesagt. Phillips war unnachgiebig gewesen. Strawbridge wurde schließlich in die Mayo-Klinik in Rochester verlegt, wo ihm die beste Behandlung zuteil werden konnte.

Susannah Strawbridge rief ihren Sohn in Providence an und berichtete, was vorgefallen war. Dad sei in guten Händen, versicherte sie ihm. Als sie auflegte, klingelte das Telefon gleich wieder. Es war Phillips.

»Wir haben die vorläufige Diagnose aus Jackson, Susannah«, berichtete er. »Es ist Meningitis, daran besteht kein Zweifel, wahrscheinlich bakteriell, doch die Kulturen sind erst in ein paar Tagen zurück, und die endgültigen Ergebnisse stehen noch nicht fest. Seine Leber hat ebenfalls Schäden davongetragen, aber das ist unwesentlich im Vergleich zu dem, was in seinem Hirn geschieht. Wir haben ihm einstweilen Keflex und Gentamicin verabreicht, starke Antibiotika, die eigentlich alles abdecken müssten. Ich bin froh, dass er in Rochester ist. Der Fall ist höchst ungewöhnlich. Einer der Ärzte hier meint, dass es sich vielleicht um eine Pilzinfektion handelt, ein anderer glaubt, unter dem Deckglas einen mikroskopischen Wurm gesehen zu haben, aber bis jetzt konnte das niemand bestätigen. Nach seinem Blutbild zu urteilen ist es entweder irgendeine allergische Reaktion, oder er hat eine parasitäre Infektion. Sein Blutbild zeigt über fünfzig Prozent eosinophile Leukozyten. Das könnte auf eine Trichinose hindeuten, auch wenn ich persönlich das für unwahrscheinlich halte.«

»Du liebe Güte, Jeb, was hat das alles zu bedeuten? Dieses Eosino...« Mrs Strawbridge war ungehalten wegen des medizinischen Kauderwelschs. »Lucas isst kein Fleisch, erst recht nicht vom Schwein. Wie soll er da an Trichinen kommen? Die kriegt man doch nur von Schweinefleisch, oder?«

»Ja. Deswegen machen wir uns darüber auch keine Gedanken. Eosinophile sind bestimmte weiße Blutkörperchen. Ihre Anzahl steigt bei allergischen Reaktionen. Bei Menschen mit allergischem Asthma, zum Beispiel, oder mit Allergien gegen Pilze oder Antibiotika beobachtet man einen Anstieg im Eosinanteil der weißen Blutkörperchen. Normalerweise beträgt er nicht mehr als ein oder zwei Prozent. Asthmatiker haben drei bis fünf Prozent. Alles über zehn Prozent ist eindeutig nicht normal. Manche Menschen reagieren intensiv allergisch auf Wurmbefall, doch so etwas kommt in den Vereinigten Staaten heutzutage kaum noch vor. Das Bemerkenswerteste ist, dass die weißen Blutkörperchen in Lucas' Hirn-Rückenmark-Flüssigkeit ebenfalls größtenteils Eosinophile sind. Das ist höchst ungewöhnlich, Susannah, und deswegen können wir den Verdacht auf eine Wurminfestation nicht einfach abtun, erst recht nicht, wenn die Mayo-Klinik es bestätigt.«

Susannah Strawbridge drehte nervös die Telefonschnur zwischen den Fingern. Es stand also schlimm um ihren Mann, besorgniserregend schlimm, und es war ein ungewöhnlicher Fall. Ungewöhnlich, genau dieses Wort hatte Dr. Phillips gebraucht.

»Haben Sie den Namen des Arztes, der ihn in der Mayo-Klinik behandelt?«, fragte sie. »Ich will mit ihm reden.«

»Selbstverständlich, Susannah. Er heißt Eugene Moore. Ich habe seine Referenzen überprüft. Harvard-Absolvent, Brigham-Woman's in Boston, drei Jahre Spezialisierung in infektiösen Krankheiten am Massachusetts General. Moore kann mehr als vierzig Publikationen vorweisen und ist seit vier Jahren an der Mayo.«

Gott sei Dank, dachte Susannah Strawbridge. Ein Oststaatler. »Und seine Telefonnummer?«, fragte sie ungeduldig.

Phillips nannte ihr die Nummer.

»Ich werde ihn gleich anrufen. Bestimmt kann er mir inzwischen mehr erzählen.« Susannah Strawbridge beendete das Gespräch.

Phillips legte auf und schüttelte den Kopf. Er dankte Gott, dass er nicht der Brennpunkt des Zorns und der Besorgnis dieser Frau war, sondern ein Arzt in Minnesota.

6

Donnerstag, 14. Juni
Ärztelounge der Mayo-Klinik

Dr. Eugene Moore war nicht sicher, ob es die richtige Entscheidung gewesen war, nach Minnesota zu kommen. Es gab zwar keine Kriminalität, keine Umweltverschmutzung und keine Drogenszene, in die sein zwölfjähriger Sohn hineingezogen werden konnte, doch es gab auch kaum intellektuelle Herausforderungen. Die Krankheitsfälle, um die er sich kümmern musste, waren größtenteils Routine. Meist ging es um so genannte immunkompromittierte, opportunistische Infektionen durch ungewöhnliche Bakterien und Pilze, die seit Ausbruch der AIDS-Epidemie weit verbreitet waren. Moores Labor war bestens ausgestattet, um nahezu jedes der Medizin bekannte Bakterium und jede Pilzkultur zu züchten sowie neue Stämme zu präparieren, die nie zuvor als Infektionsursache beim Menschen dokumentiert worden waren. Und so hatte der vorläufige Bericht aus Jackson denn auch faszinierend geklungen. Der Mann (ein sehr wichtiger Mann, hatte man Moore mitgeteilt, den man eigens aus Wyoming eingeflogen hatte) war todkrank. Wie es aussah, würde er sterben. Von einem Fall wie diesem hatte Moore noch nie gehört. Er wusste nicht weiter – vielleicht war es nicht die schlechteste Idee, sich mit Boston in Verbindung zu setzen, der Hochburg intellektueller Arroganz. Wenn Boston nicht wusste, was zu tun war, wusste es niemand.

Lucas Strawbridge hatte starke Beruhigungsmittel bekommen und lag schlafend in seinem Privatzimmer. Auf Bitten der Klinik waren Blumen und Topfpflanzen aus dem Raum entfernt worden. Für den Fall, dass er überraschend zu Bewusstsein kam, hatte man Dutzende von Grußkarten mit Genesungswünschen auf der Anrichte gegenüber seinem Bett aufgestellt; andere waren ringsum am Rahmen des Spiegels befestigt.

Eine Krankenschwester mittleren Alters in weißem Kittel und weißer Haube saß in einem der drei gepolsterten Stühle und las in einer Krankenpflegezeitschrift. Alle paar Minuten schaute sie zu einem Monitor an der Wand und überprüfte die Pulsfrequenz; ein weiterer Monitor zeigte den Blutdruck.

Mrs Strawbridge war schon nachmittags gekommen, um ihren Mann zu besuchen; anschließend war sie zu einem Hotel in der Nähe gefahren und hatte sich eine Suite gemietet. Dr. Moore hatte sie informiert, dass der Zustand ihres Mannes stabil war, obwohl aus den Elektroenzephalogrammen und Positronenemissionstomographien hervorging, dass in mehreren Regionen seines Gehirns Krampfaktivitäten stattfanden. Auf den Tomographien waren helle, nicht zu identifizierende Objekte zu erkennen, die sich offensichtlich bewegten, denn ihre Lage änderte sich von Aufnahme zu Aufnahme. Die Erkrankung war alles andere als statisch und nicht auf einen bestimmten Bereich beschränkt.

Lucas Strawbridge erhielt krampflösende Medikamente, obwohl er seit seiner Einlieferung keinen Anfall mehr erlitten hatte. Die Ärzte überlegten, ob sie eine Leberbiopsie durchführen sollten, für den Fall, dass die Leberenzyme sich weiter verschlimmerten.

Mrs Strawbridge hatte mit den Chefärzten der Inneren, der Neurologischen und der Neurochirurgischen Abteilung gesprochen und verlangt, dass alles nur Menschenmögliche unternommen wurde, um Lucas' Krankheit zu diagnostizieren und zu behandeln. Was immer das Gehirn ihres Mannes zerstörte – sie wollte wissen, was es war. Falls es Behandlungsmethoden für ähnliche Fälle gab, sollten sie angewendet werden. Mrs Strawbridge hatte sich überdies erkundigt, ob es einen Experten für die Krankheit gab, an der ihr Mann zu sterben drohte, und hatte höchst verärgert reagiert, als die Ärzte ihr weder den

Namen der Krankheit noch den eines Fachmanns nennen konnten.

Moore hatte überlegt, ob er sich mit seinem alten Mentor in Verbindung setzen sollte, Dr. Huckle von der Harvard University. Huckle kannte sämtliche bizarren Krankheiten. Jeder wusste, wie Hufschlag klang, doch Huckle konnte am Klang unterscheiden, ob es die Hufe von Zebras oder Impalas waren. Doch Moore hatte eingesehen, dass es kaum Sinn hatte. Er besaß zu wenig Daten, als dass er eine fundierte Frage hätte stellen können, außer vielleicht: »Was mache ich mit einem Patienten, der an eosinophiler Meningitis leidet?« Die Suche über Medline war längst in vollem Gang, doch den Ärzten fehlten die Schlüsselworte, die einen treffsicheren Suchbegriff ergaben. Moore hatte seinen ältesten Assistenzarzt gebeten, auch bei ProMED zu suchen. Vielleicht fand sich dort ein Hinweis.

»Gene?« Bobruff, ein Oberarzt, kam zu Moore. »Wir haben einen Boole'schen Operator eingesetzt und eosinophile Meningitis mit Enzephalitis verknüpft. Auf diese Weise haben wir ein paar Hinweise bei Medline gefunden. Die meisten beziehen sich auf den Lungenwurm von Ratten.«

»Parastrongylus catonensis?«, fragte Moore. »Das halte ich für unwahrscheinlich, es sei denn, Strawbridge hat sich in letzter Zeit in Asien oder Westafrika aufgehalten. Doch nach Auskunft seiner Frau war er nicht im Ausland, und rohe Schnecken isst er ganz sicher nicht.«

»Außerdem habe ich in den Archiven von ProMED etwas gefunden«, fuhr Bobruff fort. »Einen Beitrag, der vor ein paar Jahren von einer gewissen Dr. Barbara Pollack übersandt wurde. Damals handelte es sich weder um *P. catonensis* noch *costaricensis*. Sonst haben wir leider nichts, das dem Krankheitsbild des Patienten auch nur annähernd ähnelt.« Bobruff war sichtlich nervös; auch Moore war nicht gewohnt, derart spärliche Hinweise vorzufinden. Oft gab es seitenlange Listen mit Literaturquellen, denen man die benötigten Informationen entnehmen konnte.

»Was ist mit diesem Bericht von … wie hieß sie gleich? Pollack?«, fragte Moore.

»Ja. Eine sehr eigenartige Geschichte, eine Zoonose. Es ging um einen Parasiten, der eigentlich nur bei Tieren vorkommt. Der Bericht wurde vor drei Jahren in der tierärztlichen Literatur veröffentlicht. Die Symptome und Laborwerte von Mr Strawbridge passen zum Krankheitsbild, insbesondere die Eos. Sie waren auch damals vollkommen untypisch.« Bobruff las vom Computerausdruck ab. »Ein achtzehn Monate alter Junge starb an einer schweren Meningoenzephalitis; die Ursache war Parasitenbefall. Man stellte fest, dass die Parasiten von einem Waschbären stammten. Pollack zufolge war es erst das dritte Mal, dass diese Form der Zoonose überhaupt beobachtet und diagnostiziert werden konnte. Sie zitiert einen früheren Bericht über den allerersten Fall, elf Jahre zuvor. Sämtliche Patienten waren noch keine drei Jahre alt. Es hat nie einen Fall bei Erwachsenen gegeben, immer nur bei Kleinkindern.«

»Haben Sie den gesamten Bericht heruntergeladen?«

»Ja. Er steht allerdings nicht in der medizinischen Literatur, sondern in irgendeiner obskuren ökologischen Zeitschrift. Aber die Beschreibung trifft genau auf unseren Fall zu, Gene.«

»Wer ist der Autor? Finden Sie den Autor, und finden Sie diese Pollack, Jerry. Ich will mit den beiden reden, und zwar gestern!«

»Ich habe schon versucht, Pollack zu erreichen. Ihre Sekretärin sagte, dass sie sich während der nächsten Wochen im Ausland aufhält. Ich wollte Verbindung zu dem Autor aufnehmen, der den Fall vor elf Jahren beschrieben hat. Er war damals beim New-Yorker Gesundheitsamt tätig, doch keiner wusste, wo er heute steckt. Also rief ich im Referenzlabor an, das die Larven im ersten Fall identifiziert hatte. Sie stammten von einem Wurm namens *B. procyonis*. Es ist der Spulwurm von *Procyon lotor*, dem gemeinen Nordamerikanischen Waschbären.«

»Spannen Sie mich nicht auf die Folter, Jerry. Wer ist der

Verfasser?« Moore wollte wenigstens eine Antwort haben, wenn Mrs Strawbridge wieder bei ihm anrief und ihn mit Fragen bombardierte. Vielleicht konnte er sie auf diesen anderen Arzt verweisen – falls sie ihn fanden.

»Ein gewisser Alan Tatum«, erwiderte Bobruff.

»Nein, Mrs Strawbridge, leider nichts Neues«, sagte Moore am Telefon. »Der Zustand Ihres Mannes ist stabil, aber unverändert kritisch. Er ist noch immer bewusstlos. Aber die Ärzte in Wyoming haben mit ihren ersten Maßnahmen sehr gute Arbeit geleistet. Wir haben die Dosis an Antibiotika ein wenig erhöht und verabreichen außerdem Steroide. Es ist eindeutig irgendeine allergische Reaktion involviert. Wir brauchen Ihre Mithilfe, was die medizinische Vorgeschichte Ihres Mannes angeht. Die Ärzte in Jackson hatten keine Gelegenheit mehr, mit ihm zu reden. Was hat er in den letzten Tagen vor Ausbruch der Krankheit getan? Wo ist er gewesen? Soweit wir wissen, war er allein, bis auf seinen Vormann, einen gewissen Chester, der ihn neben seinem Bett gefunden hat.«

»Lucas war die Gesundheit in Person«, antwortete Susannah Strawbridge. »Schauen Sie sich seine Cholesterinwerte an, sie waren stets unter hundertfünfzig. Er ist ein Gesundheitsfanatiker. Er ist Vegetarier, er joggt und nimmt keinerlei Medikamente außer Vitaminkapseln. Und er war nie im Leben in einem Krankenhaus. Wir sind seit zweiundzwanzig Jahren verheiratet, ich würde es wissen, glauben Sie mir. Haben Sie sonst noch Fragen?«

Moore spürte, dass die Frau erschüttert war, doch sie riss sich zusammen. »Hatte er einen Hausarzt daheim in Wichita? Irgendjemanden, der ärztliche Aufzeichnungen über ihn besitzen könnte?«

»Dr. Phillips ist der Arzt in Lucas' Unternehmen, und mit dem haben Sie ja schon gesprochen. Einen anderen Arzt hatte mein Mann nicht.«

»Was ist mit Allergien oder Asthma? Ich erkläre Ihnen gleich, worauf ich hinauswill, sobald Sie meine Fragen beantwortet haben«, fuhr Moore fort. »War Ihr Mann in letzter Zeit auf Reisen? Im Ausland? Und obwohl Sie bereits sagten, dass er Vegetarier ist – hat er hin und wieder Wild gegessen? Hirsch? Irgendwelche einheimischen Spezialitäten wie Wildschwein? Ich frage deshalb, weil Ihr Mann sich möglicherweise im Ausland einen Parasiten eingefangen haben könnte. In einem Salat vielleicht, oder in rohem oder nicht ganz durchgebratenem Fleisch. Sein Differenzialblutbild lässt auf Parasitenbefall schließen.«

»Das letzte Mal war Lucas vor mehr als drei Jahren im Ausland, in Europa. Und er isst kein Fleisch. Schauen Sie sich seine Cholesterinwerte an, sie sind ...«

Ein Assistent kam zu Moore, der Mrs Strawbridge bat, einen Moment zu warten, und die Hand auf die Sprechmuschel legte. Der Assistent hielt Moore einen eng beschriebenen Ausdruck und den Ausschnitt eines Computertomogramms hin. Moore las den Bericht und studierte dann das Schwarzweißfoto. »Das kann nicht sein, Henry! Der Patient hat erst vor ein paar Stunden in Wyoming ein CT erhalten. Haben Sie die beiden Fotos verglichen?« Der Assistenzarzt nickte. »Es sieht ganz anders aus! Als würde sich der Entzündungsherd bewegen und gleichzeitig wachsen!« Moore erkannte, dass es sich um einen dringenden Notfall handelte, und nahm die Hand von der Sprechmuschel. »Mrs Strawbridge? Entschuldigen Sie bitte, aber ich muss sofort auf die Station. Es geht um Ihren Mann, wir haben etwas Neues gefunden. Ich rufe Sie an, sobald ich kann. Möglicherweise benötigen wir Hilfe von außerhalb. Das Krankheitsbild ist bis zum heutigen Tag völlig unbekannt!« Moore fielen die drei Kinder ein, und er fügte hinzu: »Nun ja, fast unbekannt. Es gibt da einen Arzt ...«

»Dann suchen Sie ihn! Suchen Sie diesen Arzt! Schaffen Sie ihn her, ganz gleich, was es kostet!« Sie war voller Angst, und sie wollte den Besten, wer immer es war.

Eine Frau kam über den Gang gerannt. »Dr. Moore, kommen Sie schnell, bitte. Wir haben unter dem Mikroskop etwas entdeckt.« Moore entschuldigte sich erneut bei Mrs Strawbridge, beruhigte sie ein letztes Mal und versicherte ihr, dass er sie zurückrufen würde.

Dann folgte er der Labortechnikerin. Sie eilten am chemischen Labor vorbei zur Hämatologie. Eine Gruppe Laboranten drängte sich um einen Labortisch, wo unter einer starken Lampe ein Mikroskop stand.

Ein älterer Techniker trat zurück, als er Moore erkannte. »So was habe ich noch nie gesehen, Doc. Es ist ... verdammt übel.«

Moore blickte sich um. Einige Labortechniker kehrten an ihre Plätze zurück, doch die meisten trotzten Moores stummer Aufforderung, sich wieder an die Arbeit zu machen und blieben stehen, während er Platz nahm und durch das Binokularmikroskop sah. Überrascht bemerkte er, dass die Vergrößerung nur schwach eingestellt war. Rote und weiße Blutkörperchen waren am besten bei starker Vergrößerung zu erkennen; man konnte sie viel besser identifizieren und zählen. Moore benutzte die Feineinstellung zum Fokussieren und suchte das Sichtfeld ab, ohne zu wissen, was ihn erwartete. Im ersten Augenblick sah er nichts als ungefärbte weiße Blutzellen, angefüllt mit perlenartigen Granulen, die im Zellinnern umhertanzten. Sie waren lebendig, eingefangen unter dem Deckglas, und bewegten sich noch. Moleküle in ihrem Innern, angetrieben von der Brown'schen Bewegung, stießen gegen die Organellen und brachten das Zytoplasma im Licht des Mikroskops zum Glänzen. Dutzende weißer Blutkörperchen – ungefärbte Eos, wie Moore vermutete – bei der Arbeit. Was Moore sah, war nichts besonders Spektakuläres, auch wenn die Zerebrospinalflüssigkeit überraschend viele weiße Zellen enthielt. Moore schaute zur Labortechnikerin auf und sah die Angst in ihren Augen.

»Haben Sie es gesehen, Dr. Moore?«

»Was gesehen? Wovon reden Sie? Von diesen ganz gewöhnlichen Eos?« Er blickte erneut durch das Binokular, stellte das Objektiv scharf und beobachtete ungeduldig das Feld aus roten und weißen Zellen, das aussah wie ein sich langsam bewegender Sternenhimmel. Dann plötzlich entdeckte er ganz links außen eine heftige Bewegung. Weiße Blutkörperchen wurden beiseite gestoßen, und irgendetwas sehr viel Größeres schob sich durch die klare Flüssigkeit. Moore justierte den Objektträger mit zwei Mikroschrauben, eine für die Horizontale, eine für die Vertikale. Das Objekt befand sich nun im Zentrum. Moore ging mit der Vergrößerung herauf und blickte erneut durch das Binokular. Und dort, mitten im Bild, wand sich ein majestätischer Streifen Leben wie ein Aal durch die Flüssigkeit. Weiße Zellen wurden von den Strudeln durcheinander gewirbelt, die der farblose Wurm hinter sich zurückließ. Er war vielleicht zwei Millimeter lang, und er schien nach einem Ort zu suchen, an den er sich begeben konnte. Er war ein Riese, der *Ouroboros* der Legenden, den Moore stets gefürchtet hatte, und er war *lebendig*. Moore war wie gelähmt.

»Wir haben ausgerechnet, dass die Zerebrospinalflüssigkeit des Patienten etwa zwei rote Blutkörperchen pro Kubikzentimeter enthält sowie ungefähr zweihundert weiße«, sagte die Technikerin und zögerte, bis Moore aus seiner Starre erwachte und sie und die anderen Techniker anschaute, die immer noch um den Labortisch standen. »Und wir haben fünfzig Larven pro Kubikzentimeter errechnet. Wir vermuten, dass es in seinem Gehirn Millionen davon geben muss, und wir haben nicht die leiseste Vorstellung, woher sie kommen.«

»Was, um alles in der Welt, ist das?«, flüsterte Moore fassungslos.

Mithilfe seines Piepsers alarmierte er Federico, den Leiter der Pathologie. Es war kurz nach sieben Uhr abends, als der ältere Mann zurückrief. Weder er noch Moore hatte eine Vermutung, was Strawbridge befallen haben könnte. Moore war in der Bibliothek gewesen, hatte eine Onlinesuche nach der anderen gestartet und das gesamte Internet nach Informationen über Würmer durchsucht. Nach und nach hatte er seine Suchbegriffe verfeinert und Begriffe wie »Helminthe« oder »Spulwürmer« benutzt, doch selbst mit Unterstützung des Bibliothekars war er nicht imstande gewesen, den Nematoden zu bestimmen, den er unter dem Mikroskop gesehen hatte. Seine Gestalt und Größe passten zu keinem in der Literatur bekannten Wurm. Immerhin hatte Moore herausgefunden, dass es sich um Larven handeln musste, ein Vorstadium eines viel größeren Wurms. Und er konnte Trichinen ausschließen, Wurmlarven, die den Menschen durch den Verzehr von rohem Schweinefleisch befallen konnten. Trichinenlarven waren viel kleiner im Vergleich zu dem Riesen, den Moore Stunden zuvor unter dem Mikroskop gesehen hatte. Er war bestimmt 2000 Mikron lang gewesen, zwei Millimeter, und in Strawbridges Körper waren Tausende von ihnen.

Moore und Federico trafen sich in der Cafeteria zu einem Kaffee.

»Wir werden auf gar keinen Fall diese Arschlöcher von den CDC benachrichtigen!«, entschied Moore. »Aber wir melden die Geschichte unverzüglich beim AFIP.« Das AFIP war das Pathologische Institut der Streitkräfte in Washington, das nationale Äquivalent zum Smithsonian, was Archive über exotische Krankheiten betraf.

Moore wandte sich einem jüngeren Assistenzarzt zu. »Schicken Sie die Proben per Fed-Ex zum AFIP und zu Huckle nach Boston, jetzt gleich. Setzen Sie sich mit dem Dienst habenden Beamten in Washington in Verbindung. Ich rufe Huckle an. Das haben wir schon einmal gemacht – erinnern Sie sich an die Leberegel aus Indonesien? Tom Huckle hatte die Diagnose binnen kürzester Zeit.«

Einer der Assistenten fragte, warum Moore die CDC nicht einschalten wollte.

»Weil die CDC«, antwortete Moore zornig, »unserer Bitte vielleicht nachkommen, dann aber den ganzen Ruhm für sich beanspruchen würde, insbesondere, wenn dieses Ding so selten ist, wie ich glaube. Man wird uns irgendeinen Clown vorbeischicken, der noch feucht hinter den Ohren ist und nicht die geringste Ahnung von Parasiten hat, dafür aber über das private E-Mail-System der CDC, WONDER, mit seinem Vorgesetzten in Verbindung steht. Er wird herumschnüffeln, Informationen übermitteln und wieder verschwinden. Wir brauchen eine Diagnose und eine Behandlungsmethode, keinen Trottel mit einer Nabelschnur nach Atlanta.«

»Also scheidet *Parastrongylus catonensis* aus?«, erkundigte sich der ältere Mann, während er in den Taschen seines Kittels nach einem Notizblock kramte.

»Ich denke schon. Der Parasit kommt in Amerika nicht vor, außer vielleicht auf Hawaii. Es gab bisher nur einen einzigen Fall, in New Orleans. Ansonsten gibt es diesen Parasiten nur im Südpazifik. Er verursacht eosinophile Meningitis, bei der massenhaft Eosinophile herumschwirren. *P. catonensis* ist besonders in China und Indonesien verbreitet, wo die Menschen in enger Nachbarschaft mit Ratten leben und mitunter rohe Schnecken verzehren. Hier aber haben wir es mit etwas anderem zu tun.« Moore überlegte kurz und blickte auf. »Es sei denn, unser Patient hat vor kurzem rohen Fisch oder Schnecken verzehrt, die aus diesen Gegenden importiert wurden. Wir müssen mit seiner Familie reden, mit Bekannten und Geschäftspartnern, um diese Möglichkeit ohne jeden Zweifel auszuschließen, auch wenn Strawbridge nicht im Ausland war.« Moore blätterte in einem Buch und deutete schließlich auf eine Abbildung. »Außerdem sind die Larven zu groß für *P. catonensis,* viel zu groß. Gott weiß, woher sie kommen.«

Federico erinnerte sich noch deutlich an die Blütezeit der Epidemiologie; während des Vietnamkriegs war jeder Arzt darin ausgebildet worden, und jeder hatte damit gerechnet, bei den heimkehrenden Veteranen fremdartige Krankheiten vorzufinden: Tsutsugamushi-Fieber, Melioidose, hämorrhagisches Dengue-Fieber, jede nur denkbare Seuche. Federico war dabei gewesen, und er hatte seinen Teil gesehen.

Damals hatten seine Kollegen die Ärzte des Staatlichen Gesundheitswesens, die in Atlanta stationierten Epidemiologen als »Yellow Barrets« tituliert – Drückeberger, die das Kampfgebiet gemieden hatten, indem sie sich beim EIS verpflichteten, dem Epidemiologischen Nachrichtendienst der CDC.

»Die CDC haben ihre Parasitologen vor zwanzig Jahren nach und nach entlassen, kurz nach Kriegsende in Vietnam. Ich schließe mich Moores Meinung an. Ich bezweifle, dass es dort noch jemanden gibt, der das hier identifizieren könnte. Schultz ist im Ruhestand, und Pike ist gestorben. Die jungen Typen dort werden nach paarigen Seren fragen und nach Parallelproben, und sie werden einen detaillierten Bericht verlangen. Es könnte Wochen dauern, und ihre Antwort würde unserem Patienten ganz bestimmt nicht mehr helfen.«

Nach Vietnam hatte die Regierung das Interesse an parasitologischer Forschung verloren, und die Fördermittel waren nach und nach gestrichen worden. Das AFIP hatte überlebt, doch es war die letzte Bastion, was Fachwissen über tropische Krankheiten anging. Tulane kam vielleicht noch infrage, und vielleicht Harvard, jedenfalls solange Huckle noch dort lehrte. Wütend stellte Moore die Kaffeetasse auf den Tisch. »Es ist von allergrößter Bedeutung, dass wir Antworten bekommen, ganz besonders, wenn wir Strawbridge mit Steroiden behandeln, um die allergischen Reaktionen zu dämpfen! Antibiotika richten bei diesem Ding nicht das Geringste aus!«

»Und Praziquantil tötet die Larven ebenfalls nicht«, bemerkte Federico. »Die Steroide sollten eine allergische Reaktion verhindern, doch sie behindern gleichzeitig jegliche Abwehr seines Immunsystems gegen das, was ihn befallen hat. Ich stimme Ihnen zu – wir müssen wissen, womit wir es zu tun haben.

Wir müssen erfahren, was aus den Larven wird, wenn sie ausgewachsen sind, und aus welchem natürlichen Wirt sie stammen. Du lieber Himmel – vielleicht werden in diesem Augenblick andere Menschen damit infiziert! Wenn dieser Strawbridge verseuchte Lebensmittel zu sich genommen hat, könnte es wer weiß wie vielen anderen genauso ergehen.«

»Dann bleibt uns wohl doch nichts anderes übrig, als die CDC zu informieren«, sagte Moore. »Sie müssen einen Bericht veröffentlichen.«

»Der vielleicht in drei Wochen erscheint, nachdem sie die Spezies und den ganzen Fall an sich gerissen haben. Anschließend können sie Strawbridges Grab besuchen. Nein, es muss schon ein wenig schneller gehen.«

Federico hatte im Verlauf seiner Karriere die seltsamsten Tumoren dokumentiert, genetische Anomalien und hin und wieder die eine oder andere neue bakterielle Infektion. Er würde nächstes Jahr in den Ruhestand gehen und vielleicht seine Memoiren schreiben. Er wurde zu alt, sich mit neuen Problemen wie diesem hier herumzuschlagen – doch gewiss nicht zu alt, um neue diagnostische Methoden auszuprobieren. Er surfte heimlich im Netz, erkundete das Hinterland, suchte nach interessanten Seiten, auf denen er verweilen konnte, wenn seine Frau zu Bett gegangen war.

Er schaute Moore an. »Eugene, Sie sind schon eine Weile bei uns, und es freut mich, wie sehr Sie in Ihrer Arbeit und der Sorge um Ihre Patienten aufgehen. Hören Sie, mir ist da gerade ein Gedanke gekommen. Ich kenne eine Organisation, die sich sehr für diese Art von exotischem Material interessiert. Es steht wohl außer Zweifel, dass wir es mit einer Zoonose zu tun haben, einer Infektion, die von irgendeinem Tier übertragen wurde. Wir haben weder die Zeit noch die nötige Autorität, staatliche Gesundheitsbehörden einzuschalten und ihnen Feuer zu machen. Aber was halten Sie davon, wenn Sie die Burschen alarmieren, die sich auf das Seltsame und Wunderbare spezialisiert haben, auf neue und sich ausbreitende Seuchen und Infektionen?«

»Ja, sicher. Was sind das für Burschen?«, fragte Moore. Wenn es eine Alternative zu den Regierungsstellen gab, die schneller reagierte, war er mehr als interessiert. »An wen denken Sie?«

»An das Zentrum für Krankheiten von Wild- und Zootieren. Ich sage Ihnen, wie Sie Kontakt aufnehmen können.«

»In Ordnung, aber zuerst möchte ich mich mit diesem Tatum in Verbindung setzen. Unser Bibliothekar meint, dass Tatum sich mit dem Wurm des Waschbären auskennt, was auch immer das sein mag. Tatum hat diesen Wurm in einem anderen Fall identifiziert. Wenn ich ihn doch endlich finden könnte …«

»Gene«, unterbrach ihn der ältere Mann, »der Direktor des Zentrums für Krankheiten von Wild- und Zootieren *ist* Alan Tatum. Ich habe seine Nummer.«

Die Intensivschwester hatte drei Patienten zu überwachen. Alle drei sahen nicht aus, als könnten sie ihre Betten verlassen; zwei hatten Schlaganfälle erlitten, und dem dritten – Mr Strawbridge mit seiner Meningoenzephalitis – erging es nicht besser. Er war wesentlich jünger als die beiden anderen, und er war allem Anschein nach ein sehr wichtiger Mann, den vielen Ärzten nach zu urteilen, die darum gebeten hatten, einen Blick auf sein Krankenblatt werfen zu dürfen. Und dann war da noch Mrs Strawbridge, eine übereifrige Ehefrau, die sich jedoch hingebungsvoll um ihren Mann kümmerte. Sie wischte ihm das Kinn oder schüttelte ihm die Kissen auf – und das war sicher keine Selbstsucht und keine Schau. Die Frau tat der Krankenschwester Leid.

Gegen drei Uhr morgens bemerkte die Schwester spontane Bewegungen des Patienten. Der Monitor ihres Computers meldete, dass sich ein Kabel des EKG von der Brust des Mannes gelöst hatte; möglicherweise hatte er sich im Bett gedreht. Die

Kamera an der Decke zeigte tatsächlich eine Veränderung, und die Schwester beschloss, nach Mr Strawbridge zu sehen. Als sie zu seinem Bett trat, schien er friedlich zu schlafen. Die intravenösen Infusionen, die Kabel und der Foley-Katheder saßen dort, wo sie sitzen sollten, und alles funktionierte normal. Der Mann lag im Koma, und doch hatte sich etwas verändert... sein Gesicht sah irgendwie anders aus als beim letzten Mal, als die Schwester nach ihm gesehen hatte. Es waren seine Augen – genauer, das linke Auge. Das Lid schien nach innen gefallen zu sein, als würde in seinem Kopf ein leichter Unterdruck herrschen. Dann bemerkte die Krankenschwester den Ausfluss aus der Nase des Patienten; vielleicht hatte er sich eine Erkältung zugezogen. Sie wischte ihm die Nase mit einer Mullkompresse und warf einen genaueren Blick auf die Augen. Das linke Lid war definitiv viel flacher als das rechte. Vorsichtig hob sie das Lid an den Wimpern, um das Auge zu inspizieren – und zuckte entsetzt zurück.

Der gesamte Augapfel war zusammengefallen, die Cornea zur Seite geglitten, und die Iris lag tief in der Augenhöhle, die leer und bar jeder Flüssigkeit war. Strawbridges Auge war so flach wie ein Spiegelei in einer Pfanne. Die Schwester wich vom Bett zurück. Die Monitore hatten keine Veränderung angezeigt, alle Werte lagen im normalen Bereich, der Herzrhythmus ging gleichmäßig, doch Strawbridges Gesicht veränderte sich. Das Rinnsal aus seinem linken Nasenloch verwandelte sich in einen Schwall klarer Flüssigkeit, der sich über seine Lippe ergoss, über das Kinn und den Hals.

Die Schwester hatte keine Vorstellung, was geschehen sein könnte, doch es war offensichtlich, dass der Zustand des Patienten sich verschlimmerte. Sie klingelte nach einem Arzt.

Minuten später kam Moore. Er zog sich hastig einen Papierkittel über und stürzte ans Krankenbett. Während er den nasalen Ausfluss untersuchte, öffnete er Strawbridges Augenlid. »Ein Loch... nein, zwei Löcher. Die Würmer haben Löcher in sein Auge gebohrt, wahrscheinlich auch durch die Siebbeinplatte. Er verliert Zerebrospinalflüssigkeit!« Moore hielt ein kleines Röhrchen unter das Nasenloch des Patienten, sammelte ein paar Kubikzentimeter der Flüssigkeit und reichte einem Assistenten die Probe. »Mikroskopie, schnell, schnell! Und eine pH-Wert-Bestimmung!« Er wandte sich der Krankenschwester zu. »Stellen Sie fest, wer heute Nacht in der Neurochirurgie Dienst hat, und schaffen Sie ihn her, *pronto*!«

Wie auf ein Stichwort erwachte Strawbridge aus seinem Koma und richtete sich im Bett auf. »Was geht hier vor? Mein Gott, diese Kopfschmerzen bringen mich um...« Er fiel in die Kissen zurück. Moore und die Krankenschwester beobachteten ihn. Er atmete nur mit großer Mühe.

»Armer Kerl«, murmelte Moore. »Ich dachte, er hätte eine Chance. – Wo ist der verdammte Neurochirurg?«, brüllte er. »Dieser Patient hier kann jeden Moment sterben! Geben Sie Alarm!«

Ein Mann in einem Laborkittel kam herbeigerannt. Sein Gesichtsausdruck beunruhigte Moore noch mehr, denn er kannte ihn als ausgeglichenen und kompetenten Techniker, der niemals die Ruhe verlor. Der Mann hatte Mühe, die richtigen Worte zu finden.

»Es ist tatsächlich Zerebrospinalflüssigkeit, Dr. Moore. Der pH-Wert bestätigt es, und die Mikroskopie ebenfalls. Aber es ist... etwas höchst Ungewöhnliches... wenn Sie vielleicht selbst nachsehen wollen...?«

»Später, später. Sagen Sie, was so ungewöhnlich ist, Neil.« Moore beobachtete die Monitore.

»Ich glaube wirklich, Sie sollten es sich selbst ansehen, Dr. Moore. Es sieht aus wie Sperma. Aber es ist keins, es sind Würmer. Die Flüssigkeit wimmelt von kleinen Würmern, Tausenden kleiner Würmer. Sie bewegen sich zu schnell, um etwas Genaues zu erkennen, aber ich könnte schwören, dass sie... dass sie Zähne haben, wie winzige Haie. Das Unheimlichste daran ist jedoch, dass sie unterschiedlich groß sind. Einer war fast einen Millimeter lang!«

»Gütiger Gott, sie wachsen! Das kann doch nicht sein! Sie *wachsen*!«

»Und fressen sich durchs Gehirn ...«

Der automatische Alarm schrillte los – Strawbridges Herzschlag hatte ausgesetzt, ebenso die spontane Atmung.

Ein halbes Dutzend Männer und Frauen kam ins Zimmer gestürzt: das Wiederbelebungsteam. Moore trat zurück und beobachtete. Wenige Sekunden später entlud sich der Defibrillator auf Strawbridges Brust, und der Körper bäumte sich unter dem Elektroschock auf. Die Stromstärke wurde erhöht; wieder jagte der elektrische Schock durch die Nervenbahnen, und Strawbridge bäumte sich ein weiteres Mal auf. Der erste Wurm, fast zweieinhalb Zentimeter lang, erschien in seinem linken Nasenloch. Bald wanden sich weitere aus den Augen, ein anderer aus dem Mund. Schließlich befanden sich mehr als dreißig voll ausgewachsene Würmer in der Brechschale. Sie sahen aus wie Pasta, nur dass sie sich in der kalten Metallschale bewegten.

7

Freitag, 15. Juni
Smoke Hole, West Virginia

Es war ein älterer Brief, doch Kameron las ihn immer wieder gerne. Er war adressiert an einen Dr. Theodore K. Baum, Director, Frank Baum Institute, PO Box 46, Smoke Hole, West Virginia, und stammte vom 7. April:

Sehr geehrter Herr Dr. Baum,
wir freuen uns, Ihnen und Ihrem Institut bei Ihren Forschungsanstrengungen zur Kontrolle der Schistosomiase behilflich sein zu können. Beigefügt finden Sie unser Video zusammen mit dem Testmaterial, um das Sie gebeten haben.
Im Namen der Bilharz Foundation möchte ich Ihnen meinen Dank für Ihre großzügige Spende aussprechen. Es ist überaus erfreulich zu hören, dass andere Organisationen sich ebenfalls dem Kampf gegen die Seuche widmen, die nächst der Malaria weltweit die zweithäufigste Todesursache ist. Vielleicht führen unsere Forschungen zur Vernichtung dieser Geißel der Menschen in Afrika, Südamerika und Asien.
Selbstverständlich haben wir Verständnis dafür, dass Sie frisches Testmaterial von *S. mansoni*, *S. haematobium* und *S. japonicum* benötigen. Wir weisen jedoch darauf hin, dass dieses Material nach den Versuchen auf eine Weise entsorgt werden muss, die ausschließt, dass es mit Süßwasserschnecken in Berührung kommt. Obwohl die Schistosomiase in Nordamerika (mit Ausnahme von Puerto Rico) natürlicherweise nicht vorkommt, haben frühere Forschungsarbeiten von Mott gezeigt, dass die nordamerikanischen Schneckenpopulationen sehr wohl einen alternativen Wirtsvektor für alle drei Spezies darstellen können.

Wir hoffen, dass Ihnen das beiliegende Video gefällt; wir haben es medizinischen Ausbildungsstätten und Lehranstalten in der ganzen Welt zugänglich gemacht. Ein besseres Verständnis der Parthogenese dieser Krankheit versetzt zukünftige Ärzte und Wissenschaftler vielleicht in die Lage, dieses uralte Leiden besser zu bekämpfen. Falls die Bilharz Foundation Ihnen in Zukunft bei Ihren Forschungsbemühungen weiter behilflich sein kann, lassen Sie es uns bitte wissen.

Kameron hatte gewusst, dass seine Wissenschaftlerkollegen ihn nicht enttäuschen würden, erst recht nicht nach seinem langen Brief, in dem er sein Vorhaben erklärt, und dem großzügigen Scheck, den er beigefügt hatte und der auf die Stiftung ausgestellt war. Kameron fragte sich, ob sie das Geld benutzen würden, um dieses »uralte Leiden« zu bekämpfen, wenn es sich in den Vereinigten Staaten erst ausgebreitet hatte.

Es wurde spät, und Teddy beschloss, noch einmal seinen Minizoo zu inspizieren. Er ging zu dem alten Kühlschrank, öffnete die Tür und schob die Schale mit Fleisch beiseite, um Dathans Napf mit Thunfischsalat aus dem Fach zu nehmen. »Essenszeit, Dathan, alter Junge!«, rief er, und der Waschbär kam herbeigerannt, trappelte über den Küchenboden und spähte neugierig ins Innere des Kühlschranks. Er war gefüllt mit Milchflaschen, Säften, Marmelade und Gelee, zusammen mit Gemüse, einem Reagenzglasgestell, verschiedenen, dicht verschlossenen Behältern und der großen Schale mit dem verwesenden Bärenfleisch. Der Waschbär erhob sich auf die Hinterbeine und schnüffelte an der Schale, die ein starkes moschusartiges Aroma verströmte.

»Nein, nein, mein Freund, das ist nicht für dich!« Kameron blickte auf die Schale. Das Bärenfleisch hatte sich in der Zwischenzeit fast verflüssigt und sah aus wie eine braun-rote Suppe. »Es ist fast so weit, Dathan. Bald können wir das Wesentliche extrahieren.«

Kameron betrachtete das dritte Glas »Gefillte Fish«, das er

Monate zuvor erstanden hatte. Eigentlich konnte er es beseitigen – das erste hatte seinen Dienst getan, wenn auch an der falschen Person. Shmuel Berger war dem Anschlag entgangen. Aber vielleicht aß das andere Opfer ja das zweite Glas.

Kameron musste daran denken, wie einfach die Zubereitung gewesen war – nur das *Mazza* war nicht erhältlich gewesen. Der einheimische Seven-Eleven-Laden neben der Tankstelle hatte es nicht im Regal und bot es selbst während des Passahfests nicht an. Diese Trottel! Doch wegen der Zutaten in eine der umliegenden größeren Städte zu fahren war Kameron gar nicht erst in den Sinn gekommen. Statt *Mazza* hatte er gesalzene Cracker genommen. Ein wenig Hefe – das war der einzige Unterschied. Vielleicht hatte Berger es gemerkt, auch wenn alles andere *koscher* gewesen war. Oder der Junge war einfach nicht hungrig genug gewesen.

Kameron stellte sich vor, wie Berger in seinem überfüllten Wohnheim irgendwo in der Nähe von Greenwich Village vor seinen Büchern saß, den merkwürdigen kleinen *Schebbes* auf dem Kopf, und wie er büffelte und dabei geistesabwesend das Päckchen öffnete. Er würde das Geschenk herunterschlingen, zusammen mit einer Rindfleischsalami von Kurtz' Delikatessenladen und frischem geriebenem Meerrettich von Zabar's Gemüseladen. Aber vielleicht hatte Shmuel Berger das Essen ja mit anderen geteilt, oder jemand hatte das Glas gestohlen.

Kameron hielt das Halbliterglas ins Licht und drehte es, um den Inhalt von allen Seiten zu betrachten. Graues Sediment stieg vom Gefäßboden auf und sank zwischen den geschnittenen Karottenstückchen wieder zurück. Er las das Etikett: *Yehudi's Genuine Gefillte Fish, (K), Famous since 1906, Brooklyn, New York.* Perfekt, dachte er. Wie zu Hause bei Muttern. Genau richtig für den Jungen.

Ein kleiner Dreh am Deckel, und das dritte Glas war offen. Der Geruch erweckte augenblicklich Dathans Neugier. Der Waschbär stand immer noch auf den Hinterbeinen und sah zu seinem Herrn und Meister auf. Kameron erinnerte sich, wie er die drei Gläser gekauft hatte. Dieses hier war seine Reserve. »Warum nicht, mein Junge, du kannst es haben. Ich brauch's nicht mehr.« Er schüttete den Inhalt des Glases in einen großen Topf und stellte ihn seinem Haustier hin. »*Mazltov*, Dathan!«

Der Waschbär machte sich über die Mahlzeit her, und Kameron wandte sich ab. Das leere Glas stellte er vorsichtig beiseite und überflog ein letztes Mal den Inhalt seines Kühlschranks.

Das Rezept hatte er aus seinem alten *New York Times*-Kochbuch. Er hatte Zwiebeln, Sellerie und Karotten geschnitten, das Gemüse mit drei rohen Eiern vermengt und mit Salz und Pfeffer abgeschmeckt. Er hatte mit der Zungenspitze gekostet – ein richtiger Leckerbissen! Dann hatte er ein Paket Cracker zerbröselt und die Krumen beiseite gestellt, während er in seinem Kochbuch den nächsten Schritt nachgelesen hatte, die Zubereitung des Fisches selbst.

Laut Rezept hätte er Weißfisch nehmen müssen, doch hier hatte Kameron improvisiert. Für dieses besondere Gericht waren weder Weißfisch noch Hecht noch Karpfen angemessen. Stattdessen hatte er das Fleisch der malaiischen Boa genommen. Er hatte die Schlange ein paar Tage zuvor gehäutet, das Fleisch in grobe Brocken geschnitten und es sorgfältig ausgebreitet in eine kleine weiße chirurgische Schale gelegt. Die Schlange war aus Indonesien importiert und kostspielig gewesen. Der Besitzer des Zoogeschäfts hatte Kameron eigens angerufen, als das Tier bei ihm eingetroffen war, und Kameron hatte es sofort gekauft. Die schlanke, vier Fuß lange Boa war einige Monate lang sein Haustier gewesen, seine Freundin, genau wie der Waschbär sein Freund war. Dathan war richtig besessen gewesen von dem verschlossenen Terrarium, und vielleicht wäre er irgendwann dahinter gekommen, wie man den Deckel öffnete. Doch die kurze Freundschaft mit der Schlange fand ein abruptes Ende, als Kameron ihr den Kopf abschlug.

Das Passahfest verlangte nach einem besonderen Geschenk, und wegen dieses Geschenks hatte er die Schlange opfern müssen.

Kameron hatte gewusst, dass das Glück auf seiner Seite stand, als er vier Paar gesunder *Porocephali* in der Lunge der Schlange gefunden hatte. Das Fleisch der Boa in der Schale war so weiß gewesen wie das Fleisch von Süßwasserfisch. (Rückblickend fragte er sich, ob Shmuel vielleicht doch den Unterschied zwischen seinem »gefillte Fish« und dem von Yehudi's bemerkt hatte. Aber warum hatte er das Geschenk seinem Zimmergenossen überlassen?) Kameron hatte mit einem Skalpell im Fleisch gestochert, und es war auseinander gefallen. Er hatte daran gerochen. Viele Jahre zuvor hatte er die grässlichen, kleinen jüdischen Fischbällchen auf einer Tagung gekostet und sofort an den Geschmack nach Schlange denken müssen. So war er auf den Gedanken gekommen.

Gefillte Shlang!

Das Beste daran war, dass er die Eier auf diese Weise sicher zu ihrem neuen Wirt bringen konnte. Es war nicht nötig, das Schlangenfleisch zu kochen; es hätte gar nicht gekocht werden dürfen – die winzigen Eier im Muskelgewebe durften nicht gestört werden, während die Embryonen darauf warteten, sich zu vitalen, aggressiven und, was das Wichtigste war, hungrigen Larven zu entwickeln und zu schlüpfen. Kameron hatte ein paar Latexhandschuhe übergezogen, das Fleisch mit den Crackerbröseln und dem Gemüse vermengt und vollendete, kleine matschige Kügelchen daraus geformt, ein wenig kleiner als Pingpongbälle. Die gekochten Karotten sollten dafür sorgen, dass dieser »Gefillte Fish« perfekt wurde. Schließlich hatte Kameron noch den Saft aus der Schale hinzugefügt, in der das Schlangenfleisch gereift war – in der Hoffnung, auch noch die letzten schlafenden Eier zu erwischen, die beim Zerkleinern entkommen waren.

Anschließend hatte er vorsichtig kochendes Wasser in das

Glas gegossen, gewartet, bis das Material die Wärme aufgenommen hatte, und das Wasser in den Spülstein geschüttet. Die Hitze im Glas reichte aus, um ein schwaches Vakuum zu erzeugen, nachdem der Deckel wieder aufgeschraubt war; andererseits war sie nicht stark genug, um die Eier zu schädigen.

Zum Schluss hatte er ein paar Wassertropfen vom Etikett des Glases gewischt und es in das Paket zu der Salami, dem Meerrettich, den Crackern, der Dose geräuchertem Weißfisch und einer Dose gemischter Nüsse gestellt. Anschließend hatte er Styroporkügelchen über den Inhalt geschüttet, um ihn vor Transportschäden zu schützen, hatte Plastikgeschirr und eine Papierserviette zuoberst gelegt und als Letztes den Umschlag mit der Aufschrift »Für Shmuel« ins Paket gesteckt. Im Umschlag befand sich eine Karte, auf die Kameron geschrieben hatte: »Ein fröhliches Passahfest, lieber Shmuelly! In Freundschaft, Vicky. XX.« Er hatte das Paket verschlossen und in eine größere Kiste gestellt. Dann hatte er ein zweites Paket für Bryne vorbereitet. Auf Brynes Karte hatte gestanden: »Vielen Dank für Ihre Hilfe, Dr. Bryne. Shmuel. XX.« Er hatte das Paket zu dem anderen in der Kiste gestellt, die er anschließend anonym an eine Postagentur in New York City geschickt hatte. Die Kiste war eine Woche vor dem Passahfest eingetroffen, und beide Geschenkpakete hatten einen New-Yorker Poststempel getragen …

Endlich fand Kameron die Schale Thunfischsalat im Kühlschrank. Sie hatte hinter den Würsten gestanden. Er stellte sie dem Waschbären hin. Er wollte sich das Video anschauen, doch zuvor …

»Wir müssen noch unsere anderen Freunde füttern, alter Junge«, sagte er zu Dathan.

Der Waschbär beachtete Kameron nicht, als dieser den langen Strang Würste vom Teller zog und herabhängen ließ, bis die unterste fast den Boden berührte. Ein paar Tropfen schwarzes Blut quollen hervor. Die Würste schwangen hin und her wie eine gigantische dunkelrote Perlenkette, als Kameron damit zur

Küchentür ging. Er öffnete den Riegel des Fliegenschirms und marschierte weiter zu dem alten Holztrog an der Seite des Hauses. Das v-förmige Gebilde war fast zweieinhalb Meter lang und hatte früher einmal als Futtertrog für Schweine gedient. Der Trog war über die gesamte Länge mit Fliegengitter abgedeckt, sodass das Innere einen luftigen Käfig bildete, der vor Insekten geschützt war. Schwere Dielen hielten das Fliegengitter fest, dass es nicht vom Wind oder dem neugierigen Waschbären angehoben werden konnte, der nur zu oft vor dem Trog saß und auf den Morast in dessen Innerm starrte. Bisher hatte Dathan noch keinen Versuch unternommen, den Dingen weiter auf den Grund zu gehen.

Kameron hob das Gitter an einer Ecke an und ließ den Strang Würste ins Wasser und zwischen die kleinen Inseln aus Moos sinken, die an der Oberfläche trieben. »Essen für meine kleinen Lieblinge!«, rief er. »Willkommen auf der Seite der Guten!«

Anschließend ging Kameron zu dem türkisfarbenen Kinderplanschbecken, das halb überwuchert war von ungemähtem Rasen. Er nahm ein Glas mit Vaseline und schmierte sorgfältig eine weitere dicke Schicht auf den Rand des kleinen Beckens, während er den Waschbären immer wieder verscheuchte: »Nein, Dathan! Denk nicht mal dran, mein Freund!« Das Tier setzte sich auf die Hinterbeine und starrte in das flache, mit Eierschalenkartons gefüllte Planschbecken. Darunter bewegte sich etwas; flüchtige Schatten von Hunderten kleiner Kreaturen huschten durch das Becken. Kameron schaltete einen Scheinwerfer ein; das Schwarzlicht war am späten Nachmittag eher zu ahnen als zu sehen. Eine Büschelmotte entdeckte das Licht und flatterte herbei. Sie berührte die Lampe, ein Zischen ertönte, und die Motte fiel ins Becken. Zu Kamerons großer Freude stürzten sich die Kreaturen augenblicklich auf ihre Beute.

Als Nächstes waren die vier Tupperware-Boxen an der Reihe, die bei einer Temperatur knapp über dem Gefrierpunkt in der alten Außentiefkühltruhe versteckt lagerten. Kameron wusste, dass seine Armeen geduldig darauf warteten, aufgetaut zu werden.

Er kehrte ins Haus zurück, schaltete sein Notebook ein und ging einmal mehr die Notizen durch, die er über den Sammelprozess verfasst hatte:

Ich habe meine neuen Exemplare mithilfe eines aphrodisierenden Lockstoffes gesammelt, einem einfachen Block Trockeneis. Ich hatte Dutzende von Naturparks inspiziert, und meine Erfahrungen aus vorangehenden Expeditionen ließen mich zu der Überzeugung gelangen, dass die erfolgversprechendsten Sammelplätze ausgedehnte Wiesenflächen in der Nähe von Fluss- oder Seeufern waren, schattige Stellen, von Büschen gesäumt, mit nahen Wildwechseln.

Die Prozedur beginnt damit, dass man ein sauberes, weißes, gebügeltes Musselintuch auf dem Boden ausbreitet, das an den Ecken mit langen Nadeln gesichert wird. Das ungefähr einen Quadratmeter große Tuch wird anschließend flach auf den Untergrund gedrückt, sodass die erdgebundenen Gäste, die von der verlockenden Beute angezogen werden, keine Schwierigkeiten haben, auf das Tuch zu gelangen. Die Beute, der Köder besteht aus einem Zweieinhalb-Kilo-Block Trockeneis, den man mitten auf dem Tuch platziert. Sobald das Trockeneis zu sublimieren beginnt, breitet sich ein weißer, samtiger Nebel über dem Boden aus, wie kühler Morgendunst. Das Gas ist der perfekte Lockstoff für Tausende und Abertausende der kleinen Kriecher, die sich zwischen Blättern und Ästen und im Gras verbergen und darauf lauern, dass sich ein Opfer durch seinen verräterischen Geruch zu erkennen gibt.

Einige Stunden später kehrte ich zu meiner Falle zurück, um meinen Fang zu begutachten. Erst nachdem das meiste Trockeneis verdampft war, sammelte ich die Beute ein. Das Tuch war kalt und steif gefroren, besonders in der Mitte, die außerdem von Eis überzogen war und zu kalt für jedes Insekt. Um das Zentrum herum jedoch hatte sich die wundervolle Herde eingefunden, die zu fangen ich ausgezogen war, herbeigelockt vom Kohlendioxid, das auf eine Blutmahlzeit hindeutet.

Diese Sammelmethode hat mich jedes Mal aufs Neue begeistert. Beim letzten Streifzug im East Lyme Park in Connecticut fing ich mehr als zehntausend potenzielle Streiter. Wenn Moskitos die Luftwaffe von Mutter Natur sind und Ameisen ihre Infanterie, dann sind Zecken das perfekte Gegenstück zu Panzern in meinem Blitzkrieg. Sie bewegen sich wie Panzer und sie sehen auch so aus; einige Spezies sind klein und beweglich wie mobile Aufklärungseinheiten, andere mittlere Sturmgeschütze, während die größten, dickhäutigen, ausgewachsenen Exemplare schweren Vernichtungseinheiten gleichkommen.

Ich mag die Lone-Star-Zecken von Texas mit dem einzelnen hellweißen Fleck auf dem Chitinpanzer. Sie sind mehr als nur Miniaturpanzer, sie sind furchterregende liliputanische Saurier, die sich zielstrebig über den Stoff bewegen und nach Blut suchen.

Im Verlauf der vergangenen Monate habe ich an Dutzenden verschiedener Plätze in Massachusetts, Arkansas und als Letztes in Montana Proben gesammelt. Der Wochenendausflug nach Connecticut, dem Brutplatz für Lyme-Borreliose, Babesiose, Ehrlichiose und seit neuestem auch Zeckenenzephalitis, wird sicherlich äußerst ertragreich verlaufen.

Meine Sammlung enthält wenigstens vier verschiedene Spezies, *D. andersoni* aus dem Bitter Root Valley in den Rockies, *D. variabilis* aus Just Outside Hope in Arkansas, *R. sanguineus* aus Smoke Hole, West Virginia sowie *I. scapularis* aus drei verschiedenen Städten in Connecticut. Die weitaus meisten *I. Scapularis* sind noch winzige Larven, kaum größer als ein Punkt, andere haben bereits die nächste Entwicklungsstufe erreicht, das Nymphenstadium. Die wenigen Imagos sind viel größer. Der größte Teil meines Fangs ist wegen der Kälte des ver-

dampften Kohlendioxids bewegungsunfähig – gewissermaßen programmiert, in eine Art Winterschlaf zu fallen, sobald die Temperatur unter den Gefrierpunkt fällt.
Ich löste die Nadeln, die mein Tuch am Boden hielten, und faltete es vorsichtig von den Ecken her zusammen, um das mit Zecken bedeckte Stück Stoff zu den übrigen in eine große verschließbare Plastikdose zu legen. Dann drückte ich den Deckel auf die Dose, bis er ganz dicht saß, und beobachtete, wie die vier gefrorenen Tücher langsam tauten und sich setzten. Ich hatte überlegt, ein Kondom mit antikoaguliertem Blut als Futter anzubieten, entschied mich jedoch dagegen. Meine kleinen Freunde wären satt gefressen und zufrieden gewesen, ich aber will sie hungrig und aggressiv. Bei Kälte gelagert werden sie genau das sein, sobald die Temperaturen wieder ansteigen – angriffslustig, auf der Suche nach Beute und bereit, ihre konzentrierte Ladung an Viren, Bakterien und Parasiten auf jeden zu übertragen, den ich ihnen darbiete. Ich summte ein altes Lied, *Skip to My Lou, My Darling*, änderte den Text jedoch in eine Weise, die meine Mom mir früher vorgesungen hat. Der Text lautete nun *Tic douloureux, my Darling*, und ich war wieder glücklich.

Nachdem er seine Eintragungen gelesen und ein paar kleinere Verbesserungen vorgenommen hatte, beschloss Kameron, dass es an der Zeit war, zu entspannen und über seine weiteren Pläne nachzudenken. Das Video der Bilharz Foundation fiel ihm wieder ein. Er schob es in den Rekorder und drückte auf den Startknopf.

Auf dem Bildschirm erschien das Logo der Stiftung, und der Name in schattierter Schrift drehte sich langsam, während ein Sprecher die Zuschauer zur nun folgenden Dokumentation begrüßte. Gezeigt wurde der Lebenszyklus des Pärchenegels, *Schistosoma haematobium*, eines kosmopolitischen tierischen Parasiten. Die Stimme des Sprechers klang freundlich, doch er sprach mit Unheil verkündendem Unterton. Auf dem Bildschirm erschien ein kleiner, dünner Organismus – ein Wurm. Offensichtlich hatten die Produzenten Unterwassermikroskopie eingesetzt; die kleinen Algenbüschel und die Luftbläschen an den schwebenden Pflanzen erinnerten Kameron an eine Dokumentation über das Angeln. Er spulte das Band vor, bis die ersten Bilder zu sehen waren. Der Sprecher fuhr fort: »Nachdem die Larve, halb durchscheinend im Sonnenlicht und geformt wie eine Goddard'sche Miniaturrakete, eine Länge von fünfhundert Mikron erreicht hat, einem halben Millimeter also, verlässt sie ihren Wirt und durchbricht die äußere Membran der Schnecke.« Die Kamera erfasste eine gewöhnliche Schnecke, dann ihre glatte Unterseite, den Kriechfuß. Winzige Objekte bahnten sich einen Weg ins Freie; dann wechselte das Bild, und ein Querschnitt des Wurms war zu sehen; jede Sektion war beschriftet, und Hinweispfeile führten den Betrachter. Kameron schaute fasziniert auf den Schirm, während die winzigen Organismen aus der Schnecke hervorbrachen. »Wunderbar. Genau wie kleine Geschosse. Kleine zielsuchende Geschosse auf dem Weg zu ihrem programmierten Ziel. Einfach wundervoll!«

8

Samstag, 16. Juni
Free Union, Virginia

»Das Haus ist wundervoll, Jack, und die Gegend richtig romantisch.« Vicky drehte sich übermütig im Kreis, schaute zu den Bergen hinter dem Haus, betrachtete die Wiese, die sich über die sanft geschwungenen Hügel bis hinunter zum Teich erstreckte, und richtete dann den Blick auf die wenigen weißen Wolken hoch am Himmel.

Vicky war soeben über den Skyline Drive von Washington hierher gekommen und hatte Jacks Schlupfloch in dem kleinen Tal gefunden, umgeben von Bäumen. Das Wochenende gehörte ihnen allein. Zum ersten Mal war meilenweit niemand in ihrer Nähe, kein New York, kein Washington. Sie umarmten sich, während beide nach Wegen suchten, dem anderen seine Liebe zu zeigen. Nach einer ganzen Weile löste Jack sich von ihr.

»Dazu haben wir noch mehr als genug Zeit, Miss Wade. Komm, gehen wir rein. Drinnen ist es kühler, und du möchtest dich nach der Fahrt sicher ein wenig frisch machen.« Er nahm ihr die Taschen ab, und sie gingen zum Haus, während beide einander über die jeweils neuesten Entwicklungen berichteten. Vicky hatte im Verlauf der Woche ein paar kurze E-Mails geschickt, und Jack hatte geantwortet. Er hatte ihre Ankunft kaum erwarten können, und nun, endlich, lag ein langes Wochenende vor ihnen.

Vicky drehte sich einmal um die eigene Achse und bemerkte einen Blauvogel, der über die untere Wiese auf ein altes Vogelhaus zurannte, das mitten auf einem Feld stand. Zu Jacks Freude beobachtete sie das Tier fasziniert. Doch als sie durch die Fliegentür ins Innere traten, betrachtete Vicky die Wände und lachte. »Diese Norman Rockwells sind hier völlig daneben.« Sie warf einen Blick in die Küche. Jack hatte Kaffee gekocht, doch im Spülbecken stapelte sich benutztes Geschirr. »Männer!«, sagte Vicky. In einer Ecke sah sie einen alten Karton, und der Hund fiel ihr ein. Sie drehte sich zu Jack um.

»Hey, Jack, du hast gesagt, dem Kleinen geht's gut. Wo ist er?«

»Pass auf, Vicky!«, rief Jack. Sie sprang zurück und sah einen kleinen braunen Hund aus dem Karton humpeln. »Es ist eine Sie, und es gefällt ihr da drin. Es ist kühl und dunkel. Sie ist immer noch nicht fit. Ihre Hinterläufe sind noch sehr schwach.«

Vicky betrachtete die Hündin, allem Anschein nach ein Langhaardackel. Das Tier war an einem halben Dutzend verschiedener Stellen rasiert, und die nackte Haut schimmerte durch. Die Stellen zeigten Bissspuren und Nähte, rot-schwarz und offensichtlich am Verheilen. »Tatum hat hier auf mich gewartet, als ich heimkam, dank deines Anrufs«, sagte Jack. »Er hatte seinen Erste-Hilfe-Koffer dabei. Alan musste sie überall rasieren, um die Wunden zu nähen. Am Tag darauf haben wir sie geröntgt. Zum Glück war nichts gebrochen, und innere Verletzungen konnten wir ebenfalls nicht feststellen. Ich habe sie mit einer antibiotischen Heilsalbe eingerieben. Sie wird wieder ganz gesund.«

Jack bückte sich und hob das Tier mit seinen großen Händen sanft zu sich hoch, wobei er den langen Leib auf dem Unterarm wiegte.

»Sag Hallo zu Vicky«, flüsterte er der Hündin zu.

Vicky streckte die Hand aus, um das Tier zu streicheln.

»Sie ist wunderschön, Jack.« Die Hündin schnüffelte an ihren Fingern und leckte sie ab.

»Ja. Aber wie ich schon sagte, sie ist noch immer ziemlich schwach und leidet an einem Trauma, und ich muss sie regelmäßig verarzten«, erklärte Jack. »Alan meint, sie wäre eine

Kämpfernatur, sie würde es schon schaffen. Sie ist ein reinrassiger Langhaardackel, wahrscheinlich sogar mit Stammbaum. Alan hat bei APHIS nachgesehen, einer Internetseite für gestohlene oder entlaufene Hunde, aber bis jetzt hat niemand das Tier als vermisst gemeldet.«

»Du wirst sie doch behalten, Jack?«

»Na klar.« Jack beugte sich vor und tätschelte das Tier, und es leckte zaghaft seine Hand. »Ich nehme sie sogar mit ins Büro. Sie sitzt gerne auf dem Beifahrersitz, und sie mag meinen alten Stuhl. Sie ist stubenrein, und Gott sei Dank frisst sie wieder.« Jack deutete auf einen Sack Hundefutter. »Wenn ich sie nach draußen lasse, schnüffelt sie ein wenig herum und kommt dann wieder zurück. O ja, ich werde sie behalten.«

Vicky streichelte das Tier, sorgsam darauf bedacht, die Wunden nicht zu berühren. »Ich muss mich unbedingt bei Dr. Tatum bedanken. Außerdem kriegt er noch die Behandlungskosten bezahlt.« Der Hund blickte sie bettelnd an, als Vicky die Hand zurückziehen wollte.

»Kein Problem. Alan kommt sowieso in einer halben Stunde vorbei, um sich die Hündin anzusehen. Ich habe ein wenig Käse, kalten Aufschnitt, Salat und einen guten Wein. Ich möchte, dass du Alan kennen lernst. Er jedenfalls ist schon ganz gespannt auf Miss Victoria Wade.« Er setzte die Hündin wieder ab. »Bevor Alan kommt, möchte ich dich unbedingt noch ein wenig herumführen. Heute Abend sind wir ganz allein, wir drei. Du, ich und der Hund, Vicky. Alan bleibt nur so lange, wie er braucht, um ein Autogramm von dir zu kriegen.«

Vicky lächelte. Es würde eine denkwürdige Nacht werden.

»Hast du immer noch keinen Namen für sie?«, fragte Tatum, als er sich durch die Fliegentür schob. Er war in seinem alten Pickup vorgefahren, die Auffahrt hinaufgegangen und betrat nun ohne anzuklopfen das Haus. Jack hatte Vicky gewarnt, dass Alan Tatum ein wenig unkonventionell war. Alan hatte Vicky noch gar nicht bemerkt; er sah nur Jack mit dem Hund im Schoß. Vicky war in der Küche und kochte Kaffee. »Sie ist ein reinrassiger Dackel, Jack, und... oh, hallo, Miss Wade! Freut mich, Sie endlich kennen zu lernen.«

Vicky lächelte. »Ganz meinerseits.«

Erst jetzt erkannte Tatum, dass er ein spätes Frühstück gestört hatte.

»Danke, nett von euch, dass ihr an mich gedacht habt«, sagte er, nahm am Tisch Platz und schnitt sich ein Stück Schweizer Käse ab. »Ich habe über die Hündin nachgedacht, Jack. Man findet keine reinrassigen Hunde in den Seitenstraßen von D.C. Wahrscheinlich wurde das Tier gestohlen. Ich habe gehört, dass es so etwas wie Aufwärmkämpfe gibt, die vor dem eigentlichen Hauptkampf stattfinden. In vielen Städten hetzt man heute Hunde aufeinander, wo früher Hahnenkämpfe ausgetragen wurden. Hunde geben die besseren Gladiatoren ab. Pitbulls sind die bevorzugten Hauptkämpfer; man lässt sie gegen verschiedene Rassen antreten, damit sie für den Hauptkampf scharf werden. Ich habe gehört, dass vor einigen Monaten ein Greyhound von einem Pitbull zerfleischt wurde, er hatte nicht den Hauch einer Chance. Selbst Bulldoggen können gegen Pitbulls nichts ausrichten; sie sind durch Inzucht zu sehr degeneriert. Pitbulls wurden speziell für diese Kämpfe in den Gruben gezüchtet, daher der Name. Ich denke, unsere kleine Freundin hat großes Glück gehabt. Dackel tun keinem was, außer Ratten. Sie verfolgen die Ratten bis in ihre Löcher, genau wie Jack-Russell-Terrier. Oder sie werden als Fährtenhunde eingesetzt, nicht zum Jagen selbst.«

»Hast du dir inzwischen einen Namen ausgedacht, Jack?«, wollte Vicky wissen. »Alan hat dich vorhin gefragt...«

»Wenn ihr mich fragt, sie sieht aus wie ein Schokoladenbiskuit. Ein Tootsie Roll, lang und braun...«

»Und süß«, sagte Vicky.

Der Dackel spürte, dass er im Mittelpunkt der Aufmerksamkeit stand. Er rollte sich auf den Rücken und bettelte darum, gestreichelt zu werden. Fast schon eine Bestätigung, dass der Name passt, dachte Vicky.

»Der Name gefällt ihr, seht ihr das?« Tatum lachte. »Okay, sobald Tootsie ihr Trauma überwunden hat, möchte ich ein paar Tests machen. Sie braucht Impfungen gegen Staupe, Hepatitis, Parvovirose und Tollwut, nur um sicherzugehen. Außerdem habe ich ein paar Tabletten mitgebracht, die du ihr einmal im Monat verabreichen solltest, um Herzwürmern vorzubeugen.«

»Was sind Herzwürmer, Alan?«, fragte Vicky.

»Eine Krankheit, die durch Moskitos übertragen wird. Wenn Hunde gestochen werden, gelangen winzige Parasiten mit dem Moskitospeichel in die Tiere. Die Parasiten wachsen in den Blutgefäßen der Tiere heran und enden in der Herzkammer, der rechten, die das Blut in die Lunge pumpt. Falls die Infektion stark genug ist, füllt sich die gesamte Kammer mit Würmern ...«

»Das ist ja grässlich!«

»Nun, ein paar Würmer richten noch keinen Schaden an, doch Dutzende können durchaus zu Herzversagen führen. Unglücklicherweise sind die Parasiten über ganz Virginia verbreitet, und die beste Möglichkeit, einen Befall zu verhindern, besteht in einer präventiven Medikation, einer Art Impfung, auch wenn es sich nicht um einen Impfstoff im eigentlichen Sinn handelt.« Tatum wurde bewusst, dass er seine Worte unpassend gewählt hatte, ohne an die instinktive Abscheu der Menschen vor Würmern und anderen Parasiten zu denken. »Jedenfalls möchte ich sicherstellen, dass Tootsie nicht infiziert ist, bevor ich ihr die Medizin gebe. Anschließend einmal im Monat eine Tablette, Jack.«

»Warum fangen wir nicht gleich damit an?«, fragte Vicky. Warum sollte das Tier länger als nötig mit einer Wurminfektion leben?

»Wir müssen zuerst dafür sorgen, dass Tootsie wurmfrei ist. Das Medikament würde die Würmer in ihrem Herzen töten, was zu einer Lungenembolie führen würde, einer heftigen und häufig tödlichen Reaktion auf die Verabreichung.«

Jack spürte Vickys Unbehagen wegen des Themas, doch es war notwendig, um den Hund ordnungsgemäß zu versorgen. »Sonst noch etwas, Alan?«, fragte er.

»Nur eine Sache. Entwurmung.«

»Aber Tootsie ist ein Stadthund, Alan«, sagte Vicky. »Sie streunt nicht über Weiden oder in der Gosse herum.«

»Das hat damit nichts zu tun, Vicky. Die Würmer werden schon von der Mutter während der Schwangerschaft übertragen. Sämtliche Welpen bekommen sie; es ist einfach so, ganz gleich, wo sie aufwachsen. Entwurmung bedeutet nicht mehr und nicht weniger, als das Tier von seiner angeborenen Last zu befreien, von der mikroskopischen Fracht, die in den Därmen des Welpen heranwächst. Danach ist nur noch eine jährliche Untersuchung fällig, weiter nichts.« Tatum schaut zu Jack hinüber. »Du bringst die Hündin in ein, zwei Wochen vorbei?«

Jack nickte. »Geht klar.«

Tatum wandte sich an Vicky. »Diese verdammten Hundekämpfe wären doch mal ein Thema für HOT LINE. Woran arbeiten Sie gerade?«

»An einem Special«, sagte Vicky. »Man hat mich gebeten, eine einstündige Sendung über religiöse Fanatiker zu machen – einen Rückblick auf Jonestown und Heaven's Gate und so weiter.«

Jack fühlte sich unwohl; das Thema ging ihm unter die Haut. Vicky bemerkte sein Unbehagen. »Es geht nicht darum, wie diese Sekten geendet sind, das wurde schon gezeigt und dokumentiert… die vielen Filme und Romane. Nein, seit Jack und ich in diese Geschichte mit Theodore Kameron verwickelt waren, habe ich einen ganz persönlichen Bezug. Die Produzenten sind der Meinung, ich könnte meine… Erfahrungen in eine Reportage einbringen. Schließlich war auch ich Teil der Wahnvorstellungen dieses Irren, der sich für Gott gehalten und die zehn modernen ägyptischen Plagen über die Menschen heraufbeschworen hat. Jack wäre fast umgebracht worden, und um ein Haar hätte dieser Irre Manhattan vernichtet…« Vicky schaute Jack an und fragte sich, ob sie fortfahren sollte. Waren die Wunden seiner Seele ausreichend verheilt? Er ließ sich nichts anmerken. Tatum hatte die Ellbogen auf den Tisch gestützt und hörte Vicky aufmerksam zu.

»Erzählen Sie weiter. Religiöse Fanatiker – das klingt ziemlich spannend.«

»Religiöse Eiferer, die von Visionen getrieben werden, von inneren Stimmen, Irre, die sich für Gott, den Messias oder für einen Propheten halten«, fuhr Vicky fort. »Aus historischer Sicht ist das höchst interessant. Heilige Kriege, Djihads, die Kreuzzüge, Hexenjagden, Guayana – es gibt eine ganze Reihe von Beispielen, doch wir wollen uns auf Individuen konzentrieren, nicht auf Bewegungen, und auf die Visionen Einzelner und ihre Überzeugung, dass Menschen für ein höheres Ziel geopfert werden müssen. Das schränkt das Feld ein. Letzten Endes würde es sich wahrscheinlich auf Theodore Kameron und Jack konzentrieren.«

»Ich will das nicht!«, sagte Jack ärgerlich. »Ich will nicht, dass HOT LINE oder ATV oder sonst jemand diese Geschichte noch einmal durchkaut und zwischendurch Werbung zeigt! Kameron hat zahllose Menschen umgebracht, und du willst daraus einen Reißer machen, um die Zuschauerzahlen für irgendeinen Fernsehsender zu heben? Diese Bastarde am grünen Tisch interessieren sich einen Dreck dafür, was sich aus historischer Sicht ereignet hat – oder auch nur letztes Jahr. Diese Typen wollen bloß Kapital aus deinem Namen schlagen und Werbezeit verkaufen. Ich hoffe, du hast nicht zugesagt?«

Jack hatte sich in Rage geredet und stapfte wütend im Zimmer auf und ab. Tatum stand auf und suchte nach Tootsie. Es war das erste Mal, dass er seinen neuen Freund zornig sah – es war ein wilder, unbeherrschter Gefühlsausbruch.

»Vielleicht interessierst du dich mehr für ein anderes Projekt, Jack«, lenkte Vicky rasch ein. Sie wusste, dass sie einen großen Fehler begangen hatte, und wollte das Thema wechseln. »Eine eher kuriose Geschichte, glaube ich.«

»Erzählen Sie davon«, sagte Tatum sofort, um ihr einen Ausweg zu eröffnen.

»Es geht um die letzten Wahlen.«

Jack ging zum Tisch zurück und setzte sich, schwieg aber.

»Es gibt eine Reihe interessanter Parallelen zwischen den Wahlen des Jahres 2000 und denen von 1900«, erklärte Vicky. »1996 war Clinton Präsident. Al Gore, ein Mann aus dem Mittleren Westen, war der Kandidat für 2000. 1896 und 1900 war William Jennings Bryan der Kandidat der Demokraten, ebenfalls aus dem Mittleren Westen. Er war angetreten und hatte verloren, wie Dole 1996 und Al Gore 2000. Die Verhältnisse damals waren den heutigen sehr ähnlich. Gores Verwicklung in AsiaGate hatte ihm geschadet, und hundert Jahre zuvor war McKinley dafür kritisiert worden, dass er die Kaiserin von China hofiert hatte. Vor hundert Jahren hat McKinley uns den Spanisch-amerikanischen Krieg beschert, und 2000 hat die Kontroverse um Taiwan sich eine Zeit lang gefährlich aufgeheizt.«

»Und Sie versuchen, Parallelen aufzuzeigen?«, fragte Tatum.

»Nicht nur die Parallelen. Wir versuchen, einer Reihe verschiedener Blickwinkel herauszuarbeiten. Alles scheint sich irgendwie zu wiederholen.«

»Hört sich interessant an.«

Vicky hielt sich zurück. Es steckte noch weit mehr dahinter. Es war ein Testballon, und die Produzenten waren begeistert von der Idee. Jack war Engländer, kein richtiger Amerikaner, und wahrscheinlich wusste er nichts über McKinley oder Bryan. Von Disraeli und Gladstone vielleicht, aber bestimmt nichts von der hiesigen Politik vor einem Jahrhundert.

»Nun ja, wir werden zur Verdeutlichung jedenfalls ein Bildnis verwenden. Hast du, Jack, oder haben Sie, Alan, je den *Zauberer von Oz* gelesen?«

»Dreißig oder vierzig Mal«, antwortete Jack, lehnte sich im Stuhl zurück und dachte an das zerfledderte Buch im Gefangenenlager – das erste Buch, das er je gelesen hatte. »Es war eins von zwei Büchern im Lager. Die Bibel und der *Zauberer von Oz*. Mehr hat der Kommandant uns nicht erlaubt.« Jack erinnerte sich, wie er und seine Eltern nach Einbruch der Dunkelheit aufgeblieben waren, um in der kleinen Zelle im japanischen Kriegsgefangenenlager in der Mandschurei zu beten. Jacks Eltern, beide Missionare, hatten ihre Bibel behalten dürfen. »Der Kommandant hat mir ein Buch mit diesem Märchen gelassen. Ich glaube, ich habe es öfter gelesen als die Bibel.«

Vicky war erleichtert, dass Jack sich wieder an der Unterhaltung beteiligte und dass sie ein Thema gefunden hatte, das ihn interessierte. Sie selbst hatte das Buch in der vergangenen Woche bloß überflogen, zu mehr war keine Zeit gewesen. Die Figuren unterschieden sich stark von jenen, die sie zusammen mit ihren Eltern jeden Frühling im Fernsehen gesehen hatte. Der Film wurde dem Buch nicht gerecht. Personen waren weggelassen und entscheidende Szenen herausgeschnitten worden – genau wie bei HOT LINE, wenn ein Bericht zu kritisch war.

Doch Vicky wusste, dass Jack die Verbindung zwischen den amerikanischen Präsidentschaftswahlen und dem Märchen nicht bemerkt hatte. Falls Jack für die Zuschauer repräsentativ war, würde es eine große Überraschung geben.

»Wir reden später darüber, Jack, ja? Zeig uns zuerst mal dein neues Zuhause. Sobald ich wieder im Büro bin, werde ich dir eine Liste mit Fragen mailen, was du über das Buch denkst und was sich dir besonders eingeprägt hat. Schließlich hast du es gelesen, lange bevor der Film gedreht wurde. Geht das in Ordnung?«

»Sicher, Vicky. Ich glaube, ich bin so etwas wie ein Experte für diese Geschichte, auch wenn ich sie seit gut fünfzig Jahren nicht mehr gelesen habe.«

Sie gingen zum Teich, und der kleine Hund mit der Bandage um den Leib humpelte hinterdrein. Das Gras war bis hinunter zum Ufer gemäht, und Tatum starrte in das seichte Wasser. Ein paar Kaulquappen flüchteten sich unter ein versunkenes Blatt. Tatum kniete nieder und steckte einen Finger ins Wasser. Konzentrische kleine Wellen breiteten sich von der Eintauchstelle aus. »Kühl, aber nicht zu kalt. Und vermutlich sauber, sauber genug zum Trinken. Dieser Teich wird anscheinend durch eine Quelle gespeist.« Tatum blickte zu den Bäumen, die den Hang im Westen säumten.

»Oberhalb von hier wohnt keiner mehr, also kannst du das Wasser wohl bedenkenlos trinken. Wahrscheinlich ist der Teich wundervoll zum Schwimmen, wenn die Sommerhitze einsetzt.« Jack und Vicky waren dem Veterinär bis zum Ufer gefolgt. Vicky versuchte, Jacks Hand zu halten, und er hatte schließlich nachgegeben.

»Genau das hat man mir schon mal gesagt, Alan. Klar und sauber, und wundervoll zum Schwimmen. Vor ein paar Tagen bin ich zum Gipfel raufgestiegen. Die Quelle, die den Teich speist, verschwindet immer wieder unter der Erde, bis zu einer Stelle etwa hundert Meter von hier, wo sie endgültig ans Tageslicht kommt. Weiter oben stehen die Ruinen einer alten Villa ... genauer gesagt ist nur noch das Fundament übrig. Ich glaube, mein Haus war eine Unterkunft für Bedienstete dieser einstigen Villa, vielleicht sogar für Sklaven. Das Haupthaus ist vor langer Zeit niedergebrannt. Vielleicht gehen wir heute Nachmittag hinauf und sehen es uns an. Wie wär's, Vicky?«

»Bitte nicht heute, Jack, ich bin doch gerade erst angekommen.« Sie verschwieg, dass das Gespräch über wahnsinnige Serienmörder ihr immer noch zu schaffen machte. Sie hatte Jack nicht erzählt, dass sie längst einen Vertrag für die Sendung in der Tasche hatte. Und Jacks Teil der Geschichte, der letzte Kampf mit Theodore Kameron, war der entscheidende Punkt.

»Jack, Vicky – ich muss jetzt wieder los«, verkündete Tatum. »Man hat mich gebeten, in Wyoming bei einem Fall als Berater zu fungieren. Es ist offenbar geheim; ich weiß selbst noch keinerlei Einzelheiten – nur, dass ich nach Dulles fliegen muss, dort nach Salt Lake umsteige und heute Abend in Jackson lande. Es scheint ein Problem mit Waschbären zu geben.«

»Mit Waschbären?«, fragte Jack verwundert.

»Ja. Ich weiß allerdings noch nichts Genaues«, entgegnete Tatum. »Aber das Beraterhonorar geht in Ordnung, und die Sache interessiert mich – wie könnte ich so ein Angebot ausschlagen? Ich werde für eine Woche weg sein. Nächsten Donnerstag bin ich zurück, pünktlich zur Fakultätssitzung.«

Das Geräusch eines herannahenden Wagens auf dem Schotterweg erklang in der Stille.

»Das sind Scott und sein Sohn Jesse«, sagte Jack. »Sie sind von ihrer Bürgerkriegsexpedition zurück. Ich bin gespannt, ob sie was herausgefunden haben.« Die drei gingen zum Haus zurück, als der Kombi den Wendeplatz erreichte.

»Meine Güte!«, sagte Vicky und richtete ihre Frisur. »Ich habe Scott seit Ewigkeiten nicht mehr gesehen! Seit New York nicht, um genau zu sein.« Sie lächelte strahlend und begrüßte Hubbard, als er aus dem Wagen stieg.

Jack stellte die Neuankömmlinge und Tatum einander vor. Alan schüttelte den beiden die Hand und entschuldigte sich, weil er gleich fahren musste. Er winkte Jack mit erhobenem Daumen zu, als er in seinen Pick-up kletterte. »Bin in einer Woche zurück. Keep on truckin', Jack.« Er ließ den Motor an und fuhr davon.

»Was hat er damit gemeint?«, fragte Jack verständnislos, und die anderen lachten. Es war eine Redewendung aus den Sechzigern: »Halt die Ohren steif!«

Im Haus stellte Jack ein paar Dosen Cola und eine Packung Kekse auf den Tisch. Er sah, dass Jesse ganz aufgeregt war, Vicky Wade zu begegnen. Hubbard berichtete begeistert von seiner Expedition. »Wir haben einen alten Kriegsschauplatz in der Nähe von Grottoes gefunden, zwanzig Meilen von hier«, sagte er, stand auf und ging zum Fenster. »Vielleicht hat Stonewall Jackson im Mai 1864 genau dort Shermans Armee abgefangen.« Er wandte sich zu Vicky und Jack um, die noch nichts von der Geschichte gehört hatten. »Jackson war mit einem kleineren Verband von 3000 Mann unterwegs, und Sherman marschierte mit 30 000 Mann durchs Tal. Old Stonewall teilte seine Streitkräfte auf, sandte eine Hälfte über den Pass und nach Piedmont, wo sie in einen Zug stiegen und hundert Meilen nach Norden fuhren. Von dort aus marschierten sie zurück, überquerten den Blue Ridge bei Luray und kehrten hinter Sherman ins Shenandoah Valley zurück. Als Sherman von einer zweiten Konföderiertenstreitmacht hörte, hielt er es für ein Einschließungsmanöver und flüchtete nach Westen. Es war ein strategisch brillanter Zug Jacksons.« Er schaute Jack an. »Rommel hat Jacksons Feldzug studiert. Er wusste mehr darüber als Patton, aber zu seinem Pech hatte Patton *Rommels* Buch gelesen.«

Jack kannte Scott Hubbards Leidenschaft für Taktik. Es war nicht der Krieg, der Scott faszinierte; ihn interessierten die Strategien, die brillante Truppenführer entwickelt hatten. Hubbard war Südstaatler; er stammte aus einer kleinen Stadt südlich von Charlottesville. »Um die Jahrhundertwende wurde die alte Stadt Shendor in Grottoes umgetauft, wahrscheinlich, um Touristen auf die dortigen Höhlen aufmerksam zu machen. Ich glaube, dass dadurch ein großer Teil der Geschichte verloren ging. Aber die Stadt ist einen Besuch wert, vor allem das Maisfeld nördlich davon, das im Tagebuch eines der Lieutenants von Jackson erwähnt wird. Ein einheimischer Farmer hat Jesse und mir erlaubt, uns das brachliegende Feld anzuschauen, das sich über einen kleinen Kamm hinwegzieht. Wir fanden ein Stück von einem rostigen Bajonett. Wir haben es dem alten Mann gezeigt, und er hat uns gestattet, das ganze Feld abzusuchen. Aber wir durften nicht graben. Das wird die Historische Gesellschaft übernehmen; ich habe schon dort angerufen.«

»Wir haben drei Minié-Balls und ein anderes Projektil gefunden!«, berichtete Jesse aufgeregt und zog ein Taschentuch hervor, in dem ein deformiertes Stück Metall lag. »Die Minié-Balls waren weit verbreitet. Sie wurden 1848 von einem Franzosen namens Claude Minié erfunden. Erstaunlich, wie schnell sie den Weg nach Amerika gefunden haben. Schade, dass wir nie herausfinden werden, ob die Kugeln aus einem Yankeegewehr oder einem Konföderiertengewehr stammen.«

»Das ist wirklich erstaunlich, Jesse«, sagte Vicky ehrlich beeindruckt. »Es kommt mir vor wie eine archäologische Schatzsuche. Ich meine, es gibt tonnenweise Bücher über den Bürgerkrieg, und diese Stadt wurde einfach übersehen? Habt ihr eine geheime Quelle?«

»Jeder kann Einsicht in Steuerunterlagen, Militärakten, Musterungsrollen, Landvermessungsakten, Pensionsakten und Aufzeichnungen über den Bürgerkrieg nehmen – Unterlagen, die von der Unionsarmee nach dem Krieg konfisziert wurden. Sie sind im Nationalarchiv. Dort finden Sie, was Sie wollen«, berichtete Jesse stolz. »Auch Verwaltungsakten, Unterlagen über Volkszählungen, Kirchenbücher, Personalakten. Kirchliche Aufzeichnungen und genealogische Notizen sind ebenfalls hilfreich, besonders in Virginia. Sie reichen weit zurück.« Er hielt kurz inne. »Außerdem gibt es noch das VLIN, das Bibliotheks- und Informationsnetzwerk von Virginia, eine Online-Suchmaschine. Die Informationen über Shendor habe ich auf einem Mikrofiche gefunden.« Zum ersten Mal lächelte der Junge. Es war ein ansteckendes Lächeln, das zeigte, wie stolz er auf seine Leistung war. »Wenn man weiß, wo man nachsehen muss, findet man im Internet so gut wie alles.«

»Jesse hat die meisten seiner Ergebnisse auf seinem Notebook gespeichert«, sagte Hubbard.

»Ich bin wirklich beeindruckt.« Vicky wandte sich dem Jungen zu. »Jesse könnte einigen unserer Forscher als Vorbild dienen. Hast du diesen Sommer schon etwas vor, Jesse? Ich meine… Ich könnte deine Hilfe gut gebrauchen, für eine…« Sie zögerte. »Du könntest ein paar Nachforschungen für mich anstellen.«

Vicky berichtete einmal mehr von ihrem Projekt, die Parallelen der Präsidentschaftswahlen von 1900 und 2000 herauszuarbeiten.

Jesse lauschte aufmerksam. »Und Sie wollen meine Hilfe? Ja, klar bin ich interessiert! Ich könnte abends daran arbeiten, wenn ich von meinem Ferienjob nach Hause komme. Im Augenblick bin ich allerdings beschäftigt. Ich habe Nachforschungen über Theodore Kameron angestellt. Über seine Herkunft, wenn man es so nennen kann. Es fing als Projekt für die Schule an.«

»Kameron ist tot«, sagte Jack unvermittelt, doch seine Worte klangen nicht überzeugt. Auch er war fasziniert von der Vorstellung, dass Jesse Hubbard vielleicht etwas Neues über Kameron ausgraben könnte, etwas Obskures wie die vergessene Schlacht bei Shendor.

Jesse lächelte. »Wir wissen noch nicht besonders viel, aber ich arbeite daran, Dr. Bryne. Wir sprachen ja schon mal darüber, dass es die Cameron-Familie hier in Virginia gab, und zwar sehr lange Zeit, schon vor der Revolution. Im Telefonregister von Charlottesville sind neun Camerons eingetragen, aber natürlich ist keiner mit Theodore Kameron verwandt. Es gibt überhaupt keine Kamerons mit ›K‹ in Virginia. Der Name ist wahrscheinlich falsch. Teddy Cameron, der Mann, nach dem Sie suchen, stammt aus Schottland.«

»Ihr habt Kameron bis nach Virginia zurückverfolgt?«, fragte Vicky aufgeregt. Sie wandte sich an Jesses Vater und Jack:

»Ihr beide habt es die ganze Zeit gewusst! Kameron versteckt sich irgendwo in Virginia! Was hast du sonst noch alles herausgefunden, Jesse, abgesehen von der Geschichte über General Stonewall Jackson?«

»1850 hatte der Cameron-Clan den größten Teil des südlichen Tals übernommen, insbesondere die Gegend um den Hazel Mountain, etwa fünfzig Meilen nördlich von hier. Auf dem Skyline Drive ist die Stelle mit einem Meilenstein gekennzeichnet. Die Camerons haben in den Bergen gelebt, isoliert von der Außenwelt. Andere Camerons siedelten im Piedmont, wieder andere zogen noch weiter nach West Virginia.«

»Gab es in den letzten Jahren nicht einige Fälle, dass Wanderer und Camper entlang dem Skyline Drive vermisst wurden?«, fragte Vicky.

»Ganz recht«, antwortete Scott Hubbard. »Aber es hat nicht das Geringste mit Kameron zu tun.«

»Aber es ist bekannt, dass Leute aus den Bergen während des Bürgerkriegs die Schlachtfelder plünderten. Sie haben die Verwundeten getötet und die Leichen gefleddert«, fuhr Jesse fort. »Einige Verwundete wurden in die Hazel Mountains verschleppt.« Der Junge zögerte. Er blickte sich um und wusste offensichtlich nicht, ob er weiterreden sollte. »Da war dieser Film, *Die Berge haben Augen*. Es geht um eine Familie, die von einem irren Fanatiker schikaniert wird. Der Film basiert auf wahren Begebenheiten, die sich im siebzehnten Jahrhundert in England ereignet haben. Über längere Zeit hinweg verschwanden entlang einem Küstenabschnitt Postkutschen zwischen London und Edinburgh, mitsamt Kutschern und Passagieren, bis einem Reisenden schließlich die Flucht gelang. Als er seine Geschichte erzählte, fanden die entsandten Truppen ein verstecktes Dorf an der Küste. Die Bewohner waren Wilde. Sie hatten die Kutschen ausgeplündert, die Männer getötet und die Frauen in ihr Dorf verschleppt, um sie zu vergewaltigen.«

»Und die Kinder wurden gegessen«, beendete Bryne Jesses

Schilderung. Es war eine peinliche Begebenheit, die das Vereinigte Königreich in seinen Geschichtsbüchern lieber verschwieg.

»Genau das haben die Camerons auf dem Hazel Mountain auch getan«, fuhr Jesse fort. »Während des Bürgerkriegs und noch ein paar Jahre danach. Die Camerons in Virginia waren Parasiten. Sie haben sich wie Geier von den Menschen ernährt, die zu beiden Seiten des Tals lebten, bis die Regierung sie in den Dreißigerjahren vertrieben hat, als der Park gegründet wurde. Die Camerons vom Hazel Mountain sind verschwunden. Einige Berichte deuten darauf hin, dass die Regierung ihnen eine Abfindung gezahlt hat. All die Squatter und Guerilla-Familien, Leute wie die Camerons, die auf dem Gelände des Parks gelebt hatten, mussten ihre Hütten und Häuser aufgeben und wegziehen. Aus den Akten geht hervor, dass sie zuerst nach Süden gezogen sind und dann über den Trail nach Westen.« Jesse schaltete sein Notebook ein. Ein paar Sekunden später hatte er die Datei gefunden. »Diese Dokumente hier habe ich letzten Monat eingescannt, Dr. Bryne. Sie sind noch recht gut lesbar. Hier ist eine Verkaufsurkunde von 1934, unterschrieben von einer Person, von der ich glaube, dass sie Theodore Kamerons Vater war.« Er reichte Bryne das Notebook, und Jack betrachtete das gescannte Dokument.

»Also schön, Jesse«, sagte er, nachdem er das Siegel des Staates Virginia unter dem Dokument in Augenschein genommen hatte. »Vielleicht war es Kamerons Vater, aber wie kommst du auf diesen Gedanken?«

Jack nahm das Notebook wieder an sich und scrollte durch Textseiten, bis er einen Zeitungsartikel gefunden hatte. »Deswegen, Dr. Bryne. Das hier habe ich erst letzte Woche entdeckt.« Er blickte zu seinem Vater. »Ich wollte es dir nicht sagen, Dad. Es sollte eine Überraschung werden. Vielleicht ist es ein Durchbruch. Sei mir nicht böse, dass ich es noch nicht erwähnt habe, Dad, aber ich wusste ja, dass wir diese Woche hierher kommen würden, deswegen habe ich so lange gewartet.« Er reichte das Notebook seinem Vater. Jack kam um den Tisch herum und schaute Hubbard über die Schulter. Auf dem Display war ein Ausschnitt des *Richmond Sun Herald* von 1938 zu sehen:

> BROWNSTOWN, VIRGINIA. Den Einwohnern von Brownstown wurde gestern Abend Erstaunliches geboten, als der selbst ernannte Reverend Thaddias Cameron seinen Sohn Theodore auf die Bühne rief. Der Knabe beeindruckte die Menge mit seiner Kenntnis der biblischen Prophezeiungen und mit seinem freizügigen und treffsicheren Gebrauch von Bibelzitaten, mit denen er auf das päpstliche Tier, den heidnischen Drachen und die beiden Tiere der Offenbarung mit den sieben Köpfen und zehn Hörnern und die Hure Babylon anspielte.
>
> Viele der Anwesenden hielt es während des einstündigen Debüts dieses Wunderknaben nicht auf den Stühlen, andere gerieten in einen Zustand der Verzückung, wieder andere sanken auf die Knie. Gar mancher stimmte in die Anrufungen des Knaben ein und erhob seine Stimme nicht ähnlich den Milleriten aus dem letzten Jahrhundert.
>
> Vollends in Hysterie geriet das Publikum, als der Knabe zum Ende seines Vortrags die Fäuste öffnete, die er die ganze Zeit fest geballt gehalten hatte, und allen die Handflächen hinhielt, damit sie die tiefen roten Löcher darin sehen konnten und das Blut, das daraus rann. Der Knabe verließ das Rednerpult in völliger Erschöpfung.
>
> Anschließend bat Mrs Cameron die Gläubigen um finanziellen Beistand für ihren Sohn Theodore, der dringend an den Händen operiert werden musste, um die Wunden zu heilen, von denen sie sagte, dass sie das Werk des Teufels seien.

»Gütiger Gott«, murmelte Hubbard. »Er ist es. Jesse, ich brauche eine Kopie davon! Vielleicht kann das FBI damit seine Spur wieder aufnehmen! Warum hast du mir nicht schon vorher davon erzählt?«

Jesse schlug die Augen nieder. »Ich hab diesen Zeitungsausschnitt erst vor ein paar Tagen gefunden. Ich wollte dich damit hier überraschen, zusammen mit Dr. Bryne.« Er sah auf. »Ich glaube, Mrs Cameron hat Teddy irgendwohin gebracht, vielleicht in den Mittleren Westen. Wir können nicht sämtliche alten Zeitungsarchive durchgehen; das würde Monate dauern. Aber gestern Nacht habe ich ein paar weitere Recherchen angestellt.«

Während der Junge in seinem Rucksack nach Notizen kramte, zog Vicky ihren Palm Pilot hervor und las von dem winzigen Display ab.

> Die Unterschiede zwischen Serienmördern, die in einem Blutrausch töten, und Massenmördern sind verschwommen. Ein Grenzfall beispielsweise ist Henry Lee Lucas, der zwischen 1960 und 1983 hundertsiebenundfünfzig Morde in acht verschiedenen Staaten gestanden hat. Inoffizielle Schätzungen gehen sogar von mehr als sechshundert Opfern aus. War Lucas Massenmörder oder Serienmörder?
> Wie Kameron wurde auch Lucas in seiner Kindheit missbraucht. Lucas' Mutter war Chippewa-Indianerin, die ihren eigenen Vater umgebracht hatte und ihren Sohn im Kindesalter quälte.

Vicky blickte auf ihre Notizen.

> ›Ich hasste die ganze Welt‹, erklärte Lucas gegenüber den Richtern. ›In mir war nichts als schierer Hass. Jemanden umzubringen ist genauso einfach, wie durch eine Tür zu gehen.‹ Lucas wurde 1983 in die Todeszelle geschickt – eines der Jahre, in dem die meisten Serienmorde in den Vereinigten Staaten verübt wurden. Das FBI schätzt, dass 1983 wenigstens 5000 Menschen durch nicht weniger als sechsunddreißig umher-

streifende Serienmörder den Tod fanden. Einige dieser Täter sind noch immer auf freiem Fuß.

Jesse zog ein kleines Notizbuch aus dem Rucksack und schlug es auf. »Ich habe Profile erstellt. Das FBI verfügt sicher über viel tiefer gehende Berichte, doch sie sind nicht für die Allgemeinheit zugänglich, deswegen musste ich meine eigenen Nachforschungen anstellen. Das Meiste kommt aus dem Internet. Ich habe die Daten in verschiedene Kategorien eingeteilt und versucht, Kameron in eine Art historische Perspektive zu setzen. Beispielsweise scheint es heute mehr Serienmorde zu geben als noch vor hundert Jahren. Wahrscheinlich liegt es daran, dass es heute bessere Aufklärungs- und Ermittlungsmöglichkeiten gibt. Jedenfalls reicht das Phänomen Serienmörder weit zurück. Im späten sechzehnten Jahrhundert gab es in Chalon in Frankreich einen so genannten Werwolf, der seinen Opfern die Kehlen aufschlitzte und die Toten aß. Zur gleichen Zeit trieb in Deutschland Peter Stump sein Unwesen; auch er verspeiste seine Opfer. Im siebzehnten Jahrhundert tötete Marie de Brunvilliers, eine adelige Französin, in Paris mehr als fünfzig Menschen. Einhundert Jahre später brachte Anna Zwanziger in Nürnberg ihre Opfer mit Arsen um. Die Binder-Familie in Cherryvale betrieb ein Inn. Sie schlugen den Gästen die Schädel ein und warfen die Toten in den Keller. Das Gleiche haben die Birnies in Australien und die Wests in England gemacht.«

»Erstaunlich, Jesse. Du hast eine epidemiologische Analyse von Serienmördern nach zeitlichen, örtlichen und persönlichen Charakteristiken erstellt«, sagte Jack. »Erzähl weiter.«

»Ich habe andere Kategorien untersucht, die vielleicht mit Kameron in Verbindung stehen könnten, Ärzte beispielsweise. Es gab einen Thomas Neal Cream, einen William Palmer und einen so genannten Dr. H. H. Holmes, der in Wirklichkeit gar kein Arzt war. Sein echter Name lautete Herman Mudgett. Er war der vielleicht schlimmste Serienmörder, der die Vereinigten

Staaten jemals heimgesucht hat. Zwischen 1891 und 1894 hat er in Chicago wahrscheinlich mehr als 200 Menschen umgebracht. Und dann gibt es noch den religiösen Aspekt, den Kameron ebenfalls vorgeschoben hat. Ende der Sechzigerjahre gab es in Schottland einen ›Bible John‹, der Frauen umbrachte. Alle Frauen hatten zum Zeitpunkt des Mordes ihre Periode. Der Bruder eines der Opfer hat gehört, wie der Mörder aus der Bibel zitiert hat, bevor er die Frau umbrachte. Er wurde nie gefasst.«

»Könnte Theodore Kameron dieser Bible John sein?«, fragte Jack.

»Kameron oder Cameron ist ein schottischer Name. Vielleicht war er vor dreißig Jahren in Schottland, wer weiß?«

»Die Aufzeichnungen über seine Aufenthaltsorte während dieser Zeit sind jedenfalls sehr lückenhaft«, sagte Scott Hubbard.

Vicky erhob sich und ging um den Tisch herum zu Jesse. Er blätterte durch sein Notizbuch. »Hast du noch andere mögliche Verbindungen gefunden?«, fragte sie.

Jesse zeigte ihr eine Liste, die er zusammengestellt hatte.

Land	Mörder	Land	Mörder
Australien	Birnie	Österreich	Heinrich Pommerencke
Kanada	Wayne Boden	Ecuador	Pedro Lopez
England	John Christie	Frankreich	Marie de Brunvilliers
Deutschland	Fritz Haarmann	Ungarn	Bela Kiss
Italien	Pietro Pacciani	Mexico	Adolfo de Jesus Constanzo
Polen	Leszek Pekalski	Russland	Andrei Chikatilo
Schottland	Burke und Hare	Thailand	John Scripps

»Für die USA habe ich eine gesonderte Liste erstellt«, fuhr Jesse fort. »Sie ist nach Bundesstaaten geordnet.«

Staat	Mörder	Staat	Mörder
Kalifornien	Manson, Bittaker, Corona	Georgia	Williams
Illinois	Gacy	Kansas	Bender
Massachusetts	De Salvo	New York	Berkowitz, Fish
Oregon	Brudos	Ohio	Dalmer
Pennsylvania	Bolder	Texas	Corll
Washington	Bianchi	Wisconsin	Gein

»Die Liste ist noch unvollständig. Manche Mörder sind durchs ganze Land gezogen, wie Cunanan und Lucas, aber man bekommt schon eine Vorstellung, wie weit verbreitet dieses Phänomen ist. Allerdings ...« Jesse zögerte, fuhr dann fort: »Allerdings passt Kameron in kein einziges leicht durchschaubares Profil. Die meistverbreitete Methode besteht darin, das Opfer zu strangulieren. Am zweithäufigsten ist der Mord mit Chemikalien wie Thallium oder Arsen, nicht mit Toxinen. Das Erschießen der Opfer ist seltener, genau wie das Erstechen, Ersticken, Erschlagen – häufig mit einem Hammer ... Dann gibt es noch die exotischen Methoden ... eine Machete, tödliche Injektionen oder ein Bad in Säure.«

»Hast du etwas über die Motive herausgefunden?«, fragte Vicky.

»Meist sexuelle Befriedigung, egal, ob das Opfer noch gelebt hat oder nicht. Nekrophilie, wissen Sie. Oder der Nervenkitzel des Folterns. Andere wollten sich einfach nur bereichern, und in einigen Fällen war das Motiv schlicht Hunger. Albert Fish hat kleine Jungen geschlachtet und das Fleisch mit Zwiebeln gegrillt. Er hat seine Opfer fast ganz aufgegessen. Ich glaube, Thomas Harris hat seinen Hannibal Lecter nach dem Vorbild des Albert Fish erschaffen. Sie erinnern sich an den Mörder in *Das Schweigen der Lämmer*?« Seine Frage klang, als handelte es sich um einen alten Schwarzweißfilm. Die drei nickten, und Jesse fuhr fort: »Nachdem die Opfer tot waren, wurden sie entweder gebraten oder gekocht, verzehrt, zerlegt oder in Säure aufgelöst. Was jedoch das Motiv angeht – keiner der Mörder, die ich bis jetzt gefunden habe, besitzt eine auch nur annähernd so komplizierte Agenda wie Theodore Kameron. Er brauchte weder Sex noch Geld noch Nahrung. Sein Beweggrund war möglicherweise Rache, vermischt mit biblischer Symbolik.«

Jack stand auf. »In Ordnung, Leute, lasst uns das Thema wechseln, ja? Scott, du hast nie erzählt, was deine Leute damals in Kamerons Apartment gefunden haben. Es muss irgendetwas geben, mit dem wir Kameron in eines dieser Profile einordnen können. Hat die Spurensicherung nichts in der Wohnung gefunden, die er damals in Manhattan benutzte? Ich habe gehört, dass sie mit allen möglichen merkwürdigen Dingen voll gestopft war.«

»Ja, Jack, es gibt da tatsächlich etwas, das passen könnte, aber lass mich von Anfang an erzählen«, antwortete Hubbard. »Wie du weißt, hatte ich mir damals den Knöchel gebrochen und konnte mich nicht direkt an den Ermittlungen beteiligen. Aber ich bekam den Bericht. Kamerons schmuddelige kleine Wohnung wurde von der Spurensicherung von oben bis unten auseinander genommen. Zuerst musste die Badewanne biochemisch dekontaminiert werden. Kameron hatte genügend Aflatoxine darin gelagert, um das ganze Viertel zu verseuchen. Anschließend konnte die Spurensicherung ihre Arbeit aufnehmen. Es war das erste Mal, dass die New-Yorker Polizei, das Gesundheitsamt der Stadt und das FBI vernünftig zusammengearbeitet haben. Das FBI leitete die Aktion; Gott weiß, mit was für Dingen Kameron alles gespielt hat. Die Cowboys von den CDC waren da, zusammen mit Vertretern des USDA, der FEMA ... selbst das Militär hatte Leute abgestellt. Sie haben jeden Winkel abgesucht. Ich hoffe nur, dass diese Zusammenarbeit als Beispiel für zukünftige Aktionen dient.«

»Und was ist dabei herausgekommen?«, fragte Jack.

»Es bestand Einigkeit darüber, dass dieses Apartment eine typische Einzelgängerbehausung war. Die Jungs fanden lediglich einen einzigen Satz Fingerabdrücke, die von Kameron, sowie eine Reihe von Abdrücken seiner Handflächen mit Haarstoppeln. Dazu haufenweise Fast-Food-Schachteln aus umliegenden Restaurants – Chinesen, McDonald's, sogar White Castle in der Bronx. Ein alter Fernseher ohne Kabeltuner, ein schweres Messingmikroskop, ein teures neues Teleskop, einen einzelnen ABC-Schutzanzug ...«

»Was?«

»Einen Schutzanzug, den er vermutlich trug, wenn er mit seinen Toxinen gearbeitet hat«, erklärte Hubbard. »Und eine genaue Replik des Andrus-Brunnens, in dem er die Aflatoxine deponiert hat, die letzte und tödlichste seiner Seuchen – die elfte Plage, die er Gott sei Dank nicht mehr freisetzen konnte.«

Jack schwieg; er erinnerte sich zu genau an die tödliche Auseinandersetzung mit Kameron auf der Insel mitten im East River.

»Außerdem fand man eine große Anzahl von Kondomen, gefüllt mit allen möglichen Bodenproben. Unsere neuen Labors werden Jahre damit beschäftigt sein, alles zu kultivieren und zu katalogisieren«, fuhr Hubbard fort. »Ich glaube, Kameron *wollte*, dass wir uns in die Mikrobiologie vertiefen. Die Labors haben noch längst nicht alle Bakterien und Pilze identifiziert. Einige sind vollkommen unbekannt und noch nie beschrieben worden. Erstaunlicherweise hat der Inhalt der Schränke und Zimmer nicht das Geringste ergeben, abgesehen von den Kondomen. Außerdem fand man Ausdrucke von seinem Laptop. Die Festplatte war verschwunden, doch ein Teil seiner Disketten wurde entdeckt. Ich glaube, auch das war Kamerons Absicht. Es war eine Art Tagebuch, großkotzig und selbstgerecht, aber auf seine Weise sehr aufschlussreich. Einige sehr interessante Spuren fanden sich auf den Bettlaken; Hautschuppen, Ausscheidungen – einige ganz frisch und in ausreichender Menge für eine Analyse.« Keiner der anderen fragte, welche Art von Ausscheidungen Hubbard meinte. »Theodore ist A-positiv. Nichts Ungewöhnliches, Duffy negativ, alles ganz normal. Das Gleiche gilt für die Routineuntersuchungen auf Antikörper. Er war entweder gegen Masern geimpft oder hatte sie als Kind, das lässt sich im Nachhinein schwer feststellen. Das gilt auch für alle anderen verbreiteten Immunisierungen, Mumps, Röteln und so weiter. Allerdings ...«, Hubbard zögerte und schaute Jack an, »... allerdings war er auch gegen einige recht exotische Erkrankungen immunisiert.«

»Beispielsweise?«, fragte Jack und wartete ab, während Hubbard durch ein kleines Notizbuch blätterte.

»Beispielsweise Milzbrand, Botulismus und Zeckenfieber.«

»Was war das?«, fragte Jack. »Etwa amerikanisches Felsengebirgsfieber?«

»Genau, Jack. Eine bösartige Erkrankung«, fuhr Hubbard fort. »Die Konzentration an Antikörpern gegen Pocken war gering; wahrscheinlich Reste von den Impfungen, die er als Kind bekommen hat. Die restlichen Antikörper waren ausreichend konzentriert, um ihn weitgehend zu immunisieren, und das, obwohl nur wenige Menschen mit den Erregern von Milzbrand oder Fleckfieber in Berührung kommen. Sicher, er ist durch die Labors der CDC spaziert, als er dort beschäftigt war. Wer weiß, vielleicht musste er sich sogar impfen lassen.« Hubbard klappte das Notizbuch zu.

»Oder er hat sich selbst geimpft, als er mit dem Sammeln seiner Proben begann«, meinte Jack. »Er wusste schließlich, dass er ein hohes Kontaminationsrisiko einging.«

»Möglich. Das nehmen wir auch an.« Hubbard nickte. »Unglücklicherweise ist seine Personalakte und mit ihr sämtliche Aufzeichnungen über Impfungen bei den CDC ins Archiv gewandert. Die Unterlagen stammen aus der Zeit, als es noch keine elektronische Datenverarbeitung gab. Die Papiere modern in irgendeinem vergessenen Lagerhaus in Atlanta vor sich hin. Die CDC suchen immer noch nach der Akte.«

»Großartig«, brummte Bryne.

»Dad hat Ihnen noch nichts von den anderen Tests gesagt, Dr. Bryne«, sagte Jesse. »Sie sind alle positiv – Hantaviren, Filoviren, Pockenviren, alles. Erzähl doch mal, Dad, was ihr noch gefunden habt!«

»Nun ja«, sagte Hubbard. »Du weißt, Jack, womit sich Dr. Tucker in Kentucky bei den Pferden infiziert hat, absichtlich oder unabsichtlich.«

»Borna-Viren?«, fragte Vicky. »Wir haben einen Bericht über Enoch Tucker gebracht, über das Virus und die Krankheit, die es bei manchen Menschen hervorruft. Hatte Kameron Antikörper? Hatte er eine Borna-Infektion?«

»Ja. Er scheint ein Überträger für das Virus gewesen zu sein, eine Art ›Typhusmarie‹ oder besser gesagt, ein ›Typhus-Teddy‹. Sein Blut wies eine ungewöhnlich hohe Konzentration an Viren auf, und unsere Laborleute konnten lebende Borna-Viren aus den Rückständen isolieren.«

»Mit anderen Worten, er war sein eigenes kleines Labor. Sein Blut war eine bequeme Quelle für das Virus«, fügte Jesse hinzu.

»Was bedeutet, dass er es möglicherweise verbreitet hat?«, fragte Vicky. Ihr Bericht auf HOT LINE hatte einige Wochen lang im Brennpunkt der Kritik gestanden; die psychiatrische Gesellschaft hatte argumentiert, dass schwere manische Depressionen und Schizophrenie genetisch bedingte Ursachen hatten oder durch Neurochemikalien zustande kamen, die verrückt spielten, jedoch nicht durch die zufällige Verbreitung eines Virus. Die Produzenten von HOT LINE waren alles andere als erfreut gewesen über die heftigen Reaktionen einer Reihe von Werbekunden wegen dieser ihrer Meinung nach stark vereinfachenden Darstellung der Ursachen für mentale Abweichungen. Die Psychoanalytiker, Psychiater und Psychologen wollten schließlich nicht ihre Einkommensquelle verlieren und die erprobten und wirksamen Therapien gegen mentale Erkrankungen aufgeben. Sie fühlten sich bedroht. Der Produzent hatte Vicky mit einer kryptischen Bemerkung gewarnt: »Verstehen Sie denn nicht, dass mehr Leute von Krebs leben als daran sterben? Die Forscher, die Ärzte, die Krankenhäuser, die Stiftungen? Es ist eine eigene Industrie. Befreien Sie die Menschen von den Ursachen für Krebs oder Schizophrenie, und Sie nehmen vielen Leuten die Arbeit.« Vicky hätte ihm am liebsten eine runtergehauen, so zynisch war die Bemerkung. Jack hätte so etwas niemals gesagt – er war ein Mann, der darum kämpfte, Leben zu erhalten und der diese Ökonomie des Todes verabscheute.

»Die Dateien haben uns viel mehr verraten, als Teddy Kameron wahrscheinlich wollte«, verkündete Hubbard unvermittelt. Die anderen schauten ihn gespannt an, während er aus seinem Notizbuch vorlas. »Wir haben folgende Symptome gefunden: obsessive Ideenbildung, Perseveration – das ist ein krankhaftes Festhalten an bestimmten Gedankengängen und Vorstellungen – sowie eine Neigung zum Affektrausch, das ist ein psychologischer Begriff für eine Form freudiger Erregung nach einer gewalttätigen Handlung wie beispielsweise dem Töten von Menschen. Außerdem verfügt Kameron über eine exzellent ausgebildete Fähigkeit zur Problemlösung, die es ihm ermöglicht hat, seine Vision zu erschaffen und an seinen Plan anzupassen. Er hat sich die modernen Gegenstücke für die zehn ägyptischen Plagen ausgedacht, was große intellektuelle Fähigkeiten erfordert. Die übrigen Bestandteile seiner Persönlichkeit sind rasche Reizgewöhnung und zunehmende Gefühllosigkeit gegenüber Dingen, die wir als schändlich oder schockierend empfinden würden. Das alles war möglich durch eine Kompartmentierung, eine Abtrennung seines Wahnsinns von seinem Genius und seinen scheinbar normalen übrigen Lebensfunktionen.«

»Sie reden wie ein Therapeut«, sagte Vicky.

»Nun, ich zitiere lediglich aus dem psychologischen Profil, das unsere Experten entworfen haben. Doch es gibt noch zwei weitere Merkmale. Eines ist die Abhängigkeit vom sozialen Milieu, von seiner Umgebung. Kameron unterlag dem Zwang, sich irgendeiner Form von Autorität zu unterwerfen. In seinem Fall war es die *Stimme*, die zu ihm sprach, die Stimme von JHWH. Bei anderen Persönlichkeiten mit diesen Symptomen ist es jemand anderes.«

»Beispielsweise?«, fragte Vicky.

»Nun, ein Führer, ein General oder das Oberhaupt einer Sekte. James Jones ist ein Beispiel, oder Hitler, oder Pol Pot. Oder irgendein Tutsi-Häuptling in Ruanda.«

»Und das letzte Merkmal?«, fragte Jack.

»Das ist es, was uns Sorgen bereitet. Wir haben diese Persönlichkeitsmerkmale zu einem Profil zusammengefasst, und alles passte. Kameron leidet am E-Syndrom.«

»Was ist denn das nun schon wieder?«, sagte Jack und musste lachen. »E-Syndrom. Das klingt wie *Plan Neun aus dem Weltall.*«

»Nein, es ist leider sehr real, Jack. Izhak Fried, ein Neurochirurg, hat es vor einigen Jahren in einem Artikel in *Lancet* beschrieben. Es handelt sich um eine so genannte ›kognitive Fraktur‹, einen hypererregten frontalen Kortex in Verbindung mit einem dysfunktionalen limbischen System. Frieds Modell erklärt Massenmorde im Verlauf der menschlichen Geschichte, angefangen bei den Tartaren über das Massaker der Türken an den Armeniern im Jahre 1915, Mussolini in Libyen und Äthiopien bis selbstverständlich hin zu Hitler und den Nazis.« Hubbard klappte sein Notizbuch zu und schaute Jack an. »Das Profil passt – mit einer einzigen Ausnahme.«

»Und die wäre?« Jack war fasziniert. Falls Kameron an einer Borna-Infektion litt, war sein limbisches System gestört, was zur Folge hatte, dass wirre Botschaften aus den primitivsten Hirnregionen in die Stirnlappen gelangten, wo rationale Gedanken und Handlungen konzeptualisiert werden. Falls das Virus verantwortlich war für Kamerons Symptome, war er mindestens ebenso sehr Opfer wie Täter. Doch was war das letzte Merkmal, das nicht ins Profil passte?

»Wenn Kameron am E-Syndrom leidet, muss er andere Menschen rekrutieren. Ein Teil des Syndroms ist der Zwang, andere von der eigenen Vision zu überzeugen oder sie zu bekehren. Er könnte es durch Predigen, durch Missionieren erreichen ... oder indem er andere buchstäblich mit Borna infiziert.«

»Du meinst, indem er Menschen das Virus verabreicht?«, fragte Jack.

»Oder indem er sie rekrutiert, für sich gewinnt. Kameron war Einzelgänger, doch soweit wir wissen, könnte er durchaus versucht haben, sich Jünger zuzulegen.«

»Mein Gott, *ein* Theodore Kameron reicht vollkommen aus!«, sagte Jack. »Willst du etwa sagen, dass es noch mehr von seiner Sorte gibt?«

»Das wissen wir nicht, Jack.« Hubbard blickte auf die Armbanduhr, und Jack verstand. *Geheim.* Er erhob sich.

»Tja, ich muss mir jetzt ein wenig die Beine vertreten. Kommt mit, Vicky, Scott, Jesse – ich zeig euch etwas Interessantes. Oben auf dem Kamm habe ich eine alte Ruine entdeckt. Jesse, nimm deine Hacke mit; es gibt einiges zu erforschen. Vielleicht finden wir noch mehr Souvenirs.« Er nahm den Hund zu sich hoch. »Komm, Tootsie, du kannst auch ein bisschen Bewegung vertragen.«

Die beiden Hubbards und Vicky folgten Jack in Richtung Teich. Tootsie rannte aufgeregt um die Gruppe herum und ließ sie mit ihren Possen fürs Erste die Möglichkeit vergessen, dass irgendwo im Verborgenen Kamerons Jünger lauerten.

»Dieser Kameron braucht offensichtlich dringend eine Lobotomie«, murmelte Jesse leise zu sich selbst. «Und zwar eine verdammt gründliche, bis hinunter ins Kleinhirn.«

Jack hatte eine einfache Mahlzeit aufgetischt – Salat, geräucherten Schinken, einen einheimischen Rotwein und einen selbst gemachten Pekannusskuchen, den Mrs Shifflet beigesteuert hatte. Während des Essens bemühte sich jeder, das Gespräch nicht auf Kameron zu bringen. Vicky erzählte amüsante Insidergeschichten über HOT LINE. Scott Hubbard trug Anekdoten aus seiner Kindheit vor; er war auf einem Bauernhof aufgewachsen und hatte die Kühe noch mit der Hand gemolken. Eine zweite Flasche Rotwein lockerte auch Jacks Zunge.

Der Abend verging wie im Flug, und es war nach neun Uhr, als Scott feststellte, dass es Zeit war, nach Charlottesville und ins Motel zurückzukehren. Nachdem er und Jesse gefahren waren, spülte Vicky das Geschirr, während Jack den Tisch abräumte. Tootsie, erschöpft vom langen Spaziergang zur Ruine, lag zusammengerollt auf einem Läufer in einer Ecke des Zimmers.

Es war ein wunderbarer Abend gewesen. Schließlich setzte Jack sich aufs Sofa und blickte aus dem Fenster auf den Mond, der hinter dem Teich aufgestiegen war. Vicky setzte sich zu ihm. Unten im Tal sahen sie Dunstschleier über Charlottesville.

Vicky blickte Jack in die Augen. »Shmuelly lässt dich grüßen. Wir stehen übers Internet in Verbindung. Er hilft mir bei einigen Nachforschungen. Auch zu der Sache mit dem *Zauberer von Oz*.«

»Er ist ein guter Junge, unser Shmuelly. Komm, machen wir noch einen kleinen Spaziergang. Der Abend ist herrlich.«

Hand in Hand schlenderten sie zum Teich hinunter und bis ans Ende des Stegs, wo sie sich schüchtern küssten. Dann löste Vicky sich von ihm, zog Schuhe und Strümpfe aus, setzte sich und ließ die Füße ins Wasser baumeln. Jack tat es ihr nach, und sie planschten mit den Zehen und betasteten kichernd die kitzelnden Algen auf den Sprossen der Holzleiter, die in den schwarzen Tiefen des Teichs verschwand.

Lachend lehnte Vicky sich zurück, bis sie ausgestreckt auf dem verwitterten grauen Holz lag, und zog Jack zu sich herab.

»Vicky … jemand könnte uns sehen.«

»Na und?« Sie erhob sich, zog ihre Kleider aus und stand über ihm. Ihre Brüste schimmerten im Mondlicht wie Champagnerschalen, und ihr flacher Bauch beschattete ihr Becken. »Ich möchte nackt baden. Na los, komm schon, alter Mann!« Sie zog ihn zu sich hoch. Als er sich aufsetzte, löste sich eine der alten Bohlen von den rostigen Nägeln. Jack rutschte zur Seite und sah Vicky hinterher, als sie ins Wasser hechtete. Er sorgte sich, dass der Teich zu flach sein könnte.

Vicky schoss aus dem Wasser. »Komm endlich, Jack! Ich kann den Boden spüren, es ist ganz flach. Die Pflanzen kitzeln an meinen Füßen!«

Er schaute zu, wie sie zur anderen Seite watete und die Arme rudernd zu Hilfe nahm. Das Spiegelbild des Mondes und der Sterne löste sich in den sanften Wellen auf. Am anderen Ende angekommen, warf Vicky sich herum und schwamm langsam auf dem Rücken zu ihm zurück. Er konnte ihre Brüste sehen, das Wasser, das bei jedem Zug rhythmisch über sie hinwegstrich, und darunter die einladende Dunkelheit ihrer Scham. Kristallin schimmernde Blasen folgten ihr. Sie schwamm bis zum Steg und hielt wassertretend vor Jack an.

»Es wurde wirklich Zeit, dass ich mich ein wenig abkühle. Es ist herrlich, Jack. Komm doch rein, komm zu mir.« Sie schwamm zur Mitte zurück, wo sie auf dem Rücken liegend wartete, den Mond betrachtete und mit sparsamen Bewegungen das Gleichgewicht hielt.

Jack spürte, wie seine Erregung wuchs. Er verlagerte sein Gewicht auf dem alten Steg und hörte ein metallisches Knarren. Eine Reihe rostiger alter Nägel hatte sich durch die Bohle gedrückt, und einer davon ritzte seinen Arm.

»Autsch, verdammt!«, fluchte er und starrte wütend auf die Nägel. Er drückte die Finger auf die Wunde und tastete vorsichtig nach dem Nagelkopf, in der Hoffnung, dass er nicht in seinem Unterarm stecken geblieben war.

Vicky hatte seinen Fluch gehört und kam eilig herbeigeschwommen. Auf den alten Bohlen waren ein paar Tropfen schwarzes Blut. Beide wussten, dass der Augenblick für Zärtlichkeiten vorüber war. Vicky streifte sich ihre Sachen über, führte Jack zum Haus zurück und untersuchte die Wunde.

»Scheint nicht besonders tief zu sein«, stellte sie fest, während sie die Wunde wusch und seinen Arm verband.

»Solange nichts darin zurückgeblieben ist... Rost, winzige Metallsplitter. Ich kann dir aus dem Stegreif zehn Dinge nennen, Vicky, die mich in diesem Teich umbringen könnten. Schnapperschildkröten, Amöben, Leptospirose ...«

Vicky blickte ihn entsetzt an. »Danke für die Warnung! Wie lange gibst du mir noch?«

Jack lachte. »Du wirst es überleben – ich auch?«

»Ich fürchte, in deinem Fall sollten wir den Priester rufen«, sagte Vicky und kicherte. »Aber vielleicht solltest du vorher das Leben ein letztes Mal in vollen Zügen auskosten.«

Sie nahm ihn in die Arme, und sie liebten sich ruhig und ausgiebig.

Gegen drei Uhr morgens wurde Jack von einem leisen Klopfen geweckt. Er schaute zu Vicky, die tief und fest an seiner Seite schlief. Es war das gleiche rhythmische Klopfen, das Jack ein paar Wochen zuvor schon einmal gehört hatte, ein anhaltendes Tappen gegen eine Tür oder ein Fenster. Leise stand er auf und schlich auf Zehenspitzen ins Wohnzimmer. Unvermittelt brach das Geräusch ab.

Jack setzte sich in einen Sessel und wartete, ob das Klopfen wiederkehrte. Eine Viertelstunde später, als er beinahe eingedöst wäre, ertönte das Klopfen von neuem. Es kam von einem alten Holzbalken direkt neben der Eingangstür. Als Jack zur Tür schlich, verstummte das Geräusch. Er wartete eine volle Stunde lang, kämpfte gegen die Müdigkeit, doch das Geräusch kehrte nicht wieder. Schließlich ging er hinauf, völlig erschöpft, und schlief neben Vicky ein.

Am nächsten Morgen, nach dem Frühstück, schlug Jack vor, noch einmal zum Steg zu spazieren. Der Teich lag wundervoll ruhig und friedlich im Licht der frühen Morgensonne, als sie den Hügel hinunterschlenderten. Plötzlich bemerkte Vicky etwas ganz nahe am Ufer.

»Was ist das, Jack?«, fragte sie und deutete auf ein dunkles, regloses Objekt, ein schwarzes, algenbewachsenes, rundliches Ding, das zwischen dem Schilf, in der Nähe des Schwimmstegs, leicht im Wasser schaukelte. Jack schirmte die Augen mit einer Hand vor dem Gegenlicht ab und spähte angestrengt zu der Stelle.

»Sieht aus wie eine Schildkröte«, sagte er schließlich. »Ein toter Schnapper, nehme ich an. Ein ziemlich großer obendrein. Dieses Biest wiegt bestimmt fünfundzwanzig Kilo. Sieht aus, als hätte ihm jemand den Kopf abgeschlagen.«

Als sie näher kamen, bemerkte Jack, dass der Kopf tatsächlich abgetrennt worden war und dass der Schnitt die gleiche sonderbare V-Form aufwies wie bei dem Kadaver, den er in Shifflets Pick-up gesehen hatte. »Das war der verdammte Moe Shifflet! Er jagt die Tiere. Sieh dir nur diesen Schnitt an, Vicky!«

Sie schauderte bei dem Gedanken, dass sie am Abend zuvor in diesem Teich geschwommen hatte, als der Schnapper vermutlich noch lebte – er hätte sie übel verletzen können. Jack zog den Kadaver am Schwanz aus dem Wasser und ließ ihn am Ufer liegen. Als Moe Shifflet und seine Frau auf ihrem morgendlichen Rundgang vorbeikamen, nahm Jack den alten Moe beiseite und zeigte ihm den toten Schnapper. Der Halsstumpf war inzwischen von Fliegen bedeckt.

»Ich war nicht an diesem Teich, Mr Bryne«, beteuerte Shifflet. »Vielleicht waren gestern Abend ein paar von den Jungs hier draußen, ohne dass ich davon gewusst hab, aber wenn sie den Schnapper erledigt haben, ist er ihnen irgendwie noch entwischt. Manchmal brauchen die Viecher ’ne Weile, bis sie kapiert haben, dass sie tot sind, und tauchen ganz tief runter. Haben ihn wohl mit 'ner Axt erledigt, oder 'ner Drahtschlinge. Schwer zu sagen.« Shifflet stieß mit der Stiefelspitze gegen den Panzer des Kadavers. »Nee, ich hab mich wohl geirrt, Professa. Ich kenne nur ein Ding, das so was tun könnte, und das ist 'n Alligatorschnapper, aber die gibt's nur im Mississippi. Sie kommen nie bis hierher, soviel ich weiß, es sei denn, jemand bringt sie her. Die Biester gibt's eigentlich nur unten im tiefen Süden.«

»Das hoffe ich sehr«, murmelte Jack.

»Es gibt da ein paar Geschichten von Anglern, Professa, die hier oben mal ein Biest gesehen haben wollen, so groß wie 'n Bär, aber ich glaub, die haben einfach nur zu viel von dem beschissenen Kraut geraucht. Wie jeder von uns, der im verdammten 'Nam gewesen ist.«

Vicky folgte den beiden Männern, als sie den Schnapper zu Shifflets Pick-up schleiften.

»Apropos Bär: Irgendein alter Knabe hat vor ein paar Wochen 'nen Bären geschossen, unten an der Staatsstraße«, plapperte Moe fröhlich weiter. »Wurde im Fernsehen gebracht. War ein ziemlich großer Brocken, bestimmt dreihundert Pfund schwer. Der Bursche hat gesagt, der Bär hätte seinen Wagen angegriffen. Er hat den Kadaver behalten, das Bild war in der Zeitung.«

Die Männer wuchteten den Schnapper auf die Ladefläche.

»Das Vieh ist ja riesig«, sagte Vicky. »Und Sie meinen wirklich, im Teich gibt es noch ein größeres Biest?«

»Nein, Moe hat Recht«, wandte Jack ein, »wir sind hier viel zu weit im Norden.«

»Es sei denn«, gab Moe zu bedenken, »jemand ist auf die Idee gekommen, ihn umzuquartieren. Die Schnapper kommen hier prima zurecht. Die Lage ist günstig, und eine heiße Quelle speist den Teich.«

»Brrr!« Vicky schauderte. »Ich hoffe wirklich, dass Sie sich irren. Ich setze jedenfalls keinen Fuß mehr in diesen Teich.«

Shifflet lachte, doch dann wandte er sich um und blickte nachdenklich auf die stille Wasseroberfläche.

9

Samstag, 16. Juni
Orlando, Florida

Dreiundzwanzig Jahre zuvor hatte sich Dwight Frys Nabelschnur – die gleiche Schnur, die ihn während der Schwangerschaft seiner Mutter ernährte – um seine Beine gewickelt wie eine Schlange und die kleinen Gliedmaßen lange vor seiner Geburt stranguliert. Damals waren Ultraschalluntersuchungen an Ungeborenen noch nicht Routine, und so war Dwight mit zwei winzigen Beinstummeln zur Welt gekommen. Zum Entsetzen seiner Eltern und des Geburtshelfers hatte Dwight wie eine Meerjungfer ausgesehen; die beiden verkümmerten unteren Gliedmaßen waren umeinander geschlungen wie zwei Taue. Der Anblick hatte die Ärzte, Krankenschwestern und Eltern schockiert, doch die strahlend blauen Augen des Neugeborenen und sein Lächeln hatten jedem Mitleid auf den Gesichtern anderer Menschen getrotzt. Er war hinreißend. Die Frys waren sehr reich, und mithilfe von vier hingebungsvollen Großeltern erhielt Dwight jene besondere Pflege und Aufmerksamkeit, die erforderlich war, um das Potenzial des Jungen auszuschöpfen. Als Kleinkind krabbelte er sich in die Herzen des Pflegepersonals. Jeder war vernarrt in ihn, und alle gaben ihr Bestes, um seine Erziehung zu vervollkommnen. Er hatte die besten Lehrer, noch bevor er zur Schule ging, und seine intellektuellen Fähigkeiten überstiegen die seiner Altersgruppe. Physiotherapie und später die so genannte Beschäftigungstherapie waren in seinen formenden Jahren und an der High School in Jacksonville Routine. Er meisterte den elektrischen Rollstuhl genauso wie seinen ersten Wagen, einen Toyota Camry mit speziell ausgelegter Handsteuerung; später einen großen Van mit Einstiegslift.

Doch Dwight war mit einem weiteren Fluch zur Welt gekommen, der als »Fischgeruch-Syndrom« bezeichnet wird. Er hatte von beiden Elternteilen einen seltenen genetischen Defekt geerbt, der in seiner Kombination ein Enzym hervorbrachte, das natürlich vorkommendes Trimethylamin in einfachere, leicht verdauliche Aminosäuren zerlegt. Menschen wie Dwight Fry erzeugen in ihrem Stoffwechsel Nebenprodukte, die sich zuerst im Blut, dann im Harn und im Schweiß und schließlich selbst im Atem akkumulieren. Menschen mit diesem genetischen Defekt stinken, als hätten sie sich in faulendem Fisch gewälzt. Als Dwight im Säuglingsalter gewesen war, hatte seine Mutter anfangs vermutet, sie hätte versäumt, ihm die Windeln zu wechseln; in der Tagesanstalt hatten sich die Aufseher über seine mangelhafte Sauberkeitserziehung beschwert, obwohl Mrs Fry immer wieder versichert hatte, dass Dwight sich nicht mehr in die Hosen machte. In der Grundschule war er von seinen Klassenkameraden »Fartie« gerufen worden. Später hatte man den Namen verfeinert und ihn zuerst Stinky, dann Fishy gerufen. Als er seinen Abschluss an der Jacksonville High gemacht hatte, war er nur noch »Dwight the Blight« gewesen, Dwight der Faulende.

Dwight the Blight wurde zu einem gesellschaftlich Ausgestoßenen. Er hatte nie eine Verabredung, wurde nie auf Partys eingeladen und lernte schon recht früh, sich zu Hause alleine zu unterhalten, zuerst mit der frühen Fernseh-Spielkonsole Pong, später mit einer Reihe ähnlicher, zunehmend komplizierter Geräte: Odyssey, Atari, Nintendo, Sony Playstation.

Dann entdeckte er Computer und das Internet. Lange bevor AOL, SOL und Compuserve den Markt beherrschten, besaß er bei einem der frühen Provider Zugang zum Net. Er war einer der Ersten, die sich in der Chatgruppe betätigten, in der die Taten von Theodore Kameron diskutiert wurden, dem Serienmörder, dessen Name Ende 1998 durch die Nachrichten gegangen war. Das Internet war Dwights Freund und Begleiter, sein Vertrauter und seine Stütze, denn Bekanntschaften hielten nicht lange.

Dwight glaubte anfangs, dass sein Körpergeruch von bestimmten Lebensmitteln herrührte. Er wurde Vegetarier, doch der faulige Fischgestank ließ nicht nach. Und das Fasten machte alles nur schlimmer. Wie ein Magersüchtiger schwand Dwight, bis er nur noch wenig mehr als vierzig Kilo wog. Und der Gestank blieb. Er wusch sich und duschte so häufig, dass seine Haut dünn wurde. Er benutzte Deodorants und Aftershaves. Nichts half.

Im Alter von vierzehn Jahren begann er französische Zigaretten zu rauchen, um den Geruch zu überlagern. Players waren sexy, genau wie in den alten James-Bond-Romanen, die er alle gelesen hatte, doch Gauloises waren noch besser. Diese französischen Lungentorpedos schmeckten zwar, als wären sie aus Pferdeäpfeln gemacht, überdeckten Dwights Geruch aber am besten. Doch seine einzige wirkliche Freundin, Winnie, verließ ihn, nachdem ihre chronische Nebenhöhlenentzündung ausgeheilt und ihr Geruchssinn zurückgekehrt war. Ihre letzte Bemerkung hatte sich in seinem Bewusstsein eingebrannt: »Dwight, du stinkst wie Scheiße.«

Dwights Bewerbungen an den verschiedenen Colleges bildeten einen Höhepunkt seiner Teenagerjahre. Er war ein junger, intelligenter, physisch benachteiligter weißer Junge mit »Internet-Kenntnissen«. Die meisten Mitglieder der Bewerbungskomitees hatten 1994 kaum eine Vorstellung vom Internet. Dwight erhielt ein volles Stipendium in Gainesville, dreihundert Meilen von zu Hause. Er lachte nur, als er die fadenscheinigen Begründungen in den Ablehnungsschreiben der anderen Hochschulen las – er würde es schaffen, trotz des Rollstuhls und seines Körpergeruchs.

Dwight L. Fry war längst zu einem Einzelgänger geworden, einem Internet-Freak und einem Mann mit einer Mission. Er begann Gewichte zu stemmen, surfte durchs Netz und wartete auf ein Zeichen, auf jemanden mit einer Botschaft, einen Ruf. Und es gab derer viele.

Während seiner Zeit auf dem College wohnte er allein in einer Pension, sechs Querstraßen vom Campus entfernt. Spätabends ging er regelmäßig in den Pool und schwamm fünfzig Runden, um seine Brust- und Rückenmuskulatur aufzubauen. Nach drei Jahren machte er seinen Abschluss in Computerwissenschaften und trat seine erste Stelle bei Disney World an. Er zog in einen geräumigen Apartmentkomplex, der eigentlich Senioren vorbehalten und für ihre besonderen Bedürfnisse geschaffen worden war.

Die Leute bei Disney suchten Mitarbeiter, die fit waren in Computertechnologie, weil nach und nach sämtliche Fahrbetriebe auf Rechnersteuerung umgestellt werden sollten. Dwight testete sämtliche Bahnen selbst und entwickelte neue Fehlerschutzmechanismen, um einen ungestörten, sicheren Betrieb zu gewährleisten. Sein Büro lag im dritten Stock im rückwärtigen Teil eines Gebäudes an der Main Street, gegenüber dem »Dschungel« in Disney World; von seinem Fenster aus konnte er die langen Menschenschlangen beobachten, die sich vor dem Stand reihten und darauf warteten, in die Boote zu steigen. Was, wenn sie sich plötzlich auf einem Trip durch einen echten Urwald wiederfänden, dachte er.

Eines Tages, als er nach der Arbeit seinen neuen Freizeitvan in die Auffahrt vor dem Apartment lenkte, begrüßte ihn Mrs Pough mit einem strahlenden Lächeln. »Dwight, könnten Sie wohl meinem Mann helfen? Wir haben ein Problem mit diesen verflixten Feuerameisen. Ben meint, Sie hätten vielleicht eine Idee.«

Mrs Pough war die Verwalterin des einstöckigen Apartmentkomplexes für Senioren. Die Eigentümerversammlung hatte sich wegen Dwights Behinderung für seine Aufnahme ausgesprochen, obwohl er noch viel zu jung war. Bald schon war er bei den neunzig Bewohnern beliebt, weil er ihre Fernseher und

Videorekorder reparierte, gelegentlich auch einen Rollstuhl oder elektrischen Roller. Keiner der Senioren beschwerte sich jemals über seinen Körpergeruch.

»Gerne, Mrs Pough. Feuerameisen, sagen Sie? Wann haben Sie die gesehen? Wo ist Ben?« Die ältere Dame beobachtete, wie Dwight mitsamt seinem Rollstuhl aus dem Van und auf die Straße glitt. Sie bedeutete ihm, ihr zur Rückseite des Gebäudes zu folgen, in Richtung der Wiese. Ein gebeugter Mann von vielleicht siebzig Jahren wanderte um einen kleinen Sandhaufen herum, die Hände in die Seiten gestemmt.

»Gehen Sie nicht zu nahe ran, mein Junge, diese Biester haben Kundschafter«, sagte er.

Dwight lenkte seinen Rollstuhl bis auf anderthalb Meter an den Ameisenhügel heran.

»Das sind wirklich Feuerameisen, Mr Pough. Wann haben Sie die entdeckt?«

»Ja, heute erst. Sieht aber ganz so aus, als wären sie schon seit Wochen hier, vielleicht sogar seit einem Monat. Mich persönlich stören sie nicht, sind schließlich keine Wanderameisen, aber ich sorge mich um unsere Gäste und die Enkelkinder, wenn sie zu Besuch kommen. Wenn jemand auf den Hügel tritt, kann das böse Folgen haben.«

»Warum rufen Sie keinen Kammerjäger?«, erkundigte sich Dwight.

»Habe ich. Er kommt gleich morgen vorbei und bringt Schläuche und Gas mit, hat er gesagt. Sie haben nicht zufällig eine Idee, Dwight?«

Dwight hatte sehr wohl eine Idee, doch sie hätte Mr Pough kaum gefallen. »Vielleicht sollten Sie die Wiese absperren, Mr Pough, und nach weiteren Kolonien Ausschau halten. Wenn Sie die Ameisen vergasen wollen, müssen Sie sichergehen, dass es keinen zweiten Hügel gibt, sonst können Sie den Kammerjäger in der nächsten oder übernächsten Woche gleich wieder rufen.«

»Gute Idee, Dwight. Ich werde den Mann bitten, das Terrain

gründlich zu erkunden. Jesses, diesen Ausdruck hab ich seit Korea nicht mehr benutzt!«, sagte der alte Mann, und zu dritt kehrten sie zum Haus zurück.

Dwights Zimmerflucht zeigte auf den Swimmingpool hinaus. Er setzte seine nächtlichen Schwimmübungen bis in den Oktober hinein fort und trainierte in den Wintermonaten an der Türstange im Durchgang zu seinem Badezimmer. Er mochte sein Apartment. Es besaß drei große Zimmer und ein extragroßes Bad mit einer in den Boden eingelassenen Wanne. Küche und Essbereich waren geräumig und grenzten an einen breiten Flur, der zum Schlafzimmer und Arbeitszimmer führte. Dwights PC, ausgerüstet mit allem möglichen Zubehör, bildete das Zentrum seiner Wohnung; hier verbrachte er den größten Teil seiner Abende.

Er schaute auf die Uhr – es war erst halb sechs. Er nahm sein Mobiltelefon und wählte die Nummer der Auskunft. »Petland, bitte.« Für fünfunddreißig Cents zusätzlich ließ er sich direkt mit dem Geschäft verbinden. Er beabsichtigte, Waren im Wert von mehr als dreihundert Dollar zu kaufen, ein dreihundertfünfzig Liter fassendes Aquarium mit feinem Abdeckgitter, das perfekt auf der Oberseite saß, und eine Pflanzlampe, die man auf den Abdeckschirm platzieren konnte, ohne sie irgendwo festzuklammern. Er überlegte einen Augenblick; dann fügte er hinzu: »Und einen Zwanzig-Kilo-Sack Naturkies sowie einen Sack Natursand… steril, ja. Haben Sie auch diese zypressenähnlichen Äste, die aussehen wie Miniaturbäume? Großartig, ich nehme vier von den größten, die Sie haben. Sie passen doch in das Becken, oder?« Er lauschte. »Woher wissen Sie das? Ja, genau, es ist ein Leguan, ein wunderschönes Tier. Ja, danke, großartig.« Er nannte dem Mann am anderen Ende der Leitung seine Adresse und die Kreditkartennummer und wartete.

Vierzig Minuten später klopfte es an seiner Tür. Zwei Männer in Polohemden mit Petland-Logo schleppten die beiden Säcke herein. Als sie Dwight in seinem Rollstuhl erblickten, nickten sie verständnisvoll, und einer von ihnen fragte: »Wo ist denn der Leguan?«

»Kommt morgen. Über einen Meter lang, hat meine Schwester gesagt. Ich kann's kaum abwarten«, log Dwight.

»Keine Sorge, wir helfen Ihnen, Sir.« Einer der Männer ging zum Lieferwagen zurück und brachte das Aquarium herein. Es war in schützenden Karton gepackt und sah aus wie ein Sandsteinblock. Dwight führte ihn zu dem Tisch in seinem Arbeitszimmer, den er zuvor freigeräumt hatte. Gemeinsam stellten die beiden Männer das Aquarium auf und richteten es aus, während Dwight überlegte, wie er den Boden des Beckens haben wollte. Er bat die beiden Männer, den Sand und die Kieselsteine zu mischen, doch die linke Seite der Wüstenlandschaft sollte höher sein als die rechte und bis auf fünfzehn Zentimeter an die Oberkante des Beckens heranreichen. Als Nächstes packten sie die Abdeckung aus. Dwight inspizierte das engmaschige Netz und fragte: »Sind die Löcher wirklich klein genug, dass keine Schabe oder Ameise hineinkann?«

»Ganz sicher. Wir verkaufen das gleiche Netz an die Universität für ihre Moskitozucht. Nicht mal eine Blattlaus würde durchs Netz kommen. Sie schmieren einfach eine Schicht Vaseline rings auf den Rand, oder besser noch A&D-Salbe, wie Entomologen sie benutzen. Verteilen Sie die Salbe gleichmäßig auf dem Rand, sie entwickelt eine Art Saugwirkung. Falls Sie vorhaben, die Abdeckung zu entfernen, um das Tier zu füttern, würde ich allerdings nicht dazu raten.«

Dwight war begeistert. Die einzige mögliche Schwachstelle in seinem Plan war behoben.

Es war fast halb sieben und noch ganz hell, als Dwight mit einer Schaufel und einem schwarzen Müllsack auf der Wiese vor dem Ameisenhügel eintraf. Er musste schnell und vorsichtig zugleich sein. Nach vier Schaufeln verknotete er hastig den Beutel. Trotzdem wurde er mehr als ein Dutzend Mal in die Beinstummel gebissen. Zum ersten Mal im Leben war er froh über die Taubheit in seinen unteren Gliedmaßen; sie ersparte ihm den Schmerz der Ameisenbisse.

Dwight wusste nicht, was in ihn gefahren war, als er in jener Nacht vor drei Monaten die Ameisen mit in sein Apartment genommen hatte. Er hatte nie zuvor ein Haustier besessen, keinen Hund, keine Katze, nicht einmal Fische. Seine Eltern hatten ihn mit Spielsachen überhäuft, mit Lernspielzeug und den frühesten Computerspielen, doch aus irgendeinem Grund hatten sie ihm ein Schmusetier verweigert. Vielleicht, dachte er, hatten sie einfach nur Angst, irgendein pelziges Ding könnte ihm wehtun. Oder er könnte es mit seiner Zuneigung buchstäblich ersticken.

Jetzt hatte Dwight sein Haustier, oder besser gesagt, nicht eines, sondern Tausende. In Dwights Aquarium entwickelte sich ein Babylon der Ameisen, und der Hügel wuchs von Tag zu Tag. Dwight liebte den teuren Wälzer von Holldobler und Wilson, der auf dem Tisch lag, und die Schlichtheit des Titels: *Ameisen*. Das Buch enthielt alles, was er über Ameisen wissen musste, einschließlich des alten Klischees, wie man Ameisen um des Vergnügens und des Profits willen züchtete.

Dwight hatte seine Kolonie in der Zwischenzeit als *Solenopsis invicta* identifiziert, die Rote Feuerameise oder RFA im Jargon der Fachleute, die ursprünglich in Brasilien beheimatet war und 1918 im Stauraum eines Schiffes den Weg nach Nordamerika gefunden hatte. Im Gegensatz zu ihren Verwandten aus Uruguay, der schwarzen Varietät *S. richteri*, die lediglich in Mississippi und Tennessee beschränkte Verbreitung fanden, hatten sich *S. invicta* von Mobile, Alabama aus in drei Richtungen über die Vereinigten Staaten ausgebreitet, nach Norden über Oklahoma und Arkansas, nach Westen über Texas und nach Nordosten bis nach North Carolina. *S. invicta* hatten sämtliche Staaten zwischen diesen Grenzen erobert, einschließlich Florida im Süden. Kein Wunder, dass Mr Pough so aufgeregt reagiert hatte.

Dwight war ein wenig besorgt wegen Mr Pough. Obwohl er mit den Poughs befreundet war, herrschte in der Apartmentanlage ein striktes Verbot für Haustiere, und Mr Pough war der Verwalter. Dwight dachte über eine Strategie nach, wie er dieses Verbot umgehen konnte. Er beschloss, es mit einer Lüge zu versuchen – er würde den Poughs erzählen, dass er einen Vertrag mit Disney World zur Entwicklung eines neuen Parks unterzeichnet hatte. Die Ameisen waren keine Haustiere im eigentlichen Sinn, sondern ein Forschungsprojekt, das Tausende von Dollar versprach, wenn Dwight es erst abgeschlossen hatte. Nachdem er zwei Monate an einer Methode gearbeitet hatte, die eine versehentliche Freilassung der Ameisen zuverlässig verhinderte, lud er das alte Paar zu sich zum Abendessen ein. Shrimps, Scampi und Haifischfilets überdeckten den Fischgeruch in der Wohnung und erlösten Dwight von der Sorge, die Poughs könnten sich über den Gestank beschweren. Wein und Brandy versetzten das Paar in gehobene Stimmung, während Dwight von seiner Zeit am College und seiner Hingabe an die Wissenschaft erzählte. Er sah, dass die Poughs an seiner Karriere Anteil nahmen, fasziniert von dem Gedanken, wie weit er aufsteigen würde, wenn er eine Chance bekam.

Nach dem Essen führte er die Poughs in sein Arbeitszimmer und schaltete die Pflanzlampe ein. Glücklicherweise schlief der größte Teil der Kolonie, und nur ein paar Arbeiterinnen patrouillierten die gläsernen Wände des Aquariums entlang. Es gab nichts, das bedrohlich ausgesehen hätte.

»Sind das etwa Ameisen da drin, Dwight?«

»Ja, Sir. Eine Spezies aus Südamerika.« Dwight grinste in sich hinein. Der alte Spinner reagierte genauso wie die Menschen in dem Science-Fiction-Klassiker mit den Riesenameisen. »Sie fressen Spinnen, Schaben und anderes Ungeziefer, aber sie mögen auch die eine oder andere Erdbeere. Sie sind Omnivoren.«

»Omni…?«

»Allesfresser. Wie wir Menschen, Sir. Sie fressen Fleisch und Gemüse. Und wie wir bilden sie organisierte Staaten. Es gibt Arbeiter, Soldaten und selbstverständlich auch eine Königin.«

»Keinen König?« Mrs Pough spähte lächelnd durch das Glas.

»Nein, Ma'am. Keinen König. Die Arbeiterinnen dienen der Königin. Sie ist die Nummer eins. Einen Monat lang dachte ich schon, sie würden keine Königin wählen, aber dann haben sie es doch getan. Die Kolonie wächst und gedeiht.«

»Es gefällt mir.« Elsie Pough schaute ihren Ehemann an, der gerade seine Brille aufsetzte.

»Solange sie nicht entwischen können ...«, murmelte Mr Pough.

Dwight hatte mit diesen Bedenken gerechnet. »Keine Chance. Dieser Käfig ist narrensicher, glauben Sie mir! Wenn ich erst die Bionomie erforscht habe, wollen die Leute von Disney vielleicht eine viel größere Anlage im Magic Kingdom. Aber ich habe noch nichts von den Ameisen erzählt.«

»Bio... was?«, fragte der alte Mann. Er beobachtete eine Arbeiterin, die am Glas des Beckens hochkletterte und die Innenseite der Abdeckung erkundete.

»Bionomie. Die Wissenschaft vom gesetzmäßigen Ablauf des Lebens im Tierreich. Diese Ameisen sind ein wundervolles Beispiel. Sie besitzen Hochzeitsrituale, betreiben Brutpflege, versorgen ihre Jungen und sind Artgenossen gegenüber selbstlos bis zum Tod.«

»Das klingt ja richtig zivilisiert«, sagte Elsie Pough.

»Oh, ja. Sie suchen nach Nahrung, die sie von mir bekommen. Sie kontrollieren ihr Bevölkerungswachstum. Sie arbeiten mit anderen Insekten und mit Pflanzen zum gegenseitigen Nutzen. Sie sind ein Modell, aus dem wir Menschen in einiger Hinsicht lernen können.«

Er schaltete die Lampe aus, bevor der alte Mann den Soldaten sehen konnte, der aus einem Loch in der Ecke des Hügels kam. Seine Mandibeln waren gigantisch im Vergleich zu denen der Arbeiterinnen, die das Becken patrouillierten. Dwight erkannte den Soldaten gleich – es war Spartakus. Er befürchtete, der Soldat könnte Pough an den Ameisenhügel auf der Wiese erinnern, der vor ein paar Monaten vergast worden war, daher schlug Dwight hastig einen Schlummertrunk vor, einen köstlichen Kaffeelikör aus Mexiko. Den Alten gefiel die Idee, und sie kehrten ins Wohnzimmer zurück.

Nachdem die Poughs gegangen waren, wusste Dwight, dass er gewonnen hatte. Er konnte seine Haustiere behalten. Nichtsdestotrotz sorgte er sich – die Kolonie wuchs. Er hatte die Ameisen sorgfältig gefüttert. Über einem winzigen Loch im Abdeckgitter hatte er einen konischen Flansch angebracht, durch den er Happen von gegartem Fleisch sowie gelegentlich eine tote Motte oder einen auf der Veranda gefangenen Käfer in das Becken warf. Mit dem Schlauch des Staubsaugers entfernte er Überreste toter Arbeiter und Soldaten aus dem Becken. Läuse hatte er bisher noch nicht gefunden, jene mikroskopischen Parasiten, über die er gelesen hatte, opportunistisches Ungeziefer, das seiner kleinen Kolonie schweren Schaden zufügen konnte.

Dwight erkannte, dass er ein Opfer seines eigenen Erfolgs zu werden drohte. Er hatte eine lebensfähige Kolonie von Feuerameisen erschaffen, die unablässig wuchs und bald zu groß sein würde für das Aquarium. Doch wohin mit den Kindern von Spartakus und Königin Virinia? Er überlegte einen Augenblick. »In den Dschungel natürlich!«, flüsterte er. »Woher sie gekommen sind. Aber es muss ein Dschungel sein, den ich täglich überwachen und kontrollieren kann.« Dwight war fasziniert von der Vorstellung. Er wusste nun ganz genau, wann und wo seine Schützlinge die Freiheit zurückerlangen würden und beschloss, seinen Plan mit seinen Freunden im Internet zu teilen, auf der DeKameron-Webseite. Es würde ihnen gefallen.

Als Theodore Kameron die Nachricht einen Tag später las, wusste er, dass er einen potenziellen Gefährten gefunden hatte. Er beschloss, mit dem Jungen in Verbindung zu treten und ihm mit Rat und Führung zur Seite zu stehen. Orlando lag nicht so weit weg. Theodore würde ihm einen Besuch abstatten. Vielleicht war Dwight schon bereit.

Dwight Fry justierte den Joystick seines neuen Permboil-Rollstuhls, um sich an den wegklappbaren Stick und die motorisierte Basis zu gewöhnen. Was für ein tolles Ding!, dachte er. Der Rollstuhl besaß die typischen programmierbaren Kontrollen jedes schweren Permboil-Modells einschließlich des verstärkten Gestells, der Stabilisatoren, der zusätzlichen Armstützen und eines zentral montierten Rückenlehnenaktuators mit eingebauter Dreißig-Grad-Limitierung. Der Rollstuhl war das Äquivalent zu dem schweren, allradgetriebenen AMG-Mercedes ML55, den Dwight in der Garage stehen hatte. Außerdem passte der Rollstuhl ausgezeichnet in die spezielle Verankerung des Mercedes, den die Leute von Permboil und Daimler-Chrysler auf seine Bitte hin nur zu gerne umgebaut hatten. Nicht nur, dass die beiden Fahrzeuge gewissermaßen »ineinander gesteckt« wurden, wie die Permboil-Leute es nannten, der Umbau lieferte beiden Unternehmen kostenlose Publicity und einen potenziellen Werbespot. Beide Firmen hatten bei der Integration der elektrischen Basis des Rollstuhls zusammengearbeitet, bis er mit Leichtigkeit hinter den Fahrersitz gehievt, gefaltet und verankert werden konnte. Dwight musste nur noch entscheiden, ob er die Farben der beiden aufeinander abstimmen wollte. Der Corpus war ab Werk schwarz, rot oder blau, den ML55 gab es in Grau, Schwarz oder Blau. Dwight hatte schließlich blau gewählt.

Das gesamte Paket hatte mehr als 72 000 Dollar gekostet, doch es besaß alles, was seine Ärzte empfohlen hatten. Die Krankenversicherung hatte Dwights ersten Antrag abgelehnt, doch die Folgeanträge und Eingaben sowie ein persönliches Treffen, an dem er und sein Anwalt teilnahmen, hatten die Versicherung schließlich überzeugt. Außerdem waren ein Mitarbeiter von Permboil sowie ein Verkäufer des Regency-Autohauses aus Naples zugegen gewesen. Die HMO hatte sich einverstanden erklärt, den Stuhl zu bezahlen. Alles, nur keine negative Publicity.

Ganz besonders gut gefiel Dwight der Joystick: Eine leichte Berührung, und die Motoren surrten leise, bis er vor seinem großen Schreibtisch mit dem 27-Zoll-Monitor stand.

»Auf zum Surfen«, murmelte er und betätigte den Einschaltknopf. »Zuerst die E-Mail.« Dwight bekam nicht besonders viele E-Mails. Hin und wieder Einladungen zu Pornoseiten, die trotz seiner Beschwerden und seiner ausbleibenden Reaktion immer noch über SOL hereinkamen, ebenso wie die übrige Junk-Mail sowie Webseiten, die er noch niemals besucht hatte. Ein paar Chatrooms, in denen er einmal gewesen war, schickten hin und wieder eine Nachricht; doch es kam nur selten vor, es sei denn, Dwight hatte ihnen seinen Realnamen und seine Adresse gegeben. Er löschte ein Dutzend Werbemails und Sex-Angebote, die sich seit dem vorangegangenen Tag angesammelt hatten, und suchte nach echten Mails von Freunden. Auch die »mysteriösen Botschaften«, wie er die Mails von extremen Randgruppen nannte, die sich mit Dämonenglauben, Terrorismus und Mystizismus beschäftigten, kamen nur noch selten. Auch wenn einige davon faszinierend klangen, wusste Dwight, dass zu viel Interesse an derartigem Material höchstwahrscheinlich irgendeine Bundesdienststelle alarmierte und sein Name auf einer Liste landete. Doch wer den Schaden hat … und so gelangte gelegentlich auch aus dieser Ecke Mail in sein Postfach.

Diesmal jedoch las er eine Mail, die ihn zu seiner Überraschung mit seinem Realnamen ansprach:

»He, Dwight, hast du Ameisen in der Hose?«

Dwights Neugier erwachte. Schlimmstenfalls war es eine weitere Porno-Mail mit einem Link, der zusätzlichen Dreck auf seinen Bildschirm brachte. Andererseits konnte sich die Überschrift auf seine Ameisenfarm beziehen. Er hatte seine Farm in einigen Chatrooms erwähnt, in der Hoffnung, andere zu finden, die sich für sein Projekt interessierten. Was soll's, sagte er sich und öffnete die Mail.

Hi, Dwight Fry,
ich verfolge deine Unterhaltungen nun schon ein ganze Weile. Du bist ein fleißiges kleines Bienchen, oder sollte ich vielleicht sagen, eine Ameise? Ich gestehe, dass ich deine Interessen höchst faszinierend finde, angefangen bei Ameisen über Terrorismus bis hin zur DeKameron.com-Webseite. Hast du eigentlich nichts Besseres zu tun? Kleiner Scherz von mir, Dwight. Lösch diese Mail jetzt nicht! Denk einfach an LMPG!

Dwight zog den Joystick ein wenig zurück, und der Stuhl rollte surrend einen Zoll vom Schreibtisch weg, als wäre er schockiert. Die Abkürzung LMPG stand für »Let my people go«, *Lass mein Volk ziehen*, und Teddy Kameron hatte sie als Signatur benutzt; beispielsweise stand sie als Absender auf all den Paketen und Geschenken, die er Leuten geschickt hatte, die er töten wollte. Natürlich war die Abkürzung fast jedem bekannt, der die DeKameron-Webseite besucht hatte, doch Dwight war ziemlich sicher, dass er niemals seinen Realnamen oder seine Adresse verraten hatte, wenn er in diesem Chatraum gewesen war. Die Mail musste also mit seiner Korrespondenz mit Entomologen und Hobbyforschern zusammenhängen, die sich alle für Ameisen interessierten. Wer auch immer der Absender war, er wusste, dass Dwight sich sowohl für Ameisen als auch für Kameron interessierte. Aber wer konnte das sein? Das FBI? Er bezweifelte es. Ein Freund? Vielleicht, doch die Mail ging noch weiter:

Falls diese Nachricht dich verwirrt, dann lies bitte weiter. Du glaubst wahrscheinlich, dass sie vom FBI sein könnte, was? Entspann dich, mein Junge, du bist sicher. Ich habe deine Aktivitäten so lange verfolgt, um sicherzugehen, dass nicht du das FBI bist. Ha! Ich war sogar in Disney World und habe dich in deinem Rollstuhl gesehen! Wirklich Klasse. Du bist echt, so viel steht fest.

Dwight starrte auf den Schirm. Ein Spitzel? Jemand hat mich tatsächlich auf der Arbeit ausspioniert? Jemand, der sich ebenfalls wegen des FBI sorgt? Dwight las weiter:

Dwight, bevor ich mich näher vorstelle, möchte ich dich einem kleinen Test unterziehen. Falls du ihn bestehst, können wir uns über die Einzelheiten eines größeren Projekts unterhalten. Der Test ist einfach, und ich kann das Ergebnis leicht überprüfen. Schließlich warst du selbst derjenige, der diesen Test vorgeschlagen hat! Du musst nichts weiter tun, als ein paar deiner Soldaten nehmen (du kannst Spartakus behalten, wenn du möchtest). Lass die Soldaten im Adventureland frei, am besten auf dem Gelände von Jungle Cruise, sodass die Touristen spüren können, wie der Dschungel tatsächlich ist.
Ich warte.
Dein Freund
Ted

Dwight klickte auf »Antworten«, und der Schirm wurde dunkel. Er konnte nicht einmal antworten, wenn er wollte. Was, zum Teufel, soll das? Wer war dieser Ted? Es konnte unmöglich Theodore Kameron gewesen sein …

Aber wieso eigentlich nicht? Dwight hatte sich viele Male durch die Chatrooms an ihn gewandt. Er war regelmäßiger Besucher von DeKameron.com; er wusste, dass es einen Kult von Anhängern und Jüngern gab, genau wie auf der Elvis-Seite, wo ständig über neue Sichtungen des King berichtet und neue Informationen über ihn verbreitet wurden. Warum sollte Kameron nicht ebenfalls noch leben? Vielleicht hatte er genau wie

Dwight andere Webseiten besucht und die Mails über Feuerameisen entdeckt. Vielleicht kannte er Dwights heimliche Gefühle für seine Arbeit, sein Leben, seine… Entfremdung.

Dwights Verstand raste. Er sah ein Bild aus einem alten Horrorfilm vor sich: Ein junger Wissenschaftler blickt in die Kamera, das Gesicht erfüllt von Furcht und Freude, und ruft: »Es lebt! Es lebt!«

10

Samstag, 23. Juni
Free Union, Virginia

Endlich war Judith Gale mit dem Taxi eingetroffen. Die Fahrt vom Charlottesville Airport nach Free Union hatte zwar nur eine halbe Stunde gedauert, doch der Fahrer hatte mit der Beschreibung des letzten Wegstücks, die Jack ihr gegeben hatte, nicht viel anfangen können. Judith hatte weitere fünfzehn Minuten benötigt, nur um die meilenlange Nebenstraße zu finden, die hinauf zu Jacks Haus führte. Als sie endlich eintraf, bat Judith den Fahrer, drei Stunden später wiederzukommen, gegen vier Uhr nachmittags. Ihre Maschine nach Chicago ging um halb sechs, und sie wollte eine Stunde vor dem Abflug am Flughafen sein.

Jack war draußen vor dem Haus, als das Taxi hielt. Der schmuddelige Fahrer musterte ihn schief, doch als Judith ihm zwei Zwanzig-Dollar-Noten gab, hellte seine Miene sich auf. Jack half Judith aus dem Wagen, nahm den leichten Koffer und hieß sie in seiner »Halle des Bergkönigs« willkommen.

Judith trug ein braunes Kostüm und eine schlichte, korallenfarbene Bluse, dazu braune Sandalen. Ihr langes, pechschwarzes Haar fiel bis über die Schultern. Sie erinnerte Jack an die Gestalt der Rima aus *Tropenglut*, eine Frau, die mit den Tieren sprach und als Geist zwischen den Bäumen lebte. Judith gehört eindeutig in die Natur, dachte er.

Die beiden beobachteten, wie der Fahrer wendete, die Straße hinunterfuhr und hinter einer Gruppe hoher Sassafrasbäume verschwand. Judith nahm ihre Umgebung in sich auf. Aus hellblauen Augen musterte sie die Bäume und Büsche, die wilden Blumen auf der Wiese unterhalb des Hauses und das

Gras unter ihren Füßen. Obwohl Jack sich inzwischen gut in seinem neuen Heim eingelebt hatte, war er noch nicht dazu gekommen, die Umgebung näher zu erkunden. Er hatte das Haus renoviert, den Berg erstiegen und war täglich im Teich schwimmen gewesen, doch er war nicht auf den Gedanken gekommen, die Flora zu katalogisieren. Und nun stand Judith Gale von BBM vor ihm, eine ausgewiesene Pflanzenexpertin, und betrachtete aufmerksam und neugierig, was er als gegeben hingenommen hatte. Erstaunlicherweise tat sie das Gleiche wie eine Woche zuvor Vicky Wade – sie drehte sich einmal um die eigene Achse und nahm das Panorama in sich auf, als wollte sie alles im Gedächtnis speichern.

Unvermittelt sagte sie: »Das gibt's doch gar nicht! Kommen Sie, Jack.« Sie trat ihre Sandalen von den Füßen und rannte leichtfüßig hinunter auf die Wiese, durch das hohe Gras und zum Teich, wie ein Schulmädchen.

»Jack, kommen Sie mal, das ist wundervoll!«, rief sie ihm zu.

Jack eilte den Hügelhang hinunter zu ihr. Judith strich über den Stamm eines knorrigen Baumes, aus dessen mächtigen unteren Ästen einige kleinere Zweige mit Blättern sprossen. *»Castanea dentata«*, sagte sie. »Eine amerikanische Kastanie. Ich kann's kaum glauben.«

Jack betrachtete den uralten Baum. Er war tatsächlich beeindruckend; der Stamm besaß einen Durchmesser von mehr als einem Meter. »Ein schöner Baum, Judith, aber was ist so Besonderes daran?«

»Die amerikanische Kastanie ist selten geworden. Einst gab es ausgedehnte Wälder von Maine bis Georgia. Kastanien wuchsen überall dort, wo es auch Ulmen, Eichen, Zedern und Sassafras gibt. Sie lieferten Bauholz, Feuerholz und natürlich Kastanien. Dann kam die Seuche.« Sie beugte sich hinunter und untersuchte die Rinde. »Den hier hat der Pilz noch nicht befallen. Kein roter Saft, der aus den Spalten dringt. Um 1900 wurde ein asiatischer Pilz in die Staaten eingeschleppt. Er vernichtete fast sämtliche Kastanien. Die Sporen werden vom Wind verbreitet und befielen die Bäume bis hinunter nach Georgia. Sie dringen in die Rinde ein und bewirken, dass sie aufreißt. Dann tritt ein roter Saft aus, wie dunkles Blut, voll neuer Sporen. Zu Beginn der Dreißigerjahre waren die meisten Bäume abgestorben, und in den Fünfzigern gab es im Osten keine einzige Kastanie mehr. Das hier ist ein ganz besonderer Baum, Jack – er hat die Seuche überlebt.«

»Ich nehme an, es ist ein ziemlicher Glücksfall, dass er ausgerechnet hier auf meinem Grundstück steht. – Aber kommen Sie erst mal. Gehen wir ins Haus, und essen wir eine Kleinigkeit zu Mittag.«

»Könnten wir nicht hier draußen unter dem Baum essen, ein Picknick?«

»Warum nicht?« Jack ging ins Haus und kam wenige Minuten später mit einem Korb voller Essen, einer Decke und einem Weinkühler zurück. »Wenn Sie die Decke schon mal ausbreiten könnten? Dann hole ich rasch noch den Wein und ein paar Gläser.«

Sie aßen ein großes Stück einheimischen Käse, frisches Brot, Tomaten, geschnittene süße Zwiebeln und kaltes Brathähnchen. Der Wein war eiskalt, und der Alkohol ließ sie sich entspannen. Sie beobachteten einen Blauvogel, der sein Nest in einem Vogelhaus weiter unten auf der Wiese eingerichtet hatte, und einen einzelnen Falken, der träge über die Bäume oberhalb von Jacks Haus glitt. Sie lauschten dem Quaken eines Baumfroschs, der so tat, als wäre immer noch Frühling, und sie hörten einen einsamen Ochsenfrosch unten am Teich, der seinen bellenden Paarungsruf ausstieß. Judith deutete auf einen Baum mit bemerkenswerten Dornen, der ganz in der Nähe stand. Sie ging hin und pflückte ein paar weiße Blüten, die sie Jack reichte. »Riechen Sie mal«, sagte sie.

Jack nahm die zarten Blüten und roch daran. »Das riecht wie Parfüm. Sehr intensiv, fast schon aufdringlich.«

»Genau«, sagte sie. »*Poncirus trifoliatus*, ein Zitrusbaum, der ursprünglich aus China stammt. Er gedeiht ausgezeichnet in unserem Klima. Die Blüten sind sehr gehaltvoll. In Taiwan stellt man Parfüm daraus her. Im Herbst entwickeln sich winzige Orangen, die sehr bitter schmecken. Die Dornen sind furchterregend, finden Sie nicht? Die Chinesen nennen sie Drachenzähne. Sie sind fast drei Zentimeter lang und schneiden durch jede Kleidung und durch die Haut. Am Gebäude der Vereinten Nationen werden diese Bäume vor den Mauern gepflanzt, zum Schutz vor unbefugten Eindringlingen. Der Baum steckt voller Botschaften, Jack. Einige sind süß, andere bitter, wieder andere gefährlich. Sie sehen – Pflanzen sind in vieler Hinsicht wie Menschen.«

Nachdem die das Geschirr eingesammelt hatten und ins Haus zurückgehrt waren, berichtete Judith von ihrem Auftrag. Sie sollte Jack besuchen, sich eine genauere Vorstellung verschaffen, wie er mit seinem geplanten System zur Überwachung von Pflanzenseuchen verfahren wollte, und anschließend dem firmeninternen Komitee zur Verteilung von Fördermitteln berichten. Jack dämmerte in plötzlicher Erkenntnis, dass hier und jetzt eine Entscheidung über die finanziellen Zuwendungen fallen würde. Er bat seine Besucherin, Platz zu nehmen, während er sich in ProMED einwählte und ihr verschiedene Einzelheiten erläuterte. Dann blätterte er durch ein gutes Dutzend Nachrichten, die seit dem Vortag eingegangen waren. Gleich bei der ersten wurde es interessant:

Quelle:	San'a, Jemen
An:	ProMED Moderator
Von:	Ali Salalah, DVM, Ministerium für Landwirtschaft, Republik Jemen

Sehr geehrte Damen und Herren,
ich möchte Ihnen Mitteilung machen, dass in der Stadt Mar'ib

Kamele erkrankt sind und dass die Krankheit nun auch auf Rinder und Ziegen übergreift. Die Lippen, Zungen, das Zahnfleisch, die Euter und die Haut der Tiere sind rot verfärbt. Es bilden sich Bläschen und nässende Stellen, hinzu kommt starker Speichelfluss und Ausfluss aus der Nase. Die Tiere lahmen. Einige sind bereits gestorben.
Können Sie helfen?

Jack starrte auf die Mail. »Verdammt! Ich muss sofort Genf informieren.« Hastig verfasste er eine neue Nachricht, fügte die Mail von Dr. Salalah bei und sandte sie an die Weltgesundheitsorganisation.

»Ist es was Ernstes?«, fragte Judith.

»Es ist *Afta*, Maul- und Klauenseuche. Schlimm für Vieh, Kamele und andere Klauentiere, wie Sie wissen. Die WHO muss sich die Sache vor Ort anschauen, die Diagnose bestätigen und Impfstoff verteilen. Aber es handelt sich um klassische MKS, vesikuläre Stomatitis, daran besteht kaum Zweifel. Ich hoffe nur, sie immunisieren ihre Herden, bevor die Seuche sich ausbreitet. Es könnte schlimm werden für die Menschen, die von den Tieren leben, falls die Impfungen ausbleiben.«

»Ich glaube«, sagte Judith, betroffen und beeindruckt zugleich, »das genügt beinahe schon, um mich von der Wichtigkeit von ProMED zu überzeugen.«

»Es ist nicht immer so dramatisch. Aber es ist ein gutes Beispiel. Die Seuche könnte auf Saudi Arabien übergreifen, auch wenn sie dort nicht unbekannt ist. Und das Schlimme ist, sie wird durch die Luft übertragen. Keine Herde ist sicher. Ich werde mich darum kümmern, sobald Sie weg sind. Keine Bange, wir sorgen schon dafür, dass Salalah Hilfe erhält.« Jack blickte zum Fenster hinaus, während er kurz überlegte. Dann tippte er kurz auf der Tastatur und erklärte: »Ich greife auf unser Archiv zu. Ich habe ein weiteres Beispiel vom letzten Februar, das Sie interessieren wird.«

Er fand den gesuchten Artikel. Er stammte vom Landwirtschaftsministerium der Vereinigten Staaten.

Quelle: APHIS:USDA:VS Attn. NAHMS
An: ProMED Moderator
Von: Centers for Epidemiology and Animal Health (CEAH)

Bei Milchvieh wurden gehäuft Fußwarzen (papillomatöse digitale Dermatitis) festgestellt; die Krankheit scheint sich auszubreiten. Sie wurde zuerst 1974 in Italien festgestellt (Cheli und Mortellaro) und hat sich seither über zahlreiche Länder der Welt verbreitet (Blowey, 1988). In den Vereinigten Staaten wurde sie erstmals in New York als Lahmheit bei Milchvieh diagnostiziert (Rebhun et al., 1980) und gilt seit den späten 80er-Jahren als häufige Ursache für lahmende Rinder (Reed et al., 1992).

Jack blätterte den Bericht durch, damit Judith Gale den restlichen Text sowie die epidemiologischen Daten lesen konnte. »Das ist eine ganz neue Krankheit. Fußwarzen bei Kühen hört sich zwar ganz lustig an, aber die Seuche hat ernste Konsequenzen. Die Milchproduktion leidet, die Effizienz der Reproduktion geht zurück, die Tiere verlieren an Gewicht, und die Behandlung kostet Geld.«

»Kann man es heilen?«

»Ja, und genau das ist das Eigenartige daran. Man sollte meinen, ein Warzen verursachendes Virus wäre für die Krankheit verantwortlich, doch rechtzeitige Behandlung mit Antibiotika heilt sie völlig aus. Einige Forscher in Kalifornien behaupten, sie hätten *Treponema* isoliert, die Art von Bakterien, die beim Menschen Syphilis hervorruft. Falls dem tatsächlich so ist ...«

»... könnte die Krankheit sich auf sexuellem Weg übertragen«, beendete Judith den Satz.

»Genau.« War es nicht merkwürdig, dachte Jack, dass Krankheiten, die Tiere, Menschen und Pflanzen befielen, ausnahmslos Variationen ein und desselben Stammes waren? Genau wie Tatum war er fasziniert von den Gemeinsamkeiten der Erreger. Tatum war Veterinär, Jack Virologe und Judith Gale Pflanzenpathologin. Jeder von ihnen studierte seine eigenen Pathogene, aber jeder sah auch die größeren Fragen und Gefahren. Jack schätzte Judiths Interesse, das über reine Pflanzenkrankheiten hinausging, doch er wollte die Unterhaltung wieder zurück auf das Thema bringen.

»Vor ein paar Wochen sagten Sie zu Senator Lowen, dass es zu einer weiteren großen Seuche kommen könnte und dass es so gut wie alles treffen kann. Gibt es irgendetwas, wonach wir Ausschau halten sollten?«, fragte Jack.

Judith zögerte; dann sagte sie mit ernster Stimme: »Karnal-Brand.«

»Nie davon gehört«, gestand Jack.

»Karnal-Brand ist eine Pilzinfektion, ganz ähnlich dem Pilz, der die Kartoffelseuche in Irland ausgelöst oder die amerikanischen Kastanien vernichtet hat. Der Pilz wurde 1931 in Karnal in Indien entdeckt. Er greift Weizen an. Die Krankheit hat sich von Asien aus über die Neue Welt verbreitet. Der befallene Weizen verkümmert, und das Korn wird bitter, völlig ungenießbar. Der Brand kam in den Siebzigerjahren durch Mexiko in die Vereinigten Staaten. Er wird hier bei uns wohl keine Hungersnot verursachen, Jack, aber andere Länder würden unseren befallenen Weizen nicht mehr importieren, und unsere Märkte könnten Schaden nehmen. Noch leidet niemand unmittelbar unter den Auswirkungen, doch die Preise werden steigen, und es wird weniger Weizen für die Armen geben. Es gibt einen neuen Stamm von Erregern, einen ziemlich bösartigen, der gegen sämtliche Fungizide resistent ist, genau wie im Fall des Erregers der Kartoffelseuche hierzulande, von dem ich bei unserem Treffen in Washington erzählt habe, und der bereits große

Anbauflächen befallen hat. Wir studieren den Erreger in hermetisch abgeriegelten Labors, aus denen er unmöglich entkommen kann. Falls das geschähe, würde er unsere gesamte Ernte vernichten. Das medizinische Gegenstück wären Superbakterien, Staphylokokken oder Streptokokken, gegen die es kein Mittel gibt, kein Antibiotikum, oder die Maul- und Klauenseuche, ohne dass es ein wirksames Serum gäbe, um benachbarte Viehbestände dagegen zu immunisieren. Der Pilz wird ebenfalls durch die Luft verbreitet – und das ist der Grund, dass BBM sich so stark für diesen Brand interessiert.«

Jack wollte gerade etwas erwidern, als ein Pick-up die Straße heraufkam und unten auf dem Wendeplatz parkte. »Das wird Alan sein«, sagte er. »Er ist zurück. Sie müssen Alan Tatum unbedingt kennen lernen, Judith. Sie werden ihn mögen; er ist ein feiner Kerl. Wir unterrichten zusammen an der Universität.« Jack stand auf, öffnete die Fliegentür und winkte. Judith sammelte die Reste ihres Picknicks ein und brachte sie in die Küche. Tatum warf die Wagentür zu und erwiderte Jacks Winken, während er zum Haus gestapft kam. Nachdem Jack die beiden einander vorgestellt und sie sich die Hände geschüttelt hatten, trat verlegenes Schweigen ein. Jack meinte, eine Art elektrische Spannung zwischen den beiden zu bemerken – entweder ein sehr gutes oder ein sehr schlechtes Zeichen. Jack brach den Bann, indem er Tatum erzählte, dass Judith für TTF arbeite und gewissermaßen auf Besichtigungstour sei und dass ihr Unternehmen Interesse habe, ProMED finanziell zu unterstützen. Gleichzeitig war er neugierig, von Tatums Expedition nach Wyoming zu hören. Es war allen ein Rätsel gewesen, warum Alan von einem Augenblick zum anderen nach Westen gemusst hatte.

»Eine großartige Erfahrung, dieses Jackson«, berichtete Tatum. »Ein fantastischer Ort. Ich wäre zu gerne länger geblieben.« Er sah Judith lächeln und fuhr fort: »Die Berge waren wundervoll. Auf den Gipfeln lag noch Schnee, und in den Tälern blühten blaue und gelbe Blumen – Millionen von Blumen. Es ist eine jungfräuliche Landschaft. Offenes, weites, menschenleeres Land. Es war eine beeindruckende Erfahrung, die Fahrt vom ältesten Gebirge der Welt, der Blue Ridge, hin zum jüngsten, den Rockies. Schlimm, dass die Waldbrände vor ein paar Jahren dort so schrecklich gewütet haben. Glücklicherweise wurde Jackson verschont, aber den Yellowstone hat's böse erwischt. Ich habe aus der Maschine überall große schwarze Brachflächen gesehen.«

»Was haben Sie in Wyoming gemacht, Alan, wenn ich fragen darf?«, erkundigte sich Judith, die von seinem Auftrag nichts wusste. Jack war ebenfalls neugierig; Alan war letztes Wochenende nur auf einen Sprung vorbeigekommen und hatte lediglich erklärt, er müsse noch in der Nacht nach Wyoming.

Jack ging ein paar Dosen kaltes Bier holen, die Reste der Salami, eine Dose Erdnüsse und ein paar Cracker; dann setzten sie sich an den Tisch.

»Ich wurde am Flughafen von einem gewissen Chester abgeholt«, begann Tatum. »Er ist Vormann einer riesigen Ranch. Der Besitzer hatte ihn beauftragt, jeden Waschbären im Umkreis von fünf Meilen vom Haus zu töten. Er meinte, die Tiere hätten irgendeine Krankheit. Ich habe protestiert – mit Erfolg. Ich hab gesagt, ich sei zwar derjenige gewesen, der auf Waschbären als mögliche Krankheitsursache hingewiesen hat, aber ich hätte damit nicht gemeint, dass die Waschbären ausgerottet werden sollten. Chester lenkte sofort ein. Ich glaube, sein Boss hat ihm befohlen, die Tiere leben zu lassen.«

»Warum wollten sie die Waschbären töten? Tollwut?«, fragte Judith.

Jack schwieg – die Sache hatte nichts mit Tollwut zu tun, so viel schien klar. Aber was war es dann? Bei ProMED waren keine Mails über eine Waschbären-Zoonose in Wyoming eingegangen.

Tatum schnitt sich eine dünne Scheibe Salami ab und erzählte weiter. »Nein, es war keine Tollwut. Ich habe Chester gebeten, zwanzig von diesen Lebendfallen zu kaufen, mit denen man kleinere Tiere unverletzt fangen kann, und sie mit Fisch und Marshmallows und Erdnussbutter zu ködern. Bei der Gelegenheit wollte ich herausfinden, was sich sonst noch auf Strawbridges Besitz herumtreibt, welche Fauna es sonst noch gibt. Die Ranch ist gut viertausend Morgen groß.«

»Strawbridge? Der Besitzer heißt Lucas Strawbridge?«, fragte Judith erstaunt. »Strawbridge ist mein ... ist ihm etwas zugestoßen?«

Tatum zögerte und nahm eine Hand voll Erdnüsse aus der Dose. Man hatte ihn zur Verschwiegenheit verpflichtet, insbesondere gegenüber den Medien, und jetzt fragte ausgerechnet Judith Gale, eine Mitarbeiterin von Strawbridges Konzern, nach dem Grund für seine Reise. Vorsichtig berichtete er weiter. »Nun ja, wir haben fünf Tage lang Tiere eingefangen, untersucht und wieder freigesetzt, genug, um die Bevölkerungsdichte der Waschbären und anderer Tiere über ein ausgedehntes Gebiet hinweg zu bestimmen. Wenn wir einen Waschbären gefangen hatten, markierten wir ihn mit einem fluoreszierenden Spray auf dem Schwanz, bevor wir ihn wieder freiließen. Nach drei Tagen hatten wir fast die gesamte Population der Gegend wenigstens einmal im Käfig. Anschließend gingen die Tests los.«

»Wie konnten Sie die Tiere untersuchen, wenn Sie alle wieder freigelassen haben?«, wollte Judith wissen.

»Nun, offen gestanden, wir haben nicht die Waschbären untersucht, Judith, sondern ihre Exkremente. Manche Waschbären können eine Krankheit übertragen, die dem Menschen gefährlich werden kann. Es geschieht nur selten, doch es geschieht. Ich wurde nach Wyoming gerufen, um herauszufinden, ob es befallene Waschbären gab. Mithilfe einer einfachen Formel können wir bestimmen, in welchem Verhältnis die schon einmal gefangenen Tiere – die mit den bemalten

Schwänzen – zu den neu gefangenen stehen, und nach wenigen Tagen sind wir imstande, die Population ziemlich genau zu schätzen. Wir haben über fünfundneunzig Prozent gefangen. Wir haben alle getestet, und auch alle anderen Tiere, die uns in die Fallen gegangen sind.«

»Zum Beispiel?« Jack war noch nie in den Tetons gewesen und wusste nicht viel über die Tiere, die rund um den Yellowstone-Nationalpark lebten.

»Keine Wölfe, Jack, falls du das meinst – dazu waren die Fallen zu klein. Aber ich habe den Kot gesehen. Wolfsexkremente. Sie kehren zurück, Gott sei Dank. Aber neben jeder Menge Waschbären, insgesamt sechsundfünfzig, sind uns außerdem ein paar Gefleckte Skunks, drei Gestreifte Skunks, zwei junge Kojoten, ein Otter und ein richtig böser alter Dachs in die Falle gegangen. Den Dachs mochte ich auf den ersten Blick, Jack – er hat mich irgendwie an dich erinnert. Ich dachte eigentlich, die Köder würden nur Waschbären interessieren, aber sie lockten die verschiedensten Tiere an. Ich habe alle untersucht ... das heißt, ihren Kot.«

»Aber warum bist du überhaupt nach Wyoming gerufen worden, Alan? Nur um die Tiere zu untersuchen? Das hört sich ziemlich merkwürdig an«, sagte Jack.

»Bleibt das unter uns?«, entgegnete Tatum.

»Es bleibt unter uns, Alan«, sagte Judith. »Jack und ich werden mit niemandem darüber reden.«

»Ich fürchte, ich habe traurige Nachrichten.« Alan blickte zu Judith, dann zu Jack. »Strawbridge ist tot.«

Judith wurde blass. Jack sagte: *»Was?«*

»Und ich weiß, was ihn umgebracht hat«, fuhr Tatum fort. »Strawbridge starb an einer unglaublichen Wurminfestation. Würmer, die von Waschbären stammen, und zwar *ausschließlich* von Waschbären. Strawbridge war eine Zeit lang an Lebenserhaltungssysteme angeschlossen, und er verlor Zerebrospinalflüssigkeit. Ich bin kein Arzt, aber ich wusste gleich, dass der arme Kerl unmöglich überleben konnte. Die Mayo-Klinik hat mir letzte Woche, als Strawbridge noch am Leben war, eine Probe seiner Spinalflüssigkeit geschickt. Sie wimmelte nur so vor Würmern. Die Probe war ausreichend für eine Diagnose. Gainesville hat sie bestätigt. Es waren Larven von *B. procyonis*, dem Spulwurm des Waschbären. Als man Mrs Strawbridge davon erzählte, hat sie mich holen lassen, denn einer der Ärzte an der Mayo erinnerte sich, dass ich damals in New York auf dem Gebiet geforscht habe. Nun, Strawbridge war gerne in freier Natur und ging auf Fotosafaris nach Afrika, doch am liebsten verbrachte er seine freie Zeit in den Tetons, in Jackson Hole. Dort auf der Ranch wurde er auch gefunden, nachdem er erkrankt war. Vielleicht hat er sich dort die Infektion zugezogen. Jedenfalls glauben das die Ärzte an der Mayo.«

»Deswegen also deine Eile? Diese Nacht-und-Nebel-Aktion?«

»Ja. Aber es steckt noch mehr hinter der Sache, Jack. Ich kann mich immer noch auf Ihre Verschwiegenheit verlassen, Judith?«

»Selbstverständlich.«

»Wir fanden nur einen einzigen Waschbären mit *B. procyonis*, und das Revier des Tieres lag ein ganzes Stück abseits von Strawbridges Besitz. Vielleicht bilde ich mir alles nur ein, aber es besteht durchaus die Möglichkeit, dass Waschbären eine neue Seuche auslösen.«

»Ich bin ganz deiner Meinung, Alan«, sagte Jack. »Je mehr so genannte Wildtiere wir in unsere Nähe lassen, je mehr wir sie dulden, desto größer das Risiko, das wir damit eingehen.«

Judith stand mit dem Rücken zu den beiden Männern und starrte schweigend aus dem Fenster. Sie war erschüttert.

Jack wandte sich Alan zu und fuhr fort: »Die schrecklichen Erkrankungen, die in den letzten Jahren weltweit Aufsehen erregten, stehen möglicherweise in Zusammenhang. Es gibt eine Gemeinsamkeit. Die Lyme-Borreliose war eine frühe Warnung.

Sie ist bei Rotwild verbreitet und wird von Zecken übertragen. Lassa-Fieber wird durch Ratten übertragen, Chagas-Myokarditis durch Kontakt mit Insekten. Ich könnte noch weitere Beispiele nennen. Die Gemeinsamkeit, von der ich gesprochen habe, sind nicht die Keime – Keime sind immer und überall zu finden –, sondern die Art und Weise der Verbreitung der jeweiligen Erkrankung.

All diesen Zoonosen liegt ein gemeinsames Konzept zugrunde, und zwar *Nähe*. Wenn Menschen und Tiere zusammengepfercht werden, übertragen sie gegenseitig Krankheiten. Die neueren Krankheiten stammen nicht von unseren Haustieren, sondern von Wildtieren. Ein Beispiel: Wir verwenden Knochenmark von Pavianen und transplantieren es Menschen, aber Paviane tragen wenigstens vier verschiedene Virenstämme in sich. Es gibt keine bessere Methode, einen neuen Virenstamm zu züchten, als menschliches Blut und das Blut von Pavianen miteinander zu vermischen! Es ist ein natürlicher Inkubator für neue Pathogene.

Die Lyme-Borreliose war eine erste Warnung. Um 1900 gab es in den gesamten Vereinigten Staaten nur noch eine halbe Million Stück Rotwild. Hirsche wurden aus den verschiedensten Gründen gejagt und dezimiert. Heute gibt es sechzehn Millionen, die meisten in den östlichen Staaten, einen auf je hundertfünfzig Amerikaner – das ist die Ursache für Lyme.«

»Also war Strawbridge möglicherweise nur eine Warnung?«, fragte Judith mit leiser Stimme. Jack und Tatum konnten ihr ansehen, wie sehr sie die Neuigkeit getroffen hatte.

»Ja. Eine Warnung, die Natur in Ruhe zu lassen. Es gibt zahllose Zoonosen, die nur auf uns warten, wenn wir uns immer weiter aus unseren Städten und Einzugsgebieten heraus ausdehnen. Der arme Strawbridge – Gott sei seiner Seele gnädig –, sein Tod war vielleicht nichts weiter als eine frühe Warnung.«

Judith stand auf und ging zur Tür. »Bitte entschuldigt mich«, sagte sie. »Ich muss ein paar Minuten alleine sein.«

Tatum beugte sich zu Jack vor und sagte leise: »Da ist noch eine Sache, die mir Sorgen macht. Ich habe mit niemandem darüber gesprochen, keiner weiß etwas. Ich wollte es nicht vor Gale ansprechen, und ich habe weder Strawbridges Frau noch den Ärzten in der Mayo-Klinik etwas davon gesagt. Es ist eine verdammt unheimliche Geschichte, Jack.«

»Erzähl mir davon.«

»Ich war dabei, als vor ein paar Jahren ein Säugling an der gleichen Infektion gestorben ist. Das war keine angenehme Erfahrung, das kannst du mir glauben. Das Kleinkind starb an einer Infestation von *B. procyonis*, genau wie Strawbridge. Wir vermuteten damals, dass es sich vielleicht ein Stück Rinde in den Mund gesteckt hat, die mit Waschbär-Exkrementen kontaminiert war. Dieser kleine Bissen hat das Kind das Leben gekostet. Doch Strawbridge war so unglaublich befallen – er müsste einen ganzen Baumstamm voller Waschbärkot gegessen haben.«

»Was willst du damit sagen?«

»Niemand weiß genau, wie stark der übliche Wurmbefall bei so einer Infestation ist. Es gibt nur sehr wenige Belege in der Literatur. Die Ärzte in der Mayo wussten es nicht, weil niemand es weiß. Außer mir.«

»Du sprichst in Rätseln, Alan.«

»Strawbridges Infestation hatte keine natürliche Ursache, und wenn er zwanzig Waschbären-Haufen geschluckt hätte. Er hatte genug Larven im Leib, um fünfhundert Menschen umzubringen. Nein, Jack, das war keine zufällige Infektion. Es war eine massive pharmakologische Dosis, eine Überdosis.« Tatum stand auf und ging nervös im Zimmer auf und ab, während er an seinem Bart zupfte.

»Jetzt mach aber 'nen Punkt, Alan. Der Mann hatte einfach Pech. Vielleicht war er draußen auf der Ranch und hat sich irgendwie selbst infiziert. Ein Schluck Wasser aus einem Bach.«

»Daran habe ich auch gedacht, aber die Antwort lautet Nein.

Auf dem gesamten Ranchgebiet fanden wir nur einen einzigen befallenen Waschbären, und sein Revier lag weit abseits der gewöhnlichen Wege. Das Tier hatte ein paar Würmer, aber es waren *B. melis*. Ich habe auch die Skunks untersucht – nicht einer davon hatte *B. columnaris*. Die gesamte Gattung der *Baylisascaris* scheint aus den Rockies verschwunden zu sein. Man findet zwar noch welche in Washington und Oregon, doch die meisten Wildtiere sind heutzutage frei von Wurmbefall. Und ich fand keinerlei Hinweise auf *B. procyonis* in Jackson Hole.«

»Vielleicht in Wichita? Strawbridge kam doch aus Kansas, nicht wahr?«

»Ja, aber er muss sich in Wyoming infiziert haben, und das hat mich zu diesem Restaurant geführt.«

»Er hat sich beim Essen in einem Restaurant infiziert?«, fragte Jack ungläubig.

»Vielleicht. Dieser Chester, Strawbridges Vormann, hat mir berichtet, dass sein Boss zu Hause nur Gemüse aß und dass seine lateinamerikanische Haushälterin das Essen zubereitet hat. Ich habe mit ihr geredet. Sie sagte, das Gemüse sei täglich frisch aus Kalifornien eingeflogen worden. Sie hat es mit Quellwasser gewaschen, das in Flaschen abgefüllt war. Ich habe mir die Flaschen angesehen. Sie waren koscher. Strawbridge kann sich unmöglich zu Hause an seinem abgekochten Essen infiziert haben, also dachte ich über andere Möglichkeiten nach. Chester erwähnte ein Lokal in Jackson, wo Strawbridge regelmäßig essen ging, den Snake River Grill. Ich war dort und habe dem Inhaber gesagt, ich würde für Strawbridge arbeiten, was in gewisser Weise ja auch stimmte. Ich sagte, ich wollte die Küche überprüfen. Wahrscheinlich hätten sie mich am liebsten rausgeworfen, aber der Name Strawbridge hat gewirkt. Sie wussten ja nicht, dass er bereits tot war.«

»Und?«

»Jetzt wird es richtig interessant. Strawbridge aß immer allein, außer bei den wenigen Gelegenheiten, wo er sich mit einem einheimischen Anwalt traf, dessen Namen ich wieder vergessen habe, Putter oder Pusser oder so ähnlich. Und er aß jedes Mal das Gleiche, einen Cesar's Salad, rein vegetarisch. Ich habe mit dem Küchenchef geredet; es war das gleiche Gemüse, das Strawbridge auch zu Hause aß, täglich frisch eingeflogen aus Santa Barbara. Und sie haben es mit dem gleichen Quellwasser gewaschen. Aber …«

»Ich wusste doch, dass ein Aber kommt.«

»Ja. Der alte Halunke hatte den Küchenchef angewiesen, ein paar Sardellen unter den Salatbeilagen zu verstecken. Die Beilagen waren ziemlich merkwürdiges Zeugs, Tat Soi, Mâche, Orach, alles aus der Umgebung von Jackson Hole. Nein, das war ein Scherz – das Zeug kommt aus Japan und wird in großen hydroponischen Treibhäusern gezüchtet. Das Entscheidende aber ist, dass Strawbridge ein heimlicher Fischesser war. Er liebte Sardellen. Der Ober verriet mir, Strawbridge hätte ihm anvertraut, dass es schlecht für sein Image sei, wenn er in der Öffentlichkeit Fleisch oder auch nur Fisch essen würde. Schließlich war er im *People Magazine* und was weiß ich wo als überzeugter Vegetarier dargestellt worden. Er hätte sich und sein Unternehmen lächerlich, ja unglaubwürdig gemacht, wäre er von dem Bild abgewichen, das er für die Öffentlichkeit gezeichnet hatte.«

»Also lag es an den Sardellen? Hatten sie Heringswürmer?«

»Nein. Ich dachte zuerst auch, dass es die Sardellen gewesen sein könnten, aber die Würmer, die in geräuchertem Fisch und Sushi stecken, entwickeln sich nicht mehr. Trotzdem habe ich es überprüft. Der Küchenchef zeigte mir die Dosen aus Dänemark – bei keiner war das Haltbarkeitsdatum überschritten. Ich hab ein paar mitgenommen, nur für den Fall. Ich werde sie morgen im Labor untersuchen.«

»Also eine Sackgasse. Keine verwurmten Waschbären, kein kontaminierter Salat, kein verschmutztes Wasser, keine verwurmten Sardellen. Aber es muss irgendwo eine Antwort geben.« Jack knackte mit den Fingern und schaute Tatum fragend an.

»Es ist keine Sackgasse, Jack. Ich habe mit dem gesamten Personal gesprochen. Der Ober, der Lucas Strawbridge jedes Mal bedient hat, war keine Hilfe, aber ein Kollege von ihm, ein Rich Sowieso, erzählte mir, dass ein anderer Gast, ein seltsamer Typ, eine Zeit lang jeden Abend erschien, bis Strawbridge auftauchte. Danach ist er nie wieder gekommen – beinahe so, als hätte der Bursche im Snake River Grill auf Strawbridge gewartet.«

»Komm schon, Alan, was soll das? War der Kerl ein Spitzel? Ein Privatschnüffler?«

»Das hätte ich auch vermutet, wäre da nicht eine Sache gewesen. Dieser Rich hat mir seinen merkwürdigen Gast genau beschrieben: Weiß, hager, hoch gewachsen, gab reichlich Trinkgeld, aß jedes Mal Büffellenden und hatte einige merkwürdige Angewohnheiten.«

»Was noch?«

»Ich glaube, ich habe ihn vor ein paar Monaten selbst gesehen, Jack. Ich hielt eine Vorlesung beim Fortbildungsseminar für Tierärzte, und der Bursche saß hinten in der letzten Reihe. Ich konnte ihn nicht genau erkennen, aber damals fiel mir etwas auf. Ich hatte es völlig vergessen, bis dieser Rich mich daran erinnerte.«

»Woran?«

»Er erzählte mir im Vertrauen, dass dieser Gast, ein Mr Baum oder so ähnlich, merkwürdige Hände hatte. Die meiste Zeit trug er dünne Latexhandschuhe. Rich dachte sich nichts dabei, schließlich war der Bursche ziemlich spleenig – bis Rich eines Abends die Hände des Mannes sah. Die Handflächen waren knallrot, wie bemalt. Rich sagte, es sei ganz merkwürdig gewesen. Dieser Mr Baum hätte versucht, die Hände unter einer Serviette oder der Tischdecke zu verbergen, doch Rich schwört, dass in der Mitte der Handflächen Narben gewesen sind, als wäre er gekreuzigt worden, und als wären die Löcher zu dicken Narben verheilt. Als ich das hörte, ist mir mein Vortrag vor den Veterinären wieder eingefallen ... und der merkwürdige Bursche in der letzten Reihe.«

Jack spürte, wie sich in seinem Rücken ein Eiszapfen bildete. Er schien sich an der Wirbelsäule entlang nach oben zu bewegen und sich in seinen Kopf zu bohren. Jack brach der Schweiß aus; er wurde kreidebleich und zitterte.

»Was ist, Jack? Hab ich was Falsches gesagt? Stimmt was nicht mit dir?«

»Es ist Kameron ... der Mann, den du beschrieben hast. Es ist Theodore Kameron! Er lebt«, flüsterte Jack. »Ich glaube dir, Alan. Ich glaube dir jedes Wort. Falls es stimmt, falls jemand Strawbridge ermordet hat, könnte es zu weiteren derartigen Zwischenfällen kommen. Aber Gott allein weiß, warum Kameron diesen obskuren Parasiten von Waschbären benutzt hat.«

»He, Mann, was hat das alles zu bedeuten, Jack?«, sagte Tatum. »Du *kennst* diesen Kerl? Komm schon, du musst es mir erzählen! Wenn das der gleiche Bursche ist wie letzten Monat in meinem Hörsaal, dann ist er längst in unserem Hinterhof!«

Jack schüttelte den Kopf. »Ich hielt ihn die ganze Zeit für tot, aber als du die Hände erwähnt hast, da wusste ich, dass es nur Kameron sein kann. Ich habe ihn vor vielen Jahren auf Haiti kennen gelernt. Wir waren damals noch Studenten. Ich war im Schweitzer Hospital, und Kameron sammelte irgendwelche Bodenproben. Eines Abends saßen wir am Lagerfeuer, und er erzählte mir, was es mit seinen Händen auf sich hat. Er hätte sie sich als Kind an einem Herd verbrannt, sagte er. Nachdem die Wunden verheilt waren, hätten die Ärzte Haut von seinem Rücken transplantiert, sodass er die Hände wieder benutzen konnte. Doch mit den Jahren entwickelten seine Handflächen eine leuchtend rote Farbe, beinahe wie die Wundmale Jesu. Er hätte sich deswegen geschämt, sagte er, und seine Hände versteckt, doch insgeheim hat er wohl gehofft, es wäre irgendein Zeichen von Gott. Wir hatten einen zur Brust genommen, Kameron und ich, und waren ziemlich redselig. Ich erzählte ihm ein paar Geschichten aus meiner Kindheit. In den Vierzigerjahren, noch vor Ende des Krieges, waren meine Eltern und ich Gefangene in einem japanischen Lager in der Mandschurei. Die Japaner führten Experimente an einigen von uns durch, aber … ich möchte lieber nicht weiter darüber reden.«

»Ich verstehe, Jack.«

»Ich habe schreckliche Dinge gesehen, Alan, und Kameron davon erzählt, weil ich glaubte, wir hätte die eine oder andere Gemeinsamkeit …« Jack verstummte.

Tatum wusste, dass noch mehr hinter dieser Geschichte steckte, und wartete, dass Jack fortfuhr. Doch als er weiterhin schwieg, fragte Tatum: »Also habt ihr euch gekannt, du und dieser Kameron. Aber wie erklärst du dir, was er Strawbridge angetan hat?«

»Erinnerst du dich noch an den Ausbruch von Milzbrand im Zoo von San Diego vor einigen Jahren, Alan? Oder an die Pferde, die in Churchill Downs verendet sind?«

»Ja, sicher. Irgendein Irrer hatte in Kalifornien und in St. Louis Milzbrand freigesetzt. Ich dachte, das FBI hätte ihn längst gefunden? Und die Pferde … soweit ich weiß, hat niemand je die wirkliche Todesursache herausgefunden.«

»Doch, haben wir, Alan.«

»Wir? Gab es eine Verbindung zwischen diesen Vorfällen?«

»Ich fürchte, ja. Für beide Ausbrüche war Kameron verantwortlich. Er hat mit seinen alten Feinden abgerechnet. Das Dumme war nur, dass ich ebenfalls sein Feind war, ein neuer Feind. Er versuchte mich zu töten und traf stattdessen meine Frau.«

»Jack, das … das wusste ich nicht. Tut mir Leid.«

»Er brachte auch andere Menschen um. Er hatte diese fixe Idee, die zehn biblischen Plagen, wie sie im Buch Exodus beschrieben sind, nachzustellen, mit modernsten biologischen Mitteln. Er hatte bereits die früheren Plagen ausgelöst. Meist traf es Geistliche. Er hat die verschiedensten Toxine benutzt. Die ersten Morde ähnelten den vier ersten ägyptischen Plagen aus der Bibel: Wasser, das sich in Blut verwandelt, tödliche Frösche, Milben, ein Schwarm Killerbienen …«

»Du meinst die Geschichte in San Antonio? Das war doch wohl nicht Kameron?«

»Doch, Jack. Die vierte Plage. Staub, der sich in Stechmücken verwandelt. Kameron hat stattdessen Killerbienen benutzt. Der Milzbrand und das Pferdesterben waren die fünfte und die sechste Plage, und jedes Mal hat es mehr Opfer gekostet. Wir haben ihn erst in New York erwischt, als er die letzte Plage inszenieren wollte, bei der sämtliche erstgeborenen Kinder sterben.« Jack atmete tief durch. »Ich habe damals mit Scott Hubbard zusammengearbeitet, einem FBI-Agenten. Er war letzte Woche mit seinem Sohn hier. Scott und ich haben den Bastard bis New York City verfolgt. Kameron wollte dort tödliche Mykotoxine freisetzen – eine Wolke aus Gift. Sie hätte Tausende von Menschen umgebracht. Aber wir haben das Gift neutralisiert, bevor die Explosion es über die ganze Stadt verteilen konnte, und konnten den Dreckskerl aufhalten.«

»Und jetzt ist er zurück? Ich dachte, Kameron wäre damals draufgegangen.«

»Das dachte ich bis gerade eben auch. Wir haben angenommen, Kameron wäre bei der Explosion umgekommen oder im Fluss ertrunken. Die Polizei hat wochenlang vergeblich nach seinen Überresten gesucht, dann wurde die Suche eingestellt. Man vermutete, die Strömung hätte seine Leiche in den Atlantik getrieben. Das Wasser war eisig kalt. Er konnte unmöglich länger als ein paar Minuten überlebt haben.«

»Großer Gott. Ja, ich habe damals in der Zeitung darüber gelesen, dass irgendein Irrer versucht haben soll, halb New York umzubringen. Das war dieser Kameron? Und die Pferde –

das war er auch? Ich dachte, die Tiere hätten sich irgendein seltenes Virus eingefangen.«

»Es *war* ein seltenes Virus. Borna. Du kennst es wahrscheinlich besser als ich; es befällt nur Pferde und Schafe.«

»Die Borna-Krankheit, ja. Eine Gehirn-Rückenmark-Entzündung, ähnlich der Tollwut, aber für gewöhnlich nicht tödlich.«

»Auch nicht in massiven Dosen?«

»Sicher, doch in der freien Natur bewirkt Borna eine Art schleichender Enzephalitis. Die Krankheit verändert das Verhalten der Pferde, macht sie unberechenbar und manchmal bösartig.«

»Irgendwie hat Kameron das Virus in die Futtersäcke geschmuggelt. Hoch konzentrierte Kulturen, Alan. Du hast selbst vor einigen Minuten den Ausdruck ›pharmakologische Dosis‹ benutzt. Gehe ich recht in der Annahme, dass es sich dabei nicht um eine Menge handelt, wie sie in der Natur vorkommt?«

»Ja. ›Pharmakologisch‹ bedeutet ›hoch konzentriert‹, genug, um eine gewünschte Wirkung zu erzielen.«

»Eine massive pharmakologische Dosis wäre demnach eine Überdosis?«

»Genau.«

»Und jetzt denk an Strawbridge, Alan. Denk an diesen Wurm und daran, was mit Lucas Strawbridge passiert ist.«

Tatum wusste augenblicklich, worauf Jack hinauswollte. »*Würmer*? Dieser Kameron benutzt Würmer?«

»Dieser Psychopath benutzt alles, was er in die Finger kriegt – Toxine, Bakterien. Warum nicht auch Würmer? Er ist verdammt erfindungsreich, aber ...« Jack zögerte, während er kurz nachdachte. »Jede Wette, dass es wieder irgend so eine biblische Geschichte ist. Was Kameron auch tut, es ist symbolbehaftet. Dieser Irre hält sich für Moses oder für Gott. Strawbridge war vielleicht gar nicht sein erstes Opfer. Beim letzten Mal haben wir die ersten Plagen anfangs auch übersehen. Strawbridge passt irgendwie in dieses verrückte Schema. Der

Pharao beispielsweise hat den Hebräern befohlen, Ziegel ohne Stroh zu machen – das könnte es sein, eine Verballhornung seines Namens.«

»Oder die ›feurige Schlange‹ der Israeliten. Das ist aus der Bibel, glaube ich. Dann ist da noch Judith Gale. Sie arbeitet für Strawbridge. Könnte es da eine Verbindung geben, Jack?«

»Ich wüsste nicht, wie. Ich habe Lucas Strawbridge nie persönlich kennen gelernt, und Judith habe ich vor ein paar Wochen zum ersten Mal gesehen.«

»Aber du sagst, Kameron sei hinter dir her gewesen – könnte er gewusst haben, dass BBM die ProMED finanziell unterstützen will?«

Jack überlegte angestrengt. »Schon möglich. Falls Kameron wusste, dass die BBM uns unterstützen wollte, diente Strawbridges Ermordung vielleicht dazu, *mich* zu treffen. Doch mit Ausnahme von Senator Lowen, Vicky, Gale, Strawbridge und mir selbst wusste niemand von unseren Absprachen bezüglich ProMED, auch Kameron nicht. Er *kann* nichts gewusst haben. Außerdem hatte er stets spektakuläre Dinge im Sinn ... Transzendentales, wie die Verbreitung der ägyptischen Plagen. Ich bin nur ein Nichts für ihn.«

Judith Gale kam zurück ins Haus. Sie war noch immer blass und sichtlich erschüttert. »Es tut mir Leid«, entschuldigte sie sich, »aber als ich das von Lucas hörte, musste ich ein wenig alleine sein ... Er war ein guter, vorausschauender und großzügiger Mann ... ein Mann mit Idealen. Ich sollte es Ihnen eigentlich nicht verraten, Jack, aber Lucas hätte den Scheck für ProMED unterschrieben, ohne Wenn und Aber.«

Das Telefon klingelte, und Jack zuckte zusammen. Es war Vicky, die aus New York anrief. Sie schluchzte. »Liest du denn nicht deine Mail, Jack?« Ihre Stimme klang erstickt. »Shmuelly ist hier bei mir, im Studio.«

»Shmuel? Was ist denn los, Vicky?« Sie rief nur selten aus New York an, und was tat Shmuel bei ihr im Studio?

»Shmuelly glaubt, dass es verdorbenes Essen war, das die Krankheit seines Freundes verursacht hat, diese Infektion.«

Jack lief es kalt den Rücken herunter. War Vickys Anruf ein Zufall? »Was hat er gesagt, Vicky? Hat es etwas mit Waschbären zu tun?«

»Waschbären? Nein, Jack. Shmuel war dabei, als sein Freund starb. Er hat die Operation beobachtet und sich nicht mit dem Kauderwelsch zufrieden gegeben, mit dem das Krankenhaus die Eltern des Jungen abgespeist hat. Warte, ich geb ihn dir, dann kannst du selbst mit ihm reden.«

»Hallo, Dr. Bryne.« Shmuel Bergers Stimme hatte einen tieferen Klang bekommen, seit Jack vor Monaten zum letzten Mal mit ihm gesprochen hatte. »Ich war im OP, Sir. Curt Mallon ist nicht an einem geplatzten Appendix gestorben. Es waren Würmer... weiße Würmer... Hunderte... in seinem Bauch. Ich habe sie mit eigenen Augen gesehen. Dann habe ich die Ärzte belauscht. Es war irgendein merkwürdiges Insekt, eine Larve oder so was, das diese so genannte Appendizitis verursacht hat. Das Krankenhaus und das Büro des Leichenbeschauers haben es verschwiegen. Ich habe mit meinen Freunden im Wohnheim geredet, und ich weiß jetzt, wie es dazu gekommen sein könnte.«

»Und?«

»Curt wurde vergiftet, Sir...« Shmuel zögerte, untypisch für ihn. »Ich hab ein Päckchen bekommen, ein paar Tage bevor Curt krank wurde. Ich hatte mich riesig darüber gefreut, denn es war von Miss Wade. Und jetzt erfahre ich, dass sie mir nie ein Päckchen geschickt hat.«

Stille breitete sich aus. Jack fiel ein, dass er selbst ein Päckchen bekommen hatte, und entsetzt blickte er auf Tatum, der sich gerade eine weitere Scheibe Salami abschnitt. »Shmuel, Vicky – bleibt bitte dran!« Er legte den Hörer neben die Gabel und riss Tatum die Scheibe Wurst aus der Hand. »Spuck das aus, Alan, sofort! Judith, holen Sie bitte schnell zwei Eier aus dem

Kühlschrank! Und den Senf! Rühren Sie alles mit warmem Wasser an und geben Sie Salz dazu!« Er schaute Alan an. »Und du wirst dieses Zeug trinken, Alan!«

Judith und Tatum starrten Jack entgeistert an. Hatte er den Verstand verloren? Zögernd spie Tatum den durchgespeichelten Bissen Salami in eine Papierserviette. Judith eilte zum Kühlschrank, und Tatum rief: »Du willst, dass ich mich übergebe, Jack? Was hat das zu bedeuten, verdammt?«

Judith kehrte mit einem Kaffeebecher aus der Küche zurück. Jack sah, wie sie den Inhalt des Bechers mit einem Löffel umrührte. »Trinken Sie das, Alan«, sagte sie. »Schnell!«

Judith reichte ihm den Becher mit der widerlichen, dicken, weiß-gelblichen Flüssigkeit.

»Nun mach schon, Alan, runter damit«, sagte Jack, »und steck dir den Finger in den Hals, damit du dich übergibst. Das Zeug *muss* raus! Das Badezimmer ist da drüben. Los, los!« Jack deutete auf die Tür im Korridor.

Tatum leerte den Becher. Jack nahm den Hörer wieder auf. »Shmuel, bist du noch dran? Gut. Erzähl mir, was du sonst noch herausgefunden hast.«

»Der ›gefillte Fish‹ war infiziert, mit irgendeinem Wurm!«, stieß Shmuel mit wütender Stimme hervor. »Ich habe eben erst herausgefunden, wie die Sache abgelaufen sein muss. Es gibt keine andere Erklärung, wie Curt sich hätte anstecken können. Ich habe den geräucherten Fisch und die Wurst zusammen mit meinen Freunden im Wohnheim gegessen, nur Curt wollte unbedingt den ›gefillte Fish‹ probieren. Er hatte ihn noch nie gegessen, also hab ich ihm das Glas gegeben. Es *muss* der ›gefillte Fish‹ gewesen sein! Ich bin sicher, er war mit diesem Parasiten infiziert, der Curt... von innen heraus gefressen hat.«

»Und die anderen Lebensmittel? Die Wurst?«

»War in Ordnung. Meine anderen Freunde hier im Wohnheim haben davon gegessen, und alle sind gesund und munter.«

»Ich melde mich wieder bei dir, Shmuel. Schick mir eine

Mail mit sämtlichen Einzelheiten. Und besorg mir die Telefonnummer des Leichenbeschauers und der Ärzte, die deinen Freund operiert haben. Ich ruf dich und Vicky so bald wie möglich zurück. Bleib bitte bei ihr, Shmuel.«

Jack musterte Tatum, der soeben ins Bad wollte, mit einem bedauernden Blick. »Tut mir Leid, Alan, aber jetzt musst du gleich kotzen, ohne dass es nötig gewesen wäre.«

»Na, toll. Vielleicht kannst du mir vorher noch erzählen, was Vicky gesagt hat.«

Jack berichtete von Shmuellys Theorie, und von den Päckchen, die Shmuel angeblich von Vicky und er selbst angeblich von Shmuel bekommen hatte – und der Salami darin. Tatum starrte auf die halb verzehrte Wurst.

»Und du bist sicher, Jack?«

»Ganz sicher.« Jack nickte. »Es ist der ›gefillte Fish‹, Alan. Ich habe das Glas noch im Kühlschrank, hab's nicht angerührt. Die Wurst ist einwandfrei ... glaube ich jedenfalls.«

Tatum starrte von Jack zum Kühlschrank und auf die Salami. Dann nahm er ein Messer, schnitt sich eine weitere Scheibe ab und schlang sie herunter. »Wenn es dir nichts ausmacht, Jack – hättest du vielleicht ein Glas Rotwein? Wenn ich mich schon übergeben muss, möchte ich wenigstens sagen können, dass die Salami sich nicht mit dem Wein vertragen hat. Wo ist dieser verdammte ›gefillte Fish‹? Zur Hölle damit!« Er stand auf, öffnete den Kühlschrank und kramte darin. »Ich hab's, Jack. *Yehudi's Special*, Brooklyn, New York.« Tatum kehrte mit dem Glas zum Tisch zurück und betrachtete das hellgrüne Etikett. »Ich werd's aufmachen.« Er drehte den Deckel herum, und ein leises *Plopp* ertönte. »Scheint so, als wär's nie geöffnet worden. Völlig in Ordnung, würde ich sagen.« Tatum hielt sich das Glas unter die Nase und schnüffelte. »Meine Güte, wenn ich nicht sowieso schon kotzen müsste, wäre mir spätestens jetzt danach!« Hastig stellte er das Glas weg. »Es riecht nach Fisch, so viel steht fest.«

»Was immer seinen Zimmergenossen getötet hat, sagt Shmuel, lauert in diesem Glas. Ich werde gleich morgen den Leichenbeschauer in New York anrufen – Shmuel meint, es wären Larven oder Würmer, die für den Tod seines Freundes verantwortlich wären.«

»Motte!«, rief Tatum unvermittelt. »Jack, kann Motte sich dieses Zeug ansehen, diesen ›gefillte Fish‹? Wenn es Larven oder Eier darin gibt – Motte findet sie, verlass dich drauf.« Tatum blickte von Jack zu Gale, und allmählich stieg Übelkeit in ihm auf. Sein Bauch rumpelte. Er wusste, dass er sich übergeben würde, und rannte zum Badezimmer. »Bin gleich ... wieder da. Ich glaube, ich hab ... die Eier nicht vertragen ... Das nächste Mal ... bitte ... hart gekocht.«

Jack schaute zu Judith und lauschte unbehaglich den würgenden Geräuschen aus seinem Badezimmer. Sie warteten schweigend, bis Tatum wieder zurück war, und starrten auf das Glas »gefillte Fish« wie Kaninchen auf eine Schlange. Judith war verwirrt wegen der plötzlichen Aufregung. Sie sah an Jacks Augen, dass er schockierende Neuigkeiten erfahren hatte, die ihn in Angst versetzten.

Und so war es auch. Teddy Kameron war zurück. Und er hatte zuerst Strawbridge erwischt, und um ein Haar auch Shmuel Berger.

Welchen Plan verfolgt Kameron diesmal, fragte sich Jack. Nach welchem Muster geht er diesmal vor? Was, um alles in der Welt, haben die beiden Anschläge gemeinsam – sieht man davon ab, dass sie dich treffen sollten?

11

Montag, 25. Juni
University Hospital
Charlottesville

»Motte hat zwei Büros?«, fragte Jack erstaunt. Er und Tatum gingen hinter dem alten Hospital auf eine Rampe zu, an der Wäschereiwagen geparkt standen.

»Nein, in dem Backsteinbau ist kein Büro, sondern Mottes Feuchtraumlabor für seine speziellen Forschungsarbeiten.« Tatum deutete auf ein zweistöckiges Haus unmittelbar neben dem Hospital. »Es ist die alte Leichenhalle. Die neue ist ein Stück die Straße runter. Ich war ein paar Mal in Mottes Labor – es ist ziemlich deprimierend, aber du wirst es ja selbst sehen. Deswegen hab ich Judith in der Mall zurückgelassen. Wir sammeln sie wieder auf, wenn wir hier fertig sind und du nach Hause fährst.

Mottes Forschungen auf dem Gebiet der forensischen Entomologie werden noch immer vom FBI subventioniert«, fuhr Tatum fort. »Er hält keine Vorlesungen darüber, doch die Universität bekommt einen Teil der Fördergelder. Man hat ihm dieses Labor eingerichtet, weil es praktischer für ihn ist. Es liegt ein Stück abseits und ist deshalb wie geschaffen zur Untersuchung seiner Spezimen, denn es stinkt entsetzlich, wenn er exotische Würmer und Insektenlarven aus Fleisch extrahiert. Hin und wieder obduziert er ein Mordopfer, das die Staatspolizei ihm bringt. Das gehört zu seinem Vertrag mit dem FBI. – Und du hast gedacht, Parasiten wären schlimm.«

Sie gelangten vor eine Tür mit einem sorgfältig gemalten Schild: ENTOMO-FAUNA. Die Flure waren leer bis auf ein paar alte Bahren und einige Schränke, die in den Ecken standen. Es war kühl und dunkel. Tatum deutete auf einen Alkoven. »Da drin hat Motte sein kleines privates Museum. Gläser, in denen irgendwelche Insekten in Spiritus schwimmen, und ein paar Proben von den exotischeren Mordopfern, die er untersucht hat. Hin und wieder hält er auf Bitten des FBI Vorträge vor Beamten, forensischen Pathologen und Ärzten, die sich mit der Erforschung von Zeit und Ursache von Todesfällen befassen. Dann packt er jedes Mal seinen ganzen Kram zusammen und fährt für ein paar Tage weg. Gott sei Dank hält ihn niemals ein Streifenwagen an.«

Sie fanden Browns Büro im hinteren Teil des Gebäudes. In finsteren Nischen des alten Leichenhauses aus der Zeit des US-Bürgerkriegs hielt sich noch immer der Geruch nach Karbolsäure, Chloroform, Formalin und Ammoniak, ein Gestank, der nie mehr aus den porösen Steinen und dem alten Mörtel weichen würde. Durch ein einzelnes, geöffnetes Rundfenster konnte Jack einen Blick auf das grüne Blätterdach der Bäume werfen.

Richard »Motte« Brown saß hinter seinem Schreibtisch und las Zeitung. Als er seine Besucher sah, blickte er auf.

»Hallo, Jungs – habt ihr's mitgebracht?« Das Büro war voll gestopft wie eine Gelehrtenstube. Auf dem Schreibtisch brannte eine Lampe mit grünem Glasschirm. Die Wände waren bedeckt mit gerahmten Diplomen, Fotos und Dutzenden von Insektensammlungen hinter Glas. Vier voll gestellte Regale enthielten Hunderte von Gläsern mit Proben, die wie konserviertes Obst in einer trüben, gelblichen Flüssigkeit schwammen. Brown bemerkte Jacks Interesse an den Gläsern. »Nein, diesmal geht es nicht um Motten oder Fliegen, Jack«, sagte er. »Setz dich.« Er nahm einen Stapel Zeitschriften von einem Stuhl und warf sie auf einen Tisch in der Nähe.

»Letzten Herbst hab ich eine deiner Vorlesungen über deine kleinen Freunde, die Würmer, gehört, Motte«, begann Tatum. »Ich war ziemlich beeindruckt. Ich hoffe, du kannst Jack weiterhelfen.« Er stellte das Glas »gefillte Fish« vor Brown auf den Schreibtisch.

»Ich habe mit dem Büro des Leichenbeschauers in New York telefoniert«, sagte Jack. »Man hat mir gesagt, dass sie vor ein paar Wochen eine vorläufige Identifikation der Würmer vorgenommen haben. Aber man ist sich nicht sicher. Motte, du bist einer der Besten auf diesem Gebiet. Wir brauchen wirklich deine Hilfe. Ruf bitte auch in New York an und sag den Jungs dort Bescheid, sobald du etwas hierüber herausgefunden hast.« Jack drehte das Glas vorsichtig mit dem Etikett zu Brown, als handelte es sich um eine Bombe.

Brown betrachtete es. »Na klar. Die Identifikation dürfte kein Problem sein, wenn wir davon ausgehen, dass es sich um Pentastomiden handelt. Sollte nicht lange dauern. Ich bin eigentlich eher auf *Calliphora* spezialisiert, aber ich habe ein paar Freunde, die später auch noch einen Blick darauf werfen können. Sie können mit Sicherheit bestimmen, um welche Spezies es sich handelt.«

»Was sind Pentastomiden, Motte? Ich habe diesen Ausdruck noch nie gehört«, sagte Tatum. »Würmer sind es jedenfalls nicht, auch wenn alle sagen, *dass* es welche wären.«

»Sind aber keine«, erwiderte Brown. »Diese fremdartigen so genannten Würmer sind eher mit Insekten verwandt. Es sind keine echten Würmer, außer dass sind lang, dünn, weiß und äußerst vital sind. Sie leben und vermehren sich im Atmungstrakt von Reptilien, Vögeln und Säugetieren und sind ziemlich üble Parasiten, ähnlich Hakenwürmern in niederen Tieren. Ihre Verwandten, *Armillifer* und *Linguatula*, sind Pentastomiden und befallen warmblütige Tiere. Aber ich nehme an, sie werden sich als *Porocephalus* erweisen. *Porocephaliden* leben in den Bronchien von Schlangen, insbesondere *Boa constrictor*. Wenn die Würmer sich paaren, produzieren sie Abertausende winziger Eier, die sich überall in den Muskeln des befallenen Tiers festsetzen. Und genau danach werde ich in diesen Fischklößchen suchen, die du mir gebracht hast, Jack.«

Jack betrachtete eines der Fotos an einer Wand. Es zeigte

einen älteren Mann in Shorts mit einem großen Schmetterlingsnetz in einer Hand. Es war eine alte, verblasste Fotografie, die in der linken unteren Ecke die Initialen des Mannes trug: V. N.

»Pentastomiden gehören zur Klasse der Arthropoden mit ungewisser systematischer Stellung«, fuhr Brown fort. »Sie sind eng mit den Spinnen verwandt, sind aber keine echten Arachnoiden wie beispielsweise eine Schwarze Witwe.«

Er stand auf und nahm zwei Gläser aus einem Regal. Eines war gefüllt mit Dutzenden von Spinnen, die in einer Konservierungsflüssigkeit schwebten. Das rote Mal auf dem Rücken identifizierte sie tatsächlich als Schwarze Witwen. Das andere Glas enthielt kleine braune Spinnen.

»Schwarze Witwen und Braune Einsiedler«, sagte Brown, als Jack die beiden Gläser in Augenschein nahm. »Beide sind schlechte Schauspieler. Die Witwe lebt oben im Norden, und der Einsiedler ist in unserer Gegend heimisch.« Er zögerte. »Hätte ich eine Wahl, würde ich mich lieber von der Schwarzen Witwe beißen lassen – für ihr Gift gibt es wenigstens ein Antitoxin. Das Gift des Einsiedlers löst einem das Fleisch von den Knochen.« Er nahm das Glas »gefillte Fish« und spähte hinein. »Pentastomiden ... keine richtigen Spinnen, wie gesagt, aber zum Stamm der Arthropoden gehörig. Und Arthropoden sind der größte Stamm lebender Tiere: Insekten, Spinnen, Hundertfüßler und so weiter, einige davon ziemlich merkwürdig. Betrachte zum Beispiel eine Forelle und einen Quastenflosser. Sind beides Fische, aber sie unterscheiden sich so sehr voneinander wie diese Schwarzen Witwen von Pentastomiden. Die Pentastomiden sind die Irren im Stamm der Arthropoden, also vergiss Käfer, Moskitos, Schaben und so weiter.« Brown suchte nach seinem Kaffeebecher und nahm einen Schluck, während er auf der Suche nach weiteren Beispielen für seinen Vortrag den Blick übers Regal schweifen ließ.

»Pentastomiden, auch als Zungenwürmer bekannt, sind

degenerative Formen, die sich aus Spinnen ›entwickelt‹ haben. Niemand macht sich die Mühe und studiert sie. Sie richten in der Regel auch keinen großen Schaden an.« Er blickte auf Jack, der sein Notizbuch gezückt hatte und Stichworte mitschrieb. »Sie sind Endoparasiten, die *in* Wirtstieren leben, ganz ähnlich Läusen, die als Ektoparasiten *auf* der Körperoberfläche anderer Tiere leben. Sie haben sich an ihre Umgebung angepasst, wie Wale dem Wasser. Teleologisch betrachtet – warum sollte ein Arthropode, ein Insekt, über ein Opfer kriechen, wenn es auch in das Opfer hinein kann? Genau diese Entwicklung haben die Pentastomiden vor Jahrmillionen genommen. Ihre Gestalt ähnelt einem Bandwurm, doch sie sind immer noch Arthropoden, die sich an eine interne Umgebung angepasst haben, an die Tracheen, Bronchien, Nasenhöhlen und Eingeweide ihrer Wirte. Hunde und Katzen haben sie in den Nebenhöhlen, Schafe bekommen sie in den Tracheen und so weiter.«

»Und der spezielle Wurm in unserem Fall?«

»*Porocephalus armillatus*, Wyman 1848.« Brown nahm ein weiteres Glas vom Regal; die klare Flüssigkeit ließ vermuten, dass es sich um eine Probe neueren Datums handelte. Vier durchscheinende Würmer schwebten im Alkohol. »Ein gewöhnlicher Parasit bei afrikanischen und asiatischen Pythons. Hier in den Staaten kommt sein Vetter vor, *P. crotoali*. Man findet ihn in Klapperschlangen, weiter im Westen. Es gab ein paar Fälle von Infestationen, als irgendwelche Trottel wegen einer Wette rohes Klapperschlangenfleisch gegessen haben. Die Eier werden beim Verzehr des Fleisches aufgenommen, aber meistens geschieht überhaupt nichts. Nach einigen Jahren sterben sie im Körper ab und kalzifizieren. Man kann sie auf Röntgenbildern erkennen; sie sehen aus wie winzige Hufeisen, vielleicht so groß wie eine kleine Schraube, aber gebogen. Manchmal jedoch durchbohren sie das Intestinum ihres neuen Wirts.«

»Dieser Junge hatte keine Haustiere, ganz zu schweigen von Schlangen.«

»Ja. Du hast das bereits überprüft, hab ich gehört. Allerdings infizieren sich nicht nur Menschen durch den Verzehr von Schlangen mit diesem Wurm, sondern jedes Tier. Auch die Exkremente können infektiös sein. Meistens jedoch ist es das Fleisch, das Muskelgewebe, in dem sich die Pentastomideneier verkapseln.«

»Kein Mensch in New York isst Schlangenfleisch«, sagte Jack. Er hatte in seinem Leben so einiges gegessen, aber niemals Schlange.

»Du wärst überrascht, Jack«, widersprach Tatum, selbst gebürtiger New Yorker. »Warst du je auf den kleinen Hinterhofmärkten in Chinatown? Wahrscheinlich werden dort Tag für Tag mehr Schlangen konsumiert als *Blintse* in Brooklyn. Andererseits können wir wohl davon ausgehen, dass der Junge sich nicht in Chinatown herumgetrieben hat, stimmt's, Jack?«

»Bestimmt nicht, Alan. Shmuelly zufolge hielt er sich stets in der Nähe des Campus und von Greenwich Village auf. Der Junge kam aus dem Westen und war neu in der Stadt. Und wer isst schon Schlangen? – Wann können wir mit einer Antwort rechnen, Richard?«

»Ich ruf dich an, Jack. Falls es Pentastomideneier sind, finde ich sie – sie haben vier kleine Haken in ihren Kapseln. Ich schicke einen Teil des Materials zu einem Herpetologen, mit dem ich bekannt bin. Er kann die Wirtsschlange des Parasiten identifizieren – falls es ein Schlangenparasit ist. Sie könnte aus Afrika, Südamerika oder Asien kommen. Vielleicht ist es sogar eine Klapperschlange aus den Staaten. Oder es sind Pentastomiden, die von einer wilden Python oder einer Boa stammen. Zootiere sind nach einer Weile wurmfrei. Ich denke, wir haben spätestens in ein paar Tagen eine positive Identifikation von meinen Freunden beim Bronx-Zoo. Wir werden erfahren, von welcher Art das Tier war, und vielleicht sogar, um welche Rasse es sich gehandelt hat. Der Punkt ist der, Jack – falls der Junge an diesem Zeug starb und wir Eier finden, war es Mord. Und die

Suche nach dem Absender wird eine Suche nach der Nadel im Heuhaufen. Hast du eine Vorstellung, wer den Jungen ermorden wollte? Wer hat ihm den ›gefillte Fish‹ geschickt? Wer hat ihn *dir* geschickt, Jack?«

Jack schaute ihn betroffen an. »Stell erst mal fest, Motte, ob dein Verdacht stimmt. Ich bin im Moment ziemlich von der Rolle. Ich höre sogar schon mitternächtliche Besucher an meine Tür klopfen.«

Motte lächelte. »Dieser Besucher, Jack – klopft er immer in warmen Nächten?«

»Du weißt, was es ist, Motte?«

Brown lachte. »Du bist ein verdammter Yankee, Jack, und wohnst in einem alten Haus hier unten im Süden, stimmt's?«

Jack blickte den Entomologen an. »Es sind Termiten, nicht wahr?«

»Falsch. Anobiiden, Jack. Holzwürmer.« Brown rückte die Brille auf die Stirn und suchte auf seinen Regalen nach einem Glas mit einer entsprechenden Probe. »Du solltest dir einen Kammerjäger kommen lassen. Anobiiden sind nachtaktiv. Sie leben in den Balken, bohren ihre Gänge hinein und hinterlassen Spuren aus Sägemehl. Das Klopfen kommt von alten Männchen. Wenn es draußen warm ist, pochen sie mit dem Kopf gegen die Wände ihrer Höhle und versuchen auf diese Weise, Weibchen herbeizulocken. Ah, hier sind sie ja.« Brown nahm ein Glas vom Regal und zeigte Jack ein Dutzend schwarzer Käfer, die in Alkohol schwammen. »Die größeren sind die Weibchen.«

»Na, toll.« Jack betrachtete die großen Insekten. »Hast du auch einen Namen für diese Biester, damit ich dem Kammerjäger etwas sagen kann, wenn ich ihn anrufe?«

Brown schaute von Jack zu Tatum und wieder zu Jack. »Ihr Yankees! Klar haben wir einen Namen für diese Burschen. Wir hier im Süden glauben, das Männchen meldet sich immer dann, wenn jemand des Nachts aufbleibt, um bei einem Verstorbenen die Totenwache zu halten. Deshalb nennen wir sie Totenwächter, weil sie den Trauernden durch die einsamen Nächte am Sarg helfen. Manche Leute glauben, das alte Männchen weiß, was geschehen ist, und was mit den Menschen los ist, die seinem Klopfen zuhören. Ich glaube, an dieser Geschichte ist was Wahres dran… Jack, du hast doch wohl nicht vor zu sterben oder so etwas?«

12

Mittwoch, 27. Juni
J. Edgar Hoover Building
Washington D. C.

Zwölf Special Agents des FBI, darunter Scott Hubbard, saßen an dem abgenutzten ovalen Tisch und lauschten dem Vortrag des Zwei-Sterne-Admirals Frank Olde, der vor einer silbernen Leinwand stand. Scott wollte unbedingt mit Admiral Olde reden, doch die Konferenz war zu formell und außerdem in aller Eile anberaumt worden. Es hatte sich etwas Neues ergeben.

Olde war Direktor des Amts für Notstandsmaßnahmen, OEP; seine Aufgabe bestand in der Planung und Koordination aller behördlichen Reaktionen auf natürliche und durch terroristische Akte ausgelöste Notfälle wie beispielsweise Seuchen, Bombenattentate oder andere Katastrophen. In einem Notfall besaß Olde Befehlsgewalt über jeden Zivilisten und Beamten der Federal Emergency Management Agency oder kurz FEMA, ebenso über die Mitarbeiter der CDC. Nötigenfalls hatten beide Behörden den Anordnungen von Oldes Organisation Folge zu leisten.

Hubbard hatte den Admiral vor drei Jahren bei einem Ausbruch von Milzbrand und Botulismus kennen gelernt. Später in New York waren sie erneut zusammengekommen, nachdem Theodore Kameron die Regierungsbehörden endlich heftig genug aufgeschreckt hatte, um einer sehr realen Bedrohung durch massiven Bioterrorismus zu begegnen. Olde blickte auf, erkannte Hubbard und zwinkerte ihm zu.

»Vor zwei Jahren, noch unter der Regierung Clinton«, sagte der Admiral, »haben wir endlich ernsthaft unsere Arbeit aufgenommen. Die Enthüllungen eines sowjetischen Überläufers namens Ken Alibek brachten den Stein ins Rollen. Sein Buch *Biohazard* hat den Kongress wachgerüttelt, besonders Senatoren wie Alvin C. Dickson, der die Bewilligungen vorangetrieben hat. Endlich unternehmen wir ernsthafte Schritte gegen nuklearen, biologischen und chemischen Terrorismus. Verrückte wie Theodore Kameron sind harmlose Spinner im Vergleich zu dem, was Alibek in seinem Buch geschildert hat. Denken Sie nur an das Waffenentwicklungsprogramm des Irak und der früheren Sowjetunion. Der Kongress hat den CDC inzwischen hundertzwanzig Millionen Dollar zur Modernisierung und Aufstockung der epidemiologischen Abteilungen bewilligt. Wir haben mit der Einlagerung von Medikamenten begonnen, als Ergänzung zum nationalen medizinischen Krisenversorgungssystem NDMS, und wir unterstützen die staatlichen Gesundheitsorganisationen und ihre Labors. Neue antivirale Medikamente, insbesondere gegen Pocken, sind in der Entwicklung. Das Institute of Medicine hat eine so genannte Kurzliste kritischer biologischer Agenzien herausgegeben, deren Definition auf dem nächsten Dia zu sehen ist.«

Der Projektor blitzte auf.

Kategorie A – hoch vorrangige Agenzien einschließlich Organismen,

- die leicht verteilt oder von Person zu Person weitergegeben werden können,
- hohe Sterblichkeit verursachen oder auf andere Weise eine schwere Beeinträchtigung der öffentlichen Gesundheit darstellen können,
- öffentliche Panik und soziale Störungen verursachen und
- besondere Maßnahmen für die öffentliche Gesundheitsvorsorge erfordern.

»Diese Agenzien schließen Pockenviren, Milzbrand, die Botulismustoxine, Filoviren wie das Ebola- oder das Marburg-Virus sowie Arenaviren wie die Erreger des Lassa-Fiebers und das Junin-Agens ein. Letzteres ist verantwortlich für das argentinische hämorrhagische Fieber. Das nächste Dia...

Kategorie B besitzt die zweithöchste Priorität. Hierzu gehören Agenzien, die relativ leicht zu verbreiten sind und moderate Erkrankungen hervorrufen, ohne nennenswerte Sterblichkeit zu verursachen. Hierzu gehören Q-Fieber, Brucellose, Maliasmus, die Arboviren VEE, EEE und WEE, Rizin, das Epsilontoxin von *Clostridium perfringens*, das Staphylokokkus-B-Toxin, Salmonellen, Shigellen, E. coli 0157:H7, Cholera sowie Kryptosporidien.

Kommen wir schließlich zu Kategorie C. Das nächste Dia bitte...

Die Agenzien der Kategorie C sind überall auf der Welt problemlos erhältlich. Sie können einfach hergestellt und leicht in Umlauf gebracht werden. Diese Agenzien schließen die Nipa- und Hantaviren ein, die hämorrhagischen Zeckenfieber, die enzephalitischen Zeckenfieber, Gelbfieber sowie MDRTB, multiresistente Tuberkuloseerreger. Die Agenzien der Kategorie A werden ausnahmslos bei der traditionellen biologischen Kriegführung eingesetzt. Kategorie B verseucht Nahrungsmittelvorräte und Trinkwasser. Denken Sie nur an The Dalles, Oregon 1987. Mehr als siebenhundertfünfzig Menschen erkrankten an einer Salmonelleninfektion, die sie sich in Restaurants und Bars zugezogen hatten, sodass eine Sekte die Wahl im County gewann, weil keiner ihrer Gegner aufgrund der Krankheit mehr gegen sie stimmen konnte. Wir hielten den Zwischenfall mehr als zehn Jahre unter Verschluss. Kategorie C schließlich fällt in die Zuständigkeit der CDC als Teil ihres Früherkennungsprogramms gegen ausbrechende Seuchen, die außerdem von der privaten Organisation ProMED beobachtet werden.«

»Was ist mit einer Kategorie D?«, fragte Scott Hubbard.

»D?«, erwiderte Olde. »Eine neue Kategorie?«

»Jawohl, Sir. Stoffe, die unser Radarsystem unterfliegen,

bildlich gesprochen. Ereignisse, die vordergründig betrachtet natürliche Ursachen zu haben scheinen. Oder Vorfälle, bei denen nur ein oder zwei Menschen erkranken oder sterben – bioterroristische Anschläge gegen eine bestimme Anzahl von Menschen oder eine kleine Gruppe.«

»Ich weiß, was Sie meinen, Scott, lassen Sie uns später darauf zurückkommen. Erst mal die Dias. Das nächste zeigt, wie unser Netz von Labors auf Bioterrorismus reagiert.« Auf der Leinwand war ein Diagramm zu sehen, das ein Netzwerk miteinander verbundener lokaler, nationaler und föderaler Laboratorien zeigte, die zur Probenanalyse eingesetzt werden konnten.

»Die Herausforderung heißt wo, wann und womit«, schloss der Admiral. »Wir brauchen ein flexibleres System zwischen den verschiedenen Regierungs- und Verwaltungsebenen. In Ihren Mappen finden Sie einen Artikel von Dr. Ali Khan aus der Zeitschrift *Lancet* vom letzten Jahr sowie eine Ausgabe des *Journal of Public Health*, ebenfalls vom letzten Jahr. Die gesamte Ausgabe beschäftigt sich mit der hier vorgetragenen Problematik. Bitte studieren Sie das Material in Ihren Mappen. Gut, machen wir eine kurze Pause, bevor es weitergeht.« Er bat, den Projektor abzuschalten; dann ging er um den großen Tisch herum zu Hubbard. Die anderen Agenten sammelten ihr Material ein, wobei sie sich leise unterhielten.

»Schön, Sie mal wieder zu sehen, Scott«, raunte Admiral Olde. »Ich wusste nicht, dass man Sie ausgesucht hat – eine gute Wahl.« Einige Agenten grinsten; wenigstens Scott Hubbard hatte also Beziehungen zu dem Lamettahengst von der Navy. Sie alle hatten von Frank E. Olde gehört; er war Konteradmiral im Ruhestand und in Washington geblieben, um dem FBI gelegentlich auszuhelfen, und er war promovierter Mediziner.

»Agent Hubbard und ich kennen uns bereits«, sagte Olde nach ein paar Minuten und ging zu seinem Platz zurück; die Pause war zu Ende. »Vielleicht wissen Sie, warum wir uns hier versammelt haben. Für diejenigen unter Ihnen, die Scott Hubbard und sein Spezialgebiet nicht kennen: Er ist Experte auf dem Gebiet der Terrorismusbekämpfung, genauer gesagt, des biologischen und chemischen Terrorismis.« Er bat darum, den Projektor wieder einzuschalten; ein weiteres Dia erschien auf der Leinwand, eine Karte der Vereinigten Staaten. Über die Karte verteilt leuchteten sieben orangefarbene Explosionssymbole: Zentralkalifornien, Texas, Louisiana, Südflorida, Virginia, New York City und Maine.

»Beschäftigen wir uns nun mit Chemikalien. Wir werden die Metalle vorerst ignorieren – Natrium, Zink, Quecksilber –, obwohl man daraus sehr interessante Verbindungen herstellen könnte. Größere Sorgen aber machen uns verschiedene organische Chemikalien, von denen gewisse Mengen kürzlich verloren gingen oder gestohlen wurden. In den falschen Händen könnten diese Chemikalien zu einer sehr ernsten Bedrohung werden. Wie Sie wissen, haben wir wöchentlichen Kontakt mit allen größeren Chemieproduzenten und Lieferanten. Dazu gehören auch die Multis wie Dow, Merck oder Exxon, also Pharmazie- und Erdölkonzerne. Diese Unternehmen sind gesetzlich verpflichtet, den Weg ihrer Produkte bis zum Endpunkt zu verfolgen. Sie müssen Rechenschaft ablegen, wenn irgendwo ein Zwischenfall geschieht. Wir werden umgehend informiert, falls es Hinweise darauf gibt, dass eine Einzelperson oder eine Gruppe Gefahrenstoffe oder so genannte binäre Chemikalien erwirbt, die zur Herstellung gefährlicher Stoffe missbraucht werden können, oder wenn die Bestandslisten darauf schließen lassen, dass eine Verbindung verloren gegangen oder aus irgendeinem anderen Grund nicht mehr auffindbar ist.«

Olde betätigte die Fernbedienung, und auf der Leinwand erschien ein weiteres Dia. Die Namen von sieben Städten waren zu lesen. »Nach den letzten routinemäßigen Bestandsprüfungen sind im vergangenen Monat an sieben verschiedenen Orten Chemikalien verschwunden. Die durchschnittliche monatliche Zahl an Zwischenfällen liegt bei drei. Unsere größte Sorge gilt Kampfstoffen, die zum Erstickungstod führen, sowie Stoffwechsel- und Nervengiften. Die vermissten Chemikalien sind Methylisocyanat, Wasserstoffcyanid, Phosgen, Chlor, Fluoracetat, Parathion und Rizin. Wir nehmen an, dass der größte Teil der verschwundenen Chemikalien wieder auftaucht, sobald die Bestände noch einmal überprüft werden, aber wir wollen ganz sichergehen.«

»Rizin?«, fragte eine Agentin. Sie war erst kürzlich befördert worden und hatte das Kolloquium über chemischen Terrorismus noch nicht besucht.

»Ja. Die Kastorbohne, *Ricinus communis*, wird zur Herstellung von Rizinusöl verwandt. Der Pressrückstand enthält etwa drei Prozent Rizin, eine hochgiftige Eiweißverbindung.« Er wandte sich der Gruppe zu. »Rizin ist ein extrem wirksames Gift. Erinnern Sie sich an den bulgarischen Überläufer, der 1978 mit einem mikroskopischen Projektil aus einer Regenschirmwaffe erschossen wurde? Das Projektil war mit Rizin imprägniert. Vor einigen Jahren wurde im *Soldier of Fortune* genau beschrieben, wie man das Toxin gewinnt. Doch wir wollen uns nicht vom Thema ablenken lassen – Chemikalien. Wenn wir uns mit biologischen Giften befassen, müssen wir auch über die Kornrade sprechen, über Senfkorn, Lupinen, den ganzen Katalog natürlicher toxischer Samen. Sehen Sie sich nur an, was vor drei Jahren hier mitten in Washington passiert ist.«

Einer der Agenten hob die Hand. »Sie meinen den Wermutfall, Sir?«

Olde nickte.

»Ich war mit diesem Fall befasst, Sir«, fuhr der Agent fort. »Ein einunddreißig Jahre alter Mann vergiftete sich mit Wermutöl, das er übers Internet gekauft hatte. Wir konnten die Spur bis zum Produzenten zurückverfolgen.«

Der Fall war besorgniserregend und hatte einmal mehr deutlich gemacht, dass man im Internet inzwischen fast alles kaufen konnte. Im »Wermut-Fall«, wie er genannt wurde, hatte ein

Mann einen Extrakt der alten Heilpflanze zu sich genommen, als Bestandteil einer Aromatherapie. Die Dosis hatte ausgereicht, um seine Muskeln aufzulösen und seine Nieren mit Myoglobin zu verstopfen. Wie durch ein Wunder hatte er überlebt. *Artemisia absinthium*, die Wermutpflanze, wurde bereits im alten Ägypten als Medizin verwendet, als Mittel gegen Bandwürmer. Im achtzehnten Jahrhundert hatte man aus den Blättern, Stängeln und Samen einen starken Likör hergestellt, wie aus vielen anderen Pflanzen auch.

Hubbard hob die Hand. »Sie haben vorhin den Begriff binär verwendet, Sir. Ich weiß, was damit gemeint ist, aber wie können wir die Vorstufen verfolgen, die zur Herstellung benutzt werden?«

»Gute Frage. Wir geben uns alle Mühe, doch einige Vorstufen der schlimmsten Chemikalien sind völlig harmlos. Wasser beispielsweise wird in so gut wie jedem chemischen Verfahren eingesetzt. Isopropylalkohol ist eine weitere verbreitete Chemikalie, die allerdings auch zur Produktion von Sarin missbraucht werden kann. Wir können unmöglich die gesamte Produktion von Isopropylalkohol verfolgen, allerdings bemühen wir uns, Natriumfluorid oder Methylphosphorsäuredichlorid zu kontrollieren, die beiden anderen Ausgangsstoffe für Sarin. Geben Sie die drei zusammen, und Sie erhalten das stärkste Nervengas, das wir kennen.« Er ließ den Blick in die Runde schweifen; dann fuhr er ärgerlich fort: »Das Verfahren kann man bereits bei Uncle Festers ›Silent Death‹ nachlesen, einer beliebten einschlägigen Internetseite. Sie alle erinnern sich an die Sarin-Zwischenfälle in Japan? Die Om-Shinrikyo-Sekte hat zuerst in der U-Bahn von Matsumoto City Sarin freigesetzt, später in der U-Bahn in Tokio. Dr. Yanagisawa hat die Anschläge untersucht. Das Gas wurde aus den drei eben erwähnten Chemikalien hergestellt.«

Ein weiterer Agent hob die Hand. »Was ist mit Fluoracetat und den übrigen Verbindungen, Sir?«

»Wir besitzen detaillierte Hintergrundinformationen über jede einzelne. Die Unterlagen sind in den Mappen, die jetzt ausgehändigt werden.« Olde bedeutete seinem Adjutanten mit einem Wink, die dicken blauen Mappen auszuteilen. »Fluoracetat ist nicht mehr zugänglich. Es wurde bereits vor zwanzig Jahren aus den Lagerbeständen der Army entfernt und in einem zentralen Depot in Texas gelagert. Man kann es weder verklappen noch verbrennen noch irgendwie zersetzen. Der größte Teil lagert in Zweihundert-Liter-Fässern vor Fort Hood. Es ist ein mörderischer Stoff, der ganze Nahrungsketten auslöscht, über Generationen hinweg. Töten Sie Ratten mit dem Zeug, sterben die Geier, die sich über die Kadaver hermachen, dann die Würmer, die die toten Geier zersetzen, dann die Aaskäfer, die die toten Würmer fressen und schließlich die Bodenwürmer, die sich von den toten Aaskäfern ernähren. Als die Army letzten Monat das Lager inspizierte, fand sie angerostete Fässer mit dem Teufelszeug. Schlimmer noch, zweihundert Anderthalb-Liter-Behälter waren verschwunden. Ein halber Milliliter dieses Rodentizids tötet tausend Menschen und mehr. Es dauert mehr als fünfzig Jahre, bis die Chemikalie sich im Boden oder in Wasser zersetzt. Das ist einer der Gründe, aus denen Fluoracetat nicht mehr eingesetzt wird. Niemand weiß, wohin die Kanister verschwunden sind oder ob es sich nur um einen weiteren Fehler in der Buchhaltung der Army handelt, der bis in die Zeit das Vietnamkriegs zurückreicht.«

»Was ist mit Parathion, Sir?«, fragte ein dritter Agent verwundert. »Mein Vater hat es auf seiner Farm eingesetzt. Es ist völlig ungefährlich, wenn man sich an die Gebrauchsvorschriften hält.«

»Aber wenn nicht, sind Sie tot.« Olde schaute den jungen Agenten an. »Parathion gelangt immer noch in großen Mengen in den Handel, besonders im Süden. Es wird als fünfundfünfzigprozentige Dispersion in Zweihundert-Liter-Fässern an Farmer verkauft. Die restlichen fünfundvierzig Prozent des Inhalts sind ein inerter Trägerstoff, um das Ausbringen auf den Feldern zu erleichtern. Der Trägerstoff kann abdestilliert werden, was die Konzentration an Parathion nahezu verdoppelt. Parathion ist eine organische Phosphorverbindung und in seiner reinen Form so stark wie GB oder VX oder das ältere VE, VM oder VS, alles Nervengase. Saddam Hussein hat es gegen die Kurden eingesetzt, und wir wissen, dass er noch immer große Vorräte lagert. Während der Operation Desert Storm haben wir unsere Truppen mit Pyridostygmin gegen das Gas geschützt. Ein anderes wirksames Gegenmittel ist das gute alte Atropin.« Olde blickte in die Runde.

»Bei einem Pestizidgroßhändler in Kalifornien sind zweihundert Fass industrielles Parathion abhanden gekommen. Möglicherweise war es Diebstahl, aber wir wissen noch nicht, ob die Ware nicht illegal verkauft wurde. Außerdem sind aus einem Lager der Regierung siebenundsechzig Behälter mit elementarem Quecksilber verschwunden – eine ganze Tonne! Wir müssen auch diese Aufzeichnungen überprüfen.« Olde deutete auf die Mappen. »Es steht alles da drin. Ich bitte Sie, sich die aufgelisteten Einrichtungen anzusehen. Sprechen Sie mit den Verantwortlichen, lassen Sie sich Belege und Lieferscheine zeigen, überprüfen Sie sämtliche Mitarbeiter mit Zugang zu den fraglichen Stoffen. Normalerweise können wir die zwei oder drei Fälle, die monatlich berichtet werden, von hier aus erledigen, doch diesmal sind es zu viele für eine telefonische Überprüfung. Noch Fragen?«

Die Agenten wechselten Blicke. Ein Auftrag mit einer besonderen Dringlichkeit, wie es schien. Auch wenn die Untergangsprophezeiungen zum Jahrtausendwechsel sich als gegenstandslos erwiesen hatten – nachdem verschiedene Gruppierungen sich über angebliche Regierungsverschwörungen beschwert hatten, war das FBI gezwungen gewesen, seine Überwachungsoperationen auszuweiten.

Olde erklärte die Besprechung für beendet, und die Agenten

verließen den Raum. Nur Scott Hubbard und sein Kollege Tony Sylvester wechselten noch eine paar Worte mit Olde.

»Ist der Knöchel wieder völlig in Ordnung?«, fragte Olde. Hubbard hatte ihn sich drei Jahre zuvor bei der Verfolgung Kamerons gebrochen, als in letzter Minute sein Anschlag auf die Stadt New York verhindert worden war. Olde hatte bei der Jagd mitgemacht.

»Alles wieder bestens, Admiral, danke. Im Briefing haben Sie nichts von Norfolk erwähnt, Sir, meinem Gebiet, aber…«

Eine Sekretärin näherte sich den Männern. »Mr Hubbard? Ein dringender Anruf von einem Dr. Jack Bryne. Können Sie das Gespräch annehmen?«

Olde und Hubbard wechselten einen Blick. Das letzte Mal war der Name Jack Bryne während der Kameron-Affäre in Gegenwart der beiden Männer gefallen. Olde deutete auf das NEXTEL-Telefon mit dem eingebauten Walkie-Talkie. Hubbard nahm augenblicklich ab.

»Was gibt's, Jack? Was ist so dringend?« Olde nahm sich ein weiteres NEXTEL-Telefon und hörte mit.

»Gott sei Dank, dass ich dich endlich erwische, Scott! Ich versuche schon seit Samstag, dich zu erreichen. Hör zu, unser Mann ist zurück… Teddy Kameron. Ich bin ganz sicher.« Jack berichtete dem fassungslosen Hubbard von Strawbridge und Tatum, erzählte Shmuel Bergers Geschichte und dass Richard Brown, ein namhafter Entomologe, bestätigt hatte, dass der »gefillte Fish« in dem Paket an Jack mit dem gleichen Wurm versetzt war, den Bergers Freund gegessen hatte.

»*Was?*«, rief Admiral Olde. »Hallo, Jack, hier Frank Olde. Ich habe das Gespräch mitgehört. Sind Sie sicher, dass Kameron…« Er lauschte. »Ich verstehe. Aber warum Strawbridge?«

»Ja, darüber habe ich auch nachgedacht«, sagte Jack. »Ich habe Strawbridge nie kennen gelernt. Aber ich wäre zu ihm gefahren, wäre nicht Judith Gale gekommen, seine persönliche

Assistentin. Sie ist zurzeit hier bei mir. Strawbridge hat sie zu mir geschickt, anstatt mich nach Wyoming kommen zu lassen. Wäre ich hingeflogen, hätte Kameron mich zusammen mit Strawbridge getötet, da bin ich sicher.«

Olde drückte den Aufzeichnungsknopf seines Telefons und lauschte weiter. »Die Sache ist die«, fuhr Jack fort, »dass dieser Trip nach Wyoming nur ein- oder zweimal erwähnt wurde. Gott weiß, wie Kameron davon erfahren konnte. *Ich* war das eigentliche Ziel. Strawbridge und Berger waren lediglich Ablenkungsmanöver dieses Hundesohns.«

»Mein Gott. Falls du Recht hast, Jack«, sagte Scott, »ist er immer noch hinter dir her. Von wo rufst du an?«

Jack antwortete, dass er in seinem Haus sei. Olde blickte Hubbard an und flüsterte: »Scott, können Sie veranlassen, dass Bryne Schutz erhält? Oder besser noch, machen Sie sich augenblicklich frei und fliegen Sie runter. Oder bringen Sie ihn hierher – ich kann das arrangieren.«

Scott nickte. »Hör zu, Jack«, sagte er. »Kannst du nach Washington kommen? Du hast meine Adresse in Arlington. Setz dich in den Wagen und komm her. Sofort. Jetzt, auf der Stelle. Falls Kameron tatsächlich hinter dir her ist, gib ihm keine weitere Chance. Verschwinde von dort! Wir sichern dein Haus morgen oder übermorgen, und dann kannst du wieder zurück. Hast du schon was von Vicky gehört? Ich nehme an, dass es ihr gut geht.«

Jack warf Tatum, der auf einen Drink zu ihm gekommen war, einen raschen Blick zu. Dann rief er in Vickys Büro an, doch es meldete sich nur ein Anrufbeantworter.

»Alan …«, sagte Jack.

»Probleme?« Tatum hatte beobachtet, wie Jacks Anspannung während des Gesprächs mit Hubbard gestiegen war.

»Bring Judith bitte in ihr Hotel. Sofort. Ich muss noch heute Abend nach Washington. Schalte alle Lichter aus und schließ das Haus ab. Und tu mir den Gefallen und nimm den Hund mit. Ich werde einige Tage fort sein. Ich rufe dich an, sobald ich angekommen bin. Möglich, dass Kameron hier auftaucht, hier in meinem Haus.«

Jack holte sein Notebook. »Wenn es so läuft wie beim letzten Mal, bereitet Kameron irgendwas Spektakuläres vor. Und jetzt sieh zu, dass du mit Judith von hier verschwindest. Ich rufe euch an.«

13

Mittwoch, 27. Juni
Arlington

Es hatte zu nieseln angefangen, als Jack die Scheinwerfer und Scheibenwischer ausschaltete und in die Zufahrtsstraße einbog. Er wartete fünf Minuten, wie Hubbard ihm gesagt hatte. Als niemand ihm in die Sackgasse folgte, betrat er Scotts Haus durch die Garage.

Scott und Jesse saßen am Küchentisch, auf dem sich Papiere, Bücher und eine dicke Akte stapelten. In einem der Bücher erkannte Jack eine Bibel.

Sie reichten sich die Hand. Jesse erkundigte sich nach dem kleinen Hund, und Jack antwortete mit erhobenem Daumen. Hubbard schaute auf die Uhr und bat alle, Platz zu nehmen.

»Es ist fast vier, Jack. Du warst pünktlich auf die Minute. Ist dir niemand gefolgt?«

»Niemand, ganz sicher. Ich bin ein paar Umwege gefahren, und die Straßen nach Arlington waren menschenleer.«

Im Nebenzimmer wurden Stimmen laut. Die Tür ging auf. Vicky Wade und Shmuel Berger kamen herein.

»Jack!«, rief Vicky erleichtert. »Du bist in Sicherheit!«

Hubbard bemerkte Jacks Erstaunen. »Nach deinem Anruf habe ich mich gleich mit Vicky in Verbindung gesetzt«, erklärte er. »Ich habe ihr gesagt, dass sie mit Shmuel hierher kommen soll. Die beiden haben die nächste Maschine genommen, und ich ließ sie gleich zu mir bringen. Sobald wir hier fertig sind, stehen in Frederick Motelzimmer für euch alle bereit, also lasst uns anfangen.«

Hubbard zog ein paar Stühle heran, und alle setzten sich. »Okay, hör zu, wir haben nachgedacht, Jack. Du hast Recht – es kann nur Kameron sein, doch der Admiral möchte nicht, dass auch nur ein Wort davon nach draußen dringt.«

Er nickte Shmuel zu. »Du bist mein Sonderberater in dieser Sache, auch deshalb, weil wir das FBI nicht hinzuziehen können – noch nicht. Vielleicht in ein paar Tagen, wenn wir ein bisschen klarer sehen, aber für den Augenblick sind wir auf uns allein gestellt.« Er wandte sich Jack zu. »Jesse und ich haben über ein paar Dinge nachgedacht…« Er unterbrach sich, als er sah, wie erschöpft Jack war. »Möchtest du etwas zu trinken? Einen Kaffee? Ein Bier? Einen Scotch?«

Jack verschränkte die Finger ineinander. »Einen Scotch, danke. Oder Bourbon, falls du welchen hast.«

Scott nahm eine Flasche aus einem Küchenschrank, schenkte zwei Fingerbreit Scotch in ein Glas und reichte es Jack. »Die Staatspolizei von Virginia wird dein Haus und das Grundstück absuchen«, sagte er. »Man wird Spürgeräte an der Einfahrt der Straße und in den umliegenden Wäldern aufstellen. Die Polizei hat bereits mit diesem Shifflet gesprochen – er wird mit ihnen zusammenarbeiten. Mann Gottes, Jack, der Bursche hat eine Kaliber Zehn. Diese Dinger werden heutzutage gar nicht mehr hergestellt. Die sind verdammt selten geworden.«

»Genau wie Männer vom Schlag eines Moe Shifflet«, erwiderte Jack und nippte an seinem Glas.

Hubbard blickte in sein Notizbuch. »Also, die Cops von Abermarle kennen Moe Shifflet. Er ist wahrscheinlich noch besser zu deinem Schutz geeignet als die Jungs von der Staatspolizei. Niemand in deiner Gegend legt sich mit einem Shifflet an.«

Jack musste an den Mann denken, der Schnapperschildkröten in seinen Teichen gejagt hatte – Shifflet wäre tatsächlich eine unangenehme Überraschung für jeden, der sich auf dem Land herumtrieb.

Scott klappte sein Notizbuch zu. »Dein Grundstück wird in den nächsten Tagen satellitenüberwacht und nach ungebetenen

Besuchern abgesucht. Dein Telefon ist angezapft, und sämtliche Post wird durchleuchtet.« Er deutete auf die dicke Akte auf dem Tisch und fuhr fort: »Auf uns wartet viel Arbeit. Ich habe Kamerons Akte mitgebracht und das, was die Jungs im Büro über ihn herausgefunden haben. Auch Vicky hat ihre Unterlagen dabei.« Er wandte sich an Berger. »Konntest du deine Notizen noch zusammensuchen, bevor man dich ins Flugzeug gesetzt hat, Shmuel?«

Shmuel Berger nickte und legte die Hand auf einen Stapel Papiere.

»Und du, Jesse? Hast du deine Sachen griffbereit?«

Der Junge nickte, während er neben Jack auf einem Stuhl Platz nahm.

Jack schlug die FBI-Akte auf und blätterte darin. Er bemerkte eine Reihe von Fragen, eine methodische Matrix, einige biblische Passagen und Pfeile, die verschiedene Sätze miteinander verbanden.

»Wir haben beschlossen, eine Reihe von ›Ereignissen‹ stattfinden zu lassen«, begann Jesse vorsichtig. Wie stets klang bei ihm jedes Wort bedacht. Er nahm einen Stift zur Hand und deutete auf die rechteckige Matrix auf dem Papier. Shmuel rutschte mit seinem Stuhl herum, um einen besseren Blick zu haben. Einige Kästchen der Matrix waren mit Namen und Zahlen ausgefüllt, in anderen standen Fragezeichen, doch die meisten waren leer.

Jesse schaute Berger an. »Dein Freund ist vor etwa drei Monaten gestorben, Shmuel. Strawbridge starb vor ein paar Tagen. Falls Kameron einen Plan verfolgt, irgendetwas in der Art seiner zehn ägyptischen Plagen, müssen wir mit weiteren Vorfällen rechnen.«

»Und vergessen Sie nicht, Dr. Bryne«, sagte Shmuel, »hätten Sie beim letzten Mal nicht alle Zwischenfälle mithilfe von Pro-MED verfolgt, wären die ersten Seuchen wahrscheinlich als natürliche Unglücksfälle übersehen worden.«

Jack starrte auf den Tisch, der mit Akten voll gepackt war. Offensichtlich hatten alle an ihren eigenen Theorien und Szenarien gearbeitet. Ihm wurde bewusst, dass die beiden Jungen Nachforschungen über Kameron angestellt hatten, seit er sie das letzte Mal gesehen hatte. Beide hatten seitenweise Notizen gemacht, viel mehr, als man an einem Abend niederschreiben konnte.

»Also schön, was glaubt ihr, wie er vorgeht?«, fragte Jack.

Shmuel antwortete: »Wir nehmen an, dass es sich erneut um ein biblisches Thema handelt. Nach den zehn Plagen Ägyptens könnten es nun die apokalyptischen Reiter, die zwölf Apostel oder die sieben Posaunen der Apokalypse sein. Beim letzten Mal hat Kameron die zehnte Plage nicht ausgelöst. Ich habe ziemlich lange über das Auftauchen von Kameron nachgedacht, gemeinsam mit meinem Rabbi, Luria Solomon. Wir glauben, dass das Paradigma der Zehn vielleicht über die zehn Plagen hinaus von Bedeutung ist. Schließlich gibt es die Zehn Gebote und wichtiger noch, den Baum des Lebens mit den Sephiroth.«

»Den was?« Keiner der Anwesenden hatte den Ausdruck schon einmal gehört, doch Jack, Vicky und Scott erinnerten sich lebhaft, dass Shmuels Nachforschungen einige Jahre zuvor der Schlüssel gewesen waren, Kameron im letzten Moment aufzuhalten.

»Die Sephiroth – oder zehn Sephirah – bilden den Schlüssel zur jüdischen Kabbala«, erklärte Shmuel. »Das ist die mystische spätantike rabbinische Literatur, die kurz vor dem Ausbruch der Pest in Frankreich aufgetaucht ist. Nach den Schriften gibt es zehn Schlüssel zum Verständnis der Kabbala, so wie es Interpretationen zu jedem der Zehn Gebote gibt, doch im Gegensatz dazu sind die Auslegungen der zehn Sephirah geheim.«

»Und du kennst sie?«, fragte Hubbard.

»Nein, niemand wird je ihre Bedeutung entschlüsseln, aber sie selbst sind bekannt. Kether, Binah, Chockmah, Chesed, Tiphared, Geburah, Netzach, Jesod, Hod und Malkuth. Wenn man alle vereint, hat man das Zohar gelöst. Der Punkt ist, dass Kameron möglicherweise von Anfang an ein anderes Zehner-Paradigma benutzt hat, seien es zehn Plagen, zehn Gebote oder auch nur zehn kleine Negerlein. Es könnten die zehn Sephirah sein. Einige Gelehrte sind der Ansicht, die Kabbala bestehe nur aus gescheitertem Sex. Vielleicht sollten wir in diesen Bahnen denken. Es gibt Passagen über Dinge wie ...«, Berger zögerte einen Augenblick, bevor er fortfuhr, »... feuchte Träume. Sie wissen, was ich meine. Und Masturbation. Die teuflische Lilith beispielsweise ist Isaak in einem bösen Traum erschienen, einem Traum, der wahrscheinlich in einem Sohn resultierte.«

»Scheint ja ein ziemlich angenehmer Traum gewesen zu sein«, meinte Jesse.

»Aber nicht für Isaak oder seinen Sohn. Als Rebekka von dem Kind erfuhr, ließ sie es töten und in Stücke hacken. Scholem befasst sich nicht mit diesem Problem, doch es scheint klar, dass ein großer Teil der jüngeren Interpretationen der Kabbala von sexueller Dysfunktion und sogar Kannibalismus handelt.«

Die anderen schwiegen. War Kameron etwa im Begriff, sich in einen Hannibal Lecter zu verwandeln?

»Nach den zehn Plagen hat es schließlich nicht aufgehört. Moses durchquerte das Rote Meer und ging in die Wüste Sinai«, sagte Jesse. »Ich habe Stunden damit verbracht, den Exodus zu rekonstruieren. Ich habe nach Namen, Ereignissen und Symbolen gesucht – nach Dingen, an denen sich Kameron orientieren könnte. Shmuel hat gerade ein paar Möglichkeiten aufgezählt.« Er stand auf, ging zum Kühlschrank und nahm sich ein Ginger Ale. »Der Milzbrand beispielsweise ist in San Diego ausgebrochen. Dr. Brynes Frau starb im Mount-Sinai-Hospital, und der Mann, der an der Mutterkornvergiftung starb, lebte in New Canaan, Connecticut. Jesse und ich haben eine Liste mit allen Heiligen und biblischen Namen erstellt, die Kameron diesmal benutzt haben könnte. Alle sind neu.« Er setzte sich wieder und schaute Jack besorgt an; er wollte dessen Feingefühl nicht unnötig verletzen, fuhr dann aber fort: »Kameron konnte nicht wissen, dass Ihre Frau in dieses Hospital gebracht werden würde, Dr. Bryne. Es passt zwar zusammen, aber es ist reiner Zufall. Das ist das Dumme – wir haben es mit so vielen Namen und Orten versucht, dass wir ein paar ziemlich ungewöhnliche Verbindungen fanden. Fast wie in dem Buch *Der Bibelkode*. Mit genug Fantasie und einem Computer findet man sehr viele hochinteressante, computergenerierte Assoziationen. Beispielsweise ist es völlig gleichgültig, ob man den Namen Kameron mit ›K‹ oder ›C‹ buchstabiert, es gibt nicht eine Zeile in der Bibel, die zu Theodore Kameron passen würde. Trotzdem hat er den Namen aus dem Alten Testament gestohlen – Cameron oder Kameron.«

»Außerdem wurde dieses C-K-Spiel bereits benutzt.« Vicky dachte an ihr Projekt für HOT LINE. David Koresh war einer der Fälle aus jüngerer Vergangenheit, ein religiöser Fanatiker, der durchgedreht war. »Jack, Scott, ihr müsst mir das Material unbedingt überlassen, für meine Sendung über religiöse Eiferer.«

»Niemand wird irgendetwas an die Öffentlichkeit bringen, solange wir Kameron nicht haben, Vicky. Also vergiss es.« Hubbard meinte es ernst; er würde nicht dulden, dass die Medien sich in eine laufende Ermittlung drängten.

»Und danach?«

»Wenn wir ihn schnappen, kannst du es meinetwegen ausschlachten. Aber du wirst es allein machen. Keine Typen von HOT LINE, die dazwischenreden.«

»In Ordnung.« Vicky blickte Jack an. »Wirst du mir dann helfen?«

»Werde ich. Aber im Augenblick hat Scott hier das Sagen. Wir tun, was er vorschlägt.«

»Okay.« Vicky zog ihren Palm Pilot hervor. »Unsere Rechercheure haben nichts über seine Familie herausfinden können. Keiner der Camerons in den gesamten Vereinigten Staaten scheint etwas mit unserem Mann zu tun zu haben.«

»Und seine Akte von den CDC«, Hubbard tätschelte den Ordner, »ist ebenfalls wenig ergiebig, abgesehen davon, dass er mehr als dreißig Jahre für die CDC gearbeitet und dabei einen Doktorgrad erlangt hat. Er war in einem halben Dutzend verschiedener Labors – Virologie, Mykologie, ein paar L2-Arbeiten –, und er hat zwei Jahre zusammen mit Myron Shantz an der Zoonosentabelle gearbeitet. Shantz hat ihm gute Beurteilungen gegeben – und Shantz ist Mediziner *und* Tiermediziner. Anschließend war Kameron in Emory, hat einen weiteren Doktorgrad erlangt und verschwand dann nach einem Streit über irgendwelche Patentverletzungen. Es ist, als hätte er all die Jahre Informationen gesammelt und Techniken gelernt, um sie irgendwann für seine eigenen Zwecke zu benutzen.«

»Aber du hast ein paar neue Theorien?« Jack schaute Hubbard fragend an.

»Wir sind da auf einen Zwischenfall gestoßen, möglicherweise der wahre Grund für Kamerons Rausschmiss«, sagte Hubbard. »Aber jeder, der die Explosion erklären könnte, ist verschwunden.«

»Explosion?«, stieß Vicky hervor.

Hubbard lachte. »Na ja, sozusagen. Es war eine Zentrifuge. Sie ist auseinander geflogen, während Kameron einige Proben trennen wollte. Die Flüssigkeit aus den Zentrifugenröhrchen spritzte durch das gesamte Labor.«

»Was für eine Flüssigkeit war das?«, fragte Jack. Er wusste, dass sich in den frühen Siebzigerjahren im alten staatlichen Tollwutlaboratorium von New York ein ähnlicher Vorfall ereignet hatte. Ein Labortechniker hatte sich dabei mit Tollwut infiziert. Seine Familie hatte den Staat verklagt.

»Man weiß nicht, was in den Röhrchen war«, antwortete Hubbard. »Aber es hat Kameron nicht umgebracht, so viel ist sicher. Damals gab es noch keine Biohazard-Labors. Lassa und Ebola waren noch nicht aufgetreten, und von HIV wusste noch kein Mensch. Pocken, Tollwut und vielleicht die Pest waren damals die schlimmsten Sorgen.«

»Also schön«, sagte Jack und legte die Hand an die Stirn. »Aber was hatte Kameron mit experimentellen und potenziell tödlichen Viren zu tun? Er war Toxikologe, kein Virologe.«

»Das wissen wir auch nicht. Es war jedenfalls einer der Gründe für seine Entlassung. Das Viruslabor gehörte eindeutig nicht zu seinen Aufgaben. Andererseits gab es damals eine Menge Überschneidungen – die Wissenschaftler haben sich gegenseitig befruchtet, sozusagen. Dass Kameron sich Zugang zu den wirklich gefährlichen Viren verschafft hat, mit denen man sich dort beschäftigt hatte, Dutzenden hochgefährlicher Viren, einschließlich Affenpocken – *das* hat ihn damals in Schwulitäten gebracht.«

»Affenpocken? Können Affen an Pocken erkranken?« Vicky kniff zweifelnd die Augen zusammen.

»Jedes Tier hat seinen Pockenvirus, Vicky«, erklärte Jack. »Fenner und Kerr in Australien haben eine evolutionäre Liste zusammengestellt. Kamele, Nagetiere, Hörnchen, Schafe, Rotwild, Robben, selbst Vögel und Krokodile besitzen ihre eigenen, ganz spezifischen Pockenviren.«

»Aber Kameron ist nicht in den Besitz irgendwelcher Pockenviren gekommen, oder?«, fragte Jesse, der zur ersten Generation von Amerikanern gehörte, die nicht mehr mit einer Pockennarbe am Oberarm herumlief. Die Krankheit galt seit 1977 als ausgerottet. Der letzte natürliche Fall von Pockeninfektion hatte sich in Äthiopien ereignet. Später hatte es in Großbritannien noch eine Reihe von Laborunfällen gegeben; aber das war auch schon alles. Niemand in den Vereinigten Staaten, mit Ausnahme des Militärs, war seit den späten Siebzigerjahren noch gegen diese anachronistische Krankheit geimpft worden. Jesse erinnerte sich an seine Enttäuschung, als er die verräterische Narbe bei Tarzan gesehen hatte, dem Herrn des Dschungels, gespielt von Johnny Weismuller in einem der frühen Schwarzweißfilme. Wo, so hatte sich Jesse gefragt, hat Tarzan seine Impfung bekommen? Und was ist mit den Eingeborenen?

»Wir wissen nichts von irgendwelchen Ausbrüchen von Pocken, Jesse«, antwortete Scott Hubbard.

»Woran hatten sie denn in diesem Labor gearbeitet?«, fragte Jack. »Hat Kameron vielleicht nur ein paar Viren zu seiner Sammlung von Bakterien- und Pilzkulturen hinzufügen wollen? Er war ziemlich begabt, und vielleicht war er schon damals verrückt genug, so etwas zu tun.«

»Die Akten sagen nichts darüber aus. Entweder hielt man es für einen Unfall, oder es handelte sich um geheime Experimente«, antwortete Hubbard.

»Nein«, widersprach Jack. »Die CDC führen keine geheimen Forschungen durch. Es muss irgendetwas anderes gewesen sein.«

Hubbard verlagerte nervös sein Gewicht auf dem Stuhl. »Jack, ich habe nur ein paar Blätter Papier, mehr nicht. Es war bloß eine Vermutung, dass es sich um geheime Forschungen handelte. Oder wahrscheinlicher noch, die Akten wurden entschärft, um Kameron und die anderen Virologen zu schützen. Vergiss nicht, damals kam es in Mode, Viren als Verursacher von Krebs zu vermuten. Es war keine streng geheime Sache, aber Virenforscher mussten vorsichtig sein.«

»Ja, ja.« Jack wusste von der Verbindung zwischen Dow und dem Staatlichen Institut für Krebsforschung. Das Ganze hatte zu nichts geführt, außer zum Biohazard-Symbol. Die beiden Institute hatten Feldversuche angestellt, welches Symbol am besten geeignet war, um eine biologische Bedrohung zu symbolisieren. Das universelle Emblem war heutzutage überall in den Vereinigten Staaten bekannt. Unglücklicherweise war es auch zu einem billigen Symbol in Spielfilmen herabgesunken, das den Zuschauern verkündete, was für grässliche Dinge »hinter jener Wand dort« lauerten. Das Bild des sechzigjährigen Dustin Hoffman ging Jack durch den Kopf, der in einem albernen Schocker, bei dem es um den Ausbruch von Ebola-Viren gegangen war, einen leichtfertigen Colonel gespielt hatte.

»Was war das für ein Virus, Scott? Tollwut, oder ein früher Hanta?«

»Ich weiß es nicht, Jack. Die Aufzeichnungen sind lückenhaft.« Er zögerte. »Allerdings meint ein Techniker sich zu erinnern, dass irgendein junger Türke, der die CDC verlassen hat und zum Scripts Institute gegangen ist, mit irgendwelchen Viren aus Deutschland experimentiert hat, alten und neuen.«

»Und welche?«

»Zurzeit des Unfalls hatten sie Codenamen. Eines der Viren war ein Retro, ein Vorläufer von HIV, wie mir gesagt wurde. Es stammte aus Kamerun, das bis nach dem Ersten Weltkrieg eine westafrikanische Kolonie des Deutschen Reiches war. Aus diesem Retro hat sich das AIDS-Virus entwickelt, aber Teddy Kameron hatte damit nichts zu tun.«

Eine Sekunde herrschte Stille, alle überlegten angestrengt.

»Was wissen wir denn über Kamerons Herkunft?«, fragte Vicky. »Vielleicht gibt uns das mehr Aufschluss. Ich meine, wer *ist* Theodore Kameron? Er muss doch irgendwo seine Wurzeln haben.«

»Ich habe eine Reihe Suchstrings über Verbindungen zwischen dem Namen Kameron mit ›K‹ oder mit ›C‹ eingegeben und dem, was er als Nächstes anrichten könnte«, sagte Jesse und schaute Jack an. »Sie sind der gemeinsame Faktor, Dr. Bryne.« Er las von einem Blatt ab: »Alter, Geschlecht, Rasse, Beruf, Hobby, Personenstand, Religion, Einkommen – nichts. Kamerons Opfer hatten nur eines gemeinsam: Sie kannten Jack Bryne. Die Todesursache, Wurminfektion, ist ein weiterer Faktor – Infestation der Eingeweide bei Curt Mallon, Infestation des Gehirns bei Lucas Strawbridge. Noch ergibt es keinen Sinn. *Noch* nicht. Sie und Shmuel bekamen beide Pakete mit Nahrungsmitteln. Ihres, Dr. Bryne, war vorgeblich von Shmuel abgeschickt, und Shmuels kam vorgeblich von Miss Wade.«

Vicky schüttelte den Kopf. »Die Absender waren gefälscht, aber die Karten in den Päckchen schienen echt, stimmt's?«

»Auf meiner Karte war das Logo von ATV mit dem Schriftzug von HOT LINE«, sagte Shmuel. »Ich habe mich auf jeden Fall täuschen lassen.«

»War sonst noch etwas auf der Karte? Eine Nachricht?«, fragte Jesse. »Oder nur dieses doppelte X?«

Shmuel nickte. »Nur dieses Doppel-X hinter Miss Wades Unterschrift.«

»Dr. Bryne«, fragte Jesse, »die Karte, die in Shmuels angeblichem Paket lag – war darauf auch dieses doppelte X? Fanden Sie das nicht seltsam?«

Scott Hubbard setzte sich auf. Er wusste von den Karten, doch Jesse hatte ihm nichts von den Zeichen gesagt. »Worauf wollt ihr hinaus, Jungs?«

Jesse grinste. »Nun, zum einen gibt es ein mexikanisches Bier mit dem Markennamen XX. Außerdem Kondome, aber die heißen …«, er bemerkte die Überraschung im Gesicht seines Vaters, deswegen schloss er rasch: »Four X, glaube ich.«

»Vielleicht sind es Kapitel aus der Bibel«, meinte Jack.

Jesse nahm seine Bibel und hielt sie in die Höhe. »Wissen Sie, wie viele Bücher in der Bibel zwanzig Kapitel haben? Vergessen Sie's. Kameron benutzt bestimmt nur ein Buch.«

»Exodus?«, fragte Scott.

»Warum nicht, Dad«, erwiderte Jesse. »Denk doch mal darüber nach. Die Feuersäule, die Teilung des Roten Meeres, die Geschichte von dem Manna und schließlich das Goldene Kalb.« Jesse suchte die entsprechende Seite und lehnte sich zurück. »Es beginnt damit, dass Moses die Zehn Gebote verliest. Also Exodus, das erste Buch, dem die zwei Bücher über die Gesetze und Verbote folgen, die Moses den Juden gab: Numeri und Levitikus. Bevor Moses und Aaron ins Gelobte Land kamen, mussten sie Gesetze für all die Menschen haben, die durch die Wüste Sinai zogen. Dathan, der Hohe Priester, war in Ungnade gefallen und von der Erde verschlungen worden.«

»Was für Gesetze?«, fragte Vicky, die eifrig Notizen machte.

»Der Anfang aller Gesetze«, antwortete Shmuel Berger. »Der christlichen, jüdischen und moslemischen.«

»Ja. Exodus, Kapitel zwanzig«, sagte Jack. »Vielleicht bezieht Kameron sich mit dem XX darauf.«

»Wenn es die Zehn Gebote sind – gegen welches habe ich dann verstoßen?«, fragte Shmuel an die anderen gewandt, als wäre er bei einem Vergehen ertappt worden.

»Gute Frage«, sagte Jesse. »Falls Kameron die Zehn Gebote als Vorlage benutzt, ergibt es keinen erkennbaren Sinn, außer vielleicht für ihn. Und er kann sie in jeder ihm passenden Reihenfolge anwenden.« Er grinste. »Ich denke, Ehebruch kommt für Shmuel nicht infrage.«

Shmuel lächelte schief. »Genauso wenig wie Mord oder Diebstahl.«

»Da waren's nur noch sieben.« Auch Jack hatte die Bibel genommen und die Stelle aufgeschlagen und ging nun die Zeilen durch. Shmuel überflog den Abschnitt: »Kein anderer Gott neben mir, kein Götzenbild, ich bin ein eifersüchtiger Gott, gedenke des Sabbats, ehre Vater und Mutter, du sollst nicht töten, nicht die Ehe brechen, nicht stehlen, nicht falsch gegen deinen Nächsten aussagen und nicht nach der Frau oder dem Esel deines Nachbarn gelüsten.«

Die Gruppe blickte ihn fragend an.

»Lasst mich nachdenken«, sagte er. »Ich brauche einen *Chumash* mit den Auslegungen von Rambam und Rashi, keine englische Übersetzung. Ich habe leider keinen mitgebracht... was ist mit Lucas Strawbridge? Ist bei ihm ein Verstoß gegen eines der Gebote offensichtlich?«

»Wir wissen nicht viel über ihn, außer dass er ein sehr erfolgreicher Geschäftsmann war, Direktor eines großen Nahrungsmittelkonzerns«, sagte Jack. »Und er war offensichtlich ein anständiger Mann. Er wollte ProMED finanziell unterstützen. Und Judith Gale hat mir erzählt, dass er eine sehr glückliche Ehe geführt hat und ein guter Ehemann war.«

Scott Hubbard hatte sich zurückgelehnt und betrachtete nachdenklich den hageren Jungen aus Brooklyn. »Was ist ein *Chumash*, Shmuel?«

Shmuel lächelte. »Das sind die ersten fünf Bücher Ihrer Bibel. Die fünf Bücher, die Moses geschrieben hat. Nach der Genesis und dem Exodus kamen Levitikus, Numeri und Deuteronium. Am Ende von Deuteronium stirbt Moses.«

»Du glaubst, Kameron hält sich für Moses?«

»Falls es so ist, dann hoffe ich, dass er im Schnellvorlauf bei Deuteronium ankommt, auf den Berg Nebo steigt und den Löffel abgibt«, sagte Shmuel. Die anderen lachten. »Nun, das XX könnte ein Hinweis sein, aber wir sollten uns nicht darauf versteifen, dass es ein *biblischer* Hinweis ist. Ich pflichte Jesse jedenfalls bei, dass Dr. Bryne der Auslöser und Mittelpunkt von Kamerons neuen Aktivitäten ist.«

»Und vielleicht ist Rache der Grund dafür«, meinte Jesse. »Gepaart mit Sadismus. Jedenfalls muss es irgendeinen gemeinsamen Nenner für diese Vorkommnisse geben. Womöglich müssen wir auf einen weiteren Zwischenfall warten. Vielleicht gelingt es uns dann, den Grund für Kamerons Taten herauszufinden, den Code, der hinter diesen Morden steckt.«

Scott Hubbard schaute die anderen reihum an. »Der Hundesohn lauert in diesem Augenblick irgendwo dort draußen und schmiedet weitere Rachepläne gegen seine Feinde«, sagte er. »Und du, Jack, scheinst sein Hauptziel zu sein. Ich hoffe nur, er hat keine Liste mit weiteren Zielen, die nach dir an der Reihe sind.«

»Danke sehr«, sagte Jack und grinste. »Aber was nun, Scott? Ich kann schließlich nicht für den Rest meines Lebens hier bleiben.«

»Das gilt auch für mich und Shmuel«, sagte Vicky.

»Nun, wie ich bereits sagte«, erwiderte Scott, »mussten wir Jacks Grundstück absuchen, um sicherzustellen, dass Kameron nicht irgendetwas vorbereitet hat. Ich glaube, du kannst morgen unbesorgt zurückkehren, Jack. Das Gleiche gilt für dich, Vicky. Die New-Yorker Polizei wird euch zwei Wochen lang Personenschutz geben. Außerdem werdet ihr von drei unserer Agenten beschattet. Ebenso Shmuel. Wir haben die Genehmigung von ATV, Vicky, und der New-Yorker Uni, Shmuel, unsere Männer während der nächsten beiden Wochen unauffällig in eurer Nähe unterzubringen. Ihr seid also sicher. Ich hoffe nur, dass wir den Bastard bis dahin geschnappt haben.«

»Und wenn nicht?«, fragte Jack.

»Warten wir's erst mal ab. Vielleicht ist ja bis dahin alles vorbei, oder wir haben bis dahin wenigstens eine Idee, wie sein Strickmuster aussieht.«

»Ich denke, es ist kein Strickmuster, eher ein Wandteppich, Dad«, sagte Jesse. »Ich glaube, Kameron brütet etwas viel Größeres aus. Aber ich bin ebenfalls der Meinung, dass ein Muster dahinter steckt, und wir sollten versuchen, es schnellstens zu entschlüsseln, bevor noch mehr Menschen wegen ihm in Leichensäcken enden.«

14

Montag, 9. Juli
Dean Martin Memorial Hospital
Las Vegas, Nevada

Kristin Moody war im zweiten Jahr beim Epidemic Intelligence Service, dem epidemiologischen Nachrichtendienst der CDC. Sie war der Abteilung für enterische Pathogene in Atlanta zugeteilt. Ihre vorausgegangene Ausbildung in Pädiatrie hatte ihr den Einstieg in das Arbeitsgebiet der Lebensmittelvergiftungen erleichtert. Am häufigsten hatte sie mit Staphylokokken und Salmonellen zu tun. Außerdem kam es hin und wieder zu erschreckenden Epidemien wie beim Rückruf von fünfzehntausend Tonnen Hamburgerfleisch, das mit *E. Coli* 0157:H7 kontaminiert gewesen war, und zu vereinzelten, seltenen Fällen von letalem Botulismus.

Zwischen diesen Untersuchungen hatte sie immer wieder mit den weniger ernsten, nichtsdestotrotz faszinierenden Zwischenfällen zu tun – Farnkrautvergiftung, eine Diarrhö-Epidemie, die sich auf gekochten Reis zurückverfolgen ließ, periodische Infektionen mit *Yersinia enterocolitica*, die sich genau wie eine Appendizitis äußerten und eine Behandlung mit Antibiotika erforderlich machten, jedoch keine Chirurgie.

Moody hatte die durch industriell hergestellten Kartoffelsalat ausgelöste Epidemie untersucht, die im Sommer 1999 im gesamten Nordosten grassiert hatte und auf *Listeria monocytogenes* zurückzuführen war, einem eher seltenen Bakterium, das in Milch und altem Käse vorkam. Später hatte sie gemeinsam mit anderen den Langmuir-Preis der CDC entgegengenommen, für ihre Arbeiten über den Ausbruch der Cyclosporiase, der die Wasservorräte der Hauptstadt Washington und des gesamten nördlichen Virginia bedroht hatte. Obwohl die Infektion auf importierte Basilikumblätter zurückgeführt worden war, hatte der Zwischenfall die Anfälligkeit der Hauptstadt der Vereinigten Staaten gegen eine größere Trinkwasserepidemie drastisch vor Augen geführt.

Moody war stolz, als sie die klassischen Artikel las, die von den CDC mit dem Langmuir-Preis für die beste Untersuchung ausgezeichnet worden waren. Das alles waren Arbeiten früherer Kollegen und ihrer Vorgänger beim EIS. Einer davon, der Preisträger des Jahres 1976, James Jackson, war heute ihr Vorgesetzter in Atlanta. Er hatte den Preis auf seinem Schreibtisch stehen. Jackson und sein Kollege Robert Black waren in die kleine Ortschaft Holland Patent im Staat New York geschickt worden, östlich von Oneida, wo Hunderte von Kindern an einer *Yersinia-enterocolitica*-Infektion erkrankt waren. Die intensiven Nachforschungen hatten ergeben, dass ausgerechnet industriell hergestellte Trinkschokolade die Ursache der Erkrankung war. Ein Rührstab, der den Schokoladensirup und die pasteurisierte Milch in der Fabrik verquirlte, hatte die Trinkschokolade kontaminiert. Der Stab hing unbeachtet an einer Wand und hatte Schmeißfliegen von den Misthaufen der umliegenden Milchfarmen angezogen.

Diese Lektion hatte zu Änderungen bei der Produktion von Trinkschokolade geführt, wie auch zu der Erkenntnis, dass dieses Bakterium sich tatsächlich in gekühlten Produkten wie Milch vermehrte. Chirurgen in der Gegend und später in den gesamten Vereinigten Staaten lernten überdies, dass *Y. enterocolitica* die Ursache für akute Unterleibsschmerzen sein konnte. Zu diesem Zeitpunkt waren bereits dreizehn Kinder – unnötigerweise – operiert worden. Konnte es sich bei dem Ausbruch hier in Las Vegas um *Y. enterocolitica* handeln? Oder, was wahrscheinlicher war, um *E. coli*? Letztere konnten zu akutem Nierenversagen führen.

Die Tür zur Intensivstation öffnete sich zischend, und Kristin erblickte vier Betten, von denen drei mit Kranken belegt waren.

»Dr. Moody! Sie sind zurück!« Ein großer dünner Mann, der Chefarzt der Abteilung, kam zu ihr.

»Ich hatte ja gesagt, Charles, dass ich wiederkomme. Mr Pusser hat beim letzten Mal seinen Shunt für die Dialyse bekommen. Ich muss mit ihm sprechen. Wie geht es den anderen?«

»Noch immer bewusstlos.« Er deutete mit einer knappen Geste zu den drei belegten Betten. »Mr Pusser müsste gleich von seiner ersten Dialyse zurück sein, aber ich weiß nicht, was wir wegen seiner Leber machen sollen – oder wegen *ihrer* Lebern. Alle vier leiden an einer massiven hepatitischen Nekrose und Nierenversagen.«

»Aber Pusser ist bei Bewusstsein?« Moody nahm ihren Palm Pilot hervor und schaltete das Gerät ein.

»Wahrscheinlich. Ah, da kommt er ja schon.« Der Chefarzt deutete auf die Rollbahre, auf der ein Mann zum vierten Bett geschoben wurde. Die beiden Ärzte beobachteten, wie die Pfleger den Anwalt auf die weißen Laken hoben und bis an die Brust zudeckten. »Sie können jetzt mit ihm reden. Familienangehörige haben sich bisher nicht gemeldet.«

Moody trat zum Bett. »Mr Pusser, ich bin Kristin Moody. Ich arbeite für die CDC. Wie geht es Ihnen?«

»Beschissen.« Pussers Augen waren kanariengelb, und seine Finger schienen ein Eigenleben zu besitzen. Sie bewegten sich unablässig, und Moody fragte sich, ob es der Beginn einer Asterixis war, des Verlustes jeglicher bewusster Kontrolle über Hände und Finger, die das unmittelbar bevorstehende endgültige Versagen der Leber ankündigten.

»Dürfte ich Ihnen ein paar Fragen stellen?«, bat Moody.

»Ja. Ein paar.«

»Was haben Sie im MGM Grand gegessen?«

»Nichts, verdammt. Ich esse niemals etwas im Hotel. Das

heißt... ich hab ein paar Bissen Salat gegessen, aber nur ganz wenig. Ich esse nie, bevor ich spreche. Macht mich langsam.«

»Was ist mit Getränken? Eiswasser, Fruchtsaft, Likör?«

»Nein, verdammt. Nur den Salat.«

Moody bemerkte seine Erregung. Falls er die Wahrheit sagte, würden die Informationen der anderen Opfer dies bestätigen. Aber der Salat? Sie dachte an das Farnkraut und den Rührstab. Was auch immer der Krankheitserreger war, der in den letzten beiden Tagen wenigstens dreißig Menschen erwischt hatte, er musste im Salat stecken. Sie bedankte sich bei Pusser, kritzelte mit ihrem elektronischen Stift ein paar Notizen in ihren Palm Pilot und kehrte zu ihrem Hotel zurück. Sie beschloss vorsichtshalber, keinen Salat beim Zimmerservice zu bestellen, während sie die Nummer von Atlanta wählte und ihren Vorgesetzten berichtete.

Kameron hielt normalerweise nicht viel vom Intranetzugang der CDC, diesmal jedoch enttäuschte ihn das elektronische Portal WONDER nicht. Er konnte die Dringlichkeit spüren, als stückchenweise neue Berichte vom Zwischenfall in Las Vegas eingingen. Die Bundesbehörde hatte zwei hochrangige Forscher abgestellt, um beim Ausbruch der Seuche zu assistieren.

An:	Lou Schwartz, MD
Von:	Kristin Moody, MD
Betreff:	durch Nahrungsmittel verursachte Epidemie 01-132
Datum:	23. Juni 14:00 Uhr EST

Bisher wurden siebenundzwanzig Fälle (21 M, 6 F) identifiziert. Fünfzehn weitere (10 M, 5 F) sind noch nicht bestätigt. Alter zwischen 29 und 72, Durchschnittsalter Männer 56, Frauen 44. Personenkreis: jeder, der zwischen dem 20. und 22. Juni im Restaurant des MGM Grand gegessen hat und an gastrointesti-

nalen Symptomen wie starken Unterbauchschmerzen, Erbrechen und Diarrhö leidet. Epidemiologische Wachstumskurve.
Die Gesundheitsbehörde des Staates Nevada und das Landwirtschaftsministerium haben sämtliche Nahrungsmittel konfisziert, die noch in Schränken, Kühlräumen, Tiefkühltruhen und in der Salatbar lagerten.
Hotelrechnungen, Kreditkartenbelege und Restaurantquittungen werden derzeit überprüft und mit den Namen der Erkrankten abgeglichen.

Kameron war beeindruckt von dem frühen Bericht und noch mehr von einer Antwort, die kaum zwei Stunden später einging. Abgesehen von den Nachrichten über das private E-Mail-System der CDC hatte es eine Unmenge an Telefonaten gegeben. Kameron fragte sich, worum es wohl gegangen war. Noch während er in der Besucherlounge des Hospitals saß, kam eine neue E-Mail durch.

An:	Moody
Von:	Schwartz
Datum:	23. Juni 16:00 EST

Kristin,
wir haben eine positive Identifizierung aus Blut- und Stuhlproben. Die Ursache sind Amanita-Pilze; genaue Spezies steht noch nicht fest. Vorläufige Ergebnisse lassen entweder A. phalloides alias Tödlicher Engel oder A. verona alias Racheengel vermuten. Bitte konzentrieren Sie sich auf den kleinsten gemeinsamen Nenner. Nachdem Sie die Patienten befragt haben, warten Sie bitte auf die Berichte von Don, Helen und Jason aus den anderen Krankenhäusern und von den Leichenbeschauern. Setzen Sie sich mit mir in Verbindung, sobald Sie etwas Neues wissen.
L. S.

»Sie haben es!«, rief Teddy, und in seiner Stimme lagen Erstaunen und Enttäuschung zugleich. »Aber nur ein kleines Puzzlesteinchen. Irgendein unglückseliger Koch wird die Schuld bekommen. Vielleicht sieht Jack Bryne den größeren Zusammenhang.«

Kameron beschloss, Mr Pusser zu besuchen und ihm ein paar letzte Ratschläge mit auf den Weg zu geben.

Er klipste sich das Namensschildchen an die Brusttasche und ging zum Aufzug. Die Dialyseabteilung des Las Vegas General besaß sechs Betten. Krankenpfleger und Schwestern überprüften die Geräte in regelmäßigen Abständen und machten Notizen auf den Krankenblättern der jeweiligen Patienten. Als der hoch gewachsene Arzt die Station betrat, schenkten sie ihm nur wenig Beachtung. Er ging zu der Ablage mit den Akten, blätterte sie durch und nickte. Das letzte Krankenblatt war das von Pusser.

»Wie geht es unserem Mr Pusser?«, fragte er eine Krankenschwester. »Sieht aus, als würde er sich ganz gut halten.«

»Ja, Doktor«, antwortete sie mit einem Blick auf sein Namensschild. »Sind Sie von der Staatlichen oder von den CDC?«

»Ich bin Dr. Moodys Vorgesetzter, von den CDC.« Kameron lächelte. »Ich überprüfe Kristins Untersuchungen. Sie ist noch nicht ganz trocken hinter den Ohren.« Er zwinkerte der Krankenschwester vielsagend zu.

»Ich verstehe.« Die Oberschwester war Mitte fünfzig. Sie hatte die Jüngeren kommen und gehen sehen – junge Ärzte, die alles wussten und das Offensichtliche übersahen. »Dr. Moody war gestern hier. Sie hat mit den Patienten gesprochen, besonders mit Mr Pusser. Möchten Sie ebenfalls mit ihm reden?«

»Ja, falls Sie keine Einwände haben. Nur um sicherzugehen, dass wir nichts übersehen haben. Darf ich?«

»Selbstverständlich. Allerdings geht es ihm trotz der Dialyse nicht besonders gut. Es scheint, als würde seine Leber ebenfalls versagen, und eine Leberdialyse gibt es ja leider nicht.«

»Noch nicht. Aber geben wir die Hoffnung nicht auf.« Kameron nahm Pussers Krankenblatt und näherte sich dem Liegestuhl, in dem der Anwalt döste. Die anderen Patienten betrachteten den beeindruckenden älteren Arzt mit der tiefen Bräune. Er war nicht an ihnen interessiert, und so wandten sie sich wieder ihren Zeitschriften oder dem Fernseher an der Wand zu. Die Krankenschwester ging zum nächsten Patienten und prüfte die Geräte.

Kameron zog einen Stuhl heran und betrachtete den Mann, der sein privates Leben und seine berufliche Karriere vernichtet hatte. Er wusste, dass Pusser wahrscheinlich an den Toxinen sterben würde, doch er wollte sichergehen und ihm ein persönliches Lebewohl sagen.

»Mr Pusser? Wachen Sie auf, ich habe Ihnen etwas zu sagen.«

Pusser konzentrierte sich mühsam auf die Stimme. Die metabolischen Gifte, die in seinem Körper gefangen waren, wirkten besser als jede Droge, die er jemals genommen hatte – er wollte schlafen, wollte weiterträumen, doch die Stimme aus der Außenwelt blieb beharrlich.

»Ja, was gibt's denn?« Er öffnete ärgerlich die Augen und sah einen Mann, den er zu kennen glaubte. Irgendjemand aus dem Ministerium? Er versuchte sich zu konzentrieren. Sein Arm war noch heiß vom Dialyse-Shunt, doch überall sonst fühlte er sich kalt.

»Mr Pusser, bitte, erinnern Sie sich. Es war Levitikus, Kapitel neun, Vers zehn.«

Pusser entspannte sich wieder. Der Mann war bestimmt einer von diesen alten Knackern vom Konvent, der versuchte, ihn seelisch aufzurichten. Sie würden die Rechnung präsentiert bekommen, das stand fest, sobald er diese verdammte Lebensmittelvergiftung überstanden hatte. Er würde die Sekte auf jeden Schekel verklagen, den sie besaß, doch für den Augenblick war es wohl angebracht, mitzuspielen.

»Ja, Sir, Levitikus, aber ich erinnere mich nicht an den Abschnitt. Könnten Sie mir helfen?«

»Aber sicher, mein Sohn. Es war ein Gebot, eines von vielen, das der Herr uns gab.« Teddy griff in seinen Kittel und zog eine kleine Insulinspritze hervor. Er nahm die Kappe von der Nadel und drückte den Kolben ein wenig ein, damit oben keine Luft in der Spitze war. Ein dünner Strahl Flüssigkeit schoss in die Höhe. Kameron blickte auf den Schlauch, der in Pussers Vene verschwand, und machte die Spritze bereit. »Es war, als Levitikus lernte, wie man richtig Essen zubereitet. Soll ich den Abschnitt zitieren, Sir?«

Pusser nickte, während Kameron sich erhob. Er stellte sich so, dass niemand anders im Zimmer die Spritze sehen konnte. »Das Fett des Sündopfers, die Nieren und die Fettmasse über der Leber des Sündopfers ließ er auf dem Altar in Rauch aufgehen, wie der Herr es dem Mose befohlen hatte.« Kameron injizierte den halben Milliliter PCP in den Schlauch. Er beobachtete, wie die Droge bei Pusser zu wirken begann und der alte Mann die Augen verdrehte, als er eine wunderbare Vision hatte. Es war der finale Traum eines Phenylcyclidin-Rauschs. Auf der Straße hieß PCP auch Angel Dust, Engelstaub, und Kameron hoffte, dass Pusser ein allerletztes Mal den Zustand ekstatischer Verzückung erlebte, bevor er seinem Schöpfer gegenübertrat.

15

Montag, 16. Juli
Homestead Hotel and Resort
Hot Springs, Virginia

Mark Lowen und Susan Fine gingen allmählich die Ausreden aus, die sie ihren Ehepartnern auftischen konnten. Immer wieder kam es vor ihren geheimen Rendezvous zu heiklen Situationen, doch ihre Treffen fanden gut versteckt vor ihren Familien und der Öffentlichkeit statt. Sie trafen sich an abgelegenen, mitunter ausgefallenen verschwiegenen Orten. Dieses Mal freute Lowen sich besonders auf ihr Rendezvous.

Susan Fine war als Beraterin des Senators in ihrer Welt beinahe genauso mächtig wie Lowen selbst. Ihre gelegentlichen heimlichen Rendezvous waren gefährlich, was der Sache einen zusätzlichen Reiz verlieh, zumal Susan und Lowen sich sexuell zueinander hingezogen fühlten. Beide standen im Licht der Öffentlichkeit und gehörten zu einem Kreis Prominenter, der ständig in der Furcht vor der Entdeckung und den Folgen eines Skandals lebte. Doch sie blühten auf bei ihren Begegnungen, angeregt von der Mystik ihrer *liaison dangereuse*, der verbotenen Leidenschaft und ihrer Sinnlichkeit; die Missachtung von Liebe und Verantwortung war ihnen gleichgültig. Doch über allem stand für beide der erotische Lustgewinn, den sie teilten, wenn sie einen Ort gefunden hatten, der sicher und anregend zugleich für sie war.

»Also bis Mitternacht, Susan«, flüsterte der Senator ihr im Aufzug zu. »Wir treffen uns auf dem Parkplatz.« In seinen Augen funkelte es, als er sich an sie drängte. Er hatte soeben seine Rede gehalten und war entspannt. Susan erwiderte den Druck mit der Hüfte. Beide würden sich an diesem Abend zu einem ihrer geheimen Schäferstündchen treffen. Vorsichtshalber hatten sie ihre Zimmer auf verschiedenen Etagen des Homestead Hotels gebucht, denn zu viele Leute kannten ihre Gesichter, und sie durften kein Risiko eingehen. Später am Abend würden sie das Hotel durch verschiedene Ausgänge verlassen und sich auf den Weg zu einem von Lowens romantischen Verstecken machen.

Der Vollmond schien hell, als Lowen nur mit eingeschaltetem Standlicht vom Parkplatz fuhr. Susan wusste nicht, wohin es ging, doch Lowen schien sich genau auszukennen. Sie entspannte sich, nahm eine Zigarette aus der Handtasche und blickte durch die Seitenscheibe nach Westen, wo hin und wieder die Ausläufer der Appalachen aus dem Dunst schimmerten.

»Du hast diese Berge schon durchstreift, als du noch Schuljunge warst?«

»Hier gab es immer einen Platz, wo ich allein sein konnte.« Er führte nicht weiter aus, was er damit meinte, als sie schweigend hinunter ins Tal fuhren. Nach zwanzig Minuten auf schmalen Nebenstraßen, bergauf und bergab, bat Lowen sie um eine Zigarette. »Hast du Lust, schwimmen zu gehen?«

»Falls du uns vor morgen früh ans Ziel bringst, sicher.« Sie lachte. »Wie weit ist es noch?«

»Nicht mehr weit, Susie. Es ist die Mühe wert, ich verspreche es dir.«

Sie umfasste seinen Arm und lächelte. »Schon gut. Es macht mir nichts, noch ein bisschen zu warten.« Sie wollte zu ihm rutschen, doch die Mittelkonsole war im Weg. Lowen konnte ihre Zärtlichkeiten nicht erwidern, denn die unebene, kurvenreiche und unübersichtliche Straße erforderte seine volle Konzentration.

Wolken schoben sich vor den Mond, und die Straße beschrieb einen scharfen Knick in noch dichteren Wald. Schließlich gelangten sie auf eine kühle Lichtung. Das grüne Digitalthermometer auf den Armaturenanzeigen fiel rasch von fünfundzwanzig auf achtzehn Grad. Lowen lenkte den Wagen auf einen kleinen unbefestigten Parkplatz, stellte den Motor ab, löste seinen Sicherheitsgurt und wandte sich Susan zu. »Ich habe dir nichts gesagt, weil es eine Überraschung sein sollte. Es wird dir gefallen, glaub mir. Nichts auf der Welt ist wie Warm Springs, besonders bei Vollmond. Du wirst dich fühlen, als würdest du auf Wolken schweben.«

Susan blickte aus dem Fenster und bemerkte in einiger Entfernung eine Reihe niedriger Gebäude. »Sind die Badehäuser um diese Zeit denn nicht geschlossen?« Sie hätte nicht gedacht, dass Lowen es wagen könnte, sich an einem so öffentlichen Ort mit ihr zu zeigen. Sie betätigte den Fensterheber, und die frische Abendluft strömte ins Wageninnere.

»Keine Angst – sieh mal, dort. Die Quellen entspringen in diesen Kalksteinklippen«, sagte er. »Seit fast zweihundert Jahren kommen die Menschen hierher.« Er öffnete das Schiebedach, und sie sahen das Glitzern der Sterne am dunklen Nachthimmel; ein Stück voraus waren die Lichter in den Cottages des Personals sowie die große alte Holzkonstruktion zu sehen, welche die Quelle und das eigentliche Badehaus einfasste. Zur Linken überspannte eine winzige Brücke einen Bach. Sie stiegen aus, und Lowen nahm einen kleinen Rucksack vom Rücksitz, bevor er den Wagen abschloss. Er nahm Susans Hand, und sie gingen den Weg hinunter.

»Das Haus wurde zu Zeiten Thomas Jeffersons errichtet und später im ursprünglichen Zustand renoviert. Kaum zu glauben, es ist alles genau wie früher, wie in den Sechzigern, nichts hat sich verändert.« Lowen lächelte und berührte Susans Bein. »Ich habe Toby, dem Wachmann, einen Hunderter gegeben. Er hat die Eingangstür offen gelassen und lässt im Badehaus die ganze Nacht das Licht brennen. Ich kenne den Burschen seit mehr als dreißig Jahren, er wird den Mund halten.« Lowen rückte den

Rucksack zurecht und streichelte ihn, als wäre eine Belohnung für ihr nächtliches Abenteuer darin.

»Und wenn man uns überrascht?«

»Wer denn? Bis auf Toby ist niemand da«, sagte Lowen. »Außerdem würde sich hier kein Mensch um uns scheren.«

Susan beobachtete Lowen, der die schwere Holztür des Gebäudes öffnete. Der Mechanismus klickte leise, als er die Tür hinter ihnen wieder schloss. Susan blickte sich um – es war wie ein Fort, im Zentrum zum Nachthimmel hin offen. Im Mondlicht erinnerte es an ein Amphitheater mit sechseckigem Grundriss. Graue Holzwände mit ebenfalls sechseckigen Fenstern umschlossen die Umkleidekabinen und Massageräume. Marmortreppen, bedeckt von grünem Moos, führten hinunter zum zentralen Pool, der von der warmen Schwefelquelle gespeist wurde.

»Ist es hier wirklich sicher, Mark?«, fragte Susan, der dieser Ausflug nicht geheuer war. »Weißt du genau, dass es ungefährlich ist?«

Lowen öffnete den Rucksack und nahm eine Flasche Wein und zwei Plastikbecher hervor. »Um diese Jahreszeit ist niemand hier, Susie. Wir sind völlig ungestört.« Er stellte den Wein ab und verschwand in einer Umkleidekabine. Eine Minute später tauchte er in einem weißen Bademantel wieder auf. Er entkorkte den Wein und füllte die Plastikbecher, wobei er sich herunterbeugte, sodass der Bademantel sich ein wenig öffnete. Lowen war nackt und sichtlich erregt.

Susan wandte den Blick ab, verlegen wegen seiner Erektion, und betrachtete die Holzbänke, die den zentralen Pool umgaben. Es war ein natürlicher Teich, der zehn, zwölf Meter durchmaß. Auf dem Wasser schwebte eine Dunstschicht, wahrscheinlich Nebel – Susan war nicht sicher, ob das Wasser heiß oder nur lauwarm war.

»Niemand wird uns stören, Susan. Komm schon, zieh dich aus.«

Die junge Frau verschwand in derselben Umkleidekabine wie Lowen und schlüpfte aus ihrem Kleid. Darunter kam ein schicker zweiteiliger Badeanzug zum Vorschein.

Sie kehrte zu Lowen zurück, der sie mit gierigen Blicken musterte, und setzte sich zu ihm auf die Holzumrandung des Beckens. »Mir ist kalt. Du hast gesagt, es wäre warm, Mark!«

»Ist es auch – im Wasser.« Lowen trank einen Schluck Wein, streifte den Bademantel ab und stieg in den Pool. »Ich habe dir doch gesagt, dass der Teich von einer warmen Quelle gespeist wird – das Wasser hat Körpertemperatur. Das ist eines der Geheimnisse dieses Ortes. Wenn man in diesem Wasser schwimmt, verliert man das Gefühl für Warm oder Kalt. Man wird Teil des Wassers.«

Er betrachtete Susans Körper, als auch sie die Treppe hinunter kam und vorsichtig ins Wasser stieg. Lowen drückte auf einen Schalter. Unterwasserscheinwerfer flammten auf und spielten auf den bemoosten Seitenwänden des nahezu runden Pools, der von unergründlicher Tiefe war; die Oberfläche war mit glitzernden Wellen überzogen, die der Bach verursachte, der den Pool mit dem warmen, schwefelhaltigen Wasser speiste. Die wunderschönen tiefgrünen Algen wiegten sich in der stetigen Strömung. An den Rändern des Zustroms wuchsen große Kissen olivgrüner alter Moose und große Hügel aus chartreusefarbenem jungem Moos, das wie ein Feld voll lebender, leuchtender Smaragde wirkte. Das Wasser des Zustroms, in dem gelbe Schlieren wogten, blubberte leise und warf Myriaden feiner Blasen im Wasser.

»Riechst du das Wasser?«, fragte Lowen.

Susan nickte. Der Nebel über dem Pool besaß einen scharfen, stechenden Geruch, nicht unangenehm, vielleicht ein wenig medizinisch.

Lowen wies auf den leise blubbernden Zustrom. »Die Quelle hat das ganze Jahr über siebenunddreißig Grad. Die Luftblasen sind eine perfekte Ganzkörpermassage. Sie kitzeln auf der Haut wie eine Badewanne voll Champagner, nicht wahr?« Lowen ließ sich bis an den Hals ins Wasser sinken.

»Ist das Wasser auch sauber? Ich meine, das Moos und die Algen …«

Lowen lachte. »Der Schwefel desinfiziert das Wasser.«

Susan bemerkte, dass auch die Wände von einer dünnen Schicht grüner Moose bewachsen waren, die dem gesamten Raum den Anschein eines grünen, aufrecht stehenden Sarges verliehen. Zur Linken sickerte ein Rinnsal über dicke Moospolster ins Freie: ein natürlicher Abfluss. Unbehaglich ließ Susan den Blick in die Runde schweifen, über das im Mondlicht glitzernde Wasser, die Holzumrandung des Pools und die Marmorstufen; vor einer der Sitzbänke sah sie zwei große, auf der Seite liegende Trinkwasserkanister. Beide waren leer, als hätte jemand den Inhalt in den Pool geschüttet.

»Komm, zieh dich aus«, sagte Lowen, »hier drin haben wir früher immer nackt gebadet. Du bist doch nicht prüde?«

Obwohl ihr die Umgebung noch immer nicht geheuer war, zog Susan das Oberteil ihres Bikinis aus, streifte unter Wasser das Höschen ab und warf beides auf die Holzumrandung. Nach einer Weile erkannte sie, dass Lowen Recht hatte: Es war herrlich im Pool, warm, entspannend und erfrischend zugleich. Susan ließ sich tiefer ins Wasser sinken und erstarrte, als sie Algen und Moos an den Oberschenkeln, unter den Gesäßbacken und zwischen den Beinen spürte, doch sie gewöhnte sich rasch an das Gefühl, genoss es bald sogar.

Sie dachte daran, dass sie am Tag zuvor ihre Periode bekommen hatte. Glücklicherweise war es dunkel, und im Wasser und bei dem Schwefelgeruch würde Lowen nichts bemerken. Sie tauchte ganz unter, und die Berührung des Mooses erregte sie noch mehr, als sie mit den Schenkeln über den sanften grünen Teppich streifte.

Ohne es zu wissen, hatte Susan auch die winzigen Tiere erregt, die sich im Moos verbargen – kleine, gewundene, schneckenförmige Körper mit augenlosen Köpfen. Jetzt richteten sie sich auf, wanden sich suchend, wurden angezogen von den Spuren des Menstruationsbluts, die im Moos zurückgeblieben waren, als die Wedel Susans Schenkel und ihren Schoß gestreift hatten.

Die kleinen Kreaturen folgten der komplexen Fährte aus Flüssigkeiten, Wärme und Düften, die Susan hinter sich herzog, während sie sich langsam im Pool treiben ließ. Hinter ihr schwebte eine feine, nahezu unsichtbare Wolke aus blutig-serösen Stoffen im Wasser, trieb in die flachen Wirbel und gegen das Moos am Ufer und alarmierte weitere der kleinen Wesen. Voll Aufregung und Hunger wanden sie sich aus dem nassen Moos. Da sie in der Strömung schlechte Schwimmer waren, spannten sie sich von Alge zu Alge wie winzige Akrobaten. Tausende gesellten sich unterwegs zu ihnen; keines war größer als ein abgeschnittenes Stück Fingernagel, doch jedes war imstande, auf mehr als die sechsfache Größe anzuwachsen und ein Hundertfaches an Gewicht aufzunehmen, wenn es ins Innere eines Körpers gelangte und sich vollsaugen konnte.

Susan genoss die Berührung der Blasen, die ihre Haut kitzelten, und die entspannende Wirkung des warmen Wassers. Immer noch ließ sie sich treiben, den Kopf in den Nacken gelegt, und blickte hinauf zum Mond.

Plötzlich öffnete sich knarrend die Eingangstür, und der Umriss eines Mannes hob sich vor der Dunkelheit draußen ab. Susan duckte sich ins Wasser, als wollte sie sich verstecken.

»Was soll denn das, zur Hölle!«, zischte Lowen. »Toby?« Der Mann trug einen großen Sack über der Schulter und blieb bei der Tür stehen.

»Nein, Sir, ich bin Teddy«, antwortete der hoch gewachsene Mann. »Toby hat frei. Aber er hat mir gesagt, dass Sie hier sind. Keine Sorge, ich wechsle nur eben das Trinkwasser.«

Hilflos beobachteten Susan und der Senator, wie der Mann einen großen Plastikkanister von der Schulter nahm und auf dem Boden abstellte. Er nahm den leeren Kanister aus dem Wasserkühler und ersetzte ihn gegen den neuen. »So, das war's schon. Ich werde Sie nicht weiter stören.«

»Das will ich stark hoffen«, sagte Lowen verärgert. »Verschwinden Sie jetzt, und schließen Sie die Tür hinter sich.«

Der Mann zuckte die Schultern und ging.

»Dieser verdammte Toby! Ich hatte ihm eingeschärft, dass wir hier sind und nicht gestört werden wollen!«, stieß Lowen hervor.

Er hörte das leise Klicken nicht, als die Tür von außen abgesperrt wurde. Alles war friedlich und still; nur die leise blubbernden Gasbläschen waren zu vernehmen, die zur Oberfläche aufstiegen wie Kohlensäure in Limonade.

Zuerst spürte Susan überhaupt nichts, während sie unter den Sternen trieb und die winzigen Blasen über ihren Körper strichen, bevor sie die Oberfläche erreichten und zerplatzten. Aus der Quelle kamen zwar warme Wasserströmungen, doch die Temperaturen schwankten von einer Stelle des Pools zur anderen. Susan glitt rückwärts paddelnd am Zufluss entlang und hielt immer wieder inne, um sich von den Blasen kitzeln zu lassen. Sie fühlten sich so sinnlich an, als wären sie lebendig. Susan strich sich mit den Händen über den Leib und löste einen Schauer von silbrig schimmernden Blasen aus. Es war, als hätten sich auf jeder Hautpore, an jedem Körperhärchen Blasen festgesetzt, die nur darauf warteten, von ihren darüber gleitenden Fingern aufgestöbert zu werden, um aufzusteigen und ihren Körper zu liebkosen. Sie schwebte ohne die geringste Bewegung im Wasser.

Schließlich hob sie den Kopf und blickte an ihrem Leib hinunter. Nicht übel für mein Alter, dachte sie, während sie sich erneut mit den Händen langsam über Brust, Bauch, Hüften und schließlich über das Gesäß strich, die Berührung genoss und dabei ununterbrochene Ströme neuer warmer Blasen freisetzte. Wieder legte sie den Kopf zurück, und ihr Haar schwebte im Wasser wie ein Heiligenschein.

»Mark? Wo steckst du? Komm her zu mir. Ich…« Sie stockte, als sie an sich hinunterblickte und das Blut an ihren Brustwarzen entdeckte. Im Mondlicht sah es schwarz aus.

Dann sah sie die Egel auf ihren Brüsten und begann gellend zu schreien. In ihrem Bauchnabel und tiefer, in ihrem Schoß, wimmelte es vor Egeln. Sie kreischte in Todesangst, war wie gelähmt, konnte nicht davonschwimmen. Die Egel waren überall – lebendiges Schamhaar, das aussah wie der Kopf der Medusa. Sie kringelten und wanden sich, saugten den Lebenssaft ihres Opfers, während Susan in Panik nach ihnen schlug und sich die Tiere vom Leib riss. Doch wo immer sie einen Egel fortriss, drängten neue heran. Voller Panik und Ekel schlug sie laut kreischend nach den Tieren und riss sie weg, doch sobald sie eine Brust, eine Achselhöhle oder ihren Schoß befreit hatte, dauerte es nur Sekunden, bis neue Egel erschienen waren. Susans Arme wirbelten, sie wehrte sich, versuchte über Wasser zu bleiben und den Gedanken daran zu verdrängen, was zwischen ihren Beinen geschah und was die unweigerliche Folge sein würde, wenn sie nicht entkommen konnte.

Sie musste zum Rand, aus dem Wasser, Hilfe holen!

»Mark!«, schrie sie und packte eine zappelnde Masse von Egeln, die sich in ihrer linken Achselhöhle festgesogen hatten. Sie spürte, wie die Saugmünder der Egel sich lösten und die Kreaturen platzten, als sie mit aller Kraft zudrückte. Ihr eigenes Blut spritzte ihr ins Gesicht, und Scharen neuer Egel folgten der Spur und dem Geruch, fanden sie – ihre Lippen, ihre Ohren, ihre Augenlider, schließlich sogar ihren Mund, als sie um Hilfe schreiend Wasser schluckte und auszuspucken versuchte.

Langsam verlor sie das Bewusstsein. Was blieb, war das überwältigende Entsetzen, die Panik, dass sie nicht rechtzeitig aus dem Wasser kommen würde, der irrsinnige Ekel, dass die Egel in ihren Mund eingedrungen waren und sie erstickten, während sie das schweflige Wasser schluckte. Ihr letzter Gedanke war, dass die wurmgleichen Wesen nun ganz in ihr waren, nicht nur in ihrem Mund, sondern überall.

Susan war beinahe dankbar, dass sie starb.

Lowen hatte die Egel an seinem Körper eher bemerkt als Susan. Er wusste, dass er aus dem Bad verschwinden musste – zur Hölle mit dem Weib! Noch während Susan schrie, zog er sich aus dem Wasser. Im Rennen riss er sich Egel vom Leib wie Humphrey Bogart in *African Queen*, nur dass es hier kein Film war, sondern Grauen erregende Wirklichkeit. Wenn er es nur bis zur Tür schaffte! Er rannte stolpernd dahin und riss sich die Egel vom Leib, als wären es Zecken. Schließlich erreichte er die Tür, zerrte am Griff – und stellte voller Entsetzen fest, dass sie abgeschlossen war.

»Toby, um Himmels willen ... Teddy! Hilfe!«, brüllte Lowen. Niemand antwortete. Gehetzt blickte er zurück zum Pool – und hätte sich beinahe übergeben. Susan war über und über von Egeln bedeckt, doch das war nicht das Schlimmste. Die Wesen schienen seine Fährte entdeckt zu haben und wanden sich erstaunlich schnell über den Boden in seine Richtung. Bald hatten die ersten den entsetzensstarren Mann erreicht. Lowen versuchte sie mit den nackten Füßen platt zu treten, doch sie glitschten ungerührt zur Seite weg. Bald waren die winzigen Egel überall um ihn herum.

Verzweifelt hämmerte er gegen die verschlossene Tür.

»Hilfe!«

Endlich antwortete Teddy.

»Probleme, Senator?«

»Machen Sie die Tür auf, um Himmels willen! Lassen Sie mich hier raus! Im Wasser sind überall Blutegel! Um Gottes willen, Mann, öffnen Sie die Tür!«

»Um Gottes willen, Senator, das werde ich nicht«, antwortete Kameron. »Und weil es Gottes Wille ist, befinden Sie sich in Ihrer misslichen Lage. Leben Sie wohl, Senator Lowen.«

Toby fand Susan und Senator Lowen am nächsten Morgen.

Susans Leichnam, der im Wasser trieb, hatte jegliche Farbe verloren und sah aus wie eine Marmorstatue. Später stellte der Leichenbeschauer fest, dass ihr Hämoglobin bei 1,1 Gramm und ihr Hämatokrit bei 3 Prozent lag. Die normalen Werte für eine Frau ihres Alters lagen bei 15 Gramm und 45 Prozent – Susan Fine hatte mehr als fünfundneunzig Prozent ihres Blutes verloren.

Was Lowen betraf, hatte die Rettungsmannschaft Mühe, ihn überhaupt als menschliche Leiche zu erkennen. Die Umkleidekammer, in die er sich geflüchtet hatte, war selbst bei Tageslicht dunkel, und der Tote war von so vielen Egeln bedeckt, dass er im ersten Augenblick wie ein großer Mooshügel aussah.

Die ganze Nacht über waren die Egel gekommen und hatten auf die Gesundheit ihrer Spender getrunken und getrunken und getrunken.

Als Scott Hubbard über den Tod Lowens informiert wurde, schrillten bei ihm sämtliche Alarmglocken. Noch am gleichen Abend rief er Jack Bryne an und berichtete von den Vorfällen. Jack sagte, dass Vicky am nächsten Morgen mit dem Flieger nach Charlottesville kommen wollte, doch er konnte ein Treffen in seinem Büro arrangieren. Er bot an, den »Wurmexperten« Alan Tatum mitzubringen. Tatum habe möglicherweise ein paar neue Informationen in der Angelegenheit, meinte Jack; er kenne sich aus mit Würmern. Anschließend rief Scott Hubbard die Staatspolizei von Virginia an und bat darum, dass unverzüglich eine »Probe« der Egel, Fotos vom Fundort der Leichen und andere wichtige Materialien und Beweise zur Universität von Charlottesville geschickt wurden.

Am Mittwochmorgen saßen Hubbard, Jack, Vicky Wade und Alan Tatum in Jacks Büro. Hubbard überflog den schriftlichen Bericht. »Wir haben die Ergebnisse der Pathologie, Jack.

Die Blutegel haben Lowen und die Frau getötet, daran besteht kein Zweifel. Man hat ganze Scharen der Biester an Lowens Leichnam gefunden. Andere Egel haben sich voll gesaugt und sind in den Pool zurück. Möchtest du die Fotos sehen?«

»Nein«, sagte Jack. »Lieber nicht. Lowen und Fine sind tot. Es interessiert mich auch nicht, ob sie etwas miteinander hatten oder nicht. Ich will wissen, wie das geschehen konnte.«

»Blutegel sind in Virginia heimisch, Jack«, erklärte Tatum. »Wahrscheinlich hast du sogar welche in deinem Teich. Man findet sie in den meisten Staaten, einschließlich Maine.«

Scott Hubbard nahm ein kleines Glas hoch, in dem sich einige Exemplare befanden. »Die Polizei spekuliert immer noch darüber, wie die Egel dort hineingekommen sind. Sie halten es für möglich, dass die Biester durch den Zufluss in den Pool kamen. Die Besitzer sind natürlich völlig fertig – ein Senator und seine Geliebte sind tot, und ihr Liebesnest waren die Jefferson Baths. Der Ort einer grauenhaften Todesszene. Die Eigentümer befürchten, dass der Ruf der Bäder ruiniert ist. Wir wissen nur deswegen etwas davon, weil wir die Staatspolizei wegen der Sicherung deines Grundstücks um Hilfe gebeten haben, Jack. Die Beamten haben es unserem Agenten in Richmond berichtet, und der hat mich angerufen. Sie wollen keinen unnötigen Wirbel wegen der Geschichte. Es wäre ein schwerer Schlag für das Tourismusgeschäft im gesamten Tal.«

»Egel sind Hermaphroditen und in der Regel leicht zu vermehren«, sagte Tatum beinahe geistesabwesend, während er fasziniert auf die Exemplare in dem Glas starrte, das Scott Hubbard noch immer in der Hand hielt. »Aber ich glaube nicht, dass sie durch den Zufluss ins Bad gelangt sind – die riesige Anzahl lässt auf andere Gründe schließen. Dürfte ich einen Blick auf das Glas werfen?«

Hubbard reichte ihm die kleine Glasflasche. Der Deckel war fest aufgeschraubt. Tote Egel schwammen auf dem Alkohol, winzige dünne Fäden, kaum länger als einen Zentimeter. Andere, größere Exemplare von schwarz-brauner Farbe waren zu Boden gesunken.

»Im Bericht heißt es, dass Tausende davon in diesem Bad waren, nicht wahr?«, fragte Tatum.

Scott Hubbard nickte bejahend.

»Eine pharmakologische Dosis?« Jack schaute Tatum an.

»Nun, so würde ich es vielleicht nicht ausdrücken, obwohl Egel noch bis zum Ende des neunzehnten Jahrhunderts in Apotheken verkauft und zum Aderlassen und dergleichen mehr verwendet wurden. Früher wurden sie richtiggehend gezüchtet.« Tatum starrte ins Glas. »Das Problem ist, wir haben es hier mit zwei verschiedenen Arten zu tun, und keine ist in Virginia heimisch. Das dort«, er deutete auf einen am Boden des Glases liegenden, dunklen Egel, der fast wie ein Stück verdorbener Limonenschale aussah, »ist *Hirudo medicinalis*, der Blutegel der Alten Welt. Er wurde schon im alten Ägypten zum Aderlass benutzt. Auch heute noch werden sie verwendet, um bei bestimmten Eingriffen Blutstauungen zu verhindern, weil die Infektionswahrscheinlichkeit geringer ist als mit anderen Methoden. Sämtliche Egel sekretieren einen Gerinnungshemmer in ihrem Speichel, das Hirudin. Heutzutage wird dieser Stoff auch biotechnologisch hergestellt. Die Tage der Blutegel als medizinische Hilfe sind wahrscheinlich gezählt.«

»Das wollte ich nicht wissen, Alan. Ich meinte die riesige Menge an Egeln – das ist doch nicht natürlich, oder?« Jack wandte sich zu Scott Hubbard und Vicky. »Alan hat mir erklärt, dass man von pharmakologischer Dosis spricht, wenn ein Medikament oder ein Stoff in Mengen vorkommt, die viel höher sind als normal. Wir haben es bei Shmuel Bergers Freund und bei Strawbridge gesehen – bei beiden war der Wurmbefall so groß, dass er unmöglich natürlichen Ursprungs gewesen sein kann. Und jetzt Senator Lowen und Susan Fine und die Blutegel.«

»Ja, es waren so viele Egel, dass die Ärzte und die Polizei gar nicht erst versucht haben, eine Zählung vorzunehmen«, berichtete Hubbard. »Sie haben auch nicht versucht, die Tiere zu fangen. Sie haben Kupfersulfat ins Wasser gekippt und die Egel getötet.«

»Das hat ihnen den Garaus gemacht, garantiert«, murmelte Tatum. »Es sei denn, die Theorie stimmt, dass sie durch den Zufluss gekommen sind – dann könnten einige davongekommen sein.«

»Lowen und Fine hatten jeder mehr als hundert Bisswunden am Leib«, sagte Scott Hubbard, »und Dutzende großer Male... überall.«

»Grässlich«, sagte Vicky und schauderte.

»Ja, aber leider eine Tatsache«, sagte Tatum. »Die Egel haben beide getötet. Egel stechen nicht und verursachen keinerlei Schmerz. Als sie über ihre Opfer krochen, muss es sich angefühlt haben wie Gasblasen. Die kleineren waren wahrscheinlich überall an ihren Körpern, ohne dass Lowen oder Susan Fine anfangs etwas gespürt hätten. Die Feuchtigkeit war eine perfekte Tarnung für die Egel. Jede kleine Wunde führte wegen der Gerinnungshemmer im Speichel der Tiere zu Blutverlust, den die beiden jedoch nicht bemerkten, weil das Wasser Körpertemperatur hatte. Die größeren Egel, die europäische Varietät, suchte sich einen Weg zu den Schleimhäuten und drang in ihren Mund und die Nasenlöcher ein... und in den Unterleib.« Tatum stockte; der Gedanke ließ Übelkeit in ihm aufsteigen. »Anfangs waren sie winzig, nicht länger als einen Zentimeter. Doch nachdem sie sich erst festgebissen und zu saugen angefangen hatten, quollen sie in der Rachenhöhle, in der Nase und im Mund auf. Lowen ist wahrscheinlich erstickt, lange bevor sein Blutverlust tödlich war. Die Biester verstopften seine Luftröhre, sodass er keine Luft mehr bekam. Die Araber haben einen Ausdruck dafür; sie nennen es ›halzoun‹. Es bedeutet das Ersticken an einem Wurm im Rachen.«

»Und Lowens Geliebte?«, fragte Vicky.

»Starb an Blutverlust. Sie hatte nur noch weniger als eine halbe Million roter Blutkörperchen in sich. Normal sind fünf Millionen. Sie muss fast fünf Liter Blut verloren haben«, sagte Hubbard.

»Aber wenn diese Egel hier nicht vorkommen«, sagte Vicky, »hätte das alles doch unmöglich geschehen können ...«

»Außer, es steckt Absicht dahinter. Und ich denke, wir wissen, wer es war«, erwiderte Jack. »Kameron.«

»Einige Anhaltspunkte sprechen dafür«, sagte Tatum. »Diese Tiere hier im Glas – keine der Spezies ist in den Staaten heimisch. Irgendjemand, vielleicht Kameron, muss einige Egel importiert und gezüchtet haben.« Tatum schwenkte das kleine Glas herum. »Sie stammen eindeutig aus Europa, vermutlich aus dem mediterranen Raum. Man kann es an den Punkten auf ihren Bäuchen erkennen, seht ihr?« Er hielt den anderen das Glas hin, doch keiner verspürte Lust, genauer hinzuschauen.

»Nicht einmal Kameron könnte so etwas tun«, flüsterte Vicky.

»Aber es *ist* passiert, und es gibt keine andere Erklärung für das Auftauchen der Egel«, widersprach Scott Hubbard. »Irgendjemand muss sie mit einem Eimer in den Pool gekippt haben, wo sie sich in den Moosen versteckten. Also hat jemand gewusst, dass der Senator und seine Geliebte sich in der Nacht in dieses Badehaus schleichen würden.«

»Ich wusste, dass Lowen wegen eines Meetings in die Gegend kommen wollte«, sagte Vicky. »Er hat mir davon berichtet.«

»Er hat dir gesagt, dass er herkommen würde? Wann war das, Vick?«, fragte Jack.

»Gestern. Aber er hat es mir nicht gesagt, er hat mir eine E-Mail geschickt. Er schrieb, dass er mich nach dem Wochenende anrufen würde, und dass er einen Abstecher nach Jackson Baths machen wolle.«

»Du hast nicht mit ihm telefoniert?«

»Nein.« Vicky schluchzte. »Ich habe ihm eine Mail geschickt, wo er mich nach dem Wochenende erreichen kann.«

Jack dachte über die Umstände der jüngsten Todesfälle nach. Er dachte an Shmuels Freund Curt Mallon und an Lucas Strawbridge. Vicky hatte ihm, Jack, über SOL E-Mails geschickt, in denen sie von ihren Plänen und Terminen geschrieben hatte. Shmuel hatte auf die gleiche Weise mit Vicky korrespondiert, ebenfalls über SOL.

»Wie lautet dein Passwort?«

»Ich benutze meine Initialen, VDW, und ATV für den Sender. Das Passwort ist VDWATV.«

»Gütiger Gott, Vicky!« Hubbard starrte sie an. »Das ist nicht gerade ein verschlüsselter Code! Den kann jeder Oberschüler knacken. Kameron hat dein Passwort herausgefunden!«

»Und liest seit vier Monaten deine Korrespondenz, Vicky«, fügte Jack hinzu. »Deswegen wusste er von Berger und den anderen! Deswegen wusste er von Jackson Baths! Er wusste, dass Lowen dort sein würde!«

Vicky brach in Tränen aus.

Jack schüttelte den Kopf. Kameron hatte nicht nur gewusst, wo sie waren, er hatte ihre E-Mails abgefangen und wusste von Lowens Plänen, Jack mit Lucas Strawbridge zusammenzubringen – und das war Kameron Grund genug gewesen, Strawbridge zu ermorden. Von wem sonst konnte Kameron wissen? Von Scott, Vicky und natürlich von Alan Tatum.

»Er weiß von uns allen«, sagte Jack. »Auch von dir, Alan. Wir müssen sehr, sehr vorsichtig sein.«

»Aber er weiß nicht, dass wir herausgefunden haben, dass er unsere Mail abfängt«, meinte Scott. »Wir könnten ihm damit eine Falle stellen.«

»Aber wir brauchen etwas, womit wir ihn anlocken können. Wir brauchen nicht nur eine Falle, sondern auch einen Köder«, sagte Tatum.

Jack nickte. »Zuerst einmal müssen wir das Leitmotiv für

Kamerons neue Sinfonie des Grauens finden. Wir haben bisher wenig mehr als ein paar Akkorde, doch sie sind ohne jeden Zweifel Bestandteil eines weit größeren Werks.«

»Es sind die Zehn Gebote, nicht wahr, Jack?«, fragte Vicky.

»Irgendwie erscheint mir das alles zu nahe liegend, Vicky, und es passt nicht richtig zusammen. Kameron ist ein Jäger. Es ist wie bei *Graf Zaroff – Genie des Bösen*, wo ein dämonischer Graf auf Menschenjagd geht, bis ein junger Jäger, der nach einem Schiffbruch in die Gewalt des Geisteskranken gerät, dem Spuk ein Ende macht. Der Jäger wird zum Gejagten. Alles wimmelt von Fallen, Täuschungen, Ködern. Wir werden ihn nur dann kriegen, wenn der Köder unwiderstehlich ist.«

»Und was sollte das sein?«, fragte Hubbard.

»Der Köder bin ich«, erwiderte Jack. »Machen wir uns daran, die Falle zu bauen. Und hoffen wir darauf, dass Kameron es tatsächlich auf *mich* abgesehen hat und nicht auf jemand anderen.«

16

Sonntag, 29. Juli
Los Angeles International Airport

»Guten Abend, Sir«, sagte die Stewardess mit strahlendem Lächeln. Der Flug war ausgebucht, und sie war froh über den großen, gut gekleideten Gentleman, einen der wenigen Passagiere in der First Class. Sie hasste die Hektik in der Business Class weiter hinten und mehr noch die vielen ärgerlichen, anstrengenden Passagiere, die unten in der Economy Class ungeduldig darauf warteten, endlich nach New York zu kommen. »Möchten Sie ein Getränk, bevor wir starten? Wir servieren auch gerne ein Menü – blaue Weichschalenkrabben aus Baltimore.« Sie reichte Kameron die Karte. Sie war freundlich und attraktiv. »Ihr Aftershave, Sir ... ich kenne diesen Duft«, sagte sie. »Aber ich komme nicht auf den Namen.«

Kameron lachte leise auf. »Ox-Eye. Ein ganz neuer Duft aus Chrysanthemen. Finden Sie es zu stark?«

»O nein, es ist wundervoll. Ich liebe Chrysanthemen. Mein Mann pflanzt sie im Garten an, um die Moskitos zu vertreiben.«

Kameron nickte. »Sie sind nicht nur wohlriechend und aromatisch, sie halten darüber hinaus all die kleinen Plagegeister fern, auch wenn ich bezweifle, dass ich mir in einem Flugzeug Sorgen darüber machen muss.«

Die Stewardess lachte; dann wies sie auf Kamerons Notebook und erkundigte sich: »Sie sind nicht zufällig ein Promise Keeper?«

Kameron wirkte belustigt. »Ich halte zwar stets meine Versprechen, aber ich gehöre nicht zu dieser Gruppe. Ich kann sie nicht ausstehen, diese Psalmen singenden, scheinheiligen Lügner und Heuchler.«

»Die Maschine ist voll von diesen Leuten. Sie sind auf dem Rückweg von einer Art Kongress in Anaheim.« Die Stewardess beugte sich verschwörerisch zu Kameron herunter. »Einer hat versucht, mich aufzureißen. Er trug einen Ring, ein verheirateter Mann – so viel zur Moral dieser Leute. Nun, einige von ihnen haben Notebooks dabei, und der Kapitän sorgt sich, dass sie die Elektronik stören könnten. Das ist der Grund, weshalb ich Sie nach Ihrem PDA gefragt habe.«

»Keine Sorge. Ich werde das Gerät erst einschalten, wenn der Kapitän das Zeichen gibt. Und ich kann Ihnen versichern, wenn es nach mir ginge, würden diese Leute ihre Frauen nicht mehr lange betrügen.«

Teddy mochte die Stewardess und hoffte, dass sie verschont blieb. Sie war weit weg von den fliegenden Affen da unten, die alle unbedingt an Bord der letzten Abendmaschine nach New York hatten steigen müssen. Fußball glotzende, Bier saufende, subhumane Primaten. Affenartige, primitive Wüstlinge. Kameron hoffte, dass die Stewardess hier oben blieb und nur die Erste Klasse bediente. Er wollte nicht, dass sie sich unten im Gedränge ansteckte.

»Wissen Sie, wann genau wir auf dem JFK landen?«, fragte er. »Rechnen Sie mit Verzögerungen?«

»Nein, Sir. Das Wetter ist klar, und wir müssten pünktlich landen, um dreiundzwanzig Uhr siebenunddreißig, vielleicht ein paar Minuten früher. Auf jeden Fall vor Mitternacht. Möchten Sie Ihr Menü vielleicht jetzt schon auswählen? Übrigens, wir zeigen während des Fluges den neuen Film mit Dustin Hoffman.«

Kameron lächelte. »Ich denke, ich lasse den Film aus, ich muss arbeiten. Aber die Krabben klingen verlockend.«

Die Stewardess nickte und ging zum nächsten Passagier. Die Maschine schien tatsächlich voll zu sein, vielleicht vierhundert Passagiere. Er war froh, dass er einen der zehn Erste-Klasse-Plätze bekommen hatte; sechs waren noch frei. Er saß weit weg von dem Gesindel unten. Der Flug würde weniger als sechs

Stunden dauern. Nach den Drinks und dem Abendessen würden die fliegenden Affen sich den Film anschauen und dann eindösen. Kameron würde in dieser Zeit ein wenig produktiver sein. Er würde sein Tagebuch in dem kleinen persönlichen digitalen Assistenten aktualisieren und auf die ersten Reaktionen der anderen gegen Ende des Fluges warten. Er würde versuchen, das Chaos aufzuzeichnen, das nach seiner Schätzung während des Landeanflugs losbrechen musste.

Eine halbe Stunde später, kurz bevor das Tablett mit seinem Dinner gebracht wurde, schaltete Kameron den PDA ein. Die Batterie hatte nur noch Energie für knapp drei Stunden, doch das würde reichen. Er überflog die vorhergehenden Notizen über sein Tic-Douloureux-Projekt und nahm einige kleinere Änderungen vor. Es sah gut aus, und abhängig von den Ereignissen der nächsten fünf Stunden würde er aus erster Hand Ergänzungen hinzufügen.

Gegen dreiundzwanzig Uhr, unmittelbar bevor der Flugbegleiter den Landeanflug auf den Großraum New York bekannt gab, hörte Kameron den ersten Schrei. Perfekt. Es war eine Frau, die geschrien hatte – ein lautes, panisches Kreischen in der unteren Sektion des Flugzeugs, in der Nähe der Toiletten, wo Kameron beim Einsteigen seine Einkaufstasche abgestellt hatte. Ein Gong ertönte, dann weitere, und die Schreie wurden lauter, greller. Rasch schaltete Kameron den bereitliegenden PDA ein und notierte:

> Elf Uhr abends. Meine kleinen Freunde hatten jetzt vier Stunden Zeit, und wie es scheint, haben sie ein paar passende Wirte gefunden. Ich höre ein Knacken in der Bordverständigungsanlage, was darauf schließen lässt, dass der Kapitän und der Flugbegleiter von unten angerufen worden sind.

Gerade als Kameron das Kabinenlicht einschalten wollte, flammte die Deckenbeleuchtung auf. Hinter ihm rannten Stewards und Stewardessen durcheinander und eilten über die schmale Wendeltreppe ins Unterdeck. Kameron wartete. Ein paar Minuten vergingen; zur Linken sah er unter sich die nächtlichen Lichter Philadelphias. Mit einem Mal verwandelten sich die vereinzelten Schreie in ein allgemeines Chaos, einen regelrechten Aufstand. Der Kabinenlautsprecher schaltete sich ein.

»Hier spricht Kapitän Kaiser. Wir landen in weniger als zwanzig Minuten auf dem John F. Kennedy Airport, die Landeerlaubnis wurde bereits erteilt. Sicher haben Sie die Schreie gehört, doch ich versichere Ihnen, dass keine Gefahr droht.« Sein Tonfall klang wie der von Chuck Yeager, dem Veteranen der Air Force und Erfinder jenes unsäglich lakonischen Weltraumslangs, den seit *Der Stoff, aus dem die Helden* sind, jeder Möchtegern-Haudegen imitierte. »Es scheint, einer unserer weiblichen Passagiere hat eine Zecke oder eine Spinne an sich entdeckt und ist in Panik geraten. Aber keine Sorge, unsere Stewards kümmern sich um die Lady. Nehmen Sie bitte wieder Platz, wir befinden uns bereits im Landeanflug und sind in wenigen Minuten am Ziel. Bitte, schnallen Sie sich an. Ich hoffe, Sie haben den Flug genossen, und die *Continental* darf Sie beim nächsten Mal wieder als Passagiere begrüßen.«

Der Kapitän verstummte, doch das statische Rauschen und Knacken nahm zu – die Crew schickte weitere Nachrichten ans Cockpit, wie Kameron wusste. Das Geschrei von unten wurde noch lauter, als bräche eine Rebellion aus. Kameron nahm erneut seinen PDA zur Hand; er wollte nichts versäumen und jedes Detail in seinem Tagebuch festhalten. Er bemerkte, dass die übrigen Passagiere der First Class alarmiert wirkten, aufgeschreckt durch die Worte der Kapitäns, und sich beunruhigt umsahen. Die junge Stewardess tauchte wieder auf, die Haare wirr in der Stirn. Sie war sichtlich aufgewühlt, bewahrte jedoch professionelle Ruhe, während sie zwischen den Sitzreihen hindurch zum Cockpit ging.

»Tut mir Leid wegen des Tumults«, sagte sie im Vorbeieilen.

»Wie es scheint, hat ein weiblicher Passagier Zecken an sich entdeckt und panisch darauf reagiert. Hier oben gibt es kein Problem; wir landen in wenigen Minuten. Die fragliche Person hat die Zecken wahrscheinlich selbst mit an Bord gebracht, also besteht kein Grund zur Besorgnis. Bitte legen Sie die Sicherheitsgurte an. Sie können von Bord, sobald die Maschine am Flugsteig angedockt hat.« Eilig verschwand sie im Cockpit und schloss die Tür hinter sich.

Kameron bemerkte, dass das Selbstvertrauen der Stewardess erschüttert war. Er vermutete, dass es unten zuging wie im Tollhaus; den Schreien nach zu urteilen, die heraufdrangen, herrschte dort ein wildes Durcheinander. Er löste seinen Gurt und ging zur Treppe. Drei Stewards standen auf den Stufen und hinderten verängstigte Passagiere daran, zum Oberdeck hinaufzusteigen. Als die Stewards Kameron bemerkten, fuhren sie ihn zornig an, auf seinen Sitz zurückzukehren. Doch Teddy wollte das Spektakel aus nächster Nähe beobachten, wollte die Moms und Dads, die schmierigen Hollywoodtypen und die weißhaarigen »Q-Tips« sehen, die zur Treppe strömten, als gäbe es oben etwas umsonst.

Unvermittelt sackte das Flugzeug durch. Teddy wusste nicht, ob der Kapitän den endgültigen Landeanflug eingeleitet hatte oder ob es an der Gewichtsverlagerung an Bord lag. Die Passagiere fielen schreiend in den Gang. Einige wurden ohnmächtig, doch der Ansturm der panischen Lakaien aus der Schweineklasse hielt an. Ein älterer Mann schwang seinen Gehstock und traf einen der Stewards am Fuß der Wendeltreppe. Der Steward stürzte, und die Menge trampelte über ihn hinweg und die schmale Treppe hinauf. Der zweite Steward trat nach dem Mann mit dem Stock und löste eine Kettenreaktion aus, sodass alle die Stufen hinunterfielen. Inzwischen strömten sämtliche Unterdeckpassagiere auf die schmale Treppe zu. Die Worte des Kapitäns konnten sie nicht beruhigen.

»Meine Damen und Herren, kehren Sie unverzüglich auf

Ihre Plätze zurück! Wir haben Erlaubnis zur sofortigen Landung, aber ich kann die Maschine nicht herunterbringen, bevor nicht alle wieder sitzen! Kehrt auf eure Plätze zurück, Leute! Richten Sie die Rückenlehnen auf, und schnallen Sie sich an.«

Kameron beobachtete, wie der Mob unschlüssig und erregt diskutierte, ob er einen weiteren Ansturm auf die Treppe unternehmen sollte. Ein paar Schlappschwänze setzten sich auf ihre Plätze und schnallten sich an. Andere starrten zur Treppe, sahen sich um, suchten Ermunterung bei den übrigen Passagieren. Doch als das Flugzeug tiefer ging und zur Linken kurz die Lichter von New Jersey auftauchten, endete die Rebellion. Die Anführer gaben auf, und alle kehrten an ihre Plätze zurück.

Drei Minuten später setzte die Maschine auf und rollte zum Terminal. Als die Fluggastbrücke ausgefahren wurde, begann der Aufstand von neuem. Jeder drängte in Richtung des einzigen Ausgangs. Erste-Klasse-Passagiere, Leute mit kleinen Kindern, Alte und Behinderte wurden ignoriert. Vier Sicherheitsbeamte des JFK, die man vorsichtshalber herbeigerufen hatte, wurden von Dutzenden verängstigter Passagiere überrannt.

Kameron wartete geduldig, bis die hysterische Biomasse schreiender Schwachköpfe an ihm vorbei war. Als er den langen Fluggaststeig betrat, der zum Terminal führte, sah er Frauen, die ihren wimmernden Kindern die Hemden und T-Shirts vom Leib rissen. Mütter suchten ihre kostbaren Babys nach Zecken ab. Jedes Mal, wenn eines der Tierchen entdeckt wurde, war ein entsetztes Kreischen zu vernehmen. Kameron sah einen Knaben, den seine Mutter splitterfasernackt ausgezogen hatte und am ganzen Leib absuchte. Der Junge war zu Tode verängstigt und brach in Tränen aus, als seine Mutter aufschrie. Sie hatte zwei Zecken entdeckt, die sich in den Rücken des Jungen verbissen hatten. In ihrer Panik gelang es der Frau nicht, die Tiere mit ihren rotlackierten Fingernägeln herauszureißen, also benutzte sie die Zähne, biss die kleinen schwarzen Teufel ab und spie sie zu Boden.

Durch den Lautsprecher des Terminals dröhnte eine Ansage, die sämtliche Passagiere des soeben gelandeten Fluges aus Los Angeles zur Gepäckausgabe bat. Kameron ahnte, dass die Katastrophe nun in ihr letztes Stadium eintreten würde. Er nahm in einem Sessel in der Lounge Platz, notierte die neuesten Ereignisse in seinem PDA und schlenderte anschließend durch den breiten Gang zur Rolltreppe, die hinunter zur Gepäckausgabe führte. Sein leichter Kleidersack sah harmlos aus – was für den Inhalt ganz bestimmt nicht galt.

Dank der neuesten Vorschriften für Fluglinien mussten sämtliche Maschinen mit drucksicheren Gepäckabteilen ausgerüstet sein, um Haustiere zu schützen; Teddy hatte gewusst, dass seine eigenen Tierchen sicher waren. Sie steckten in einem großen Baumwollsack mit Löchern im Boden, die zum Ausschwärmen einluden. Und der sechsstündige Flug in einem kalten Frachtabteil hatte sie ermutigt, wärmere, freundlichere Gefilde zu suchen – in anderen Koffern voller fremder Kleidungsstücke, die warme, behagliche Nischen boten. Teddy beobachtete, wie das Gepäckkarussell anlief und ein Förderband die verschiedenen Koffer, Kleidersäcke und Kisten auf den runden Aluminiumscheiben des Karussells ablud. Die aufgeregten Passagiere klopften unentwegt ihre Kleidung ab, während sie ungeduldig auf ihr Gepäck warteten, um endlich aus dem Terminal nach draußen zu entkommen. Ein gut gekleideter Manager trat aus einer kleinen Bürotür, rückte hastig seinen Schlips zurecht und bat um die Aufmerksamkeit der Reisenden. Teddy beschloss, auch diese Szene zu dokumentieren. Er ließ sich in einem der weißen Schalensitze aus Plastik draußen vor der Gepäckausgabe nieder und begann zu schreiben:

Offensichtlich sind meine geschätzten Mitreisenden aufgeregt und ängstlich, was ich gut nachvollziehen kann. Mir ginge es

nicht anders, wäre ich voller Zecken. Ich hatte einen Platz in der Ersten Klasse, ein gutes Stück abseits der Stelle, wo ich die Einkaufstasche neben den Toiletten abgestellt hatte. So wurde mein persönliches Risiko verringert; hinzu kam das Insektenschutzmittel, mein »Aftershave«, wodurch sich mein Restrisiko auf Null minimierte, selbst wenn die Zecken einen Weg zum Oberdeck gefunden hätten.
Ich trug eine Krawatte und war angezogen wie ein Geschäftsmann von der Wall Street. Die Stewardess hat die Gummibänder um meine Hosenbeine und Manschetten nicht bemerkt, die ein zufälliges Eindringen von Zecken verhindern sollten. Viele der fliegenden Affen (wie ich sie nenne) wurden richtiggehend hysterisch, als sie Zecken an sich entdeckten. Zecken sind in der Tat ein wahrer Abschaum und gehören zu den wenigen Tieren, für die es keinerlei ökologische Berechtigung gibt. Sie sind die Jauchegruben für eine ganze Reihe interessanter biologischer Phänomene.

Kameron unterbrach für einen Augenblick seine Aufzeichnungen, um zu beobachten, was sich vor seinen Augen abspielte. Ein wütender Mann rief: »Ein Unfall, was? Scheiße, ich werde die verdammte Fluggesellschaft auf Schadensersatz verklagen! Sehen Sie sich das an! Wir alle sind voller gottverdammter Zecken!« Er wandte sich um und starrte auf das Förderband, das weitere Gepäckstücke auf das Karussell entließ.

Kameron wartete noch ein wenig; dann notierte er weiter. Er vermerkte, dass der Mann Koreaner war, doch er klang wie die jämmerlichen Schlappschwänze, die nach bevorzugter Behandlung verlangten. Andererseits hatte jeder an Bord dieses Fluges Kamerons unheiligen Segen erhalten, ohne Ansehen von Rasse, Glaubensbekenntnis oder politischer Einstellung. Er wandte sich wieder seinem Gerät zu und legte die Finger auf die Tastatur, bereit, die nächste Szene zu dokumentieren:

Die dämlichen fliegenden Affen packen ihre Koffer und Taschen und flüchten durch die Glastüren nach draußen. Endlich entdecke ich auch meinen Kleidersack, den ich mit einem roten Band markiert habe, um ihn leichter wieder zu erkennen. Ich umkreise das Gepäckkarussell mehrere Male. Ich kann nicht sagen, ob alle meine Zecken fliehen konnten, doch ich weiß, dass viele in anderen Gepäckstücken einen sicheren neuen Hafen gefunden haben. Es ist eine wunderbare Diaspora. Die Zecken aus Afrika, Asien, Südamerika und ihre einheimischen Vettern werden ein neues Zuhause finden, werden sich sogar paaren – an Orten wie Forest Hills, Rye und Greenwich, Connecticut. Möge das Festessen beginnen! Und es sind nicht allein die Zecken, sondern all die wundervollen Krankheiten, die sie in sich tragen. Sollen die fliegenden Affen ruhig selbst herausfinden, womit sie sich infiziert haben, wenn sich im Lauf der nächsten Wochen die Krankheiten zeigen. Sollen die Clowns von den CDC sich darum kümmern, oder Jack – ich nenne ihn jetzt Lord Jack. Er wird auf die gleiche Weise enden wie Joseph Conrads falscher Held.
Ich warte, Lord Jack. Vielleicht tragen nicht alle meine Tierchen Krankheiten in sich – doch die Krankheiten, die von den anderen übertragen werden, variieren sowohl in den Symptomen als auch in den Inkubationszeiten. Die fliegenden Affen werden sich über die gesamte Ostküste verstreuen und seltene, wundervolle Krankheiten ausbrüten. Dazu noch ein Überfall von Feuerameisen in Disney World, und meine früheren Kollegen von den CDC sind auf Monate hinaus beschäftigt, oder auf Jahre. Vielleicht finden sie es niemals heraus, die kleinen Schweine. Aber du, mein Freund Jack, wirst es herausfinden, daran zweifle ich nicht. Ich freue mich schon jetzt auf unser Gipfeltreffen, mano a mano.

Dienstag, 4. September
Free Union, Virginia

Kurz vor Jack Brynes Umzug von Albany nach Charlottesville war die Stelle des ProMED-Moderators in eine Vollzeitstelle umgewandelt worden. Jetzt leitete Barbara Pollack die Show. Die Arbeit war einfach zu viel geworden für die freiwilligen Teilzeitkräfte wie Jack Bryne, Calisher und Hughes-Jones. Doch Pollack kam ziemlich gut zurecht, fand Jack. Er musste nichts mehr weiter tun, als Berichte zu redigieren, bevor sie online gestellt wurden, und hin und wieder Kommentare und Editorials verfassen. Es war entschieden weniger zeitaufwendig als das ständige, tägliche Lesen Dutzender E-Mails aus allen Ecken der Welt.

Das neue Semester hatte begonnen. Alles lief ziemlich gut. Die Studenten liebten Jacks Vorträge und Diskussionsrunden über Virologie und seine Vorlesungen über Überwachungssysteme. Richard Brown und Alan Tatum hielten den größten Teil der übrigen Vorlesungen und Seminare, zusammen mit dem staatlich geprüften Epidemiologen aus Richmond. Scott Hubbard hatte sich regelmäßig telefonisch gemeldet, und Jack stand per E-Mail mit Hubbards Sohn Jesse sowie mit Vicky in Verbindung. Das FBI hatte Vicky ein neues, sicheres, verschlüsseltes Passwort für sämtliche Botschaften gegeben, die mit Kameron zu tun haben konnten; das alte Passwort VDWATV wurde weiterhin benutzt, um harmlose Nachrichten auszutauschen für den Fall, dass Kameron noch immer lauschte.

Jack blickte hinunter auf Tootsie. Dank Alan Tatum hatte die Hündin sich zu einem munteren kleinen Ding entwickelt, das nicht einen Schritt von Jacks Seite wich. Sie hatte wieder zugenommen, und das lange braune Fell verdeckte die Narben.

Jack beschloss, die Mails und Berichte von ProMED zu lesen, wozu er seit mehr als achtundvierzig Stunden nicht mehr gekommen war. Pollack würde verärgert reagieren, wenn er ihr nicht bald eine Rückmeldung gab.

In seinem Postfach warteten vierzehn Mails sowie eine Nachricht von Barbara Pollack:

- 01.09 22:32 ProMED-Mail Pro/AH
  Betreff: Schweinepest, Klassisch; UK: OIE-Bericht
- 01.09 22:45 ProMED-Mail Pro/AH
  Betreff: Unerklärliche Todesfälle, Vieh; USA – Iowa
- 01.09 23:47 ProMED-Mail Pro/AH
  Betreff: West-Nil, Pferde; USA – New York
- 02.09 01:21 ProMED-Mail Pro/AH
  Betreff: Borna-Virus, Menschen; Deutschland – Marburg
- 02.09 02:45 ProMED-Mail Pro/AH
  Betreff: Kyasanurwald-Fieber (KFD); USA – Connecticut
- 02.09 02:47 ProMED-Mail Pro/AH
  Betreff: Omsker hämorrhagisches Fieber (OHF); USA – New Jersey
- 02.09 05:00 ProMED-Mail Pro/AH
  Betreff: Ankündigungen für das laufende Jahr (5)
- 02.09 06:15 ProMED-Mail Pro/AH
  Betreff: Rankenfäule, Wassermelonen; USA – Indiana
- 02.09 06:20 ProMED-Mail Pro/AH
  Betreff: Pseudo-MKS, Schafe; Italien – Sardinien
- 02.09 07:23 ProMED-Mail Pro/AH
  Betreff: Babesiose, Menschen; USA – New York
- 01.09 10:20 ProMED-Mail Pro/AH
  Betreff: Feuerameisen-Schwarm, Menschen; USA – Florida
- 01.09 10:24 ProMED-Mail Pro/AH
  Betreff: Kongo-Krimfieber (CCHF), Menschen; USA – Nebraska
- 01.09 11:15 ProMED-Mail Pro/AH
  Betreff: Trichinose-Tote; USA – Virginia
- 03.09 02:45 ProMED-Mail Pro/AH

Betreff: Jack, zur Kenntnisnahme. Bitte rufen Sie zurück, dringend!!! Pollack, MB

Jack wusste, dass Barbara ihm auf die Zehen steigen würde, weil er seit zwei Tagen nicht mehr in sein Postfach geschaut hatte, denn um sicherzugehen, dass die Berichte korrekt waren, musste jeder einzelne verifiziert werden. Die veterinärmedizinischen und parasitären Berichte gingen an Shantz in Atlanta, die Pflanzenpostings an Cleary in Boston und die Virenmeldungen an Jack; diesmal also der Fall von West-Nil-Fieber. Die Krankheit war nichts Neues; die Vereinigten Staaten würden sich an den lästigen Gast gewöhnen müssen. Die Berichte der beiden vorangegangenen Monate aus Alabama und Mississippi zeigten, dass das Fieber sich langsam in die wärmeren Regionen ausbreitete, übertragen von zahlreichen Vögeln und ganzen Schwärmen von Moskitos entlang der Golfküste. Die Meldung über Borna-Fieber aus Deutschland war ebenfalls nicht ungewöhnlich, auch wenn die Krankheit bislang selten bei Menschen zu beobachten war. Jack dachte an Kameron – möglich, dass Teddy der erste menschliche Fall war. Oder Enoch Tucker, der Veterinär aus Churchill Downs.

Doch Kyasanurwald-Fieber in Connecticut, Omsker hämorrhagisches Fieber in New Jersey und Kongo-Krimfieber in Nebraska? Das war sehr eigenartig. Jack las die drei Berichte über die Infektionen, die erstaunlicherweise alle gleichzeitig aufgetreten waren. Der Mann in Connecticut hatte die Erkrankung überlebt, doch ein weiterer Mann in New Jersey und eine Frau in Nebraska waren durch Blutungen einen grässlichen Tod gestorben. Jack wusste, dass alle drei Krankheiten verbreitet vorkamen, wenn auch in verschiedenen Teilen der Welt. Kyasanurwald-Fieber war in Indien heimisch, Omsker HF in Russland und Kongo-Krimfieber im mittleren Osten sowie in Afrika. Kyasanurwald-Fieber war ein Flavivirus, genau wie Omsker HF, doch Kongo-Krimfieber war ein Bunyavirus, ein vollkommen anderer Stamm von Viren. Die drei Erkrankungen hatten nur eins gemeinsam: Sie kamen in den Vereinigten Staaten nicht vor. Alle drei hatten hohe Sterblichkeitsraten zur Folge, zwanzig bis fünfzig Prozent, und alle wurden durch Zecken übertragen. Jack las:

> Das staatliche Gesundheitsamt New Jersey hat den ersten Fall von Omsker hämorrhagischem Fieber (OHF) in der Geschichte des Staates bestätigt. Das Opfer, ein siebenundvierzigjähriger Mann, wurde am 22. August in ein Krankenhaus eingeliefert; er litt zu diesem Zeitpunkt bereits an Fieber, Kopfschmerzen und Desorientierung. Die ärztliche Untersuchung ergab ein hämorrhagisches Enanthem am Gaumendeckel sowie einen hämorrhagischen Ausschlag am gesamten Leib.

Jack las die beiden anderen Berichte, die ganz ähnlich lauteten, mit Ausnahme der Todesursache bei der Frau und der Tatsache, dass der Mann aus Connecticut überlebt hatte. Alle drei Berichte vermeldeten, dass die staatlichen Gesundheitsämter zusammen mit den CDC Untersuchungen eingeleitet hatten, um die mögliche Ursache für die Infektionen aufzudecken, zumal keiner der Erkrankten in den letzten Monaten ins Ausland gereist war. Keiner der Berichte trug einen Vermerk des Herausgebers.

Jack wusste, dass er Barbara Pollack unverzüglich anrufen musste.

17

Mittwoch, 5. September
Orlando, Florida

Dwight Fry saß vor seinem Breitwand-Fernseher und schaute sich die Lokalnachrichten an. Er hatte es tatsächlich getan! Doch es hatte beinahe *zu* gut geklappt. Als die dicke Frau direkt neben dem Hippo aus dem Boot gesprungen war, hatte er sich gesorgt, dass sie ertrinken könnte. Doch der »Fluss« war nur knapp anderthalb Meter tief. Ein Reporter von *Orlando at Five* interviewte einen der »Überlebenden«.

»Es ist gleich nach der ersten Flussbiegung passiert! Plötzlich waren die Ameisen da, wie aus dem Nichts! Sie waren überall!« Die Kamera zeigte den Arm des Mannes. Er wies sechs gerötete Hautpapeln auf, mit nabelförmigen Vertiefungen in der Mitte. »Die Kinder sind fast durchgedreht vor Angst!« Die Kamera zoomte auf eine Gruppe von Frauen und Kindern, die sich hinter einem niedrigen Zaun beim Eingang zum Jungle Cruise duckten und mit einem anderen Reporter sprachen. »Sie haben uns gebissen und verätzt, mein Gott… sie waren wie Raubtiere!«

Ist doch klar, dachte Dwight Fry erheitert. Du wärst wahrscheinlich auch ziemlich sauer, wenn man dich stundenlang in eine Colaflasche einsperren und am Boden des Bootes vergessen würde und wenn du nichts anderes tun könntest als warten, bis das Wachs geschmolzen ist, das den Deckel verschließt. Dwight schätzte, dass es nicht mehr als ein paar Hundert Ameisen gewesen waren, aber sie mussten verdammt wütend gewesen sein. Dann sah er im Fernsehen ein Video, das wahrscheinlich von einem Amateur aufgenommen worden war. Er sah Männer, Frauen und Kinder auf ihre Hemden, T-Shirts und

Hosen schlagen. Der Kapitän des Bootes gestikulierte hilflos. Dwight wusste, dass die Fahrt programmiert war und noch weitere zwölf Minuten dauern würde. Als das Boot auf dem Rückweg zur Anlegestelle um die Flussbiegung kam, sah Dwight sich selbst im Fernsehen, in seinem Rollstuhl. Er, ein Angestellter des Parks, hatte wie alle anderen neugierigen Gaffer gewartet, bis der behäbige alte Kahn am Dock angelegt hatte. Ein neuer Videoclip zeigte, dass an Bord alle standen, ungeachtet der Warnungen des Kapitäns. Sie konnten es nicht erwarten, das Boot endlich zu verlassen, sehr zur Überraschung der langen Schlange fröhlicher Parkbesucher, die vor dem Eingang zum Jungle Drive anstanden. Dann folgte eine Lautsprecherdurchsage: Der Betrieb wurde vorübergehend eingestellt, um Reparaturen durchzuführen. Das Video endete, doch Dwight wusste, dass zwei Dutzend wütende Opfer der Ameisen eine andere Geschichte erzählten. Es würde Schadensersatzklagen geben, hörte Dwight. Der Reporter beschloss, die Opfer nicht zu interviewen. Er wusste offensichtlich, auf welcher Seite seines Brotes die Butter war. Der Bericht endete.

»Zurück zu *Orlando at Five*«, verkündete der Reporter, und Dwight schaltete den Fernseher aus.

Zwei Abende später saß er vor seinem Computer, als es »Ping« machte und eine Mail in seinem Postfach landete. Er legte das Sandwich beiseite und rief die Nachricht auf den Schirm:

> Gute Arbeit, mein Junge. Du hast die Herausforderung angenommen und bestanden. Ganz gleich, wie schlau die Jungs vom FBI sein mögen, sie hätten niemals zugelassen, dass du so etwas machst. Jetzt weiß ich, dass du kein Maulwurf und keiner ihrer Lakaien bist. Wenn du wüsstest, wie viele Köder sie mir im Lauf der Jahre hingeworfen haben, verlockende Köder in Zeitungen, Magazinen, im Internet, in Chatrooms wie denen, die du besuchst. Du kannst dir nicht vorstellen, wie lange sie schon darauf warten, dass ich anbeiße ... aber ich habe stillge-

halten und nicht reagiert. Dann las ich deine Bemerkungen auf DeKameron und deine Beiträge über Ameisen. Ich verfolge dein Tun schon eine ganze Weile, Dwight, und du hast mich nicht enttäuscht.

Heute möchte ich dir einen Vorschlag machen. Ich brauche einen Assistenten für einen großartigen Plan, der meinem letzten (fehlgeschlagenen) Experiment in New York City ebenbürtig, wenn nicht überlegen ist. Das würde deine Anwesenheit hier vor Ort erfordern, für ein paar Monate, vielleicht auch weniger. Außerdem müsstest du bereit sein, ein wenig menschliches Blut zu vergießen – keine Sorge, nicht dein eigenes, mein Freund, sondern das anderer. Nicht grundlos, nein, wir sind schließlich keine Barbaren, sondern Soldaten wie dein Spartakus, bereit, uns selbst zu opfern für eine größere Sache, wenn es sein muss.

Denk darüber nach, Dwight. Ich werde mich in zwei Tagen wieder bei dir melden. Falls du zustimmst, werde ich dir weitere Anweisungen schicken. Falls nicht, habe ich Verständnis dafür. Solltest du jedoch auf den Gedanken kommen, das FBI zu kontaktieren, weil du plötzlich kalte Füße oder gar Gewissensbisse bekommst, hast du mehr Schwierigkeiten am Hals als nur die Sache mit den Ameisen in Disney World. Ich werde dich finden, wo du dich auch versteckst, und ich werde Vergeltung üben. Aber ich glaube nicht, dass es so weit kommt, alter Freund.

Die Frage lautet: Bist du bereit für einen Riesenspaß? Gib mir über DeKameron.com Bescheid. Benutz das Wort »Himmel«, falls du zustimmst, und »Hölle«, falls nicht.

Bis dann, mein Freund

Ted

Dwight erkannte, dass Theodore Kameron ihn als Assistenten auserwählt hatte, und das erfüllte ihn mit Stolz. Er würde nicht gleich antworten, doch er wusste jetzt schon, dass die Antwort »Himmel« lauten würde. Er würde seinen Eltern erzählen, dass er einen langen Urlaub nehmen und durchs Land reisen würde. Seine Vorgesetzten bei Disney World würden keine Einwände haben, zumal, wenn er ihnen sagte, dass er sich einer Operation unterziehen wollte. Geld genug für eine lange Auszeit hatte er, und der neue Rollstuhl besaß einen Lader für die Batterie.

Dwight fragte sich, wo Kameron sich versteckte. Nach Meinung der anderen im Chatroom von DeKameron.com war er in Israel, in Kopenhagen oder in Juneau, Alaska. Niemand wusste es mit Sicherheit, doch Dwight würde es herausfinden. Er war bereit, fast überall hin zu gehen. Doch was sollte er anziehen, wenn er Dr. Kameron gegenübertrat? Kameron wusste offensichtlich von seiner Behinderung. Dwight hatte sie einige Male im Chatroom erwähnt. Dann fiel ihm ein, dass er nie von seinem anderen medizinischen Problem gesprochen hatte. Würde Kameron sich an seinem Körpergeruch stören?

Mittwoch, 5. September
Free Union, Virginia

»Barbara, hier Jack. Tut mir Leid, dass ich mich nicht früher gemeldet habe. Keine Entschuldigung, nein. Ich habe Ihre ProMED-Postings gelesen. Sehr interessant.« Jack hatte die Nachricht auf den Bildschirm geholt.

Barbara Pollack ging auf die vierzig zu. Sie war noch immer die attraktive und hochintelligente Ärztin, die Jack 1980 kennen gelernt hatte, und eine der letzten Mitarbeiterinnen des epidemiologischen Nachrichtendienstes der CDC, die noch der alte Direktor Rader eingestellt hatte, bevor er in Ruhestand gegangen war. Im Verlauf der letzten zwanzig Jahre war Barbara zu den gleichen dunklen Orten gereist, an denen Jack gewesen war: Kambodscha, Kongo, Burma, bevor es in Myanmar umbenannt worden war, und Sri Lanka während des Bürgerkriegs. Und nun hatte sie sich in Boston niedergelassen und arbeitete als Vollzeit-Moderatorin für ProMED. Genug Erfahrung hatte sie, daran bestand kein Zweifel.

»Jack! Schön, Ihre Stimme zu hören, statt der ewigen Mails. Es ist so unpersönlich.«

»Was gibt es denn, Barb?«

»Sie haben die Berichte über das OHF, KFD und CCHF gelesen, nicht wahr? Fällt Ihnen dabei aus dem Stegreif irgendetwas auf?«

»Viren, die von Zecken übertragen werden, als kleinster gemeinsamer Nenner. Aber die Geographie und die Taxonomie passen nicht.« Jack spielte auf die verschiedenen Virenstämme an. Auch wenn die drei Viren ähnliche Krankheiten hervorriefen, gehörten nur zwei zur gleichen Familie, den *Flaviviridae*, wogegen das dritte Virus aus der Familie der *Bunyaviridae* stammte. Alle drei kamen in verschiedenen Gegenden der Welt vor, jedoch nicht in den Vereinigten Staaten.

»Richtig, aber ich weiß etwas noch viel Interessanteres«, sagte Barbara. »Die Diagnose für jede Erkrankung wurde von verschiedenen Labors bestätigt. Von Fort Collins in Colorado, vom Pathologischen Institut der US-Streitkräfte in Washington sowie von Fort Detrick. Alle Labors sind qualifiziert für die Tests und verfügen über die erforderlichen Einrichtungen. Doch so kompetent sie auf dem Gebiet virologischer Tests auch sind – von Epidemiologie haben sie keine Ahnung. Erinnern Sie sich, Jack, als vor zwei Jahren das West-Nil fälschlicherweise als Sankt-Louis-Enzephalitis identifiziert wurde? Ich rief in Colorado an und erfuhr, dass sie das OHF nicht wirklich isoliert hatten. Ich fragte sie, woher der Mann es hätte, falls es tatsächlich Omsker war. Sie antworteten, dass er die USA nie verlassen hätte und dass die Infektion möglicherweise auf eine Zecke in einem Flugzeug zurückzuführen sei. Ich nahm an, dass es sich um einen *internationalen* Flug handelte, wobei sich Zecken an Bord der Maschine befanden, die dann auf *nationalen* Flügen eingesetzt wurde.«

»Unwahrscheinlich«, sagte Jack, »aber erzählen Sie weiter.« Er wusste, dass noch mehr kam.

»Als Nächstes rief ich beim Pathologischen Institut der Streitkräfte an. Dort erzählte man mir das Gleiche. Genau wie die CDC. Alle Patienten waren Zecken an Bord von Flugzeugen ausgesetzt.«

»Das ist absurd. Schaben, ja. Moskitos, sicher, vielleicht auch Ameisen …«

»Halt, Jack. Sparen wir uns die Ameisen für den Schluss auf.« Pollack spielte auf den ProMED-Bericht über die Feuerameisen an. »Lassen Sie mich weitererzählen. Die CDC glauben, dass die drei Fälle in Verbindung stehen, weil es nicht mehrere Flugzeuge waren, sondern nur eine einzige Maschine. Ein Flug von Los Angeles nach New York, einige Wochen bevor die Menschen erkrankten.«

»Und?«

»Natürlich habe ich umgehend Nachforschungen angestellt und einen Artikel in der *New York Daily News* entdeckt. Scheint ein Nachtflug gewesen zu sein. Als alle panisch von Bord der Maschine flüchteten und ›Zecken, Zecken!‹ schrien, hat die *News* einen Reporter hingeschickt. Die meisten Passagiere waren verschwunden, bis er vor Ort war, doch die wenigen, die geblieben waren, bestätigten die Zeckenplage. Außerdem war die gesamte Gepäckausgabe mit Zecken aller Größen und Arten verseucht.«

»Und einige davon haben Viren in sich getragen. Aber woher kamen sie, Barb? Und wie kamen sie dorthin?«

»Genau das möchte die Fluglinie auch wissen.«

»Was ist mit dem New-Yorker Gesundheitsamt?«

»Hat sich nicht darum gekümmert. Sie hatten alle Hände voll zu tun. Mehr als vierzig Fälle von West-Nil zum damaligen Zeitpunkt. Was sollte die Aufregung wegen ein paar Zecken am JFK? Außerdem – woher sollten sie wissen, dass die Zecken Viren übertrugen?«

Jack war schockiert. Es war eine sehr aufwändige und mühselige Sache, jene Spezies zu sammeln, die diese Krankheiten übertragen konnten; man hätte nach Russland, Indien und Afrika reisen müssen. Er blickte auf die Postings von ProMED-Mail. »Was ist mit dem Fall von Babesiose in New York? Babesiose wird ebenfalls von Zecken übertragen.«

»Könnte sein. Wahrscheinlich haben Sie Recht. Allerdings war der Patient HIV-positiv, und er war nicht an Bord der fraglichen Maschine.« Jack wusste, dass die parasitäre Erkrankung akuter Malaria sehr ähnlich sah, jedoch von Zecken übertragen wurde, die in den nordöstlichen Staaten heimisch waren und bei Menschen mit geschwächtem Immunsystem zum Tode führen konnte. »Sein Zimmergenosse war an Bord der Maschine und berichtet, dass er ein paar Zecken in seinem Gepäck gefunden hat, als er wieder zu Hause war«, schloss Barbara Pollack.

»Mein Gott!« Jack stieß einen leisen Pfiff aus. »Sie sind da auf eine heiße Sache gestoßen, Barb. Wann kommen die Jungs von den CDC ins Spiel?«

»Oh, bis jetzt ist es nur ein Verdacht, Jack, auch wenn das FBI sich bereits dafür interessiert. Man hat mich gebeten, diese Berichte nicht online zu stellen. Was sagen Sie dazu?«

Jack überlegte. Falls mehr dahinter steckte als ein übler Streich – und es sah ganz danach aus –, hatte der Täter sich des Mordes schuldig gemacht. Doch falls die Berichte nicht veröffentlicht wurden, würde keine Gesundheitsbehörde großräumige Untersuchungen vornehmen, was durch Zecken übertragene Viren betraf. Aber hatte die Öffentlichkeit nicht das Recht, informiert zu werden?

»Ich weiß es nicht. Falls die CDC die Passagiere an Bord des fraglichen Fluges ausfindig machen können ...«

»Schon geschehen«, sagte Barbara.

»Und falls ihre Familien überprüft werden können, zusammen mit dem Bordpersonal, wäre die Wahrscheinlichkeit weiterer Fälle minimal. Wann war der Flug?«

»Vor einem Monat. Und was die Familien und das Bordpersonal betrifft, wurde sie bereits überpüft. Ich habe soeben von zwei Fällen von amerikanischem Zeckenfieber in Maryland erfahren. Einer der Erkrankten war an Bord, der andere steht in keinerlei Verbindung zu dem fraglichen Flug.«

»Weitere Fälle?«, fragte Jack.

»Bisher nicht.«

»Gut. Die Inkubationszeit für die meisten von Zecken übertragenen Krankheiten beträgt nicht mehr als zwei Wochen. Ich bezweifle, dass es jetzt noch zu sekundären Übertragungen kommt; wir würden durch eine Veröffentlichung nur noch mehr Probleme hervorrufen. Stellen Sie sich vor, wie die Presse reagieren würde. Die Hysterie! Niemand würde je wieder in ein Flugzeug steigen.«

»Dann erstellen wir also kein Editorial, das die Fälle miteinander verbindet?«, fragte Barbara.

»Nein. Soll das FBI sich darum kümmern.« Jack überlegte einen Moment. »Was diesen Flug angeht, Barb – gab es sonst noch etwas Ungewöhnliches?«

»Mir ist jedenfalls nichts aufgefallen. Keine telefonischen Warnungen vor dem Start, keine Bekennerschreiben irgendwelcher Gruppierungen, die die Verantwortung übernehmen. Das Bodenpersonal, das die Maschine abgefertigt hat, wurde bereits überprüft. Sämtliche Passagiere scheinen sauber zu sein. Und auch wenn die ganze Geschichte abscheulich ist – etwas Erheiterndes hat sie doch. Die meisten Passagiere an Bord waren Promise Keepers.«

»Was?«

»Promise Keepers. Eine Gruppe von Männern und Frauen, die von einer ›Woche der Reue‹ in Kalifornien zurückkehrten. Machos wie Sie, Jack, die ihre Sünden bereuen und sich selbst eine zweite Chance geben wollen. Die Sekte ist immer noch aktiv, auch wenn ihre Mitgliederzahlen in den Vereinigten Staaten seit einigen Jahren zurückgehen.«

»Sie meinen die gleichen chauvinistischen Blödmänner, die Sie so heiß und innig geliebt haben, Barb?«

»Genau die, Jack.« Barbara Pollack hatte zu dem Stoßtrupp junger, intelligenter Frauen gehört, die in den Siebzigerjahren Vorreiterinnen für ihr Geschlecht bei den CDC in Atlanta gewesen waren. Sie und die anderen vier weiblichen Mitglieder beim Epidemic Intelligence Service hatten die jungen Harvard- und Yale-Absolventen herausgefordert, die geglaubt hatten, ein Recht auf die Rosinen im Kuchen zu haben, zum Beispiel auf Reisen nach Bangladesch, um einen neuen Impfstoff zu erproben. Damals war der Ausdruck Chauvinist sehr häufig gefallen, und mit Recht: Frauen konnten die Arbeit genauso gut erledigen wie Männer, häufig sogar besser als die Absolventen der Eliteuniversitäten. Barbara war eine der Ersten gewesen, die neue Wege beschritten hatte, erinnerte sich Jack.

Doch seine Gedanken kreisten um den oder die Menschen, die für diesen Zwischenfall verantwortlich waren. Steckte Kameron dahinter? Unwahrscheinlich; es passte nicht in das Strickmuster, wie Scott Hubbard es genannt hatte. Andererseits – hatte Scotts Sohn nicht von einem Wandteppich gesprochen?

»Jack, sind Sie noch dran?« Barbara hatte fast eine halbe Minute auf eine Antwort gewartet, während Jack in Gedanken versunken war.

Er schüttelte benommen den Kopf und entschuldigte sich. »Sorry, Barb. Ich versuche gerade, ein durchgehendes Muster zu erkennen. Gab es sonst noch irgendwelche Zwischenfälle mit Zecken? Weitere Erkrankungen, die mit dem Flug in Verbindung stehen?«

»Nichts, soweit ich es von hier aus beurteilen kann. Aber ich werde bei den CDC nachfragen und bei den Epos im Großraum New York anrufen, nur für den Fall. Aber ich habe an Sie denken müssen, Jack – an Ihre kleine Eskapade vor ein paar Jahren mit Teddy Kameron. Halten Sie es für möglich, dass er zurück ist?«

»Wie kommen Sie darauf, Barb?« Es war, als hätte sie seine Gedanken gelesen.

»Nun, ich habe die Geschichte verfolgt, und Carl Rader hat mich daran erinnert, wie Sie herausfanden, dass Kameron Botulismustoxine eingesetzt hat, um eine Reihe von Klerikern zu erledigen. Er hatte das Gift in Weihnachtskugeln verschickt, nicht wahr?«

»Nun ja, keine Weihnachtskugeln, aber so ähnlich. Die Padre-Mountain-Glaskugeln – so hat die FDA sie damals getauft –, waren mit winzigen Schneeflocken gefüllt, nur dass der Schnee Hagel darstellen sollte, wie bei der siebten ägyptischen Plage. Das Gift drang mithilfe einer Trägersubstanz in die Haut ein und tötete die Opfer. Der Schlüssel zu der ganzen Sache war, dass einige Geistliche Kugeln erhielten, die *nicht* mit Gift gefüllt waren. Die Betreffenden wohnten in Städten und Ortschaften namens Goshen. Die anderen lebten in amerikanischen Städten namens Memphis. Wir sollten wissen, dass unser Freund Gottes Plan für die zehn ägyptischen Plagen folgt. Goshen war der Ort, der vom Todesengel verschont wurde. Die Guten überlebten, die Bösen starben.«

»Dachte ich's mir. Hören Sie, Jack, das mag vielleicht nichts damit zu tun haben, aber vor ein paar Tagen habe ich mich in WONDER eingeloggt. Der vollständige Bericht wird wahrscheinlich erst in ein paar Wochen im MMWR erscheinen.« Im *Morbidity and Mortality Weekly Report* wurde zusammenfassend über ein breites Spektrum einheimischer und internationaler Befunde und Untersuchungen berichtet. Er war so etwas wie eine Pflichtlektüre für jeden, der beruflich mit dem Staatlichen Gesundheitswesen zu tun hatte. »Die CDC arbeiten gerade an einem massiven Fall tödlicher Pilzvergiftungen in Las Vegas, Nevada. Wie es scheint, hat eine Gruppe Geistlicher sich auf einem Konvent die Fahrkarte ins Jenseits gekauft. Amanita, Jack, der Racheengel. Siebenundzwanzig sind erkrankt, vierzehn tot. Alle waren bei einem

Dinner, das ein Prediger namens Devine gegeben hat. Je von ihm gehört?«

»Kein Wort«, antwortete Jack. »Aber die religiöse Verbindung scheint nahe liegend. Sie sagten, es mag *vielleicht* nichts damit zu tun haben?«

»Es sieht jedenfalls nicht nach Zufall aus. Das FBI wurde informiert. Irgendjemand oder irgendeine Organisation muss dahinter gesteckt haben. Vielleicht war es ein terroristischer Akt? Einer der Besucher des Konvents hat die Vergiftung überlebt und war gerade an der Dialysemaschine, als er durch seinen Shunt hindurch einen goldenen Schuss bekam.«

»Goldenen Schuss?«

»Eine intravenöse Dosis Engelstaub. Genug, um ihn zu töten.«

»Mein Gott, das ist ja teuflisch! Also übernimmt das FBI den Fall? Irgendwelche Hinweise?«

»*Nada*. Doch der Typ, der im Krankenhaus umgebracht wurde, hieß Pusser. Sagt Ihnen der Name was?«

Jack dachte nach. Er erinnerte sich vage an den Namen; irgendwann hatte er schon von diesem Pusser gehört, doch er wusste nicht genau, wann und wo. War dieser Bursche nicht Politiker oder Anwalt irgendwo aus dem Süden? Vielleicht fiel es ihm später wieder ein.

»Danke einstweilen für die Informationen, Barb. Diese Zeckengeschichte hört sich verdammt übel an. Durchaus möglich, dass Kameron wieder auf dem Kriegspfad ist. Zu den Pilzen kann ich im Augenblick nichts sagen. Ich werde über Pusser nachdenken. Ich weiß, dass ich den Namen schon einmal gehört habe. Sonst noch etwas?«

»Schreiben Sie mir bitte ein kurzes Editorial über den Borna-Fall und schicken es mir heute noch. Ich muss jetzt aufhören, Jack ... geben Sie auf sich Acht. Und wenn Ihnen etwas einfällt, schicken Sie mir eine Mail oder rufen Sie mich an.«

Jack legte auf und dachte nach. Falls Kameron hinter der

Geschichte mit den Zecken steckte, hatte er seinen Schlupfwinkel verlassen und war tatsächlich wieder unterwegs. Er hatte den »gefillte Fish« von irgendwo abgeschickt, so viel stand fest – aber Wyoming und der mysteriöse Mr Baum? Das musste ebenfalls Kameron gewesen sein. Mit Sicherheit war er auch in Virginia gewesen, um die Egel auszusetzen, die Lowen und seine Geliebte getötet hatten, und in Kalifornien, um die Zecken an Bord der Maschine auszusetzen. Und jetzt Las Vegas, Nevada. Jack musste unbedingt mit Scott Hubbard sprechen. Der Wandteppich wurde von Minute zu Minute komplexer.

Er trat ans Fenster und starrte hinaus. Shifflet war unten am Teich, watete durchs Wasser und zog an einem Seil. Wahrscheinlich versucht er, einen weiteren Schnapper zu fangen. Der alte Bursche besaß eine Schrotflinte und wusste von der Gefahr, in der Jack Bryne aller Wahrscheinlichkeit nach schwebte. Moes große Familie war ebenfalls über die Bedrohung informiert. Jack bezweifelte, dass selbst ein Mann wie Kameron versuchen würde, durch die Wälder hierher zu gelangen. Hier gab es zu viele Shifflets und andere »gute alte Jungs«. Sie würden jeden Fremden erledigen, selbst wenn er FBI-Agent war. Das Bureau hatte das gewusst und seine Männer am Ende der Zufahrtstraße und in der Universität postiert. Hier oben in seinem Haus auf dem Hügel war Jack sicher.

Er nahm ein Blatt Papier und begann zu schreiben: insektenartige Würmer (New York), Spulwürmer (Wyoming), Egel (Virginia), Zecken (Kalifornien), Giftpilze (Nevada). Ihm fiel ein, dass Barbara Pollack die Feuerameisen in Florida ganz vergessen hatte, auf die sie noch zu sprechen kommen wollte. Er klickte auf das ProMED-Posting. Es las sich beinahe amüsant. Ein Dutzend Touristen war in Disney World in einem Boot gebissen worden. Keine Einlieferung ins Krankenhaus, keine Toten. Irgendein ProMED-Moderator hatte das Ereignis bereits kommentiert. Das Editorial besagte, dass Feuerameisen, *Sole-*

nopsis invicta, im gesamten Südosten der Vereinigten Staaten heimisch waren. Nicht weiter überraschend also, dass eine Kolonie den Weg in Disneys Zauberland gefunden hatte. Interessant, dachte Jack, aber nicht Kamerons Stil. Vielleicht hätte ein junger Teddy Cameron sich einen so üblen Streich erlaubt, nicht aber Theodore Kameron.

Jack erinnerte sich an einen Grundsatz der Epidemiologie: Richte die Epidemie nach Zeit, Ort und Person aus. Alles hatte mit dem Tod von Shmuels Freund im April seinen Anfang genommen. Strawbridge war im Juni gestorben, genau wie Lowen. Jetzt war September, aber wann war die Pilzvergiftung in Las Vegas gewesen? Wahrscheinlich ebenfalls noch im Juni. Die tödlichen Zecken waren im August aufgetaucht. Hatte er im Mai etwas übersehen? War Zeit ein Faktor in Kamerons Plänen? War sie von Bedeutung?

Jack wandte sich der Charakteristik der Orte zu, entdeckte aber keinen Sinn, kein Muster: New York City, Jackson in Wyoming, Hot Springs in Virginia, Las Vegas in Nevada und jetzt die Zecken. Kameron konnte unmöglich gewusst haben, wer mit Krankheiten infiziert wurde oder wo diese Krankheiten auftreten würden.

Jack listete die Charakteristik der Todesfälle auf. Würmer: Mallon (doch offensichtlich waren Berger und er selbst die beabsichtigten Opfer gewesen). Berger = Student, Bryne = Professor. Strawbridge = Geschäftsmann. Lowen = Senator. Pusser = Anwalt oder Politiker oder Sektierer. Das Flugzeug voller Passagiere. Jack überlegte einen Augenblick, dann schrieb er: Passagiere = Promise Keepers? Was, wenn diese Leute sonst noch etwas gemeinsam gehabt hatten? Jack kannte Shmuel und hatte Senator Lowen kurz kennen gelernt. Lucas Strawbridge hatte er nicht persönlich gekannt, und er war nie nach Wyoming geflogen. Er kannte auch keine Anwälte und hatte bis zu seinem Gespräch mit Barbara Pollack noch nie etwas von den Promise Keepers gehört. Falls Kameron tatsächlich hinter alldem steckte, ging er entweder willkürlich vor, oder er verfolgte einen Plan, den Jack nicht durchschaute.

Er dachte an die Vorfälle drei Jahre zuvor, als Kameron versucht hatte, die zehn ägyptischen Plagen heraufzubeschwören. Jedes Agens war sorgsam ausgewählt gewesen und hatte das moderne Äquivalent einer der alttestamentarischen Plagen hervorgebracht. Der Fluss, der sich in Blut verwandelte, war eine giftige Alge gewesen. Die Frösche – tödliche Baumfrösche. Die Läuse – Mutterkornvergiftung. Und so weiter.

Jack dachte an Teddy Kameron, den einst so brillanten Toxikologen, der Zugang zu den verschiedensten Giften und Toxinen gehabt hatte, und ihm wurde klar, das alles von vorne losging und dass Kameron sich diesmal anderer Mittel bediente. Die Wurmparasiten von Schlangen, Spulwürmer von Waschbären, Pilze, Zecken… all das konnte man in der freien Natur finden, teilweise sogar im eigenen Garten, bildlich gesprochen.

Doch welches Ziel verfolgte Kameron?

Jack wusste es nicht.

18

Dienstag, 20. September
Smoke Hole, West Virginia

Kameron war müde. Die vielen Reisen lagen nun hinter ihm, doch es war noch ein weiter Weg, bevor er wieder in Ruhe schlafen konnte. Er war über eine Woche fort gewesen und froh, wieder zu Hause und bei Dathan zu sein. Der alte Waschbär hatte sich sein Futter in der Umgebung selbst suchen müssen; dass er noch lebte, bewies seine gesunden Instinkte. Offensichtlich war er nicht in den kleinen aufblasbaren Swimmingpool eingebrochen, sonst hätte er Kameron jetzt nicht am Bein gekratzt und auf diese Weise um Fressen gebettelt. Kameron warf den Stapel einheimischer Wochenzeitungen auf den Küchentisch. Der alte Mann im Seven-Eleven hatte sie für ihn zurückgelegt.

Kameron blätterte auf der Suche nach den Todesanzeigen durch die Seiten. Er war sich wegen der Frau mit dem Hund, bei der er das Bärenfleisch gekauft hatte, nicht ganz sicher gewesen. Vielleicht hatte sie ihrem Mann, diesem Floyd Jubb, ja doch von ihrem Besucher und dem Waschbären erzählt. Vielleicht hatte der Mann nach ihm, Kameron, gesucht, um mehr Geld zu verlangen. Vielleicht war Jubb zur Polizei gegangen. Kameron gefiel der Gedanke nicht. Er wohnte nahe genug bei den Jubbs, dass die Polizei, besonders die Staatspolizei, misstrauisch werden konnte, falls sie etwas von einem Fremden in einem Wohnwagen hörte. Daher hatte Kameron drei Wochen zuvor beschlossen, sich das Ehepaar Jubb vom Hals zu schaffen und bei der Gelegenheit sein neuestes Mittel zu testen. »Denn wer da hat, dem wird gegeben werden«, zitierte er aus der Bibel. »Schließlich ist es nur recht und billig, dass ich die Freundlichkeit erwidere, die du mir zugedacht hast, Floyd.«

Kameron suchte in der ersten Zeitung nach dem Namen Jubb, dann in der zweiten. Dort stand er, so klar wie der Tag. »Floyd Jubb, 37, verstorben.« Die kurze Anzeige besagte, dass Floyd, Sohn von ... und Ehemann von ... in der Vorwoche nach kurzer Krankheit an einem Herzanfall gestorben war. Das war alles. Keine Nachforschungen, keine Autopsie. Die Witwe bat um Blumen.

»Ich hab die Frau nicht erwischt, verdammt!«, schimpfte Kameron. »Der Kerl muss die ganze Flasche alleine getrunken haben!« Doch Kameron wusste nun immerhin, dass seine kleinen Lieblinge, wie er sie nannte, ein kurzzeitiges Bad in zwanzigprozentigem Alkohol überleben konnten und dennoch ihre Keimfähigkeit behielten. »Dann wollen wir mal eine bessere Marke ausprobieren, nicht den verrotteten Fusel, den der gute Floyd in sich hineingekippt hat, nachdem er die Flasche Night Train auf seiner Veranda gefunden hat.«

Die Halbliterflasche hatte einen mit zusätzlichem Alkohol versetzten Wein enthalten, wie er von Leuten bevorzugt wurde, denen das Bukett oder der Geschmack egal waren, Hauptsache, sie hatten ihren zwanzigprozentigen Alkohol. Der Schraubdeckel war leicht zu öffnen und wieder aufzusetzen gewesen, ohne dass es Spuren hinterlassen hätte, auch wenn Kameron bezweifelte, dass Jubb überhaupt etwas aufgefallen wäre. Die kleinen Lieblinge jedoch in eine verkorkte Flasche Gourmetwein zu bringen war schon schwieriger, wenngleich nicht unmöglich.

Kameron ging zum Kühlschrank und nahm den Tupperware-Behälter heraus. Der alte Waschbär wurde aufmerksam; er witterte das Bärenfleisch, das sich zu einem ekelhaften, dickflüssigen roten Brei zersetzt hatte. Kameron nahm einen Papierfilter von Mr Coffee aus einer Schachtel und legte ihn in den Trichter im Spülbecken. Dann schüttete er den roten Brei in den Filter und wartete, während er beobachtete, wie die Flüssigkeit durchlief. Hoffentlich sind sie nicht zu stark fermentiert, dachte er. Nach einer Weile fügte er isotonische Salzlösung hinzu, bis die dunkle, blutige Masse heller wurde und verdünntes, verdautes Fleisch in den Ausguss rann. Die gleiche Prozedur hatte er ein paar Wochen zuvor schon einmal durchgeführt, wenngleich mit einer weitaus kleineren Menge flüssigen Fleisches. Es hatte bei dem guten Floyd funktioniert, also musste diese Portion mehr als reichen.

Immer wieder goss Kameron Salzlösung nach, bis der Inhalt vollkommen farblos war. Dann ließ er den Trichter zehn Minuten stehen. Am Boden war nur noch ein weißlicher Rückstand zu sehen. Kameron nahm eine Gabel und berührte ihn mit einer Zinke. Er brachte die winzige Probe auf einen Objektträger, legte den Träger unters Mikroskop und spähte durch das Okular. Seine kleinen Lieblinge waren schon bei geringer Vergrößerung deutlich zu erkennen; es waren Hunderte von Larven, jede eingehüllt in eine Larvenschale, ein winziges Ei. Und alle warteten darauf, endlich freizukommen.

Kameron beobachtete ihre ungeduldigen Bewegungen, sah, wie sie auf Säure warteten, irgendeine Säure, am liebsten verdünnte Salzsäure, wie sie im Magen vorkam. Die Säure würde sie aus ihren Gefängnissen befreien.

»Bald, meine Lieblinge, bald«, flüsterte Kameron. »Aber vorher geht es noch auf eine Reise.« Er räumte die Sachen weg, die er benutzt hatte, und achtete darauf, dass Dathan nicht den Trichter ableckte. Das Filterpapier verstaute er in einem hermetisch verschließbaren Plastikbeutel und legte es in den Kühlschrank. Dann drehte er das kalte Wasser auf und ließ es fünf Minuten laufen.

Er brauchte eine Pause und beschloss, nach seiner E-Mail zu sehen. Er schaltete den Dell ein und wartete, während die Verbindung zustande kam; dann klickte er auf seinen Posteingang. Eine Nachricht von Jack Bryne an Vicky und eine Antwort Vickys. Beides drei Tage alt, nichts Besonderes, uninteressantes Geschwätz über ATV und die Universität. Vicky ging einer Story über die letzten Präsidentschaftswahlen nach; Jack hielt

Vorlesungen und führte Gespräche mit der Univerwaltung über das Auftreiben von Fördermitteln. Harmlos, dachte Kameron. Vielleicht zu harmlos. Er klickte auf »Favoriten« und dann auf WONDER und ging die Postings der CDC durch. Auch nichts Neues. Schließlich beschloss er, die DeKameron-Webseite zu besuchen. Dort fand er neue Beiträge von pickeligen kleinen Bälgern und Psychos, die über Kameron und seine Heldentaten diskutierten. Ein gewisser Breaux aus Louisiana schrieb Kameron den Ausbruch des West-Nil-Fiebers zu. Dann entdeckte er den Login-Namen von Dwight Fry. Seine Nachricht war kurz und bündig: »Besser im Himmel herrschen als ...«

»Gut gemacht, mein Junge, sehr gut!« Kameron wusste, dass er nun endlich seinen Igor gefunden hatte, Dwight Fry, einen vertrauenswürdigen Helfer. Die Arbeit mit den Bewohnern des Planschbeckens ängstigte sogar Kameron – eine unvorsichtige Bewegung, ein Ausrutscher, und er wäre tot –, und Dwight hatte Erfahrung mit solchen Dingen. Kameron antwortete nicht gleich. Er wusste, dass das FBI die Seite überwachte. Er wusste auch, dass CARNIVORE, die hoch entwickelte Überwachungssoftware des FBI, Worte wie Milzbrand, Pest, Terrorismus, Mord und zahlreiche andere Schlüsselworte identifizieren und decodieren konnte. Falls ein Muster erkennbar wurde und ein Individuum zu viele dieser Schlagwörter benutzte, würde das FBI die entsprechende Person ausfindig machen und observieren. Theodore vermutete, dass jeglicher Hinweis auf seinen Namen und die Webseite bemerkt würde. Also verließ er die Webseite und schickte eine Mail zu einem Demon nach Bangkok, der die Nachricht nach Berlin weiterleitete; erst von dort ging sie nach Orlando. Die Mail enthielt eine Wegbeschreibung nach Front Royal, Virginia, zusammen mit Instruktionen, in welchem Motel Dwight ein Zimmer mieten sollte. Vielleicht hatte er auch Lust, die lokalen Attraktionen zu besichtigen, beispielsweise die Luray Caverns wenige Meilen südlich des Ortes. Dwight konnte sich ruhig schon ein wenig umsehen.

Zurück zum Projekt. Kameron inspizierte aufmerksam die Weinflasche. Es war ein Pinot Grigio, zwei Jahre alt, fast ausgereift nach Weinstandards, und ziemlich trocken. Besser als das andere Zeugs aus der Gegend, der Chardonnay und der Viognier. Ein lieblicher Weißwein wäre vielleicht besser gewesen, ein Malvasa beispielsweise, doch das Sediment wäre allzu offensichtlich. Also hatte er sich für den Pinot entschieden, von einem Weinbauern in Barboursville, eine neue Lage namens »Crow Mountain«. Kein besonders ansprechender Name, doch das Etikett sah einladend aus. Wer auch immer dafür verantwortlich zeichnete, er war ein Künstler. Eine kleine gezeichnete Krähe überblickte ein Tal voller verschiedener Grün- und Blautöne. Im Vordergrund war ein Weinberg mit purpurnen Trauben an den Stöcken zu erkennen. Der Wein hatte mehrere Preise in der Gegend gewonnen, sogar eine staatliche Auszeichnung bekommen. Kameron hatte Zeitungsausschnitte gesammelt, in denen mit den Preisen geworben wurde: »Ein Prunkstück für Ihren Weinkeller«, »Ein bedeutender Beitrag zur Weinkultur Virginias«, »Der beste Tropfen des Jahres!«. Kameron untersuchte die blaue Ummantelung, die den Korken schützte. Er durfte sie nicht entfernen, und auf keinen Fall konnte er die Flasche öffnen und wieder verkorken, ohne dass es bemerkt worden wäre. Doch er konnte den Korken mit einer langen Hohlnadel durchstechen, wie sie die Öffner hatten, die vermittels einer Nadel Kohlendioxid in die Flasche drückten, bis der Korken durch den Innendruck herausglitt. Warum nicht den anderen Weg gehen, fragte sich Kameron, und die Luft absaugen? Er hatte dieses Experiment mit kleineren Flaschen durchgeführt, und es hatte funktioniert.

Er drückte die dünne Nadel durch den Korken, zog die Spritze auf und erzeugte auf diese Weise einen Unterdruck. Anschließend nahm er die Nadel heraus, füllte sie mit einer konzentrierten Lösung von Larven in isotonischer Kochsalzlösung, drückte die Nadel erneut durch den Korken und wartete, dass der Unterdruck im Innern der Flasche seine Arbeit tat. Indem er geschickt einen kleinen Ring von Löchern in die Ummantelung über dem Korken stach, wiederholte er den Vorgang noch elf Mal. Die Löcher sahen aus, als wären sie absichtlich gemacht, als müsste es so sein. Kameron wusste nicht, wie viele Larven in die Flasche gelangt waren, doch es mussten Millionen sein. Ganz bestimmt genug für einen einzelnen Menschen. Und er hatte unbeabsichtigt einen neuen Hinweis gegeben.

Er hatte lange über eine passende Karte nachgedacht, doch ein Besuch bei der Crow-Mountain-Kellerei hatte ihm nicht nur eine Karte eingebracht, sondern überdies eine kleine Holzkiste für die Flasche und Stroh als Polster, damit sie gefahrlos verschickt werden konnte. Es hätte nicht besser sein können! Zur Hölle mit diesem faulen »gefillte Fish« und dem widerlichen Etikett; das hier war echte Klasse und für einen Empfänger bestimmt, der es zu schätzen wusste. Doch wie kam er am Postzimmer vorbei, an den prüfenden Blicken der kritischen Sekretärinnen, der Privatsekretärin, die in jedem Brief, jedem Geschenk herumschnüffelte, buchstäblich, bevor sie es an Matthew Tingley weiterreichte? Nun, es war ganz einfach. Eine Karte von Jack Bryne, in der stand, dass er sich auf ein Treffen mit Tingley freue, und ob der Weinkenner Lust auf einen neuen edlen Tropfen verspürte, der zur Abwechslung einmal nicht aus Kalifornien stammte? Auf der Karte würde außerdem stehen, dass man nicht nur am Korken roch, sondern ihn mit der Zunge probierte. Kameron rechnete sich nämlich aus, dass viele der Larven zu Boden sinken würden, auch wenn die Reise per Luftpost nicht die sanfteste wäre. Andere jedoch würden am porösen Korken haften bleiben und dort auf den großen Augenblick warten.

Kameron klickte auf sein Tagebuch. Er hatte die Dateien auf seinem PDA seit mehr als einer Woche nicht übertragen. Nachdem er damit fertig war und das Tagebuch um die Ereignisse auf dem JFK ergänzt hatte, begann er zu schreiben; diesmal wandte er sich in der ersten Person an Jack Bryne.

Ich nehme an, Jack, du bist wegen der letzten Ereignisse ziemlich verwirrt. Für mich war es eine lustige Zeit. Es ist nun fast drei Jahre her, seit wir aneinander geraten sind, und fast dreißig Jahre, seit wir auf Haiti zusammen Bier getrunken haben. Gott, wie ich meine Jugend und die guten alten Zeiten vermisse! Jack, ich habe dich beneidet, als du mir von deiner schlimmen Kindheit während des Zweiten Weltkriegs in diesem japanischen Folterlager in China erzählt hast. Wenigstens hattest du einen Vater und eine Mutter, die dich liebten. Ich weiß, dass beide von den Japanern ermordet wurden und dass du ihre Exekution mit ansehen musstest. Schlimm, Jack, sehr schlimm. Ich hatte weniger Glück als du. Meine Eltern blieben am Leben, doch mein Vater lebte nur, um mich mit einem Pferdestriegel zu verprügeln, selbst wenn er nüchtern war. Er prügelte mich, bis mein Hintern und mein Rücken bluteten. Und meine Mutter wurde zur Furie, wenn ich die Heilige Schrift nicht richtig zitieren konnte. Deswegen hat sie meine Hände an den heißen Ofen gehalten, weißt du noch? Vor vielen Jahren haben wir auf Haiti am Lagerfeuer gesessen und Erinnerungen ausgetauscht. Du warst betrunken, Jack, doch ich war nüchtern. Ich habe dich damals beneidet und deinen unbedingten Wunsch, die Welt zu retten. In jener Nacht habe auch ich einen Entschluss gefasst, Jack. Ich würde das Gleiche tun wie du, und ich würde dich übertreffen! Meine Arbeit in den CDC war exzellent. Ich war der Erste, der die Möglichkeit eines Borna-Virus entdeckte. Dann explodierten die Dinge, sowohl im buchstäblichen als auch im übertragenen Sinne. Die Teströhrchen mit dem deutschen Borna-Stamm sind explodiert, den Viren, die Liv Bolt in Hamburg bei Schizophrenen fand. Ich dachte mir nichts dabei, doch einen Monat später entwickelte ich neue Einsichten und Gedanken. Es könnte das Virus gewesen sein, oder, wie ich heute annehme, eine Botschaft meiner Mom, den Willen des Herrn für all jene von uns zu erfüllen, die bereit sind, an den Allmächtigen zu glauben.

Aber du, Jack, du stehst im Weg! Versuch nicht, meiner Logik zu folgen. Du bist der Sohn eines Predigers, genau wie ich, aber ich bin dir weit voraus. Folge nur meinem Plan! Ich habe fast all meine selbst gemachte Munition gegen dich verschossen, doch ich habe noch zwei Asse im Ärmel, Jack – Asse, die stechen! Kinder der Natur, wie alle anderen. Der »gefillte Fish« hat dich nicht erwischt, und deine Reise nach Wyoming ist ausgefallen. Macht nichts, Jack. Meine kleinen Lieblinge sind unterwegs, doch diesmal nicht zu dir.

Und meine Kiddys im Planschbecken wachsen und gedeihen, dass es eine Freude ist, Jack. Die Schnecken sind dabei, sich zu vermehren. Sie finden bestimmt einen hübschen Platz in deinem Teich. Du würdest dich wundern, wie stark ich in die Ereignisse der letzten Zeit verwickelt bin. Die Seraphim haben mich bis hierher geführt, geflügelte Engel, wie alle anderen. Wenn erst mein getreuer Assistent eintrifft, der junge Dwight, lasse ich ihn im Feuer stochern und eine weitere Botschaft absenden.

Armer Jack. Fragst du dich, was ich tue? Wann, warum, wie und womit? Vielleicht ist es ein gewolltes Chaos, um dich und diese Laus, diesen Hubbard, und diesen Judenjungen Berger mitsamt der schlauen Miss Wade einzulullen und in die Irre zu führen.

Vielleicht, vielleicht.

Es ist Ockhams Rasiermesser, Jack, nichts besonders Komplexes, doch das Messer ist ziemlich scharf, vielleicht zu scharf für uns beide, dich und mich. Du suchst nach Symbolen, bitte: Du wolltest zehn Plagen? Du hast sie bekommen. Das reicht dir noch nicht? Ich werde dir ein neues Rätsel aufgeben. Dir und Hubbard und seinem missratenen Sohn und dieser Warze Shmuel Berger.

Aber, Jack – ich will meine Rache an dir, an dir allein. Alle anderen sind nur Beigaben. Ich will dich zerstören, mein Freund, dein Leben, deine Familie und was von deinen Freunden und

Bekannten übrig ist. Ich will sie zerquetschen, ihnen das Blut aussaugen, sie vergiften, verstümmeln, zerreißen und vierteilen; ich will, dass sie alle einen angemessenen, passenden Tod sterben. DAS ist es, was du in deinen Informationen übersiehst, lieber Jack. Sieh dir an, wie sie gestorben sind und nicht, woran sie starben. Sieh dir die Organe an, die versagt haben. Das ist der Schlüssel, Jack. Doch du wirst niemals dahinter kommen, und falls doch, bist du schon wieder auf einer falschen Fährte.

Kameron überarbeitete seine Eintragung. Verriet sie zu viel? Über ihn, über seinen Hass auf Bryne, über seine Pläne? Und wenn schon. Niemand würde sein Tagebuch zu Gesicht bekommen, bis er längst tot war. Und das würde nicht vor Dezember geschehen. Falls überhaupt.

Er speicherte die Datei und fuhr den Computer herunter; dann ging er nach draußen auf die Veranda. Ein Grashüpfer sprang über die Bretter in Richtung des Kinderplanschbeckens. Kameron beobachtete das Insekt, als es zögerte, mit den langen Fühlern tastend prüfte, ob Gefahr drohte oder vielleicht ein Partner in der Nähe war. Kameron stand ihm im Weg, und es war gezwungen umzukehren und in Richtung des Planschbeckens zu hüpfen. Kameron stampfte mit dem Fuß auf die Dielen, und der Grashüpfer machte einen weiten Satz, mitten in das Becken hinein. Kameron ging hinterher und sah den Grashüpfer auf einem Eierkarton sitzen, wo er die Hinterbeine aneinander rieb.

»Du solltest machen, dass du da wegkommst, mein Freund«, sagte Kameron – und dann geschah es binnen einer Sekunde. Ein kleines braunes Etwas erschien unter dem Karton, zögerte einen Sekundenbruchteil und stürzte sich dann auf das Insekt. Der Grashüpfer kippte zur Seite, als das Gift der braunen Einsiedlerspinne wirkte; seine Beine zuckten unkoordiniert, dann lag er still.

»Jede Wette, das ist ein richtiger Leckerbissen«, sagte Kameron. »Frischer Grashüpfer. Schätze, ich sollte deine Brüder ebenfalls füttern.« Er kehrte zur Veranda zurück und nahm die große weithalsige Pulverflasche. Er hatte ein großes Laken über die Veranda gespannt, wie ein Sonnensegel, doch es mündete in einen Trichter, der über eine glatte Röhre in die Pulverflasche führte. Nachts ließ Kameron das Licht auf der Veranda brennen und lockte Fliegen und Motten herbei. Selbst tagsüber flog die eine oder andere Termite oder fliegende Ameise gegen das Segel und landete im Glas. Schmetterlinge waren eher selten. Manche kamen wieder frei, andere schmachteten dahin. »Wollen doch mal sehen«, sagte Kameron und inspizierte seine Beute. »Wir haben eine Schlupfwespe, zwei Virginia-Ctenchuas, eine Kohlweißling-Raupe und ein paar Termiten.«

Er verschloss das Glas mit einem breiten Schraubstopfen, schüttelte es, um die Insekten benommen zu machen, und verließ die Veranda. Zwei weitere Laken lagen ausgebreitet im Gras. Jedes hatte in der Mitte ein kleines Loch. Ein paar Blattläuse krochen über die weiße Fläche, doch Kameron interessierte sich mehr für Heuschrecken, Grillen, Gottesanbeterinnen und Fransenflügler. Rasch packte er das erste Laken an den Ecken, öffnete das Glas und schüttelte und klopfte den Inhalt des Lakens hinein. Er wiederholte den Vorgang mit dem zweiten Laken, verschloss das Glas erneut und untersuchte dessen Inhalt. »Ausgezeichnet! Ein richtiger Festschmaus!« Im Glas waren zusätzlich zu seinem ersten Fang Dutzende von Grashüpfern, Baumhüpfern, Blatthüpfern und ein Grüner Stinkkäfer. Wieder schüttelte er das Glas und näherte sich dem Plastikbecken, um den Inhalt hineinzukippen. Ein Grashüpfer schoss senkrecht in die Höhe und landete auf dem Beckenrand. Er wurde von dem breiten Vaselinestreifen eingefangen, der die Spinnen am Entkommen hinderte. Kameron schnippte das glücklose Insekt mit dem Zeigefinger ins Becken. Die Braunen Einsiedler kamen hervor und stürzten sich gierig auf ihre Mahlzeit.

Es war fast ein Jahr her, dass Kameron beschlossen hatte, die Spinnen näher zu erforschen. Jeder kannte Schwarze Witwen, doch *Loxosceles reclusa* war noch verhasster als eine gewöhnliche Giftspinne. Der Biss eines Einsiedlers war wie die fiktive »Molekularsäure« in dem Film *Alien*, die sich durch mehrere Ebenen des Raumschiffs gefressen hatte, bevor sie aufgebraucht war. Ein einziger Biss eines Einsiedlers fraß sich durch die Haut und das darunter liegende Gewebe, durch Fett und Muskeln bis zum Knochen. Das Gift wirkte wochenlang. Manche Ärzte rieten zu einem sofortigen chirurgischen Eingriff und zur Entfernung des betroffenen Gewebes, bevor sich die schwärende Wunde ausbreiten konnte, andere zogen die Behandlung mit Gegengiftserum sowie vorsichtige Wundexzision vor. In den meisten Fällen überlebten die Gebissenen, behielten jedoch entstellende Narben.

Der Braune Einsiedler war in Virginia zwar nicht heimisch, doch sein Verbreitungsgebiet dehnte sich von Jahr zu Jahr weiter aus. Kameron hatte das Netz in dem alten Winnebago-Wohnwagen entdeckt. Dutzende von Jungspinnen waren aus ihren seidenen Kokons geschlüpft, und er hatte die winzige violinenförmige Markierung auf dem Rücken der Tiere gesehen, der sie ihre anderen Namen verdankten: Violinspinne und Fiedelrücken. Er hatte die Spinnen mit genau dem gleichen Glas eingefangen, mit dem er jetzt ihre Nahrung sammelte. Er wusste, dass der Braune Einsiedler ein ungeschickter, langsamer Kletterer und nicht imstande war, aus dem Glas zu entkommen. Oder, wie sich herausgestellt hatte, aus dem Kinderplanschbecken. Um ganz sicherzugehen, hatte Kameron den Rand des Beckens dick eingefettet für den Fall, dass eines der Tiere Glück hatte oder ein Blatt ins Becken segelte und einen Aufstieg zum Rand ermöglichte. Indem er den Spinnen in einem Labyrinth aus Eierkartons und einem alten, dreckverkrusteten Handtuch Schutz und Unterschlupf bot, waren die jungen Einsiedler prächtig gediehen. Im Mai war eine zweite

Generation geboren worden. Kameron konnte sie nicht zählen – es wäre nicht nur lebensgefährlich, sondern ziemlich unmöglich gewesen –, doch er schätzte, dass es inzwischen wenigstens dreihundert Stück sein mussten, vielleicht noch mehr. Er konnte die Ankunft Frys kaum abwarten. Sobald er Dwight seinen Plan erläutert hatte, würde er den Jungen die Ernte einbringen lassen. Dwight konnte die Spinnen zählen. Kameron kam ein Gedanke. Er würde Dwight bitten, eine Schätzung zu machen, bevor sie die Kolonie mit Trockeneis erstickten und jede Spinne einzeln mit einer Pinzette herausnahmen, um das Gift zu extrahieren. Es war wie damals, als er ein kleiner Junge gewesen war und versucht hatte zu raten, wie viele Geleebohnen sich in einem Marmeladenglas befanden.

19

Donnerstag, 27. September
Madison Pavillion, University of Virginia
Charlottesville, Virginia

Jack war in seinem Büro – Alan hatte ihn gebeten, länger zu bleiben, denn er habe eine Überraschung für ihn. Es war ein milder Spätnachmittag in Charlottesville. Die Bäume waren noch immer lebendig grün. In Albany ist schon Herbst, dachte Jack. Der Gedanke an einen weiteren Herbst in Albany – kalt und nass und grau, gefolgt von der Dunkelheit des Winters und den Blizzards – ließ ihn schaudern. Es sah ganz so aus, als würde er sich in Virginia wohl fühlen. Der Sommer war längst nicht so heiß gewesen, wie er es erwartet hatte, und der Winter, hatte man ihm gesagt, war belebend. Schnee, ja, aber nicht so viel, dass man darin zu ersticken drohte.

Das Gespräch mit Barbara Pollack lag drei Wochen zurück. Jack wusste, dass das FBI jeden Hinweis über den Ursprung der Zecken auf ProMED zensierte. Was immer Kameron plante, es würde erst noch geschehen oder war als natürliche Krankheitswelle abgetan worden. Doch Kameron verstärkte seine Bemühungen. Die Zecken zu beschaffen hatte einige Anstrengung erfordert. Vielleicht war das der Grund, warum der gute Teddy in den letzten Jahren von der Bildfläche verschwunden war – er hatte sich in Afrika und Asien herumgetrieben und dort Zecken und Gott weiß was für andere Spezimen gesammelt.

Es klopfte, und Alan Tatum und Judith Gale kamen herein. Judith war attraktiv in ihren schwarzen Designerjeans und dem kastanienroten Pullover. Tatum war zwar weniger schick angezogen, doch für seine Verhältnisse erstaunlich präsentabel; er trug sogar ein Jackett und eine Krawatte.

»Überraschung!«, rief er. Sie kamen Hand in Hand, und beide lächelten.

»Das nenne ich tatsächlich eine Überraschung. Was ist da hinter meinem Rücken passiert? Ihr beide? Seit wann geht denn das so?« Jack lächelte. »Was haben ein Parasitologe und eine Pflanzenpathologin gemeinsam?«

»Eine ganze Menge, Jack. Und vieles«, er grinste, »geht in unserem Fall über das wissenschaftliche Interesse hinaus.« Die beiden schauten sich an, und es war nicht zu übersehen, dass sie verliebt waren.

Jack warf einen Blick auf die Uhr. »Gehen wir essen? Ich zahle. Ich wollte sowieso über ein Posting bei ProMED mit dir reden, Judy. Es geht um einen Wassermelonenpilz in Indiana.«

In diesem Augenblick klingelte das Telefon.

»Mist!«, schimpfte Jack und nahm den Hörer ab. Tatum und Judith beobachteten, wie seine Miene düster wurde. Er nahm einen Kugelschreiber und machte sich Notizen. Irgendwann während des Gesprächs blickte er kurz zu Alan; dann schrieb er weitere Notizen nieder. Seine Körpersprache ließ erkennen, dass es etwas Ernstes sein musste. War es ein weiterer Anruf aus Washington? Wurden sie erneut in Angst und Schrecken versetzt, weil Kameron wieder irgendetwas ausgeheckt hatte und neue Gefahr drohte? Jack stellte eine Zwischenfrage und redete die Person am anderen Ende der Leitung mit »Barb« an.

Judith griff nach Alans Hand und schaute ihn fragend an. Ratlos erwiderte er ihren Blick. Jacks spärliche Kommentare im Verlauf des Telefonats trugen nicht gerade zu ihrer Beruhigung bei; es fielen Worte wie »massives Lungenödem« und »hinterlistige Teufelei«. Schließlich legte Jack auf. Sein Gesicht war ausdruckslos, und aus seinem Körper schien alle Energie gewichen.

»Was ist denn, Jack? Alles in Ordnung mit dir?«, fragte Alan. »Du siehst aus, als wärst du unter einen Achtzehntonner geraten. Was ist?«

Judith ging zu ihm und nahm seine Hand. Jack schwieg und starrte auf seine Notizen. Als er schließlich sprach, zitterte seine Stimme.

»Das war eine Moderatorin von ProMED, Barbara Pollack. Wie es scheint, ist vor kurzem jemand an Trichinose gestorben.« Er blickte Tatum an.

»Selten, aber durchaus nicht ungewöhnlich, Jack. Wo ist es geschehen? Wer war es? Die meisten Fälle in den Vereinigten Staaten sind auf selbst gemachte Schweinswürste zurückzuführen. Schweine fressen Ratten und nehmen die Würmer auf, die im Muskelfleisch der Ratten verkapselt sind. Das Schwein erkrankt, dann der Mensch. Interessanterweise stammen einige der jüngeren Fälle menschlicher Infestationen von anderen Tieren, beispielsweise Bären. Irgendwelche bescheuerten Machos jagen die Tiere und machen sich Bärensteaks oder Dörrfleisch. War der Typ einer von diesen Jägern?«

»Nein, war er nicht«, entgegnete Jack. »Es war Matthew Tingley.«

Bestürzung zeigte sich auf Alans und Judiths Gesichtern. Matthew Tingley war der Computerkönig der USA, ein Multimilliardär, den viele Amerikaner verachteten, ja, verabscheuten, hauptsächlich wegen seines ungeheuren Reichtums und seiner arroganten Weigerung, mit den Ermittlungsbehörden der Regierung zusammenzuarbeiten, die seine Geschäftspraktiken untersuchten. Doch Alan erinnerte sich, dass Jack ihm erzählt hatte, Tingley wäre an ProMED interessiert, und dass er vielleicht Hunderte ausrangierte Pentiums für die Dritte Welt spenden wollte – das war der Zusammenhang!

»Wie ist es passiert, Jack? Hin und wieder infizieren Menschen sich mit Trichinen, aber die meisten sterben nicht daran. Dazu muss man Unmengen rohes Schwein essen, oder rohen Wurstbrei.«

»Es war weder das eine noch das andere, Alan. Aber es war eine geradezu irrsinnige Infestation. Man stellte auf Anhieb die richtige Diagnose, doch der Befall war derart massiv, dass die Trichinen sogar in sein Herz vorgedrungen sind. Es setzte aus, trotz aller kardialen Maßnahmen, und trotz der Steroidgaben erlitt Tingley ein Lungenödem. Selbstverständlich wurde eine Obduktion durchgeführt. Seine gesamte Skelettmuskulatur wimmelte von Larven. Sie hatten ihm bei lebendigem Leib das Herz weggefressen. Herzversagen war die letztendliche Todesursache.«

»O Gott, Jack!« Judith wurde blass. »Du hast ihn gekannt, nicht wahr?«

»Nein, Judy, ich kannte ihn nicht. Vicky und ich standen während der letzten Monate wegen der Unterstützung von Pro-MED mit Tingley in Verbindung, doch ich habe ihn nie persönlich kennen gelernt.«

»Ein Verbrechen, Jack?«, fragte Alan. Der Name Theodore Kameron hing unausgesprochen in der Luft.

»Ich fürchte, ja. Einen Fall wie diesen hat es noch niemals gegeben, sagt Barbara Pollack.« Jack deutete auf das Telefon. »Sie meint, dass ein Vorsatz dahinter gesteckt haben muss, doch als die Diagnose gestellt wurde, waren sämtliche Spuren von Tingleys letzter Mahlzeit längst verschwunden. Barbara hat gesagt, dass es mindestens eine Woche dauert, bis die ersten Symptome zu erkennen sind. Seine Frau und das Küchenpersonal behaupten felsenfest, dass Tingley niemals so exotische Dinge wie Bärenfleisch gegessen hat. Tingley stand auf Kartoffeln und Braten. Es gibt keine offensichtliche Infektionsquelle. Nichts.«

»Mir ist da eben ein Gedanke gekommen«, meinte Alan. »Kann sein, dass alles nur Zufall ist, aber wie war noch der Vorname von dem ersten Toten, von Strawbridge?«

»Lucas«, sagte Jack. »Lucas Strawbridge. Und Senator Lowen hieß Mark, wenn ich mich nicht irre.«

»Und jetzt Matthew, Matthew Tingley.« Tatum räusperte sich. »Wahrscheinlich ist es nur Zufall, wie ich schon sagte, aber wir haben jetzt einen Matthäus, einen Markus, einen Lukas und ...«

»Johannes«, sagte Judith Gale. »Als Nächstes sucht er nach einem Johannes, einem *John.*«

Jack schaute die beiden an. »Na, toll. Mein Vorname *ist* John – John Drake Bryne.«

Freitag, 28. September
Arlington, Virginia

Es war Scott Hubbard immer schon schwer gefallen, alles stehen und liegen zu lassen, um in irgendeine wildfremde Stadt zu fliegen und eine Operation des FBI zu überwachen. Besonders schlimm war es im Jahr zuvor gewesen, als seine Frau plötzlich gestorben war. Sie waren zwanzig Jahre verheiratet gewesen, und ihr Tod war völlig unerwartet gekommen. Ein Beerenaneurisma war aufgeplatzt, hatten die Ärzte Scott erklärt, eine winzige Schwachstelle in einer Arterienwand im Kopf, die ausgesehen hatte wie eine Himbeere. Ob Mrs Hubbard denn niemals über Kopfschmerzen geklagt habe? Hatte sie, doch weder Scott noch seine Frau waren deswegen sonderlich beunruhigt gewesen. Scott erinnerte sich, dass sie häufig unter Migräne gelitten hatte, doch sie war immer so vital gewesen, so voller Leben. Als sie dann unerträgliche Kopfschmerzen bekam, war Scott mit ihr ins Krankenhaus gefahren. Es war das letzte Mal gewesen, dass er mit ihr gesprochen hatte. Man hatte sie von der Notaufnahme in den Operationssaal, vom Operationssaal in die Intensivstation und von der Intensivstation in die Leichenhalle gerollt. Eins, zwei, drei, vier. Es war so schnell gegangen, dass Scott es gar nicht richtig begriffen hatte. Der Tod seiner Frau hatte einen anderen Menschen aus ihm gemacht.

Doch Scott hatte Jesse, und der Junge brauchte ihn. Jesse

hatte selbst seine Portion an Unglück gehabt, als er seinen rechten Arm verlor. Aber beide hatten die Schicksalsschläge überwunden.

Scotts neuer Auftrag lautete nun ganz offiziell, Kamerons Spur wieder aufzunehmen. Scott hatte den Verrückten zwar damals gejagt, zusammen mit Jack und anderen, doch er hatte Kameron nie zu Gesicht bekommen, außer in einer Videoaufzeichnung aus dem Metropolitan Museum of Art. Damals hatte der Soziopath eine Art Priestergewand getragen, als Verkleidung, und mit einem Stab gestikuliert (einem *Aspergillum* oder Weihwedel, wie Geistliche später festgestellt hatten). Er hatte den Wedel benutzt, um Tische voll Brot damit zu »segnen« – genauer gesagt, mit tödlichen Mykotoxinen zu verseuchen.

Kamerons Bild in einer alten High-School-Zeitung war nicht besonders nützlich gewesen, ebenso wenig die alten Fotos von seinen CDC-Ausweisen. Der Bastard war verdammt clever gewesen. Es gab keine Fotos von ihm aus seiner Zeit bei den CDC und den Jahren danach, als er für die Denkfabriken und pharmazeutischen Konzerne gearbeitet hatte. 1995 war Kameron endgültig verschwunden, angeblich von den CDC wegen allgemeiner Personalkürzungen an die Luft gesetzt, obwohl der wahre Grund für seinen Rausschmiss der Unfall mit der Zentrifuge gewesen war.

Nach Aussagen seiner ehemaligen Kollegen hatte Kameron sich nach dem Unfall mit dem Borna-Virus sehr verändert. Das Virus hatte ihn infiziert. Borna war nicht tödlich, doch es griff schleichend das Gehirn an. Es war ein so genanntes »langsames« Virus, denn es zeigte nach außen hin über Monate oder gar Jahre hinweg keinerlei Symptome. Bei vielen Menschen, die dem Borna-Virus ausgesetzt waren, gab es bis auf eine Veränderung des Antikörpertiters keinerlei Reaktionen, doch ausgedehnte Studien in Deutschland bei Patienten in geschlossenen psychiatrischen Anstalten hatten gezeigt, dass Borna-Antikörper, die auf eine zurückliegende Infektion mit dem

Virus hindeuteten, möglicherweise für eine ganze Reihe ernster mentaler Störungen verantwortlich waren, einschließlich manischer Depressionen und einer seltenen Form der Schizophrenie, die durch Anfälle von Größenwahn gekennzeichnet war – was perfekt auf Kameron passte.

Andererseits verhielten sich viele Menschen mit Borna-Antikörpern völlig normal. Sie waren zwar infiziert worden, doch ihre Persönlichkeit hatte sich nicht verändert. Andere hingegen veränderten sich grundlegend, wie beispielsweise Enoch Tucker, der Tierarzt aus Churchill Downs, der Experimente an sich selbst durchgeführt hatte, um zu beweisen, dass eine geheimnisvolle Krankheit, an der Pferde eingegangen waren, tatsächlich durch das Borna-Virus verursacht wurde. Tucker war inzwischen wieder auf dem Weg der Genesung, doch bevor er seine antivirale Behandlung bekommen hatte, war er immer wieder in tiefe Depressionen gefallen und hatte eine ausgeprägte Psychose entwickelt. Auch heute noch litt er unter Rückfällen, wenn er seine Medikamente vergaß.

Scott Hubbard dachte über den Unfall im Labor der CDC nach, der die wahre Ursache für Kamerons Entlassung war. Scott wusste von ähnlichen Unfällen in anderen Labors, in Columbia 1975, in Albany 1977 und in Yale 1996, alle mit potenziell tödlichen Viren, doch in keinem dieser Fälle hatte es Entlassungen gegeben. Niemand konnte die Frage beantworten, warum ausgerechnet der brillante Forscher Theodore Kameron von den CDC gefeuert worden war. Niemand außer Kameron selbst – und der war nirgends zu finden.

Scott war zu Hause; es war der Anfang eines neuen Jahres ohne seine Frau. Er vermisste sie schmerzlich und war glücklich, dass er Jesse hatte, der zu einem jungen Mann herangewachsen war. Jesses Aktivitäten im Schwimmverein und der Schülerrat füllten den größten Teil seiner Freizeit aus. Er hatte keine ständige Freundin, oder falls doch, hatte er Scott bisher noch nichts von ihr erzählt. Jesse machte jeden Tag seine Hausarbeiten, üblicherweise bis spätestens sieben Uhr abends, und hing dann am Telefon oder ging ins Internet, manchmal bis nach Mitternacht. Der Junge war intelligent und selbstbewusst; das hatte er in den letzten Monaten einmal mehr bewiesen, als die neuerliche Jagd auf Kameron begonnen hatte.

Nächstes Jahr würde Jesse zum College gehen. Scott erinnerte sich an die zwei Wochen, die sie im August in Neuengland verbracht hatten, und dachte ein wenig betrübt daran, dass Jesse seine alte Alma Mater – Amherst – nicht gefiel. Brown und Tufts waren »ganz okay« gewesen. Bowdoin und Bates lagen in Maine – zu kalt für Jesses Geschmack –; außerdem war er weder Skiläufer, noch mochte er den Winter. Die Fahrt nach New York war ebenfalls enttäuschend verlaufen; die Columbia und die NYU waren »zu stadtmäßig« gewesen, wie Jesse es ausgedrückt hatte.

Scott hatte ein Gespräch mit dem Collegeberater geführt. Jesses Hochschuleignungsprüfung war ziemlich gut verlaufen – über vierzehnhundert Punkte. Seine schulischen Leistungen waren mehr als zufrieden stellend. Die Tatsache, dass er Co-Kapitän des Schwimmteams und Klassensprecher war, bedeutete weitere Pluspunkte. Selbst seine Behinderung konnte sich als »Bonus« erweisen, wie der Berater es ausgedrückt hatte. Jesse würde wohl von den meisten Colleges Zusagen erhalten, an denen er sich bewarb, doch Stipendien und Darlehen waren eine andere Sache. Wenn er sich auf ein oder zwei Colleges konzentrierte, konnte er vielleicht eine vorzeitige Zusage erhalten. In solchen Fällen spielten familiäres Vermögen oder die Möglichkeit, Studiengebühren zu entrichten, keine Rolle. Von seinem FBI-Gehalt konnte Scott den Besuch einer privaten Hochschule kaum finanzieren. Wenn Jesse eine staatliche Universität besuchte, würden die Gebühren weit niedriger ausfallen. Scott beschloss, nach dem Abendessen mit Jesse darüber zu reden.

Der Junge war oben auf seinem Zimmer, dessen Wände mit

Postern von *Easy Rider* und Jimi Hendrix, dem jungen Marlon Brando und James Dean vor seinem Porsche regelrecht tapeziert waren. Jesse hörte Grateful Dead – mit Kopfhörern, denn sein Vater konnte die Musik nicht ausstehen –, und blätterte im Programm des Filmfestivals von Virginia.

Jesse liebte Filme; für ihn stellten sie lebendige Geschichte dar. Im Laufe der letzten Jahre hatte er auch das »Cinema« für sich entdeckt, wie prätentiöse Zeitgenossen es nannten. Er interessierte sich für die Filme selbst – für neue und alte, Farbe und Schwarzweiß, für Drehbuchschreiber, Regisseure, Redakteure, Cutter, Special effects, selbst für die versponnenen Choreographen. Jesse tauchte gleichsam in jeden Film ein, nahm alles in sich auf: die Kulissen, die Schwenks, die Schnitte, die Anspielungen. Er hatte Hunderte von Filmen bei der Videoverleih-Kette Blockbusters ausgeliehen und sich von seinem eigenen Geld eine kleine Bibliothek von DVDs gekauft – die besten Filme aller Zeiten mit Extras wie Kritiken oder Interviews mit Stars, die in den Filmen spielten, und mit Szenen, die in der Kinofassung herausgeschnitten waren; die *Alien*-Filme zum Beispiel waren arg verstümmelt worden.

Nach dem Wunsch seines Vaters sollte Jesse Historiker werden. Scott hatte vor einiger Zeit *Die rote Tapferkeitsmedaille* und *Andersonville* ausgeliehen in der Hoffnung, Jesses Interesse für den Bürgerkrieg zu wecken. Todlangweilig, hatte Jesse zu seinem Vater gesagt. Eigentlich waren beide Filme ganz in Ordnung, doch der gute alte Dad verstand nicht, worum es seinem Sohn ging. Jesse interessierte sich für die filmische New Wave – für Filme, die provozieren und Veränderungen bewirken sollten und nicht bloß informierten oder unterhielten.

Jesse schob die Papiere und ausgedruckten E-Mails zusammen, mit denen sein Bett übersät war, schaltete seinen PC ein und lud die Webseite des Festivals: »Vierzehntes Filmfestival Virginia – Schwerpunktthema Trickfilm.«

Er blätterte die Liste des letztjährigen Festivals durch, das er nicht besucht hatte. Anthony Hopkins hatte einen Vortrag gehalten, und sie hatten *Freaks* gezeigt – verdammt, Jesse hatte den Film noch nie gesehen; er hatte jahrelang auf dem Index gestanden. Und man hatte beide Versionen von *Das Ding* gezeigt, das Original aus den Fünfzigern und das Remake von 1994.

Jesse blätterte zur Liste des diesjährigen Festivals: *Der Zauberer von Oz, Der Magier,* Tyrone Powers *Der Scharlatan* von 1947 sowie ein King-Kong-Ableger, *Zheng gu Zhuan,* was immer für ein Film das war. Michael Caine würde zusammen mit Candice Bergen über *Teuflische Spiele* referieren – es gab eine Sondervorstellung des Films –, und Mark Hamill sprach über *Flash 2 – Die Rache des Tricksers.* Ziemlich tief gefallen seit Luke Skywalker, der gute Mark, dachte Jesse, von dem manche Leute meinten, er sähe immer noch aus wie der junge Hamill.

Er beschloss, seinen Vater auf eine Fahrt nach Charlottesville anzusprechen. Er würde sich bei der Universität von Virginia bewerben und bei der Gelegenheit das Festival besuchen. Vielleicht ergab sich auch die Möglichkeit, bei Jack Bryne vorbeizuschauen. Jesse nahm den Kopfhörer ab und ging nach unten.

»Dad, wenn ich mich bei der UVA bewerben soll, müssen wir noch mal nach Charlottesville. Wäre keine große Sache, wenn wir bei der Gelegenheit beim Filmfestival reinschauen, okay? Und vielleicht könnten wir auch Dr. Bryne besuchen.«

»Also denkst du wieder über die Universität von Virginia nach, ja?« Scott Hubbard war insgeheim erfreut. »Dann solltest du deine Bewerbung für die Uni vorbereiten. Und dann können wir gern einen Abstecher nach Charlottesville machen.«

Die letzte Begegnung mit Jack lag Wochen zurück; die polizeiliche Überwachung seines Hauses war längst eingestellt worden. Das FBI hatte keine neuen Informationen über Kameron. Allerdings hatte Scott den normalen Dienstweg verlassen und Kontakt mit Dr. Barbara Pollack von ProMED aufgenommen. Er wollte wissen, ob und wann ein weiteres eigenartiges, normalerweise natürliches Ereignis – wie der Vorfall mit den Zecken am JFK – auf eine Tat Kamerons hindeuteten.

Der Gedanke, Jack und Vicky wieder privat zu treffen, war verlockend. Die Spur Kamerons wurde allmählich kalt. Vielleicht konnte ein langes Wochenende dazu beitragen, sich wieder eingehender über den Psychopathen zu unterhalten.

Mittwoch, 17. Oktober
WATV Studios
New York

Vicky war wütend. Der Sendetermin war in der ersten Woche des kommenden April, und mit ihrem großen Projekt ging es nicht voran. Es hatte sich als nahezu unmöglich erwiesen, die Rechte für Filmausschnitte für das Serienmörder-Projekt zu erwerben. Zu viele Anwälte und Familienangehörige von Opfern lauerten auf mögliche Schadensersatzklagen. Der Swango-Fall wäre ein großartiges Finale geworden, oder Jack in einem Interview über Kameron. Die Rechtsabteilung von ATV benötigte wenigstens noch zwei Monate, um die Genehmigungen für Swango zu erhalten, außerdem gab es weitere Probleme. Damit blieben nur noch Jack und Kameron.

Die Tatsache, dass der Irre noch immer frei herumlief, war bedrückend und faszinierend zugleich. Die Zuschauer hätten bis zur letzten Minute gefesselt vor den Bildschirmen gesessen. Das Dumme war nur, dass Scott Hubbard der ATV keine Genehmigung zur Verwendung der Ermittlungsmaterialien erteilt hatte, und damit blieb nicht mehr viel übrig. Das Material über Theodore Kamerons Taten Ende der Neunziger war ganz okay, aber es war alt, und auch andere Sender hatten es ausgeschlachtet.

Vicky rief Cara zu sich und bat sie, die Oz-Akte mitzubringen.

Cara Fitzgerald, Vickys Assistentin, war eine groß gewachsene Schwarze, von der viele Leute sagten, dass sie aussähe wie Venus Williams, nur attraktiver. Ihre Armmuskeln sahen aus wie gemeißelt, und ihre Waden waren nicht minder durchtrainiert. Cara gehörte zu den wenigen Menschen bei ATV, denen Vicky vertraute.

»Was haben die Jungs inzwischen über die Oz-Geschichte zusammengetragen, Cara? Letzte Woche sah alles ganz gut aus, aber ein paar Dinge haben noch gefehlt.«

Cara Fitzgerald blätterte den dicken Ordner durch. »Die Vergleiche sind beeindruckend, aber ich weiß nicht, ob sie beim Publikum wirklich so gut ankommen. Ich dachte eigentlich, du würdest dich für das Special über Serienmörder entscheiden.«

»Es ist einfach schon zu spät, Cara. Und ehrlich gesagt, ich glaube nicht, dass Mr und Mrs Amerika ausgerechnet zu Ostern Blut und Tod sehen wollen. Vielleicht nächsten Sommer. Wir haben noch immer nicht alle Freigaben und Genehmigungen, und vielleicht wird Kameron ja bis dahin gefasst und kommt zu Swango auf die Liste. Außerdem ist der 98er-Stoff über Kameron zu alt, die meisten kennen ihn bereits. Wir brauchen neues Material ... wo wir gerade dabei sind: Hast du die Informationen über Senator Lowen zusammengetragen? Versuch doch schon mal, eine Genehmigung einzuholen, die FBI-Bilder von diesem Badehaus und ein paar Ausschnitte über Egel zu verwenden.«

Cara Fitzgerald erschauderte bei dem bloßen Gedanken. »Mach ich. Und was das Material über Oz angeht, Vicky – es ist zu dünn für ein einstündiges Special. Ich habe ein paar Filmausschnitte, Fotos, alte Dokumentationen und Standbilder. MGM hat bisher noch keine Genehmigung für das Filmmaterial erteilt, das wir senden wollen, aber ich nehme an, das ist nur eine Formalität. Kostenlose Publicity nimmt jeder gern. Sie haben schließlich schon das sechzigjährige Jubiläum des Films verschlafen, und jetzt bietet sich eine zweite Chance – vielleicht eine Hundertjahrfeier zur Erstveröffentlichung des *Zauberer von Oz.*«

Fast jeder Amerikaner hatte die Verfilmung des Buches gesehen; deshalb würde es nicht allzu schwierig sein, eine Figur aus dem Film, etwa den »Zauberer«, mit Präsident McKinley zu vergleichen, falls Vicky in einem Kommentar die Ähnlichkeiten zwischen der fiktiven Gestalt und dem wirklichen Menschen sowie den historischen Umständen erklärte. Den »feigen Löwen« würde sie für William Jennings Bryan benutzen – den Kandidaten, der bei den Präsidentschaftswahlen gegen McKinley angetreten war. Nachdem die Vergleiche zwischen den historischen Charakteren des Jahres 1900 und den fiktiven Gestalten beendet waren, würden sie die Fotos der damaligen Politiker mit denen ihrer Gegenstücke des Jahres 2000 überlagern. Die Ähnlichkeiten waren in der Tat verblüffend.

»Zeig mir bitte mal die Liste, Cara.«

Cara reichte Vicky das Blatt mit der Tabelle.

Vergleich zwischen den Präsidentschaftswahlen
1900 und 2000

1900	2000
Präsident William McKinley	George W. Bush
Mittlerer Westen	Mittlerer Westen
Anhänger der Industrialisierung	Freund der Industrie
Anhänger des Welthandels	Trilateralismus
William Jennings Bryan, Demokrat	Albert Gore, Demokrat
Mittlerer Westen	Mittlerer Westen
bevorzugt Farmer	Subventionen für Landwirtschaft

Isolationismus	minimale Unterstützung der UN
hasst Washingtoner Politik	sieht sich als Beltway-Populist
möchte den Sioux-Indianern helfen	unterstützt ureigene amerikanische Anliegen
unterstützt von Abstinenzlern/Populisten	unterstützt von MADD (Mütter gegen Alkohol am Steuer)
unterstützt den philippinischen Aufstand von 1898	unterstützt die bosnischen Unabhängigkeitsbemühungen von 1998
hofierte die Kaiserin von China	China zweitwichtigster Partner
Gold als Währungsstandard	möchte Änderungen in der Geldpolitik

Vicky überflog die Liste. Nicht schlecht, aber vielleicht gab es noch ein paar weitere Analogien. Der *Zauberer von Oz* aus der Sicht von heute, dachte sie. Doch was war mit den Figuren? Dorothy? Toto, der kleine Hund? Die Vogelscheuche? Der Zinnmann? Wen sollten sie darstellen? Alles war zu historisch, zu langweilig. Die Story brauchte mehr Leben.

Vicky fiel ein, dass sie Jesse Hubbard um Hilfe gebeten und gesagt hatte, sie würde ihn anrufen. Und Jack hatte versprochen, ihr eine Liste zu schicken. Er hatte das Buch viele Male gelesen, kannte es offensichtlich in- und auswendig, und er wusste von ihrem Projekt eines Vergleichs zwischen den Präsidentschaftswahlen 1900 und 2000. Vicky beschloss, Jack und Jesse Mails zu schicken.

»Okay, Cara, ich werde eine Geheimwaffe einsetzen, aber nur für den Fall – lass die Drehbuchschreiber schon mal mit der Arbeit an den Originalcharakteren aus dem *Zauberer von Oz* beginnen, nicht nur an den Filmfiguren. Wenn es uns gelingt, ein paar Überraschungen mehr aus dem Ärmel zu zaubern, haben wir gewonnen. Damit bringen wir locker eine volle Stunde zusammen. Und wir müssen uns Gedanken über Werbung und Vorankündigungen machen. Ich muss wissen, woran der Autor gedacht hat, als er sein Buch schrieb. War es eine politische Satire? Wen, zum Beispiel, könnte Dorothy dargestellt haben? Und diese Hexe? Ach ja, und arbeite mir eine Kurzbiographie über den Autor aus. Wie hieß er noch gleich?« Vicky ging unruhig im Büro auf und ab. »Vielleicht reicht das ja schon für ein Special. Mr und Mrs Amerika würden sich bestimmt über eine neue Sichtweise der netten kleinen Gestalten freuen.«

Cara Fitzgerald nickte. »Mach ich, Vicky.« Sie sortierte die Papiere in ihrem Ordner. »Und sein Name war Baum.«

Vicky blickte sie verblüfft an. »Was?«

»Der Name des Autors. Vom *Zauberer von Oz*. Er hieß Baum, Frank L. Baum.«

20

Freitag, 19. Oktober
Front Royal, Virginia

Dwight Fry war drei Tage lang unterwegs gewesen. Er war noch nie so weit gefahren, und es war nicht leicht, Unterkünfte zu finden, die seinen Ansprüchen entsprachen. Er hatte sich gefragt, ob das Motel, das er in Front Royal reserviert hatte, in Ordnung war. Dwight hasste die engen Korridore und primitiven Rampen der älteren Anlagen. Doch mit seinem neuen Rollstuhl kam er fast überall hin, vorausgesetzt, es gab keine Stufen. Kameron hatte Dwight gesagt, er solle im Motel bleiben – Kameron würde sich mit ihm in Verbindung setzen. Inzwischen war Dwight seit fast einer Woche im Cavern Inn, ohne dass ein Anruf von Kameron gekommen wäre. Die Reise drohte zu einer Pleite zu werden. Vielleicht war alles nur ein Trick gewesen?

Dann reichte der Manager ihm einen Umschlag, adressiert an »Meinen Sohn Dwight«. Ein Brief von Teddy! Dwight hätte den Umschlag am liebsten an Ort und Stelle aufgerissen und die Nachricht gelesen. Er tippte leicht gegen den Joystick und fuhr zu seinem Zimmer im Erdgeschoss, schloss hinter sich die Tür, sperrte ab, schaltete den Fernseher aus und öffnete den Brief.

Dwight,
entschuldige, dass ich mich nicht früher bei dir gemeldet habe. Ich musste meine Pläne ein wenig ändern, seit wir das letzte Mal korrespondiert haben. Ich habe dich außerdem ein paar Tage beobachtet, nur um sicherzugehen. Gestern Abend beim Essen habe ich sogar hinter dir gesessen. Du hattest Pizza mit

extra Käse und ein Dr. Pepper. Du hättest die Schnecken in Knoblauch nehmen sollen. Sie waren köstlich. Ich mag sie eigentlich lieber à la Bourguignonne, aber was kann man hierzulande schon erwarten? Der Crow Mountain war jedenfalls sehr gut zum Herunterspülen.

Keine Sorge, Dwight, ich spiele kein Spiel mit dir. Ich musste nur dafür sorgen, dass du wirklich alleine bist. Ich war auch in deinem Zimmer. Du reist mit wenig Gepäck, mein Freund. Ich werde dir etwas Neues zum Anziehen besorgen müssen. Welche Größe trägst du? Ich kann alles beschaffen. Und du brauchst neues Deo, du hast fast keines mehr. Welche Marke möchtest du? Ich kann mir denken, dass du dich wegen deines Körpergeruchs sorgst. Keine Angst, mein Freund, ich habe in meinem Leben viel schlimmere Dinge gerochen. Dein Geruch ist im Grunde sogar angenehm. Ungefähr drei ppm Schwefelwasserstoff, ein paar Phenole und ein Hauch Zibeton. Gar nicht schlecht für einen Menschen. Wer weiß, vielleicht hast du ja eine Zibetkatze in den Genen? Wenn wir uns gegenüberstehen, kann ich dir mehr sagen … und das wird nicht mehr lange dauern.

Ich brauche deine Hilfe. Ich will einem Freund einen Streich spielen. Alleine kann ich's nicht schaffen, aber du hilfst mir, nicht wahr? In wenigen Tagen werde ich dich an einem bestimmten Ort ein paar Stunden südlich von hier treffen. Ich werde dir den genauen Treffpunkt am Abend vorher mitteilen. Falls es eine Änderung im Plan gibt, lasse ich es dich wissen. Falls nicht, kannst du aus dem Motel auschecken. Du wirst bei mir wohnen. Warum besuchst du in der Zwischenzeit nicht die Höhlen hier in der Gegend? Auf uns wartet viel Arbeit, mein Freund, und wir werden eine Menge Spaß miteinander haben!

Alles Gute,

Ted

Dwight war in Hochstimmung. Noch eine Woche, dann würde er Kameron endlich begegnen. Was für ein »Streich« mochte das sein, von dem er geschrieben hatte?

Dwight war sehr gespannt.

Dienstag, 23. Oktober
Free Union, Virginia

Jack kam gegen sechs Uhr Abends nach Hause. Er sah Moe Shifflet wieder einmal unten beim Teich fischen. »Was gefangen, Moe?«, rief er.

Der alte Mann deutete zur Mitte des Teichs. Jack sah einen Schwimmer Wellen schlagen. Die Leine spannte sich. Shifflet mühte sich mit der Angelrute ab. Dann riss die Leine, und er fiel hintenüber ins Gras. Jack lief das kurze Stück den Hügel hinunter, wo der schwitzende Mann lag und lachte.

»Ist er Ihnen entwischt, Moe?« Jack streckte die Hand aus und half Shifflet auf die Beine. Moe klopfte sich ab.

»'n Großer, Professa, aber 's war kein Fisch, bestimmt nich. Hat die Stahlschnur einfach durchgebissen. Schätze, es is wieder mal 'n Schnapper, auf jeden Fall ist es was Großes. Ich hab doch Ihre Erlaubnis, das Biest zu fangen?«

»Sicher, Moe«, sagte Jack und half Shifflet, die Ausrüstung zurück zum Pick-up zu tragen. Auf der Pritsche lagen haufenweise Ketten und rostige Metallbügel mit gefährlich aussehenden Zacken und Zähnen. Jack erkannte, dass es Bärenfallen waren.

Moe Shifflet und seine Freunde hatten gute Arbeit geleistet und das Gelände um Jacks Haus herum gegen Eindringlinge gesichert. Das FBI hatte seine Leute eine Woche zuvor nun auch von der Universität abgezogen; die Polizisten, die das Haus bewacht hatten, waren längst verschwunden, und die Überwachung des Telefons war beendet worden, doch Moe und seine

Freunde patrouillierten noch immer die Wälder. Niemand konnte sich unbemerkt auf das Grundstück schleichen, es sei denn, er hatte den Wunsch, unvermittelt in den Lauf einer Schrotflinte zu starren oder gar in eine Bärenfalle zu treten. Moe Shifflet hatte Jack von den Fallen und Fußangeln erzählt. Sie würden von nichts Kleinerem als einem Bären oder einem herumschnüffelnden Fremden ausgelöst werden, und sie waren nicht geködert. Selbst für den Fall, dass ein Bär aus den Bergen sich hier herunter verirrte, war es eher unwahrscheinlich, dass er in eine Falle trat. Sobald die Rotwildsaison begann, würde Moe die Fallen wieder einsammeln, doch im Augenblick dienten sie der Sicherheit.

Jack ging ins Haus. Tootsie wartete auf ihr Abendessen. Jack nahm kaltes Huhn aus dem Kühlschrank und verfütterte es an das Tier. Er musste Tootsie in der Einzäunung hinter dem Haus halten, und eine Hundeklappe ermöglichte dem Tier, sein Geschäft zu erledigen. Die Einzäunung war Vickys Idee gewesen. Bei dem Gedanken an Vicky fiel Jack ein, dass sie eigentlich nächste Woche zu Besuch kommen wollte, doch ihr Projekt zog sich ewig hin. Zum Glück hatte Jack, nachdem er Vickys Mail wegen des Oz-Projekts erhalten hatte, Scott Hubbard angerufen. Sicher, Jack hatte das Buch Dutzende Male gelesen, doch er wusste kaum etwas über die amerikanische Politik um 1900. Scott, der Hobby-Historiker, kannte sich wahrscheinlich sehr viel besser aus. Er war Experte für den Bürgerkrieg, vielleicht auch für das Amerika des *Fin de Siècle*.

Nach einer Woche hatte Scott sich gemeldet und Jack zwei Zeitungsartikel geschickt, die das Thema behandelten. Einer davon, in den Sechzigern geschrieben, stammte von einem Lehrer namens Littlefield. Er war der Erste gewesen, der eine Verbindung zwischen den Romangestalten im *Zauberer von Oz* und der Politik zur Zeit Bryans und McKinleys hergestellt hatte. Der zweite Artikel hatte fast zwanzig Jahre später im *Wall*

Street Journal gestanden; der Verfasser war zu genau den gleichen Schlussfolgerungen gelangt, ohne den Namen Littlefield und seine Arbeit mit einem Wort zu erwähnen.

Jack las, dass William Jennings Bryan ein Populist aus dem Mittleren Westen gewesen war und eine flammende Rede über ein »goldenes Kreuz« gehalten hatte: Er beklagte, dass die Farmer durch die Goldwährung ans Kreuz genagelt wurden, die Oststaatler wie Präsident McKinley und seine rechte Hand Mark Hanna favorisierten. Hätten McKinley und seine Anhänger eine Silberwährung akzeptiert, hätten die Dinge sich zum Besseren gewendet. Die Farmer hungerten und waren nicht organisiert, und selbst die Gewerkschaften im Osten, damals eine machtvolle Stütze der demokratischen Partei, gingen aus Angst vor Arbeitslosigkeit lieber auf Nummer sicher. Damals war der »Rust Belt« entstanden, wie man ihn später bezeichnete, der »Rostgürtel«, der die überalterte Industrie in den nördlichen und zentralen Vereinigten Staaten umfasste. Und obwohl Bryan, ein gottesfürchtiger Mann, die populistischen »Teetotalers« hinter sich gebracht hatte, eine Vereinigung von Antialkoholikern, die sich für die Prohibition einsetzten, hatte er nicht nur die Wahlen von 1896 verloren, sondern auch die Wahlen vier Jahre später. Es war ihm nicht gelungen, die beiden mächtigsten demokratischen Kräfte zu organisieren, die Farmer und die Arbeiter. Überdies war Bryan ein kraftloser Politiker gewesen, der Washington für eine Quelle des Bösen und der Korruption gehalten hatte, während McKinley die Gunst der Präriestaaten gewann, indem er die Siedler in Nebraska und Iowa durch Verträge mit den noch immer marodierenden Indianern schützte.

Jack las die Littlefield-Arbeit über den *Zauberer von Oz*. Er konnte nicht glauben, wie offensichtlich alles schien: Dorothy steht für Jedermann, ein naives Mädchen, das sich über die »Yellow Brick Road« – die Goldwährung – in das Land Oz (Abkürzung für die amerikanische Gewichtseinheit Ounce) aufgemacht hat. Sie trifft die Munchkins (Amerikas »kleine Leute«) und Glinda, die gute Fee des Südens (Südstaatenpolitiker, die für eine Silberwährung eintreten). Glinda gibt Dorothy ein paar silberne Schuhe (die Silberwährung), die sie von den Füßen der bezwungenen bösen Hexe des Ostens genommen hat (Mark Hanna, McKinleys Erfüllungsgehilfe, der aus der Regierung ausgeschieden ist, um sich in Ohio als Senator zur Wahl zu stellen, von unzufriedenen Wählern jedoch eine vernichtende Schlappe einstecken muss). Als Dorothys Haus auf der bösen Hexe landet, lugen nur noch ihre silbernen Schuhe darunter hervor. Die Schuhe waren im Buch tatsächlich silbern, doch die Produzenten des Films hatten sie blutrot gemacht. Dann begegnet Dorothy der Vogelscheuche (den amerikanischen Farmern), die mitten auf dem Feld feststeckt und von Krähen (opportunistische Anwälte) angegriffen wird, und rettet sie. Außerdem begegnet sie einem rostigen Zinnmann (der Arbeiterbewegung) und ölt dessen rostige Scharniere.

Die drei Gefährten treffen den feigen Löwen (Bryan), den der kleine Hund Toto mit einem einzigen Beller einschüchtert (mehr Wählerstimmen). Zu viert wandern die Gefährten weiter über die Yellow Brick Road in Richtung der Smaragdstadt (Washington) und fallen beinahe dem einschläfernden Duft des Mohns zum Opfer (politisches Intrigenspiel), bevor sie schließlich in der Smaragdstadt eintreffen, wo alles grün ist (die Farbe des Geldes). Dort treffen sie den vorgeblichen geheimnisvollen Zauberer (McKinley), und er erteilt ihnen einen Auftrag. Sie werden von fliegenden Affen gefangen (Indianern), von Wächtern am Tor (Lobbyisten) und schließlich von der bösen Hexe des Westens, gespielt von einer grüngesichtigen Margaret Hamilton (das gierige politische Establishment). Dorothy bezwingt die Hexe, indem sie einen Eimer Wasser über ihr ausleert (die Farmer hatten vier Dürrejahre hinter sich und warteten verzweifelt auf Regen).

Es passte alles zusammen.

Vickys Rechercheure hatten Recht mit den fliegenden Affen, den marodierenden Indianern, die noch 1896 einsame Farmen in der Prärie angegriffen hatten. Allerdings hatten sie übersehen, dass die Affen nach Dorothys Sieg über die böse Hexe zu ihren Freunden geworden waren. Jack fragte sich, ob die Sioux tatsächlich Freundschaft mit den Farmern und Ranchern geschlossen hatten, die ihnen nach und nach ihr Stammesland gestohlen hatten.

Doch wer war der Zauberer, und wer war Toto? Littlefield hatte vorgeschlagen, dass der kleine, kraftlose Mann Präsident McKinley darstellte. Am bemerkenswertesten schien noch, dass der kleine Hund Toto für die Teetotaler stand, die Antialkoholiker. Der Zauberer belohnte die Vogelscheuche mit einem Gehirn (der Fähigkeit zu organisieren), den Zinnmann mit einem Herzen (einer leidenschaftlichen Schwäche für die Unterprivilegierten) und den feigen Löwen mit Beharrlichkeit und Mut. Und er gestattete Dorothy und Toto die Rückkehr ins Herzland Amerikas, nach Kansas.

Jack erinnerte sich, dass einige Abenteuer, die Dorothy vor ihrer Heimkehr erlebt hatte, aus dem Film gestrichen worden waren, doch die Liste war auch so sicherlich ausreichend vollständig. Er hoffte, dass der Zeitungsartikel Vicky und Cara zufrieden stellte, und schickte beides mit einer kurzen Mail: »Ich hoffe, das hilft dir weiter, Vicky. Lass mich bitte wissen, ob es bei nächster Woche bleibt. Tootsie und ich warten auf dich. In Liebe, Jack.«

Dienstag, 23. Oktober
Smoke Hole, West Virginia

Kameron versorgte die Aquarien. Sie stanken inzwischen, und selbst der Waschbär hatte das Interesse daran verloren. Doch die Kreaturen in den Becken störten sich nicht an dem Schleim, der auf dem Glas wuchs. Im Gegenteil, sie genossen die reiche Algenblüte, die sich im Becken ausgebreitet hatte. Kameron sah ihre Spuren auf den Scheiben. Er tauchte eine Tropfpipette in das Wasser des ersten Beckens und entnahm einen Tropfen. Er brachte ihn auf einen Objektträger und untersuchte ihn bei geringer Vergrößerung unter dem Mikroskop. Wie nicht anders zu erwarten, wimmelte die Probe von Zerkarien.

Zahllose der winzigen Wesen schossen vor seinen Augen hin und her. Er wusste, dass die Lebenserwartung jeder Zerkarie weniger als vierundzwanzig Stunden betrug. Doch kaum war eine Generation gestorben, schlüpfte auch schon die nächste aus dem weichen Fleisch der Schnecken. Die Zerkarien waren das vierte Stadium im Lebenszyklus des Pärchenegels. Das erste war das befruchtete Ei im Innern der Schnecke. Die Eier wurden größtenteils mit den Exkrementen ausgeschieden, im Fall von *S. haematobium* im Urin. Es machte keinen Unterschied, solange der zukünftige Egel Wasser in seiner neuen Umgebung fand. Noch im Innern des Eis entwickelte sich ein weiteres Stadium. Es sah ein wenig aus wie ein Plattwurm und schwamm auch so. Es wurde Miracidium genannt und schlüpfte, sobald das Ei mit Wasser in Berührung kam. Bioamplifikation, die Erhöhung der Genkopienzahl in den Zellen, setzte in dem Augenblick ein, in dem das Miracidium eine passende Schneckenspezies fand.

Nach ein paar Wochen im Innern der Schnecke, wo asexuelle Reproduktion stattfand, kam es zu einer wahren Explosion, bei der die neu entstandenen parasitischen Larven freigesetzt wurden, eben jene Zerkarien, die Kameron nun unter dem Mikroskop untersuchte. Sie waren zwar nur kurzlebig, doch jedes Ei und jedes Miracidium erzeugte Tausende davon. Die Zerkarie verließ die Schnecke, einen Zwischenwirt, um sich auf die Suche nach einem weit größeren Opfer zu machen. Nachdem die Larve einen passenden Wirt gefunden hatte, drang sie mithilfe eines äußerst wirksamen Enzyms in die Haut ein, verschaffte sich Zugang zum Blutkreislauf und ruhte dort aus, während sie zum ausgewachsenen Wurm heranreifte.

Theodor Bilharz, ein deutscher Forscher, hatte die Schistosomiase als Erster beschrieben; deshalb wurde sie auch als Bilharziose bezeichnet. Es war eine Egelinfektion des Menschen – obwohl auch andere Tiere von ähnlichen Parasiten befallen wurden – und nach der Malaria in vielen Teilen der Welt die zweithäufigste Todesursache. Der Tod erfolgte nicht durch die allergische Reaktion auf das Eindringen der Zerkarien in die Haut – obwohl auch das eine unangenehme Geschichte werden konnte, die so genannte Badedermitis –, sondern durch die ausgewachsenen Egel, die nach Monaten, manchmal erst Jahren der Eierproduktion die Funktion der Leber und der Milz beeinträchtigten.

Manchmal fanden die Eier einen Weg ins Gehirn oder das Rückenmark, wo sie die gleichen Symptome wie ein Blutgerinnsel hervorriefen, Schlaganfall und Lähmung. Doch meistens kam es zu Entzündungen der Leber und des Gehirns, gefolgt von Fibrose. Die meisten Opfer starben an massiven gastrointestinalen Blutungen, wenn die Blutgefäße platzten, andere starben an langsamem Leber- oder Herzversagen. Obwohl die meisten Eier in Blutgefäßen unter der Oberfläche des Dünn- und Dickdarms sowie der Blase gelegt wurden und von dort in den Darm und die Blase gelangten, von wo sie dann ausgeschieden wurden, gerieten zahlreiche Eier auch in den venösen Blutstrom, von wo sie in andere Organe getragen wurden. Ein einzelnes Ei richtete kaum Schaden an. Es verursachte einen winzigen Entzündungsherd und später eine winzige Narbe. Doch es waren die Tausende von Eiern, die täglich, wöchentlich, monatlich herausgeschwemmt wurden. Ein Mensch mit einer Wurmlast von zwanzig oder dreißig ausgewachsenen Würmern – sie konnten im Innern der Blutgefäße durchaus zehn Jahre alt werden – konnte im Lauf der Zeit Hunderte von Millionen dieser kleinen Narben davontragen.

Schistosoma mansoni war im subtropischen Afrika endemisch und war von Sklaven vor Hunderten von Jahren nach Südamerika und in die Karibik verschleppt worden. *S. haematobium* kam ausschließlich in Afrika vor; die Larven überstanden die Reise nach Amerika im Gegensatz zu ihren Vettern nicht. *S. japonicum*, früher in Japan verbreitet, bedrohte inzwischen eine Milliarde Chinesen auf dem Festland. Sie alle benötigten bestimmte Schneckenspezies, um ihren Lebenszyklus zu vervollständigen. Die Schnecken waren wichtig, aber nicht essenziell. Die Bilharz Foundation hatte das ziemlich deutlich zum Ausdruck gebracht. *Australorbis* für *mansoni*, *Bulinus* für *haematobium* und *Onchomelania* für *japonicum*. Es war ganz einfach: A, B, O.

Wenn die Schnecken erst mit dem Egel infiziert waren, verfügte man über ein ausgezeichnetes Potenzial für Krankheit. Kameron wusste, dass die Jungen nicht ewig in den Schnecken überdauern würden. Die Schnecken fielen den Parasiten auf Dauer ebenfalls zum Opfer. Es war inzwischen Herbst, und Kameron blieben nur noch wenige Wochen, in denen es sonnig und warm war, bevor es zu kalt zum Badengehen wurde. Er musste bald handeln, denn die Brut würde den Winter nicht überstehen, und alles wäre dann umsonst gewesen. Es musste also bald geschehen, vielleicht nächste Woche, wenn Fry kam.

Kameron spürte wieder diese eigenartige Aura – das Borna meldete sich zurück. Es war fast wie ein Herpesanfall, ein kurzes Aufflackern eines hinterlistigen alten Virus. Aber das war zugleich das Lustige daran: aus einer Art Dämmerzustand zu erwachen und die wundervolle Prosa in seinem Tagebuch vorzufinden. Es war wie ein paar Züge an einer Zigarette aus *Salvia divinorum*, viel wirksamer als magische Pilze. Doch wenn er seine Medikamente nicht nahm, konnte er vielleicht eine ganze Woche lang nicht arbeiten. Diesmal konnte Kameron sich keine Zeitverschwendung leisten. Er ging zu seinem

Arzneischrank und nahm die kleine Flasche Amantadine heraus. Die augenblickliche Erleichterung, die er jedes Mal nach der Einnahme des Grippemittels verspürte, bewies deutlicher als alles andere, dass ein Virus in seinem Hippocampus schwelte. Erstaunlich, wie sehr die Wissenschaft sich gegen die Einsicht sträubte, dass eine der häufigsten Ursachen für die Übel dieser Welt, die Schizophrenie, durch ein langsam wirkendes Virus hervorgerufen wurde. Die Deutschen und Japaner hatten ihre Hausaufgaben gemacht, so viel stand fest, doch die Amerikaner wollten ihre Entdeckungen nicht akzeptieren. Wie kam das? Kameron hatte sich häufig den Kopf darüber zerbrochen. Ihm fiel wieder einmal die alte zynische Bemerkung über den Krebs ein, dass er mehr Menschen am Leben erhielt, als er tötete. Ein Heilmittel gegen Krebs zu finden würde bedeuten, zahllosen Menschen Arbeit und Brot zu nehmen: Ärzten, Pflegepersonal, Pharmakonzernen, Versicherungsgesellschaften – die Liste war schier endlos. Heile eine Krankheit wie Krebs oder Schizophrenie, und all die armen Ärzte, Psychiater und Apotheker haben keinen mehr, dem sie helfen können.

Ein weiterer Beweis, dass Borna das Gehirn zu Fehlfunktionen veranlasste, war die Tatsache, dass Amantadine auch Parkinson linderte, eine Beeinträchtigung der motorischen Fähigkeiten, obwohl Parkinson nicht durch ein Virus verursacht wurde, sondern durch einen Alterungsprozess, der Zellen in der *Substantia nigra* absterben ließ.

Wenn Kamerons Borna aufflackerte, veränderte es im Gegensatz zu Parkinson sein Denken, nicht seine Motorik. Es war im Grunde nicht allzu schlimm, doch es führte ihn manchmal zu Dingen, die jenseits der Grenze zum Genie lagen, an Orte im Reich des Wahnsinns.

Kameron schluckte die vier Pillen und wartete. Die Aura eigenartiger Gedanken hielt an. Er stellte sich vor, wie es wäre, ein großer Zauberer zu sein, ein Magier aus einem fernen Land.

Vielleicht keine schlechte Idee, sich ein bisschen mehr Mühe zu geben. Und Dwight Fry konnte er zu seinem Zauberlehrling machen.

Morgen würden sie sich zum ersten Mal von Angesicht zu Angesicht gegenüberstehen.

21

Mittwoch, 24. Oktober
In der Nähe von Smoke Hole, West Virginia

Dwight Fry hatte einen weiteren Umschlag mit Instruktionen erhalten. Er sollte nach Sulphur Springs in West Virginia kommen, ungefähr vier Autostunden südlich von Fort Royal. Dwight hielt sich zunächst auf der I-64 und bog schließlich von der Interstate ab, um über schmale Nebenstraßen in die Ausläufer der Allegheny Mountains zu gelangen. Einmal glaubte er, dass ihm ein Wagen folgte, doch der vermeintliche Verfolger verschwand nach einiger Zeit aus dem Rückspiegel.

Dwight setzte seine Fahrt fort, bis er die verlassene Tankstelle an der R-345 fand, drei Meilen vor dem Städtchen Smoke Hole. Kameron hatte ihn angewiesen, zwischen halb zwölf und zwölf zu erscheinen, nicht eher und nicht später. Auf der Straße herrschte nur wenig Verkehr; es waren hauptsächlich Pick-ups und alte, schmuddelige Pkw. Dwight hoffte, dass sein schmucker Mercedes nicht zu viel Aufmerksamkeit erregte. Er wartete, während er die elektrische Uhr mit dem azurblauen Display beobachtete, auf der die Sekunden und Minuten verrannen.

Es war fast zwölf, als er hinter sich plötzlich ein metallisch klickendes Geräusch hörte. Dwight blickte in den Innen- und die Außenspiegel, doch es war nichts zu sehen. In diesem Augenblick jagte ein Sattelschlepper mit wenigstens sechzig Meilen die Stunde auf der Landstraße vorbei; der Mercedes schwankte von der Luftwelle.

»Fahr bitte langsam weiter, Dwight«, sagte eine Stimme. »Und dreh dich nicht nach mir um. Halt die Augen auf der Straße und fahr in Richtung Stadt.«

Kameron! Irgendwie war er unbemerkt in den Mercedes geschlüpft. Dwight durchfuhr ein eisiger Schreck, doch er gehorchte und lenkte den Wagen auf die Straße in Richtung Smoke Hole. Kameron wies ihn an, hinter dem Seven-Eleven rechts abzubiegen und der Asphaltstraße bis zu einem Stoppschild auf einem Hügel zu folgen. Nach zwei Meilen bedeutete ihm Kameron, auf einen unbefestigten Fahrweg abzubiegen, den ein gelbes Schild an einem Baum als Privatweg kennzeichnete. Gras wuchs auf einem schmalen Streifen in der Mitte, und ein Unwetter hatte scharfkantige Gesteinsbrocken von einem Hang zur Linken auf die Fahrbahn gespült. Sumachzweige streiften über die Windschutzscheibe, und Dornengestrüpp kratzte an den Seiten des Mercedes, der von den Schlaglöchern auf dem Holperpfad durchgeschüttelt wurde. Nach einer weiteren Meile bedeutete Kameron ihm anzuhalten. Wieder stieg Angst in Dwight auf. Wollte Kameron ihn töten? Hatte er es auf den Wagen abgesehen?

Die Beifahrertür wurde geöffnet, und Kameron rutschte auf den Sitz neben Dwight.

»Hast du schon Appetit auf ein Mittagessen?«, fragte Kameron und streckte ihm eine behandschuhte Hand entgegen. Der verängstigte junge Mann ergriff sie. Kameron deutete nach vorn. »Noch eine halbe Meile, dann kannst du es sehen. Am besten, du parkst neben dem alten Winnebago. Ich helf dir dann mit deinem Rollstuhl.«

Dwight war ein wenig eingeschüchtert. Kameron war viel größer und dünner, als er ihn sich vorgestellt hatte, und ziemlich furchteinflößend. Immer wieder musterte er den Mann mit raschen Blicken, während er den Mercedes zwischen den Schlaglöchern hindurchmanövrierte.

Schließlich näherten sie sich dem rostigen alten Winnebago, der ohne Räder auf dem Boden ruhte. Dahinter erblickte Dwight die beiden zusammengebauten Wohnwagen mit der Veranda und dem Vordach und einem merkwürdigen pelzigen

Ball. Der Ball entrollte sich, und Dwight erkannte, dass es ein Waschbär war. Das Tier putzte sein Gesicht und kam zu dem blauen Kombi getrottet.

Eine Stunde später waren Dwights Ängste und Sorgen verflogen. Kameron war ein sehr aufmerksamer und freundlicher Mann. Er hatte sogar eine Rampe aus Sperrholz gebaut, damit Dwight die Veranda hinauffahren konnte. Selbst die Tür war verbreitert worden, ebenso die Türen im Haus, die das Wohnzimmer und die Küche mit Dwights Zimmer verbanden. Anfangs war der Waschbär vor dem Rollstuhl geflüchtet; dann hatte die Neugier über das Summen des Motors gesiegt. Als Kameron und Dwight beim Essen saßen – es gab Pizza mit extra viel Käse –, hatte sich der alte Waschbär bereits mit Dwight angefreundet und döste in seinem Schoß, nachdem er ihn ausgiebig unter den Achselhöhlen beschnüffelt hatte.

Kameron war freundlich, ohne aufdringlich zu wirken, und erkundigte sich nach der Fahrt. Dwights Körpergeruch erwähnte er mit keiner Silbe, obwohl der Gestank in dem beengten Wohnwagen überwältigend sein musste, das war Dwight sehr wohl bewusst. Kameron erkundigte sich, ob sein »junger Freund« bereue, hergekommen zu sein, oder ob er bereit sei »loszulegen«. Er interessierte sich sehr für Dwights Ameisenfarm und kannte sich aus, was das Verhalten von Feuerameisen betraf.

Dwight berichtete, dass er das Apartment für sechs Monate eingemottet und sämtliche laufenden Kosten im Voraus bezahlt hätte. Gas und Strom waren abgestellt, der Kühlschrank abgetaut und leer. Falls jemand in die Wohnung musste, besaß Mr Pough einen Schlüssel. Was die Ameisen anging, erklärte Dwight, hatte er einen zwei Zentimeter dicken Schlauch aus klarem Polyethylen in ein Loch in der Abdeckung des Terrariums gesteckt, dessen anderes Ende in den Lüftungsschacht führte, sodass die Ameisen durch den Schlauch zu- und abwandern konnten. Dwight bezweifelte, dass die »Pendler« im

Schlauch bemerkt wurden – auf dem Gelände hinter der Apartmentanlage hatten sich weitere Feuerameisen angesiedelt. Den Ameisen konnte jedenfalls nichts geschehen.

Kameron war beeindruckt vom Mitgefühl des Jungen. Er fragte sich, was Dwight über Schnecken und Spinnen wusste.

Nach dem Essen kam Kameron zur Sache. Er entfaltete eine Karte des Albemarle County und legte Dwight seinen Plan für den morgigen Tag dar. Sie würden mit zwei Wagen starten. Später würde Dwight Kameron an einem vereinbarten Punkt nördlich des Flughafens abholen und zu seinem Wagen zurückbringen, nachdem er mit dem Hanggleiter gelandet war.

Dwight war ganz aufgeregt.

Teddy Kamerons Plan war faszinierend.

Freitag, 26. Oktober
Free Union, Virginia

Jack Bryne hatte den ganzen Morgen auf Vicky gewartet. Sie war begeistert von dem Material, das Jack und Jesse Hubbard zu ihrem Oz-Special beigesteuert hatten; es reichte aus, um den Beitrag zu drehen. Cara, Vickys Assistentin, hatte sich bereits mit Mitgliedern des Filmteams in Verbindung gesetzt, die an dem Spielfilm von 1939 mitgearbeitet oder dabei mitgewirkt hatten, sie waren zwar schon betagt, erinnerten sich aber noch lebhaft an die Dreharbeiten – selbst einige der Munchkins lebten noch, einschließlich dem Lollipop-Mann.

Als Vicky erfuhr, dass die Hubbards wegen Jesses Bewerbung an der Uni nach Charlottesville kommen würden, hatte sie anfangs befürchtet, sie und Jack hätten nicht genügend Zeit für sich, doch sie hatte schließlich eingelenkt, als Jack ihr sagte, dass sie zwei Nächte allein wären. Die Hubbards würden bei Freunden wohnen; sie würden sich lediglich zum Essen und auf einen gemütlichen Nachmittag bei Jack treffen; anschließend würden sie gemeinsam dem Filmfestival einen Besuch abstatten. Alan Tatum und Judith Gale kämen ebenfalls.

Judith hatte bei BBM ein paar Fäden gezogen und einen einjährigen Studien- und Forschungsurlaub erhalten, um einheimische Pflanzennematoden und Insekten zu studieren, die die Weingüter in der Gegend bedrohten. BBM kelterte zwar keinen Wein, doch in zahlreichen Produkten des Konzerns waren Trauben oder Traubensaft enthalten. Als Judith die Verantwortlichen des Unternehmens darauf hinwies, dass Thomas Jefferson bereits vor mehr als zweihundert Jahren alle Versuche aufgegeben hatte, in Virginia Wein anzubauen, hatte sie gewonnen. Ein Pflanzenparasit – *Phylloxera*, die Reblaus – hatte Jeffersons Bemühungen scheitern lassen. Das Insekt stellte noch immer eine Bedrohung dar, und so hatte niemand Einwände erhoben, als Judith erklärte, unter Tatum studieren zu wollen, wobei Motte als zusätzliche und kostenlose Informationsquelle diente. Bryne grinste, als er an Judiths Wortwahl dachte: »Unter Tatum studieren« traf die Sache ziemlich genau.

Jack blickte aus dem Fenster. Es war ein wunderbarer Tag. Der Wind rauschte durch die Bäume unten beim Teich, und es waren angenehme 27 Grad. Der Himmel war strahlend blau, wie seit Tagen schon; erst gestern noch, am Donnerstag, hatte Jack einen Hanggleiter gesehen, der hoch über dem Anwesen hinweggeschwebt war.

Unten am Teich schwang Moe Shifflet ein Seil mit einem dicken Brocken daran, der wie ein großes Stück Fleisch aussah. Er ließ das Seil los, und der Köder landete fast in der Mitte des Teichs. Kleine Wellen breiteten sich ringförmig aus und schwappten ans Ufer.

Bryne schaute auf die Uhr. Es war fast Mittag. Er beschloss hinunter zum Teich zu gehen und Moe Shifflet zu sagen, er solle für heute Feierabend machen. Jacks Gäste mussten jeden

Augenblick eintreffen. Dann aber sagte er sich, dass Moe sie kaum stören würde – Jesse würde sich vielleicht sogar über die Gelegenheit freuen, den alten Kauz kennen zu lernen.

In diesem Augenblick ließ Shifflet das Seil fallen und griff nach irgendetwas, das neben ihm im Gras lag. Es war ein Schrotgewehr. Zwei Wagen kamen die unbefestigte Straße herauf.

Jack trat eilig auf die Sonnenterrasse hinaus und rief Shifflet zu: »Das sind Freunde von mir! Sie können das Gewehr weglegen, Moe!«

Scott und Jesse stiegen aus dem ersten Wagen, Vicky sprang aus dem zweiten und rannte Jack entgegen. Sie trug eine Latzhose wie eine Farmerstochter, darunter ein cremeweißes Hemd mit weiten Ärmeln. Sie fiel Jack um den Hals.

»O Jack, ich freue mich so, wir haben das ganze Wochenende für uns! Ich habe Vorräte im Kofferraum, genug für fast eine Woche. Wir zwei machen uns hier ein paar richtig schöne Tage. Ich will die Zeit mit dir genießen, ich habe dich sehr vermisst.«

Eine halbe Stunde später, nachdem auch Alan und Judith eingetroffen waren, saßen die sechs auf der Terrasse und machten sich über ein köstliches Barbecue her. Sie unterhielten sich über Filme, die sie sich anschauen wollten. Jesses Bewerbungsgespräch fand um vier Uhr nachmittags statt; anschließend wollten sie sich beim alten Paramount-Kino in der Mall treffen. Das schöne alte Gebäude war von Grund auf renoviert worden und die Arbeiten eben erst abgeschlossen, rechtzeitig zum Beginn des Festivals.

Der eine Film, den alle sehen wollten, war der *Zauberer von Oz*. Roger Ebert würde einen Vortrag darüber halten und ein paar Outtakes zeigen, herausgeschnittene Szenen, einschließlich des »Jitterbug-Songs«. Ursprünglich hatte der *Zauberer von Oz* über zwei Stunden gedauert, doch Victor Fleming, der Regisseur, hatte ihn um fast zwanzig Minuten gekürzt. Vicky hoffte, dass Ebert nicht den Artikel aus dem *Wall Street Journal* zitierte, auf den sich ihr für den April geplantes einstündiges Special stützte.

Um halb drei – Vicky servierte gerade den Nachtisch – richteten sich plötzlich alle Blicke auf den Teich. Moe Shifflet rief, er habe etwas gefangen. Das Seil war straff gespannt und bewegte sich im Wasser langsam hin und her. Sie beobachteten, wie der alte Mann das Seilende um einen Baum wickelte und verknotete. Dann marschierte er zur allgemeinen Überraschung zu seinem Pick-up und stieg ein. Er setzte zurück und ließ den Wagen bis zu dem Baum rollen, stieg aus, löste das Seil und befestigte es an einer Winde am Heck des Wagens. Dann winkte er Jack und den anderen zu und rief: »Ich hab ihn, Leute, ich hab ihn!«

Wieder stieg er in seinen Pick-up und schaltete die Winde ein. Sie hörten das langsame Knirschen der Zahnräder und beobachteten, wie sich das Seil straffte, als die Winde es aufzurollen begann. Moe Shifflet blickte aus dem Seitenfenster nach hinten und stellte die Winde ab, als das Seil fast gänzlich aufgerollt war; dann stieg er aus und watete ins Wasser. Was immer er gefangen hatte, wehrte sich heftig gegen das Seil, das sich zusehends straffte.

Jack und die anderen gingen hinunter zum Pick-up. Moe stand inzwischen knietief im Wasser und hielt sich ein gutes Stück vom Seil entfernt. Plötzlich stolperte er, fiel hin, kam schnell prustend wieder hoch.

Plötzlich erstarb der Motor des Pick-ups. Moe Shifflet stand jetzt bis zur Brust im Wasser. »Könnte jemand den Motor wieder anlassen?«, rief er. »Ich muss hier warten. Sobald der alte Schnapper hochkommt, helfe ich von hinten nach. Er lässt die Beute nicht los, also keine Sorge, mir passiert nichts!«

Zehn Minuten später tauchte der Kopf der Schildkröte zum ersten Mal aus dem Wasser. Vicky erschauderte unwillkürlich.

Das Tier war riesig. Auf Moes Zurufe regelte Alan Tatum die Geschwindigkeit und Zugkraft der Motorwinde, während Scott und Jesse darauf achteten, dass das Seil sich nicht in einem Busch verfing. Vicky und Jack standen Hand in Hand am Ufer und beobachteten ungläubig, wie das riesige Tier langsam aus dem Wasser kam.

»Mann, was für ein Brocken!«, flüsterte Jack beinahe andächtig. »Sie muss steinalt sein!«

Inzwischen war das riesige Reptil fast am Ufer. Es stemmte die Vorderbeine in den Schlamm und wehrte sich mit aller Kraft. Die Klauen an den Füßen waren gut zehn Zentimeter lang und rissen bei jedem verzweifelten Aufbäumen Büschel und Wurzeln aus. Die Augen waren pechschwarze, runde, lidlose Knöpfe mit sternförmiger Iris. Der schwarze Panzer war mit stumpfen Dornen bewehrt, fast wie bei einem Triceratops aus der Zeit der Saurier. In den Spalten und Ritzen wuchsen Moos und Algen. Je weiter das Tier aus dem Wasser kam, desto deutlicher wurde seine ungeheure Größe.

»So 'n Riesenvieh hab ich noch nie gesehen!«, sagte sogar Moe voller Staunen. Alan stellte die Winde ab, und die Gruppe versammelte sich um das gewaltige Tier.

»Mindestens hundert Kilo«, meinte Scott Hubbard.

»Eher hundertfünfzig«, warf Alan ein. »Seht euch den Schwanz an.« Der abgeflachte Schwanz hinter dem Panzer war wenigstens einen halben Meter lang und mit einem schuppigen schwarzen Panzer bedeckt.

»Allein die Vorstellung, dass dieses Biest im Teich gelauert hat, kann einem Angst einjagen«, meinte Vicky. »Mein Gott, es hätte ein ganzes Schwein verschlingen können!«

»Das ist ein Alligatorschnapper«, stellte Tatum sachlich fest. »*M. temmincki.* Keine Sorge, Vicky, Alligatorschnapper fressen hauptsächlich Fisch und unvorsichtige Vögel, die am Ufer waten. Die Frage ist – wie ist das Biest hierher gekommen? Alligatorschnapper sind in Virginia nicht heimisch.«

»Was soll ich mit ihm machen, Professa?«, fragte Moe Shifflet, während er aus dem Schlick ans Ufer watete. »Ich hab 'ne Axt hinten im Wagen.« Das Wasser troff aus seinem Overall, und seine Stiefel waren schlammbedeckt.

»Das muss das Biest sein, das neulich den anderen Schnapper getötet hat, erinnern Sie sich, Moe?«, fragte Jack. »Es erklärt auch, warum nie viele Enten und andere Vögel im Teich gewesen sind, oder Ochsenfrösche. Muss ein hungriger alter Bastard sein.«

»Na, bei der Größe!« Tatum lachte.

»Lasst ihn leben«, sagte Jesse Hubbard. »Lasst den alten Burschen leben. Wir bringen ihn an irgendeinen Fluss, der in den Mississippi mündet, okay? Vielleicht ist er vor Jahrzehnten in diesem Teich ausgesetzt worden.«

Alan Tatum wandte sich an Jack. »Wenn wir ihn in Moes Wagen laden könnten, würde ich ihn zur Universität mitnehmen und von dort wegschaffen und aussetzen lassen, wie Jesse vorgeschlagen hat. Der Junge hat Recht – warum sollten wir den alten Burschen abmurksen?«

Jack nickte. Das Tier war nicht böse, hinterhältig oder falsch; es gehorchte lediglich seinen Instinkten wie jedes andere Tier.

»Machen wir es so«, entschied er. »Jesse, hol die Plane. Scott, Alan, Moe – ihr helft mir mit dem Schnapper.«

Sie halfen Moe Shifflet, auf der Ladefläche Platz zu schaffen, dann wuchteten sie die Schildkröte zu viert auf den Kleinlaster. Scott Hubbard warf die Plane über den Alligatorschnapper und übergoss ihn mit einem Eimer Wasser, den Jesse ihm brachte.

Alan Tatum stieg auf den Beifahrersitz. »Wir sehn uns nachher. Wenn ich ein wenig stinke, wisst ihr, woran es liegt.«

Moe Shifflet stieg auf der Fahrerseite ein. In seinem Gesicht stand Enttäuschung. Der Schnapper wäre das Tagesgespräch im Albemarle County gewesen, und ein Prachtstück zum Ausstopfen. Aber wo eins von den Biestern ist, ist vielleicht auch ein zweites, sagte er sich, während er langsam über den Weg davonfuhr.

Er würde sich Gewissheit verschaffen, sobald Jack Bryne das nächste Mal für ein paar Tage unterwegs war.

»Wir sollten uns beeilen, Jack«, sagte Vicky. »Es ist fünf Uhr durch, und es könnte schwierig werden, einen Parkplatz zu finden, und ich möchte auf keinen Fall den Anfang des Films verpassen.« Sie trug nun einen gelben Overall, ganz ungewohnt für sie, doch sie sah elegant aus. Alan und Judith hatten beim Aufräumen geholfen und saßen nun bei Jack vor dessen Computer. Draußen spiegelte sich die herbstliche Nachmittagssonne rötlich orange auf dem Teich.

»Noch zehn Minuten, Leute«, sagte Jack. »Ich muss die letzten Aktualisierungen für die Impfstofftests herunterladen. Wir fangen bald an.«

»Wann gehen die Tests denn los? Dauern sie lange?«, fragte Vicky und setzte sich zu den anderen.

»In ein paar Wochen rekrutieren wir Freiwillige«, antwortete Jack, während er durch einen Stapel Papiere blätterte. »Die Ankündigung ist seit zwei Wochen auf der Webseite der UVA und in den örtlichen Zeitungen. Wir brauchen fünfhundert Freiwillige, müssen aber diejenigen von vornherein ausschließen, die vor kurzem krank waren oder – wichtiger noch – irgendwann in ihrem Leben in Afrika oder Osteuropa gewesen sind. Sie könnten sich mit einer subklinischen Form des West-Nil-Fiebers infiziert haben. Schließlich wollen wir nicht herausfinden, ob irgendjemand einen natürlichen Schutz gegen die Krankheit entwickelt hat, was durchaus der Fall sein kann, falls er drüben von einem Moskito gestochen wurde. Die Tests der Phase eins beschäftigen sich ausschließlich mit der Sicherheit, nicht mit der Frage, ob der Impfstoff wirkt – das kommt später. Phase zwei ist dann komplizierter. Dazu benötigen wir dann Freiwillige, wie Walter Reed sie für seine Gelbfieberexperimente vor hundert Jahren benutzt hat.«

»Reed hatte einen Impfstoff gegen Gelbfieber entwickelt?«, fragte Vicky.

»Nein, er hatte nur eine Theorie. Ein kubanischer Arzt in Havanna hielt es für möglich, dass die Krankheit durch Moskitos übertragen wurde, war aber nicht sicher. Reed wurde vom Gesundheitsminister bestellt, die mögliche Ursache des Gelbfiebers zu erforschen. Du musst wissen, Vicky, dass damals niemand wusste oder auch nur für möglich hielt, dass Krankheiten durch Moskitos übertragen werden können, einschließlich Malaria.«

»Und was hat er entdeckt, wenn nicht das Gelbfiebervirus?«, fragte Vicky.

»Er hatte die Leitung über Experimente mit amerikanischen Soldaten. Freiwillige im Camp Lazear, Kuba, die frischer Luft, Sonne und Moskitos ausgesetzt waren, *Aedes aegypti*. Eine zweite Gruppe von Soldaten schlief in den gleichen Kasernen, aß das gleiche Essen, tat den gleichen Dienst – mit dem einzigen Unterschied, dass sie nachts unter Moskitonetzen schlief. Das Ergebnis war, dass keiner der Soldaten, der unter einem Netz schlief, Gelbfieber bekam, im Unterschied zu den anderen. Walter Reed schloss daraus, dass Gelbfieber durch Moskitos übertragen wird.«

Er schaute die anderen an. »Hier in Virginia wollen wir zeigen, dass es einen natürlichen Schutz gibt – keine Moskitonetze, sondern einen Impfstoff –, der die Menschen schützt. Es ist erstaunlich – wir haben weltweit mehr als vierzig Impfstoffe, doch nur ein einziger schützt gegen eine von Moskitos übertragene Krankheit. Vielleicht wird das West-Nil-Serum das zweite erfolgreiche Mittel. Aber wir müssen zuerst ganz sicher sein, dass unser Impfstoff nicht mehr Schaden anrichtet, als er nützt. Dazu dient Phase eins. Zwar fanden im Lauf der letzten Jahre Untersuchungen an Menschen, Krähen, Habichten und

Falken statt, an Sperlingen und Hühnern sowie an Pferden, und bei den Pferden hat das Serum auch gewirkt, doch wir haben nicht genug Impfstoff, um auch die Tiere in Virginia zu behandeln. In den nördlichen Staaten sind ganze Herden positiv, und es ist nur eine Frage der Zeit, bis die Seuche sich auch hier bei uns ausbreitet. Aber bevor wir es anwenden können, müssen wir nachweisen, dass das Vakzin sicher ist. Wir wissen, dass es in Europa und Israel bereits eingesetzt wurde, aber wir wollen uns davon überzeugen, dass es keine Nebenwirkungen wie Fieber, Ausschlag oder unvorhergesehene Reaktionen hervorruft. Deshalb haben wir ein System zur Überwachung sämtlicher Impfstoffe eingerichtet, besonders der neuen. Jeder Arzt, der Impfungen durchführt, und jede Klinik erhält ein besonderes Berichtsformular. Das System nennt sich VAERS, Berichtssystem zur Feststellung von Nebenwirkungen bei Impfungen. Jede noch so seltene Nebenreaktion ist aufgelistet und kann durch VAERS identifiziert werden. Berichte von behandelnden Ärzten werden auf Nebenwirkungen hin ausgewertet.«

»Phase drei«, sagte Tatum.

»So ist es, Alan. Und jetzt können wir los, der Filmvorführer wartet nicht.«

Moe Shifflet war sauer, als er am Abend zu seinen Freunden vom Veteranenverein gefahren war, ein Stück die Straße nach Free Union hinunter. Da erzählte er von seinem großen Fund, dem Alligatorschnapper, und die anderen zogen ihn auf! Aus Moes Enttäuschung wurde Zorn, als Elmer Fiscus eine Geschichte von einem anderen Riesenschnapper zum Besten gab, die er angeblich von seinem Großvater gehört hatte, als Elmer noch ein kleiner Junge gewesen war. Die C&O Railroad hatte eine Brücke über den Ohio River gebaut, und ein Teich lag im Weg. Elmers Großvater hatte zu der Mannschaft gehört, die den Teich trockenlegte. Als fast sämtliches Wasser durch einen

Graben abgelaufen war, hatte irgendetwas Großes den Ausfluss verstopft. Sie fanden ein gewaltiges, schleimiges Untier – einen Alligatorschnapper mit einem hässlichen Kopf, so groß wie eine Wassermelone, und mit Klauen, so lang und spitz wie Fahrtenmesser. Elmer erzählte, die Schildkröte hätte sicher dreihundert Kilo gewogen, und der Panzer habe einen Durchmesser von einem Meter achtzig besessen – doppelt so viel wie bei dem Schnapper im Teich von Jack Bryne. Moe fragte, was aus dem Tier geworden sei, doch Elmer schüttelte nur grinsend den Kopf und sagte, sein Großvater hätte die Geschichte nie zu Ende erzählt. Vielleicht hatten irgendwelche Burschen von der Eisenbahn den Alligatorschnapper mit nach Osten genommen, um ihn einem Museum zu verkaufen.

Nach einem giftigen Blick auf Elmer nahm Moe einen letzten Kurzen als Wegzehrung; der Alkohol besserte seine miese Laune und verlieh ihm Kraft für seinen halbjährlichen Trip hinauf in die Berge. Er bezahlte und sagte den Jungs, dass er gehen müsse und ein paar Tage auf Jagd sei. Alle kicherten und stießen sich verstohlen in die Rippen; es war offensichtlich, dass keiner Moe glaubte. Sie selbst erzählten die gleichen Geschichten, wenn sie in die Berge fuhren – für den Fall, dass irgendwelche Typen von der Steuerfahndung in der Kneipe saßen und die Ohren spitzten, was gar nicht so selten vorkam. Moes Veteranenkumpel wussten, dass das Waffengestell seines Pick-ups leer war und dass Moe stattdessen sechs große Säcke Mais aus dem Nachbarbezirk auf der Pritsche hatte. Der gute alte Moe wollte zum Schwarzbrennen in die Berge! Die anderen winkten ihm fröhlich hinterher, als er die Kneipe verließ.

Nördlich von Free Union führte die unbefestigte Piste zu Moe Shifflets Brennplatz an Jack Brynes Haus vorbei; die Lichter brannten. Moe schaltete die Scheinwerfer aus und fuhr ganz langsam und so leise wie möglich am Haus vorbei und die Straße hinauf, die von hier ab noch holpriger und ausgefahrener war als im unteren Teil. Moe überzeugte sich, dass niemand hinter ihm war, bevor er schließlich in eine alte, halb verwilderte Brandschneise einbog. Es war fast Mitternacht, als er den letzten Anstieg hinter sich gebracht hatte. Weit unten, zur Linken, sah er die Lichter von Standardsville. Er gelangte an eine alte Viehbarriere, die den Weg versperrte, und holperte über die Zementblocks. Zehn Minuten später erreichte er den Holzeinschlag, der tiefer in den Wald und zu seiner Hütte führte.

Gegen zwei Uhr morgens kratzte Moe sich das erste Mal. Das Jucken fing an den Unterarmen an, dann an den Knöcheln. Es war ein höllisches Jucken, kaum auszuhalten. Bald darauf breitete es sich auf Moes Brust und Rücken aus, dann zwischen seinen Beinen. Als die Sonne aufging, juckte sein ganzer Körper, nur sein Kopf blieb verschont. Er löschte das Feuer. Entsetzt bemerkte er, dass sein Hals und sein Gesicht anschwollen. Moe eilte zu dem Bach in der Nähe, zog sich splitternackt aus und wusch sich im eiskalten Wasser. Doch das Jucken ließ nicht nach, es wurde nur schlimmer.

Am späten Nachmittag waren seine Arme rot wie Rüben, und das Jucken war überall. Moe bekam Schüttelfrost. Am Abend war seine Haut an vielen Stellen blutig vom unablässigen Kratzen. Kräftige Schlucke aus der Flasche Moonshine halfen nicht. Schließlich beschloss er, sich im Rückspiegel seines Pick-ups zu betrachten – und prallte mit einem Aufschrei zurück. Sein Gesicht sah aus wie ein grotesker Halloweenkürbis. Sämtliche Falten waren verschwunden, und seine Augen waren fast zugeschwollen. Minuten später später bekam er Mühe, zu atmen. Die Luft rasselte durch seine Lungen.

Moe nahm noch ein paar Schlucke aus der Flasche und versuchte, im Führerhaus des Pick-ups zu schlafen. Mitten in der Nacht musste er das Fenster herunterkurbeln, so schlimm war seine Atemnot. Er stieg aus dem Wagen und atmete keuchend die frische, würzig-warme Sommerluft. Ihm wurde schwarz vor Augen, und seine Beine wurden weich wie Pudding. Er stolperte auf die Reste des Feuers zu und fiel zu Boden. Mit letzter Kraft kroch er ein Stück den Weg zurück, den er mit dem Wagen gekommen war.

Eine Stunde später fand ein Tausendfüßler seinen Leichnam.

22

Montag, 19. November
J. Edgar Hoover Building
Washington D. C.

Konteradmiral Frank E. Olde war besorgt. Die Ministerin hatte ihn einen Tag zuvor angerufen; ein einflussreicher Senator hatte sie um Informationen über seine Fortschritte bei CARNIVORE und anderen Systemen zur Überwachung von Bioterrorimus gebeten. Olde war der Meinung gewesen, er sei zu alt, um sich noch einschüchtern zu lassen, besonders von Bürokraten und Politikern. Zu viele hatte er seit McCarthy und seiner Kommunistenhatz Anfang der Fünfzigerjahre kommen und gehen sehen – und doch machte er sich eigenartigerweise Sorgen. Als junger Bursche war er über den schlammigen Strand von Inchon gewatet und hatte sich in die Hosen gepinkelt. Niemand hatte es bemerkt. Später hatte er mehrere Gefechte an Bord eines Torpedoboots überlebt und war eine Zeit lang an der Küste der Mandschurei Patrouille gefahren. Oldes Hose war während der Gefechte trocken geblieben, doch die Angst vor dem Kampf war geblieben. Selbst als ein russisches Kampfflugzeug das Torpedoboot angegriffen, vier von Oldes Kameraden getötet und ihn selbst schwer verwundet hatte, hatte Frank sich nicht in die Hose gemacht. Das war am Ende des Koreakriegs gewesen; Olde war von der Luftrettung evakuiert und auf die Philippinen gebracht worden. General Douglas McArthur persönlich hatte ihm vor einer Gruppe Offiziere und Reporter das Purple Heart angesteckt, Oldes ersten Orden. Heute besaß das Purple Heart längst eine Reihe von Geschwistern, neununddreißig bunte Abzeichen aus Korea, Vietnam, dem Libanon und dem Golfkrieg.

Warum, fragte sich Olde, mache ich mir Sorgen wegen eines steinalten Senators aus West Virginia, Alvin C. Dickson, der einen Bericht über meine Arbeit in den letzten paar Jahren haben will? Olde wusste, dass Dickson ein guter Freund von Mark Lowen gewesen war, trotz ihrer politischen Differenzen. Vielleicht hatten sie im Lauf der Jahre ein paar Sekretärinnen getauscht.

Frank Olde hätte schon vor Jahren in den Ruhestand gehen können, doch er genoss es, sich mit seinen Gegnern auseinander zu setzen, sie auszumanövrieren und am Ende zu besiegen. Diesmal war es eben ein Senator der Vereinigten Staaten – na und? Olde hatte sich in seiner langen Karriere über eine ganze Reihe schlimmerer Dinge den Kopf zerbrochen.

Während der schrecklichen vier Monate im Lazarett in Manila, wo er sich von der Schrapnellwunde erholte, hatte er zum ersten Mal Bekanntschaft mit seinem »nervösen Darm« gemacht, und nach Korea sollten viele weitere Male folgen. Sein Darm ließ ihn des Nachts aufwachen, üblicherweise früh am Morgen und mit brodelnden Eingeweidesäften. Irgendeine Sache, angefangen von ungeputzten Zähnen vor dem Schlafengehen bis hin zur Furcht vor einer Atombombenexplosion über San Diego, ließ ihn nicht wieder einschlafen, bis die Sonne aufgegangen war. Vielleicht waren es die Verzweiflung und der Schmerz der Erinnerung nicht nur an jene, die gestorben waren, sondern an die vielen, die überlebt hatten. Er dachte an die »Unaussprechlichen«, die menschlichen Wracks, die von der Army und der Navy – im Unterschied zur Air Force – niemals zurück nach Hause und in die staatlichen Veteranenstifte geschickt wurden. Olde hatte diese Männer im Hospital in Manila gesehen, später auch in Vietnam.

Trotz seiner Verwundung in Korea beschloss er, nach dem Krieg bei der Navy zu bleiben. Nach seiner Genesung hatte man ihm als Kriegshelden angeboten, sich für irgendeine Laufbahn zu entscheiden, ganz gleich welche, solange er bei den Streitkräften blieb. Einem Diplom in Chemietechnik folgte ein Abschluss in Medizin, dann ein Doktorgrad in Pharmakologie. Ende der Sechzigerjahre war Olde zur Marineakademie versetzt worden und hatte toxische Meeresalgen untersucht, ein obskures Forschungsgebiet, dessen weltweite Bedeutung erst dreißig Jahre später in seiner ganzen Tragweite erkannt wurde.

Olde war stets dankbar gewesen, dass seine Frau ihm in den guten und schlechten Zeiten zur Seite gestanden hatte. Sie war zehn Jahre vor ihm ergraut, doch beide hatten sich einen jugendlichen Eifer erhalten, eine Vitalität, die fast körperlich spürbar war, wenn sie gemeinsam einen Raum betraten. Mehr als einmal war Olde mit Senator McCain verwechselt worden, einem Mann, den er nicht nur gut kannte, sondern dem er auch nach seiner Entlassung aus dem »Hanoi Hilton« und einige Jahre als Berater zur Seite gestanden hatte.

1995 hatte Frank Olde eine neue Herausforderung angenommen – eine Aufgabe, die all seine Fähigkeiten und Erfahrungen erforderte. In jenem Jahr beschlossen die Streitkräfte, ihre besten und hellsten Köpfe in einem Team zu vereinigen und dem Bioterrorismus – BT – und der biologischen Kriegführung den Kampf anzusagen.

Die CIA und das FBI erkannten bald, dass sie über keinerlei Erfahrung auf beiden Gebieten verfügten, und baten zögerlich um die Kooperation der uniformierten Spezialisten. Die Air Force entsandte einen Colonel, der sich mit Luft-Boden-Systemen auskannte, und die Army steuerte einen Ein-Sterne-General aus Fort Detrick bei, der sonst in den Ruhestand gegangen wäre. Oldes Vorgesetzte verliehen ihm einen weiteren Stern, sodass er der ranghöchste Offizier des Unternehmens war.

Nach mehr als fünf Jahren hatte es zahllose Konferenzen, falsche Alarme und Planungsanstrengungen gegeben, jedoch nichts Greifbares: keine Schlacht, die es zu schlagen, und keinen Krieg, den es zu gewinnen galt. Und heute kamen die Trottel aus dem Kongress und wollten einen Bericht über die letzten fünf Jahre. Was war erreicht worden, wie lautete das Ziel? Warum waren sie noch immer vom Kalten Krieg besessen? Frank Olde wusste, dass er eine Präsentation für die Kongressabgeordneten vorbereiten musste, um seinen und den Job der vierhundert Spezialisten zu rechtfertigen, die man zusammengebracht hatte, um einen Sinn hinter Dingen zu finden, die häufig keinen Sinn ergaben. Es waren Männer, von denen Frank Olde im Lauf der Jahre viele kennen und respektieren gelernt hatte. Diese Männer waren es, um die er sich Sorgen machte, um ihre Karrieren und Ämter.

Nun standen die Bastarde aus dem Kongress endlich vor ihm, und der Senator, so alt wie Stein, beobachtete zusammen mit seinen Handlangern und Lakaien, wie Frank Olde sie zu überzeugen versuchte.

Frank starrte auf seine Notizen und räusperte sich. Er begann mit dem vorbereiteten Teil seiner Präsentation. Er wusste, dass Senator Dickson einer der einflussreichsten Männer auf dem Capitol Hill war. Dickson gehörte seit über einem halben Jahrhundert dem Kongress an, und es schien mehr als unwahrscheinlich, dass er jemals in den Ruhestand gehen würde. Dickson war fast neunzig, ein verschrumpelter Greis. Sein Kragen schlackerte am Hals und verbarg den Knoten der schmuddeligen blauen Krawatte. Der einstmals glänzende Glatzkopf war von Schorf und einem fleischfarbenen Verband bedeckt. Olde bemerkte die Hände des Greises, die zitterten, wenn sie nicht gerade Papiere hin und her schoben. Die Finger sahen eigenartig aus, mit kolbigen Auftreibungen an den Endgliedern, und die Nägel waren beinahe völlig rund und gelb. Olde wusste, dass der medizinische Fachausdruck dafür »Trommelschlägelfinger« lautete und auf eine Erkrankung des Herz-Lungen-Apparats in Verbindung mit chronischem Sauerstoffmangel hindeutete, üblicherweise durch starkes Rauchen. Frank fragte sich, ob der Mann gleich hier vor ihm sterben würde. Doch er wusste, dass der alte Bursche seinen Verstand noch immer beisammen hatte und über eine große Schar von Sykophanten verfügte, die alles taten, was er wollte. Frank räusperte sich und begann.

»Senator Dickson, meine Damen und Herren, lassen Sie mich mit einer kurzen Erläuterung der Hintergründe für diejenigen unter Ihnen beginnen, die noch nicht mit dem Thema vertraut sind. Sie werden eine schriftliche Fassung meiner Ausführungen erhalten, zusammen mit weiterführendem Material. Diese Artikel werden Sie über historische Geschehnisse, Ereignisse in jüngerer Zeit sowie die Bereitschaftspläne für bioterroristische Anschläge informieren. Außerdem enthält die gedruckte Version eine Reihe von Internetadressen für diejenigen unter Ihnen, die sich eingehender mit dem Thema befassen möchten. Zweifellos gibt es bei den staatlichen Gesundheitsbehörden genau wie in der Öffentlichkeit ein wachsendes Interesse an dieser drohenden neuen Gefahr – und eine zunehmende Besorgnis. Im Lauf der letzten Jahre haben eine ganze Reihe bekannter Persönlichkeiten innerhalb der Regierung und in der Industrie ihrer Meinung Ausdruck verliehen, dass Bioterrorismus eine sehr konkrete Gefahr für unser Land darstellt. Dutzende von Beiträgen in bedeutenden medizinischen Zeitschriften behandeln die möglichen Auswirkungen der verschiedenen Stoffe, die bei bioterroristischen Anschlägen zum Einsatz kommen könnten. Es ist offensichtlich, dass der Kongress ebenso wie die Öffentlichkeit mit diesem Thema vertraut gemacht werden muss, bevor aus Befürchtungen Wirklichkeit wird.«

Frank nickte dem Navy-Captain im hinteren Bereich des Raums zu. Das Licht wurde dunkler. Frank drückte einen Knopf auf dem Pult, und auf der großen Leinwand erschien ein Dia. »Im Oktober 1999 berichtete die *New York Times* von einem Ausbruch der West-Nil-Enzephalitis im Dreistaatenbereich des Großraums New York und zitierte Alan P. Zelicoff vom Amt für nationale Sicherheit: ›Der Ausbruch der Enzephalitis in New York ist eine schmerzliche Lektion für die öffentlichen Gesundheitsbehörden. Es ist eine ernüchternde und entmutigende Demonstration, wie unzureichend das Früherkennungsnetzwerk der Vereinigten Staaten arbeitet.‹ Senator Dickson – Ihr werter Kollege, Senator Schumer, hat zu der Epidemie Stellung genommen und erklärt, die Infrastruktur der öffentlichen Gesundheitsvorsorge sei selbst für eine natürliche Epidemie nicht ausreichend gerüstet, ganz zu schweigen für eine Epidemie, die vom Menschen hervorgerufen wird. Die Spekulationen über die Ursache der Enzephalitis finden immer noch kein Ende, und wir werden die Wahrheit vielleicht nie erfahren. Doch beide Männer haben festgestellt, dass die Gesundheitsbehörden denkbar schlecht auf einen solchen Fall vorbereitet sind. Diese Bedenken mögen in weiten Teilen der Vereinigten Staaten nicht den notwendigen Eindruck hinterlassen haben, besonders in Staaten, die in den letzten Jahren von Epidemien wie West-Nil oder Milzbrand verschont geblieben sind. Durch Untersuchungen, wie ein bioterroristischer Anschlag aussehen könnte und wie wir uns am besten dagegen wappnen, sinkt die Gefahr, dass wir in einem tatsächlichen Fall überreagieren oder, im anderen Extrem, nicht entschlossen genug handeln. Staatliche oder örtliche Notfalldienste in größeren städtischen Gebieten haben Übungen veranstaltet, um ihre Bereitschaft für ein derartiges Ereignis zu testen. Die Ergebnisse waren durchwachsen.

Jedes Mal, wenn wir von einem Flugzeugabsturz erfahren, kommen Spekulationen auf, ob ein bioterroristischer Akt dahinter stecken könnte. Das Gleiche gilt bei ungewöhnlichen Epidemien, ob nun Menschen oder Tiere betroffen sind, oder wenn die Presse von einem neu entdeckten Pflanzenvirus berichtet. Ein bioterroristischer Anschlag, und sei er nur begrenzter Natur, wird Wellen schlagen, die Hunderte von Kilometern weit reichen, insbesondere, wenn das verwendete Agens ansteckend ist. Die öffentlichen Gesundheitsbehörden müssen in der

Lage sein, ihre Kräfte zu koordinieren. Die Ämter müssen kommunizieren und ihre Ressourcen sinnvoll teilen und zuweisen.«

»Danke für die Ihre Worte, Admiral.« Ein androgyner junger Mann in blauem Dreiteiler links von Gibson fragte: »Aber ist das alles nicht ziemlich weit hergeholt?«

Frank Olde hatte die Frage erwartet und lächelte. »Betrachten Sie es als einen von vielen Paradigmenwechseln in der Medizin im Verlauf des letzten Jahrhunderts. Schauen Sie sich die anderen ›menschengemachten‹ Bedrohungen an, die man ursprünglich für harmlos oder unbedeutend erachtete. Beispielsweise hielt man die Benutzung von Radium oder anderen radioaktiven Substanzen zu Beginn des zwanzigsten Jahrhunderts für ungefährlich. Dann kam die Atombombe. Gleiches gilt für Röntgenstrahlung, Asbest, Quecksilber oder Blei, wenn sie nicht ihrer Bestimmung gemäß eingesetzt werden. Würden diese Stoffe nicht kontrolliert oder in die falschen Hände gelangen …« Olde hielt inne, um seine Worte wirken zu lassen.

Er drückte erneut auf den Knopf, und drei Bilder zuckten in rascher Folge über die Leinwand, bis er ein Dia von einem alten Quarantäneschild gefunden hatte mit der Aufschrift: DIPHTHERIE – EINTRITT VERBOTEN DAS GESUNDHEITSAMT. »Das ist eines von vielen Beispielen aus der Vergangenheit. Wie Sie sehen, sind wir heute sehr viel weiter. Epidemien wie Diphtherie, Scharlach und Polio, die relativ kurze Zeit zurückliegen, scheinen wir bereits vergessen zu haben. Anfang der Achtzigerjahre haben wir uns im Wesentlichen auf ein organisiertes System der Reaktion auf laufende Programme und Prioritäten beschränkt. AIDS und die HIV-Epidemie waren akut. Heute gibt es ein neues Problem, den biologischen Terrorismus.«

»Admiral«, meldete der alte Senator sich wie ein Drittklässler mit erhobener Hand zu Wort. »Es fällt mir schwer zu glauben, dass frühere Generationen nicht um das Potenzial infektiöser Stoffe gewusst haben sollen. Sie *haben* es gewusst! Schon vor dem Ersten Weltkrieg hat die staatliche Gesundheitsbehörde bei der Entwicklung offensiver wie defensiver Methoden geholfen. Im Zweiten Weltkrieg gab es eine enge Zusammenarbeit zwischen dem Gesundheits- und dem Kriegsministerium, auch wenn nur noch wenige schriftliche Aufzeichnungen darüber existieren, mit Ausnahme des Merck-Reports von 1946.«

»Selbstverständlich, Sir«, sagte Frank. Er hatte den Merck-Report gelesen. »Die Kooperation zwischen Army und öffentlichem Gesundheitswesen dauert bis heute an. Die klügsten Köpfe aus allen Bereichen der Forschung und des Gesundheitswesens haben zu unseren Kriegsanstrengungen beigetragen. Für natürliche Ausbrüche von Seuchen, sei es im In- oder Ausland, sind nach wie vor die lokalen Behörden oder die CDC zuständig. Fort Detrick, heute das Zentrum zur Erforschung biologischer Kriegführung, hatte die Aufgabe, Verteidigungsmechanismen zu entwickeln und mögliche Szenarien für den Fall zu entwerfen, dass die USA mit Biowaffen angegriffen werden. CDC und Fort Detrick mögen die gleichen Krankheiten untersuchen, doch es gibt einen fundamentalen Unterschied, nämlich die Frage, ob ein Zwischenfall durch eine zufällige Freisetzung ansteckender Stoffe entstanden ist oder ob es sich um einen vorsätzlichen Akt biologischer Kriegführung handelt. Die verschiedenen Regierungsbehörden tauschen zwar Informationen aus, doch ansonsten geht jede ihrer eigenen Wege. Erst seit kurzem werden neue Verbindungen geschaffen, um eine gemeinsame Reaktion auf Bioterrorismus zu ermöglichen. Betrachten Sie nur dieses Treffen hier. Wir alle arbeiten eng zusammen.«

»Aber mit welchem Ziel?«, fragte Senator Dickson. »Was ist mit Senator Lowens Tod und den anderen Todesfällen – Strawbridge und Tingley? Was ist mit dem Zwischenfall mit den vergifteten Wasserflaschen in New York letztes Jahr? Wo hört ein Dummerjungenstreich oder das Verbrechen eines Erpressers auf, und wo beginnt Bioterrorismus? Und was haben Sie unternommen, um den Täter zu fassen?« Dickson starrte den Admiral an. Schließlich fuhr er fort: »Nichts. Absolut nichts, Admiral. Aber das wird sich ändern…«

Donnerstag, 20. November
School of Public Health
University of Virginia

Jack Bryne ging die Liste der Freiwilligen durch. Es hatte viele Meldungen gegeben, und nun lag es an ihm, die Gruppen für die Impfstofftests auszuwählen. Die ursprüngliche Zahl von fünfhundert Teilnehmern war auf tausend verdoppelt worden, als das Institut für Vakzine der Universität Maryland in Zusammenarbeit mit VAERS auf die Notwendigkeit einer Blindversuchsgruppe hingewiesen hatte: Menschen in der gleichen Altersgruppe und in der gleichen Geschlechtszusammensetzung wie die Vakzinempfänger. Die Kontrollgruppe würde mit steriler Salzlösung geimpft, und beide Gruppen würden drei Monate lang unter Beobachtung bleiben. Falls jemand eine Erkältung, eine Diarrhö oder eine neurologische Erkrankung entwickelte, konnte man unmöglich sagen, ob es mit der Impfung zusammenhing, es sei denn, die Anzahl der Erkrankten unterschied sich drastisch von der Zahl der Erkrankten in der Kontrollgruppe. Die Listen mussten nun noch zusammengeführt werden. Die erforderlichen Genehmigungen waren eingeholt und das Projekt vom Komitee für ethische Fragen geprüft worden. Das Serum würde in zwei Wochen aus Tel Aviv eintreffen; die Israelis hatten langjährige Erfahrung mit der Krankheit.

Die israelische Regierung hatte mehr als fünfzehn Jahre an der Entwicklung eines Impfstoffs gegen West-Nil-Fieber gearbeitet, und es sah tatsächlich so aus, als würde das Serum immunisieren. Jetzt sollte es in den Vereinigten Staaten eingesetzt werden, in der Hoffnung, die Epidemien zu verhindern, die einst Israel heimgesucht hatten. Jeder Bürger der Vereinigten Staaten war empfänglich für eine Ansteckung. Die potenzielle Zahl von Opfern ging in die Zehntausende.

Mit ein wenig Glück konnten die Impfstofftests Anfang Dezember beginnen, falls es Jack gelang, die Gruppen richtig auszubalancieren, und das Amt für biostatistische Fragen seinen Segen gab.

Es klopfte an der Tür, und »Motte« Brown trat ein. Das Büro des Entomologen befand sich in einem angrenzenden Gebäude, zusammen mit dem von Alan Tatum, doch es war nicht ungewöhnlich, dass Motte bei Jack vorbeischaute, besonders in der Mittagszeit. Der spindeldürre Motte wirkte zwar wie der leibhaftige Tod, hatte jedoch einen gewaltigen Appetit. Jack blickte zur Wanduhr – es war erst elf Uhr morgens.

»Was gibt's, Motte? Ist es nicht noch ein wenig zu früh zum Essen?«

»Mir ist da heute Morgen ein Licht aufgegangen, Jack. Alan hat mir von diesem verrückten Biologen erzählt, der hinter dir her ist. Ich hab mir erst nichts dabei gedacht – eben bis heute Morgen.«

»Wovon sprichst du, Motte?« Jack legte den Stift aus der Hand. Motte wirkte todernst, ziemlich ungewöhnlich für einen Mann, der selbst über seine Schwein-im-Sack-Geschichten lachen konnte.

»Beantworte mir nur eine Frage, Jack. Kennst du einen Burschen namens Shifflet?«

»Shifflets gibt's wie Sand am Meer. Kennst du wenigstens den Vornamen?«

»Moe. Er wohnt draußen bei dir, zumindest hat er dort gewohnt. Wie es aussieht, ist er gestorben …«

»*Was* sagst du da?«, rief Jack.

»Dem Sheriff zufolge ist es schon vor etwa drei Wochen passiert. Gestern Abend rief die Staatspolizei bei mir an und bat mich, einen Blick auf den Leichnam zu werfen, bevor sie ihn wegschaffen. Könnte sich um ein Verbrechen handeln – sie meinen, er wäre nach seinem Tod an die Stelle geschafft worden, an der man ihn gefunden hat, aber ich glaube das nicht. Man fand ihn im Wald, nicht weit von seiner Schwarzbrennerei. Der Körper war bereits in Verwesung übergegangen, voller *Calliphora* im zweiten Larvenstadium, wahrscheinlich *C. vicina*, aber ich bin noch nicht sicher. Ist es der Bursche, der dein Haus bewacht hat? Alan sagt, er sei ein ziemliches Original gewesen.«

Jack war schockiert. Moe Shifflet – tot? Er hatte geglaubt, dass Moe nur durch ein Bad umzubringen sei. Mrs Shifflet hatte vor gut zwei Wochen bei Jack angerufen und gefragt, ob er Moe gesehen hätte. Jack hatte sich zu diesem Zeitpunkt nichts dabei gedacht. Er hatte auch nicht mehr nachgefragt, und Mrs Shifflet hatte sich nicht mehr bei ihm gemeldet.

»Wie sah er aus, Richard? War er um die sechzig? Trug er einen verdreckten Overall und Stiefel und hatte kaum noch Zähne im Mund?«

»Könnte er sein. Aber die Beschreibung passt auf eine ganze Reihe anderer älterer Burschen hier in der Gegend. Und wie ich schon sagte, die Würmer und Maden haben ihn bereits übel zugerichtet, besonders um die Augen herum. Mann, Jack, er war drei Wochen tot! Aber da war noch eine Sache – er war am ganzen Körper rot und aufgequollen. Sieht aus, als wäre er kurz vor seinem Tod stundenlang in der Sonne gewesen. Die Farbe hat sich bereits verändert, wie bei einem faulenden Apfel. Ich glaube nicht, dass es die Sonne war, weil die Gegend dort draußen beim Bucks Mountain schattig ist und voller Bäume, und wie schon gesagt, es sah nicht so aus, als hätte jemand ihn dorthin geschleift. Eher, als wäre er von alleine hingekrochen.«

»Und die Todesursache, Richard? Wurde er erschossen oder erschlagen oder war es ein Herzanfall oder sonst etwas? Ein Hirnschlag? Wenn es tatsächlich Moe Shifflet ist, könnte es auch eine Familienfehde gewesen sein. Ich habe gehört, dass die Shifflets und die Dauphins nicht besonders gut miteinander auskommen. Hat irgendwas mit ihrer Schwarzbrennerei zu tun, glaube ich. Mein Gott, wenn es tatsächlich der alte Moe ist, tut es mir aufrichtig Leid. Er war ein streitlustiger alter Kerl, aber ich mochte ihn. Gibt es noch keinen Befund, was die Todesursache angeht?«

»Wenn du möchtest, kann ich den Leichenbeschauer anrufen. Sie sind gerade bei der Obduktion.«

Richard ging zum Telefon und rief seine Freunde beim Leichenbeschauer an. Jack beobachtete Motte gespannt, während der dem vorläufigen Bericht lauschte. Er nahm einen Stift von Jacks Schreibtisch und notierte irgendetwas; dann schaute er zu Jack, schrieb noch ein paar Worte, ließ sie sich buchstabieren und legte endlich auf. Jack schien eine Stunde vergangen zu sein, doch ein Blick zur Wanduhr zeigte, dass das Gespräch keine fünfzehn Minuten gedauert hatte. »Das ist wirklich interessant, Jack. Vielleicht sollten wir ein Wort mit Alan reden, bevor er zum Leichenbeschauer gerufen wird.«

»Alan? Was hat der damit zu tun?«

»Wie es aussieht, ist der alte Bursche an irgendeinem Krabbeltier gestorben, besser gesagt, an einer unglaublich heftigen allergischen Reaktion. Als wären fünfzigtausend Moskitos gleichzeitig über ihn hergefallen. Mein Gott, das muss ein furchtbarer Tod gewesen sein. Die Jungs sagen, er sieht aus, als hätte er eine Ladung Krähenmunition abgekriegt, am ganzen Leib, selbst an den Fußsohlen. Aber es ist kein Schrot, es sind diese winzigen Dinger, mikroskopisch klein. Ich hab den Namen hier aufgeschrieben. Das erklärt auch die Kratzer auf seinen Armen und seinem Gesicht. Und die Aaskäfer, die durch die Kratzer in seinen Körper eingedrungen sind. Der Tote war aufgequollen wie eine Wasserleiche, nicht nur äußerlich, sondern auch innerlich, einschließlich der Luftröhre, die vollkommen verschlossen war. Der arme Kerl ist erstickt. Man hat Blut-

und Hautproben genommen, aber schon der erste Blick unter dem Mikroskop hat diese kleinen Mistviecher ans Licht gebracht. Sehen aus wie Mini-V2-Raketen. Der Leichenbeschauer meint, es wären irgendwelche Larven, deswegen sollten wir Alan rufen. Ich weiß nichts über diese Dinger. Sag mal, Jack ...« Motte zögerte, während er sich die korrekte Aussprache ins Gedächtnis rief, »... was sind Schistosomata? Es sind jedenfalls keine Insekten, von denen ich gehört hätte.«

Jack war wie vom Donner gerührt. Schistosomata? *Schistosomiase?* Diese Krankheit kam in den Vereinigten Staaten nicht vor, es sei denn, Menschen hatten sie von einer Reise nach Afrika oder China oder in die Karibik mitgebracht. Badedermitis vielleicht. Sie war verbreitet, führte aber selten zu mehr als einem unangenehmen Ausschlag. Jack fragte sich, wie Moe an *so viele* Zerkarien gekommen sein konnte – die kleinen, projektilförmigen, wasserbewohnenden Larven –, dass sein Körper derart hatte aufquellen können und dass er sogar daran gestorben war.

Dann fiel es ihm wie Schuppen von den Augen, wann er Moe Shifflet das letzte Mal gesehen hatte: oben bei seinem Haus, am Teich, als sie den riesigen Alligatorschnapper aus dem Wasser gezogen hatten – vor drei Wochen. Der alte Mann war durch den Teich gestapft wie ein großer afrikanischer Wasserbüffel. Jack musste auf der Stelle mit Alan reden. Sie mussten zum Teich, das Wasser untersuchen, bevor die Beweise verschwanden, und den Teich nötigenfalls sperren.

»... die Geschichtsstunde und die Diaschau waren sehr aufschlussreich, doch lassen Sie uns ein wenig mehr über Ihre Nachforschungen bezüglich Theodore Kameron sprechen. Ich wage zu behaupten, dass all dieser Seuchenkram und die Weltuntergangsbilder Sie ein wenig zu sehr von den tatsächlichen Problemen abgelenkt haben. Ich interessiere mich eigentlich nur für *einen* Mann. Ich kannte auch diesen Pusser, und ich habe ihn nicht gemocht. Offen gestanden, der Kerl war mir zuwider. Er hat den Namen des Herrn benutzt, um sich die Taschen voll zu stopfen, und ich bin froh, dass wir diesen Abschaum los sind.« Dickson beugte sich vor. Er kam endlich zur Sache. »Sie wissen, was man sagt, wenn ein Polizeibeamter getötet wird. Gnade dem Mörder. Sämtliche Cops verbünden sich und machen Überstunden, bis der Täter gefasst ist, denn er hat einen Kollegen umgebracht, ob sie ihn nun gekannt haben oder nicht. Schauen Sie mich an, Admiral, ich bin Senator. Ich mag aus dem Süden kommen und Republikaner sein, doch das tut nichts zur Sache. Ich bin Senator, und Mark Lowen war Senator. Lowen wurde auf niederträchtige Weise ermordet – sparen wir uns die Ekel erregenden Details. Aber Mark Lowen war Kongressabgeordneter, ein Kollege von mir. Und da ich beauftragt bin, Ihre Bemühungen zur Bekämpfung von Terrorismus zu überwachen, möchte ich meinen Einfluss geltend machen, damit sich alles auf die Ergreifung des Mörders konzentriert. Mit oder ohne Ihre Unterstützung, Admiral«, der alte Mann zischte die letzten Worte beinahe. »Ich habe einen Plan.«

23

Donnerstag, 20. November
Smoke Hole, West Virginia

Teddy inspizierte die Aquarien, die jetzt leer waren, bis auf den grünen Schleim. Das Wetter wurde ungemütlich kalt, zu kalt für eine weitere Ernte bei Mutter Natur. Keine Pilze mehr, keine im Boden lebenden Nematoden, keine Algenblüten. Doch ein Geschenk der Natur blieb ihm noch, und es war wohl nicht die schlechteste Idee, Vorbereitungen zu treffen, bevor auch diese armen Kreaturen an der Kälte eingingen.

Außerdem brauchte er eine neue Waffe, etwas Passendes, Formbares, für eine zukünftige Begegnung, falls es dazu kam, etwas Symbolisches, um die anderen zu täuschen, vielleicht weniger organisch, weniger unbeständig, dafür mit einer viel länger anhaltenden Wirkung.

Minamata. Natürlich! Es wäre sehr leicht zu bewerkstelligen, einfach zu benutzen, gleich in welchem Milieu, ob Gas, Flüssigkeit oder Feststoff – es war elementar...

Er wandte sich Dwight Fry zu, der mit Dathan spielte. Inzwischen war Dwight zu einem zuverlässigen Helfer und gelehrigen Schüler geworden.

»Dwight, ich brauche deine Hilfe. Morgen wirst du ein paar Antiquitäten für mich besorgen. Ich möchte, dass du ein paar alte Dinge in den Trödelläden und Antiquitätengeschäften in der Gegend besorgst. Sag den Verkäufern, dass dein Vater Sammler ist, dann werden sie dein Geld nehmen und keine Fragen stellen. Oder besser noch... falls sie fragen, sag ihnen, dass dein Dad Arzt ist und alte medizinische Geräte sammelt. Es wird vielleicht eine Woche dauern, und du wirst Geld brauchen. Ich kann dir jetzt nicht erklären, weshalb du das für mich tun sollst, aber ich erzähle dir alles, sobald du zurück bist. Eine Art Überraschung.«

»Okay«, sagte Dwight. »Ist es wie diese Hanggleitergeschichte vor drei Wochen? Mensch, jede Wette, dass es die Leute immer noch überall juckt. Das war klasse, viel besser als mein Streich mit den Ameisen in Disney World.«

»Was wir als Nächstes tun, wird noch besser als Disney World oder Charlottesville, mein Junge. Während du unterwegs bist, arbeite ich an einem anderen Projekt. Das wird wieder ein Mordsspaß, wirst schon sehen! Aber zuerst musst du die Besorgungen machen.«

Dwight wusste, dass die Schnecken in den drei Aquarien damals benutzt worden waren, um diesem Jack Bryne eins auszuwischen – ein Mann, den Kameron nicht ausstehen konnte. Bryne, so hatte Dwight inzwischen erfahren, hasste Kameron und hatte dafür gesorgt, dass Teddy vor einigen Jahren aus den CDC geworfen worden war, nachdem Bryne eine Zentrifuge vorsätzlich falsch ausbalanciert und das Borna-Virus im gesamten Labor verspritzt hatte. Zum Glück war niemand außer Teddy Kameron infiziert worden.

Dwight war wütend, dass der andere Mann seinen Freund und Lehrer Kameron regelrecht verfolgt hatte, selbst dann noch, als Teddy eine neue Anstellung bei einem Pharmaunternehmen fand und mit einem neuen Medikament experimentierte, das auf Mykotoxinen basierte. Und niemand anders als Jack Bryne hatte die Lügengeschichte verbreitet, dass Kameron der Mann gewesen sei, der versucht habe, die zehn ägyptischen Plagen wiederaufleben zu lassen. Bryne war es gewesen, der sorgfältig Spuren ausgelegt und Hinweise gestreut hatte, die das FBI auf die falsche Fährte gelockt hatten. Bryne, dieser hinterhältige Engländer, hatte die Behörden davon überzeugt, dass der arme Teddy hinter der Milzbrandepidemie in Kalifornien steckte, und hinter allen anderen Seuchen, von denen HOT LINE berichtet hatte.

Für Dwight hatte es sich logisch angehört. Kameron war von Bryne hereingelegt worden, weil Teddy der klügere Kopf war, der bessere Wissenschaftler. Das FBI hatte ein leichtes Opfer gefunden und Teddy all die unerklärlichen Ereignisse in die Schuhe geschoben, die sich in den letzten Jahren in den USA zugetragen hatten.

Doch was war an der Legende von Kameron, dem *DeKameron*? Teddy hatte ihm versichert, dass er zwar hinter den so genannten »Plagen« gesteckt habe, doch er habe niemals absichtlich den Tod anderer Menschen herbeiführen wollen. Es seien bloß Streiche gewesen, die er und eine Gruppe Gleichgesinnter verübt hatten, »um der Gesellschaft den Spiegel vorzuhalten«. Die vereitelte Explosion auf dem East River beispielsweise hätte eine Wolke übel riechenden, aber harmlosen Gases über Manhattan verbreitet; es hatte ein Symbol für das »verpestete amerikanische System sein sollen«, wie Teddy sich ausdrückte, »das Menschen ins gesellschaftliche Abseits stellt«. Die Bombe habe kein einziges Milligramm tödliche Mykotoxine enthalten, ganz anders als das FBI damals behauptete.

Was die Schnecken betraf, hatte Kameron Dwight verraten, dass sie irgendetwas in sich trugen, das aus ihnen hervorkam, sobald sie im Wasser waren. Teddy hatte ihn eindringlich davor gewarnt, die Hand ins Becken zu tauchen, denn es lauere etwas darin, das ihm schaden könne. Als Kameron die Schnecken vor ihrem »Einsatz« mit Latexhandschuhen und einem langstieligen Holzlöffel eingesammelt hatte, war Dwight ihm zur Hand gegangen.

Teddy hatte ihm erzählt, dass sich Bryne und seine Freude, wenn sie im Teich vor seinem Haus schwimmen gingen, mit winzigen Parasiten infizieren würden. Diese Parasiten würden aus den Schnecken schlüpfen, die er beim Überfliegen des Teichs mit seinem Hanggleiter abgeworfen hatte. Teddy hatte ihm geschildert, wie die Mikroben im Innern der Schnecken ins Wasser entweichen und nach einer warmblütigen Kreatur suchen würden, um sich in deren Haut zu bohren. Jeder Raubzug ins Fleisch eines Opfers würde zu einer dicken Beule führen, so groß wie eine reife Traube. Die ungefähr ein Dutzend Schwellungen würden das schlimmste Hautjucken hervorrufen, das man sich vorstellen könne, schlimmer als alle Flohstiche und länger anhaltend als Ameisenbisse. Kamerons Feinde würden den gerechten Zorn Gottes zu spüren bekommen, oder, wie Teddy es ausgedrückt hatte: »Beulen des Zorns und der Rache, Hunderte höllische Beulen.«

Dwight fragte sich, warum Teddy ausgerechnet die Schneckenparasiten ausgewählt hatte. Es erschien ihm ein riesiger Aufwand an Zeit und Arbeit für eine Rache, einen bösen Scherz. Doch andererseits, das verstand er, steckte hinter Kamerons Streichen stets eine Symbolik. Vielleicht hatte Teddy sich für den üblen Streich Brynes mit der Zentrifuge und den Borna-Viren revanchieren wollen.

Und dann diese lustige Geschichte mit den Egeln! Kein Wunder, dass der Senator, dieser heuchlerische Ehebrecher, kurz darauf an einem Herzanfall starb, nachdem er reumütig zu seiner Frau zurückgekehrt war. Die Zeitungen hatten darüber geschrieben.

Kameron hatte Dwight gewarnt, sich vom Kinderplanschbecken auf der Veranda fern zu halten. Dwight hatte zuerst vermutet, dass dieses Becken *Meloidae* enthielt, Käfer, die ein giftiges Sekret absonderten, das die Haut zum Brennen brachte. Dann aber hatte er die Spinnen entdeckt, die kleinen braunen Biester mit den winzigen Violinen auf dem Rücken, und Dwight fragte sich, wie diese Spinnen in Teddys Pläne passten – sie schienen verdammt gefährliche kleine Mistviecher zu sein.

Jack wartete am Teich, als Alan mit einem großen Karton in den Armen den Hang hinunterkam.

»Es wird zwar allmählich kühl, Jack«, sagte er, »doch die Sonne ist immer noch warm genug, um die Mistviecher am Leben zu erhalten, und solange sie lebendig sind, suchen sie nach einem Wirt. Okay, lass uns erst mal sehen, ob sie überhaupt noch drin sind.« Alan kramte in dem Pappkarton und zog etwas hervor, das wie ein Tierdarm aussah. Er verknotete ein Ende. »Du musst mir helfen, Jack. Nimm bitte die Thermosflasche und gieß die Ringer-Lactatlösung hier rein. Sie ist heiß, also Vorsicht.«

Jack wusste nicht, was Alan vorhatte, doch er befolgte seine Anweisungen. Nachdem das zweieinhalb Meter lange Stück Darm voll Flüssigkeit war, verknotete Tatum auch das obere Ende und sicherte es mit einer Schnur. Es war die längste Wurst, die Jack je gesehen hatte. Tatum faltete die weiße Monstrosität vorsichtig in den Karton und ging zu der Stelle am Teichufer, wo ein kleines Rinnsaal zwischen großen Steinen hindurchplätscherte. Er legte das schlangenähnliche Stück Eingeweide ins Wasser und trat zurück. »So, warten wir ein paar Minuten, bis das Ding abgekühlt ist, während wir nach Schnecken suchen.« Er reichte Jack ein paar Gummihandschuhe.

Zwanzig Minuten später hatten die beiden Männer mehr als zwanzig Schnecken eingesammelt. Einige hatten am Teichufer gesessen, andere auf Lilienblättern. Kleine weiße Schnecken und größere, dunklere. Jack hatte die Vielfalt der Fauna auf seinem Grundstück nie bemerkt. Jetzt sah er Schnecken, Flusskrebse, Wasserläufer, Käfer und Moskitolarven. Er fand sogar eine eigenartig aussehende Schnecke, die einen Grashalm hinaufgeklettert war. Tatum schien nach ganz bestimmten Schnecken zu suchen und warf eine ganze Reihe sogar ins Wasser zurück, nachdem er sie untersucht hatte.

»Ich glaube, wir haben das Trio, Jack«, sagte er schließlich. »Ziehen wir die Falle ein und fahren zurück ins Labor.«

»Was meinst du mit Falle?«, fragte Jack.

Tatum erklärte es während der Rückfahrt ins Labor an der Uni. Der Schafdarm war organisch, eine lebende Membran. Gummi oder Latex waren ungeeignet; es musste eine semipermeable Membran sein, die sich unter der Einwirkung der Enzyme auflöste, die von den Zerkarien abgesondert wurden, wenn sie einer warmen, hautähnlichen Oberfläche begegneten. Der Kopf der Larve verspritzte eine Ladung Verdauungsenzyme auf die Haut, während der Schwanz das Tier durch Schraubenbewegungen immer tiefer ins Gewebe drückte, bis es ein Blutgefäß gefunden hatte. Im Innern des Wirts warfen die Larven den Schwanz ab und ließen sich im Blutstrom oder im Lymphkreislauf treiben, bis sie zur Leber gelangten; dann schwammen sie gegen den Strom zu den Adern, die die Eingeweide versorgten. Dort blieben sie und wuchsen nach mehreren Monaten zu reiskorngroßen Gebilden heran, bevor sie sich zu paaren begannen. Die befruchteten Eier wurden in die Zellzwischenräume des Darms entlassen und von dort aus zusammen mit den Faeces exkretiert. Sobald die Eier in Wasser landeten, schlüpften die Larven und machten sich auf die Suche nach einer Schnecke. Damit war der Lebenszyklus des Schistosomas beinahe vollständig. Im Innern der Schnecke reproduzierte die Larve sich asexuell, bis schließlich Zehntausende von Zerkarien ins Wasser entlassen wurden. Jede einzelne Zerkarie besaß genügend Lebensenergie für vierundzwanzig Stunden, bevor sie starb. Sie befiel alles, was im Wasser lebte – Fische, Frösche, Schildkröten oder Kaulquappen –, doch sie bevorzugte warmblütige Tiere, beispielsweise Menschen.

»Also dachte ich mir, der Darm kommt einer natürlichen Haut am nächsten, ohne dass ich ein lebendiges Tier nehmen muss«, erklärte Tatum. »Es ist genug Blut darin, um die kleinen Bastarde anzulocken, und die warme Ringer-Lactatlösung versorgt sie mit Nährstoffen, sobald sie in den Darm eingedrungen sind. Deshalb ist es eine Art Falle.« Tatum öffnete den Knoten an einem Ende des Schafdarms und goss die Lösung in einen großen Glasbecher. »Wenn wir das hier durch ein Filter gießen, bleiben die Zerkarien zurück, das heißt, falls es welche gibt, und wir können sie uns aus der Nähe anschauen.«

Jack beobachtete Tatums Tun fasziniert. Einige Minuten später lag ein Objektträger unter dem Mikroskop, und Alan pfiff überrascht durch die Zähne. »Sieh mal, Jack, wir haben einen ganzen Schwung von den Biestern!«

Jack blickte ins Okular und sah Dutzende aalartiger Lebewesen, die unter dem Abdeckplättchen hin und her schossen. »Und was soll das nun bedeuten, Alan? Ich weiß, dass diese Biester in den meisten Gewässern der Welt vorkommen. Sie sind die Ursache für die Badedermitis, Schistosomata, die Amphibien, Vögel und kleine Säugetiere befallen. Wahrscheinlich waren sie schon immer in dem Teich. Ich hab mir deswegen nie Gedanken gemacht.«

Tatum blätterte durch ein Bestimmungsbuch und fand eine Seite mit Illustrationen von Dutzenden verschiedener Zerkarien, alle aufgereiht mit kleinen Unterschriften unter jedem Bild. »Ich suche, Jack, ich suche.« Er wandte sich wieder dem Mikroskop zu und schob einen neuen Polaroidfilm in die eingebaute Kamera; dann knipste er ein Bild nach dem anderen. »Sie bewegen sich zu schnell, als dass man sie exakt identifizieren könnte. Man muss auf die Kopfdrüsen achten, die Wimpernhärchen und die Position des Bauchsaugnapfs. Jedes Schistosoma ist anders. Nun ja, irgendjemand wird die genaue Spezies bestimmen können. Ich bin zwar gut auf diesem Gebiet, aber so gut nun auch wieder nicht. Wenn wir sie mit den Polaroidfotos nicht richtig treffen, können wir immer noch die Schnecken einschicken. Aber zuerst wollen wir einen Blick auf die Dinger werfen. Ich hoffe, ich habe nicht alles über Weichtiere vergessen.«

»Malakologie, das Studium der Weichtiere – macht das heutzutage überhaupt noch jemand?«, fragte Jack.

»O ja. Beispielsweise am AFIP in Washington, an der Harvard School for Public Health und einige Parasitologen an der Universität von Iowa. Es ist wie eine große, glückliche Familie, Jack, und fast alle haben auf die eine oder andere Weise mit

Schisto-Forschung zu tun. Wenn du mir jetzt vielleicht helfen könntest, diese Sauerei ein wenig aufzuräumen, wäre ich dir dankbar. Falls du Lust hast – ich kenne ein französisches Restaurant. Wir könnten dort eine Kleinigkeit essen gehen. Was hältst du von Schnecken?«

Später an diesem Tag erhielt Scott Hubbard einen Anruf von Jack. Als er von Shifflets Tod und Alan Tatums vorläufigem Befund hörte, forderte er augenblicklich einen Spezialisten beim AFIP an und schickte ihn nach Charlottesville, um die Autopsie zu beaufsichtigen und die Polaroidfotos sowie die Schnecken abzuholen, die Jack und Tatum am Teich eingesammelt hatten. Anschließend rief Scott einen befreundeten Colonel in Fort Belvoir an und erzählte ihm die Geschichte. Der Colonel war Spezialist für Präventivmedizin und wusste von den möglichen Konsequenzen, die eine Aussetzung der Schnecken in das saubere Wasser von Virginia nach sich zog. Er entsandte umgehend ein Team von drei Männern mit so viel Schneckengift, dass man den Eriesee damit hätte sterilisieren können. Scott Hubbard erfuhr, dass die Schnecken, falls sie sich in Jacks Teich ansiedelten und von dort in den Abfluss gelangten, möglicherweise bis in den Rappahannock River vordringen konnten – und dann würde es ernste Probleme geben. Das Army-Team würde den Teich mit Kupfersulfat versetzen, genau wie den Bach, den er speiste, an einer Stelle am Fuß der Berge, bevor er in einen kleinen Fluss mündete, nur für den Fall. Sobald es erst richtig kalt wurde, würden die meisten Schnecken sterben. Eine Kontrolle im Frühling würde zeigen, ob es im Teich oder im Bach Überlebende gab. Falls ja, sollten diese Schnecken zumindest frei sein von Zerkarienbefall.

Schließlich rief Scott Hubbard seinen direkten Vorgesetzten an, Admiral Frank Olde. Der Admiral erkannte sofort den Ernst der Lage; die Erinnerung an die Monate im Hospital auf den Philippinen stand mehr als deutlich vor seinem geistigen Auge.

Er hatte mit einigen Überlebenden der Leyte-Invasion gesprochen, und sie hatten von ihren Erfahrungen mit der Krankheit erzählt. Später, nach der medizinischen Ausbildung, hatte Olde über die wenig bekannte Epidemie gelesen, die den Vormarsch der Alliierten nach Norden, in Richtung Japan, gegen Ende des Krieges beinahe zum Stocken gebracht hätte. Die amerikanischen Truppen sowie einige australische Verbündete waren am 20. Oktober 1944 auf Leyte gelandet. Im Dezember, fast sechs Wochen später, begannen die Soldaten unter Hautausschlägen zu leiden. Bald war das Hundertachtzehnte Feldhospital voll mit Soldaten, die an einer bis dahin unbekannten Krankheit litten, der Schistosomiase. Einige waren an extremem Befall gestorben, bei anderen entwickelte die Krankheit, die schließlich ihre Leber und ihre Lungen zerstörte, sich nur langsam. Im Februar des folgenden Jahres wurde die Fünfte Malaria-Überwachungseinheit dem Hundertachtzehnten Feldhospital unterstellt. Wenige Monate später schloss sich noch ein Forschungsinstitut der Navy an. Auf Leyte, Samar und Mindanao wurden Gewässer mit hyperinfiziertem Frischwasser identifiziert und für das gesamte Personal als Sperrzone deklariert. Die Erkrankung wurde auf *S. japonicum* zurückgeführt, das auf den Philippinen und im gesamten chinesischen Festland endemisch war. Die kleinen Schnecken, die diese Krankheit übertrugen, gehörten zur Gruppe der *Onchomelania*, einer wasserbewohnenden Familie von Weichtieren, die auch an Land überleben konnten. Es hatte sich als unmöglich erwiesen, die Schnecken oder den Parasiten auszurotten. Nach Kriegsende waren die amerikanischen Truppen abgezogen und hatten die Philippinos mit dem Problem allein gelassen.

Frank Olde wusste, dass die Krankheit seit jener Zeit endemisch geblieben war. Er fragte sich, ob Moe Shifflet von *S. japonicum* befallen worden war, der schlimmsten der drei Formen der Blasenbillharziose, weil die Weibchen des Pärchenegels viel mehr Eier produzierten als die der beiden anderen Arten. Es waren die Eier, nicht die ausgewachsenen Egel, die zu den Entzündungen und im weiteren Verlauf zur Schädigung der inneren Organe führten. Doch es gab noch eine Reihe weiterer, unbeantworteter Fragen. Wie war der Teich infiziert worden? Hatte Scott Hubbard nicht gesagt, die Umgebung von Brynes Haus wäre gesichert? Woher kamen dann die Schnecken? Olde kannte die Antwort nicht, doch er glaubte zu wissen, wer hinter alldem steckte. Wenn Senator Dickson davon erfuhr, würde Olde eine weitere Strafpredigt über sich ergehen lassen müssen. Er bestellte Scott Hubbard für den kommenden Tag zu sich. Bis dahin sollte der endgültige Obduktionsbericht vorliegen, genau wie das Ergebnis der Schneckenanalyse.

»Drei verschiedene?«, rief der Admiral ungläubig. »Das ist unmöglich! Was geht da unten vor, Hubbard, verdammt noch mal? Es ist dieser Spinner, dieser Kameron, habe ich Recht?« Olde senkte die Stimme. »Tut mir Leid, Scott, aber Ihr Job, mein Job, die Existenz der gesamten Abteilung hängt davon ab, dass wir dieses Ungeheuer zu fassen kriegen. Wenn ich Senator Dickson berichte, dass irgendjemand, aller Wahrscheinlichkeit nach Kameron, auf Brynes Grundstück vorgedrungen ist, während Ihr Überwachungssystem aktiv war – was glauben Sie, wird er dann zu anderen, wichtigeren Plänen sagen, die wir ihm unterbreiten? Ich treffe ihn in einer Stunde. Der alte Kerl ist ziemlich verärgert, vorsichtig ausgedrückt. Sie müssen mir Antworten liefern, Scott, und zwar schnell.«

»Die Tatsache, dass drei verschiedene Arten nicht heimischer Schnecken im Teich gefunden wurden, sowie die vorläufige Identifikation nach den Fotos von Alan Tatum lassen auf drei verschiedene Spezies von Schistosomata schließen. Ich nehme an, dass Kameron dahinter steckt«, sagte Hubbard. »Was die Frage betrifft, wie er zum Teich gelangen konnte – wir suchen zurzeit die Wälder in der Umgebung ab. Keiner unserer Sensoren wurde ausgelöst, keine von Moe Shifflets Bärenfallen hat zugeschnappt. Es bleibt nur eine Möglichkeit, wie Kameron die Schnecken in den Teich bringen konnte, und zwar durch die Luft, wenn wir göttliche Einmischung einmal ausklammern. Wir haben den gesamten Luftverkehr in der unmittelbaren Umgebung überprüft, einschließlich Privatflugzeugen, Helikoptern und Schädlingsbekämpfungsfliegern. Nichts. Die Aufzeichnungen der Flugsicherung haben keinerlei Hinweis ergeben. Doch wir haben mit den Fluglotsen am Charlottesville Airport gesprochen, und sie haben uns einen Anhaltspunkt geliefert: Hanggleiter. Die Lotsen haben regelmäßig Probleme mit Hanggleitern, die den Landeanflug der kleineren Maschinen behindern.«

»Und?« Der Admiral merkte auf.

»Ende Oktober wurde nur noch ein Gleiter beobachtet. Die Lotsen waren überrascht, weil die Gleitersaison in der Gegend normalerweise Mitte Oktober zu Ende ist. Es war ein einzelner Gleiter mit einem roten Segel. Er kam von Nordwesten herein, was ziemlich schwierig und ungewöhnlich ist. Der Gleiter ist offenbar wohlbehalten gelandet, und die Lotsen haben nicht mehr an diese Sache gedacht, bis wir aufgetaucht sind und Fragen gestellt haben. Falls es Kameron war, könnte er über Brynes Grundstück geflogen sein ...«

»Und die Schnecken in den Teich geworfen haben. Aber warum sollte Kameron so etwas Absurdes tun? Außerdem, *falls* er es getan hat – wie ist er zu seinem Wagen zurückgekommen?«

»Ich verstehe Ihre Einwände, Admiral, aber warten Sie ab. Wir haben den Absprungplatz am Crooked Mountain überprüft. Ein paar Touristen aus Pennsylvania, die damals am Berg waren, erinnerten sich an einen Mann mit einem roten Gleiter. Die Personenbeschreibung passt auf Kameron: Anfang sechzig, hoch gewachsen, drahtig. Er sei losgeflogen und nach rechts abgedreht, in Richtung Free Union. Wir haben nach einem Fahrzeug gefragt, und einem Kennzeichen.«

»Und?«

»Die Leute an der Landestelle beim Flughafen erinnerten sich an das Auto.«

»Welche Marke?«

»Das weiß leider niemand. Könnte ein deutsches Fabrikat gewesen sein, aber das ist unmöglich zu sagen. Jedenfalls war es ein neuer Wagen, blau, mit einer Nummer aus Florida. Das Ungewöhnliche ist, dass der Wagen ein Behindertenkennzeichen mit einem Rollstuhlsymbol trug. Das Flughafenpersonal erinnert sich leider nicht an die Nummer. Noch eine merkwürdige Sache: Der Mann ist weggefahren und hat seinen Gleitschirm einfach zurückgelassen.«

»Niemand lässt seinen Gleitschirm liegen. Die Dinger kosten ein paar tausend Dollar. Und was ist das für eine Geschichte mit diesem Behindertenkennzeichen?«

»Wir haben uns in dieser Sache mit Florida in Verbindung gesetzt. Dort gibt es mehr als fünfzigtausend solcher Kennzeichen. Wenn wir die Suche auf blaue Autos neueren Modells mit Behindertenkennzeichen eingrenzen, haben wir vielleicht eine Chance«, antwortete Hubbard. »Außerdem haben wir ein Plastiknetz in Brynes Teich gefunden – leer. Es waren keine Schnecken mehr darin. Wahrscheinlich hat das Netz sich beim Aufprall geöffnet. Die Schnecken, die Dr. Tatum gesammelt hat, sowie die Ergebnisse aus Belvoir legen die Vermutung nahe, dass der Teich mit wenigstens drei verschiedenen Spezies Schistosomata-befallener Schnecken verseucht wurde. Sie sind inzwischen tot. Die Schnecken, meine ich.«

»Also gut, Scott. Nehmen wir an, es war Theodore Kameron. Er ist ein unberechenbarer Bastard, und er hat es offenbar auf Ihren Jack Bryne abgesehen. Aber was schließen Sie aus all diesen Beobachtungen?«

»Wie meinen Sie das, Admiral?«

»Kann Kameron das alles alleine getan haben?«

Scott rieb sich das Kinn. »Wohl kaum.«

»Eben. Teddy Kameron hat ein Faktotum.«

»Ein was?«, fragte Scott.

»Einen Lakaien. Einen Handlanger, ein Faktotum wie in den Frankenstein-Filmen – Igor, der bucklige Helfer. Oder, wie Sie es vielleicht in Ihrem Bericht ausdrücken sollten, einen Mitverschwörer. Anders kann Kameron es nicht geschafft haben. Er brauchte jemanden, der ihn beim Landeplatz aufsammelte und zu seinem Wagen zurückfuhr. Hat sonst noch jemand ein Fahrzeug bemerkt, das nicht in die Gegend gehört?«

»Das überprüfen wir noch, Sir.«

Scott fluchte im Stillen. Er hatte es vermasselt. Sie waren zu zweit gewesen! Natürlich! Admiral Olde musste gleich zu Senator Dickson und Bericht erstatten, und er musste eine Antwort auf die Frage finden, bevor irgendein Speichellecker des Senators dem Admiral zuvorkommen konnte. Hubbard hatte die Profile Kamerons bereit für den Fall, dass er ebenfalls zu der Besprechung hinter verschlossenen Türen zitiert wurde. Jesse hatte ihm bei der Analyse sämtlicher Möglichkeiten geholfen, und Special Agent Sylvester hatte Diagramme angefertigt. Aber wie passte Moe Shifflet in das Profil? Wahrscheinlich war er ein zufälliges Opfer. Scott wusste von den nächtlichen Schwimmausflügen Jacks und Vickys. Sehr wahrscheinlich waren die Schneckenparasiten ursprünglich für die beiden gedacht gewesen.

»Noch eine letzte Sache, Scott«, sagte Olde. »Falls man Sie über Kameron befragen sollte, vermeiden Sie jeden Hinweis auf seine mögliche Herkunft, wenn es geht.« Der Admiral erhob sich und legte seine Akten in einen dünnen Attachékoffer. »Sie können über die Serie von Ereignissen referieren, über die Opfer und die verschiedenen Methoden, mit denen sie umgebracht wurden. Dieser Bibelansatz ist auch nicht schlecht. Und erwähnen Sie die Hilfe Shmuel Bergers, wenn Sie über die Kabbala reden. Auch die Idee mit Matthäus, Markus und Lukas gefällt mir; sie würde zu den Promise Keepers passen. Ich bin sicher, Sie können einige zusätzliche Aspekte über Moe Shifflets Tod beisteuern, aber hüten Sie sich davor, über Kamerons Herkunft zu sprechen. Verkneifen Sie sich jede Bemerkung – der Schuss könnte nach hinten losgehen.«

»Nach hinten losgehen, wieso?«, fragte Hubbard verwirrt.

»Ja. Wir haben stichhaltige Hinweise, dass Kameron irgendwo im Norden Virginias aufgewachsen ist, vielleicht droben in West Virginia oder im südlichen Pennsylvania. Und wie Sie wissen, hat er seinen Namen geändert, als er vom College abging.«

Scott Hubbard wartete schweigend auf weitere Erklärungen. Olde fuhr fort: »Denken Sie daran, Scott, dass Senator Dickson – Alvin *Cameron* Dickson – sehr stolz ist auf seine Herkunft. Und der Mädchenname seiner Großmutter war *Shifflet.* Passen Sie auf, dass Sie der alten Schlange nicht auf die Füße treten.«

Kameron hielt es für das Beste, die Spinnen ihrem Zweck zuzuführen, bevor Dwight von seiner Einkaufstour durch die Antiquitätenläden der Gegend zurück war. Es konnte nicht allzu schwierig sein, alte Thermometer und Blutdruckmessgeräte zu erstehen. In der Gegend gab es viele Läden, die Plunder verkauften, darunter bestimmt auch Gerätschaften von Landärzten, die bekanntermaßen alles horteten, selbst wenn es längst keine Verwendung mehr dafür gab. Ein oder zwei Wandbarometer wären sicherlich auch ganz nett gewesen, doch sie hätten nicht zu der Geschichte gepasst, die Dwight erzählen sollte.

Vielleicht, sagte sich Kameron, hätte er ihm einen weiteren Auftrag geben sollen, der nichts mit dem eigentlichen Plan zu tun hat. Teddy sorgte sich, der Junge könnte merken, dass einige Dinge nicht so harmlos waren, wie er ihm weisgemacht hatte. Die Spinnen hätten auf jeden Fall Dwights Misstrauen erweckt. Der Junge hatte noch nie im Leben eine Spinne getötet, geschweige denn eine gegessen. Nein, die Sache musste erledigt werden, bevor Dwight zurück war.

Es dauerte nur ein paar Minuten. Kameron erstickte und gefror die Spinnen mit Trockeneis, sammelte sie ein, gab die kleinen Leichen in den Mixer und emulgierte das Ganze einige Minuten lang in Ethylalkohol. Anschließend filterte er die trübe Brühe. Als er fertig war, hatte er siebenundzwanzig Milliliter einer klaren bräunlichen Lösung, die er ein weiteres Mal durch einen neuen, sauberen Filter laufen ließ; dann hatte er genug für die beiden kleinen Fläschchen. Das Serum war nahezu fertig.

Teddys eigene Phase-Eins-Impfstofftests konnten beginnen.

24

Montag, 3. Dezember
West Virginia

Es war keine Vergnügungsfahrt gewesen. Nach einer Weile machte Dwight sich nicht mehr die Mühe, bei Flohmärkten zu halten, wo doch nur zerfledderte Bücher und angeknackstes Geschirr verkauft wurden. Es war anstrengend für ihn, an jedem Laden aus dem Wagen zu steigen, deswegen hupte er verhalten. Manche Verkäufer kamen daraufhin zu dem schicken blauen Auto, andere ignorierten das Hupen. Nach zwei Dutzend vergeblichen Anläufen, vielen »Nein, mein Junge« und Köpfeschütteln, zwei Tagen ergebnislosen Abklapperns von Trödelläden, Scheunenverkäufen und Antiquitätengeschäften war Dwight fast so weit, aufzugeben. Eine freundliche alte Frau, die ihn an Mrs Pough erinnerte, schlug vor, er solle zu einem Geschäft außerhalb von Wheeling fahren; der Laden sei auf alte medizinische Apparate spezialisiert. Am Nachmittag rief Dwight dort an und erkundigte sich nach alten Thermometern und Blutdruckmessgeräten. Die Stimme am anderen Ende räumte ein, dass man zwar eine kleine Auswahl der gewünschten Gegenstände anbieten könne, doch es sei die weite Fahrt nach Norden nicht wert. Der Ladenbesitzer schlug vor, dass Dwight im Internet nachsehen sollte, bei Ask Jeeves, ebay und all den anderen Online-Auktionen. Das brachte Dwight auf eine Idee. Er wusste, dass er die Adresse von Smoke Hole nicht benutzen durfte, doch mit seiner Kreditkarte und einer Postanschrift, und sei es nur für eine Woche, konnte er sich alles, was er fand, per Übernachtexpress zum Motel liefern lassen.

An jenem Abend ersteigerte Dwight siebenundneunzig alte Thermometer. Es waren langwierige drei Stunden am Laptop, doch schließlich fand er einen Sammler, der bereit war, sich für einen stolzen Preis von all seinen Schätzen zu trennen. Die Haupttreffer landete er jedoch, als er einen Großhändler fand, der in seiner Garage mehr als dreißig alte Blutdruckgeräte aus einem Kankenhaus in Virginia stehen hatte, das vier Jahre zuvor geschlossen worden war. Der Mann war froh, dass er den Plunder loswurde und sogar noch Geld dafür bekam – die Behörde für Sicherheit am Arbeitsplatz und Umweltschutz hatte bereits bei ihm angefragt, wie er die Geräte weiterzuverwenden gedachte. Er erkundigte sich, ob Dwight auch an alten Barometern interessiert sei; er habe ein paar Dutzend alter Wetterstationen anzubieten.

Dwight wusste, dass er sich die Waren nicht per Fed-Ex liefern lassen konnte – das Zeug wog sicher hundert Kilo oder mehr –, doch als er hörte, dass der Großhändler gleich hinter der Grenze in Tennessee zu Hause war, sagte er sich, dass eine lange Einkaufsfahrt immer noch besser war, als alles im Internet Stück für Stück zusammenzusuchen. Am nächsten Morgen fuhr er nach Westen in eine Kleinstadt, die sich damit brüstete, die Heimat von Alvin York zu sein, einem Helden des Ersten Weltkriegs. Er fand die Adresse und schaute von seinem Rollstuhl aus zu, wie Dutzende der Geräte aus Holz und schwarzem Bakelit in seinen Mercedes geladen wurden.

Jack war sehr zufrieden. Auf der Liste hatten sich mehr als zweitausend Freiwillige eingetragen. Viele waren Studenten der Universität von Virginia, einige aus seiner eigenen Fakultät. Er nahm einen weiteren Schluck von dem grässlichen Automaten-Kaffee und dachte nach. Die anderen Freiwilligen kamen aus der Stadt und einigen umliegenden ländlichen Gemeinden. Das Geld hatte wie ein Magnet gewirkt.

In Anzeigen in den Zeitungen und auf der Webseite der Universität waren die Einzelheiten der Untersuchungsreihe erläutert worden: Lediglich die Hälfte der tausend Personen, die man für den Test auswählte, wurde tatsächlich mit dem experimentellen Serum geimpft; die anderen fünfhundert erhielten Placebo-Injektionen. Jeder Teilnehmer würde nach der Impfung fünfundzwanzig Dollar erhalten; dafür erwartete man, dass der Proband für die Dauer von sechs Wochen einen wöchentlichen Fragebogen ausfüllte. Wer sämtliche Fragebögen zurückschickte, erhielt nach Ablauf der sechs Wochen weitere fünfzig Dollar. Nach zwei Monaten fand eine nochmalige Befragung statt, doch die Teilnahme daran war freiwillig. Wer in dieser Zeit erkrankte, konnte sich beim medizinischen Zentrum der UVA kostenlos behandeln lassen, sofern er dem behandelnden Arzt die Teilnahmekarte für den Impftest vorlegte; dafür wurden die Krankendaten später im Zusammenhang mit der Impfung statistisch ausgewertet.

Das Amt für biostatische Fragen hatte die Liste geprüft und eine repräsentative Auswahl gesunder Testpersonen im Alter von sechzehn Jahren und darüber zusammengestellt. Rasse, Alter und Geschlecht waren bei jeder der beiden Gruppen berücksichtigt. Personen mit bekannten gesundheitlichen Problemen waren von vornherein vom Test ausgeschlossen worden, auch wenn das Vakzin im Unterschied zu den Gelbfieberimmunisierungen aus deaktivierten Viren bestand. Alles sah danach aus, als könnten die Tests in der dritten Dezemberwoche beginnen, unmittelbar vor den Weihnachtsfeiertagen. Doch Jack musste nicht nur die Vorbereitungen für Phase eins abschließen, sondern auch den Lehrplan für das kommende Semester fertig stellen. Er konnte mit den Einführungsvorlesungen beginnen, doch er wusste, dass er die Hilfe von Alan, Motte und anderen brauchen würde; sie mussten ihm bei seinen Lehrveranstaltungen aushelfen, denn die Tests waren äußerst zeitaufwendig.

Jack öffnete das Postfach seines Computers. Eine neue Mail von Barbara Pollack war eingegangen. Die Nachricht war unterstrichen, also musste es etwas Wichtiges sein.

Datum: Sonntag, 2. Dezember 19:47 (-0500 EST)
Von: ProMED-Mail <promed@promed.isid.uva.edu>
Betreff: PRO/AH> West-Nil-Virus, staatliche Maßnahmen

WEST-NIL-VIRUS, STAATLICHE MASSNAHMEN

ProMED-Mail post http://www.promedmail.org
[siehe auch: West Nile Virus, Research: COMMENTS 001122202315]
Datum: 2. Dez. 16:28:22 -0800
Von: Joe Ebbetts <JoeEbetts@je.netcom.com>

Bei allem gebotenen Respekt gegenüber Barbara Pollack (guten Start, Barb!), muss ich doch gegen ihre Antwort auf Mr Houses Posting betreffend Bioterrorismus protestieren: »Wir haben nichts übersehen. Das Virus wurde rasch erkannt und kurze Zeit später identifiziert, und wir haben entsprechende Maßnahmen eingeleitet. Falls es ein bioterroristischer Angriff war, ist er gescheitert. Zugegeben, das Virus wurde in dieses Land gebracht und zu Beginn falsch diagnostiziert, doch wann hat man das letzte Mal von einer eingeschleppten Epidemie gehört, verursacht von einem pathogenen Virus, die nur sechzig Menschen erkranken ließ und am Ende nicht mehr als zwölf Todesopfer gefordert hat?«
Falls es sich tatsächlich um einen Fall von Bioterrorismus gehandelt hat, müsste man laut Barb Pollack fragen: »Wann hat man das letzte Mal von einer Bombe gehört, bei deren Explosion nur zwei Menschen ums Leben kamen?« Tatsache ist, dass das West-Nil-Virus lange Zeit falsch diagnostiziert und aus diesem Grund von sämtlichen großen Tageszeitungen einschließlich der außerordentlich vorsichtigen New York Times falsch berichtet wurde. Ironischerweise hat sich in Malaysia ein ähnlicher Vorfall ereignet, wo das Nipa-Virus nicht identi-

fiziert wurde, bis es für wirksame prophylaktische Maßnahmen zu spät war.
Während es in den Vereinigten Staaten von offizieller Seite keine Bemühungen gab, die Wahrheit zu verschleiern wie in Malaysia [persönliche Meinung von Mr House; Mod. BMP], gab es beim Ergebnis nur geringfügige Unterschiede. Falls der Einsatz einer naturgemäß sehr viel virulenteren biologischen Terrorwaffe auf die Bereitschaft baut, die der Staat bei diesem Ereignis demonstriert hat, würden Tausende, vielleicht sogar Zehntausende Menschen sterben, bevor jemand das Virus überhaupt identifiziert hätte. Es gibt nicht die geringste Veranlassung, irgendjemandem zu seiner schnellen Reaktion in diesem Fall zu gratulieren; hätte es sich bei der Epidemie um eine sorgfältig geplante terroristische Aktion gehandelt, wäre es wahrscheinlich zu einer Katastrophe gekommen.
Im Gegensatz dazu hat ProMED-Mail als Frühwarnsystem für ausbrechende Epidemien herausragende Arbeit geleistet. ProMED verdient Glückwünsche für seine geographische Flächendeckung und seine hervorragenden frühzeitigen Berichte. Hoffen wir, dass ein Zusammentreffen unglücklicher Umstände Schuld hat an der verspäteten Reaktion der medizinischen Gemeinschaft auf das West-Nil-Virus, und dass diese blamable Vorstellung nicht die Regel ist.
Ebbetts, Herausgeber, The United States Reporter, www.usr.com. E-Mail: JoeEbbetts@cal.net.

[Selbstverständlich hat Mr Ebbetts ein Recht darauf, seine Meinung zu vertreten. Die Analogie zu einer explodierenden Bombe ist jedoch so, als wollte man Fundamentalismus mit Religion oder Hip Hop mit E-Musik vergleichen. Wäre die West-Nil-Epidemie vom St.-Louis-Virus hervorgerufen worden, hätte jedermann wegen der schnellen, entschlossenen und effizienten Reaktion der Behörden und der geringen Zahl der Opfer Applaus gespendet. Also schön, die Verantwortlichen waren nicht perfekt, doch wer ist das schon? Falls noch jemand Kommentare zu diesem Thema abgeben möchte, bitte direkt an mich, nicht an ProMED-Mail. Ich werde jede Mail persönlich beantworten, doch ich werde keine weiteren Postings zu diesem Thema bei ProMED einstellen. Der Thread ist hiermit beendet, und zwar endgültig – Mod. BMP]

Verdammt, fluchte Jack im Stillen. Ebbetts ist ein guter Reporter, und er ist der Geschichte auf der Spur. Barbara Pollack war vielleicht ein wenig grob gewesen, aber so war sie nun mal.

Jack wandte sich wieder seinen Planungen zu. Im Januar würden die Kurse beginnen, doch vorher würden die Impfstofftests stattfinden; danach würden er und Vicky zwei Wochen Urlaub in den Niederlanden, Deutschland und in der Schweiz machen. Jack wollte die kleine Ortschaft Rosenlaui wiedersehen, wo er und seine erste Frau die Flitterwochen verbracht hatten. Einen Monat später war sie bei einem tragischen Unfall mit Fahrerflucht in Davos-Platz ums Leben gekommen. Die Polizei hatte den Fahrer, der mit hoher Geschwindigkeit über eine neblige Straße gerast war, niemals ausfindig gemacht.

Jack dachte an Mia, seine zweite Frau, die vor fast drei Jahren gestorben war. Doch in ihrem Fall wusste Jack genau, wer der Mörder war: Kameron hatte Mia mit einem Gebräu aus Mykotoxinen getötet – ein Anschlag, der wahrscheinlich ihm gegolten hatte ...

Jack riss sich aus den schmerzlichen Gedanken an die Vergangenheit los. Die wundervollen Bilder aus seinen Jahren bei der WHO – Ausflüge in mittelalterliche Städte und verwunschene kleine Täler, malerische Bistros, die er mit seinen Freunden besucht hatte, wunderbare Frauen, die er kennen und lieben gelernt hatte – zuckten an seinem inneren Auge vorbei wie eine Diashow, Schwarzweiß und Farbe, Porträts und Panoramabilder ... ein verblassendes Bild seiner ersten Frau, lachend ... der mysteriöse Wagen ... ein ausgelassener Abend mit seinen

Freunden in einer Kneipe in Zürich, der stille Sonnenuntergang mit Mia vor dem Seenpanorama ...

Dann geschah etwas Seltsames. Zwischen die schönen Bilder drängten sich weitere, ganz andere Erinnerungen. Es waren Bilder von einem knisternden Feuer; es herrschte Dunkelheit, und ein junger Mann schenkte Jack ein Glas Rum nach. Die Augen des Mannes starrten ihn unablässig an. Es war Teddy Kameron, der ihn über das Kriegsgefangenenlager ausfragte und über seine Eltern. Ein weiteres Bild führte Jack auf eine verlassene Insel vor New York, und die nächtlichen Lichter der Skyline von Manhattan blendeten ihn beinahe. Doch es war schon wieder Kameron, in einem weißen Umhang und hämisch lachend, bevor Jack ihn mit einer Metallstange am Boden festnagelte. Ein merkwürdiger Gedanke schlich in sein Bewusstsein, wie ein Wurm, kroch höher und höher und wand sich in seinen zerebralen Kortex. Zuerst war es nur ein Bild von Moe Shifflet mit den Batteriekabeln in den Händen. Dann drang der Wurm tiefer ein, bahnte sich einen Weg in Jacks Gehirn bis ins Sehzentrum. Eine neue Vision erschien. Jack sah jede Arterie, sah die Verästelungen bis hin zu den kleinsten Arteriolen, die sein Hirn mit Nährstoffen versorgten. Er befürchtete schon, einen Hirnschlag zu erleiden, doch er spürte keinen Schmerz. Der Kaffee fiel ihm ein – hatte Kameron schon wieder zugeschlagen? Angst stieg in ihm auf, doch er riss sich zusammen, und die Bilder verschwanden ...

Eine Stunde später meldete eine neue ProMED-Mail die letzten West-Nil-Zahlen aus New York. Es sah nicht gut aus, doch wie bei jeder öffentlichen Bekanntmachung wurde kein Wort über weitere mögliche Auswirkungen verloren. Die Öffentlichkeit wollte nicht hören, was nach dem ersten strengen Frost im Dezember geschehen würde, der den Moskitos bis zum nächsten Frühjahr den Garaus machte. Die Bekanntgabe musste zwischen den Zeilen gelesen werden. Die Situation verschlimmerte sich; nur der Impfstoff konnte daran noch etwas ändern. El Niño und die Hurrikans hatten allem Anschein nach zu einer Klimaänderung im Nordosten geführt. In Charlottesville war es über zwanzig Grad warm, in New York City nur unmerklich kühler.

Datum:	Sonntag, 2. Dezember 18:00 (-0500 EST)
Von:	ProMED-Mail <promed@promed.isid.uva.edu>
Betreff:	West-Nil-Virus

Der New York Health Commissioner William L. Jolly, M. D., gab heute bekannt, dass sich der Verdacht auf eine Infektion mit dem West-Nil-Virus (WNV) bei 27 Vögeln und 119 Moskito-Brutstätten im Stadtgebiet von New York bestätigt hat. Für heute Nacht sind im Pelham Bay Park und im Van Cortlandt Park in der Bronx Sprühaktionen geplant, nachdem die Parks für die Öffentlichkeit geschlossen wurden.

Also hatte Jack Recht behalten. Im nächsten Jahr würde das Virus im Nordosten etabliert sein. Er hatte die Zeichen richtig gedeutet. Sein Impfstoff wurde glücklicherweise nicht erwähnt. Die Medienleute hätten sich auf ihn gestürzt wie Geier, hätten sie etwas von den Versuchen gewusst. Sie hätten die Freiwilligen interviewt, sobald sie aus der Klinik kamen, und die gesamte Phase eins der Versuchsreihe zunichte gemacht. Es wären Fragen aufgeworfen worden, ob es ethisch vertretbar sei, der Öffentlichkeit den Impfstoff vorzuenthalten, und warum er nicht für jedermann zugänglich war. Weiterer Streit würde geschürt, indem die tragischen Schicksale von Opfern dokumentiert oder gar verfilmt würden. Es wäre eine Situation, in der niemand gewinnen könnte. Glücklicherweise wussten die Mitarbeiter der CDC und einige verantwortungsbewusste Menschen, dass die Impfstofftests im Stillen durchgeführt werden mussten.

Jack entspannte sich und blätterte durch die mehr als ein Dutzend Postings, die er während der letzten Tage erhalten hatte. Die einst überschaubare Webseite war förmlich explodiert. Täglich kamen Hunderte neuer Beiträge herein.

Dann fiel ihm eine ungewöhnliche Mail von Barbara Pollack auf – ungewöhnlich deshalb, weil sie nichts mit ansteckenden Krankheiten zu tun hatte:

Datum:	Sonntag, 3. Dezember 20:00 (-0500 EST)
Von:	ProMED-Mail <promed@promed.isid.uva.edu>
Betreff:	Schwermetallvergiftungen

Insgesamt 46 Peruaner erlitten Vergiftungen, als 4 kg Quecksilber in der Nähe des Bergdorfs Choropampa in der Provinz Cajamarca in die Umwelt gelangt sind, wie das Krankenhaus am Mittwoch bekannt gab. Der Unfall ereignete sich bereits am letzten Wochenende, als insgesamt 80 kg Quecksilber auf einem Laster nach Lima verfrachtet werden sollten. Der Laster war von der Yanacocha Mining Company gemietet, der auch das Quecksilber gehört. Yanacocha, der führende Goldproduzent Perus, gab in einer Presseerklärung am Mittwoch bekannt, dass die Einwohner des Dorfes große Mengen des Schwermetalls unrechtmäßig eingesammelt hätten in dem Glauben, dass es wertvoll sei. Die Vergifteten wurden ins Provinzkrankenhaus von Cajamarca gebracht; ihr Zustand ist größtenteils stabil. Eine Frau mit akuter Lungenentzündung schwebt nach Angaben der Company noch in Lebensgefahr. Die Frau lag bereits im Koma, als sie in das Krankenhaus eingeliefert wurde, erklärte Krankenhausdirektor Louis Teran.
Nach Aussage von Yanacocha sammelten die Einheimischen das Quecksilber offenbar ein und nahmen es mit in ihre Häuser, wo es in heißen, unbelüfteten Räumen stand. Die Symptome der Vergiftung äußerten sich bereits kurze Zeit später in Fieber und Erbrechen. Der Staatspräsident Perus erklärte, dass die

Verantwortlichen für den Unfall mit Geldstrafen bis zu einer Höhe von 400 000 Dollar rechnen müssten, »weil sie das Leben vieler anderer Menschen gefährdet haben«. Quecksilber ist hochgiftig und sammelt sich im menschlichen Körper an, wo es die Nervenzentren schädigt.

Der Leiter der Gesundheitsbehörde von Cajamarca, Juan Modesto, gab bekannt, dass die Zahl der vergifteten Personen bis zum späten Mittwoch auf 46 gestiegen sei. Am Sonntag wären es noch 38 gewesen.

Wie üblich las Jack auch in diesem Bericht zwischen den Zeilen. Die Reaktion der peruanischen Regierung war offensichtlich noch schwächer ausgefallen, als es nach außen hin schien. Jack wusste so gut wie nichts über Schwermetallvergiftungen, doch der Spezialist für Gewerbehygiene der Fakultät hatte ihn um seine Unterschrift unter einen Antrag auf Forschungsmittel zur Untersuchung der Toxizität der vorgeblichen »Blechdächer« in Albemarle und den Bezirken in der Umgebung von Charlottesville gebeten, einschließlich der Universitätsgebäude. Jack beschloss, Barbara Pollack anzurufen und sich auf den neuesten Stand bringen zu lassen. Wie üblich kam sie ohne Umschweife zur Sache, als er nach dem Unfall in Peru fragte.

»Hallo, Jack. Was gibt's?«

»Ich wollte mich erkundigen, Barbara, ob es neue Fälle von Infektionen gibt, die durch Zecken übertragen wurden, aber ich nehme an, wir haben die Inkubationszeit längst überschritten. Ihre Reaktion auf das Posting von Mr Ebbetts war ziemlich säuerlich.«

»Er hat es nicht anders verdient. Und um Ihre erste Frage zu beantworten – es gibt keine neuen Fälle.«

Jack erkundigte sich nach dem letzten Posting.

»Der Quecksilberunfall in Peru«, sagte Barbara. »Eine tragische Geschichte. Ich dachte, es interessiert Sie vielleicht. Unser alter Freund Eto hat ein Review darüber geschrieben – Sie erinnern sich doch an Eto von den CDC? Dieser kleine Japaner, den Sie immer aufgezogen haben.«

»Ja, ich erinnere mich an Eto«, sagte Jack.

»Nun, er ist inzwischen Chef des Nationalen Instituts zur Erforschung der Minamata-Krankheit in Japan. In der Literatur finden sich Dutzende von Artikeln, die er verfasst hat. Viele davon beschäftigen sich mit der Goldgewinnung. Auch das peruanische Quecksilber wurde zur Gewinnung von Gold benutzt.«

»Interessant. Wie kommt es, dass Sie so viel über Schwermetalle wissen? Ich dachte, Sie wären Spezialistin für ansteckende Krankheiten? So ist es doch noch, oder?«

»Man soll nicht all seine Eier in einen einzigen Korb legen, Jack, wie es so schön heißt. Ich arbeite einmal in der Woche in der Mount Sinai Occupational Health Clinic, wo es fast ausschließlich um Berufskrankheiten geht, vor allem Erkrankungen durch Asbest und Blei, aber auch um Pestizidvergiftungen. Und jetzt, wo das West-Nil-Virus droht, befürchte ich, dass wir mit den Klagen vieler Moms und Dads rechnen müssen, die der Meinung sind, dass ihre Kinder es deshalb nicht bis nach Harvard geschafft haben, weil Uncle Sam zu viele Insektizide versprüht und ihre Gehirne aufgeweicht hat.«

»Es ist immer ein Abwägen, Barbara«, antwortete Jack und beendete das Gespräch.

Er dachte an Dr. Eto, der ihm damals erzählt hatte, dass die gesamte Bucht von Minamata mit industriellen Quecksilberabfällen verseucht war. Hunderte armer Bauern waren schwer erkrankt oder gestorben, weil sie den kontaminierten Fisch aus der Bucht verzehrt hatten. In diesem Fall war es die private Industrie, die das Wasser vergiftet hatte. Und jetzt deutete Barbara an, die Bevölkerung könnte der Regierung Missbrauch von Pestiziden vorwerfen. Man konnte sich aussuchen, ob man am West-Nil-Fieber oder einer Parathionvergiftung starb – eine andere Wahl gab es nicht.

Doch falls Jacks Serum wirkte, gab es eine andere Wahl, bei

der nicht unterschiedslos *sämtliche* Insekten getötet und die Umwelt verpestet wurde, nur um Moskitos zu vernichten.

Jack wandte sich wieder seiner Arbeit zu.

Oldes Telefon klingelte unerbittlich. Widerwillig hob er ab.

»Ich habe Ihnen einen Vorschlag zu machen, Admiral, den Sie nicht ablehnen können«, sagte Senator Dickson. »Bitte informieren Sie Ihre Freunde vom FBI und kommen Sie alle in einer Stunde in mein Büro.« Der Senator lächelte, als er den Hörer auf die Gabel legte, und seine eigenartig spitze Zunge blitzte zwischen den weißen Zähnen auf wie die einer Eidechse.

Olde hatte unverzüglich Scott Hubbard angerufen. Sie hatten sich vor dem marmornen Eingang des alten Gebäudes getroffen und waren gemeinsam zu Dicksons Bürosuite gegangen. Während sie draußen vor den Räumen des Senators warteten, gaben sich adrett gekleidete junge Männer und Frauen die Klinke in die Hand. Schließlich, nach einer Stunde, öffnete sich die Mahagonitür auch für Olde und Hubbard. Sie wurden ins Büro geführt und gebeten, Platz zu nehmen.

Das Büro des Senators war beeindruckend. An den Wänden gerahmte und signierte Schwarzweißfotos: eine verblasste Aufnahme von einem sehr jungen Dickson und Ike Eisenhower in Golfkleidung. Andere Fotos zeigten Dickson mit George Wallace, Richard Nixon, Gerald Ford, Ronald Reagan und George Bush sowie mit jedem seiner drei Söhne. Die Wand hinter Dicksons Schreibtisch wurde von einem großen, stilvoll gerahmten Foto Edgar J. Hoovers beherrscht.

Der Senator saß in einem hohen Ledersessel; Speichellecker bewachten seine Flanken. »Meine Herren«, begann er, »ich verfolge diese schmutzige Geschichte nun schon eine ganze Weile, besonders, nachdem ich Berichte erhielt, denen zufolge der Tod Senator Lowens möglicherweise mit anderen Mordfällen in Verbindung steht, die sich kürzlich ereignet haben. Ich habe die

Analysen und Profile des FBI über diesen Theodore Kameron erhalten und studiert, und ich stimme mit den Ergebnissen überein.«

Scott Hubbard atmete erleichtert auf, sah dann aber, dass Olde keineswegs lockerer wirkte. Irgendetwas war im Schwange, erkannte Scott. Dickson war noch nicht fertig, und Olde schien es geahnt zu haben. Scott wartete, während der alte Mann fortfuhr: »Was ich hier vor mir habe, zeigt überdeutlich, dass die Öffentlichkeit gefordert ist. Glauben Sie mir, Admiral Olde, ich würde mich niemals in Ihre laufenden Ermittlungen einmischen, ohne vorher gründlich über die Angelegenheit nachzudenken, und das habe ich getan.«

Jetzt kommt's, dachte Hubbard. Eine neue Idee von einem Mann, der niemals in der Schlacht war, außer vielleicht bei Verdun – alt genug dafür schien er jedenfalls zu sein.

»Mr Hubbard, Admiral – vielleicht halten Sie beide mich für zu alt, um strategische Entscheidungen zu treffen, doch ich selbst und die Angehörigen meines Stabes sind anderer Meinung. Ich habe einen Plan, einen taktischen und strategischen Plan, unsere Beute zur Strecke zu bringen. Außerdem verfüge ich über die Ressourcen und den richtigen Köder für diesen Kameron. Doch lassen Sie mich vorher ein paar Fragen stellen.«

Hubbard bemerkte Oldes Blick – es schien interessant zu werden. Er zog sein Notizbuch aus der Tasche. Falls der Senator ihn über Kameron befragte, sollten seine Fakten stimmen.

»Ich weiß, dass Sie alle nach irgendeinem verborgenen Motiv suchen, das diesen Mann antreibt«, begann Dickson. »Ich sehe das nicht so kompliziert. Es ist nicht nötig, großartig nach Symbolen zu suchen oder etwas anderes zu betrachten als seine grundlegenden Emotionen. Mr Hubbard, können Sie mir bitte Kamerons Opfer aufzählen? Nehmen wir einmal an, der tote Junge in New York sollte eigentlich dieser Shmuel Berger sein.

Wenn ich richtig informiert bin, hat Dr. Bryne ebenfalls ein Geschenkpaket mit ›gefillte Fish‹ erhalten, also galten diese Anschläge ihm und diesem jüdischen Jungen, nicht wahr?«

Olde und Scott Hubbard nickten.

»Als Nächste waren Senator Lowen, Lucas Strawbridge und Matthew Tingley an der Reihe, nicht wahr?«

Scott Hubbard nickte schweigend und schaute den Senator erwartungsvoll an.

»Diese drei Männer wollten Dr. Bryne auf die eine oder andere Weise behilflich sein. Kameron scheint eine Vendetta gegen Jack Bryne zu führen – gegen Bryne und jeden, der ihm und seinem Projekt helfen möchte, dieser ProMED-Geschichte. Aber ich sehe mehr dahinter als bloße Rache. Ich denke, Kameron neidet Bryne seine Erfolge. Er will den Mann vernichten, seine Arbeit, seinen Ruf und jeden, den Bryne als Freund betrachtet oder der Sympathien für ProMED hegt.« Dickson bemerkte Oldes Unruhe. »Haben Sie Fragen, Frank?«

»Nein, Sir. Ich bin ganz Ihrer Meinung. Beim letzten Mal, vor drei Jahren, hatte Kameron es ebenfalls auf Jack Bryne und dessen Freunde abgesehen. Brynes Frau starb an einer heimtückischen Vergiftung. Ich habe nur überlegt, welche Verbindung zwischen Bryne und diesem Pusser oder den Promise Keepers besteht. Bryne kannte niemanden von ihnen.«

»Genau. Darauf komme ich später. Aber zuerst reden wir über Moe Shifflet, einen weiteren Gentleman, der wahrscheinlich versehentlich starb. Woher wusste Kameron, dass Shifflet in diesen Teich gehen würde? Er wusste lediglich, dass Bryne und seine Freundin, diese Miss Wade, gerne ein mitternächtliches Bad nahmen und dass Wade das Wochenende bei Jack Bryne verbringen würde. Eine logische Schlussfolgerung. Überlegen Sie, wie viel Zeit und Mühe Kameron auf diesen Anschlag verwendet hat. Er muss Ende fünfzig sein, und trotzdem ist er zehn Kilometer weit mit einem Hanggleiter geflogen, nur um Bryne eine weitere Falle zu stellen und ihn auf niederträchtige Weise zu ermorden. Eine ziemliche Leistung, wenn Sie mich fragen. Man könnte glatt denken, Kameron genießt die Herausforderung, wie beim Fliegenfischen. Und das ist die zweite Schlussfolgerung, zu der ich gekommen bin: Kameron liebt Herausforderungen. Er genießt sie nicht nur, er ist geradezu süchtig danach. Und genau das haben Sie möglicherweise übersehen.«

Olde dachte über die Worte Dicksons nach; der alte Mann schien Recht zu haben. Er sah Hubbard in seinem kleinen Notizbuch lesen. Sämtlichen Anschlägen war eine sorgfältige Planung vorausgegangen. Falls Kameron tatsächlich im April beim Fortbildungskurs für Veterinäre im Hörsaal gesessen und Tatums Vorlesung gehört hatte, hatte er sehr viel Zeit gehabt, sich auf Jack Brynes Ankunft in Charlottesville vorzubereiten. Trotzdem hatten fast alle Anschläge einen außergewöhnlich hohen Aufwand erfordert.

Dicksons Theorie erklärte einiges. Was hatte Kameron schon Besseres zu tun, als Ränke zu schmieden? Je schwieriger, desto größer die Herausforderung. Es war, als wäre Bryne ein Stückchen Katzenminze, das knapp außerhalb Kamerons Reichweite baumelte.

»Und was ist mit Mr Pusser, Reverend Devine und den Promise Keepers?«, fragte Olde.

»Keine Theorie ist perfekt, Admiral, doch vielleicht betrachten wir bei diesen Anschlägen – wie auch bei den anderen – Kamerons Vorliebe für die Natur. Er hat keinen Zugriff mehr auf ein voll ausgestattetes Labor oder eine Forschungseinrichtung, aus der er Mikroben stehlen oder in der er Chemikalien synthetisieren könnte. Ich könnte mir vorstellen, dass er sich irgendwo in der Umgebung von Charlottesville verkrochen hat, wahrscheinlich keine hundert Kilometer von Bryne entfernt, auf irgendeiner alten Farm, zum Beispiel. Er hat die Zeit und die Ressourcen, um Egel, Pilze und Ähnliches entweder zu sammeln und Geräte und anderes übers Internet zu bestellen.

Möglicherweise betreibt er eine richtiggehende Zucht von Parasiten. Worauf ich hinauswill – Kameron nimmt diesmal die Hilfe von Mutter Natur in Anspruch. Er ist der gleiche Kameron wie vor drei Jahren, nur dass er diesmal weitgehend auf technische Kinkerlitzchen verzichtet. Und um nun Ihre Frage zu beantworten – Kameron hat Pusser ermordet, weil Pusser vor vielen Jahren seine Karriere vernichtet hat. Was die Promise Keepers angeht – ich denke, das war nichts weiter als eine Schrulle Kamerons. Vielleicht finden Sie jemanden, den Kameron gehasst hat, falls sie die Passagierliste noch einmal genauestens überprüfen, aber ich glaube eher, Kameron wollte ganz allgemein Philister bestrafen, wie in Pussers Fall, nur war es bei den Promise Keepers ein ganzes Flugzeug voller scheinheiliger Heuchler.«

»Das FBI hat all diese Möglichkeiten bereits untersucht, Sir«, sagte Scott Hubbard. Sie hatten die Passagierliste dreimal überprüft. Es war niemand an Bord, der Jack Bryne, Vicky Wade, Shmuel Berger oder sonst jemanden gekannt oder mit ihnen in Verbindung gestanden hätte – oder mit irgendeinem anderen Opfer Kamerons. Allerdings finde ich die Vorstellung interessant, dass Kameron süchtig nach Herausforderungen ist.«

»Danke, Mr Hubbard. Ich dachte mir, dass Ihnen diese Theorie gefällt.« Dickson beugte sich vor und nahm eine glänzende Broschüre von seinem Schreibtisch. »Ich habe ein paar Arrangements getroffen, um meine Hypothese zu überprüfen. Dazu benötige ich Ihre Mithilfe, meine Herren, sowie die Hilfe von Mr Bryne und Mr Tatum, Miss Wade und dem jungen Berger. Ich bin sicher, Sie können die Herrschaften zu einer Zusammenarbeit bewegen.«

»Wie sieht Ihr Plan aus, Senator?« Olde bemerkte, dass die Hochglanzbroschüre in Dicksons Händen ein Prospekt des Greenbrier Resort Hotels in Hot Springs, West Virginia war. Olde hatte vor nicht allzu langer Zeit ein wundervolles Wochenende mit seiner Frau in diesem Hotel verbracht. Es war elegant und sehr exklusiv. Und es war die Quelle eines der bestgehüteten Geheimnisse Amerikas während des Kalten Krieges.

Was hatte Dickson vor?

25

Freitag, 7. Dezember
Smoke Hole, West Virginia

Als Dwight Fry zurückkehrte, saß Kameron auf der Veranda und las in einem Buch. Dwight bemerkte sogleich, dass das Kinderplanschbecken nicht mehr da war. Geschmeidig wie eine Katze sprang Kameron auf und kam zum Wagen, um einen Blick in den Fond zu werfen. »Wunderbar, mein Junge, du hast alles beschafft! Ausgezeichnet. Das sollte mehr als reichen. Gut gemacht.«

»Ich habe die Blutdruckmesser von einem einzigen Händler, Dr. Kameron. Ich hätte noch ein paar Tage im Motel warten können, bis die Thermometer eintreffen, aber ich wusste, dass Sie diese Sachen brauchen, deshalb bin ich so schnell wie möglich hergekommen. Wenn Sie möchten, fahre ich zum Motel zurück; es sind etwa zwei Stunden von hier. Oder ich rufe an und frage nach, ob die Päckchen schon eingetroffen sind.«

»Nicht nötig, mein Junge. Ein viertel Milliliter mehr oder weniger spielt keine Rolle. Du hast eine Goldmine in deinem Wagen – oder vielleicht sollte ich besser sagen, eine Quecksilbermine.«

Später an diesem Abend half Dwight, das Quecksilber aus den Blutdruckmessgeräten zu extrahieren. Als sie fertig waren, bestaunten sie ihre Ausbeute. Die silbrige Flüssigkeit füllte einen ganzen Erlenmeyerkolben. Dwight fragte sich, was Kameron nun schon wieder vorhatte, doch er sagte nichts, denn der Mann schien mit den Gedanken ganz woanders, als würde er ein inneres Zwiegespräch führen.

Schließlich blickte Kameron zu ihm auf, während er den Kolben in der Hand wog, als versuchte er, das Gewicht abzuschätzen. »Ein Liter wiegt ein knappes Kilo, Dwight, das gilt überall auf der Welt, doch nur für Wasser. Hier in diesem Kolben haben wir genau einen Liter Quecksilber. Bei einer spezifischen Dichte von dreizehn Komma fünf müssten das hier mehr als sechs Kilo sein.«

»Haben Sie etwas damit vor?«

»Noch nicht, mein Junge. Aber man könnte sagen, dass es eine pluripotente Waffe ist. Jetzt, wo der Winter vor der Tür steht, können wir nicht mehr auf Unterhaltung durch die Tiere in unserer Umwelt hoffen. Das hier bewahren wir für ein zukünftiges Unternehmen auf. Ich bin sicher, es wird sich bald eine Gelegenheit bieten. Wenn du dich ein wenig ausgeruht hast, möchte ich gerne, dass du noch das ein oder andere für mich erledigst, falls es dir nichts ausmacht, Dwight.«

Der alte Waschbär sprang in Dwights Schoß und begann ihn einmal mehr zu beschnüffeln. Dwight wollte das Tier streicheln, doch es knurrte böse. Der Waschbär mochte ihn nicht, nur seinen Geruch. Für den Waschbären war Dwight ein großer Fisch, doch er fand ihn nicht, sosehr er danach suchte.

»Was soll ich denn tun?«

Kameron beugte sich in seinem Stuhl vor. »Nun, ich kann dich nicht im Dunkeln tappen lassen, oder? Du hast all die kleinen Tests bestanden, denen ich dich unterzogen habe, also ist es nur fair, wenn ich dir erzähle, wie ich mir meinen nächsten Streich vorstelle. Ich will diesem Bryne noch eins auswischen. Er experimentiert drüben in Charlottesville an der Uni mit einem neuen Impfstoff. Es gibt keinen Weg, wie wir an dieses Serum kommen könnten, aber es sollte nicht schwer fallen, sich Zugang zu dem Placebo zu verschaffen.«

»Dem was?«

»Dem Placebo. Damit impfen sie die eine Hälfte der Freiwilligen, die an der Versuchsreihe mit dem Serum teilnehmen. Das Placebo ist bloß eine sterile Lösung von Salz in Wasser. Wasser brennt, wenn man es injiziert.« Kameron erklärte, warum ein

Placebo erforderlich war, und dass niemand etwas bemerkte, falls die Substanz durch eine andere ersetzt würde. Die Universität hätte wegen der Weihnachtsferien geschlossen. Wenn Dwight in die Labors ginge, wo das West-Nil-Vakzin gelagert wurde, konnte er dem Pharmakologen dort die hermetisch versiegelten Flaschen mit der Aufschrift »WNV/Placebo« geben, damit dieser sie neben dem echten Serum lagerte. Niemand würde Fragen stellen; falls doch, konnte Dwight sagen, dass Dr. Bryne ihn beauftragt habe, die Salzlösung abzugeben. Es sei ganz einfach, sagte Kameron. Er zeigte Dwight die Kiste mit dem Dutzend kleiner Serumfläschchen, sauber verpackt in zwei Reihen. Die Kiste war mit einer transparenten Schrumpffolie verschlossen.

Dwight dachte an das Kinderplanschbecken und dessen Inhalt. Von wegen Streich! Falls er sich nicht irrte, plante Kameron etwas so Widerliches, so Abscheuliches, dass Dwight das Gefühl hatte, sich beim bloßen Gedanken daran übergeben zu müssen. Zum ersten Mal ahnte er, was für einen verhängnisvollen Fehler er begangen hatte, sich mit Kameron einzulassen. Dwight überlegte, ob er verschwinden und das FBI einschalten sollte, sah dann aber ein, dass er keine Wahl hatte. Er war bereits Mittäter bei einem Verbrechen. Und falls er verschwand, würde Kameron ihn bis ans Ende der Welt verfolgen und Gott weiß was mit ihm anstellen.

Aber vielleicht war in den Flaschen ja *doch* etwas anderes. »Und was haben Sie in dieses Placebo getan?«, fragte Dwight unschuldig.

»Ich sehe, dass du dir Sorgen machst, Dwight, also werde ich's dir sagen. Es ist eine Mischung aus Östrogen und Testosteron. Die Männer und Frauen werden ein paar Wochen nach der Impfung sehr interessant aussehen. Die Jungen werden Brüste kriegen, den Mädchen fallen die Haare aus, ältere Männer werden entweder supergeil oder impotent – schwer zu sagen. Zuerst dachte ich daran, noch ein paar Wachstumshormone beizugeben, aber ich konnte sie nicht rechtzeitig besorgen.«

Dwight war entsetzt, rang sich jedoch ein Grinsen ab. »Und ... danach?«, fragte er.

»Danach warten wir, bis die Bombe platzt. Wenn sie nach ein paar Wochen nicht von selbst darauf kommen, rufen wir beim Fernsehen oder bei den Zeitungen an, tun so, als wären wir geimpft worden und erzählen, dass uns die Haare ausfallen oder dass wir Dauererektionen hätten, irgendetwas in der Art.«

Der Waschbär sprang von Dwights Schoß, tappte zu seinem Futternapf und begann darin zu scharren. Dann blickte er sich zu Kameron um und schnurrte vernehmlich.

»Zeit fürs Abendessen, Dathan, wie?« Kameron stand auf und nahm eine Dose Hundefutter aus dem Regal. »Dieser Bursche wird langsam ein wenig zu verwöhnt für meinen Geschmack, Dwight. Er braucht mehr natürliche Nahrung, nicht dieses industriell verarbeitete Zeug. Vielleicht können wir ihm ein paar Vögel oder Feldmäuse fangen, dann hat er feines Lebendfutter. Ich frage mich, ob er junge Kätzchen mag.«

Dwight behielt seine Gedanken für sich und wechselte das Thema. »Sie haben gesagt, dass Sie noch mehr geplant hätten? Nach dem Streich mit dem Placebo, meine ich.«

»Sicher, sicher.« Ein breites, belustigtes Grinsen legte sich auf Kamerons Gesicht, während er den Griff des Dosenöffners drehte. »Hast du schon mal Rizinusöl probiert, Dwight?« Der Deckel sprang auf, und Kameron löffelte große Brocken Hundefutter in den Napf.

»Äh, ja, aber nur ein einziges Mal. Es ist widerlich.«

»Ich bin ganz deiner Meinung, mein Junge. Wi-der-lich. Aber wir können uns einen hübschen Spaß damit machen. Unten in Roanoke gibt es eine Fabrik, die das Öl herstellt. Vielleicht können wir beide einen Abstecher dorthin machen. Die stellen raue Mengen von diesem Zeug her, sind aber sorglos mit den Abfällen. Bestimmt finden wir ein paar Gallonen Rückstand. Das dürfte mehr als reichen.«

»Wofür reichen?«, fragte Dwight verwirrt.

»Für einen halben Liter gereinigtes Öl. Der Rückstand enthält ungefähr fünf Prozent Rizin.« Dwight beobachtete den Waschbären, wie er die Schüssel ausleckte und sich dann auf die Hinterbeine stellte, um nach mehr zu betteln.

Was, zur Hölle, ist Rizin, fragte sich Dwight. Das Zeug muss ja entsetzlich schmecken. Dwight konnte sich nicht gegen das aufkeimende Unbehagen Kameron gegenüber wehren.

Scott Hubbard machte sich Sorgen. Er dachte an das Gespräch mit Olde und Dickson vor vier Tagen.

Dickson hatte ihnen eine Broschüre gezeigt. »Das hier ist meine Mausefalle, das Greenbrier. Ich kenne es in- und auswendig. In diesem Hotel habe ich Ike Eisenhower kennen gelernt. Ich war derjenige, der ihn überzeugt hat, das Greenbrier als sein Winterquartier auszuwählen. Ich kenne die Besitzer, und sie haben sich bereits mit meinem Plan einverstanden erklärt, das Hotel als Falle zu benutzen.«

»Falle?« Hubbard erschrak. Der Direktor des FBI würde einen Tobsuchtsanfall erleiden, wenn er etwas von einer Falle zu hören bekam. Doch er sagte nichts, und auch Admiral Olde schwieg. Soweit es sie betraf, hatte sich das FBI, selbst der Direktor, mit allem einverstanden erklärt, was der Senator unternehmen wollte. »Könnten Sie ein wenig deutlicher werden, Sir?«

»Selbstverständlich.« Die Eidechsenzunge schoss erneut zwischen den Zähnen hervor. Wie ein Reptil, dachte Hubbard, eine Kobra, die eine Ratte in die Enge getrieben hat. »Es ist offensichtlich, dass Kameron keine Mühen scheut, um sich Bryne zu schnappen. Wenn wir Miss Wade, den jungen Berger und ein paar andere Freunde Brynes zu der Mischung hinzugeben, wird Kameron nicht widerstehen können. Er wird alles unternehmen, um an Bryne und die anderen heranzukommen. Mr Hubbard – Sie nehmen wir auch noch dazu. Dann ist der Köder mit Sicherheit unwiderstehlich.«

»Aber wie wollen Sie vorgehen, Senator?« Olde biss sich auf die Zunge; womöglich kam Dickson noch auf den Gedanken, ihn ebenfalls als Köder zu benutzen.

»Wenn Kameron erfährt, dass ich eine inoffizielle Konferenz zum Problem des Bioterrorismus einberufen möchte und diese Leute mir und dem FBI helfen sollen, und wenn er weiterhin hört, dass dieses Treffen irgendwann Mitte Dezember im Greenbrier stattfinden soll, sollte das mehr als ausreichen, um ihn anzulocken. Wir werden das Hotel, die Bunkeranlange und die Umgebung schon vor der Ankündigung sichern und jeden Gast sowie die Angestellten des Hotels überprüfen, sodass wir gleich sehen, wer nach der Bekanntmachung anreist oder im Greenbrier eine Stelle antritt. Außerdem werden wir unsere Leute in Bereitschaft halten. Mobile Einsatzkommandos, HAZMAT-Spezialisten und so weiter. Sie warten in Hot Springs auf unser Zeichen zum Eingreifen.«

»Und Sie glauben, das wird Kameron anlocken?« Hubbard verschluckte die letzten Worte; er wusste, dass seine Vorgesetzten den Plan des Senators bereits genehmigt haben mussten.

»Als alter Jäger – ja, ich glaube es nicht nur, ich bin sogar sicher. Ich werde dafür sorgen, dass die Sache in die Medien kommt, dass es in der *New York Times* und der *Washington Post* steht. Besser noch, ich werde Miss Wade persönlich anrufen. Kameron wird es erfahren. Und er wird kommen ...«

Entmutigt verließen Admiral Frank Olde und Scott Hubbard das Amtszimmer. Der Senator verlangte von ihnen, das Leben von wenigstens sechs Menschen aufs Spiel zu setzen – und möglicherweise das Leben aller Menschen im Greenbrier, Gäste und Angestellte –, nur um Kameron endlich zu schnappen.

Admiral Olde würde den Befehl über die Planung der Operation und das Personal haben. Scott Hubbard blieb die undankbare Aufgabe, Jack und die anderen zum Mitspielen zu überreden.

Das Gespräch war alles andere als angenehm verlaufen.

»Verdammt, nein, Scott!«, war Jack am Telefon explodiert. »Das geht nicht. Am dreizehnten Dezember? Das ist der Tag, bevor wir mit den Impfungen anfangen! Völlig ausgeschlossen!«

Als Scott erklärte, dass es nur für einen Tag sei, nicht länger, und dass Jack bereits am nächsten Tag zurück sein würde, hatte er schließlich eingewilligt. Vicky Wade zu überreden war kein Problem gewesen, doch sie wollte ein Filmteam mitbringen. Scott redete ihr die Idee aus und versprach ihr einen Exklusivbericht, falls sie Kameron schnappten. Auch die anderen waren sofort bereit, bei der Sache mitzumachen. Alan Tatum wollte lediglich wissen, ob die Unterbringung Vollpension mit einschloss.

Doch Scott Hubbard machte sich trotzdem Sorgen.

»Dwight«, rief Kameron fröhlich, »mach dich fertig. Wir haben ein Date mit Jack Bryne, dem guten alten Jack.«

Die Dinge hätten besser gar nicht laufen können. Nachdem AP und UPI die Rede Senator Dicksons vor dem Komitee zur Bekämpfung terroristischer Gruppierungen in ihre Ticker gestellt hatten, war in den landesweiten und lokalen Nachrichten darüber berichtet worden. Obwohl keine Namen erwähnt wurden, wusste Teddy Kameron, dass die so genannten nicht-offiziellen Experten niemand anderes als Jack Bryne und seine Freunde sein konnten. Es ist fast zu einfach, dachte er. Die Sache stinkt förmlich nach einer Falle. Er würde doppelt vorsichtig zu Werke gehen. Bereits am nächsten Tag hatte er alles über das Hotel in Erfahrung gebracht, was er wissen musste. Das Internet hatte ihn mit detaillierten Informationen versorgt. Das Greenbrier besaß eine eigene Webseite mit Führungen durch die gesamte Anlage und vielen Detailinformationen bis hin zu den täglich aktualisierten Speisekarten. Kameron blätterte durch das Freizeitangebot des Hotels, sah sich die Zimmer an, das Restaurant, Preisbeispiele, Konferenzräume, ein Reservierungsformular, eine genaue Wegbeschreibung, Auszeichnungen, Shops, eine Kunstgalerie, den Bunker und einen kurzen Abriss der Geschichte des Hotels. Es gab sogar eine eigene kostenlose Zeitschrift, das *Greenbrier's Magazine*. Darin war auch von den Ursprüngen und der Entwicklung des Hotels zu lesen.

Besonders interessant war der kurze Abschnitt über den Bunker.

Als Kind war Teddy einmal mit seinen Eltern im Greenbrier gewesen – als Wunderkind, das vor einem Publikum aus der Bibel zitiert und am Schluss der Vorstellung den Applaus entgegengenommen hatte, und er erinnerte sich verschwommen an die Anlage. Es musste irgendwann Mitte der Vierzigerjahre gewesen sein, bevor der West-Virginia-Flügel errichtet worden war. Kameron musste daran denken, dass seine Mutter ihn im Greenbrier dabei überrascht hatte, wie er an sich herumspielte. Sie hatte ihn so lange verprügelt, bis seine Unterhose blutig gewesen war.

Auch andere Webseiten hatten hilfreiche Informationen beigesteuert. Teddy hatte viel weitreichendere Informationen über das Hotel gefunden, als es auf der eigenen Werbe-Internetseite preisgab. Er hatte die Webseite West Virginias aufgerufen und nützliche Informationen über die Geographie, lokale Ressourcen, das Wetter und Unterkünfte in White Sulphur Springs entdeckt.

Kameron beschloss, als Vertreter des Frank-L.-Baum-Instituts anzurufen und nach möglichen Reservierungen während und um die dritte Dezemberwoche herum zu fragen. Die Dame am Empfang war sehr freundlich geworden, als Kameron sich nach einem Gruppentarif für etwa vierzig Personen erkundigt hatte, doch leider war alles ausgebucht. Frank hatte aufgebracht reagiert – wer hatte die Räumlichkeiten angemietet? Schließlich war er Stammgast des Hotels und obendrein mit Senator Dickson befreundet. Nervös hatte die Frau die Reservierungen durchgeblättert und Frank die Namen der Organisationen genannt. Auskunft über die Gäste im Einzelnen zu erteilen, hatte sie sich jedoch standhaft geweigert; das sei gesetzlich verboten, gab sie Teddy zu verstehen. Er bedankte sich, legte auf und startete augenblicklich eine Online-Recherche nach AARP, der nationalen Rentnervereinigung, nach ADA, der Behindertenvereinigung, und nach den Cambridge Health Plans. Er fand alle drei; sie betrieben Eigenwerbung für ihre Projekte und berichteten über die letzten Entwicklungen in ihrer jeweiligen Organisation. Der Name der heidnischen Religionsgemeinschaft, den die Rezeptionistin genannt hatte, war nicht so leicht zu finden. Es war eine richtige Herausforderung, doch schließlich, nachdem Kameron mehr als hundert Einträge durchgeblättert hatte, fand er sie auf »pagan.com«. Es war perfekt. Die »Heiden« planten eine festliche Feier zur Wintersonnenwende. Alles passte wunderbar zusammen. Bryne und die anderen würden nach ihm, Kameron, in irgendeiner Verkleidung Ausschau halten.

Viel Glück dabei, Jack, dachte Kameron grinsend. Leider wirst du mich vergeblich suchen.

Schade nur, dass er das Rizin nicht mehr benutzen konnte – doch er hatte ein paar andere Asse im Ärmel.

Dwight hatte seine Arbeit sehr gut gemacht; nach den Worten des kleinen Krüppels standen die Flaschen mit dem vermeintlichen Placebo nun sicher verschlossen im Kühlschrank in einem Labor der Universität. Niemand hatte dem Jungen im Rollstuhl misstrauische Fragen gestellt.

»Dwight!«, rief Kameron. »Wir müssen los! Den guten Dathan lassen wir hier. Wo wir hinfahren, sind Haustiere nicht gestattet.« Er blickte den alten Waschbären an – das Tier wurde allmählich bösartig. Es konnte auch am Futtermangel liegen. In den letzten drei Tagen hatte Kameron dem Tier nur ein paar Essensreste zu fressen gegeben, und er hielt ihn in einem kleinen Käfig gefangen. »Unser alter Knabe ist genauso hungrig wie wütend, scheint mir. Vielleicht sollten wir ihm eine nette kleine Überraschung bereiten? Der gute Jack wird morgen früh die gleiche Strecke fahren wie wir, also werden wir rechtzeitig aufstehen und seinem Haus einen Besuch abstatten. Niemand wird dort sein und aufpassen. Wir setzen dich im Gehege hinter dem Haus ab, Dathan. Du wirst sicher das Hundefutter wittern und die Hundeklappe finden. Sobald du im Haus bist und Jacks erbärmlichen kleinen Köter erledigt hast, kannst du dir den Bauch so voll schlagen, wie du willst, bis wir dich wieder abholen.«

26

Donnerstag, 13. Dezember
10.00 Uhr
The Greenbrier Resort
White Sulphur Springs, West Virginia

Es hatte erneut zu schneien angefangen, große feuchte Flocken, die an der Windschutzscheibe klebten und auf der Straße eine nasse, pappige Schicht bildeten. Die FBI-Agenten Scott Hubbard und Anthony Sylvester kauerten in ihrem Wagen, hatten alle Lichter ausgeschaltet und beobachteten den hell erleuchteten Eingangsbereich des Resorts. Die flaschengrünen Limousinen des Hotels reihten sich vor dem Haupteingang und entließen ihre Passagiere.

Scott warf einen Blick auf die Uhr; es war fast zehn am Vormittag. Das Hotel war fantastisch, ein Paradies. Zu schade, dass er dienstlich hergekommen war. Doch er machte sich Gedanken wegen Jesse; er hätte den Jungen lieber zu Hause gewusst. Olde hatte jedoch darauf bestanden, dass Scott seinen Sohn mitbrachte. Jesse und Shmuel Berger konnten möglicherweise ihren Teil zur Ergreifung Kamerons beitragen.

Das Greenbrier wurde von Angehörigen der gehobenen Mittelschicht bevorzugt, die wilde Gebirgsbäche und eine kühle Brise liebten. Für die Menschen in der Gegend war das Resort der einzige Arbeitgeber weit und breit. Die Inhaber des Greenbrier legten Wert auf die Feststellung, dass das Resort in den Allegheny Mountains lag und nicht in den Appalachen, die stets Assoziationen mit Hinterwäldlern und illegalen Schwarzbrennereien weckten. Ironischerweise war ausgerechnet das Greenbrier, das auf ein im Jahre 1780 erbautes Inn zurückdatierte, eine Anlaufstelle für die führenden Köpfe der ersten

Revolution in den Vereinigten Staaten gewesen – die so genannten Whiskeykriege. Gegen Ende des achtzehnten Jahrhunderts waren neu ernannte Steuereintreiber vom Kongress hergeschickt worden, um die Jungs zu schikanieren, die in den Alleghenies ihren unversteuerten Moonshine brannten.

Vor dem Bürgerkrieg war das Greenbrier eines der Lieblingshotels für jene Leute gewesen, die sich eine Reise mit dem Buggy von Pittsburgh, Cleveland oder Cincinnati hierher leisten konnten, um der sommerlichen Mückenplage zu entgegen. Damals hatte das Greenbrier einen Aufschwung erlebt und war umgebaut und erweitert worden. Es nannte sich von nun an »Resort«. Nachdem die C&O Railroad das Hotel im Jahre 1910 gekauft hatte, konkurrierte man mit Newport, Hyannisport und den Hamptons; es war ein Ort für die WASPs – reiche protestantische Amerikaner englischer Abstammung. Zu dieser Zeit war Miami noch ein Sumpf, Tucson ein Hafen für Tuberkulosekranke und Südkalifornien ein unansehnlicher Wüstenflecken. Die Weltwirtschaftskrise überlebte das Resort dank einer wohlhabenden Mittelklasse-Klientel, die nach einem Zufluchtsort vor der drückenden sommerlichen Hitze des Mittleren Westens oder der verpesteten Umwelt der Städte an der Ostküste suchte.

Als Eisenhower zum Präsidenten der Columbia University ernannt wurde, besuchte er das Resort auf einer Golftour. Schon damals verlieh er dem Greenbrier eine Auszeichnung, weil es im Krieg als Hospital für verwundete Soldaten gedient hatte. Ike war sehr von den Golfplätzen angetan. Später, als Präsident der USA, zog er das Greenbrier als Sommerresidenz in Betracht, doch Mamie bestand auf Camp David. Einige Jahre später wurde Eisenhower eine Liste möglicher Orte für das »Project Greek Island« vorgelegt, und diesmal entschied er sich für das Greenbrier. Project Greek Island war TOP SECRET – ein streng geheimer Zufluchtsort für Kongressabgeordnete und Regierungsmitglieder im Fall eines atomaren Angriffs auf Washington. So entstand ein Labyrinth von Stahlbetonbunkern im Kalkgestein unter dem West-Virginia-Flügel des Resorts.

»Erinnern Sie sich noch an die Kritik wegen Greek Island, Scott?«, fragte Sylvester. »Es gab keinen direkten Zugang von den Gästehäusern aus in den Bunker, und doch existierten genau ausgearbeitete Evakuierungspläne für den Fall, dass feindliche Flugzeuge sich dem Hotel näherten. Wie unrealistisch das alles war.«

Scott nickte. »Damals hat auch niemand überlegt, was mit den Frauen und Kindern der Abgeordneten geschehen sollte, denn das Luftreinigungssystem der Anlage konnte schließlich nur dreihundert Personen zwei Wochen lang versorgen.«

Das stimmte. Als die *Washington Post* 1992 von der Existenz des Bunkers berichtet hatte, gestand die Regierung nur zögernd ein, dass »Greek Island« tatsächlich existierte. Später durften ausgewählte Journalisten die Anlage betreten und inspizieren, erinnerte sich Sylvester. Es war wie eine vierzig Jahre alte Zeitkapsel. Für die meisten Journalisten war es offensichtlich, dass dieses behütete Relikt aus vergangenen Zeiten längst von einer anderen geheimen Zuflucht abgelöst worden war.

»1995 wurde die Anlage unter dem Greenbrier für die Öffentlichkeit freigegeben. Die Führung durch diesen Bunker steht für sämtliche neuen Gäste auf dem Programm. Sie dauert ungefähr anderthalb Stunden. Hier, werfen Sie mal einen Blick in die Broschüre.«

Scott überflog die Hochglanzbroschüre. Auf der Titelseite war der Umriss eines weißen Hauses zu sehen, das eine Fläche von einem viertel Quadratkilometer bedeckte, wie eine weiße Amöbe, die den darunter liegenden Wald verschlang. Das gesamte Areal war gut doppelt so groß, hauptsächlich Wald. Sylvester las aus seinen Notizen.

»Wussten Sie, dass das Resort inzwischen mehr als fünfzig verschiedene Freizeitaktivitäten anbietet, einschließlich einer Golfschule, drei Achtzehn-Loch-Plätzen, Wildwasserrafting,

Fliegenfischen, Mineralbädern, einer Führung durch die Kalksteinhöhlen und natürlich der spektakulären Führung durch den Bunker.«

»Sie reden, Tony, als hätte man Sie in der Werbeabteilung eingestellt.«

»Das nicht, aber ich bin vor allem gespannt auf diesen Bunker. Mich wundert nur, dass das Hotel im Winter nicht schließt.«

Scott lachte. »Sie meinen wie in *Shining* mit Jack Nicholson? Nein, die Betreiber könnten es sich gar nicht leisten, das Resort zu schließen – es gibt zu viele Vollzeitbeschäftigte, fast sechzehnhundert Leute, und die meisten kommen aus Orten in der Gegend. Man hat hier eine Reihe von Attraktionen geschaffen, um Unternehmen und Organisationen dazu zu bringen, hier ihre Kongresse und Tagungen zu veranstalten. Zurzeit ist das Resort zu sechzig Prozent ausgebucht – die Familien nicht mitgerechnet, die hierher kommen, um ein traditionelles Weihnachtsfest zu verbringen. Es soll übrigens ein sehr bemerkenswertes Fest sein.«

Sylvester zog ein paar Blätter aus der Tasche und grinste. »Ich dachte mir, ich heb mir das hier bis zum Schluss auf, Scott. Ich bin sicher, es wird Ihnen gefallen.«

Hubbard überflog die Papiere. Es war eine Liste sämtlicher Vollzeitmitarbeiter sowie der verschiedenen Gruppen, Organisationen und Familien, die sich für die Vorweihnachtsgala angemeldet hatten.

»Das wird sicher eine Mordsparty«, sagte Sylvester. »Mehr als zweihundert Leute vom Renterverband, eine Delegation des Behindertenbundes und zweihundert Immobilienmakler aus der Washingtoner Gegend mitsamt Ehefrauen – obwohl viele der so genannten ›Ehefrauen‹ gar nicht zu den jeweiligen Männern passen. Ich denke, da werden die richtigen Damen gleich im Dutzend betrogen. Außerdem ist eine kleine Gruppe irgendeiner Gesundheitsorganisation aus Connecticut da, zwei Busladungen chinesischer Touristen und ein Affenstall voller Irrer aus dem Mittleren Westen, mehr als dreihundert Leute ... diese ›Heiden‹.«

»Die Typen mit den Kostümen, ja. Die sehen aus wie Komparsen aus einem Hollywoodstudio, das kurz vor der Pleite steht. Was wissen wir über diese Komiker?«

»Wie gesagt, sie nennen sich die ›Heiden‹«, sagte Sylvester. »Sie sind hier, um die Wintersonnenwende zu feiern. Scheint sich um eine Sekte zu handeln, aber nicht gewalttätig. Keine Dämonenanbetung, keine Schwarzen Messen – wir haben's überprüft. Sie sind eine Art Rotarierclub, Geschäftsleute, Verkäufer, Apotheker, ein paar Farmer, sogar Polizisten sind darunter. Vier von denen sind wegen Drogenmissbrauchs vorbestraft, aber keiner der Cops, Gott sei Dank. Ihre Meldeformulare sind einwandfrei. Das Personal zu überprüfen war kein Problem; die meisten sind schon in der dritten oder vierten Generation Angestellte des Hotels. Wir haben uns mit den Besitzern in Verbindung gesetzt, und dank Senator Dickson sind wir mit dem Personal bereits zu achtundneunzig Prozent durch. Die meisten größeren Besuchergruppen haben sich lange vor dem Stichtag angemeldet, manche schon vor einem Jahr. Wir haben auch die Lieferanten, Pagen, Dekorateure und die Animateure aus Nashville und Memphis überprüft. Ebenso die Gas-, Wasser- Telefon-, Heizungs- und Klimamonteure. Außerdem gibt es eine ganze Reihe von Familien, die jedes Jahr hierher pilgern. Wir überprüfen sie trotzdem, auch wenn sie auf den ersten Blick sauber zu sein scheinen. Und wir checken jeden neuen Gast mit Samthandschuhen. Kameron kann sich unmöglich Zutritt verschaffen, ohne dass wir etwas davon merken würden.«

»Und die Nummernschilder? Haben wir jedes Kennzeichen überprüft?«

»Ja, sobald die Wagen auf die Zufahrtsstraße einbiegen. Wir haben eine mobile Einheit aufgestellt, die jedes Kennzeichen überprüft und mit den Nummernschildern der Angestellten und registrierten Gäste vergleicht. Sieben Behindertenkennzeichen aus Florida bisher. Sie gehörten zu den ADA-Leuten; wir haben das nachgeprüft. Außerdem war keiner der Wagen blau. Wir haben auch gecheckt, ob Fahrzeuge als gestohlen gemeldet wurden – in West Virginia, Virginia, Kentucky, Tennessee. Bisher Fehlanzeige. Die Kreditkarten werden ebenfalls überprüft, sobald die Gäste einchecken. Ich bin sicher, dass Kameron nach dem Köder schnappt und herkommt. Für ihn ist es ein Spiel, eine Herausforderung. Dieser Verlockung wird er nicht widerstehen können.«

»Wie weit sind unsere Vorbereitungen?«, fragte Scott.

»Die MEKs haben das gesamte Gelände gesichert. Ein Spezialteam aus Wheeling ist vor Ort, und unsere Jungs aus der Hauptstadt haben wir ebenfalls hergebracht. Sie warten oben an der Straße in Hot Springs. Fort Detrick hat das Dekontaminationsteam mit einem Vorrat an Medikamenten und Gegengiften geschickt, um alle Gäste sowie die Eingreifteams zu behandeln, falls nötig. Wir verfügen über Grundrisse sämtlicher Gebäude, einschließlich der Kanalisation, dem Bunker sowie Windmodelle für den Fall, dass Kameron eine Giftwolke freisetzt.«

Scott Hubbard spielte mit seiner Sonnenbrille wie die Schurken in *Matrix*. »Krankenhäuser?«, fragte er.

»Sämtliche Krankenhäuser in der Umgebung sind in Alarmbereitschaft. Die Unfallstationen sind vorbereitet und die Notärzte ebenfalls. In diesem Augenblick befinden sich mehrere HAZMAT-Teams im Gebäude, verkleidet als Gäste oder Angestellte.«

Scott Hubbard kannte die empfindlichsten Bereiche. Die Heiz- und Klimasysteme sowie die Belüftungsschächte waren überprüft worden. Alles schien in Ordnung zu sein. Im Funk herrschte Stille, ein gutes Zeichen, doch er machte sich Sorgen wegen Jesse. Der Junge war vor über einer Stunde in der Menge verschwunden. Zum wiederholten Mal überprüfte Scott sein Schulterhalfter mit der Sig-Sauer-9-mm. Sylvester bevorzugte eine Heckler & Koch. Im Kofferraum des Wagens lagen zwei Heckler-&-Koch-9-mm-Maschinenpistolen sowie zwei Remington-870-Schrotgewehre. Scott hoffte inständig, dass sie die Waffen nicht einsetzen mussten.

Er konzentrierte sich wieder auf die Wagen, die vor dem Hotel vorfuhren. Schließlich trafen Jack und Vicky ein. Scott und Sylvester beobachteten, wie das Paar zwischen den großen weißen Kolonnaden aus Holz hindurchging und in der großen Drehtür verschwand.

Die Lobby des Greenbrier war ein magischer Ort, ein Refugium für die unverschämt Reichen und ein Platz, an dem sie sich sicher fühlen konnten. Aus unsichtbaren Deckenlautsprechern drang eine fröhliche Version von *Rudolf the rednosed Reindeer.* Eine wunderschöne, gut zehn Meter hohe Blautanne war mit Tausenden von Sternen und blinkenden bunten Lichtern geschmückt. Jeder Neuankömmling wurde von einem höchst professionell wirkenden Nikolaus mit einem kleinen, in Silberfolie eingewickelten Geschenk begrüßt. In der Lobby stapelten sich Schneeschuhe und Skier auf den Gestellen.

Für Jacks Geschmack sah es mehr nach einer Halloweenparty als nach einer Weihnachtsfeier aus. Ein junger Mann, verkleidet als Rob Roy, rempelte ihn an; Jack bemerkte, dass nicht nur das Schottenmuster des Burschen korrekt war, auch die Felltasche und der winzige Silberdolch im Strumpf. Ein junger Mann mit kahl rasiertem Kopf, aufgemalten Stirnfalten und einer altmodischen Drahtbrille schlenderte gebeugt dahin; er war in weiße Tücher gehüllt und sah viel älter aus, als er in Wirklichkeit sein konnte. Offenbar wollte er mit seiner Aufmachung Ghandi darstellen. Es gab einen Lawrence von Arabien, der aussah wie Peter O'Toole, zwei Robert E. Lees (einen mit falschem Bart) und einen schicken D'Artagnan. Charlie Chaplin war ebenfalls beliebt, bei Frauen und Männern – gleich mehrere stapften im Watschelgang umher und schwangen Spazierstöcke. Jack sah wenigstens drei Nonnen in eigenartigen Trachten. Ein Michael-Keaton-*Lottergeist* grinste die attraktiveren Frauen lüstern an, während ein Superman mit einem Schlitz im Cape vorgab, die Nonnen zu verteidigen. Eine winzige Frau ganz in Grün wollte offenbar als Peter Pan gehen, und ein Bursche in schlecht sitzendem Gorillakostüm stellte wohl King Kong dar. Es gab einen Terminator, die Doktores Mabuse, Seltsam und Frankenstein, Frankensteins Braut, einen Mann mit der Eisernen Maske, einen Flash Gordon, einen großen Mann in einem Umhang mit einem langen Stab und einem gewaltigen grauen Bart, der wohl Charlton Hestons Moses darstellte, einen Tom-Cruise-Verschnitt, der den Ron Kovic in *Geboren am 4. Juli* mimte, einschließlich Rollstuhl, eine Eliza Doolittle, einige Gestalten aus *Cats*, einen Hannibal Lecter mit Hockeymaske, einen Freddie Krüger, zwei Tarzans, einen Roger Rabbit und einen Mann, der als Dustin Hoffman in Tootsie verkleidet war. Es war ein unglaublicher Anblick, der sich Jack und Vicky bot. Sie schauten sich an und lachten – Galgenhumor in seiner reinsten Form.

Olde trug seine Admiralsuniform – eine sehr praktische Art der Verkleidung. Er hielt irgendetwas in der Hand, als er auf Jack und Vicky zukam. »Guten Abend, Miss Wade – hallo, Jack.« Er schüttelte Jack die Hand und reichte ihm eine Sherlock-Holmes-Mütze. »Ein verfrühtes Weihnachtsgeschenk. Jetzt passen Sie zum Rest. Tut mir Leid, dass ich kein Monokel und keine Kürbispfeife auftreiben konnte.«

Auf der anderen Seite des Saals erspähten sie Alan Tatum und Judith Gale. Tatum war als der degenerierte Hillbilly aus *Beim Sterben ist jeder der Erste* verkleidet, während Judith ein schäbiges blaues Kleid trug und einen Bastkorb in der Armbeuge hielt. Alan hatte wahrscheinlich kein Problem gehabt, sein Kostüm zu finden; er sah kaum schlechter angezogen aus als üblich und unterhielt sich mit drei maskierten Männern, Zorro, dem Lone Ranger und dem Riddler. Ein nervöser Shmuel Berger im schwarzen othodoxen Anzug hatte sich für den jungen Burschen aus *Die Erwählten* entschieden.

»Mr Tatum und Shmuel Berger habe ich gestern angerufen und von diesen Heiden erzählt«, erklärte Olde. »Ich habe ihnen gesagt, sie könnten sich ebenfalls verkleiden, wenn sie Lust hätten.« Er blickte auf die Uhr. »Wir treffen uns planmäßig um halb elf im Salon Esmeralda. Er liegt auf der ersten Etage gleich hinter den Aufzügen. Ich gehe jetzt Scott holen. Wir sehen uns nachher.« Er verschwand in der Menge.

»Damit hätte ich wirklich nicht gerechnet«, sagte Vicky. »Das ist verrückt. Wie können sie damit rechnen, in diesem Gedränge Kameron zu schnappen, Jack? All diese Verkleideten – Kameron könnte jeder von ihnen sein. Wusste Senator Dickson von diesem Fest und den kostümierten Heiden, als er das Treffen arrangiert hat?«

»Wer weiß, Vicky? Nach dem, was Scott mir erzählt hat, scheint Dickson ein gerissener Kerl zu sein. Ich bin sicher, dass er es wusste.« Er beobachtete einen großen Mann, der durch die Lobby stolperte und nur mühsam das Gleichgewicht hielt. Er trug eine große Maske aus Pappmaschee. Sie sah grotesk aus, und Jack beobachtete, wie andere Gäste staunend den Mund aufrissen, als sie die Maske sahen: Es war François, die Filmfigur, die Vincent Price in der Schwarzweiß-Version von *Die Fliege* gespielt hatte.

Doch Scott Hubbard hatte ausdrücklich erklärt, sie sollten nicht nur auf Masken oder Köpfe achten, sondern auf Leute, die Handschuhe trugen. Die »Fliege« hatte eine gut sichtbare Hand; die andere war die Nachbildung einer Fliegenklaue. Die sichtbare Hand zeigte keinerlei Abnormität, keine Rötung und keinen Haarwuchs in der Handinnenfläche.

Senator Dickson hatte das elegante Greenbrier zwar als sichere Falle präpariert, um Kameron zu fangen, das Dumme war nur, dass Jack, Vicky und die anderen sich als Köder in dieser Falle überhaupt nicht sicher fühlten. Jack war erleichtert, dass wenigstens zehn verkleidete FBI-Agenten unter den Kostümen steckten oder in typischer Oberklasse-Freizeittracht mit weißen Gürteln und weißen Schuhen umherliefen.

Alan und Judy Gale schlenderten heran. »Es ist bald so weit, Jack«, sagte Alan. »Wir sollten uns jetzt versammeln. Shmuelly und Jesse sind schon losgegangen.« Er schnappte sich ein Chicken Wing vom Tablett eines vorbeieilenden Kellners. »Die Konferenzräume hier sind nach Edelsteinen und Edelmetallen benannt – ganz vornehme Kiste hier, also benehmt euch«, sagte er kauend. »Die Q-Tips von der Rentnervereinigung haben den größten, den Diamantensalon. Die Leute vom Behindertenbund treffen sich im Saphirsalon. Und so geht's weiter. Wir gehören wohl in den Blechsalon, aber den gibt's hier wahrscheinlich nicht.« Er grinste. »Scott meint, die erste Besprechung dauert etwa eine Stunde, dann gehen wir zum Büffet. Um ein Uhr geht es weiter bis um drei, dann ist bis fünf Uhr Pause, und dann findet die Bunkerführung statt, bevor wir nach Hause fahren. Du musst morgen früh schon wieder an der Uni sein, nicht wahr, Jack? Weißt du, dass dieser alte Furz Dickson erst um sechs Uhr kommen will? Als hätten wir Kameron bis dahin geschnappt! Na ja – viel Glück. Scott meint, Dickson hätte noch einen Plan in Reserve, falls wir Kameron nicht kriegen. Also, ich bin alles andere als zuversichtlich, aber wenigstens ist das Essen umsonst.«

»Wir hatten vor, heute Abend um acht zu fahren«, sagte Jack. »Aber wir könnten die Nacht auch noch hier verbringen und morgen früh zeitig aufbrechen. Wir könnten gegen zehn Uhr zu Hause sein, vorausgesetzt, der Schnee macht uns keinen Strich durch die Rechnung.«

»Was ist das für ein Bunker, Alan?«, fragte Vicky.

»Er liegt unter dem Hotel«, erwiderte Tatum. »Ein paarmal täglich findet eine neunzigminütige Führung statt. Ich hab für uns alle die Fünf-Uhr-Führung gebucht. Die Besichtigung gehört hier sozusagen zum Pflichtprogramm.«

Vicky hakte sich bei Jack unter und drückte seinen Arm. »Ja, schauen wir uns den Bunker an. Ich wüsste keinen Ort, der sicherer wäre als ein unterirdischer Bunker.«

»Sag das mal Hitler«, murmelte Jack.

27

Donnerstag, 13. Dezember
11.00 Uhr
The Greenbrier Resort
White Sulphur Springs, West Virginia

Dwight Fry und Theodore Kameron waren über die Route 30 nach Westen gefahren, über den Skyline Drive und durch das Shenandoah Valley bis zu der Stelle, wo die Straße die Route 60 kreuzte. Als sie auf dem Highway nach Süden in Richtung White Sulphur Springs unterwegs waren, begann es zu schneien. Schwere graue Wolken hatten den Sonnenaufgang verdeckt, und Nebel machte die Fahrt über den unbefestigten Weg zu Jacks Haus zu einem Risiko. Dwight hatte an ein paar ausgefahrenen Stellen sogar den Allradantrieb hinzuschalten müssen, doch ansonsten hatte der Wagen keine Probleme mit dem Schlamm und den tiefen Pfützen. Er hatte beobachtet, wie Kameron mit dem Waschbären zum Haus gegangen und dahinter verschwunden war. Aus dem Innern des Hauses war ein hohes Bellen erklungen; in diesem Augenblick wusste Dwight, was Kameron plante. Es erfüllte ihn mit Abscheu, doch er wusste, dass er nichts dagegen tun konnte.

Nach der Geschichte im Greenbrier – falls es ein Danach gab – würde er sich nach Süden absetzen. Zur Hölle mit Kameron! Während der dreistündigen Fahrt nach White Sulphur Springs hatte Dwight Begeisterung geheuchelt, als Kameron ihm von seinem Plan erzählte und Dwights Mercedes ein »Trojanisches Pferd« nannte, ohne dass Dwight den Grund dafür wusste. Kameron hatte nichts in den Wagen geladen außer einer kleinen Reisetasche, als plante er bloß eine kurze Übernachtung. Vielleicht war es ja tatsächlich so.

Die kleine Gruppe hatte an dem langen Tisch Platz im Salon Esmeralda genommen. Jesse Hubbard hantierte an einem Overheadprojektor, während Shmuel durch eine Box mit Zip-Disketten blätterte. Admiral Olde klopfte gegen ein Glas und bat damit um Aufmerksamkeit. Das grüne Schimmern der Deckenbeleuchtung vermittelte eine friedvolle Stimmung.

»Fangen wir an«, sagte Olde. »Wir könnten versuchen, neue Hypothesen zu entwickeln, nach welchen Gesichtspunkten Kameron seine Opfer auswählt. Ich glaube, Senator Dickson hat eine neue Möglichkeit aufgezeigt – Neid und Rache an Jack –, doch es steckt wahrscheinlich mehr dahinter.« Er schaute zu Jesse und Shmuel Berger. »Seid ihr bereit?« Shmuel nickte, und Jesse schaltete den Computer ein. Auf der Leinwand an der Stirnseite des Raums leuchtete eine Tabelle auf:

Ursache	beabsichtigte(s) Opfer	Gebot	Motiv/Grund
Schlangen-Parasiten	Berger	I – keine anderen Götter	befreundet mit Bryne
	Bryne	?	Kamerons Feind
Wermut	Bryne	?	Kamerons Feind
Waschbären-Parasiten	Strawbridge	II – kein Bildnis	Unterstützer von Bryne
	Bryne?	?	Kamerons Feind
Egel	Lowen	VII – nicht ehebrechen	Unterstützer von Bryne
Trichinose	Tingley	VIII – nicht stehlen	Unterstützer von Bryne
Pilze	Pusser	III – nicht anbeten oder dienen	Kamerons Feind

Schistosomata	Shifflet?	?	Brynes Freund
?	Bryne	?	Kamerons Feind

»Wenn Sie sich die Tabelle anschauen, werden Sie feststellen, dass einige, jedoch nicht alle Gebote in unsere Theorie passen«, begann Shmuel. »Einige fehlen, und unsere Vermutung ist möglicherweise völlig verkehrt. Senator Dicksons Theorie, dass es um Freunde oder Feinde von Dr. Bryne geht, könnte der Schlüssel zu all diesen Verbrechen sein.«

Jesse nahm einen Laserpointer zur Hand und deutete auf die verschiedenen Spalten. »Es blieben noch die Gebote vier, den Sabbat ehren, fünf, Vater und Mutter ehren, sechs, nicht töten, neun, nicht falsches Zeugnis ablegen wider den Nächsten sowie das zehnte Gebot, du sollst nicht begehren deines Nachbarn Haus.«

»Sag das mal den Immobilienhaien draußen in der Halle«, warf Alan Tatum ein. »Die haben nicht nur versucht, mir ein Haus auf den Bahamas anzudrehen, die wollten auch wissen, ob meine Absteige in Charlottesville zum Verkauf steht.«

»Bleiben Sie beim Thema, Dr. Tatum«, mahnte Admiral Olde. »Wir sind nicht zum Vergnügen hier.«

»Ich habe nach anderen Möglichkeiten gesucht«, fuhr Jesse fort. Eine weitere Tabelle erschien auf der Leinwand, diesmal mit dem Titel »Apokryphen«. »Wie Sie vielleicht wissen, gibt es in der Bibel zwölf Bücher, die es nicht bis in die *ursprüngliche* Bibel geschafft hatten. Es sind dies das Buch Esra und Nehemia, die Bücher Tobit, Judit, Ester, Judith, das Buch der Weisheit, das Buch Jesus Sirach, Baruch, Daniel, das Gebet von Manasse sowie das erste und zweite Buch der Makkabäer. 1535 hat Coverdale sie in seine Bibel aufgenommen.«

»Die genaue rabbinische Bezeichnung dieser extrakanonischen Schriften lautet etwa ›Nebenbücher‹«, sagte Shmuel. »Oft werden sie fälschlich als ›geheime Bücher‹ bezeichnet, aber die Bedeutung ist ›außerhalb der normalen kanonischen Schriften‹.«

»Und?«, fragte Olde. »Habt ihr eine Verbindung mit Kameron herstellen können?«

»Bis jetzt noch nicht. Natürlich gibt es ein Buch Enoch, und man könnte an Enoch Tucker denken, den Veterinär, der damals in diese Pferdepidemie verwickelt war. Aber wenn man mit einer großen Menge Zahlen und Namen spielt, lassen sich immer irgendwelche Verbindungen herstellen, manche zufällig, andere nicht.«

»Was ist mit dem neuen Testament?«, fragte Jack. »Matthäus, Markus, Lukas und Johannes? Gibt es in der Vulgata vielleicht noch Bücher, die Licht ins Dunkel bringen könnten?«

»Diesen Gedanken haben wir auch weiterverfolgt«, erklärte Jesse. »Es hat bislang sieben Vorkommnisse gegeben. Dem entsprechen am ehesten die sieben Posaunen in der Apokalypse, der Offenbarung des Johannes. Ich habe auch dazu eine Liste erarbeitet.«

Er schaltete zur nächsten Präsentation weiter:

Plage	Posaune	Erscheinung	Auswirkung
Schlangen-Parasiten	1. Posaune:	Hagel und Feuer, mit Blut vermengt, fällt auf die Erde.	Der dritte Teil der Bäume verbrennt.
Wermut	2. Posaune:	Ein großer Berg mit Feuer fährt brennend ins Meer.	Der dritte Teil des Meeres wird Blut.
Waschbären-Parasiten	3. Posaune:	Ein Stern fällt vom Himmel auf den dritten Teil der Ströme und Brunnen.	Der dritte Teil der Wasser wird Wermut, d. h. giftig.

Egel	4. Posaune:	Der dritte Teil der Sonne, des Mondes und der Sterne wird geschlagen.	Der dritte Teil des Tages wird verfinstert.
Trichinose	5. Posaune:	Der Brunnen des Abgrunds wird aufgetan.	Heuschrecken kommen auf die Erde und quälen die Menschen.
Pilze	6. Posaune:	Vier Engel vom Euphrat werden gelöst.	Ein Drittel der Menschen wird getötet.
Schistosomata	7. Posaune:	Stimmen werden im Himmel laut.	Unter Donner, Erdbeben und Hagel tut der Tempel Gottes sich auf.

»Aber auch das ergibt keinen rechten Sinn«, fuhr er fort. »Auch wenn das mit den Heuschrecken und Insekten sehr gut zu Kameron passt. Er könnte der ›Engel des Abgrunds‹ sein, der König der Engel mit den Posaunen. Aber die Assoziationen sind einfach nicht klar genug, um dem Schema zu entsprechen. Zur zweiten Plage passt am ehesten die dritte Posaune, wo es heißt: ›Der Name des Sterns war Wermut.‹ Und was ist zum Beispiel mit den Blutegeln? Gut, wenn wir davon ausgehen, dass es Nacht war, dann passt es, aber das war nicht die Ursache für den Tod von Lowen und seiner Freundin. Und wenn wir wieder anfangen, alles durcheinander zu mischen, sind wir genauso weit wie mit den Zehn Geboten.«

»Außerdem können wir dann lange auf Kameron warten«, meinte Hubbard bissig. »Denn eine achte Posaune gibt es nicht.«

»Und sonst nichts?« Jack ließ nicht locker. »Es muss doch noch andere Bibelstellen geben.«

Scott Hubbard seufzte. »Wir haben das Alte und das Neue Testament analysiert, die Apokryphen, die Kabbala, sämtliche Zahlensequenzen, die mit ›XX‹ zu tun haben könnten – dem Zeichen, mit dem Kameron seine Karten unterschrieben hat. Alles war vergeblich.«

Tatum hob die Hand. »Admiral, ich hätte eine Idee. Könnten wir bitte noch einmal die erste Tabelle sehen?« Er nahm den Laserpointer und richtete ihn auf die erste Spalte. »Sehen Sie hier«, sagte er und deutete auf jede Eintragung in der Spalte »Ursache«. »Mit Ausnahme der Schistosomata hat Kameron ausschließlich Dinge benutzt, die mit der Nahrungsaufnahme in Verbindung stehen. Die verschiedenen Würmer, die giftigen Pilze, der Wermut. Die meisten, mit Ausnahme der exotischen Schnecken, mit denen er die Schistosomiase hervorgerufen hat, sind ziemlich leicht zu finden.«

»Wenn man in diesem Teil der Staaten wohnt, und wenn Frühling oder Sommer ist«, bemerkte Jesse. »Was hätte er sonst noch einsammeln können, Dr. Tatum?«

Alan schüttelte den Kopf. Er wusste es nicht. »Ich kann nur sagen, dass man im Winter keine Würmer und keine Pilze findet.«

Jesse projizierte die nächste Tabelle auf die Leinwand. Sie zeigten eine geographische Aufschlüsselung der Todesfälle, aufgelistet in chronologischer Folge. Judith hob die Hand. »Ich kenne eine Reihe von Pflanzen, die viel schlimmer sind als Wermut. Wurzeln, Beeren, Blätter, Stängel, Blüten, Samen und Knospen, die einen Menschen töten, wenn er sie verzehrt, ihren Rauch inhaliert oder sie nur berührt. Es gibt Pflanzen, die eine Photosensibilisierung verursachen, zyanidhaltige Pflanzen wie Bergmahagoni, *Cercocarpus montanus*, oder auch Zierpflanzen, die man in vielen Gärten findet. Selbst in der Hotelhalle habe ich Lilien, Seidelbast und Fingerhut gesehen. Die Samen dieser Pflanzen können gelagert werden, unabhängig von der Jahreszeit. Es gibt Pflanzen, die genügend Selen enthalten, um ein Pferd zu töten. Dann wären da noch Kornrade, die verschiedenen Flachse, Knöterichgewächse und natürlich *Ricinus communis*, Christuspalme oder auch Wunderbaum genannt. Nicht zu vergessen die Pflanzen mit berauschenden Wirkstoffen wie Muskat und die verschiedenen Mohnsorten.«

»Danke für die Hinweise, Judy«, sagte Scott. »Falls Kameron tatsächlich die orale Methode, sprich Nahrungsaufnahme für seine Mordanschläge benutzt, wie Alan meint, sollten wir die Möglichkeit von Pflanzengiften im Auge behalten.«

»Könnte ich noch einmal die erste Tabelle sehen?«, fragte Jack. Die anderen warteten, während er schweigend die Liste durchging. Plötzlich schob er seinen Stuhl vom Tisch zurück und sprang auf. »Judy, Alan – hat einer von euch gesehen, ob es unten in der Halle eine Buchhandlung gibt?«

»Wieso fragst du?«, fragte Alan Tatum.

»Ich habe eine Theorie. Um sie zu überprüfen, muss ich in einen Bücherladen. Ich weiß, dass ich dort bekomme, was ich suche. Admiral, mit Ihrer Erlaubnis würde ich gerne rasch nach unten gehen.« Er blickte auf die Uhr. »Wir treffen uns im Speisesaal.« Mit diesen Worten eilte er nach draußen.

Er hatte von Anfang an geglaubt, dass er den Namen von irgendwoher kannte, doch viele Leute hießen Gale.

Jack musste ganz sicher sein.

Sie wurden von einem livrierten Bediensteten in smaragdgrüner Uniform in den Speisesaal eingelassen. Sie waren früh, doch das Büffet war bereits eröffnet, und alles war bereit zum Empfang der Gäste. Sie blickten sich suchend nach Jack um, doch er war noch nicht da.

Viele Tische waren noch unbesetzt, während Hunderte von Gästen bereits an den insgesamt sechs verschiedenen Büffets anstanden. Die Vorspeisentheke war die größte, gedeckt mit einem hellroten Samtüberwurf. Goldene und silberne Tannenzapfen, Mistelzweige und kunstvoller Weihnachtsschmuck lagen zwischen den großen Platten mit Köstlichkeiten. Es gab Pastetchen, pochierten Lachs und hauchdünne Scheiben Westfälischen Schinken, Estragonshrimps, Shrimps auf Toast, Shrimps in Prosciutto, gegrillte Shrimps mit Artischocken und Fenchel, Pilze und Gänsestopfleber. Auf einem riesigen Schneidebrett standen zahlreiche Saucen und Käse. Hunderte von Würfeln aus amerikanischem Schweizer und Emmentaler waren zu einer riesigen Pyramide aufgetürmt, die von einem kleinen blinkenden Nikolaus gekrönt wurde.

Ein kräftig gebauter Farbiger in einem makellos weißen Chefkochkostüm stand hinter einer Reihe verschiedenster Braten, die in Wasserbädern oder von kleinen orangefarbenen Kerzen warm gehalten wurden. Er lächelte übers ganze Gesicht und erkundigte sich bei jedem Gast, was es sein dürfe und wie viel. Hinter ihm knisterte ein Feuer in einem riesigen gemauerten Kamin. Auf einem alten gusseisernen Grill drehten sich langsam knusprig braune Vögel, Fasane, Wachteln, Enten und Hähnchen, auf vier verschiedenen Spießen. Es gab vier Truthähne mit Austernfüllung, eine gebratene Gans, gefüllt mit Kastanien, ein großes Spanferkel, Wildkeule und die größten Hochrippen, die Tatum je gesehen hatte; es gab Schnitzel, Marylandkrabben, rohe Austern, verschiedene Muscheln, geschmorten Stör, Coquille St. Jacques, ein Tablett voller rubinroter Maine-Hummer auf Eis, Scholle, geräucherte Regenbogenforelle, geräucherten Aal und ein kleines Fass Kaviar, umgeben von Schalen mit geschnittenen Zwiebeln, geriebenem Eidotter, Kapern und Crackern. Das Lamm im Kräutermantel sah ausgezeichnet aus, doch Alan entschied sich für ein gegrilltes Perlhühnchen. Auf einen zweiten Teller gab er dicke Scheiben Filet Wellington und pochierten Lachs. Als er zu den anderen an den Tisch kam, war von Jack immer noch nichts zu sehen. Er blieb verschwunden.

Sie aßen nervös, und jeder fragte sich im Stillen, ob Kameron nicht eine oder mehrere Speisen für einen seiner Giftanschläge präpariert hatte. Sie beobachteten die Leute an den anderen Tischen, doch niemand kippte mit dem Gesicht vornüber in seinen Teller. Judiths Aufzählung hatte Jesse von Himbeerbaiser und Erdbeer-Käsekuchen abgebracht. Er hatte ein ungeöffnetes Glas Erdnussbutter besorgt und bestrich sich ein paar Cracker. Judith blieb sich treu und aß einen Salat mit frischen Porcini, Fenchel, Rucola und gehobeltem Parmigiano-Reggiano. Vicky, Scott Hubbard und der Admiral stocherten lustlos in ihren Gnocchi.

Tatum stopfte sich eine Serviette in den Kragen. »Auch wenn dieses Zeug vergiftet ist, es schmeckt köstlich. Was für ein schöner Tod!« Bis er sich endlich zu seinem Nachtisch durchgefuttert hatte, einem Stück Schokoladentorte, war es fast ein Uhr. Niemandem war übel geworden, doch Jack blieb nach wie vor verschwunden. Vicky wurde nervös. Warum hatten sie niemand zu seiner Begleitung abgestellt? Olde schlug vor, in den Salon Esmeralda zurückzukehren und dort auf Jack zu warten.

An der Tür wurden sie ungeduldig von Tony Sylvester erwartet. Scott Hubbard sagte ihm, er solle sich etwas zu essen holen und in spätestens fünfzehn Minuten zurückkehren. Der Special Agent gab Scott den Schlüssel zum verschlossenen Salon und eilte durch den Gang zum Bankett.

Als Scott die Tür aufschloss, entdeckte er zu seinem Erstaunen Jack. Er saß seelenruhig am Tisch und las in einem Buch. Als er die anderen sah, legte er das Buch beiseite und lächelte sie an. Sie waren erleichtert, dass ihm nichts zugestoßen war.

»Langweilen wir dich, oder hast du Nachholbedarf in Sachen Literatur?«, sagte Alan in gespieltem Tadel und klopfte Jack auf die Schulter.

Der Admiral rätselte noch immer über Jacks plötzliches Verschwinden. Er klopfte gegen sein Glas und bat um Aufmerksamkeit. »Jack, haben Sie etwas für uns?«, fragte er. »Wir haben uns Sorgen gemacht, weil Sie nicht zum Essen erschienen sind. Kameron könnte überall sein. Würden Sie uns bitte sagen, was los ist?«

»Tut mir Leid, Leute.« Jack blickte die anderen der Reihe nach an. »Ich hatte einen Verdacht, aber ich wollte ganz sicher sein. Judy hat mich da auf etwas gebracht – aber ich will nicht in Rätseln sprechen. Shmuel, Jesse, könnt ihr noch einmal die erste Tabelle zeigen?«

Alle blickten zu der Aufzählung von Ursache, Opfer, Gebot und Motiv.

»Erinnern wir uns an Judiths letzte Bemerkungen über giftige Pflanzen …«, begann Jack.

»Den Wunderbaum, Jack?«, fragte jemand.

»Nein. Die Sache mit den Muskatnüssen und dem Klatschmohn. Wenn ich mich nicht irre, passt auch dieses Puzzlesteinchen ins Bild. Und wenn ich mich nicht irre, schwebst du in Gefahr, Judy – und du auch, Alan. In tödlicher Gefahr.«

»Es ist wie in Edgar Allan Poes *Der entwendete Brief*«, begann Jack. »Die Antwort lag die ganze Zeit vor uns. Wir wissen, dass Kameron seit Alans Ankündigung, dass ich im April nach Charlottesville käme, meinen E-Mail-Verkehr mit Vicky verfolgen konnte, weil es ihm gelungen war, ihr Passwort zu knacken. Selbst nachdem wir die Wahrheit herausfanden, hat er sich wahrscheinlich einen Weg in meinen Computer gehackt und vielleicht sogar meine verschlüsselten Mails gelesen. Er hat immer genau gewusst, wo ich mich zu einem bestimmten Zeitpunkt aufhalten würde, zum Beispiel im Agricola, wo er mich wahrscheinlich als Kellner oder Barkeeper verkleidet beobachtet hat. Er wusste von meinem Treffen mit Lowen und den geplanten Besuchen bei Strawbridge und Tingley, die ich mit

Vickys Hilfe zu arrangieren hoffte. Er wusste sogar, Judy, dass du nach Charlottesville kommst. Und er wusste von meinem Hund und meiner Freundschaft mit Alan und Motte.«

»Fahren Sie fort, Jack«, sagte der Admiral, obwohl er sich nicht vorstellen konnte, worauf Bryne hinauswollte.

»Kameron mag sich in der Bibel auskennen wie kaum ein Zweiter, doch hier geht es nicht um die Bibel. Werfen wir mal einen Blick auf die Liste. Die Namen der Opfer…«

»Ja!«, rief Jesse dazwischen. »Das ist es!«

Alle drehten sich zu dem Jungen um. Shmuel starrte abwechselnd auf die Leinwand und auf seinen Freund. Jesse kritzelte etwas in sein Notizbuch; dann blickte er Jack an und fragte zaghaft: »Ich glaube, ich weiß, was Sie meinen, Dr. Bryne. Darf ich?«

»Nur zu, Jesse.«

»Die Namen… Die Antwort liegt vor uns«, begann Jesse aufgeregt. »Lowen, Strawbridge und Tingley! Lowen steht für Löwe, verstehen Sie? Es sind der Feige Löwe, die Vogelscheuche und der Zinnmann – die drei Charaktere aus dem *Zauberer von Oz*!«

Alle starrten schweigend auf die Tabelle. Dann machte Jesse eine weitere Beobachtung, die ihnen eisige Schauer über den Rücken jagte. »Ich habe das Buch im Sommer noch einmal gelesen, wegen Miss Wades Projekt bei HOT LINE. Aber vergessen Sie das Buch. Erinnern Sie sich an den Film? Was fehlte allen Charakteren? Der Löwe war feige und bekam vom Zauberer Mut. Die Vogelscheuche wünschte sich ein Gehirn, und der Blechholzfäller ein Herz. Lowen starb an Blutverlust. Blut ist ein Symbol für Mut. Strawbridge wurde von Würmern das Gehirn zerfressen, und nach dem, was Miss Wade mir erzählt hat, starb Tingley an Herzversagen.«

»Sehr gut, Jesse«, sagte Jack. »Weiter.«

»Pusser. Er könnte die Gute Fee des Südens sein. Woraus folgt, dass irgendjemand die Gute Fee des Nordens sein muss.

Aber was ist mit dem Zauberer selbst, oder mit Dorothy und Toto?«

»Oder den Munchkins?«, fragte Tatum.

»Darüber denke ich noch nach«, sagte Jack. »Die Fliegenden Affen waren ohne Zweifel das Flugzeug voller Promise Keepers. Ich nehme an, ich soll der Zauberer sein, aber vielleicht hat Kameron sich diese Rolle auch selbst zugedacht. Als Judy vorhin in diesem Gingankleid hier gesessen und über Klatschmohn geredet hat, kam mir der zündende Gedanke. Ich habe das Buch vor vielen Jahren gelesen. Den Film habe ich in den Siebzigern gesehen – danach nicht mehr bis zum Festival letzten Monat. Man hat einige Szenen herausgeschnitten. Aber bleiben wir erst mal beim Buch. Dorothy hatte einen Nachnamen, an den ich mich nicht recht erinnern konnte. Vor einer Stunde war ich unten im Buchladen und habe den *Zauberer von Oz* gekauft, um zu sehen, ob mein Gedächtnis mich nicht täuscht. Ich hatte Recht. Dorothys Nachname war Gale. Wie Judith Gale.«

»Und Judy Garland hat ihre Rolle gespielt!«, rief Jesse aufgeregt.

»Wer hat das Buch geschrieben? Wer hat bei dem Film Regie geführt?«, fragte Shmuel. Vielleicht gab es weitere Hinweise.

Vicky blätterte durch ihre Aufzeichnungen über die Wahlen von 1900 und fand die Stelle. »Es war Frank L. Baum. Das Buch ist im Jahre 1900 erschienen. Es gab ein paar frühe Adaptionen, einen Stummfilm aus dem Jahre 1906, bei dem Baum selbst Regie geführt hat, doch niemand erinnert sich noch daran. Heute ist nur noch die Version von 1939 bekannt, mit Judy Garland, Ray Bolger, Frank Morgan und all den anderen. Victor Fleming hat Regie geführt. Ich habe hier meine Notizen über die Vergleiche zwischen dem Buch und der Politik zum Ende des neunzehnten Jahrhunderts ...«

»Baum«, unterbrach Tatum. »Baum – das war doch der Name, an den sich der Ober aus dem Snake River Grill erinnern konnte, nicht wahr? Ein Mr Baum war jeden Abend im Restaurant. Er hat Strawbridge aufgelauert. Dieser Bursche, der immer allein kam und nach Strawbridges Tod verschwunden ist.«

»Und Baums Vorname war Frank«, sagte Admiral Olde erbleichend. »Wie in Frank E. Olde.«

»Was ist mit Toto?«, fragte Jesse.

»Das wird Alan sein«, mutmaßte Jack. »Tatum klingt ähnlich wie Toto.«

Vicky hatte ihren Palm Pilot hervorgezogen und las etwas nach, doch als der Name Toto erwähnt wurde, merkte sie auf. »Ich habe noch ein oder zwei Anmerkungen, und ich fürchte, sie werden dir nicht gefallen, Jack. Die erste bezieht sich auf Toto. Es könnte auch Tootsie sein. Hast du sie in einen Zwinger gesteckt, bevor du mich abgeholt hast, oder ist sie allein im Haus?«

Jack schüttelte den Kopf. »Kameron kann nicht an zwei Orten gleichzeitig sein. Falls er vorhat, mich zu töten, lässt er sich bestimmt nicht durch einen kleinen Hund davon abhalten.«

»Schön und gut, Jack, aber was ist mit mir?« Sie hielt ihre lederne Brieftasche in die Höhe. Es war ein edles, teures Stück, das sie vor einem Jahr bei Saks gekauft hatte, und es besaß eine Messingplatte mit ihren Initialen: VDW. »Mein zweiter Vorname, Jack – das D steht für Dorothy. Und vergiss nicht, was Scott gesagt hat – Kameron hat einen Helfer. Woher willst du wissen, dass Kameron *und* sein Kumpan, ›Igor‹, durch die heiligen Hallen des Greenbrier schleichen? Vielleicht ist Igor in diesem Augenblick in deinem Haus.«

»Ich rufe Mrs Shifflet oder Motte an«, sagte Jack. »Einer der beiden kann bei mir vorbeifahren und nach Tootsie sehen. Aber an der Sache ist noch mehr. Falls Kameron die Charaktere aus dem *Zauberer von Oz* wieder erschafft, um alle ›guten‹ Figuren zu ermorden, sollten wir uns auf die Handlung konzentrieren, nicht auf die Charaktere. Die einzigen Auslassungen, die mir im

Augenblick einfallen, sind die Quadlinge und die Chinesische Prinzessin. Sie wurden aus dem Film herausgeschnitten.«

»Ich habe eine ganze Menge chinesischer Touristen unten in der Lobby gesehen«, sagte Tatum. »Aber was sind Quadlinge?«

»Ein seltsames Völkchen«, erwiderte Jack, während er durch das Buch blätterte. »Sie lebten im Roten Land im Süden von Oz, regiert von der Schwester Glindas, der Guten Fee des Südens. Baum hat sich Oz von vier Ländern umgeben vorgestellt. Die Quadlinge waren die seltsamen Einwohner des Roten Landes im Süden. Dorothy und ihre Freunde mussten das Land überfliegen, um ihnen zu entkommen. Sie hatten keine Arme …«

»Nun, damit können Sie mich wohl auch auf Kamerons Liste setzen«, sagte Jesse Hubbard.

»Ich fürchte, ja«, erwiderte Jack düster. »Es gibt noch eine Sache, nicht besonders augenfällig, aber möglicherweise von Bedeutung. Baum hat die Dinge gerne in Farben verschlüsselt – nehmen wir beispielsweise das Rote Land der Quadlinge. Es gab zwei weitere Länder, die Baum in späteren Büchern erforscht hat, aber im *Zauberer von Oz* kommen nur das Rote Land der Quadlinge und Oz selbst vor – das Rote und das Grüne Land.«

Jesse blickte auf das Türschild des Salons Esmeralda. »Wissen Sie, Dr. Bryne, ich habe mich die ganze Zeit gefragt, warum für diesen Saal ausgerechnet dieser Name gewählt wurde. Das Greenbrier hat einen Goldenen Salon und einen Platinsalon. Dann gibt es den Saphirsalon in Gelb, das Diamantene Auditorium mit kristallenen Deckenleuchtern und einen braunen, einen Salon Lapis. Ich hab mich beim Empfang erkundigt, was der Name Esmeralda bedeutet.« Er hielt kurz inne. »Esmeralda ist Spanisch und bedeutet Smaragd. Wir sind im Smaragdsalon. Genau wie die Smaragdstadt im *Zauberer von Oz.*«

»Das ist ziemlich weit hergeholt, Jesse«, sagte Scott. »Dieser Salon wurde gesichert. Wir haben Beamte unten in der Halle und in sämtlichen anderen Konferenzräumen. Ich kann mir nicht vorstellen, dass Kameron es auf diesen Salon abgesehen hat – wir sind hier sicher.«

»*Follow the Yellow Brick Road*«, murmelte Vicky. Sie las die Zeilen von ihrem PDA ab, während sie mit einem Stift durch ihre Notizen blätterte. »Es gibt noch andere Aspekte außer den Charakteren und der Handlung«, sagte sie. »Die Lieder zum Beispiel, insbesondere *Somewhere Over the Rainbow* oder *We're Off to See the Wizard.* Vielleicht geht Kameron nach den Liedern vor. Erinnert ihr euch an das Lied mit den Löwen, Tigern und Bären?«

»Oder er geht nach den Outtakes vor, nach Szenen aus dem Buch, die in der Filmfassung weggelassen wurden«, meinte Shmuel.

»Der Jitterbug-Song?«, sagte Vicky. »Er wurde aus dem Film herausgeschnitten, aber im Buch haben alle vier – Dorothy, der Löwe, die Vogelscheuche und der Zinnmann – in einem Wald zu dem Lied getanzt. Könnte es das sein?«

»Jitterbug... vielleicht hat Kameron etwas mit Käfern im Sinn. Oder Spinnen«, sagte Jack. »Auf den letzten Seiten des Buchs wird der Löwe – oder war es die Vogelscheuche? – von einer Riesenspinne angegriffen, kurz bevor die vier das Land der Quadlinge erreichen.«

»Das alles führt uns nicht weiter«, unterbrach Tatum die Diskussion. »So kommen wir Kameron nie auf die Spur. Vergesst nicht, er ist hinter uns her, falls Senator Dickson Recht hat. Wir müssen nichts weiter tun als zu warten. Möglicherweise versucht er es gar nicht hier – er ist schließlich kein Dummkopf. Aber es könnte tatsächlich so sein, dass er uns alle beseitigen will, erst recht, wenn diese Oz-Geschichte zutrifft. Ich war nicht gerade erfreut, als ich herausfand, dass Dicksons zweiter Vorname *Cameron* lautet. Vielleicht stecken die beiden alten Ganoven unter einer Decke.«

Olde schaute Tatum an und schüttelte den Kopf. Die Anrufe

des Senators, die E-Mails und sein gesamter Stab waren gründlich überprüft worden.

»Wenden wir uns doch für einen Augenblick dem Mythos hinter der Geschichte zu«, sagte Vicky. »Es geht um die 1900er-Präsidentschaftswahlen, den Wettbewerb zwischen Bryan und McKinley. Welche Probleme gab es damals?« Sie las von einer Liste ab: »Diplomatische Verwicklungen mit anderen Staaten, Schwierigkeiten mit den Gewerkschaften, Arbeitslosigkeit und der Goldstandard. McKinley war dagegen, eine neue, auf Silber basierende Währungsdeckung einzuführen. Bryan konterte mit seiner berühmten Rede von einem ›goldenen Kreuz‹, an das die Menschen geschlagen würden.«

»Was geschah weiter?«, fragte Jack.

»McKinley wurde wieder gewählt, die Inflationsrate sank, und Bryan verschwand für ein paar Jahre von der Bühne. Ich glaube, am bekanntesten ist er wegen des ›Affenprozesses‹ 1925 gegen John T. Scopes. Er war Mitankläger und hat gegen Clarence Darrow verloren. Ein paar Monate später starb er als gebrochener Mann.«

»Also könnte Kameron die Vergangenheit wieder aufleben lassen. Er könnte dieser Bryan sein, aber mit einer verdammt miesen Laune«, sagte Jesse. »Ich habe den Film gesehen, *Wer den Wind sät*, mit Spencer Tracy und Fredric March, ein Schwarzweißklassiker.« Er überlegte einen Augenblick; dann fragte er: »Wen könnte Kameron zu spielen versuchen? Bryan, McKinley oder diesen Staranwalt, diesen Clarence Darrow?«

»Noch was«, sagte Vicky. »In der Verfilmung von *Oz* gab es eine Abweichung vom Buch – die Farbe von Dorothys Schuhen.« Sie blickte erneut in ihre Notizen. »Erinnert ihr euch an die Auktion vor ein paar Jahren, als die Schuhe versteigert wurden, die Judy Garland in dem Film getragen hat? Sie waren rot.«

»Und die Schuhe im Buch waren silbern«, murmelte Jack.

»Erinnert dich das nicht an Bryans Plädoyer für einen Silberstandard? Baum hat dieses Bild benutzt, um William Jennings Bryans Klagelied über ein goldenes Kreuz zu ergänzen.«

»Ist es das? Silber?«, fragte Jack. »Aber was kann damit gemeint sein?«

Teddy war bereit. Dwight hatte ihn nach Einbruch der Dunkelheit an der Straße abgesetzt. Falls sie das Kennzeichen überprüften, würde Dwight als Mitglied der Behindertengruppe problemlos ins Greenbrier gelangen. Niemand würde dem Jungen Fragen stellen.

Teddy hatte am Morgen den entscheidenden Anruf im Hotel gemacht, um herauszufinden, ob sich Bryne und die anderen einer Führung durch den Bunker angeschlossen hatten, und wenn ja, welcher. Nur mit Mühe hatte er einen Jubelschrei unterdrücken können, als er erfuhr, dass sie an der letzten Führung des Tages teilnahmen, um fünf Uhr nachmittags. *Perfekt!* Wäre es früher gewesen, hätte er den Hügel im letzten Tageslicht hinaufklettern müssen. Doch wie die Dinge lagen, fand die Bunkerführung nach Einbruch der Dunkelheit statt, und das Wetter würde Kameron zusätzliche Deckung bieten. Kameron fragte den Mann am Empfang, ob noch ein Platz in der Gruppe frei sei und ob er seine Kreditkartennummer durchgeben könne, um sich diesen Platz zu sichern. Der Rezeptionist notierte die Nummer der MasterCard und den Namen des Anrufers. Augenblicke später wurde Kameron informiert, dass die Buchung für die Fünf-Uhr-Führung in Ordnung ginge. Der Rezeptionist dankte Mr Fry für seine Reservierung und wünschte einen angenehmen Tag.

Kameron schrieb in sein Tagebuch:

Ich habe bis heute auf den richtigen Augenblick gewartet, auf die richtige Lösung für ein letztes Problem. Ich habe eine Menge interessanter Dinge in meiner Gruft gelagert, beispielsweise das SIV-Virus von einem Schimpansen aus Kamerun,

dessen ich mich 1982 angenommen hatte. Oder den MKS-infizierten Euter, den ich in Calie einer sterbenden Kuh abgeschnitten habe. Das Virus ist immer noch aktiv. Wie auch die Rift-Tal-Fieberkultur, die ich vor elf Jahren aus dem Rockefeller Institute gestohlen habe. Bis heute hatte ich keine Verwendung für diese Juwelen, doch die Zeit wird kommen. Gleiches gilt für die BSE-Proben aus Rinderhirn, die auf ihren Einsatz warten. Vielleicht in einer McDonald's-Filiale in den USA (besser noch in Frankreich), aber ich müsste wahrscheinlich ein Jahrzehnt warten, um die Ergebnisse zu sehen.
Das Borna-Experiment ist auch noch nicht aufgeklärt. Schon bevor Bryne mich 1997 so empfindlich in meinen Plänen gestört hat, wollte ich eine Fallstudie machen, lange vor seinen WNV-Serumtests. Meine Versuchsanordnung war viel eleganter und einfacher auszuwerten. Die amerikanischen Postämter waren perfekt. Ich bin immun gegen die Krankheit und außerdem ein Überträger, eine richtige »Borna-Marie«, und so wedelte ich eifrig Aerosol in Richtung der erbärmlichen Wichte, die meine Pakete entgegennahmen und stempelten und mir meine kostbaren Lieferungen aus dem Ausland aushändigten. In anderen Postämtern versprühte ich ein wenig Cologne. Niemand hat die Zerstäuber bemerkt, die ich benutzte. Und voilà, kaum zwei Jahre später laufen die Herrschaften Amok. Ich habe mehr als dreißig Zeitungsausschnitte über ihre Bluttaten gesammelt. Das Wort »postalisch« hat eine ganz neue Bedeutung bekommen: verrückt spielen, jemand grundlos töten. Niemand kommt auf den Gedanken, die armen Trottel auf das Borna-Virus zu testen. Hat denn keiner gemerkt, dass es ein Problem ist, das ausschließlich Postämter in den Vereinigten Staaten betrifft? Die Hälfte der Infizierten hat sich selbst umgebracht. Kein Schwein hat daran gedacht, nach Borna zu suchen. Ich warte noch ein Jahr, bevor ich die Statistiken auswerte und zur Veröffentlichung einsende. Vielleicht an das British Medical Journal.

Ich mache mir Gedanken, weil ich ziemlich häufig umziehen muss. Wenn irgendwann der Strom ausfällt, besonders in den wärmeren Monaten, und die Gefrierschränke auftauen, habe ich nichts mehr außer verrottendem Fleisch. Also muss ich für so einen Fall Vorsorge treffen – oder wenn ich schnell umziehen muss –, damit wenigstens ein Teil meiner Kostbarkeiten gefroren bleibt. Ich könnte es nicht ertragen, sie alle zu verlieren. Also habe ich mit der Verlegung meiner speziellen Sammlung von Smoke Hole an einen Ort begonnen, der sicherer ist, und die Parasiten halten sich ganz gut.
Doch es ist wie mit Äpfeln und Birnen – alles hat seine eigene Zeit und seine speziellen Bedürfnisse. Selbst diese wunderbaren Schöpfungen der Natur haben ihre Grenzen. Mir wurde bewusst, dass ich etwas benötige, das von den Kapriolen des Wetters und den Jahreszeiten unabhängig und stets einsatzbereit ist. Also begann ich eine weitere Suche und baute eine andere Sammlung auf.
Heute besitze ich eine echte Radiumprobe aus dem Labor von Madame Curie, aus dem Jahr 1924, als sie einen ihrer zwei Nobelpreise erhielt. Ebay ist fantastisch, um solche Dinge zu besorgen. Es kümmert niemanden, was da versteigert wird. Besonders angetan bin ich von den Zündhölzern aus der Fabrik in New Jersey. Es sind Instant-Zündhölzer, die Sorte, die den berühmten »Phosphorkiefer« verursachte, an dem in den Zwanzigern so viele so genannte Streichholzmädchen starben, nachdem sie an den giftigen Köpfen geleckt hatten. Ich erinnerte mich auch an Geschichten über die reichen Nichtstuer in Pittsburgh, die in den Dreißigern ein Elixier kauften, um ihre Libido wiederzubeleben. Eine Art Viagra der damaligen Zeit.
Es war ein sprudelnder, erfrischender Drink voller Radium. Den Leuten fielen die Zähne aus, bevor sie an Leukämie starben. Ich suche immer noch nach dem Rezept. Doch für jetzt habe ich das richtige Elixier, das Beste von allen unedlen Metallen, und alles für einen höchst ehrenwerten Zweck.

Ich weiß noch ziemlich genau, wann mir der Gedanke zum ersten Mal zugeflogen ist, wie ein Geschenk des geflügelten Götterboten Hermes. Es war erst letztes Jahr; eine große Gasgesellschaft sah sich gezwungen, mehr als 200 000 Wohnungen und Häuser in den Vorstadtgebieten von Chicago zu überprüfen. Ein Kunde hatte eine silbrige Substanz in seinem Heizungskeller entdeckt. Es war elementares Quecksilber.
In den Nachrichten stand, dass es beim Auswechseln des alten Gaszählers gegen einen neuen verschüttet worden sei. Das Gasunternehmen machte ein paar Stichproben in anderen Haushalten und fand in fast zehn Prozent der Wohnungen freies Quecksilber. Das war der Auslöser für die Masseninspektion. Obwohl in jedem Zähler nicht mehr als zwei Teelöffel Quecksilber waren, bestand die Gefahr, dass es verdampfte, wenn es beispielsweise auf den Heizkessel tropfte, und in einem geschlossenen Raum entstand eine Konzentration an Quecksilberdämpfen, die ausreichte, um ernste neurologische Dysfunktionen und Nierenversagen auszulösen. Ich las, dass das Gasunternehmen Millionen für die Inspektion ausgab, um jede mögliche Gefahrenquelle aufzudecken.
Und dann war da der tragische Fall von vor einigen Jahren, als sich eine Forscherin versehentlich mit einer verschwindend geringen Menge einer metallorganischen Verbindung kontaminiert hatte, Quecksilbermethylat. Die Substanz hatte ihre Handschuhe und ihre Haut durchdrungen. Obwohl die Ärzte versuchten, das Quecksilber mit Komplexbildnern aus ihrem Körper zu holen, starb sie ein Jahr darauf. Die OSHA hat das Labor ein paar Monate später untersucht und neue maximale Arbeitsplatzkonzentrationen festgelegt – 0,01 mg pro Kubikmeter und Arbeitswoche als oberen Grenzwert. Ich studierte die Arbeiten früherer Forscher und fand eine Methode, wie man anorganisches Quecksilber in Quecksilbermethylat umwandeln kann. Es ist ganz einfach. Der Katalysator ist ein Stoff, den man in den meisten Hausapotheken findet. Bei der

richtigen Temperatur verbindet sich das Quecksilber mit dem Methanol, das ich letzte Woche bei Home Depot gekauft habe. Ich habe alles, was ich benötige. Ich muss es nur noch erhitzen, um so viel Quecksilbermethylat zu synthetisieren, dass ich damit alles und jeden im Greenbrier erledigen kann – und in der Umgebung, sobald das Quecksilber erst ins Grundwasser eingedrungen ist. Der Bunker ist der perfekte Ort für den Anfang vom Ende oder das Ende vom Anfang des guten alten Jack Bryne und seinen Freunden. Die Massensterben in der Bucht von Minamata und im Irak werden im Vergleich dazu ein Klacks sein. Ich werde berühmt!

Der Fremdenführer trug den grünen Blazer eines Greenbrier-Bediensteten. Er trat auf wie ein Regierungsbeamter, doch Admiral Olde wusste, dass er sich 1971 dem Wehrdienst entzogen hatte. Der Mann hatte graues Haar und trug ein kleines Abzeichen unter dem kunstvollen Wappen des Hotels. Olde sah, dass es ein Orden aus dem Ersten Weltkrieg war. Dwight Fry musterte den Mann ebenfalls. Er redete gedämpft, als würde er die Menge über ein Staatsgeheimnis informieren.

»Die Konstruktion dieses mehr als zehntausend Quadratmeter großen Bunkers wurde im Herbst 1959 begonnen. Das Bauwerk wurde zweieinhalb Jahre später fertig gestellt. Ein gigantisches Loch wurde in den Berg gegraben, um Platz zu schaffen für den rechteckigen Gebäudekomplex. Die Anlage ist über einen Korridor mit zwei Meter dicken Stahlbetonwänden mit dem West-Virginia-Flügel des Greenbrier verbunden und endet hinter einer verschlossenen Tür. Das Warnschild ›Achtung Hochspannung‹, an dem wir eben vorbeigekommen sind, sollte Neugierige fern halten. Heute ist es nur noch ein Erinnerungsstück. Hinter dieser Tür führen eine Treppe und eine Rampe sechs Meter in die Tiefe. Diejenigen von Ihnen, die behindert oder schwächlich sind, möchte ich bitten, diese Rampe zu benutzen.«

Jesse war beeindruckt von der Anlage, einem düsteren Bunker mit Geheimtüren, genau wie in einem Charlie-Chan-Film. Er hing an den Lippen des Fremdenführers und lauschte jedem Wort seines Retortenvortrags. »Der West-Virginia-Flügel dient heute als Ausstellungshalle. Der Boden ist in Wirklichkeit die Bunkerdecke. Der Terrazzo trägt jedes Gewicht. Die Ausstellungshalle verfügt über zwei große Auditorien, in denen Tagungen, Hochzeiten, Empfänge und Präsentationen abgehalten werden. Im Gouverneurssalon finden vierhundertsiebzig Personen Platz, im kleineren, eleganteren Salon Mountaineer einhundertdreißig. Die Wände in beiden Räumen sind mit realistisch aussehenden Fenstern bemalt, die Strände und Sonnenaufgänge zeigen. Die spezielle Bestuhlung ist fast identisch mit der des Senats und des Repräsentantenhauses im Jahre 1960 …«

Jack Bryne hasste beengte Räume. Sie stiegen nun die Treppe hinunter, die in den Bunker selbst führte. Jack beobachtete die anderen in der Touristengruppe. Niemand trug Handschuhe, was ein Hinweis auf Kameron gewesen wäre. Es waren ganz normale ältere Leute und ein junger Mann in einem Rollstuhl. Jack folgte der Gruppe und suchte nach Hinweisen, nach einem Anhaltspunkt für Sabotage.

»Im Innern des Bunkers gibt es achtzehn möblierte Schlafsäle«, fuhr der Fremdenführer fort. »Jeder Schlafsaal beherbergt sechzig Schlafplätze. Es gibt eine Krankenabteilung, einen Operationssaal, eine Reihe von Duschen, einhundertzehn Urinale, vierzig Toiletten und eine Küche, die vierhundert Mahlzeiten servieren konnte. Die Truhen, die Sie hier sehen, waren damals randvoll mit Feldrationen. Dort drüben stehen drei zwölf Meter hohe Fairbanks-Morris-Dieselgeneratoren, zwei Niederdruck-Dampfgeneratoren und zwei Kältekompressoren von jeweils hundertfünfundsiebzig Tonnen. Einer der Generatoren wird zurzeit ausgetauscht; er ist defekt. Deswegen steht auch der Zug hier …« Er deutete auf eine Lokomotive und drei Männer im Führerhaus.

»Wir haben alles so restauriert, wie es 1960 ausgesehen hat. Hier haben wir eine der berühmten Mosley-Türen, die auch zur Sicherung von Banksafes dienten. Die kleinere wiegt zwanzig Tonnen, ist drei Meter fünfzig hoch und knapp fünf Meter breit, und ihre Dicke beträgt fast einen halben Meter. Die größere Tür auf der rückwärtigen Seite des Bunkers ist für Fahrzeuge gedacht. Sie wiegt achtundzwanzig Tonnen und öffnet sich in einen hundertdreißig Meter langen Tunnel, der an der Seite des Berges ins Freie führt. Ein Anschlussgleis verbindet den Bunker mit der Frachtlinie der Chesapeke und Ohio Railroad in anderthalb Kilometern Entfernung.

Dort drüben sehen Sie eine dampfbetriebene Old-Mountain-Lokomotive, wie sie in den alten Zeiten für den Güterverkehr eingesetzt wurden. Sie besitzt einen zylindrischen Kohletender von Vanderbilt auf zwei dreiachsigen Gestellen, extrem starke Scheinwerfer und eine Dampfmaschine, die auf ebener Fläche mehr als zweihundert voll beladene Sattelschlepper ziehen kann. Sobald die Lok auf dem Rückweg ist, schließen wir die Tür, und es wird bedeutend wärmer hier drin. Es gibt noch zwei weitere Zugangstüren. Die Tür, durch die wir den Bunker betreten haben, wurde nachträglich hinzugefügt. Die zweite ist diese Schleuse dort oben an der Decke.

Man schätzt, dass mehr als fünfzigtausend Tonnen Beton zum Bau der Anlage erforderlich waren. Nach der Fertigstellung wurde der Bunker unter einer sechs Meter hohen Schicht Erde vergraben. Der einzige äußere Hinweis auf seine Existenz waren ein T-förmiger Kamin und eine Satellitenschüssel in einem Waldstück, das im Verlauf der letzten vierzig Jahre über der Anlage gewachsen ist. Ein ABC-Luftfilterungssystem über dem Kraftwerk – ABC steht für atomar, biologisch und chemisch – filtert sämtliche schädlichen Bestandteile aus der Atemluft, bevor sie ins Innere des Bunkers gelangen kann. Das Filtersystem ist längst überflüssig geworden, und man hat es ausgebaut …«

Bryne horchte auf. Der alte Begriff, ABC… konnte es das sein? War es möglich, dass Kameron von dem Bunker wusste? Natürlich! Nachdem dieser Trottel Dickson seinen Plan verkündet hatte, war Kameron losgezogen und hatte die Pläne des Greenbrier studiert. Er hatte die Schwachstellen gefunden. Kameron hatte herausgefunden, dass Jack und die anderen sich den Bunker anschauen würden!

Er blickte auf die Uhr. Die Führung hatte vor zehn Minuten angefangen, also dauerte sie noch achtzig Minuten. Falls Kameron etwas plante, würde es bald geschehen. *Sie mussten aus dem Bunker raus!* Kameron würde entweder durch den Tunnel kommen, oder er war oben auf dem Hügel. Er konnte alles Mögliche durch den Belüftungsschacht werfen: Keime, Toxine, gasförmige Pflanzengifte, Aerosole oder…

Jacks Gehirn arbeitete auf Hochtouren. Was könnte es sein. Er suchte nach Hinweisen im *Zauberer von Oz*, doch es wollte ihm so schnell nichts einfallen. Sicher war nur, dass sie alle in großer Gefahr waren.

»Scott!«, rief er. »Schaff die Leute hier raus, Beeilung!«

Der Fremdenführer blickte verärgert auf den Typ mit dem Pferdeschwanz und der eigenartigen Mütze, bis Scott dem Mann seinen Dienstausweis zeigte. Augenblicklich rief er, dass die Führung abgebrochen sei und zu einem späteren Zeitpunkt fortgesetzt würde. Er bat die Touristen, sich an der Tür des Korridors zu sammeln, der in den West-Virginia-Flügel führte.

Jack stürmte die Treppe hinauf, so schnell er konnte.

Erschreckt sah die Gruppe im Bunker den Mann mit dem Pferdeschwanz davonrennen, während Scott Hubbard und Sylvester ihre Waffen zogen. Verängstigte Schreie erklangen.

»Ich bin Special Agent Hubbard, FBI!«, rief Scott. »Sie sind in Sicherheit.« Er gab Sylvester ein Zeichen. »Tony, rufen Sie das HAZMAT-Team. Schaffen Sie die Leute her, schnell! Volle Ausrüstung, Atemgeräte und Sniffer. Die Notarztwagen sollen zum Eingang des Resorts kommen. Alarmieren Sie die Krankenhäuser!« Er winkte einem anderen Agenten und deutete auf die Lokomotive. »Sagen Sie dem Lokführer, er soll das Ding so schnell wie möglich hier rausschaffen und so weit von hier verschwinden, wie er kann!«

»Ich kümmere mich um die Touristen«, sagte Olde und ging zu der Gruppe verängstigter Menschen. Scott forderte übers Mobiltelefon Verstärkung an. Er hatte immer noch nicht die leiseste Ahnung, womit sie es zu tun bekommen würden.

»Sir...« Ein junger Mann in einem Rollstuhl wandte sich an Scott. Sein Gesicht war totenblass. »Ich... Ich weiß, dass es Kameron ist. Ich habe ihm geholfen. Ich kann Ihnen auch sagen, was er vorhat. Dieser Mann, der weggerannt ist – er hatte Recht. Es wird *hier* geschehen! Kameron will diesen Bunker verseuchen!«

Scott wusste augenblicklich, wen er vor sich hatte: »Igor«.

Dwight Fry brach in Tränen aus. »Jetzt weiß ich, warum Kameron mich auf die Tour durch den Bunker geschickt hat. Er will Sie und alle anderen hier unten ermorden – und mich auch! Der Mann ist nicht der, für den ich ihn gehalten habe. Er ist wahnsinnig! Ein geisteskranker Mörder! Er will irgendwelche Chemikalien durch ein Rohr hier herunterwerfen. Er ist nicht im Hotel, er ist irgendwo dort draußen... Sir, bitte, ich...«

Olde hatte Dwights Papiere an sich genommen, während der andere Agent die Touristengruppe zur Treppe führte. Jesse stand neben seinem Vater und lauschte.

»Wer ist der Bursche?«, fragte Scott.

»Sein Name ist Dwight Fry. Er kommt aus Florida.« Der Admiral las aus Dwights Ausweis vor. »Der Junge ist Mitglied der Behindertenvereinigung des Südostens, der Southeastern ADA.«

»Erzählen Sie weiter!«, forderte Scott den jungen Mann auf.

Dwight schluchzte. »Kameron... hat so etwas gesagt wie... er würde den letzten Stein für die Silver Brick Road legen... was immer das bedeuten soll. Er hat mich hierher geschickt, als Teil seines Plans. Er wollte ›oben‹ bleiben, wie er es genannt hat, um die gesamte Operation zu steuern.«

»Verdammt!«, stieß Scott hervor. Jack hatte Recht gehabt, es hatte mit dem *Zauberer von Oz* zu tun. Giftiges Silber. Quecksilber!

»Wir müssen diese Leute nach draußen schaffen, schnell!« Er tippte erneut eine Nummer in sein Mobiltelefon und befahl seinen Agenten, die Schlafsäle, Toiletten, Duschkabinen und übrigen Räume nach versteckten Bomben abzusuchen. Schließlich wandte er sich wieder Dwight zu. »Weiter!«

Dwight berichtete von seiner E-Mail-Korrespondenz mit Kameron, doch Scott schnitt ihm das Wort ab. »Später! Sagen Sie mir, wo Kameron ist, was genau er vorhat und welche Chemikalien er benutzt!«

Dwight erzählte ihm vom Quecksilber aus den alten Geräten, von der Rizinusmühle und vom Rizin.

»Wo steckt der Bastard?«

Dwight deutete auf den Ventilationsschacht in der Decke und begann erneut zu schluchzen.

Jack stürmte durch die Lobby und an einer Gruppe von Kindern vorbei, die sich lärmend vor einem zwei Meter großen Weihnachtsmann drängten, der Süßigkeiten verteilte. Die Weihnachtsbeleuchtung an der Decke flackerte im Rhythmus zu Bing Crosbys *White Christmas*, das aus einer Batterie von Lautsprechern plärrte.

Jack rannte zum Empfangsschalter und fragte, wer der Verantwortliche für die Schneeschuhe und Skier sei. Ein übereifriger Mann in einem grünen Greenbrier-Blazer gab ihm zu verstehen, dass Skier und Schuhe im Umkleideraum seien, doch der zuständige Angestellte habe bereits Dienstschluss, weil die Freiluftaktivitäten für heute vorüber seien. Jack hätte den Burschen am liebsten erwürgt.

Gehetzt ließ er den Blick in die Runde schweifen. Eine

Gruppe Chinesen, die in ihren Parkas wie Eskimos aussahen, kam laut lachend herein und klopfte sich die dicken Schneeflocken von den Jacken. Eine Menschentraube stand vor einem großen Schaukasten und studierte das Abendprogramm. Die »Heiden« trugen größtenteils noch ihre Kostüme, auch wenn einige sich inzwischen umgezogen hatten.

Jack bahnte sich einen Weg durch die Kinderschar beim Nikolaus, der wie ein Herrscher vor dem Weihnachtsbaum thronte. Ein als Elf verkleideter Mann schnitt eine kleine Tanne zurecht. Jack sprang über ihn hinweg und prallte gegen eine ältere Frau, die beinahe gestürzt wäre. Ein kräftiger Mann, als Batman verkleidet, packte Jacks Arm – es war einer der FBI-Agenten. Der Maskierte erkannte Jack und ließ ihn los.

»Kommen Sie mit!«, rief Jack ihm zu. »Ich brauche Ihre Hilfe!« Er stürmte weiter zum Umkleideraum, wo Dutzende von Skiern und Schneeschuhen in ihren Gestellen ruhten, mit langen Ketten gesichert. »Ich glaube, unser Mann ist irgendwo oben im Wald. Ich muss nach draußen, über den West-Virginia-Flügel. Die Skier nutzen nichts – zu viele Bäume, und es ist dunkel. Aber der Schnee ist zu tief, als dass man laufen könnte. Ich brauche die da ...« Er deutete auf die Schneeschuhe. »Wir müssen diese Kette zerschneiden.«

Der Agent zuckte die Achseln. »Dazu bräuchten wir einen Bolzenschneider. Sir.«

»Moment!«, rief Jack und rannte zu dem Elf zurück, der immer noch am Tannenbaum sägte. Er riss dem Mann die Säge aus der Hand und kam zurück.

»Damit kriegen Sie vielleicht das Plastik durch, Sir«, sagte der FBI-Mann, »aber nicht die Kette.«

Doch Jack sägte nicht an der Kette, sondern an den Holzrändern der Schneeschuhe. Mithilfe des Agenten bog er die Holzränder schließlich auseinander und zog die Kette durch den Spalt heraus.

»Hier, Sir, meine Bat-Lampe«, sagte der Agent.

Jack starrte auf das eigenartig geformte schwarze Objekt in der behandschuhten Hand des Mannes.

»Ihre was…?« Dann erkannte er, dass der verkleidete Agent ihm seine Taschenlampe hinhielt.

»Kann ich nicht brauchen. Wenn Kameron draußen lauert, sieht er das Licht. Die Außenbeleuchtung muss reichen. Sagen Sie Hubbard, er soll zum Belüftungsschacht kommen. Er ist ganz oben auf dem Kamm.«

Jack nahm die Schneeschuhe, drängte sich durch eine Gruppe von Gästen zum Ausgang und verschwand durch die Tür.

Der Schnee wich allmählich Schneeregen, während Jack sich zu orientieren versuchte. Der West-Virginia-Flügel lag im Südosten. Jack folgte der Auffahrt am Hauptgebäude vorbei bis zum Anfang des Flügels. Die Straße war rutschig, und er kam nur langsam voran und stürzte zweimal, bis er endlich eine Lücke entdeckte, vielleicht ein Pfad, der hinauf zum Hügelkamm führte. Ein beinahe gänzlich von Eis bedecktes, kaum leserliches Schild verkündete: »Kate Mountain Trimm-dich-Pfad«. Der Weg führte bergauf in die Richtung, in der Jack den Belüftungsschacht des Bunkers vermutete.

Jack setzte sich zu Boden, schlüpfte in die Schneeschuhe und zurrte die Riemen fest. Er ging ein paar Schritte, um sich davon zu überzeugen, dass die Schuhe richtig saßen; dann stapfte er den Pfad hinauf. Es war sehr kraftraubend. Die Bäume schützten zwar vor dem gefrierenden Schneeregen, doch der Weg wurde immer glatter und schlüpfriger, sodass Jack den Pfad schließlich verließ und im nassen Schnee weiterstapfte. Nirgends waren Spuren zu sehen. Er gelangte auf eine Lichtung, und Graupel prasselte auf ihn nieder. Die Lichter des Hotels blieben immer weiter zurück. Tief hängende Wolken klebten an den höheren Erhebungen.

Jack beschloss, den Pfad endgültig zu verlassen und schlug einen direkten Weg nach oben in Richtung des Kamms ein.

Dornensträucher und Brombeerranken zerrten an seiner Kleidung und kratzten ihm die Haut an Gesicht und Händen auf, als er sich mühsam durch das dichte Unterholz voranarbeitete. Die Schneeschuhe, die ihm in den ersten zehn Minuten gute Dienste geleistet hatten, wurden immer hinderlicher, verfingen sich in Wurzeln oder verhakten sich in scharfen, vorspringenden Steinen. Schließlich zog er sie aus und setzte den Weg in seinen flachen Mokassins fort.

Olde half zwei älteren Frauen die Rampe hinauf und blickte zu den Leuten zurück, die ihm folgten. Alan Tatum und Judith waren ebenfalls auf der Rampe und beobachteten die Agenten, die das Bunkergewölbe nach Bomben durchsuchten.

»Der Rollstuhl funktioniert nicht mehr!«, rief Jesse plötzlich. »Der Mann hier sagt, dass Kameron wahrscheinlich dafür gesorgt hat.«

Olde betrachtete das schwere elektrobetriebene Gefährt. Es wog mehr als hundertfünfzig Kilo. Wenn das Getriebe blockierte, war es vollkommen unmöglich, das Ding die Rampe hinaufzuschieben. Zwei Agenten unternahmen einen Versuch, doch der Rollstuhl hätte ebenso gut im Beton verankert sein können.

Die Bunkerbeleuchtung flackerte. Olde meinte, ein elektrisches Knistern wie von Funkenschlag zu hören; dann aber brannte das Licht wieder gleichmäßig und heller als zuvor. Die Agenten zogen sich mit gezückten Waffen zur Rampe zurück. Olde sah, dass Scott Hubbard mit seinem Sohn diskutierte und ihm bedeutete, den Bunker zu verlassen. Der Junge weigerte sich.

Dann wurde Olde Zeuge einer Szene, die sich ihm unauslöschlich einprägte.

Jesse ging vor Dwights Rollstuhl in die Hocke und redete mit dem jungen Mann. Dwight nickte, und Jesse drehte sich in der Hocke um, sodass Dwight die Arme um Jesses Schultern legen konnte. Mithilfe seines Vaters stemmte Jesse sich hoch.

Er verzog das Gesicht und rümpfte die Nase, aber ließ nicht locker. Dwight baumelte wie ein großer, grotesker Rucksack an seinem Rücken, während Jesse sich der Rampe näherte. Scott folgte ihnen, um zu helfen, falls sein Sohn stolperte. Olde sah, dass Fry keine unteren Extremitäten besaß, nur zwei leere verknotete Hosenbeine. Ihn schauderte.

Als die drei endlich oben bei der Tür angelangt waren, die in den West-Virginia-Flügel führte, befahl Olde dem Fremdenführer, diesen Eingang und die beiden schweren Panzertüren unten im Bunker zu schließen, nachdem der Zug den Bunker verlassen hatte und in den Tunnel eingefahren war. Der Fremdenführer betätigte mehrere Schalter, und langsam schlossen sich die gewaltigen Mosley-Türen.

Dann hörte Olde ein neues Geräusch von einem der Dieselgeneratoren. Er konnte es nicht einordnen – es war kein elektrisches Summen, sondern ein hohes, schrilles Kreischen, doch es kam nicht aus einer menschlichen Kehle. Es hörte sich an wie der Schrei eines gepeinigten Tieres.

Als Jack erneut auf eine Lichtung gelangte, wusste er, dass es nicht mehr weit sein konnte. Er versuchte sich zu erinnern, in welche Richtung die Satellitenschüssel zeigen musste. Zweifellos hatte man rundum die Bäume gefällt, um einen ungestörten Empfang zu ermöglichen. Auch das Belüftungssystem durfte nicht in der Sichtlinie stehen, also befand es sich irgendwo unterhalb der Schüssel.

Inzwischen herrschte ringsum tiefe Dunkelheit. Der Untergrund war glatt, und der Graupel hatte sich in gefrierenden Regen verwandelt. Das Hotel war nicht mehr zu sehen. Jacks Finger waren taub von der Kälte, und seine flachen Halbschuhe waren völlig durchnässt. Langsam tastete er sich voran. Schließlich sah er in der trüben Dunkelheit ein kleines, regelmäßig blinkendes rotes Licht. Als er näher kam, stellte er fest, dass es an der Spitze einer großen Satellitenschüssel saß, die in den Himmel ragte. Keuchend, erschöpft vom langen Aufstieg, hielt Jack sich an der Metallstange fest, die die Schüssel trug. Sie war eiskalt, doch sie gab ihm Halt. Der Boden war spiegelglatt, und vor ihm ging es steil den Hang hinunter.

»Wer ist da?«, hörte er eine Stimme. Es war Kameron, irgendwo weiter unten. »He, ist da jemand?«

Jack versuchte, die genaue Richtung zu bestimmen, aus der die Stimme unter ihm erklungen war, jedoch vergeblich. Er fluchte lautlos. Wollte er Kameron erwischen, *musste* die Richtung stimmen. Wenn er erst den Steilhang hinunterrutschte und den Hurensohn verfehlte, gab es keinen Weg mehr nach oben.

»Wo steckst du, Teddy?«, rief er in die Dunkelheit. »Ich kann dich nicht sehen. Wir hatten einen kleinen Tanz vor ein paar Jahren, weißt du noch? Damals in New York, auf der Insel im East River. Aber wir wurden unsanft unterbrochen. Es ist Zeit für eine weitere Runde, findest du nicht?«

Stille. Jack wartete. Seine Hände waren eiskalt, und er begann unkontrolliert zu zittern.

Dann Kamerons Stimme, überkippend, hasserfüllt, grell wie der Schrei eines Tieres: *»Bryne!«*

In diesem Augenblick sah Jack das Licht. Es war eine Taschenlampe, die ganz kurz aufblitzte, vielleicht dreißig Meter den Hang hinunter zu seiner Rechten. Dann wieder die sich überschlagende Stimme: »Du verdammter Schweinehund! Woher hast du gewusst, dass ich ... dieser stinkende Krüppel hat's dir gesagt, nicht wahr?«

Jack zögerte keine Sekunde. Er veränderte seine Position; dann setzte er sich auf den vereisten Boden. Wenn der Schnee hoch und fest genug war, müsste es möglich sein, den Hang hinunterzurutschen; hatte er Pech, wurde es ein Sturz ins Bodenlose.

Langsam schob er sich nach vorn. Die Füße in den Schnee gestemmt, rutschte er den Hang hinunter, während er mit den

Händen nach hinten krallte, um nicht zu einem menschlichen Schlitten zu werden. Das Licht war wieder erloschen. Entsetzt bemerkte Jack, wie er an Geschwindigkeit gewann, wie der Schnee einer Eisfläche wich …

Dann stieß er mit den Füßen gegen einen Felsen. Er verbiss sich den Schmerz des Aufpralls, lag still da und lauschte in die Dunkelheit. In diesem Augenblick flammte die Taschenlampe wenige Meter unter ihm auf, erlosch wieder, und Kameron grunzte angestrengt, als würde er etwas Schweres heben. Jack hörte ein metallisches Klicken und ein Reißen wie von einem Drehverschluss.

Jack schob sich auf den Felsbrocken, stemmte die Füße ein, wandte sich in die Richtung, in der er das Licht der Taschenlampe zum letzten Mal gesehen hatte, und sprang in die Dunkelheit.

Der Aufprall riss Kameron von den Beinen. Der Kanister fiel zu Boden, und das Methanol lief aus. Jack rappelte sich auf und stieß sich den Kopf an einem dicken Rohr. Es war der Belüftungsschacht, der in den Bunker hinunterführte. Ein wilder, hasserfüllter Schrei – dann war Kameron über ihm. Jack spürte die rauen Stoppeln auf Kamerons Händen, als sie über sein Gesicht kratzten. Er duckte sich, wich Kamerons Schlägen aus und rammte das rechte Knie hoch. Er traf Kameron in den Leib. Ineinander verschlungen, rollten sie den vereisten Hang hinunter in Richtung der Bäume am Rand der Lichtung, während sie erbittert aufeinander einschlugen. Sie wurden immer schneller, wie ein Schlitten auf einer Rodelbahn, und Jack erkannte flüchtig, dass sie durch eine Geröllrinne rutschten. Kameron hatte Jacks Beine gepackt und klammerte sich daran fest.

Plötzlich glaubte Jack ein Licht zu sehen, weiter unten, durch den Nebel hindurch, während er mit der geballten Faust nach Kameron schlug. Er streifte einen Baumstamm und versuchte sich festzuhalten, doch sie rutschten weiter die Geröllrinne hinunter. Verzweifelt warf Jack sich nach rechts und links, um einen Halt zu finden, bekam schließlich einen kleinen Baum zu fassen und packte zu; als er Halt fand, hatte er das Gefühl, der Arm würde ihm abgerissen. Kameron rutschte an ihm herunter und hielt sich an Jacks Knöcheln fest. Jack trat nach Kamerons Händen, während das Licht unter ihnen heller wurde und ein rhythmisches, fauchendes Geräusch ertönte. Jack wurde klar, dass es von einer Dampflok stammte – die alte Mountain kam aus dem Tunnel!

Das Licht wurde noch heller. Jack blickte Kameron, der sich an seinen Schuhen festklammerte, genau in die Augen. Plötzlich löste sich Jacks rechter Schuh. Kameron verlor den Halt, rutschte das letzte Stück des Hangs hinunter, segelte über die Stützmauer hinweg und fiel auf die Gleise – genau in dem Augenblick, als unten die Mountain auftauchte.

Jack klammerte sich mit beiden Händen an dem kleinen Baum fest und betete inständig, dass er sein Gewicht trug.

Scott Hubbard und Tony Sylvester fanden ihn zwanzig Minuten später. Der kleine Baum hatte gehalten. Jacks Hände waren so verkrampft, dass man sie nur noch mit Gewalt vom Stamm lösen konnte.

28

Freitag, 14. Dezember
Free Union, Virginia

Das Haus war von einer dicken Schicht aus Schnee und Eis bedeckt. Jack lag auf dem Sofa und blickte durchs Fenster auf den Teich weiter unten. Eiszapfen hingen von der Dachrinne, und klares Wasser tropfte mit der Monotonie eines Metronoms auf die Terrasse. Der nasse Schnee lastete schwer auf den durchhängenden Zweigen der Bäume. Der Teich war fast zugefroren; nur in der Mitte war ein kleiner Bereich frei von Eis. Eine Stockente tauchte nach Nahrung, der erste Vogel, den Jack je beim Teich gesehen hatte. Es muss der große Schnapper gewesen sein, dachte er; er hat alles gefressen, was sich an der Wasseroberfläche geregt hat.

Ein Kardinal flog vor dem Fenster vorbei; seine hellroten Flügel bildeten einen grellen Kontrast zum Weiß des Schnees und dem Türkis des Himmels, denn der Schneefall hatte aufgehört, und die Wolkendecke war aufgerissen. Über Charlottesville, weiter im Süden, spannte sich ein Regenbogen. Ein einzelner Rehbock, ein Zwölfender, näherte sich vorsichtig dem Wasser. Die Hufe hinterließen dunkle Abdrücke im Schnee. Alles war still. Das einzige Geräusch war das beständige Tropfen auf die Holzdielen der Terrasse.

Jack hatte das Feuer im Kamin wieder angefacht und schürte es nun. Das Holz zischte und knisterte und erfüllte den Raum mit dem Aroma von Kirschen und Tannen. Jack wagte es noch nicht, die Hände über dem Feuer zu wärmen. Der Notarzt hatte ihn vor Frostbeulen gewarnt.

Vicky stand im Morgenmantel in der Küche und schlug ein Dutzend Eier für ein Soufflé auf. Im Ofen brutzelte ein Schinkenbraten. Es duftete köstlich. Jack schaltete das Radio ein und fand einen Sender mit Weihnachtsmusik. Wieder schaute er aus dem Fenster. Es konnte nicht mehr lange dauern, bis sie kamen. Diesmal würde es ein fröhliches Wiedersehen werden – das Kapitel Teddy Kameron war endgültig abgeschlossen.

Nachdem man Jack am Vorabend gefunden hatte, durchgefroren und schneebedeckt, hatten seine Retter fast eine Stunde benötigt, um ihn aufzuwärmen. Er erinnerte sich verschwommen an die Gratulanten in ihren makabren Kostümen, die ihm die Hände schütteln wollten; es musste eine geisterhafte Szene gewesen sein, wie auf einem Gemälde von Pieter Breughel. Scott hatte die Leute verscheucht.

Wenngleich die Geschäftsleitung des Greenbrier darauf bestanden hatte, dass Jack blieb, hatte er nichts als nach Hause gewollt. Vicky war fast die ganze Strecke gefahren, die Heizung des Wagens bis zum Anschlag aufgedreht, durch Schnee und Regen und über fast unpassierbare Nebenstraßen. Das letzte Stück des Weges war Jack selbst gefahren, vorbei an der Stelle, wo er ein halbes Jahr zuvor den armen Moe Shifflet Würmer hatte fangen sehen. Kurz nach zwei Uhr morgens waren sie endlich daheim gewesen.

Vicky hatte Jack ein heißes Bad eingelassen, und nach einem doppelten Scotch war er auf dem Sofa eingeschlafen. Sie hatte ihn mit dicken Wolldecken zugedeckt, bevor sie selbst erschöpft ins Bett gefallen war.

Um neun Uhr am nächsten Morgen hatte Special Agent Sylvester angerufen und Jack mitgeteilt, dass Scott und Jesse Hubbard auf der Rückfahrt bei ihm und Vicky vorbeischauen wollten; es gäbe noch ein paar offene Fragen. Alan Tatum und Judy verbrachten das Wochenende im Greenbrier. Shmuel Berger hatte eine frühe Maschine nach New York genommen, um rechtzeitig zum Lichterfest zu Hause zu sein.

Endlich hörte Jack das Geräusch eines näher kommenden Wagens.

»Das werden sie sein«, sagte er zu Vicky. »Vielleicht gehst du besser nach oben und ziehst dich an.«

Er sah, wie sie eilig Teller und Schüsseln beiseite räumte und sich dabei im Gesicht mit Eigelb und Mehl beschmierte. Sie flitzte an ihm vorbei zur Treppe und verschwand im Obergeschoss.

Jack sah den Geländewagen durch den Neuschnee näher kommen. Der Wagen hielt, und der Motor wurde abgestellt. Scott und Jesse Hubbard stiegen aus. Beide trugen dicke Parkas und schwere Winterstiefel. Sie stapften durch den Schnee, der stellenweise einen halben Meter hoch lag, zum Haus. Jack ging zur Tür, um sie zu begrüßen.

»Wir konnten Kamerons Leiche nirgends finden, Jack«, berichtete Scott, als sie bei einer Tasse Kaffee am Tisch saßen. »Er war nicht auf den Gleisen bei der Tunnelausfahrt. Wir haben das gesamte Anschlussgleis abgesucht – nichts. Keinerlei Fußabdrücke. Bis wir zum Büro der C&O Railroad in Baltimore vorgedrungen waren, stand die Mountain-Lok bereits auf einem Abstellgleis bei einer Ortschaft nördlich von Hot Springs. Die Eisenbahnleute haben die Lok untersucht, aber sie fanden keinen Leichnam, weder in der Lok noch im Tender. Möglich, dass Kamerons Leiche unterwegs heruntergefallen ist. Wir suchen im Augenblick das Gleis zwischen der Anschlussstelle und Hot Springs ab, aber bis jetzt Fehlanzeige. Falls er dort draußen war, ist er inzwischen längst erfroren. Es war zwei Grad unter null gestern Nacht, und bei dieser Kälte und dem Fahrtwind auf der Lokomotive kann er unmöglich überlebt haben.«

Tootsie schnüffelte an Scotts Stiefeln, und er bückte sich, um den kleinen Hund zu streicheln.

»Jesse hat gesagt, sie würde es schaffen, aber ich wollte es nicht glauben«, sagte er. Dwight Fry hatte von dem Waschbären erzählt, den Kameron in Jacks Haus auf Tootsie gehetzt hatte. »Wie kann ein so kleiner Hund einen alten, erfahrenen

Waschbären fertig machen? Ich habe gesehen, wie Waschbären Deutsche Schäferhunde zu winselnden Krüppeln gebissen haben. Woher hast du gewusst, dass Tootsie mit diesem Biest fertig wird, Jesse?«

Der Junge strahlte. »Ich werd's dir erzählen, wenn Miss Wade kommt.«

»In Ordnung. Nun, was den Bunker angeht, Jack«, sagte Scott, »den wird man nie wieder benutzen können. Kameron hätte es am Ende beinahe doch noch geschafft. Er hat die Flasche Quecksilber durch den Belüftungsschacht geworfen, aber Gott sei Dank keine der anderen Chemikalien. Das Quecksilber fiel auf die Generatoren und verdampfte. Es hat sich im gesamten Bunker verteilt und sich überall abgesetzt.«

»Woher weißt du das?«, fragte Jack erstaunt.

»Die Jungs vom HAZMAT-Team waren heute Morgen drin. Sie haben ihren Augen nicht getraut. Es sah aus wie in einem Science-Fiction-Film, sagten sie. Alles wäre wie versilbert – Wände, Decken, Tische, Stühle, Betten, einfach alles. Das Quecksilber kann nie wieder restlos aus allen Ecken und Ritzen entfernt werden. Der Bunker ist eine Gruft, für alle Zeiten, ein Monument des Kalten Krieges.«

Jack dachte über Scotts Worte nach. Kameron war von seiner normalen Methode abgewichen – er hatte kein organisches Material benutzt, keine Viren, Algen, Bakterien oder Parasiten, sondern Schwermetalle. Gab es einen besonderen Grund dafür?

»Hat der Junge im Rollstuhl irgendetwas darüber gesagt? Ich meine, weshalb Kameron kein organisches Material benutzt hat?«

Scott Hubbard zögerte.

»Kameron *hat* organisches Matial benutzt, Jack, aber nicht beim Angriff auf den Bunker«, sagte er.

»Was?«, stieß Jack hervor.

»Keine Sorge, wir haben alles im Griff. Nachdem Fry uns

von dem Impfstoff erzählt hat, haben wir uns unverzüglich mit der Universität in Verbindung gesetzt.«

»Dem Impfstoff? Du meinst doch nicht etwa das West-Nil-Serum? Großer Gott, wir wollten heute mit den Tests anfangen ...« Jack stockte. »Bist du sicher, dass Kameron irgendetwas mit dem Impfstoff angestellt hat? Das ist völlig unmöglich! Er war die ganze Zeit sicher weggeschlossen!«

»Nicht der Impfstoff war manipuliert, Jack, sondern das Placebo, die Salzlösung, mit der die Kontrollgruppe geimpft werden sollte. Kameron hat sie irgendwie manipuliert. Dieser Fry sagt, Kameron hätte ihm erzählt, es wären Hormone, genügend Hormone, um den Empfängern des Impfstoffs übel mitzuspielen.« Er zögerte erneut. »Aber der Junge glaubt, dass es etwas anderes gewesen sein könnte. Jedenfalls haben wir die Staatspolizei Virginia alarmiert. Sie ist ins Labor eingedrungen und hat das Placebo sichergestellt. Im Augenblick wird es in Fort Detrick analysiert.«

»Dwight Fry meint, dass es etwas mit Spinnen zu tun haben könnte«, sagte Jesse. »Kameron züchtete kleine braune, gezeichnete Spinnen, die angeblich giftig waren. Mr Tatum sagt, wenn es braune Einsiedler waren, hätte jeder, der mit dem Placebo geimpft worden wäre, den Arm verloren. Das Gift hätte sich bis auf die Knochen und ins Mark gefressen.« Verbittert fügte er hinzu: »Ich hätte jede Menge neuer Kumpels bekommen.«

»Und ich wäre beruflich und privat am Ende gewesen«, sagte Jack düster. »Niemand hätte mir oder der Universität je wieder vertraut. Die Öffentlichkeit hätte jeden weiteren Versuch eines Impfstofftests zunichte gemacht. Niemand hätte sich nach so einem Fiasko noch freiwillig gemeldet.«

»Dwight sitzt jetzt. Seine Eltern sind benachrichtigt; sie kommen aus Florida her. Die Leute von Disney World möchten ebenfalls mit ihm und seinen Eltern reden. Die Frys sagen, dass alles nur ein Fehler sein kann. Eine Verwechslung. Jedenfalls werden sie Anwälte einschalten, sobald sie in Washington sind.

Die gleichen Rechtsverdreher, die letztes Jahr in diesen Bush-Gore-Schwachsinn verwickelt waren.«

»Als Erstes würde ich ihnen raten, Dwight in eine Badewanne zu stecken«, sagte Jesse. »Er stinkt wie ein Limburger Käse.«

»Das ist nicht seine Schuld«, sagte Scott streng. »Wir reden später darüber.«

Vicky kam die Treppe herunter und begüßte die Hubbards. Tootsie sprang aufgeregt um sie herum. Endlich konnte Jesse sein Geheimnis enthüllen, was Tootsie betraf. Alle lauschten gespannt, als er begann. Die kleine Hündin blickte zu ihnen auf und wedelte aufgeregt mit dem Schwanz. »Ich habe mich im Internet über Hunde informiert. Tootsie ist ein Mischling, aber größtenteils Dachshund, das sieht man an ihrem Körperbau. Und Dackel, oder Dachshunde, sind eine sehr alte Rasse, sechs- oder siebenhundert Jahre alt, und wurden speziell zur Dachsjagd gezüchtet. Tootsie hat das Wissen in den Genen, wie man gegen Dachs kämpft. Waschbären gehören zur gleichen Familie und kämpfen auch ganz ähnlich. Wahrscheinlich hat sie gewartet, bis der Waschbär gemerkt hat, dass sie nicht auf seinen Trick reinfallen würde. Sie hat so lange gewartet, bis er die Geduld verlor und als Erster zubeißen wollte, dann ist sie unter den Kopf des Waschbären gesprungen und hat ihn am Hals gepackt. Das Fell ist dort besonders weich und empfindlich. Und dann hat sie den Spieß umgedreht und sich herumgeworfen. Sie hat dem Waschbären das Genick gebrochen.«

»Nicht zu fassen«, sagte Jack erstaunt und streichelte die Hündin. »Wenn man überlegt, dass sie beinahe von einem Pitbull zerfleischt worden wäre ...«

Er hielt inne, als das Telefon klingelte, und nahm den Hörer ab.

Schlagartig wurde er blass. Mit zitternden Fingern drückte er auf den Lautsprecherknopf, und eine Stimme erfüllte den Raum. Obwohl niemand außer Jack diese Stimme kannte, wussten alle, dass es nur einer sein konnte.

Theodore Kameron.

»... wenn du das hier hörst«, erklang die Stimme geisterhaft im Zimmer, als käme sie von einem Band, »dann weißt du, dass du wieder einmal gewonnen hast, mein lieber alter Freund. Aber du hast die endgültige Lösung trotzdem noch nicht gefunden. Die *endgültige* Lösung. Das soll als Hinweis reichen. Noch eine letzte Bemerkung, Jack: Da du offensichtlich die Verbindung zum *Zauberer von Oz* hergestellt hast – ist dir je aufgefallen, was aus den Namen wird, wenn man die Silben vertauscht? Ich glaube nicht, deshalb will ich es dir sagen. Wenn man die drei Silben in meinem Namen vertauscht, The-o-dor, wird daraus Do-ro-the - *Dorothy!*« Eine kurze Pause entstand, dann fuhr die Stimme fort: »Bis zum nächsten Mal, Jack, und mach weiter so.«

Ein leises Rauschen, dann war die Leitung tot.

»Das gibt's doch gar nicht!«, stieß Scott Hubbard hervor. »Kameron *muss* tot sein! Niemand kann so einen Sturz überleben! Oder die Kälte!«

»Das Land Oz ... Baum ...«, flüsterte Jack.

Alle schauten ihn fragend an.

»Was meinst du damit?«, fragte Scott.

»Baum hat noch dreizehn weitere Bücher über Oz geschrieben. Wir alle stehen dem Zauberer möglicherweise wieder und immer wieder gegenüber ...«

Jack wusste, dass seine Nemesis noch immer irgendwo dort draußen lauerte. Und wartete. Auf ihn.

Die Stimme am Telefon war kein Band gewesen.

Kameron lebte.

Glossar

AARP	American Association for Retired People Rentnerverband
ADA	Americans with Disability Act; Behindertenverband
AFIP	Armed Forces Institute of Pathology; Pathologisches Institut der US-Streitkräfte; www.afip.org
AHL	American Hunt League; Jägervereinigung
AIDS	Acquired immunodeficiency syndrome Humanes Immunschwächevirus-Syndrom HIV
air-evac	Air Evacuation; Luftrettung
APHIS	Animal and Plant Health Inspection Service; www.aphis.usda.gov (Aphis = Blattlaus)
ASAP	As soon as possible; schnellstmöglich; unverzüglich
AsiaGate	politischer Skandal um Wahlkampffinanzierung 1996
Ask Jeeves	Internet-Suchmaschine
Asterixis	Unkontrolliertes Fingerzucken aufgrund Entzugsdelirium
ATV	fiktiver amerikanischer Fernsehsender
AWOL	Absent without leave; unentschuldigte Abwesenheit vom Arbeitsplatz
Bates	kleines privates College in Maine

Boole'scher Algorithmus	Kombination zweiwertiger Aussagen (wahr/falsch) zur Informationsfindung
Bowdoin	kleines privates College in Maine
Brauner Einsiedler	*Loxosceles reclusa* www.ipm.ucdavis.edu/PMG/PESTNOTES/pn7468.html
BT	Biological terrorism; Bioterrorismus
C&O	The Chesapeake and Ohio Railroad; Eisenbahngesellschaft
CARNIVORE	FBI-Überwachungssystem für Internetkriminalität
CDC	The Centers for Disease Control; www.cdc.gov Zentrum für Seuchenkontrolle
Cookie	kleine Datei, die ein Webserver auf dem Rechner eines besuchenden Computers ablegt
CT	Computertomographie
Dell	Computermarke
DHL	Paketdienst
Dixie	der amerikanische Süden unterhalb der Mason-Dixie-Linie
Dot-Commer	Person, die mit Internetaktien zu Reichtum gekommen ist dot = Punkt (www.xyz.com)
Dulles	Flughafen von Washington D.C.
DVM	Doctor of Veterinary Medicine; Doktor der Veterinärmedizin
Ebay	Internetauktionator; www.ebay.com, *www.ebay.de*
EEE	Eastern equine encephalitis; östliche Pferdeenzephalitis (Pferdeenzephalomyelitis)

EIS	Epidemic Intelligence Service
EST	Eastern Standard Time; Ostküstenzeit
Ethernet	veraltender Standard für Computernetzwerke
f/x	Special effects; Trickszenen im Film
FedEx	Federal Express
FEMA	Federal Emergency Management Agency
Foley	Blasenkatheter
GB	Nervengas
GE	General Electric
George W.	George Walker Bush
HAZMAT	Hazardous Materials Gefahrstoffe radioaktiver, biologischer oder chemischer Natur
HMO	Health Maintenance Organization; private Krankenversicherungs-organisation
JFK	John F. Kennedy
Lancet	medizinische Fachzeitschrift; www.thelancet.com/cgi-bin/newlancet
Lexus-Nexus	Internet-Suchmaschine für juristische Fragen; www.lexus-nexus.com
L-2	Krankenhauslabor Sicherheitsstufe 2
L-4	Hochsicherheitslabor, in dem mit gefährlichen (ansteckenden) Materialien gearbeitet wird
Malakologie	Lehre von den Weichtieren
Mass General	Massachusetts General Hospital
MDRTB	Multiple drug resistant tuberculosis; antibiotikaresistente Form der Tuberkulose

Meckel's	Meckel'sches Divertikel; verstopfende Ausstülpung im Darm
Milleriten	amerikanische Sekte des 19. Jahrhunderts, die an den Weltuntergang zum Jahreswechsel 1899–1900 glaubte
MMWR	Morbidity and Mortality Weekly Report; Fachzeitschrift www2.cdc.gov/mmwr
Moonshine	schwarz gebrannter Alkohol
Moskito-Hämostat	kleines zangenartiges Instrument zum Klammern von Blutgefäßen
Night Train	billiger, mit Alkohol versetzter Wein
NYPD	New York Police Department
NYU	New York University
Ockhams Rasiermesser	philosophisches Prinzip
OSHA	Occupational, Safety and Health Administration; etwa: Gewerbeaufsichtsamt, kontrolliert Sicherheit am Arbeitsplatz
Outtake	fertig gedrehte Filmszene, die aus der endgültigen Version entfernt wurde
Palm Pilot	Minicomputer
PAPR	Personal air purifying respirator; tragbares Atemschutzgerät
Parathion	Insektizid und Akarizid; organische Phosphorverbindung; Handelsname E 605
Parvo	Parvovirus
ProMED	Program to Monitor Emerging Diseases www.promedmail.org
Promise Keepers	Sekte; größte Verbreitung in Deutschland; www.promise-keepers.de

PubMED	Internet-Suchmaschine für medizinische Probleme
Q-Tip	Wattestäbchen; weißhaariger, alter Mensch
SIV	Simian immunodeficiency virus Affen-Immunschwächevirus
SOL	States Online, fiktiver Internetprovider
Spam	unerwünschte Werbe-E-Mail
SWAT	Special weapons and tactics; Sondereinsatzkommando oder Mobiles Einsatzkommando (MEK) der Polizei
Trokar	dicke dreieckige Nadel in einem Schaft zur Punktion und zum Entfernen von Flüssigkeiten aus Körperhöhlen
Tums	Magentabletten
USDA	United States Department of Agriculture; Landwirtschaftsministerium
UVA	Universität von Virginia; www.virginia.edu
VEE	Venezuelan equine encephalitis; Venezuelanische Pferdeenzephalitis
Venn-Diagramm	graphische Darstellung von Gemeinsamkeiten und Unterschieden zweier oder mehrerer untersuchter Gruppen
VM	Nervengas
VS	Nervengas
VX	Nervengas
WEE	Western equine encephalomyelitis; Westtyp der Amerikanischen Pferdeenzephalomyelitis
WONDER	Intranet-E-Mail-System der CDC
ZIP	Kompressionsverfahren für Daten

Danksagungen

Der Autor übernimmt die Verantwortung für sämtliche inhaltlichen Fehler.

Zahlreichen Freunden schulde ich Dank für ihre Zeit und Mühe:

Drs. Marjorie Pollack, Arthur Dresdale, Stuart Rash und Curtis Malloy, MPH, für die Korrektur des Manuskripts aus medizinischer Sicht,

Joyce Minar, RN, für ihre besondere Mithilfe,

Special Agent John Sylvester von der Antiterroreinheit des FBI für seine nicht-vertraulichen Informationen und wirklichkeitsnahen Details,

sowie seinen Vorgesetzten, die ihm gestattet haben, diese Informationen beizutragen.

Dank auch an Robert Solomon, Esquire und Dan Baror, die dieses Buch erst ermöglichten, sowie an meine Frau Helen und meine Tochter Jessica, die mich für einige Monate von den familiären Verpflichtungen entbunden haben.

Danke an John Baldwin, der zu sehr mit seinem wundervollen neuen Projekt, John Baldwin Jr., beschäftigt war, um sich diesmal am Schreiben beteiligen zu können.

Außerdem bedanke ich mich bei der Federation of American Scientists und den Moderatoren von ProMED, ehemaligen und aktuellen (insbesondere Jack Woodall, Moderator emeritus), sowie den Mitarbeitern von ProMED. (Seit der Veröffentlichung von *Die elfte Plage* ist die Zahl der Subskriptionen von ProMED-mail auf mehr als 20 000 gestiegen, und die Berichte kommen aus mehr als 180 Ländern.) Der Autor hat sich die dichterische Freiheit genommen, einige ProMED-Mail-Postings zu verändern und in das Jahr 2001 vorzuverlegen. Namen, Orte und die Zahlen der Opfer wurden modifiziert.

Zum Schluss möchte ich Jane Kendall besonders herzlich dafür danken, dass sie das fertige Manuskript akribisch genau korrekturgelesen hat.